KB132400

오시리스의
신비

LES MYSTÈRES D'OSIRIS

Volume 3: LE CHEMIN DE FEU by Christian Jacq

Copyright © XO editions 2003.
Korean Translation Copyright © MUNHAKDONGNE Publishing Corp., 2008

This Korean edition was published by arrangement with XO Editions
through Sibylle Books Literary Agency, Seoul.
All rights reserved.

이 책의 한국어판 저작권은 시빌에이전시를 통해
프랑스 XO 출판사와 독점 계약한 (주)문학동네에 있습니다.
저작권법에 의해 한국 내에서 보호를 받는 저작물이므로
무단 전재 및 무단 복제를 금합니다.

이 도서의 국립중앙도서관 출판시도서목록(CIP)은
e-CIP 홈페이지(http://www.nl.go.kr/cip.php)에서 이용하실 수 있습니다.
(CIP제어번호: CIP2007004086)

오시리스의 신비 3

Les Mystères D'Osiris

불의 길

크리스티앙 자크 장편소설

임미경 옮김

문학동네

등장인물

이케르 ❖ 파라오를 암살하려다가 그것이 자신의 오해에서 비롯되었음을 알고 과오를 속죄할 방법을 찾던 중 파라오가 자신을 왕세자에 봉하고 반란자들 속에 숨어들어 예고자의 은신처를 찾아내라는 위험한 임무를 맡기자 기꺼이 받아들인다. 사랑하는 아비도스의 수석 여사제 이시스에게 무사히 돌아오겠다는 말을 남긴 채 홀로 먼 길을 떠난다. 우여곡절 끝에 예고자의 은신처에 잠입하는 데 성공하지만 곧 그가 가짜 예고자라는 것을 알고 낙담한다.

여사제 이시스 ❖ 신비한 매력을 지닌 아비도스의 수석 여사제. 오시리스의 아카시아나무를 되살리는 일과 더이상 움직이지 않는 오시리스 나룻배의 생기를 북돋우기 위해 심혈을 기울인다. 이케르에게 점점 기우는 자신의 마음 때문에 고민한다.

세소스트리스 3세 ❖ 강력한 왕권 체제를 확립하기 위해 상하 이집트를 통일한 파라오. 이집트의 번영과 존폐를 좌우하는 생명의 나무, 즉 오시리스의 아카시아나무에 저주를 건 장본인이 예고자임을 알고 그와 정면 대결하기로 결심한다. 자신을 암살하려던 이케르의 운명을 알아보고 그를 왕세자에 봉하는 한편 예고자의 은신처를 찾아내라는 임무를 내린다.

예고자 ❖ 주술적 힘으로 점점 자신의 세력을 키워가며 이집트의 피지배민족들을 자극하여 이집트에 대항하도록 무장봉기를 부추긴다. 궁정 내부와 아비도스에 심어둔 밀정들로부터 중요한 정보를 캐내며 나일 강의 범람을 이용해 파라오 체제를 무너뜨릴 엄청난 음모를 진행시킨다.

수호자 소벡 ❖ 이집트를 파멸시키려는 적의 계속되는 기도 앞에 번민이 늘어난 파라오가 이케르를 전폭적으로 신뢰하고 과감히 왕세자로 봉하지만 의심의 눈초리로 그를 예의주시한다.

세카리 ❖ 이케르의 든든한 보디가드이자 파라오의 밀사. 사지(死地)에서 돌아온 이케르를 의심하고 감금하는 수호자 소벡에게서 이케르를 구해낸다.

총리 크눔호테프 ❖ 파라오에 의해 총리로 임명된 후 절대적인 충성을 바치며 직무를 완벽하게 수행한다. 자신의 서명을 위조하여 발생한 사건에 휩쓸리지만, 파라오의 신뢰로 위기를 모면한다.

베가 사제 ❖ 차가운 성격에 추한 용모를 가진 아비도스의 종신 사제. 아비도스의 대사제로 임명되지 못하자 파라오에게 앙심을 품고 있던 중 예고자를 만나, 이집트 파라오 체제를 붕괴시키고 아비도스의 새 주인이 되기를 갈망한다.

레바논 상인 ❖ 예고자의 수하 노릇을 하는 멤피스의 거상이자 밀매꾼. 이윤을 남길 수 있는 거래라면 어떤 것이든 마다하는 법이 없다. 멤피스 내에 심어둔 정보원들을 통해 수집한 정보들을 예고자에게 넘긴다. 또한 부익 축적을 위해 메데스와 떼려야 뗄 수 없는 관계를 유지하고 있다.

메데스 ❖ 파라오와 국정원 회의가 결정한 사항을 전국에 포고하는 국정원 비서 일을 조금도 흠잡을 데 없이 처리하면서 예고자의 궁정 밀정 노릇을 하며 파라오를 제거하기 위한 음모를 계획한다.

비나 ❖ 예고자에게 선택된 뒤 '밤의 여왕'으로 불리며 예고자의 명령이 떨어질 때마다 포악한 암사자 정령으로 변해 상대편에 위협적인 존재가 된다.

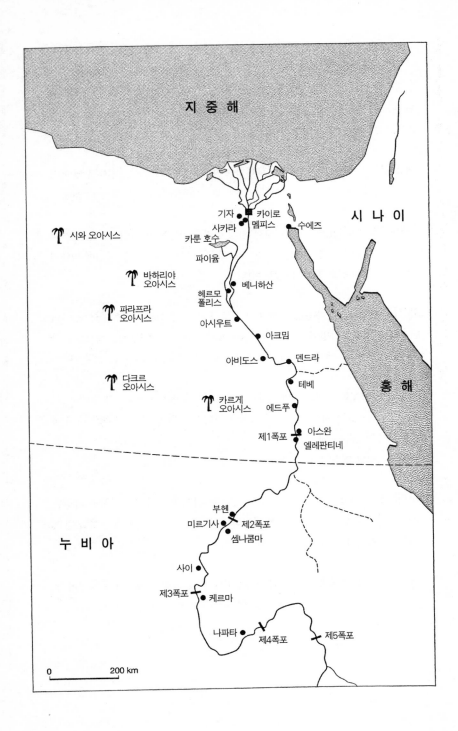

지 중 해

시 나 이

기자
카이로
사카라
멤피스
수에즈
카룬 호수
파이윰

시와 오아시스

바하리야
오아시스

베니하산
헤르모
폴리스

파라프라
오아시스

아시우트

아크밈

아비도스
덴드라

다크르
오아시스

테베

홍 해

카르게
오아시스

에드푸

제1폭포
아스완
엘레판티네

부헨
미르기사
제2폭포
셈나쿰마

누 비 아

사이

제3폭포
케르마

나파타
제4폭포
제5폭포

0   200 km

아비도스

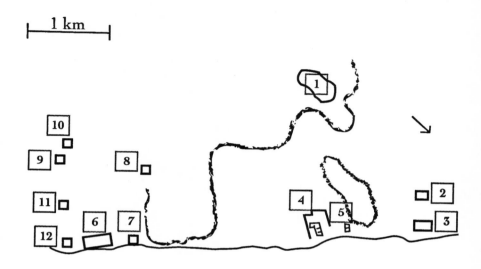

1	제1왕조 왕들의 무덤
2	초기 왕조 시대 무덤들
3	오시리스 신전
4	세티 1세 신전과 오시레이온
5	람세스 2세 신전
6	중왕국 시대와 신왕국 시대 도시 유적
7	세소스트리스 3세 신전
8	세소스트리스 3세 묘비
9	아흐모세 묘비
10	아흐모세 신전
11	아흐모세 피라미드
12	테티셰리 제실

왕은 바람에 실린 불꽃이라

하늘 끝까지

땅 끝까지……

왕은 활활 타는 불꽃에 실려 올라가노라

『피라미드의 서』, 324c와 541b

1

소규모 카라반을 이끌고 있는 상인은 사막 감찰대가 지키는 길을 택하지 않은 게 위험한 결정이긴 했지만 그래도 잘한 일이라고 생각했다. 사막 감찰대의 보호는 결코 공짜가 아니었다. 팔 물건을 얼마간 떼어내 감찰관들에게 넘겨줘야 했을 것이다.

카라반은 시켐을 향해 가는 중이었다. 그곳에는 네스몬투 장군의 사령부가 자리 잡고 있었다. 이집트군 총사령관인 이 엄격한 장군은 물밑에 숨어 공포를 퍼뜨리는 반란자 무리를 강력히 응징하겠다고 천명하고 있었다. 네스몬투의 이런 시위는 정말로 반란이 일어날 위험이 있어서일까, 아니면 군사점령을 정당화하기 위한 명분일 뿐일까?

이제 세 시간 정도만 더 가면 시켐 시장에 도착해서 팔 물건을 펼쳐놓을 수 있었다.

저 앞쪽 길가에 한 남자가 아이를 데리고 서 있었다.

고삐를 당기지 않았는데도 당나귀들이 제자리에 딱 멈춰 섰다. 그중 한 마리가 높은 소리로 울자 다른 당나귀들도 흥분하기 시작했다.

"가만히 있어, 진정하라고!"

눈앞의 남자는 머리에 터번을 두르고 발목까지 내려오는 모직 튜닉을 걸치고 있었다. 키가 크고 수염이 무성했다.

상인은 홀쭉하게 여윈 남자의 움푹 들어간 두 눈이 붉게 빛나는 것을 보았다.

"누구시오?"

"예고자다."

"당신이 정말 그 사람이란 말이오?"

남자는 희미한 웃음만 흘렸다.

"이 아이는 당신 아들이오?"

"내 제자 트레장*이다. 이 아이는 내가 유일한 신과 통한다는 사실을 이해했지. 누구든 내게 복종해야 한다."

"그야 문제없지! 나는 신이라면 어느 신이건 다 떠받드니까."

"나는 절대적인 복종을 요구하는 것이다."

"길게 얘기할 시간이 있으면 좋겠지만 서둘러 시켐에 가봐야 하오. 장날은 신성하게 지켜야지."

"그 물건들은 내가 가져가야겠다."

"행색을 보니 값을 치를 형편이 아닌 것 같은데!"

"내 신도들은 양식이 필요하다. 네가 가진 걸 우리의 대의를 위해 바쳐라."

"실없는 농담은 집어치우쇼! 이제 가봐야 하니 어서 길이나 비키시오."

"내게 복종해야 한다고 했다."

---

* 열세 살이라는 의미.(옮긴이)

상인이 버럭 화를 냈다.

"이봐, 난 갈 길이 바쁜 사람이야! 우리 일행은 열 명이고 당신은 한 사람 몫도 못 해낼 꼬맹이 하나를 데리고 있을 뿐이야. 몽둥이맛을 봐야 정신을 차리겠소?"

"마지막 경고다. 내 말을 따라라. 아니면 모두 죽게 될 것이다."

상인은 뒤에 서 있는 일행을 돌아보며 말했다.

"여보게들, 저자에게 따끔한 맛을 보여줘!"

순간 예고자가 매로 변했다. 새부리처럼 날카로워진 그의 코가 상인의 왼쪽 눈에 깊숙이 들어가 박히고 날카로운 발톱이 상인의 가슴을 갈랐다.

양날 검을 든 트레장이 뿔뱀처럼 재빠르고 민첩하게 앞으로 달려 나갔다. 소년은 겁에 질려 당나귀 고삐만 틀어쥐고 있는 카라반 일행을 칼로 베어 쓰러뜨렸다.

죽어가는 자들의 고통에 찬 비명과 신음 소리가 어지럽게 울려퍼졌다.

트레장은 의기양양하게 예고자 앞으로 돌아왔다.

"잘했다. 네 솜씨를 증명해 보였구나."

이 가나안 소년은 예전에 이집트 병사 하나를 칼로 찌르려다가 붙잡혀 투옥된 적이 있었다. 심문을 받은 후 풀려났지만 이집트인에 대한 증오는 여전했다. 소년의 꿈은 반란의 선두에 서서 이집트인들을 몰살시키는 것이었다. 예고자만이 이 소망을 이루게 해줄 사람이라고 믿은 그는 예고자의 눈에 띄기 위해 온갖 노력을 기울였고, 마침내 예고자의 한 비밀 조직에 들어가게 되었다. 이 비밀 조직은 두 가지 놀라운 발견을 소년에게 안겨주었다. 하나는 예고자의 가르침이었다. 예고자는 이집트를 멸망시킬 것을 주장하면서 증오에 찬 저주를 끊임없이 반복했는데, 그 설교를 듣다보면 자신도 모르게 도취되어 자연스레 정신 무장이 이루어졌다. 또하나는 고도의 군사훈련으로, 이 혹독한 훈련을 통해 소년은 지금 보여준 것과 같은 솜씨를 갖게 되었다.

"주인님, 제게 상을 주십시오."

"말해봐라, 트레장."

"저 카라반들은 주인님의 위대함을 깨달을 능력조차 갖추지 못한 자들입니다. 저들을 전부 끝장내도록 허락해주십시오."

예고자는 고개를 끄덕였다.

소년은 살려달라는 울부짖음에도 눈 하나 깜짝 않고 잔인하게 모두를 해치웠다.

당나귀들을 이끌고 예고자 무리의 야영지로 돌아가면서 소년은 자랑스럽게 가슴을 쫙 폈다.

보초를 서던 부하 하나가 스합에게 와서 알렸다.

"카라반이 보이는데요."

"몇 명이나 되냐?"

"딱 두 명인데요. 트레장하고 큰 두목하고요."

스합이 보초의 목을 움켜잡았다.

"존중하는 법을 배워라, 이 버러지 같은 놈아! 예고자님을 부를 땐 '주인님'이라고 하거나 '주님'이라고 하고, 다른 말은 쓰지 말랬잖아! 한 번만 더 걸리면 그땐 내 칼 맛을 보게 될 줄 알아."

목을 졸린 가나안인은 다시는 실수를 하지 않겠다고 스합에게 싹

싹 빌며 용서를 구했다.

스합이 카라반을 맞으러 달려 나갔다.

"새 제자가 일을 아주 잘해냈다."

예고자가 소년을 칭찬했다.

소년은 좋아서 얼굴을 붉히며 으쓱거렸다.

"축하한다, 트레장. 주인님께서 허락하시면 전리품 목록을 적고 분배하는 일은 네가 해라."

소년은 굳이 겸손을 떨 생각이 없었다. 이제 그 누구도 소년을 어리고 몸집이 작다는 이유로 업신여기지 못할 것이다.

"이 아이 같은 전사가 더 많이 필요합니다."

스합이 말했다.

"걱정할 것 없다. 이곳 부족들 모두가 우리에게 협력하게 될 것이다."

예고자가 대답하고 천막 안으로 들어갔다. 스합이 따라 들어가며 보고했다.

"멤피스 조직원들은 전부 무사히 가나안에 도착했습니다. 이제 몇 명만 거기 남아 레바논 상인의 지시에 따를 겁니다."

"그에게선 연락이 없느냐?"

"최근 보내온 소식으론 모든 게 잘되어간답니다. 조직원 중에 체포되거나 의심을 산 사람도 없고, 궁정은 여전히 불안감에 빠져 있답니다. 파라오 세소스트리스도 언제든지 자신이 공격당할 수 있다는 것을 알았을 겁니다."

예고자는 눈을 들어 먼 곳을 바라보았다.

"그는 두려움을 모르는 사람이다. 그의 힘은 강력해. 여전히 상대하기 가장 어려운 적수지. 그가 무슨 행동에 나서든 우리에겐 위협적일 것이다. 그가 쳐놓은 방어선을 하나하나 부숴야 한다. 눈에 보이는 것이든 보이지 않는 것이든 말이다. 그와 파라오 체제, 지상에서 그를 통해 대표되는 이 체제가 몰락하는 날에야 우리는 비로소 승리를 거두게 될 것이다. 이 과제를 완수하는 길은 험난할 것이다. 무수한 전투에서 쓰라림을 맛보게 될 것이고, 많은 신도들이 목숨을 바쳐야 할 것이다."

"그래도 그들은 천국에 갈 게 아닙니까, 주인님?"

"물론이다! 우리는 끊임없이 그들을 격려하여 싸움에 나서게 해야 한다. 수많은 난관이 있을 것이고 실망도 맛보겠지만, 그래도 승리하겠다는 의지를 저버려서는 안 된다. 배반자나 비겁자, 믿음이 약한 자들은 가차 없이 벌해라."

"절 믿으십시오."

"입비뚤이로부터는 소식이 있느냐?"

세소스트리스를 암살하기 위해 일군의 전사들을 이끌고 밤중에 궁정에 침투했던 입비뚤이는 성공 일보 직전에 반격을 당해 부하들을 잃고 도주한 상태였다.

"없습니다, 주인님."

"입비뚤이는 이곳을 알고 있다. 그가 만약 체포되어 다 털어놓는다면 우리는 위험에 처하게 될 거다."

"그의 전사들 가운데 살아 돌아올 자들은 없을 테니, 제2은신처로 옮기는 게 좋겠습니다. 거기에서 여러 가나안 부족들과 합류하게 될 겁니다."

"즉시 출발 준비를 해라."

예고자는 가나안인을 허풍선이 겁쟁이로 여겼지만, 자신의 계획을 실현하는 데는 이들이 꼭 필요하다는 걸 알고 있었다. 이들을 잘 이용하면 파라오로 하여금 치명적 무리수를 두게 할 수도 있을 것이다. 그러나 가나안의 각 시와 마을은 내부 반목으로 조용할 날이 없었고, 이런 내부 문제만이 아니라 시와 마을 간, 부족의 각 지파 우두머리와 부족장 간에도 분쟁과 모략, 밀고와 음모가 횡행했다. 이렇게 혼란한 상황을 어느 정도 진정시켜 속사정이야 어떻든 겉보기에 세소스트리스가 위협을 느낄 만한 규모의 군대를 꾸리려는 것이 예고자의 계획이었다. 그러자면 점령자에 대한 저항과 가나안의 해방을 명분으로 내세워 여러 부족들을 규합해야 했다.

비나가 천막 안으로 들어왔다. 바라보기만 해도 빨려들 듯한 두 눈을 가진 이 아름다운 갈색 머리 여인을 보고 그 누가 경계심을 품을 수 있겠는가?

하지만 예고자의 피와 살을 받고 밤의 여왕으로 변모한 그녀는 예고자의 무서운 무기가 될 존재였다.

"이것 좀 보세요."

비나는 다소곳한 몸짓으로 자신의 주인 앞에 암호로 된 문서를 놓았다. 주의 깊게 문서를 해독한 예고자가 말했다.

"트레장을 불러와라."

소년은 사람들 앞에서 자신이 거둔 무공을 떠벌리던 중이었다. 한 더벅머리 농부가 못 믿겠다는 듯 시큰둥하게 반응하자 소년은 그 농부의 오른발에 칼날을 꽂아줌으로써 자신의 말이 허풍이 아님을 보여주었다. 그런 다음 고통으로 바닥을 구르며 신음하는 농부는 아랑곳없이, 카라반에게서 약탈한 양식을 분배하는 일에 몰두했다. 주위를 둘러싼 사람들도 농부가 내지르는 비명에 킬킬거리고 웃을 뿐이었다.

"별 문제 없느냐, 트레장?"

"전혀 없었습니다, 주인님. 이제 모두가 저를 제대로 대접해주고 있습니다."

"함께 기도하자. 파라오를 저주하는 주문을 암송해라."

소년은 그 폭군을 쳐부술 전사가 될 꿈에 부풀어 열광적으로 주문을 외었다.

긴 기도가 끝나자 예고자의 붉은 눈이 이글거렸다. 트레장은 숨을 죽이고 그의 말을 새겨들었다.

"유일한 신이 정해준 목표를 이루려면 불신자들에게 죽음을 내리지 않을 수 없다. 그러나 안타깝게도 많은 자들이 이를 깨닫지 못하고 있다. 네가 이 고귀한 임무를 맡을 자격이 있음을 입증해 보여라. 지금 네게 맡길 임무에 의문을 제기하지 마라. 그러면 성공할 것이다."

"칼을 써야 하는 일입니까, 주인님?"

"물론 그래야 할 것이다."

2

왕세자 이케르는 멤피스 궁정의 아름다운 정원을 홀로 거닐고 있었다. 누구든 지금 그의 모습을 본다면, 이 우아하고 기품 있는 청년이 어떤 축하연에 가기 전 잠시 여유를 즐기고 있다고 생각할 것이다. 얼마나 많은 생각과 번뇌가 그의 머릿속을 어지럽히고 있는지 모르고서 말이다.

이케르는 석류나무 아래로 가서 앉았다. 처음 본 순간부터 열렬히 사랑해왔던 이시스에게 사랑을 고백했던 바로 그 자리였다. 그러나 그녀가 그에게 던져준 것은 실오라기 같은 희망뿐이었다.

아마도 다시는 그녀를 보지 못할 것이다. 이제 곧 그는 임무 수행을 위해 시리아 팔레스타인 지방으로 떠나야 했기 때문이다. 가나안 반란 세력 내부에 침투하여 그들의 우두머리인 예고자의 은신처를 알아내는 게 그 임무였다.

이케르가 이 과제를 떠맡은 건, 이 일을 통해 자신의 과오를 씻기 위해서였다. 그는 예고자를 추종하는 아시아인들에게 속아 파라오를 폭군으로 오해하고 암살하려 하지 않았던가? 하지만 세소스트리스는 이케르로 하여금 진실에 눈을 뜨게 해주었다. 그리고 그를 벌하는 대신 '왕세자'에 임명하여 모든 사람을 놀라게 했다.

파라오는 두 마디 '내 아들아'라는 호칭으로 이케르를 불러주었고, 이 평범하지만 특별한 호칭을 통해 이케르는 방황을 끝내고 나아갈 방향을 찾을 수 있었다.

이케르는 정원을 나와 멤피스의 구불구불한 거리로 들어섰다. 파라오를 암살하려던 시도를 포함해서 최근 어지러운 사건들이 이어졌음에도 멤피스는 여전히 유쾌하고 소란스러웠다.

이 도시의 수많은 사람들은 생명의 나무가 고사할 위기에 처해 있으며, 그와 함께 이집트문명도 위협받고 있다는 사실을 모르고 있었다.

만약 예고자가 승리한다면, 생명의 나무가 죽는다면, 멤피스는 폐허로 변할 것이고, 이집트 전역도 같은 불행을 겪게 될 것이다. 이케르는 보지 않고도 그 재앙을 눈앞에 생생히 떠올릴 수 있었다.

예고자의 은신처를 찾아내는 임무를 수행하다 목숨을 잃을 수도 있다는 것을 이케르도 모르지 않았다. 하지만 그는 이 일을 해냄으로써 자신의 과오를 지우고 마음을 깨끗이 씻고 싶었다. 오릭스 주에서 군사훈련을 받은 경험이 있긴 하지만, 그것만으로 그가 성공할 가능성은 거의 없었다. 그런데도 왕은 이케르를 말리지 않았다. 보이지 않는 것에서 무기를 구해야 한다는 왕의 말은 오히려 이 모험에 뛰어들라는 격려가 아니겠는가?

이케르는 생각에 잠겼다. 만일 이시스 역시 나를 사랑했더라도 내가 이 일에 지원했을까? 아니다, 조금이라도 이시스의 핑계를 대는 건 가당찮은 일이었다. 그는 맡은 임무를 다해야 했다. 두려움이 발목을 붙잡아도 떠나야 하는 것이다.

이런 생각에 잠겨 정처 없이 걷던 이케르는 별안간 자신이 길을 잃었다는 사실을 알아차렸다. 눈앞에 이상할 정도로 조용한 골목길이 뻗어 있었다. 뛰어노는 아이들도, 집 문지방에 걸터앉아 잡담을 나누는 여인들도, 물을 사라고 외치는 물장수도 보이지 않았다.

오던 길을 되돌아가려고 몸을 돌리자 어깨가 딱 벌어진 험상궂은 사내 하나가 이케르의 앞을 막아섰다. 사내의 손에는 커다란 돌이 들려 있었다. 사내가 이케르에게 말했다.

"고급 옷에 고급 샌들이라…… 이 골목에서 이런 걸 다 보다니! 어서 순순히 내놓으시지."

이케르는 몸을 돌려 달아났다.

골목길 맞은편 끝에 두 명의 사내가 버티고 서 있는 게 보였다. 마찬가지로 험상궂은 자들이었다.

"빠져나갈 구멍은 없어. 얌전히 굴어, 그럼 해치지 않을 테니까. 빨리 옷과 샌들을 벗어!"

이케르는 앞뒤로 포위당하기 전에 먼저 공격에 나서야 했다. 맡은 일을 완수하지도 못하고 기껏 도적에게 당할 수는 없었다.

그는 어깨가 딱 벌어진 사내에게 달려들었다. 하지만 미처 일격을 가하기도 전에 사내가 별안간 '억' 하는 신음을 토하고 땅바닥에 고꾸라졌다.

두 동료가 달려왔다. 한 걸음 앞서 내딛던 자가 돌연 번개를 맞은 것처럼 뻣뻣해지더니 뒤로 넘어갔다. 따라오던 자는 겁에 질린 듯 뒷걸음치다가 달아나버렸다.

각진 얼굴에 눈썹이 짙고 배가 불룩한 한 남자가 손에 든 새총을 빙빙 돌리며 모습을 드러냈다.

"세카리! 너 궁정에서부터 나를 쫓아온 거니?"

"내가 널 지키지 않으면 무슨 일이 일어나는지 너도 봤지? 한두 녀석쯤은 너 혼자서도 처치할 수 있었겠지. 하지만 이들은 성질이 고약한 데다 비열한 수작을 부리는 덴 도가 튼 자들이야. 그렇게 차려입고 이런 동네를 돌아다니다니 대체 무슨 심산인 거야?"

"생각을 좀 하고 있었어."

"한잔 마시러 가자. 그럼 다시 기분이 좋아질 거야. 꽤 괜찮은 술집을 알고 있어. 거기라면 네 차림새가 그리 눈에 띄진 않을 거야."

독한 맥주가 기운을 북돋워주었다. 세카리가 이케르를 보며 말했다.

"기분이 어째 별로인 것 같다."

"이번 임무에 성공할 가능성이 얼마나 될 것 같니?"

"폐하께서 널 살아 돌아올 가망이 전혀 없는 곳에 보내실 거라고 생각하는 거야?"

세카리의 반문에 이케르는 마음이 어지러워졌다.

"낯선 시리아 팔레스타인 지방에 홀로 들어가서 정체도 모르는 적들과 맞서야 하는 일이야. 아무것도 제대로 못 해보고 적들에게 곧바로 붙잡히는 게 아닐까?"

"천만에, 그건 네가 잘못 생각한 거야! 네가 약하다는 사실이 오히려 너를 구해줄 거야. 반란 분자들은 적을 기가 막히게 알아내지. 아무리 철저히 위장해도 용케 냄새를 맡는다고. 그런데 넌 위험해 보이지 않잖아. 그들의 의심을 따돌리기만 하면 이미 절반은 성공하는 거야. 게다가 넌 지금까지도 잘해왔잖아. 라피드 호 돛대에 묶여서 바다의 신에게 제물로 바쳐질 운명이었던 네가 살아날 수 있으리라고 어느 누가 상상이나 했겠어. 그렇지만 너는 여기 살아 있잖아. 분명 위험해 보이는 임무지만 미리부터 두려워할 필요는 없어. 나는 더한 일을 겪고도 살아남았는걸."

이케르는 카의 섬에서 거대한 뱀이 나타나 '나는 이 세상의 종말을 막을 수는 없었다. 너는, 너의 세상을 구할 수 있겠느냐?'라고 물었던 일을 기억해냈다.

"예고자는 숨기는 게 많은 인물이야! 네가 그 비밀들을 밝혀내야 해. 파라오가 조만간 그를 응징하실 거고, 그땐 나도 폐하를 도와 싸우고 싶어. 얼마나 근사한 일이니!"

세카리는 이케르를 격려하기 위해 자신만만한 척 안간힘을 썼지만, 그 자신도 이케르도 속일 수는 없었다.

이케르가 말했다.

"궁정으로 돌아가자. 내가 가장 소중히 여기는 물건을 네게 주고 싶어."

두 사람은 일부러 큰길을 피했다. 세카리는 남의 눈에 띄지 않게 움직여야 했기 때문에 이케르를 먼저 궁정으로 들여보낸 뒤 구석진 골목길로 한참 돌아서 이케르의 거처로 왔다. 왕의 내전 옆이었다.

세카리가 말했다.

"수호자 소벡은 뛰어난 무관이야. 그가 있는 한 파라오의 경호엔 빈틈이 없어. 나조차도 몰래 잠입하기 어려우니까. 그런데 가짜 감찰관을 보내 너를 죽이려고 했던 자는 누굴까? 예고자라면 차라리 다행이지만 그게 아니라면 이건 아주 심각한 문제일 수 있어! 내 생각에 또다른 사악한 인물이 있는 것 같아. 이 궁정에 말이야."

"설마 소벡을 의심하는 거야?"

"그럴 리가. 하지만 수사를 할 때는 그 어떤 가정도 배제해서는 안 돼."

"내가 보낼 정보를 가장 먼저 받게 될 사람이 소벡이라는 사실을 잊지 마!"

"그가 너를 함부로 건드리지 못하게 내가 지켜볼게."

이케르는 자신의 필기도구를 친구의 손에 쥐여주며 말했다.

"세피 장군에게 받은 선물이야. 가나안에 가면 이건 소용없을 거야."

"네가 돌아올 때까지 잘 보관해둘게. 무기는 뭘 갖고 갈 거니?"

"'지배력'이라는 홀 형상의 부적과 폐하께서 주신 저세상 호위 정령의 칼이 있어."

"늘 몸조심해야 돼. 누구도 믿지 말고, 언제나 최악의 경우를 가정하고 움직여. 그러면 느닷없이 붙잡히는 일은 없을 거야."

이케르는 조용히 창밖을 내다보았다. 푸른 하늘에 눈부신 햇살이 빛나고 있었다.

"네게 어떻게 감사해야 좋을까, 세카리? 네가 없었다면 난 이미 오래전에 죽었을 거야. 이젠 헤어져야 할 시간이구나."

세카리는 자신의 감정을 숨기려고 돌아섰다.

"폐하에 대한 네 충성심은 흔들리지 않을 거지, 그렇지?"

"물론이지, 이케르!"

"넌 멤피스에 머물러 있어. 나를 따라 가나안으로 가면 안 돼."

"그건 다른 문제인데……"

"아냐, 세카리. 난 이 임무를 혼자 완수해야 해. 성공을 하든 죽든 혼자 해야 한다고. 이번만큼은 너도 나를 지켜줄 수 없을 거야."

3

이시스는 아비도스에서 멀리 떠나 있는 게 고통스러웠다. 멤피스가 비록 아름다운 도시이긴 했지만, 그녀는 오직 아비도스 생각뿐이었다. 이집트의 정신적 중심지이자 오시리스의 위대한 영지, 의인들의 섬인 아비도스.

아비도스의 절벽, 운하를 따라 자리한 집들, 석상과 석비가 늘어선 사막이 눈에 들어오자 이시스의 가슴은 기쁨으로 가득 찼다. 이 신성한 땅에 오시리스의 무덤과 지성소가 있었고, 제실과 석비가 양편에 늘어선 길이 그곳까지 뻗어 있었다. 바로 그곳에 세계의 축인 생명의 나무가 서 있었다.

아비도스를 떠나 있는 내내 이시스는 마음이 혼란스러웠다. 물론 파라오가 그녀에게 맡긴 임무가 굳센 사람도 용기가 꺾일 만큼 어렵고 과중한 것이긴 했다. 하지만 그녀는 지금까지 잘 버텨왔고, 오히려 그런 버거운 과제로 인해 한층 힘을 낼 수 있었다. 어둠의 세력과 맞서 별 성과를 올리지 못하고 있다는 것 때문에 종종 비관적인 생각에 빠져들기도 했지만, 생명의 나무는 여전히 살아 있었다. 게다가 나뭇가지 두 개는 푸른빛을 되찾기까지 했다. 비록 미미하게나마 이런 성과가 있는 이상 이시스는 결국엔 승리하리라는 믿음을 지켜나갈 수 있었다.

그녀가 혼란을 느낀 이유는 왕세자 이케르가 사랑을 고백해왔기 때문이었다. 자신을 향한 그의 사랑이 너무나 뜨거워서 그녀는 겁을 집어먹었다. 자신을 사랑하느냐는 이케르의 물음에 대답하지 못했던 것도 그 때문이었다.

지금까지는 신비제의와 의식들을 더욱 깊이 아는 데 온 삶을 바쳐왔고, 마음의 흔들림이나 열정과는 거리를 두어왔다. 하지만 이케르를 만난 다음부터 이시스는 자신이 달라진 것을 느꼈다. 영적 수련 중에 느끼는 감각과는 아주 다른 기묘한 감각을 맛보곤 했던 것이다. 겉으론 전혀 모순될 게 없었다. 그러나 그 감각은 알 수 없는 곳으로 그녀를 이끌어갈 것만 같았다.

그녀 자신이 맹세했듯이 그녀의 생각들은 이케르를 따라가 그의 곁에 머물 것이다. 그가 왕세자이든 촌마을 서기이든 하인이든, 그런 건 중요하지 않았다. 그의 마음이 진심이라는 것, 그가 온 마음으로 그녀를 사랑한다는 것만이 중요했다.

이케르는 그녀에게 특별한 사람이었다.

그와 작별하면서 그녀는 다시는 그를 만나지 못할 것 같아 두려웠다. 그는 분명 살아서 돌아오지 못할 길을 떠나려 하고 있었다. 이 두려움은 곧 슬픔으로 변했다. 그에게 좀더 다정하게 했어야 하지 않을까? 여사제로서 살아간다는 것이 얼마나 어려운지 털어놓으며, 다른 방법으로 그를 이해시켰어야 하지 않았을까?

그녀는 이케르 앞에서 느끼는 어떤 감정에 이름 붙이기를 한사코 거부했었다. 혹시 그 감정이 자신의 운명을 바꾸어놓을까봐 겁이 났던 것이다. 하지만 그 감정을 입에 올리기 어려웠다면, 우정이라든가 서로간의 존중, 믿음 등 이런 좋은 말들로 그 감정을 포장하여 말할 수도 있지 않았을까?

당나귀가 코로 그녀를 슬쩍 밀었다. 이제 배에서 내려야 했다. 이시스는 커다란 밤색 눈을 빛내며 자신을 바라보는 북풍을 향해 미소를 지었다. 처음 만났을 때부터 둘은 마음이 통했다. 당나귀는 이케르가 떠난다는 사실에 몹시 상심했지만, 이 다정하고 온화한 젊은 여인 곁에서 위로를 얻었다. 이제 둘은 서로 쳐다보기만 해도 무슨 생각을 하는지 알 수 있었다. 그리고 둘 중 누구도 현실을 애써 감추려 하지 않았다. 왕세자가 살아 돌아올 가능성이 아주 적다는 현실을.

그녀는 별 문제없이 검문을 통과했다. 병사들은 이시스를 알고 있었고, 그녀를 다시 보게 되어 기뻐했다.

그러나 여사제가 미리 짐작한 대로 북풍의 경우는 달랐다. 감찰관들은 북풍에게 다가가기를 망설였다. 한 임시 사제가 서슴지 않고 화를 냈다.

"아비도스에 당나귀를 데려오다니요. 당나귀는 세트의 짐승이란 말입니다! 이놈의 목덜미를 보세요. 적갈색 털이 나 있지 않습니까? 이 짐승은 악의 화신입니다. 당장 탁발 사제님께 알려야겠어요."

이시스는 탁발 사제가 오기를 참을성 있게 기다렸다.

탁발 사제는 파라오의 공식 대리인으로, 아비도스 종신 사제들의 수장이었다.

탁발 사제는 당나귀를 보고 놀란 표정을 지었다.

"적갈색 털이 난 당나귀라니! 이시스 여사제님은 번번이 나를 놀라게 하는구려!"

"왕세자께서 제게 북풍을 돌봐달라고 맡겼습니다. 북풍은 제가 기거하는 집에서 지낼 것이고, 신성한 영역에는 들어가지 않을 것입니다. 우리 사제들이 해야 할 일 중의 하나는 세트의 힘을 통제하는 것입니다. 이 당나귀에 세트의 힘이 깃들어 있다는 말씀은 인정합니다. 그러나 세트의 불꽃을 진정시키는 게 하토르 여신 여사제들의 역할이 아닙니까?"

탁발 사제가 고개를 끄덕였다.

"세트는 등에 오시리스를 짊어지고 다녀야 하는 벌을 받았지. 이 짐승이 얌전히 지낼 수 있을 것 같소?"

"그럴 수 있을 겁니다."

"이 짐승이 한 번이라도 울음소리를 내면 거역의 뜻으로 간주하고 쫓아내겠소."

"북풍아, 알아들었지?"

이시스가 당나귀에게 물었다.

북풍은 알았다는 뜻으로 오른쪽 귀를 쫑긋 세웠다.

탁발 사제는 몇 마디 알아들을 수 없는 말을 중얼거리며 당나귀의 머리를 쓰다듬었다.

"북풍을 데려다 놓고 세소스트리스 신전으로 오시오. 거기서 기다리겠소."

높은 벽에 둘러싸인 세소스트리스 신전이 사막을 수호하듯 위풍당당하게 서 있었다. 카를 발산하여 생명의 나무를 보호하기 위해 건설된 신전이었다. 입구에는 탑문이 보였고 거기서부터 신전까지 포석이 깔려 있었다. 이 광대한 사각형 건축물 안에는 배수 시설이 되어 있어서 정화의식에 사용한 물을 바깥으로 흘려보낼 수 있었다.

열네 개의 기둥 위로 지붕을 올린 회랑이 중정을 둘러싸고 있었다. 이시스는 이 중정을 지나 신전 깊숙한 곳에 있는 지성소로 발걸음을 옮겼다. 지성소 안에는 깊은 고요가 감돌았다. 이 고요 속에 파라오가 모시는 신들의 말씀이 담겨 있었다. 천장에는 촘촘히 그려진 별들이 빛나고 있었다.

탁발 사제는 오시리스를 조각한 한 부조 앞에 서서 생각에 잠겨 있었다.

탁발 사제가 다가오는 이시스를 향해 물었다.

"멤피스 대도서관의 문헌들을 조사해본 결과는 어떻소?"

"앞서 세웠던 가설을 뒷받침해주는 내용들을 발견했습니다. 신성한 산의 심층부에서 캐낸 가장 순수한 금만이 생명의 나무를 살릴 수 있다는 것입니다."

"그런 금은 오시리스 신비제의를 올리는 데에도 꼭 필요하오. 그 금이 없으면 제의가 효력을 잃어 오시리스는 부활할 수 없을 거요."

이시스가 생각을 말했다.

"그게 바로 적들이 노리는 진짜 목표입니다. 세피 장군을 잃었음에도 불구하고 폐하께선 탐광 작업에 한층 힘을 기울이고 계십니다. 그러나 그 누구도 황금의 도시가 어디 있는지, 푼트가 어디 있는지 모르고 있습니다."

"그곳이 실제로 존재하기만 바랄 뿐이오."

"그것에 관해 몇 가지 단서를 찾을 수 있을지 모르니 계속 문헌들을 찾아보겠습니다."

"파라오께서는 어떤 결정을 내리셨소?"

"이 불행을 빚어낸 장본인은 예고자라는 이름의 반란자인 듯합니다. 그자는 가나안 어딘가에 숨어 있는데, 폐하는 그곳에 이케르 왕세자를 보내 그 은거지를 찾아낼 계획이십니다. 이 계획은 폐하의 최측근 신하들과 사제님, 그리고 저만 알고 있습니다."

이시스에게는 특별히 까다로운 임무가 주어져 있었다. 아비도스의 종신 사제와 임시 사제들 가운데 적과 내통하는 자가 있는지 감시하는 임무였다. 하지만 왕은 탁발 사제만큼은 전적으로 신임해서, 그녀에게 이 사제와는 숨김없이 의논해도 좋다고 허락을 내린 터였다.

탁발 사제가 말했다.

"여사제님이 이곳을 비운 동안 특별히 수상한 기미는 발견하지 못했소. 사제들 모두 각자 맡은 일을 성실히 수행했지요. 아무리 악마라 한들 이곳 사제들 사이로 파고드는 게 가능하겠소?"

"멤피스의 하토르 신전 주물 공방에서 제게 귀중한 물건을 주었습니다. 그것의 효능을 시험해보고 싶습니다."

탁발 사제와 이시스는 세소스트리스 신전 지성소에서 나와 페케르 성림(聖林) 한복판에 서 있는 생명의 나무를 향해 발걸음을 옮겼다. 종신 사제들은 여느 날과 마찬가지로 자신의 일과를 성실히 수행하고 있었다. 카의 종복 사제는 영적인 생기를 부양하고 빛의 존재들과의 관계를 이어가기 위해 조상들에게 의식을 올렸다. 봉헌을 담당한 사제는 제단마다 빠짐없이 신선한 물을 부었다. 신의 말씀을 읽어야 하는 사제는 의식의 순조로운 진행을 위해 애썼고, 오시리스의 위대한 육신을 지키는 임무를 맡은 사제는 오시리스 무덤 문에 붙인 봉인이 안전한지 확인했다. 신의 마음을 기쁘게 할 임무를 맡은 악공 사제인

일곱 여사제는 음악을 연주하여 천상의 화음과 어울리도록 했다.

지금까지 아비도스에 계시된 앎의 말씀들은 황금 팔레트에 새겨져 있었다. 그 황금 팔레트의 주인인 파라오는 신의 계시가 계속 이어지도록 하기 위해 아비도스에 있지 않을 때라도 매일 어느 신전 지성소에서 그 말씀들을 암송하곤 했다.

탁발 사제와 이시스는 아카시아나무에 물과 우유를 부었다. 나무에서는 생명의 기운이 미미하게 느껴질 뿐이었다. 이 나무를 중심으로 동서남북 네 방향에 심어진 어린 아카시아나무 네 그루가 생기를 발산하여 나무를 보호하는 자장(磁場)을 형성하고 있었다.

탁발 사제가 탄원했다.

"오시리스여, 부디 이 나무에 계속 거하시기를. 나무가 소생하여 하늘과 땅, 그리고 저 너머 깊은 세상을 하나로 이어주고, 앎에 입문한 사람들에게 빛을 주고, 신들이 사랑하는 이 나라에 번영을 가져다주시기를."

이시스가 아카시아나무를 향해 거울을 내밀었다. 두꺼운 은 원반에 벽옥 손잡이가 달린 아름다운 거울이었다. 손잡이에 하토르 여신의 얼굴이 조각되어 있었다.

여사제는 해를 향해 은거울을 치켜들어 반사광이 나무둥치를 비추도록 했다. 나무둥치에 타지 않을 정도의 뜨거운 열기가 모였다. 아주 조심스럽고 섬세하게 해야 할 작업이었고, 시간을 오래 끌어서도 안 되었다.

얼마 전 세소스트리스는 진흙으로 둥근 공을 빚어 제의를 올렸다. 진흙 공은 태양신의 눈으로, 그 제의 덕분에 아카시아나무를 보호하는 마법의 벽이 한층 견고해졌다. 이제 그 어떤 사악한 기운도 이 마법의 벽을 넘어 침입할 수 없을 것이다. 하지만 이런 조치가 너무 늦은 것이라면?

이시스는 오시리스 신전 한 제실에 거울을 보관했다. 그 제실에는 신비제의에 사용되는 나룻배가 놓여 있었다. 아비도스의 기본 상징 가운데 하나인 이 배는 하늘의 나룻배를 구현한 것으로, 오시리스가 부활하는 데 반드시 필요한 생기의 보증이었다. 그런데 탁발 사제가 확인한 바로는 이 나룻배의 원형인 하늘의 나룻배가 정상적으로 운행되지 못하고 있었다. 때문에 파라오는 이시스로 하여금 이 나룻배의 구성 요소들을 하나하나 열거하는 주문을 외어 배를 온전하게 지키도록 했고, 그 덕분에 이렇게 해서나마 나룻배는 힘을 유지할 수 있었다.

'굳게 견디는 곳'은 세소스트리스의 설계에 따라 엄밀하고 정확한 방식으로 건설된 도시였다. 벽돌로 건축된 집들은 안뜰과 거실, 사적 공간으로 구성되었다. 사막을 바라보는 곳에는 아름다운 저택들이 자리 잡았다. 넓은 시장 관사는 도시 남동쪽에 위치했다.

이시스는 가장자리를 석회 틀로 장식한 나무 문들이 달린 네 칸짜리 집에 살았다. 온통 흰색인 바깥벽과 대조적으로 실내는 다채롭고 화려한 색으로 꾸며져 있었다. 가구는 단순하고 견고했고, 식기는 돌과 자기로 만든 것이었으며, 침구는 아마 천으로 지은 것들이었다. 이시스의 생활이 물질적으로 쪼들리는 경우는 없었다. 그녀의 지위에 맞게 음식 솜씨가 훌륭한 가정부가 있었으므로 그녀는 가사에 신경 쓰지 않아도 됐다.

북풍은 문지방에 걸터앉아 여주인의 집을 지키고 있었다. 이 세트의 짐승이 아무 소리도 내지 않는다는 조건하에 이곳에 임시로 머물게 되었다는 사실을 아비도스에서 모르는 사람은 없었다.

"배가 몹시 고프겠구나, 그렇지?"

당나귀가 오른쪽 귀를 번쩍 세웠다.

"오늘 저녁에는 네가 먹을 것이 변변찮지만, 내일부터는 푸짐한 식사를 마련해줄게."

둘은 사막 경계선을 따라 함께 산책하며 석양을 바라보았다. 지는 햇살이 타마리스나무를 장밋빛으로 물들였다. 이 나무의 이름인 이세르(iser)는 우시르(Ousir), 즉 오시리스의 이름을 떠올리게 해주었다. 사람들은 때로 관 안에 이 나뭇가지를 함께 넣음으로써 미라가 오시리스의 육신으로 순조롭게 바뀌기를 기원하곤 했다.* 타마리스나무는 뿌리를 땅속 깊숙이 뻗어 물을 빨아들이는 굳센 생명력으로 사막의 건조함을 견뎌냈다.

이시스는 오시리스를 향해 기도했다. 아비도스와 이집트를 구하기 위해 목숨을 건 여행을 떠난 이케르를 보호해달라고, 또 그가 그 위험한 곳에서도 올바른 길을 갈 수 있게 해달라고.

---

* 오시리스의 시신도 타마리스나무로 짠 관에 담겼다고 한다.(옮긴이)

4

오늘 밤 예정된 위험하고도 중요한 만남을 생각하자 메데스는 기분이 편치 않았다. 약속 시간이 다가올수록 점점 더 속이 불편해졌다.

메데스가 검토를 끝낸 서류 하나를 막 덮었을 때 수석 재정 관리관 세난크흐가 예고 없이 방문했다. 세난크흐는 재무부인 '두 겹의 흰 집'을 지휘하는 재무 대신이기도 했다.

메데스는 양볼이 투실투실하고 배가 푸짐하게 나온 이 유족한 인물이 싫었다. 온유해 보이는 겉모습 밑에 공공 재정 분야 전문가이자, 두려움을 자아낼 만큼 강력한 통솔자로서의 면모가 숨겨져 있음을 알기 때문이었다. 세난크흐는 아첨에 꿈쩍도 않는 성격이었고, 궁정인들이나 게으르고 무능한 관리들을 몰아붙일 땐 가차 없었다.

"잘 안 풀리는 문제라도 있소?"

"없습니다, 수석 재정 관리관님."

"비서국은 재정 관리 상태가 아주 좋더군요."

"저는 조금의 낭비도 그냥 넘어가지 않습니다. 그러자면 끝없는 노력이 필요하지만 말입니다! 잠시만 주의를 게을리 해도 기강이 흐트러지는 법이지요."

"당신의 유능한 관리 덕분에 국정원 비서국은 업무를 아주 잘해내고 있소. 내가 온 건 좋은 소식을 알리기 위해서요. 당신의 요청이 받아들여졌소. 쾌속 우편선 다섯 척을 새로 보유하게 될 거요. 필요한 인원을 더 고용해서 칙령을 보다 원활하게 반포할 수 있게 하시오."

"정말 기쁜 일이군요! 이제 그 배들로 폐하의 칙령을 보다 신속히 전할 수 있을 겁니다."

세난크흐가 대답했다.

"상하 이집트의 결속을 더욱 강화할 수 있겠지. 앞으로도 지금처럼 성실히 일해주시오."

"염려 마십시오."

집으로 돌아오면서 메데스는 세난크흐가 혹시 자신을 의심하는 게 아닐까 곰곰이 생각해보았다. 그의 언동에서 그런 기미가 보였던 건 아니었다. 그러나 그가 속내를 감추는 데 아주 능란한 만큼 방심은 금물이었다.

메데스는 멤피스 한복판에 있는 화려한 저택에 살았다. 한길에 면한 두 짝 대문과 하인들의 출입구는 문지기가 늘 지키고 서 있었다. 삼층으로 지어진 이 저택은 층마다 나무 차양을 덧댄 발코니 창이 나 있었고, 초록색으로 칠한 작은 기둥이 늘어선 발코니에서는 정원 연못이 내려다보였다.

메데스가 거실로 들어서자마자 그의 아내가 그에게 달려들어 매달렸다.

"자기, 나 아파, 너무 아프단 말이야! 그런데 자기는 나한테 너무 무관심한 것 같아."

"어디가 아픈데?"

"속이 메슥거려, 머리카락도 힘없이 축 처지고 입맛도 없어. 당장 닥터 구아를 불러줘!"

"내일 왕진을 청할게."

"급하다니까, 당장 오라고 해!"

메데스가 자신의 목에 매달린 아내를 떼어냈다.

"난 지금 급한 일을 처리해야 해."

"내가 죽기를 바라는구나!"

"걱정 마, 내일까지는 살아 있을 테니. 내 저녁식사나 준비시켜줘. 그리고 하녀를 불러서 마사지를 받아봐. 기분이 좀 나아질 거야."

배를 든든하게 채운 뒤 메데스는 밤이 깊어지기를 기다려 집을 나섰다. 머리에 두건을 뒤집어써서 얼굴을 가렸다. 골목 모퉁이를 돌 때마다 그는 잠시 멈춰 서서 뒤를 살폈다. 따라오는 사람이 없는지 확인하기 위해서였다. 그러고는 일부러 오던 길을 되돌아가서 원래 목적지 주위를 한 바퀴 돌았다.

미행자가 없다는 걸 확인한 그는 조촐한 동네 한구석에 숨은 어느 호화 주택의 문을 두드렸다. 문이 열리자 메데스는 이층으로 서둘러 올라갔다. 생김새가 묵직한 항아리를 연상시키는 수다스러운 남자가 메데스를 맞이했다.

"어서 오세요, 다시 뵈니 정말 반갑군요! 과자 좀 드시겠습니까?"

메데스는 머리에 뒤집어썼던 두건을 벗고 자리에 앉았다.

"대추야자술이 입에 당기는데."

"즉시 대령하지요!"

정교하고 화려한 은술잔이 메데스 앞에 놓였다.

레바논 상인이 술잔을 가리키며 말했다.

"저와 거래하던 선주(船主)한테 받은 선물입니다. 저를 속이려 했던 자인데, 고통스럽게 죽어가면서 제게 전 재산을 넘겨주었지요. 미운 정도 정이라고 때때로 그가 그리울 때가 있네요."

"당신이 어떤 방식으로 빚을 받아내는지에는 관심 없소. 이케르가 궁정을 떠났소. 내 생각에는 분명 가나안으로 간 것 같은데."

"제 정보원들이 이미 뒤를 쫓고 있습니다. 그런데 그 청년이 맡은 임무를 알고 계십니까?"

"예고자의 은신처를 찾아내서 이집트 군대에 알리는 일이지."

레바논 상인이 슬며시 웃었다.

"그 왕세자는 주제넘은 만큼이나 귀엽기도 하군요."

"이케르를 만만하게 봐서는 안 되오! 죽을 고비를 몇 번씩이나 넘긴 녀석이오. 자신의 임무와 정체가 노출되어 있다는 걸 모른 채 적지에 잠입하는 거니까, 그의 그런 착각을 이용해야 하오!"

"뭣 때문에 그렇게 마음을 놓지 못하는 겁니까?"

"이케르에게 이 임무를 맡긴 사람은 파라오일 거요. 세소스트리스는 섣불리 일을 벌이는 사람이 아니오. 이케르에게 가나안 반란 세력 속으로 침투하라는 지시를 내렸다면, 그건 그가 성공 가능성을 높게 본다는 의미요."

메데스의 말은 귀담아들을 만했다.

"그렇다면 매복을 했다가 그를 잡아들이자는 말씀입니까?"

"분명 이케르는 시켐으로 갈 거요. 당신 첩자들에게 미리 일러놓으시오. 그가 거기 도착하는 즉시 알리라고 말이오. 그가 어느 부족 내로 침투하기를 기다렸다가 그 부족을 시켜 그의 입을 열게 한 다음 조용히 없애버리시오. 그를 심문해보면 적이 무슨 일을 계획하고 있는지 알아낼 수 있을 거요."

레바논 상인이 턱을 문질렀다.

"그것도 괜찮은 방법이겠군요."

"방법이야 어떻든 좋소. 그 이케르란 녀석을 없앨 수만 있다면. 그가 죽으면 세소스트리스도 팔 하나를 잃는 거니까."

"틀림없이 해치울 테니 염려 마십시오."

레바논 상인은 일단 장담해놓고 말을 이어갔다.

"그건 그렇고 이제 우리 사업 얘기나 해볼까요? 고급 목재를 실은 화물선 한 척이 또 레바논을 출발했거든요. 이번에도 세관이 눈을 감아줘야 합니다."

"조치를 취하겠소."

"하역할 창고도 바꾸어야 합니다."

"잊지 않고 있소. 기름은 언제 들어올 거요?"

"때가 되면 말씀드리지요."

기름을 밀반입하려는 레바논 상인의 계획이 성공한다면 수많은 이집트인들이 목숨을 위협받을 것이다.

바야흐로 악의 공격이 시작되고 있었다. 폭력과 고통이 세상에 만연하게 될 테지만, 권력을 손에 넣으려면 그건 감수해야 하지 않는가? 메데스는 자신이 가야 할 길을 이미 오래전에 정해놓았다. 예고자와 만난 건 메데스로서는 난공불락의 장애물을 치워버릴 수 있는 뜻하지 않은 기회였다. 메데스는 생각했다. 한 악마가 어둠 속에서 얼굴을 내밀었으니, 그 악마에게 내 영혼을 팔아버리자. 그래서 부와 명예를 내 손에 움켜잡자.

"다른 문제는 없소?"

"없습니다. 감찰대는 제 조직원들의 그림자조차 찾아내지 못하고 있습니다. 멤피스의 조직원들은 모두 빈틈없는 자들로 이집트 사회에 완벽하게 섞여 들어가 있습니다."

예고자는 추종자 대부분을 이끌고 시리아 팔레스타인 지방으로 퇴각하면서 레바논 상인에게 멤피스의 조직을 지휘하라는 지시를 내렸었다. 장사치들로 분한 조직원들은 염탐꾼들을 귀신처럼 색출해냈고, 또 이렇게 걸려든 자들을 쥐도 새도 모르게 처치해버리곤 했다. 이들은 철저한 점조직으로 구성되어 조직원들끼리도 잘 모르고 있었으므로, 혹시 변절자가 나온다 해도 조직 전체가 위험에 빠질 염려는 없었다.

"그런데 메데스 나리, 나리께선 의심을 사지 않았겠지요?"

메데스는 잠시 생각에 잠겼다.

"난 어수룩한 사람이 아니오. 그 문제는 각별히 신경을 쓰고 있소. 아직 걱정할 만한 조짐은 없지만 긴장을 늦추진 않고 있소. 수석 재정 관리관이 내 요청 사항을 흔쾌히 받아들여 오히려 조심하고 있소. 국가의 이익을 고려해 결정했을 테지만 나를 시험해보려는 의도도 있었을 거요."

레바논 상인이 대답했다.

"조금의 실수도 있어선 안 됩니다. 자칫하면 우리 계획이 물거품이 될 수도 있어요. 만약 세소스트리스의 측근 누군가가 나리를 옥죄어 온다 싶으면 반드시 제게 알려주십시오. 명심하십시오, 메데스 나리. 예고자께선 한 치의 실수도 용납하지 않으실 겁니다."

5

　수많은 일꾼이 동원되어 왕의 성벽 확장 공사를 하고 있었다. 왕의 성벽은 이집트 북동쪽 국경을 강화하기 위해 설치된 일련의 보루와 요새들로, 시리아 팔레스타인 지역에 본거지를 둔 반란 부족들의 공격에 대비하기 위한 것이었다. 일꾼들은 오래된 돌벽을 보강하고 새 돌벽을 쌓아올렸다. 병사와 세관원으로 구성된 국경 주둔군이 오가는 상품의 내역과 여행객의 신원을 꼼꼼하게 조사했다. 파라오 세소스트리스를 노린 습격 사건이 일어난 이후 이곳의 경계는 한층 강화되었다. 궁정을 습격했던 반란자들은 죽었지만, 또다른 자들이 나일 삼각주 지역으로 잠입해 들어올 가능성이 높았던 것이다. 그런 이유로 국경 주둔군은 꼼꼼한 심문을 통과한 자들에게만 입국을 허가해주었고, 의심스럽거나 탐탁찮은 자들은 아예 멀리 쫓아버렸다. 파라오의 칙령이 선언한 대로 '이 국경선을 넘어오는 자는 누구든 파라오의 백성'이 되는 것이다.

　이집트에서 가나안으로 넘어갈 때도 엄격한 절차를 거쳐야 했다. 이름과 여행 사유를 대고 돌아올 날짜를 정확히 밝혀야 하는 것이다.

서기관들은 출국자 관련 서류를 작성하여 날짜별로 정리해두었다.

이케르는 맡은 임무가 미묘한 만큼 국경을 넘어간 흔적을 남겨서는 안 되었다. 이곳을 몰래 빠져나간다는 건 첫번째 난관을 통과하는 시험인 동시에, 호락호락하지 않을 가나안인에게 자신이 이집트에서 몰래 도망쳐 나왔으며 감찰대에게 추적당하고 있음을 믿게 할 증거이기도 했다. 만약 가나안인이 왕의 성벽에 첩자를 심어두었다면, 그들은 이케르에게 공식 출국 허가가 내려진 일이 없다는 사실을 확인하게 될 것이다.

국경선의 경비가 물샐틈없다는 건 이케르도 눈으로 확인할 수 있었다. 성벽 망루 위에는 수많은 궁수가 배치되어 있었고, 보병들 역시 비상사태가 발생하면 언제라도 출동할 태세를 갖추고 있었다.

이런 왕의 성벽을 몰래 넘어가려면 무엇보다 정확한 정보가 필요했다. 세호테프가 이케르에게 건네준 지도에는 병력 배치가 가장 허술한 지점이 표시되어 있었다. 해질 무렵 이케르는 그 지점으로 갔다. 가시덤불이 무성하게 우거진 곳이었다.

맞은편 외진 곳에 낡은 보루가 보였다. 비워두었다가 최근에 새로 병사들을 배치한 보루였다. 이케르가 입수한 정보에 따르면 위병 교대 시에 횃불을 새로 밝힌다고 했다. 병사들이 서로 교대하는 이 몇 분간의 어수선한 틈을 타서 이케르는 가나안 쪽을 향해 전속력으로 달릴 참이었다.

보루의 지휘 책임을 맡은 장교는 새로 얻은 이 보직에 마음을 붙이지 못했다. 그는 멤피스의 병영이 그리웠다. 그곳에 있을 때는 여흥거리가 넘쳐났지만 이곳에서는 시간이 아주 길게 느껴졌다.

장교는 다음 날 동이 트는 즉시 주변의 가시덤불을 태우게 할 생각이었다. 시야가 훤히 트여 있으면 접근하는 자를 쉽게 적발할 수 있을 테니 말이다. 그는 궁수들에게 도주자를 발견하는 즉시 쏘아버리라는 명령을 내려놓았다.

위병 교대 시간이 되었다.

장교는 열 명가량의 궁수를 거느리고 망루로 갔다. 망루에는 앞서 근무한 궁수들이 교대 시간을 알리는 횃불을 밝히고 있었다. 대개의 경우 교대 절차는 신속하게 진행되었고, 인수인계를 마친 병사들은 발걸음을 재촉해서 급식소로 내려가곤 했다.

하지만 그날 밤은 평소와 달랐다. 무슨 소동인지 망루를 지키는 궁수들이 큰소리로 말다툼을 벌이면서 교대 시간이 되었는데도 내려오지 않았던 것이다.

"무슨 일이냐?"

"올라오세요, 대장님. 저희는 자리를 비울 수가 없습니다."

장교는 서둘러 망루로 올라갔다.

한 병사가 코피를 흘리며 바닥에 누워 있는 게 보였다. 동료 두 명이 주먹을 휘두른 장본인인 듯싶은 병사를 간신히 붙들고 있었다. 이 병사는 두 팔을 붙잡힌 채 성난 황소처럼 계속 씩씩거렸다.

"이런, 한바탕 치고받은 게로군!"

바닥에 드러누운 병사가 하소연했다.

"저 녀석이 그랬습니다, 저 미친 녀석이 저를 다짜고짜 이렇게 때리지 뭡니까!"

상대편 병사가 소리쳤다.

"다짜고짜라니! 네가 내 것을 훔쳤잖아, 이 쓰레기 같은 놈!"

장교가 말했다.

"여기서 이럴 것 없다. 너희 둘 다 군사재판을 받게 될 거다. 시비를 따지는 건 재판정에나 가서 해."

여느 때 같으면 벌써 성벽 아래로 내려갔을 다른 궁수들은 마지못해 가나안 쪽 들판을 살피고 있었다. 한 궁수가 희미한 달빛 아래서 무엇인가 발견하고 깜짝 놀라 외쳤다.

"대장님, 저기 좀 보십시오. 한 놈이 달아나고 있습니다!"

장교가 지시했다.

"쏴버려라, 어서. 절대 놓쳐선 안 돼!"

전속력으로 달리는 이케르의 왼쪽 귀 옆으로 첫번째 화살이 휘파람 소리를 내며 날아갔다. 그는 아직 보루에서 쏘아대는 화살의 사정거리를 벗어나지 못한 상태였다. 두번째 화살이 그의 어깨를 스쳤다. 오릭스 군사 훈련소에서 힘든 훈련을 받은 덕분에 그는 장거리를 지치지 않고 달릴 수 있었다. 시선을 멀리 두고 갈지자로 행로를 바꾸면서 있는 힘을 다해 달렸다.

귓가를 울리던 음산한 화살 소리가 점차 잦아들더니 잠시 후에는 자신의 발소리밖에 들리지 않게 되었다.

마침내 국경을 무사히 넘어온 것이다!

그러나 그는 달리는 속도를 줄이지 않았다. 뒤따라올지도 모를 순찰대를 따돌려야 했다. 하지만 이미 밤이 깊어 사방이 어두운 데다가, 지휘관으로서도 도주자를 추격하라는 지시를 내리기는 쉽지 않을 것이다. 병사들이 보루를 비운 사이 또다른 자가 월경을 시도할지도 모르기 때문이었다.

이제 왕세자는 시켐을 향해 가기만 하면 되는 것이다.

큰 개미 한 마리가 얼굴을 무는 바람에 이케르는 잠에서 깨어났다. 덕분에 그는 위험을 알아차릴 수 있었다.

이케르가 몇 시간 동안 숨어 잠들어 있던 덤불을 향해 수염이 덥수룩한 사내 둘이 다가오고 있었다. 두 사내는 뭔가를 경계하는 듯하면서도 연신 떠들어댔다.

"저기 뭐가 있다니까 그러네."

"그야 넝마 뭉치겠지."

"넝마 뭉치를 몸에 감은 사람이라면 어쩔 거야? 잘 보라구!"

"여행 봇짐을 진 녀석 같은걸."

"너도 한몫되겠다 싶은 건 알아보는구나!"

"녀석이 저 짐을 우리에게 넘겨줄 것 같지는 않은데."

"너라면 고분고분 넘겨주겠어?"

"정신 나간 소리 작작해!"

"을러댈 필요도 없어. 한 대 먹이면 그만이야. 세게 때리면 아무것도 기억 못 할 거야."

사내 둘이 몸을 날려 달려들려는 순간 이케르가 몸을 일으키며 호위 정령의 칼을 뽑아 들었다.

"꼼짝 마라!"

이케르가 소리쳤다.

겁이 더 많은 사내는 털썩 무릎을 꿇었고, 다른 사내는 한 걸음 뒤로 물러섰다.

"이거 왜 이러시나! 혹시 감찰관이나 병사는 아닐 테지?"

"감찰관도 병사도 아니지만 무기를 쓸 줄은 알아. 감히 강도짓을 하려고?"

무릎을 꿇은 사내가 외쳤다.

"천만에! 쓰러져 있는 것 같아 도와주려고 했던 것뿐이야."

"도둑질을 하면 종신 노역형이고 살인을 하면 사형이라는 걸 모르나?"

"우린 입에 풀칠할 거리를 찾아다니는 불쌍한 농부들일 뿐이야. 이곳에선 허구헌 날 사는 낙이라고는 눈 씻고 봐도 없다고."

"네스몬투가 먹고살 만하게 해주지 않나보군?"

불한당 둘은 당황한 듯이 서로 얼굴을 마주 보았다.

"넌 이집트인이 아니냐?"

"물론 이집트인이지."

"네스몬투를 위해 일하는 사람이냐?"

"아니."

"그렇다면 가나안에서 뭘 하는 거야?"

"장군을 피해 도망치는 중이야."

"탈영병이냐?"

"그 비슷한 처지야."

"어디로 갈 생각인데?"

"가나안의 해방을 위해 장군과 맞서 싸우는 사람들과 합류할 생각이야."

"그건 몹시 위험한 일이야!"

"너희들 혹시 예고자를 따라다니는 사람들이냐?"

무릎을 꿇고 있던 사내가 벌떡 일어나더니 옆의 친구에게 바싹 달라붙었다.

"우린 그런 일하고는 상관없는 사람들이야."

"그래도 조금은 관련이 있지, 그렇지?"

"아주 조금, 쥐꼬리만큼은 관련이 있지."

"그 쥐꼬리만큼에 대해 이야기해주면 근사한 걸 주지."

"뭘 줄 건데?"

"구리 한 덩어리."

두 불한당은 솔깃해서 침을 꿀꺽 삼켰다. 구리 한 덩어리라니, 이게 웬 떡인가! 그것만 있으면 코가 삐뚤어지게 마실 수도 있고 술집을 돌아다니며 계집들과 어울릴 수도 있다.

"대신 예고자가 있는 곳까지 나를 데려다줘."

이케르는 별 기대는 하지 않고 요구했다.

"무슨 어처구니없는 소리야? 꿈 깨. 그가 어디에 숨어 있는지 아는 사람은 아무도 없어!"

"그의 추종자 가운데 너희와 알고 지내는 자들이 있을 것 아냐?"

"네가 믿을 만한 사람인지 어떻게 알아?"

"이 구리 덩어리를 보면 나를 믿고 싶은 마음이 저절로 들걸."

"말하면 안 되는 거지만 그 구리는 믿을 만하군."

"그렇다면 앞장서기만 해. 내가 따라갈 테니."

"먼저 구리를 내놔."

"난 바보가 아냐. 예고자의 부하들에게 데려가면 주지. 싫으면 관둬. 혼자 찾아갈 테니."

"잠깐 생각 좀 해보고."

"좋아, 하지만 빨리 해."

두 사내는 자기들끼리 한참을 옥신각신했다. 마침내 둘은 결정을 내린 것 같았다.

"시켐으로 가봐. 그 성시 안에 우리 은거지가 있어."

"시켐은 감찰대와 군대가 지키고 있잖아?"

"물론 그렇지. 하지만 그들이 모든 집을 다 들여다보는 건 아니잖아. 거기 가면 비밀 조직이 있어서 널 예고자한테 데려다줄 거야."

"가자. 앞장서."

"어이, 멀찍이 떨어져서 따라와! 우리야 이집트 군인들을 따돌릴 재간이 있지만 너까지 책임질 수는 없어. 명심해! 네가 붙잡히기라도 하면 우린 서로 모르는 사이가 되는 거야."

"한몫 잡을 생각이면 알아서 잘 살피기나 해."

"그걸 말이라고 해? 네가 잡히면 우린 공짜로 이 짓을 하게 되는 셈인데!"

이 말에 이케르는 안심했다.

두 사내는 구불구불한 샛길을 택해 여러 번 멈춰 쉬면서 시켐을 향해 갔다. 성시가 보이는 곳까지 와서 각자 다른 길로 갈라진 그들은 어느 빈민촌에서 다시 만났다. 다 쓰러져가는 집들이 궁핍한 분위기를 풍겼다.

두 사내가 오두막 문지방에 나와 앉은 노인들에게 인사했다. 노인들도 알은체하는 걸로 봐서 두 불한당은 이번이 첫걸음이 아닌 게 분명했다.

별안간 꼬마 아이들이 이케르를 둘러쌌다.

"넌 여기 사람이 아니구나!"

"여기 사람 아니지? 대답해, 안 그럼 돌을 던질 테야."

이케르는 아이들과 싸우고 싶지 않았다. 하지만 아이들은 고분고분 물러날 기세가 아니었다.

두 사내 가운데 하나가 아이들의 엉덩이를 걷어찼다.

"망을 보려면 저만치 가서 봐. 이 사람은 우리랑 같이 왔어."

아이들이 재잘거리며 다른 데로 몰려갔다.

이케르는 둘을 따라 어느 집으로 갔다. 집 담벼락이 더러웠다. 문 밖 오물 더미 위에 누더기를 걸친 한 노파가 초점 없는 눈빛으로 웅크리고 있었다. 당나귀 한 마리가 말뚝에 묶인 채 따갑게 내리쬐는 햇볕 아래서 헐떡이고 있었다. 당나귀를 잡아맨 끈이 너무 짧아서 짐승은 옴짝달싹 못했다.

이케르가 말했다.

"물이라도 좀 주지?"

"한갓 짐승인데 뭘. 들어가자."

"여기 누가 살지?"

"네가 찾는 사람들이 여기 있어."

"먼저 확인해봐야겠어."

"우린 믿을 만한 사람들이라고. 자, 이제 안내해준 값을 내놔."

사내들은 더는 물러설 수 없다는 기세였다.

이케르는 자루에서 구리 덩어리를 꺼냈다. 욕심 많은 손이 잡아채듯 구리를 가져갔다.

"자, 들어가."

실내는 다진 맨 흙바닥이었다. 안에서 풍기는 냄새가 얼마나 고약한지 이케르는 자신도 모르게 멈칫했다.

이케르가 코를 틀어막고 문지방을 넘어서는 순간 웬 사내들이 그를 안쪽으로 거칠게 떠밀었다. 등 뒤에서 문이 닫혔다.

어둑한 방 안에 갈퀴와 곡괭이로 무장한 십여 명의 가나안인이 보였다. 더러운 머리카락을 늘어뜨린 털보가 이케르를 향해 물었다.

"이름이 뭐냐?"

"이케르."

"어디서 왔어?"

"멤피스에서."

"이집트인인가?"

"그래. 하지만 난 세소스트리스의 폭정에 반대하는 사람이야! 카훈에 있을 때 아시아인 친구들을 도와준 적이 있지. 그후 폭군을 암살하려고 했다가 그만 실패하고 말았어. 그래서 몸을 숨기고 있다가 왕의 성벽을 넘어 가나안으로 도망쳐 온 거야. 나는 그 압제자와 맞서 다시 싸우고 싶어. 예고자님이 나를 부하로 받아준다면 절대 실망시키지 않을 자신이 있다고."

"그분 이야기는 누구한테 들었나?"

"아시아인 친구들한테 들었지. 그뿐 아니라 어디서든 그분의 명성을 들을 수 있었어. 파라오와 그 신하들은 벌벌 떨기 시작했어. 다른 이집트인들도 곧 예고자와 뜻을 함께하기 위해 단결할 거야."

"왕의 성벽은 어떻게 넘어온 거야?"

"외떨어진 보루를 골라 캄캄한 밤을 이용해 넘었지. 궁수들이 활을 쏘아댔지만 왼쪽 어깨를 좀 스쳤을 뿐이야."

이케르가 상처를 보여주었다.

한 남자가 못 믿겠다는 표정으로 구시렁거렸다.

"자기가 직접 상처를 냈을 거야! 난 이 이집트 녀석을 본 기억이 없어. 첩자인 게 분명해!"

이케르가 말을 막았다.

"내가 첩자라면 이렇게 멍청하게 제 발로 걸어 들어올 것 같아? 나는 너희를 위해 수없이 죽을 고비를 넘긴 사람이야. 그리고 너희 나라가 억압받는 한 계속 싸울 거란 말이야."

조금 전 이케르에게 달려들었던 아이들 가운데 하나가 들어와 털보에게 귀엣말을 했다. 아이는 다시 뛰어나갔다.

"혼자 온 게 맞나보군. 따라온 사람이 없다는 걸 보니."

털보가 중얼거렸다.

그러자 누군가가 말했다.

"그렇다고 의심이 가신 건 아냐! 조심하는 게 최고야. 녀석을 없애버리자."

분위기가 한층 살벌해졌다.

이케르가 대답했다.

"돌이키지 못할 실수는 안 하는 게 좋아. 나는 멤피스의 정세나 궁정 관습을 잘 아는 서기관이야. 너희한테 큰 도움이 될 텐데."

가나안인들이 티격태격 입씨름을 벌이기 시작했다. 꽤 여러 명이 이케르를 두둔하며 그를 받아들이자고 했다. 하지만 다른 두 명은 입에 거품이 일 정도로 흥분해서 이케르를 죽여야 한다고 우겼다.

털보가 말을 끊었다.

"이건 쉽게 결정할 문제가 아니야. 결정이 내려질 때까지 넌 여기에 머문다. 도망치려 했다가는 끝장날 줄 알아."

6

이시스는 오시리스의 황금 나룻배가 놓여 있는 제실로 발걸음을 옮겼다. 위병들이 스물네 시간 쉼 없이 지키는 이 신전은 안전한 피신처이기도 했다. 이곳에 들어와 제의를 올릴 수 있는 사람은 왕과 왕비, 종신 사제들, 그리고 그녀뿐이었다. 파라오와 왕비가 아비도스를 비운 동안 이시스는 오시리스 나룻배의 생기를 북돋는 임무를 맡고 있었다. 이 나룻배의 생기를 지키는 방법은 배의 각 부분을 하나하나 열거함으로써 기운을 끌어 올리는 것뿐이었다.

여사제는 생각을 집중하고 나룻배를 덮은 천을 조용히 벗겨냈다.

"그대 뱃머리는 서쪽세상의 지배자, 부활한 오시리스의 가슴이며, 뱃고물은 소생의 불꽃 민 신의 가슴이라. 그대 눈은 위대한 비밀을 볼 수 있는 정신의 눈이며, 키(舵)는 빛의 도시에 거하는 신성한 한 쌍으로 이루어졌도다. 그대 두 개의 돛은 구름을 가르는 특별한 별이며, 앞 밧줄은 위대한 빛, 뒤 밧줄은 생명의 집을 지키는 표범의 여신 마프데트의 세 갈래 땋은 머리, 우현 밧줄은 창조자 아톰 신의 오른팔, 좌현 밧줄은 아톰 신의 왼팔, 선실은 권능을 갖춘 하늘의 여신,

노는 여행할 때 호루스 신이 내젓는 팔이로다."*

잠시 동안 나룻배의 황금빛이 찬란하게 빛났다. 제실 안이 환해지고, 천장은 별들이 총총히 빛나는 하늘로 바뀌었다. 나룻배가 또다시 우주를 가로질러 운항하기 시작한 것이다.

그러나 그것도 잠시, 곧이어 다시 어둠이 내리자 황금 나룻배는 빛을 잃고 움직임을 멈추었다.

생명의 나무가 푸른빛을 되찾지 못하는 한, 아비도스가 신들의 황금을 다시 얻지 못하는 한, 이시스가 아무리 애를 써도 지금보다 더 큰 효과를 얻기는 어려웠다. 그러나 이시스는 이렇게 앎의 말들을 욈으로써, 적어도 나룻배가 부서지는 것을 막고 온전한 모습을 유지하도록 할 수는 있었다.

제실에서 나온 이시스는 북풍을 보러 갔다. 그녀는 매일 북풍과 함께 시 외곽 밭두렁을 산책하곤 했다. 북풍은 한결같이 부지런하게 짐을 실어 날랐고, 이런 싹싹한 모습에 무뚝뚝한 사람들도 마침내 마음을 열었다. 세트의 짐승인 북풍이 이제는 아비도스를 지키는 수호 정령처럼 여겨지게 된 것이었다. 이렇게 되자 모두들 이시스가 북풍을 데려온 건 잘한 일이라고 한마디씩 했다.

이시스가 북풍과 나란히 걸으며 말을 꺼냈다.

"이케르는 틀림없이 왕의 성벽을 넘었겠지?"

북풍이 오른쪽 귀를 번쩍 들어올렸다.

"지금쯤이면 가나안에 있을 거야."

북풍도 같은 생각이었다.

---

* 이 내용은 『관(棺)의 서』(폴 바르게 옮김) 398장에 나온다.

"그는 살아 있을 거야, 그렇지?"

오른쪽 귀가 또다시 힘차게 올라갔다.

"하지만 이것 역시 사실이겠지. 그가 크나큰 위험에 둘러싸여 있다는 것 말이야!"

북풍도 동의했다.

이시스가 나직이 중얼거렸다.

"그를 생각해서는 안 되는데, 어째서 그를 마음에서 지우지 못하는 걸까…… 게다가 그는 내 대답을 원했어. 아비도스의 여사제를 사랑하다니, 말도 안 돼! 내가, 내가 왕세자를 사랑해도 되는 걸까? 내가 있어야 할 곳은 여기야. 아비도스를 떠나서는 어디서도 살 수 없어. 또한 나는 내 소명을 잊어서는 안 돼. 넌 내 맘을 알겠지, 북풍아?"

그녀의 심정을 다 이해한다는 듯 당나귀의 커다란 밤색 눈에 눈물이 그렁그렁했다.

베가는 제의를 올리고 나오다가 이시스와 마주쳤다. 이시스는 생명의 집 도서관에 가는 길이었다.

"고문헌을 조사하는 일은 잘되고 있소?"

"마음과는 달리 작업 속도가 너무 더디지만, 희망은 버리지 않았습니다. 고문헌에서 얻은 귀중한 가르침이 몇 가지 있으니 파라오께서 그것들을 잘 빚어 꿀을 만들어내실 겁니다."

"생명의 나무가 더이상 나빠지지 않고 있어 다행이오. 여사제님의 노력이 효과가 있는 것 같습니다."

"제가 한 일은 보잘것없습니다, 베가 사제님. 찬사는 하토르 여신의 거울에 돌려야 합니다. 그 거울이 발산하는 빛 덕분에 나무의 수

액이 원활하게 돌고 있으니까요."

"여사제님의 명성이 점점 높아지고 있으니 그 또한 축하할 일입니다."

"제 관심사는 아비도스를 무사히 지키는 것뿐입니다."

"우리가 어둠의 세력에 맞서 벌이는 이 치열한 전쟁에서 여사제님이 중대한 역할을 맡게 되었구려."

"저는 폐하와 탁발 사제님의 지시에 따라 움직이는 사람에 불과합니다. 만약 제가 의무를 다하지 못하면 다른 여사제가 제 자리를 대신하겠지요."

"오시리스의 나룻배가 힘을 잃어 큰 걱정이오. 만약 나룻배가 움직이지 않게 된다면 부활의 생기를 어떻게 전파할 수 있겠소?"

"배가 부서지지 않도록 하는 것이 가장 시급한 문제이지요."

"나룻배를 살리려는 노력은 별 소득이 없다는 말이로군. 우리 솔직히 말해봅시다!"

"적어도 오시리스 나룻배의 영혼은 우리 곁에 함께 있습니다. 지금으로서야 이보다 뭘 더 바라겠습니까?"

"희망을 품기 어려운 상황이군! 이시스, 그래도 당신이 있으니까 종신 사제들도 아직은 믿고 싶어하는 거요. 아직은 희망이 있다고."

"우리에게는 탁월한 군주의 흔들림 없는 결심이 있습니다. 그분이 통치하는 한 우리는 승리할 수 있을 겁니다."

"오시리스께서 우리를 보호하시길!"

베가는 이시스가 생명의 집으로 들어가는 모습을 바라보았다. 이제 그녀는 그곳에서 밤이 깊을 때까지 문헌들을 뒤적일 것이다. 그녀가 그렇게 도서관에 파묻혀 시간을 보내는 동안 베가는 자유롭게 다음번 밀거래를 준비할 수 있을 것이다.

바로 오늘, 제르구가 도착할 예정이었다.

제르구는 정기적으로 아비도스를 방문했다. 아비도스의 임시 사제 지위를 얻은 덕분에 베가와 함께 특별한 밀거래사업을 벌이기가 한층 수월해진 터였다.

제르구는 부두에 내려 감찰관들에게 인사를 건넸다. 감찰관들도 이미 제르구와 안면을 익힌 터라 몇 마디 친근한 말이 오갔다.

늘 그렇듯 제르구는 품질 좋은 식품과 직물, 연고류, 샌들 등의 물품을 싣고 왔다. 베가가 사제들을 위해 공식적으로 주문한 물품들이었다. 제르구와 베가는 주문품 목록을 확인하고 다음번 물품 배급을 의논한다는 구실로 단 둘이 오랜 시간 머리를 맞댔다.

그러나 이 두 사람의 진짜 관심사는 엄청난 이윤이 남는 어떤 은밀한 거래였다.

보급품 문제를 해결하는 척하며 적당히 시간을 보낸 후 베가는 제르구를 데리고 오시리스 언덕으로 갔다. 두 사람이 접어든 길은 제의 행렬을 위한 길로, 제의 기간이 아니면 인적이 끊기는 곳이었다.

길 양편으로 수많은 제실이 보였다. 제실마다 석상과 석비가 있었다. 이 석상과 석비는 그 무덤 소유자들의 영혼을 부활의 신 오시리스와 이어주는 역할을 했다. 선택받은 소수의 사람만이 부활의 신비에 입문한 뒤 이곳에 제실을 마련할 수 있었다. 이들은 이렇게 오시리스의 뜰에 자리 잡음으로써 이 세상에서, 그리고 다른 세상에 가서도 영원한 생명을 이어갈 수 있는 것이다.

보이지 않는 세상과 이어진 이 석상과 석비 들을 평화로운 정적이 감싸고 있었다. 속인이나 병사는 이 장소에 들어올 수 없었다. 베가가 아비도스에서 작은 석비들을 빼돌려 불멸성을 얻고 싶어하는 부유한 구매자에게 엄청난 값을 받고 팔아넘길 생각을 했던 것도 이런 이유에서였다. 베가의 계획은 여기서 그치지 않았다. 제르구와 메데스에게 석비에 새길 주문과 인장을 넘겨주어 가짜 석비를 만들어 팔 수 있게 한 것이다.

베가에게 이제 양심이나 감정 같은 건 조금도 남아 있지 않았다. 오시리스를 섬기며 소박하게 살아왔던 오랜 세월을 가차 없이 던져버린 그는 한편으론 재물을 끌어 모으는 데 열중하고, 또 한편으로는 신성한 기념물을 몰래 빼돌림으로써 아비도스의 마법을 약화시키고 있었다.

제르구가 투덜거렸다.

"이 묘지에만 오면 기분이 별로란 말이오. 죽은 자들이 나를 쳐다보고 있는 것 같거든."

"쳐다보고 있다 한들 아무 해도 끼치지 못할 테니 안심하시오! 죽은 자들을 무서워하면 아무 일도 도모할 수 없지. 나는 죽은 자들에 대한 금기를 깨버렸소. 내 말을 믿으시오, 제르구 양반. 사람이 죽으면 광물의 상태로 되돌아갈 뿐이오. 그러니 죽은 자들은 아무 영향도 끼칠 수 없소."

베가의 핀잔을 들으면서도 제르구는 서둘러 오시리스 언덕을 벗어났다. 오시리스는 자신의 땅에서 쉬고 있는 사람들을 보호하려 할 테니, 도둑질하러 거기 들어간 자들을 그냥 두고 볼 리 없지 않은가?

"어떻게 할까요?"

베가가 대답했다.

"하던 대로 합시다. 내가 작은 석비 하나를 골라놓았소. 어느 제실 구석에 놓여 있던 이십여 개의 석비 가운데 썩 괜찮은 걸로 빼돌린 거요. 나와 함께 가서 운반해옵시다."

작은 정원으로 둘러싸인 이 제실들에 미라가 누워 있는 건 아니었다. 하지만 제르구는 자신이 무덤을 도굴하고 있다는 느낌이 들었다. 그는 상형문자가 새겨진 석비를 흰 보자기로 싸서 사막까지 옮겨갔다. 이마에서 땀방울이 흘러내렸다. 힘들어서라기보다 마법을 입은 이 비석이 느닷없이 자신에게 달려들 것 같아 겁이 났기 때문이었다. 비석을 서둘러 모래 속에 파묻은 그에게 사제가 물었다.

"다음 일은 알아서 할 수 있겠지요?"

"그럼요, 그럼요. 오늘 밤 경비를 설 감찰관을 매수해뒀습니다. 그가 이 비석을 파내서 멤피스로 떠나는 배의 선장에게 넘겨줄 겁니다."

제르구가 장담했다.

"당신을 믿겠소, 제르구 양반. 조금의 실수도 있어서는 안 되오."

"내가 직접 나설 거니까 염려 마십쇼."

"눈앞의 이익에만 급급해서는 안 되오. 예고자가 정해준 목표는 훨씬 높은 데 있다는 것을 명심하시오."

"그렇게 높은 걸 겨냥하다가 과녁을 놓치면 어떻게 하시려오?"

이 말을 마치자마자 제르구는 오른쪽 손바닥에 타는 듯한 통증을 느꼈다. 손바닥을 들여다보자 세트의 머리가 붉게 달아올라 있었다.

베가가 말했다.

"배신할 생각은 마시오. 그랬다가는 예고자의 손에 목숨을 잃을 거요."

7

이케르는 세번째로 심문을 받게 되었다. 심문을 맡은 사람은 이케르에게 적대감을 보였던 가나안인이었다.

가나안인이 이케르를 윽박질렀다.

"파라오가 보낸 첩자라는 걸 실토해라."

"내가 아니라고 해봤자 네 생각이 바뀌지 않을 텐데 무슨 소용이겠어?"

"네 진짜 임무는 뭐야?"

"예고자를 만나면 그분이 임무를 내려줄 거야."

"예고자가 어디 있는지, 얼마나 많은 사람을 거느리고 계시는지 네가 알기나 해?"

"내가 그걸 안다면 지금 거기에 가 있겠지."

"네스몬투의 작전 계획을 말해봐."

"나도 알고 싶어. 그래서 그들을 무찌르고 싶다니까."

"멤피스 궁정에 대해 이야기해봐."

"그 정보는 예고자님한테만 말할 거야. 다른 사람한테는 안 돼. 네가 나를 어떻게 취급했는지 나중에라도 예고자님이 알면 넌 호된 맛을 보게 될 거다. 나를 이곳에 붙잡아두면 둘수록 우리의 대업에 써야 할 시간을 잃는 거란 말이다."

가나안인은 이케르에게 침을 뱉더니 이케르의 목에 걸린 부적을 잡아채서 발로 짓밟았다.

"이렇게 하면 아무것도 널 보호해주지 못하지, 더러운 변절자! 자, 이제 이놈을 고문해볼까. 이놈이 감춰온 칼을 가지고 와. 녀석이 입을 여는 꼴을 보게 될 거야."

이케르는 몸을 떨었다. 죽는 것도 두려웠지만 고문의 고통까지 겪어야 하다니! 그러나 그는 아무 말도 하지 않기로 결심했다. 자신이 무슨 말을 하든, 이 사내는 더욱 포악하게 날뛸 것이다. 차라리 끝까지 입을 다물고 버텨서, 상대가 고문을 하다가 제풀에 지치게 하는 게 나았다. 상대가 자기 생각이 틀렸다고 의심할 수도 있고, 어쩌면 그의 동료들에게서 동정을 살 수도 있을 것이다.

가나안인은 칼날을 이케르의 코 아래 바싹 갖다 댔다.

"겁나지, 응?"

"겁나는 게 당연하지! 나한테 왜 이런 심한 짓을 하는 거야?"

"우선 네 가슴을 너덜너덜하게 찢어놓을 거야. 이어서 코를 베어내고 그다음엔 네 불알 두 개를 싹둑 잘라낼 거란 말이지. 그렇게 되면 넌 더이상 남자가 아니다. 지금이라도 바른 대로 털어놓는 게 어때?"

"날 예고자님께 데려다줘."

"넌 모든 걸 털어놓게 될 거야, 이집트의 개 같으니라구!"

가나안인이 칼날로 이케르의 가슴에 첫번째 긴 고랑을 냈다. 피가 흘렀고 이케르는 고통의 신음을 내질렀다.

가나안인이 또다시 칼날을 휘두르려는 순간 문이 벌컥 열렸다.

"병사들이야! 달아나야 해, 어서!"

뛰어 들어온 사내의 등에 화살 하나가 날아와 꽂혔다. 사내가 앞으로 폭 꼬꾸라졌다. 이십여 명의 보병이 이 악취 가득한 집 안으로 몰려들어와 닥치는 대로 가나안인을 베었다.

한 병사가 이케르를 가리키며 물었다.

"이자는 어떻게 할까요?"

"묶인 거나 풀어줘라. 녀석도 이 반란자들과 한패일 테니 네스몬투 장군께 끌고 가자."

공식적으로 이케르는 네스몬투 장군의 제1병영에 억류된 포로였다. 네스몬투 장군은 예고자의 추종자 하나를 체포했다는 사실을 반기며 그를 엄중 문초하고 있었다. 그래서인지 장군이 포로를 심문하는 방에는 아무도 들어갈 수 없었다.

"그리 위험한 정도는 아니군."

장군이 이케르의 상처에 연고를 발라주며 말했다.

"이걸 바르면 빨리 나을 걸세."

"만약 장군께서 도와주시지 않았다면……"

"일이 어떻게 돌아가는지 지켜보는데도 꽤나 초조하더군. 자네가 그들의 믿음을 사는 데 실패한 게 틀림없다 싶어서 공격 지시를 내린 거야. 운이 좋았어. 하마터면 우리 병사들이 한 걸음 늦을 수도 있었으니 말이야."

이케르는 긴장이 일시에 풀리는 걸 느꼈다.

"속 시원하게 울어보는 것도 마음을 진정시키는 괜찮은 방법이지.

뛰어난 용사들도 고문 앞에선 공포를 느끼는 법이야. 이 묵은 포도주를 마셔보게. 나일 삼각주에 있는 내 포도 농장에서 빚은 술이야. 이 술이 만병통치약이거든. 하루에 두 잔만 마셔도 피곤함을 모르고 지내지."

장군의 말대로 그 포도주는 이케르의 원기를 회복시켜주었다. 부들부들 떨리던 몸이 점차 진정되었다.

"배짱이 없지는 않았어, 왕세자. 하지만 자네가 상대한 적들은 야수보다 더 흉포한 자들이었네. 자넨 이런 종류의 임무를 수행하는 데 어울리지 않아. 반란 분자들 속에 침투하려 자원했던 병사들은 모두 참혹하게 목숨을 잃었네. 자네도 하마터면 같은 운명을 맞을 뻔했지. 멤피스로 돌아가게."

"이렇게 아무 소득 없이 돌아갈 수는 없습니다!"

"자넨 살아남았잖아. 그것도 대단한 거야."

"이번 일을 이용할 수 있습니다."

네스몬투는 흥미를 보였다.

"어떻게 말인가?"

"제가 반란 분자라는 것과 장군한테 체포되어 심문을 받고 처형당할 거라는 사실을 공포해주세요. 제가 가나안인 편에서 싸웠다는 걸 아무도 의심하지 않도록 말입니다. 제가 처형되기 전에 가나안인들이 감옥으로 쳐들어와 저를 구출하게 하면 되잖아요."

"그건 곤란해! 이곳 감옥은 철통같다고 알려져 있는데, 그 명성을 무너뜨려서는 안 되거든. 음…… 좀더 간단한 방법이 있네. 죄수 호송 수레를 이용하세."

"어떻게요?"

"자네는 강제 노역형을 선고받고 유형지로 호송되어 가는 거야. 그러자면 자넨 우리에 갇혀 시켐 시내를 가로질러야 해. 이집트를 공격하는 자들이 어떤 처벌을 받게 되는지 똑똑히 보여주는 거지. 호송부대는 잠시 쉬는 척하며 수레를 놓아둔 채 자리를 비울 거야. 반란분자들이 자네를 빼내려 한다면 아주 좋은 기회가 되겠지."

"좋은 생각이네요, 장군."

"나는 자네의 할아버지뻘이야. 자네가 비록 왕세자이긴 하지만 굽실거리거나 쓸데없는 예절을 차릴 생각은 없네. 그러니 이 말을 귀담아듣게. 첫째, 이 계획은 성공할 가능성이 적어. 둘째, 혹시라도 성공할 경우 자네는 진짜 지옥에 들어가게 되는 거야! 그런 경험은 이번만으로도 충분하지 않은가? 단념하게. 그리고 이집트로 돌아가도록 해."

"그럴 수는 없습니다, 장군."

"이유가 뭔가, 이케르?"

"저는 지난날 저지른 제 과오를 씻어야 합니다. 그 방법은 파라오의 명을 받들어 생명의 나무를 살리는 길뿐이에요. 그러자면 현재로서는 예고자의 은신처를 알아내는 게 급선무입니다."

"가장 뛰어난 정보원들도 실패한 일이야!"

"그렇기 때문에 방법을 바꾸어야 하는 겁니다. 또 그래서 제가 여기 온 것이고요. 시작이 아주 어려웠다는 점은 저도 인정합니다. 하지만 달리 방법이 있었을까요? 생각해보면 결과가 그리 나쁜 건 아닙니다. 저를 보호해주느라 시켐의 반란자 소굴 한 곳을 소탕하지 않았습니까? 지금 말씀하신 죄수 호송 수레는 아주 좋은 생각입니다. 누구든 제가 가나안의 독립을 위해 목숨을 바친 거라 생각하고, 저를 구하러 달려들 테니까요."

"그렇다고 그들이 자네를 과연 예고자가 있는 곳까지 데려다줄까?"

"무슨 일이든 때가 있는 법입니다. 이 기회를 놓치고 싶지 않습니다."

"자네 정말 정신이 나갔군, 이케르!"

"파라오께서 제게 임무를 맡기셨습니다. 저는 그 임무를 완수해야 합니다."

진정이 담긴 이케르의 목소리에 노장군은 마음이 뭉클해졌다.

"이렇게 말하면 안 되지만, 내가 자네라면 나 역시 자네와 같은 길을 택했을 거야."

"가나안인이 저를 고문하던 칼을 찾으셨습니까?"

"이건 저세상 호위 정령의 칼이 분명해! 한 병사가 주워 가지려 하다가 손이 타버렸거든."

"그런데 장군께선 아무렇지도 않게 그 칼을 들고 계시는군요."

"그렇다네."

"아비도스 황금원 회원의 특권입니까?"

"그런 터무니없는 생각을 하다니. 내 병사들은 마법을 두려워하지만 나는 그렇지 않아. 자네는 아비도스에 흥미가 많은가보군."

"그곳은 이집트 정신의 원천이니까요."

"그렇다고들 하지. 하지만 아비도스는 자네가 가야 할 방향이 아냐!"

"혹시 모르지요. 그곳에 도달하기 위해 지금 가나안을 거쳐가고 있는 중인지도."

네스몬투는 들고 있던 칼을 왕세자에게 내밀었다.

"자네는 어떤가? 이 칼을 잡고 있어도 손에 고통이 느껴지지 않는가?"

"네, 그렇기보다는 힘이 솟아나는 걸 느낍니다."

"하지만 아쉽게도 자네는 이 칼을 가지고 갈 수 없어. 심문을 받고 죄수 호송 수레에 갇힌 포로라면 벌거벗겨진 채 온몸이 망가져 있어야 하거든. 이래도 여전히 고집을 부릴 텐가?"

"제 결심은 변함없습니다."

"자네가 살아 돌아오면 이 칼을 돌려주겠네."

"예고자의 은신처를 찾아낼 경우 어떻게 연락해야 합니까?"

"가능한 모든 수단을 동원하게. 그 어느 것이든 위험이 따를 테지만 말이야. 가나안 부족은 가축을 끌고 계속 옮겨 다니며 살고 있어. 자네가 어느 부족과 함께 지내게 된다면, 그 부족을 따라 계속 이동하게 될 거야. 머무는 곳마다 전언을 남겨놓게. 나만 읽을 수 있는 암호로. 그러면 내가 소벡을 통해 폐하께 알리도록 하겠네. 전언은 어디에 남겨도 상관없어. 나무둥치, 돌, 헝겊 조각, 어쨌거나 가나안인에게 들키지 않고 사막 감찰대의 눈에 들어오게만 하면 되네. 그 유목민들 가운데 하나를 매수해보게. 재물을 잔뜩 안겨주겠다는 미끼로. 그래서 그를 시켐으로 보내 내게 연락하게 하는 것도 한 방법이지. 하지만 만약 예고자의 부하에게 그런 말을 꺼냈다가는 자네 생명이 위태로워질 거야."

이케르는 온몸의 힘이 쭉 빠지는 것 같았다.

"어느 것도 확실한 방법이 아니네요."

"그렇다네, 확실한 방법은 없어."

"제가 성공하더라도 동시에 실패할 수 있다는 말이군요. 예고자를 찾아내도 장군에게 알릴 방도가 없으면 허사니까요."

"맞아. 이 불가능한 일을 그래도 해볼 생각인가?"

"하겠습니다."

"이곳에서 식사를 하도록 하지. 심문을 계속한다고 핑계대면 되니까. 그런 다음 자네는 곧장 죄수 호송 수레에 갇히게 될 거야. 그 순간부터 자네는 돌이킬 수 없는 길로 들어서는 것일세."

"장군께서는 소백 대장을 신뢰하고 계시죠?"

네스몬투는 언짢다는 표정을 지었다.

"나 자신을 믿듯 그를 믿지. 왜 그런 질문을 하는가?"

"소백 대장은 저를 미워합니다. 그리고……"

"그런 이야기는 더 듣고 싶지 않아! 소백은 공명정대한 사람이야. 그리고 파라오를 위해서라면 목숨이라도 내던질 걸세. 그가 자네를 의심하는 건 지극히 당연한 일이야. 자네는 몸소 행동을 통해 그의 신뢰를 얻어야 해. 자네와 내가 그에게 정보를 전한다면, 그 정보는 파라오를 제외한 누구에게도 새나가지 않을 거야. 소백은 궁정에 우글거리는 모사꾼과 아첨꾼을 싫어하지."

맛있는 소갈비와 적포도주로 식사를 하면서 이케르는 자신이 얼마나 무모한 짓을 하려 하는지 분명히 깨달았다.

8

두 마리 소가 죄수 호송 수레를 끌고 시켐 시 전역을 돌아다녔다. 우리 안에 갇힌 이케르는 창살을 움켜잡은 채, 이 비참한 광경을 구경하는 가나안인들을 마주 보고 있었다.

이케르의 몸은 푸른 멍 자국으로 뒤덮여 있어서 고문이 얼마나 혹독했는지를 말해주었다. 사실 이 멍 자국은 물감을 교묘하게 발라 위장한 것이었다.

죄수 호송 수레를 이끄는 병사들은 서두르는 기색이 없었다. 반란을 꾀한 자들의 최후를 주민들에게 똑똑히 보여주기 위해서였다.

한 노인이 중얼거렸다.

"저 불쌍한 청년은 앞으로 더 비참한 꼴을 당하게 될 거야. 강제 노역을 하다 오래 못 버티고 죽겠지."

수레가 지나가는 곳마다 침울한 침묵이 감돌았다. 가나안 주민이면 누구든 이 호송 행렬을 습격하여 죄수를 구해내고 싶은 마음이 간절했겠지만, 행동에 나서는 사람은 아무도 없었다. 이집트군의 가혹한 진압이 그만큼 두려웠던 것이다.

이케르는 혹시라도 어디선가 기습해올 기미가 있지 않을까 기대했다. 하다 못해 의미심장한 눈빛이라든가 예사롭지 않은 작은 움직임이라도 보이기를 바랐다.

그러나 아무 일도 일어나지 않았다. 무력감에 짓눌린 구경꾼들은 호송 행렬을 그저 말없이 바라보고 있을 뿐이었다.

시내를 한 바퀴 다 돌았을 무렵 죄수에게 물 한 모금과 눅눅한 전병 하나가 주어졌다.

이윽고 호송 행렬은 시켐 성문을 빠져나가 북쪽으로 향했다.

두 사내는 앞으로 취해야 할 행동에 대해 의견이 엇갈렸다. 이들은 예고자의 부하였다.

하나가 신경질적인 어조로 말했다.

"명령대로 실행해야 해. 저놈은 첩자야, 죽여야 한다고."

금발 머리 사내가 불만스럽게 대꾸했다.

"자칫하다간 우리가 위험해질지도 모르는데 구태여 그럴 필요가 있을까? 이집트인이 알아서 처치해줄 텐데 말이야!"

"그건 자네가 몰라서 하는 소리야."

"무슨 말이야?"

"저 이케르라는 자는 이집트의 끄나풀이야. 예고자님이 알려준 거야."

"그럴 리가!"

"멤피스 동지들이 보내온 정보로 봐선 틀림없어. 저놈은 세소스트리스가 우리 조직에 침투시키려고 파견했다는 그 왕세자가 틀림없어."

"저렇게 고문당하고 갇혀 있잖아!"

"눈속임일 뿐이야. 네스몬투가 꾸민 수작이라고."

금발 머리 사내는 당황했지만 겉으로는 마음의 동요를 드러내지 않았다. 사실 그는 네스몬투가 가나안 부족 내에 심어놓은 첩자였다. 그는 예고자를 한 번도 본 적이 없었고, 그래서 간혹 예고자라는 인물이 허깨비처럼 느껴지기도 했다. 하지만 도처에서 자행되는 폭력은 피할 수 없는 생생한 현실이었다. 그가 네스몬투에게 정보를 빼돌리는 이유는 유혈 사태를 막아서 가나안인의 무고한 희생을 막고 싶었기 때문이다.

지금 그는 예기치 않게 떠맡은 임무를 수행해야 했다. 하지만 조금 전 동료에게 들은 말이 사실이라면 행동에 나서기가 꺼림칙할 수밖에 없었다.

금발 머리가 신경질쟁이 동료에게 말했다.

"저 수레를 공격할 생각은 관둬. 우리는 둘뿐이라고."

"병사들이 언제까지고 지키고 있지는 않을 거야. 우리가 달려들어 저 가짜 죄수를 구출하길 기대하고 있을 테니까. 밤이 되어 저들이 야영을 하면 죄수를 빼돌리자."

금발 머리는 더이상 반대할 수 없었다. 그랬다가는 의심받게 될지도 몰랐다. 이 난관을 어떻게 풀어나가야 할까? 같은 편 동지를, 게다가 왕세자라는 인물을 죽이는 일에 협력해야 하는가, 아니면 그를 구해야 하는가? 만약 죄수를 구해내려 한다면 이제까지 그가 기울여온 노력은 결국 허사가 될 것이다. 부족을 배신해놓고 다시 돌아간다는 건 불가능했다.

해질 무렵 호송 행렬은 작은 숲 근처에 멈춰 섰다. 병사들은 호송 수레를 타마리스나무 아래 놓아두고 둘러앉아 농담을 주고받으며 저녁식사를 했다. 얼마 후 그들은 잠이 들었다. 병사 하나가 보초를 섰지만, 그도 역시 얼마 지나지 않아 꾸벅꾸벅 졸기 시작했다.

신경질쟁이가 말했다.

"너도 봤지. 저들은 일부러 틈을 내주고 있어."

금발 머리가 불안하다는 듯 반문했다.

"우리를 잡으려고 함정을 놓은 게 아닐까?"

"절대 그렇지 않아. 모든 일이 예고자님이 예상한 대로 흘러가고 있어! 예고자님의 말은 절대로 틀리는 법이 없지."

"먼저 병사들부터 처치하는 게 어떨까?"

금발 머리가 궁리 끝에 말했다. 병사들을 공격하다가 힘이 부쳐 죄수를 내버려두고 달아나는 것도 한 방법이다 싶었던 것이다. 그런 다음 기회를 봐서 이케르에게 알려야 했다. 정체가 발각되었으니 계획을 단념하라고 말이다.

하지만 신경질쟁이가 말을 잘랐다.

"그럴 필요 없어. 저들은 우릴 보고도 못 본 척할 거야. 어서 가서 죄수를 빼돌리자."

금발 머리는 결심했다. 우리에서 왕세자를 빼낸 다음 신경질쟁이 동료를 죽이고 자신의 정체를 밝히는 수밖에 없었다.

호송 수레에 갇혀 있는 것이 몹시 힘들었지만, 이케르는 현자의 가르침과 이시스를 떠올리며 꿋꿋이 버텼다. 그러나 두려움이 찾아들었다. 그 두려움은 은근하고도 집요하게 그를 짓눌렀다.

과연 가나안인들이 나를 구하러 올까? 온다면 어떤 방법으로 호송 수레를 열 것인가? 또 한 차례 학살이 벌어지는 건 아닐까?

오랫동안 긴장하고 있었기 때문인지 그의 감각은 아주 예민해져 있었다.

누군가가 호송 수레 쪽으로 다가오는 소리가 들렸다.

보초병은 정신없이 곯아떨어져 있었다.

눈앞에 사내 둘이 모습을 드러냈다. 두 사람은 손가락을 입술에 대고 이케르에게 소리 내지 말라는 신호를 보낸 뒤 수레를 엮은 굵은 밧줄을 끊었다.

마침내 이케르는 호송 수레에서 빠져나올 수 있었다.

신경질쟁이는 동료를 조금도 의심하지 않았다.

죄수가 수레에서 떨리는 걸음으로 몸을 빼낼 때 금발 머리는 슬그머니 뒤로 물러나 신경질쟁이의 등 뒤에 가서 섰다.

금발 머리가 신경질쟁이의 등을 향해 칼날을 치켜드는 순간, 그의 목덜미에 타는 듯한 통증이 닥쳐왔다.

금발 머리는 입을 쩍 벌린 채 비명조차 지르지 못했다. 손에 든 칼을 놓치고 땅바닥에 털썩 무릎을 꿇은 사내의 목을 칼날 하나가 날카롭게 베어냈다.

트레장의 솜씨는 재빠르고 확실했다. 놀라서 얼이 빠진 신경질쟁이에게 트레장이 설명했다.

"이자는 네스몬투에게 매수된 배신자야. 난 예고자님이 보낸 사람이다."

"혼자서 카라반을 해치웠다는 그 꼬마가 너냐?"

"그래. 하지만 난 꼬마가 아냐. 이 배신자의 시체를 들어. 어서 여

70

기를 떠나자."

"이 시체를 왜 가져가는 건데?"

"나중에 알려주지."

한참을 달린 세 사람은 추격이 미치지 못할 곳까지 가서야 비로소 한숨을 돌렸다.

이케르는 기진맥진한 나머지 땅바닥에 벌러덩 누워 눈을 감았다. 쏟아지는 잠을 도저히 이길 수가 없었다. 한 시간만이라도 눈을 붙이고 싶었다.

신경질쟁이가 시체를 내려놓으며 말했다.

"일이 쉬워졌군."

신경질쟁이가 트레장을 구석진 곳으로 데려가며 수군거렸다.

"난 명령을 받았어."

"어떤 명령인데?"

"내가 할 테니 넌 보고만 있어."

"알아듣게 이야기해!"

"잘 들어, 꼬마. 넌 잔뜩 거드름을 피우고 있는데 말이야, 우리의 최고 두목은 예고자님이야."

"그거야 두말하면 잔소리지."

"넌 배신자 하나를 없앴으니까, 다른 배신자를 없애는 건 내 몫이라고."

"그러니까 네 말은……"

"저 이집트 녀석은 진짜 죄수가 아니라 파라오의 첩자야. 우리를 속이려고 연극을 한 거라고. 그런 정보를 미리 손에 넣었으니 다행이지. 녀석을 호송 수레에서 빼낸 건 처치하기 위해서야. 지금 잠이 들었으니 녀석은 저항할 수도 없을 거야."

신경질쟁이는 이케르에게 다가가 몸을 낮춰 앉았다.

사내가 이케르의 심장에 칼날을 꽂으려는 순간, 사내의 허리에 트레장의 칼날이 들어와 박혔다. 사내는 머리를 치켜든 뱀처럼 혀를 길게 뺐다. 사내의 팔다리가 뻣뻣해지더니 이케르 옆에 털썩 쓰러졌다.

트레장이 중얼거렸다.

"그래, 우리의 최고 두목은 예고자님이야. 그분이 내게 이자를 구하라는 명을 내리셨지."

막 떠오른 햇살이 이케르의 잠을 깨웠다.

온몸이 쑤셔서 몸을 일으키기가 힘들었다. 가장 먼저 눈에 들어온 것은 비곗살을 질겅질겅 씹는 꼬마였다. 이어서 시체 두 구가 눈에 띄었다. 시체 하나의 얼굴은 알아볼 수 없을 만큼 훼손되었다. 이케르는 그만 속이 뒤집혀 구역질을 했다.

"무슨 일이 있었던 거니?"

"저 금발 머리는 네스몬투의 첩자였어. 일 년 이상 가나안 부족을 염탐하고 있었지. 하지만 결국 놈의 정체를 알아냈고, 그래서 죽인 거야."

이케르는 자신도 모르게 몸을 부르르 떨었다.

"그럼 저 사람은?"

"솜씨는 그럭저럭 괜찮지만 머리가 나쁜 자였어. 그자가 널 죽이려고 했지."

"그렇다면 네가…… 네가 날 살려준 거니?"

"상부 지시야. 나는 트레장이라고 해. 예고자님의 심복이지. 어려운 비밀 임무를 맡아서 처리하는 게 내 특기야."

"넌, 내가 누군지 알고 있니?"

"이케르잖아. 세소스트리스를 암살하려다 실패하고, 붙잡힐 게 두려워 가나안 반군에 합류하려 했었고."

"날 도와줄 수 있겠니?"

"널 우리 부족에게 데려가줄게. 우리와 함께 힘을 합쳐 압제자와 맞서 싸우자."

이케르는 잘못 들은 게 아닌가 싶어 귀를 의심했다.

"저 사람 얼굴은 왜 저리 못쓰게 만들어놓은 거니?"

"잘 봐. 너와 비슷한 키에 체형도 비슷해. 머리카락 색깔이나 길이까지도. 단 하나 다른 점이 있다면 얼굴 생김새지. 그래서 얼굴을 없앤 거야. 지금 네 몸에 있는 상처 두 개도 잊지 않고 만들어 넣었어. 어깨와 가슴에 말이야. 이집트 병사들이 저 시체와 죽은 금발 머리를 발견하면 자기네 두 첩자가 살해된 거라고 믿을 거야."

이케르는 소스라치며 전율했다.

"나를 첩자라고 생각하는 거니?"

"우리 부족은 가나안 저항군이 될 거야. 왕세자 이케르는 죽었고 너는 새로운 삶을 시작하는 거지. 이제 넌 대의를 위해 몸 바쳐야 해."

문득 이케르는 이 소년을 없애고 시켐으로 돌아갈 수도 있겠다는 생각이 들었지만, 트레장의 싸늘한 미소를 보자 그런 생각이 싹 사라지고 말았다.

칼과 창으로 무장한 스무 명가량의 가나안인이 어느새 주위를 둘러싸고 있었다. 빠져나갈 길은 어디에도 없었다.

시켐 제1병영의 병사들은 병영 뜰에 놓인 두 구의 시신을 보고 아연실색했다.

네스몬투 장군은 이보다 더 참혹한 광경도 보아왔지만 분노와 슬픔을 억누르지 못했다. 그는 용감했던 이 금발 머리 부하를 몹시 아꼈었다. 게다가 오래 공들여온 모든 노력이 결실을 거두려는 순간 무너진 것이다. 이 부하는 뭔가 치명적 실수를 저지른 게 분명했다. 가나안 반란자들 속에 침투한다는 건 역시 불가능한 일이란 말인가? 더구나 그 옆에 나란히 누운 시신을 보자 실패했다는 자각이 더더욱 뼈저리게 다가왔다.

아무리 적이란 한들 사람을 이토록 잔인하게 죽일 수 있단 말인가? 그 시신의 얼굴은 만신창이였지만 누군지 알아보는 건 어렵지 않았다.

한 장교가 흰 천으로 시신을 싸며 구역질을 했다.

"어떻게 할까요, 장군?"

"시켐의 수상쩍은 자들을 모두 잡아들이고 성밖 검문 인원을 늘려라. 이 두 용사는 간소하게나마 미라로 만들어 멤피스로 송환하라."

장교가 비탄에 잠긴 목소리로 말했다.

"저도 이 금발 머리 용사를 압니다. 그런데 또 한 사람은 누구입니까?"

"그도 역시 탁월한 용사였다."

네스몬투는 천천히 막사로 돌아와 파라오 세소스트리스에게 보낼 서한을 작성했다. 왕세자 이케르의 비극적 죽음을 알리는 보고서였다.

9

"아닙니다, 부인은 병이 난 게 아닙니다."

"하지만, 의사 선생, 난 아프단 말예요!"

메데스의 아내가 화난 듯 대꾸했다.

"부인의 문제는 지나치게 기름진 음식 때문입니다. 아침 점심 저녁 세끼를 그렇게 기름지게 먹으니 간이 부어오를 수밖에요. 현기증과 구역질을 느끼는 게 당연한 이치죠."

"약을 처방해주세요, 의사 선생. 약을 주시면 되잖아요!"

"약을 써봤자 식사를 엄격히 조절하지 않으면 소용없습니다. 식이 요법을 쓰세요. 그런 다음에 경과를 지켜봅시다."

환자의 불평에도 닥터 구아는 아무런 약도 주지 않은 채 돌아갔다. 메데스의 아내는 화를 내며 펄펄 뛰다가 결국 메데스가 들어와 언성을 높인 다음에야 잠잠해졌다. 아내를 방으로 들여보낸 후 메데스는 아비도스에서 돌아온 심복 제르구를 불러들였다.

"베가 사제는 여전히 협조적으로 나오고 있겠지?"

"물론입니다. 부자가 될 욕심에다 파라오에 대한 증오가 더해져 그의 결심을 부채질하고 있더군요."

메데스가 대꾸했다.

"그에 대해선 안심해도 될 것 같아. 그는 자신의 본바닥을 다 드러내 보였으니까. 이제 그가 섬길 사람은 예고자뿐이야. 악이란 이렇듯참 멋진 거다, 제르구. 악은 언제 어느 때건 불가능이란 걸 모르거든.마아트가 수많은 세월에 걸쳐 이루어놓은 것을 악은 단 한순간에 파괴해버릴 수 있지. 이집트가, 이 나라 신전들과 사회 전체가 거대한폐허 더미로 변하게 될 때 우리가 마음대로 활개 칠 수 있는 세상이올 거다."

제르구는 목이 마른 듯 찬 백포도주를 들이켰다. 그는 메데스가 이런 식으로 이야기를 꺼낼 때마다 마음이 편치 않았다. 죽은 다음에가서 서게 된다는 저세상 재판정이 정말로 있다면, 그곳 판관들에게자신은 아무것도 모르고 시키는 대로만 했을 뿐이라고 하소연하며용서를 구할 생각이었다.

"이번엔 뭘 얻어냈느냐?"

"오시리스 형상이 새겨진 근사한 석비입니다. 망자를 조상신 반열에 올려줄 아비도스의 신성한 주문도 들어간 물건이죠. 엄청난 값을받을 수 있을 거예요!"

"운반 경로는 확실하게 해놨겠지?"

"아비도스의 감찰관 한 명에게 재물을 두둑이 먹여 매수해놓았죠.전령 하나가 그 감찰관한테 석비를 넘겨받아 우편선에 실어올 겁니다. 이 전령에게도 마찬가지로 재물을 잔뜩 먹여놓았지요. 베가는 신중을 기한답시고 한 번에 석비 하나 이상은 빼돌리려 하지 않아요."

"이번 일을 처리하는 대로 우리 일을 눈감아주는 세관원들에게도 뇌물을 먹이는 걸 잊지 마라. 그리고 다른 화물 창고를 알아보도록 해. 레바논에서 올 물건을 하역해야 하니까."

제르구 생각에 이런 밀거래야말로 가장 멋진 일이었다. 이건 신들도 악마들도 끌어들일 필요 없이, 단지 부두의 행정 체계와 뱃속 검은 관리들의 생리만 잘 꿰고 있으면 되는 일이니 말이다.

궁정으로 들어선 메데스는 뭔가 심상찮은 일이 벌어졌다는 걸 알아차렸다. 분위기가 무겁고 음울했다. 궁정 서기관들이나 시종들은 무표정한 얼굴로, 마치 자물쇠를 채운 듯 입을 굳게 다물고 있었다. 평소 파라오는 궁정인들에게 들뜬 언동을 삼가도록 했지만, 그래도 이들은 대개 미소 띤 얼굴로 싹싹하게 굴곤 했던 것이다.

평소대로 업무 지시를 받기 위해 메데스는 국왕 인장 책임자 세호테프의 집무실로 갔다. 세호테프는 자리를 비우고 없었다. 메데스는 다시 세난크흐에게로 발걸음을 옮겼다. 수석 재정 관리관 역시 자리에 없었다. 궁금증을 못 이긴 메데스는 총리에게로 가서 알현을 청했다.

"무슨 일인가, 메데스?"

"세호테프님과 세난크흐님께서 자리에 계시지 않아, 혹시 제가 긴급히 수행해야 할 일이 있는지 여쭤보러 왔습니다."

"평소대로 하면 되네. 오늘은 국정원 회의가 없을 거야."

"무슨 일이라도 생긴 겁니까? 궁정 분위기가 어둡습니다."

"가나안에서 아주 나쁜 소식이 왔네. 폐하께서 큰 상심을 겪게 되셨어. 그래서 모두가 침울한 거야."

"또다시 반란이 일어난 것입니까?"

총리가 사실을 밝혔다.

"왕세자 이케르가 시해되었네."

듣던 중 반가운 소리였지만 메데스는 속내를 감추고 상황에 적절한 표정을 지어 보였다.

"애통함을 금할 수 없습니다. 살인자들이 부디 천벌을 받기를."

"네스몬투 장군이 그냥 있진 않겠지. 폐하께서도 그 폭도들을 철저히 징벌하실 거야."

"시신 송환은 제가 담당해야 하겠지요?"

"그 일은 세호테프가 맡을 걸세. 세난크호는 무덤을 마련하는 중이네. 이케르는 멤피스에 안장될 테지만 장례의식은 조용히 치러질 걸세. 이번 일로 폐하가 타격을 받았다는 사실을 적이 알아서는 안 되니까 말이야. 나와 자네는 국사에 조금도 차질이 없도록 만전을 기해야 하네."

크눔호테프의 집무실을 나오면서 메데스는 덩실덩실 춤이라도 추고 싶었다. 눈엣가시로 여기던 이케르가 제거된 만큼 자신의 앞길은 탄탄대로일 것이다. 예고자 입장에서도 첩자를 일찌감치 처치해버렸으니 은거지를 들킬 염려가 없어진 것이다.

이케르는 두 손이 등 뒤로 묶여 있었다. 감옥에서 벗어나 결국 또 다른 감옥에 갇힌 셈이었다. 트레장이 이케르의 정체를 아는 이상 그의 운명은 정해진 게 아닌가? 심문과 고문을 받은 후 죽임을 당하게 될 것이다. 하지만 트레장은 그리 난폭하게 굴지 않았다. 손수 음식과 마실 것을 들고 와서 건네주기까지 했다.

"불안해하지 마, 이케르. 넌 새로운 사람으로 다시 태어나게 될 거야. 지금까지 너는 거짓된 것을 가치 있다고 믿어왔어. 내가 널 구한 건 다 이유가 있어서야."

"죽기 전에 적어도 예고자를 만나보게는 해줄 거지?"

"널 죽일 생각은 없어. 죽이더라도 오늘은 아냐. 그전에 넌 복종을 배워야 해. 그래서 그 폭군에게 정말로 맞서 싸워야 한단 말이야. 그러다가 죽으면 넌 낙원으로 갈 수 있어."

이케르는 설득당한 척했다. 고분고분하게 굴다보면 도망칠 기회가 보일지도 몰랐다.

이케르가 소리를 낮춰 말했다.

"파라오는 예고자를 범죄자로 취급하고 있어. 그는 오직 이집트만이 가나안의 번영을 이루어줄 수 있다고 믿고 있거든."

트레장이 버럭 화를 냈다.

"허튼소리! 범죄자는 바로 파라오란 말이야! 넌 속고 있는 거야. 우리 부족이 너를 새로운 사람으로 만들어줄 거다. 비나의 말을 들으니 네가 처음엔 올바른 생각을 갖고 있었는데, 방황하게 된 거라면서? 생각을 바꾸도록 해. 안 그럼 매 끼니 돼지죽을 먹게 될 거야."

이 소년은 천성이 잔인해서 후회라든가 뉘우침이라는 걸 몰랐다. 야수처럼 흉포하게 사람을 죽였고 누구든 자신을 가로막으면 참지 않았다. 이 소년의 우정을 얻는다는 건 애초부터 불가능한 일이었지만, 이케르는 혹시나 하는 기대를 버리지 않았다. 이케르는 소년의 광신적인 말을 받아들이는 척하면서 그의 마음을 얻어보기로 마음먹었다.

일행은 이집트 순찰대를 교묘히 따돌렸다. 북쪽을 향해 걸음을 재촉한 그들은 네스몬투 장군의 영향력이 미치는 지역에서 점차 멀어졌다.

이케르는 죽은 것으로 알려졌다. 이제 그의 존재는 세상 사람들로부터 잊혀져 어둠 속에 묻히게 된 것이다.

눈앞의 풍경은 나일 계곡과도, 나일 삼각주와도 달랐다. 트레장의 부족은 가시덤불이 우거진 숲에 은거하고 있었다. 사냥한 짐승이나 나무 열매가 이들의 주된 식량이었다. 이 부족의 여자들은 오두막 밖으로 나오는 일이 거의 없었다.

얼마 전 무공을 세운 이후로 트레장은 이곳에서 영웅 대접을 받고 있었다. 부족장은 납작코가 무성한 수염 속에 파묻히다시피 한 사람이었는데, 그조차 이 소년을 함부로 대하지 못했다.

트레장이 부족장에게 거만하게 말했다.

"이 이집트인은 내가 예고자님의 지시에 따라 붙잡아온 자요."

"왜 살려둔 거지?"

"이자가 우리를 돕게 해야 하거든."

"이집트 놈이 가나안 사람들을 돕는다고?"

"예고자님은 이자를 새사람으로 만들기로 하셨소. 자기 조국에 대항해서 싸울 무기로 개조하시려는 거요. 족장께서 이자의 교육을 맡아주시오."

엄청난 덩치의 몰로스 개 한 마리가 나타났다. 부족장의 개였다. 주인을 반기며 뛰어오르던 몰로스 개가 이방인을 발견하고 위협적으로 짖어댔다.

"얌전히 있어, 상겡!*"

주인이 호통을 치자 개는 으르렁거리는 소리를 낮추긴 했지만 눈으로는 여전히 이케르를 노려보았다.

부족장이 퉁명스럽게 말했다.

"새사람을 만들건 교육을 시키건, 난 관심 없는 일이야. 내가 원하는 건 노예라고. 이집트 놈들에게서 빼앗아 온 곡식이 있는데 그걸로 빵을 만들어 줄 자가 필요해. 녀석이 빵을 만들 줄 알면 데리고 있을 거고, 모르면 이 개한테 먹이로 던져줄 거야."

이케르는 메다무드에서 빵 만드는 장인을 도와 종종 전병을 구워보았던 터라 빵도 구울 수 있을 것 같았다.

"재료와 도구를 주세요."

"제대로 된 빵이 나와야 해, 대충할 생각은 말아."

"난 예고자님 곁으로 돌아가겠소."

트레장이 불쑥 말하더니 이케르한테 눈길 한번 주지 않고 가버렸다.

뜻밖에 일손이 생겨 흐뭇해진 부족장이 소리쳤다.

"서둘러라, 이 게으름뱅이 노예 녀석아!"

고된 일이 끝없이 이어졌다. 이케르는 곡식 낱알을 체로 걸러 잡티를 골라냈다. 이어서 부아소** 단위로 분량을 잰 낱알을 점토를 구워 만든 절구에 넣고 공이로 쳐서 겨를 벗겨낸 다음 가루로 빻았다. 이렇게 얻은 가루는 여러 번 체로 걸러내도 입자가 거칠었다. 다음 차례는 반죽하는 일이었다. 가루에 물을 부어 오랫동안 손으로 이겨야 했지만 반죽은 잘되지 않았다. 반죽 도구도 마땅치 않은 데다가 빵 굽는 장인처럼 전문적인 기술이 있는 것도 아니었다. 하지만 이케르

---

* 꼭 피를 볼 만큼 사납고 잔인하다는 의미.(옮긴이)
** 곡물을 재는 옛 용량 단위.(옮긴이)

는 좀더 나은 반죽을 얻기 위해 최선을 다했다.

이제 반죽에 적당한 양의 소금을 뿌려 화덕에 얹어 구울 차례였다. 굽는 시간과 불의 온도를 잘 맞춰야 했기 때문에 신경을 많이 써야했다. 마침 빵틀이 있어서 빵의 모양을 잡을 수 있었다. 이 빵틀은 카라반에게서 약탈한 것이었는데, 몇 군데 이가 빠지고 부서졌지만 쓸 만했다.

매일 물을 긷는 일도, 숙영지 곳곳을 청소하는 일도 이케르의 몫이었다. 매일 밤 이케르는 일에 지쳐 눕자마자 잠이 들었고, 새벽이 되면 또다시 일어나 힘든 노동을 시작했다.

몇 번이나 절망감이 엄습했다. 그러나 마지막 남은 의지력이 매번 그를 다시 일으켜 세웠고, 가나안인의 조롱 섞인 눈초리를 받으면서도 다시금 몸을 움직이게 했다.

힘든 하루를 보낸 뒤 손끝 하나 움직일 수 없을 만큼 지쳐버린 이케르는 빵 굽는 화덕 앞에 털썩 주저앉았다. 차라리 누군가의 손에 조용히 죽어서 이 끔찍한 상황에서 벗어나고 싶은 생각이 들 정도였다.

그때 어떤 혀가 그의 뺨을 부드럽게 핥았다. 상겡이 이케르 옆에 다가와 있었다. 예상치 않은 이 우정의 표현이 이케르의 용기를 북돋워주었다.

그는 다시 몸을 일으켰다. 절망을 이겨낼 힘을 얻은 것이다. 이제부터 이 시련은 그의 의지를 꺾는 대신 한층 강하게 단련시켜줄 터였다.

부족장은 자신의 개가 이집트인 포로를 따라다니는 것을 보고 몹시 놀랐다. 개는 이케르 곁에 붙어 서서 그를 지켜주고 있었다. 천성이 사나운 개였던 만큼 저 노예 녀석에게 달려들어 물어뜯어야 마땅했다. 그런 개를 저렇게 홀린 걸 보면 녀석은 마법을 부리는 게 틀림없었다. 게다가 마법이 아니고서야 그토록 힘든 일을 하면서 어떻게 지금까지 버틸 수 있었겠는가?

이케르가 진짜 마법사라면 부족장뿐 아니라 그 누구도 그를 함부로 대할 수는 없었다. 별안간 어디론가 사라지면서 자신을 괴롭힌 사람들에게 저주를 걸지도 몰랐다. 그러니 체면을 잃지 않는 범위 내에서 저 이집트인에게 인심을 써두는 게 좋을 것 같았다. 마침 그럴 상황이 마련되었다. 너무 오랫동안 같은 장소에 머물렀기 때문에 길을 떠나야 했던 것이다.

이동 중에 먹을 양식을 마련하는 일이 이케르에게 주어졌다. 그는 순순히 지시를 따랐다. 도망칠 궁리를 했더라도 소용없었을 것이다. 상겡의 추격에서 벗어날 수 있는 도망자는 없었다.

10

베가는 제르구가 용의주도하게 구축해둔 운송망을 이용해 아비도스에서 다시 석비를 몰래 빼돌렸다. 그는 제실마다 어떤 석비와 관이 있는지 훤히 꿰뚫고 있는 터라 팔아넘길 보물들을 얼마든지 마련할 수 있었다. 오시리스의 신비가 외부로 새어나가게 될 위험 따위는 안중에도 없었다. 이런 식으로 아비도스의 비밀을 누설하는 건 사제의 본분에 어긋나는 일이었지만, 양심의 가책은 그와는 상관없는 문제였다. 세트의 동맹자이자 예고자의 신도인 그는 장차 파라오 체제가 무너졌을 때 가장 먼저 부활의 비밀을 손에 넣을 수 있을 거라고 생각했다.

탁발 사제가 베가에게 다가와 말했다.

"세소스트리스 신전으로 가서 신전 일을 돌봐주시오."

"다른 종신 사제들과 같이 하는 건가요?"

"다른 사제들에게도 각각 일을 나누어 맡겼소. 정상적인 제의는 내일 아침에 다시 수행하도록 합시다."

베가는 황금원 회합이 열릴 것임을 알아차렸다. 또다시 모욕감이 그의 가슴을 찔렀다. 황금원 결사가 그를 받아들이지 않는 이유는 대체 무엇인가? 무슨 수를 써서든 자신의 진정한 가치를 보여주고야 말겠다는 베가의 결심은 더욱 굳어졌다. 그것이 마아트에서 영영 벗어나는 길이 될지라도.

소벡은 왕의 이번 여행을 만류해봤지만 소용없었다. 멤피스에 있을 때도 파라오 경호에는 많은 어려움이 뒤따랐다. 하물며 장소가 바뀐다면 어떤 위험들이 닥칠지 알 수 없었다. 소벡이 직접 양성한 여섯 명의 정예 감찰관이 한시도 눈을 떼지 않고 파라오를 호위했다. 누구든 파라오에게 위협이 된다 싶으면 이 친위대가 즉시 막아설 것이다.

걱정스러운 상황은 이것만이 아니었다. 세소스트리스가 신전 지성소에서 친위병 없이 홀로 제의를 올릴 때, 누군가 접근해 온다면 파라오는 큰 위험에 처할 것이다.

소벡은 신전 출입로가 제대로 통제되고 있는지 점검했다. 종신 사제들이 세소스트리스 신전에서 제의를 올리는 동안 임시 사제들의 신전 출입은 통제되었다. 뿐만 아니라 우아흐수트 시의 모든 거리에도 감찰대가 빈틈없이 깔렸다.

소벡이 이처럼 삼엄한 경계를 펼친 덕분에 왕은 오시리스 신전의 한 방에서 조용히 황금원 회합을 열 수 있었다.

방에는 제탁 네 개가 동서남북 방향으로 놓여 있었다. 파라오와 왕비가 동쪽에 자리 잡았다. 서쪽에는 탁발 사제와 다슈르 피라미드 건축 책임자인 제후티가 앉았고, 세피 장군의 빈 좌석이 함께 놓였다. 남쪽에는 총리 크눔호테프, 수석 재정 관리관 세난크흐, 그리고 세카리, 북쪽에는 국왕 인장 책임자 세호테프와 네스몬투 장군이 앉았다.

파라오의 지명으로 탁발 사제가 먼저 말을 꺼냈다.

"생명의 나무를 해하려는 또다른 시도는 없었지만, 나무는 아직 회복되지 않고 있습니다. 마법으로 생명의 나무를 지키고 있다고는 하나 적이 공격해올 경우엔 안전을 장담할 수 없습니다."

왕비가 물었다.

"이시스가 찾아낸 방법은 효과가 있었습니까?"

"예, 전하. 이시스 여사제가 하토르 여신의 거울로 생명의 나무에 어느 정도 생기를 북돋워주었습니다. 하지만 저희가 거둔 성과들은 너무 미미합니다. 나무의 상태가 어느 날 급격히 나빠져도 손쓸 도리가 없으니까요."

본래 걱정이 많은 성격인 탁발 사제는 상황을 윤색하는 법 없이 늘 곧이곧대로 불안감을 털어놓곤 했다. 네스몬투의 전망 역시 비관적이었다. 그러나 세호테프의 생각은 달랐다.

"다슈르에 짓는 피라미드와 영생의 집이 곧 완공될 것입니다. 그럼 피라미드가 발산할 카가 생명의 나무에 생기를 불어넣고 폐하의 통치를 굳건히 해줄 것입니다. 우리는 지금까지 적의 혹독한 공세를 잘 견뎌냈습니다. 다슈르의 피라미드가 완성되면 적의 기세를 한풀 꺾을 수 있을 것입니다."

제후티가 세호테프의 말에 동의했다.

"공사가 이제 완성 단계에 이르렀습니다. 다슈르의 피라미드가 폐하께서 직접 설계하신 모습대로 세상에 그 위용을 드러냈으니, 그 탄생을 축성해주십시오."

크눔호테프도 말을 거들었다.

"다슈르의 안전은 염려하지 않으셔도 됩니다. 네스몬투 장군의 추천을 받아 다슈르 방위군의 지휘관을 선임했습니다. 불순분자들이 공격해 온다 해도 절대 성공하지 못할 것입니다."

황금원 회원들은 그의 말에 적이 안심했다. 이들은 크눔호테프가 결코 허세를 부리지 않는다는 사실을 알고 있었다.

"세피 장군이 죽음을 맞은 경위는 밝혀냈는가?"

세난크흐가 침울한 어조로 대답했다.

"아쉽게도 성과가 없습니다. 그곳으로 떠난 수색대가 탐문을 계속하면서 치유의 금도 찾고 있지만 아직까지 해결의 실마리를 얻지는 못했습니다."

네스몬투 장군이 입을 열었다. 산전수전 다 겪어온 이 노장군의 얼굴에는 주름살이 한층 더 깊이 패어 있었다.

"이케르 왕세자의 시도는 실패로 돌아갔습니다. 그의 임무가 너무도 위험했기 때문에 단념시키려고 애썼지만, 그의 결심은 확고부동했습니다. 그래서 그를 반란 분자로 위장시켜 적들의 소굴에 침투할 기회를 만들어보려 했었지요."

"어떤 방법으로 말입니까?"

세카리가 침통한 어조로 물었다.

"그를 죄수 호송 수레에 가두어 시켐 시내를 돌았습니다. 이건 과격 반란 분자에게 적용되는 징벌이었기 때문에, 가나안 주민들 눈에 이케르가 반란자 무리와 한패로 보일 거라고 계산했던 겁니다."

"그래서 어떻게 되었습니까?"

"죄수가 강제 노역형을 선고받으면 형기를 치를 장소로 호송되므로, 이케르도 그럴 예정이었지요. 호송병들에게는 가나안인이 이케르를 빼돌리려 하면 눈감아주라는 지시를 미리 내려놓았습니다. 여기까지는 계획대로 되었습니다만, 그다음 결과는 끔찍했습니다."

"무슨 일이 일어났는데요?"

"자세한 건 모릅니다. 한 사막 감찰대원이 이케르와 또다른 비밀요원의 시신을 발견했습니다. 그 요원은 가나안 부족 내에 심어둔 자였지요. 비통한 일이지만 왕세자는 잔인하게 고문당한 뒤 살해된 것 같습니다."

세호테프가 물었다.

"두 사람이 서로 살해한 걸로 위장할 생각이었을까요?"

"그럴 겁니다. 두 사람은 함정에 걸려들었겠지요. 가나안인은 우리 요원의 정체를 파악한 뒤 이케르를 처치하라고 지시했을 거고, 그런 다음 그마저 죽였을 겁니다. 그러고는 두 사람의 시신을 이집트인들이 보도록 내다버린 것이지요. 속임수를 쓰지 말라는 경고의 의미로 말입니다. 일을 이렇게 참담한 실패로 돌아가게 했으니, 저는 파면당해 마땅합니다, 폐하."

"아니다. 장군의 부하와 이케르는 자신들에게 닥칠 위험을 충분히 알고 있었다. 그러니 장군이 이번 일을 책임져야 할 이유는 없다. 장군을 직위 해제한다면 우리 군의 사기가 땅에 떨어질 것이다."

황금원 회원들 모두가 같은 뜻이었다.

세난크흐가 말했다.

"가나안인은 그 둘의 정체를 이미 알고 있었던 게 분명합니다."

네스몬투 장군이 대답했다.

"그럴 리가 없소. 그들의 임무를 아는 사람은 오직 나 하나뿐이었소."

세난크흐는 생각을 굽히지 않았다.

"장군의 비밀 요원이 실수를 했거나, 가나안인 가운데 그의 얼굴을 아는 자가 있었을 겁니다. 또한 이케르의 경우 많은 궁정 고관들이 그가 어디론가 떠났다는 사실을 알고 있었습니다. 왕세자에 책봉된 지 얼마 되지 않은 사람이 아주 중요한 임무를 떠맡지 않은 다음에야 궁정을 비울 리 없지요."

세호테프가 끼어들었다.

"그렇지만 그가 가나안으로 간 것까지 눈치 챌 수 있었을까요?"

"멤피스에 반란 분자가 남아 있다면 그건 그리 어려운 일도 아닙니다. 그자는 우리의 동태를 빠짐없이 살피고 있는 게 틀림없습니다. 그러니 이케르의 일도 알아차렸을 것입니다. 그리고 내가 그자라면 이 사실을 같은 편에게 알렸을 테지요."

총리가 말했다.

"자네의 말대로라면 이케르의 임무는 애초부터 실패하게 되어 있던 거로군! 게다가 적이 이 궁정에도 첩자를 심어두었다는 것이고."

세카리가 외쳤다.

"그 배반자들을 색출해내야 합니다!"

왕이 말했다.

"그 임무는 소백의 몫이다. 여기 모인 모두에게 당부하건대 우리가 한 이야기가 절대 밖으로 새어나가지 않도록 하라. 비밀이 엄수되지 않으면 앞으로 어떤 작전을 세운다 해도 성공할 수 없을 것이다."

"하지만 궁정 고관들의 경우에는 그게 불가능합니다. 그러기엔 말이 너무 많은 자들이거든요. 그들은 그 나쁜 습관을 절대 바꾸지 못할 겁니다."

세난크흐가 걱정했다.

세카리가 다짐했다.

"이케르를 죽음에 몰아넣은 그 배신자가 누구든 반드시 찾아내서 제 손으로 복수할 겁니다!"

총리가 세카리를 달랬다.

"그 일은 정의에 맡기게. 죄인은 마아트의 법에 따라 재판을 받고 처벌될 거야."

파라오가 네스몬투 장군에게 물었다.

"시리아 팔레스타인 지방의 정세는 어떤가?"

노군인은 걱정을 감추지 않았다.

"병사들이 분투하고 있지만 가나안인을 완전히 장악하기는 어려워 보입니다. 가나안의 폭력 도발도 계속되고 있습니다. 시켐과 그 인근 지역에서 반란 용의자들을 수없이 잡아들였고 또 몇몇 무리들을 일망타진한 것도 사실입니다만, 거물급을 색출하는 데는 실패하고 말았습니다. 예고자의 은거지 또한 아직 알아내지 못했습니다. 그는 헌신적인 추종자들에게 겹겹이 둘러싸여 있습니다. 그런 이상 새로 첩자를 들여보내는 건 무의미한 일이지요. 현재로선 그자에게 접근하기는 불가능합니다."

"그렇다면 어떤 조치를 취할 생각인가?"

"우선 왕의 성벽을 강화할 계획입니다. 이어서 시켐에 뿌리내린 반란 세력들을 최대한 색출해낼 것입니다. 그리고 가나안인에게 일거리를 마련해주어 번영을 맛볼 수 있도록 하겠습니다. 하지만 이런 조치만으로 문제가 해결되지는 않을 겁니다. 그래서 감찰대 파견범위를 축소하려 합니다. 북쪽으로 너무 멀리 나갈 경우 그들의 덫에 걸릴 위험이 있으니까요. 이렇게 이집트군의 통제 영역을 축소해서 반란자들이 세력을 키우도록 놔두는 겁니다. 그러면 이집트군이 자신들을 당해낼 수 없다고 믿게 될 것입니다. 결국 예고자의 무리는 시켐을 점령할 수 있을 거라 확신하고 자신들의 소굴에서 나올 것이고, 그때 저는 그들과 정면으로 대결할 생각입니다."

"그 전략은 너무 위험하지 않소?"

크눔호테프가 염려했다.

"그곳 지형과 현 상황을 감안해볼 때 가장 현실적인 방안입니다."

멤피스로 돌아가기 전 파라오는 한 가지 고통스러운 일을 처리해야 했다.

해질 무렵 사막으로 나간 파라오는 북풍을 데리고 산보하는 이시스를 만났다.

"이케르의 당나귀인가?"

"왕세자 전하가 제게 대신 돌보아달라고 했습니다. 오시리스의 이 신성한 영지에 당나귀를 데리고 들어오는 게 쉽진 않았습니다. 다행히 북풍은 아비도스의 규율을 잘 지키고 있습니다."

"너에게 무서운 소식을 알려야겠다."

당나귀와 이시스가 굳은 듯 제자리에 멈춰 섰다. 북풍이 둥그런 눈으로 파라오를 바라보았다.

"이케르가 가나안 반란자들에게 살해되었다."

순간 여사제는 차가운 얼음 바람이 온몸을 휘감아도는 것 같았다. 앞으로 살아갈 날들이 별안간 무의미하게 느껴졌다. 이케르가 없다면 자신도 살아야 할 이유가 없다는 생각마저 들었다.

당나귀가 왼쪽 귀를 꼿꼿하게 세웠다.

"보십시오, 폐하. 북풍은 왕세자의 죽음이 사실이 아니라고 합니다."

"네스몬투 장군이 그의 시신을 확인했다."

당나귀의 왼쪽 귀는 여전히 꼿꼿하게 서 있었다.

"참담한 사실이지만 받아들여야 한다, 이시스."

"북풍의 말을 무시할 수 있을까요? 저는 이 당나귀가 자기 주인의 생사를 알 수 있다고 믿습니다."

"이시스, 네 느낌엔 어떠하냐?"

이시스는 서쪽 하늘을 황금빛으로 붉게 물들이는 석양을 응시하다가 눈을 감았다. 그러고는 왕세자가 자신에게 사랑을 고백했던 그 가슴 벅찼던 순간을 마음속에 되살려보았다.

"이케르는 살아 있습니다, 폐하."

11

가나안 부족은 사흘 낮 사흘 밤을 쉬지 않고 걸었다. 휴식은 잠깐씩밖에 허용되지 않았다. 숲과 초원 지대, 이어서 사막 지대를 가로지른 그들은 물이 말라붙은 한 와디를 따라 걸은 끝에 어느 호수로 이어지는 길로 접어들었다. 상겡은 호숫가 여기저기를 뒤지고 다녔다. 상겡을 따라 물가로 다가간 사람은 오직 이케르뿐이었다. 가나안인들은 나쁜 정령이 깊은 물속에서 튀어나와 자신들을 끌고 들어갈까봐 잔뜩 겁을 집어먹고 있었다.

또다시 똑같은 나날이 시작되었다. 이케르는 가나안인의 감시를 받으며 빵을 굽고 음식을 만들었다.

이집트에서는 모두들 그가 죽었다고 믿을 것이다. 하지만 북풍만은 진실을 알고 있을 거라고 그는 확신했다. 북풍은 이시스 곁에 있을 터이므로 분명 그녀에게 이 사실을 전할 것이고, 그러면 그녀는 그가 죽었다는 이야기를 곧이곧대로 믿지는 않으리라. 이케르가 붙잡을 것은 이런 가냘픈 희망뿐이었다.

가나안인 몇몇이 장난삼아 이케르에게 회초리를 휘두르려다가 상겡이 날카로운 이빨을 드러내며 으르렁거리는 바람에 뒤로 움찔 물러서고 말았다. 자신의 개가 보여주는 행동에 부족장은 재미있기도 했고 한편으로는 안심도 되었다. 개가 옆에 붙어 있는 한, 이 포로가 도망칠 염려는 없을 것이다.

부족은 또다시 북쪽으로 이동했다. 걸어가던 사람들의 얼굴이 별안간 굳어졌다. 여기저기서 웃고 수런거리던 소리가 뚝 그쳤다. 상겡이 이빨을 드러내며 으르렁거렸다.

일행의 선두에서 걸어가던 사람이 소리쳤다.

"족장, 저기 먼지구름이 피어오르고 있소!"

"사막 비적떼다."

"저들과 싸워야 하는 거요?"

"그야 두고 봐야지. 하여간 최악의 사태를 대비해 준비를 갖춰라."

이 지역의 부족들은 문제가 있을 경우 때때로 장황한 협상을 벌여 합의에 이를 때도 있었다. 하지만 그 협상은 대개 고성과 우격다짐이 오간 끝에 결국 싸움판으로 이어지곤 했다.

그런데 이번에는 협상이라는 전주곡도 없었다. 굶주린 베두인 부족이 투석기와 곤봉, 투창기를 휘두르며 이 침입자들에게 달려들었던 것이다.

마침내 부족장도 싸움판으로 뛰어들었다. 싸움의 와중에 몇몇 사람들이 달아나기 시작했다.

도망치는 사람들을 향해 이케르가 외쳤다.

"돌아와, 돌아와서 싸워!"

포로의 난데없는 지시에 어리둥절해하면서도 대부분은 되돌아와 싸움에 뛰어들었다. 끝까지 달아나던 사람들은 적이 투석기로 날린 날카로운 규석에 맞아 쓰러졌다.

"이걸 받아라."

부족장이 이케르에게 투창기를 건네주며 말했다.

이케르는 상대편의 우두머리를 겨냥해서 투창기를 던졌다. 우두머리는 야수처럼 고함을 지르고 날뛰면서 동료들에게 힘을 북돋우고 있었다.

하지만 이케르가 던진 투창기에 우두머리가 고꾸라지자 베두인족 사막 비적대는 우왕좌왕하기 시작했다. 가나안족은 이때를 놓치지 않고 거세게 공격해 들어갔다.

마침내 승리는 가나안족의 차지가 되었다. 승리를 자축하는 현장은 끔찍했다. 폭력에 취한 가나안인들은 사로잡은 포로들을 인정사정없이 죽였다. 그때 승리의 함성 사이로 한 가나안인이 외치는 소리가 들려왔다.

"족장이…… 우리 족장이 죽었다!"

이마가 움푹 꺼진 족장이 두 명의 베두인족 사이에 쓰러져 있었다. 상겡이 옆에서 긴 혀로 그의 볼을 핥고 있었다.

부족의 최연장자가 지시를 내렸다.

"어서 이 자리를 뜨자. 또다른 약탈자들이 주변을 어슬렁거리고 있을 거다."

이케르가 항의했다.

"먼저 족장을 묻어줘야 합니다!"

"그럴 시간이 없어. 넌 용감하게 싸웠으니 데려가주마."

"어디로 가는 겁니까?"

"아무의 부족에 합류해서 그의 보호를 받아야겠다."

이케르는 두려움과 뒤섞인 기쁨을 간신히 억눌렀다.

아무, 드디어 예고자를 만나게 되는 것이다!

창을 든 시리아인 전사들이 아무의 주위를 철통같이 지키고 있었다. 가나안인들은 무기를 내려놓은 뒤 복종의 표시로 머리가 바닥에 닿도록 그의 앞에 엎드렸다. 이케르도 가나안인들이 하는 대로 따라하면서 앞에 있는 사내를 유심히 살폈다. 단호한 표정의 이자가 바로 생명의 나무를 고사시키려 하는 범인인 것이다.

그를 찾아낸 건 기적이나 다름없었다. 하지만 그의 죄를 확인하고, 얻은 정보들을 네스몬투 장군에게 전달할 일이 여전히 남아 있었다. 과연 이 임무를 무사히 완수할 수 있을까?

아무가 사나운 말투로 물었다.

"어디서 온 놈들이냐?"

가나안족 최연장자가 떨리는 목소리로 대답했다.

"소금 호수에서 오는 길입니다. 사막 비적대의 공격을 받아 족장이 죽었습니다. 포로로 잡혀 있던 이 이집트 젊은이가 아니었다면 우리 부족은 모두 학살당했을 것입니다. 이 젊은이가 도망치는 사람들을 다시 불러모으고 전열을 가다듬어 비적대와 맞서 싸우는 데 앞장섰지요. 저희 밑에서 일하면서 아주 쓸모 있는 노예가 되었으니 예고자님께도 쓸 만한 일꾼이 될 것입니다."

"이곳까지는 어떻게 왔느냐?"

"족장이 이곳에 예고자님이 계시다는 사실을 알고 있었습니다. 족장은 예고자님께 저 포로를 팔 생각이었습니다만, 저는 존경의 뜻으로 그냥 바치겠습니다."

"그러니까 적을 피해 도망쳐 왔다는 말이지……"

"그 베두인족이 저희를 다짜고짜 공격해왔습니다! 이건 관례에 어긋나는 일이지요."

"우리 부족의 관례는 비겁자를 용납하지 않는 것이다. 이 거지 같은 것들을 전부 죽여라. 저 이집트 녀석만 남겨두고!"

상겡이 이케르의 다리에 바싹 붙어서 누구든 접근하기만 하면 그냥 두지 않겠다는 듯 으르렁거렸다.

시리아족 전사들이 마치 놀이를 하듯 가나안인들을 학살하기 시작했다. 이 두 부족은 서로를 인정하지도 않았고 서로에 대한 호감도 없었다. 아무는 쫓겨 온 가나안인들을 무자비하게 처치하고는 시신들을 뒤져 쓸 만한 옷가지와 소지품을 챙긴 뒤 하이에나의 먹이로 던져주게 했다.

아무가 이케르에게 말했다.

"이 개가 너를 지키고 있나본데, 아주 사나운 놈이구나. 이렇게 몸집이 큰 몰로스 개는 온몸이 화살받이가 되어서도 끝까지 싸우려 들지. 네 이름이 뭐냐?"

"이케르라 합니다."

"저 들쥐 같은 자들에게 납치당했던 것이냐?"

"그들은 저를 구해준 자들입니다."

아무가 눈썹을 찌푸렸다.

"누구에게 붙잡혔었는데?"

"이집트군에게 붙잡혔었습니다."

"같은 이집트인에게 말이냐? 이해가 안 되는데."

"저는 세소스트리스를 암살하려다 실패한 뒤 이집트의 공적(公敵)

이 되었습니다. 멤피스를 탈출하여 왕의 성벽을 넘긴 넘었는데, 곧 네스몬투의 감찰대에 붙잡혀 시켐의 감옥에 갇히게 되었지요. 저는 시켐의 가나안인과 힘을 합해 이집트를 쓰러뜨릴 기회를 얻고자 했는데, 그들은 저를 도와주기는커녕 노예로 삼아 실컷 부려먹기만 했습니다."

아무가 침을 뱉었다.

"그 비겁한 자들은 아무짝에도 쓸모가 없다! 무슨 일이든 그들과 같이 한다는 건 제 무덤을 파는 짓이야."

이케르가 말했다.

"저에겐 꼭 이루고 싶은 목표가 하나 있습니다. 바로 예고자님을 섬기는 것입니다."

아무가 흥미롭다는 표정으로 작고 검은 눈동자를 빛냈다.

"그 예고자가 지금 네 눈앞에 있다! 나는 한번 한 약속은 반드시 지키는 사람이야."

"세소스트리스를 몰아내겠다는 결심은 여전하다는 말씀이시지요?"

"그는 이미 흔들리고 있어!"

"생명의 나무에 건 저주는 효력이 신통치 않습니다."

"또다른 저주 마법들도 퍼부을 생각이야! 이집트인은 오래전부터 나를 붙잡으려 갖은 수를 다 썼지만 성공하지 못했지. 내가 거느린 부족은 이 지역을 장악하고 있고, 여자들은 내게 수많은 아들을 낳아주고 있어. 이제 곧 그 아이들이 불굴의 군대를 이루게 될 것이다."

"이곳 부족들의 힘을 합치는 것은 어떻겠습니까? 대규모 연합 공격이면 네스몬투의 군대를 몰아낼 수 있을 겁니다."

아무의 얼굴이 일그러졌다.

"부족과 파벌이 제각기 행동하는 게 이 지역의 뿌리 깊은 전통이지.

이 전통을 바꾸려 들면 이곳은 혼란에 빠지고 말걸. 부족장 가운데 가장 뛰어난 자가 다른 부족장을 통솔하는 것, 이것이 유일한 법칙이다! 그리고 지금 가장 뛰어난 부족장은 나다. 투창기를 쓸 줄 아느냐?"

"그럭저럭 합니다."

"이틀을 주겠다. 베두인족의 한 소굴을 칠 생각이니 최선을 다해 연습해라. 이들이 얼마 전에 카라반을 약탈했거든. 내 영토에서 빼앗고 죽일 권한이 있는 사람은 나뿐이라는 것을 똑똑히 보여주겠다!"

이케르는 상겡의 옆에서 잠시 눈을 붙였다. 그런 다음 오랫동안 투창기 던지는 연습을 했다. 감시하는 자가 있었으므로 대충 던지는 시늉만 할 수도 없었다.

아무는 겉으론 이케르가 자유롭게 움직이도록 내버려두었다. 그러나 이케르는 자신이 끊임없이 감시받고 있다는 걸 알고 있었다. 이들은 곧 있을 베두인족과의 전투에서 이케르의 가치를 판단할 것이다. 앞서 몰살당한 가나안인들과 같은 길을 걷지 않으려면 최선을 다해 싸움 솜씨를 발휘해야 했다.

이케르는 아비도스의 이시스를 생각했다. 지금 이 순간 그녀는 무엇을 하고 있을까? 제의를 올리거나 신전에서 명상에 잠겨 있을 것이다. 옛 문헌들을 읽고 있을지도 모른다. 신들에 대해, 신성한 세계에 대해, 텅 빈 암흑에 맞서 빛이 벌이는 투쟁에 대해 이야기하는 문헌들을 말이다. 그리고 분명 그녀는 자신을 잊었을 것이다. 자신의 죽음을 잘못 전해 들은 그녀는 한순간이나마 슬퍼해주었을까?

"어이, 일어나. 출발이다. 그 베두인족이 어디서 야영하고 있는지 알아냈다는 연락이 왔어. 그 멍청한 놈들이 안전하다는 착각에 빠져 있을 때 놈들의 숨통을 죄는 거야!"

작전이나 전술 같은 건 아무에게는 거추장스러울 뿐이었다.
그가 공격하라고 소리치는 순간 모두가 떼를 지어 달려드는 것이
아무의 유일한 전술이었다. 베두인족 비적대는 마침 무기를 놓고 잠
들어 있던 터라 구름처럼 달려드는 적들에게 속수무책으로 당했다.
이들은 무장하지 않은 카라반들을 약탈하는 데는 익숙했지만 사나운
시리아인들을 상대하기에는 역부족이었다.
베두인족 한 명이 학살을 피해 천막 안으로 숨어 들어가서는 죽은
척하고 있었다. 아무가 그가 엎드려 있는 천막으로 들어와 바로 곁에
섰다. 베두인인은 동료들의 복수를 할 기회를 노리고 있었다. 칼을
빼들고 아무의 허리춤으로 달려들어 찌르기만 하면 되었던 것이다.
구석진 자리에 떨어져 있던 이케르의 눈에 비적 하나가 시체인 척
누워 있다가 칼을 움켜잡고 몸을 일으키는 모습이 들어왔다. 이케르
는 들고 있던 투창기를 던졌다. 몸을 일으키던 비적은 이케르의 투창
기에 맞고 바닥으로 천천히 고꾸라졌다.
죽을 뻔했다는 사실에 놀란 아무는 분노를 이기지 못하고 쓰러진
베두인인의 가슴을 마구 짓밟았다.
"이 들쥐 같은 놈이 감히 나한테 칼을 들이대다니, 감히 나한테 말
이야! 어이 이집트 친구, 네가 나를 살렸구나."
이렇게 또 한번 이케르는 적을 구해주고 말았다. 하지만 아무런 정
보도 캐내지 못한 채 예고자를 죽게 내버려두었다면 더 큰 재앙이 닥
칠 것이다. 지금으로서는 예고자의 신임을 얻어 그가 생명의 나무에
어떤 사악한 마법을 걸었는지 알아내는 것이 최우선이었다.

수하들이 베두인족의 야영지를 훑고 다니며 닥치는 대로 약탈하는 동안 아무는 단 하나 온전하게 남겨놓은 천막으로 이케르를 데려갔다. 다른 천막들은 모두 불타고 없었다.

아무가 칼을 꺼내 천막을 찢고 안으로 들어가자, 겁에 질린 비명들이 터져나왔다.

천막 안에는 십여 명의 여인들과 또 그만한 숫자의 아이들이 서로 부둥켜안고 있었다.

"이 여자들을 봐라! 예쁘장하게 생긴 것들은 내 후실로 데려가야 겠다. 지금 있는 후실들 중에 싫증난 것들은 쫓아버려야지. 그년들을 내 부하들한테 상으로 내려주면 아주 좋아하겠지."

이케르가 걱정스럽게 물었다.

"아이들은 어떻게 하실 건지요?"

"튼튼한 놈들은 노예로 부리고 약골들은 죽여버려야지. 어이, 넌 복덩이구나. 이렇게 손쉬운 승리를 거둔 적은 여태 한 번도 없었는데. 게다가 내 목숨까지 구하지 않았느냐?"

아무는 한 갈색 머리 여인의 머리채를 잡아 끌어내더니 우악스럽게 품에 안았다.

"요것아, 이제 내 힘을 한번 맛보게 해주마!"

아무의 무리는 두 계곡 사이에 깊이 패어 있는 한 와디를 따라 갔다. 이 마른 하천은 끝없이 뻗어 있었다.

한 명이 일행보다 한참 앞서 가며 적이 있는지를 정찰했고, 행렬의 후미에 붙은 호위대도 사방을 살피며 경계를 게을리 하지 않았다.

아무가 이케르에게 말했다.

"넌 대단한 대우를 받는 거야. 이방인을 우리 비밀 캠프에 데리고 가는 건 이번이 처음이거든."

일행이 도착한 곳은 사람들 눈에 잘 띄지 않고 적을 방어하기에도 좋은 지형이었다. 이 황량하고 건조한 지대에는 작은 오아시스가 한 곳 있어서 물과 식량을 구할 수 있었다. 이곳에 터를 잡고 사는 사람들은 노예를 부려 채소를 길렀다. 거위나 오리를 기르는 가금 사육장도 보였다.

아무가 말했다.

"여기선 시리아인과 가나안인이 함께 살고 있다. 이건 드문 일이야. 이들은 내 말이라면 무조건 복종하지. 불평이란 건 있을 수 없다."

이케르가 아무의 생각을 슬쩍 떠보았다.

"시켐으로 쳐들어가려면 다른 부족들과 연합해서 세력을 키워야 하지 않겠습니까?"

"그건 다음에 이야기하자. 우선 승리를 축하해야지!"

모두가 아무를 하늘처럼 떠받들었다. 아무는 시종을 시켜 자신의 몸에 향유를 바르고 마사지를 하게 한 뒤, 넓은 천막 안에 펴놓은 푹신한 자리에 기대앉았다. 가나안인 노예들이 줄지어 맛난 음식들을 들고 들어왔다. 그는 대추야자술을 흥청망청 마셔댔다.

이렇게 먹고 마시다가 결국 발걸음도 제대로 떼어놓지 못하게 된 아무를 예쁘장하고 살집이 포동포동한 여자 넷이 부축해서 잠자리로 데려갔다.

예고자가 이런 인물일 거라고는 상상도 못 했던 이케르는 어안이 벙벙할 뿐이었다.

12

　머리를 길게 늘어뜨린 이시스가 긴 흰색 옷에 붉은 허리띠를 두른 차림으로 세소스트리스를 따라 그의 신전으로 들어갔다.

　두 사람은 천장에 별이 총총히 그려진 한 제실로 향했다. 제실 안에는 등잔 하나가 타고 있었다.

　왕이 말했다.

　"오시리스의 신비에 가 닿기 위해서는 또하나의 문을 통과해야 한다. 이 단계는 아주 위험하다. 세트의 힘을 조종하여 오시리스를 해치려는 자와 맞서기 위해 진짜 마법사가 되어야 하기 때문이다. 내가 준 홀이 말의 번개와 빛의 섬광을 만들어 너를 호위할 것이다. 이 위험한 과정에 도전하겠느냐?"

　"해보겠습니다, 폐하."

　"에네아드*와 한 몸이 되기에 앞서 입 안을 정화수로 헹구고 흰 샌들을 신도록 하라."

---

　* 아홉 신의 집합체.(옮긴이)

이시스가 정화의식을 마치자 파라오는 그녀의 입술에 마아트 여신의 작은 신상을 갖다 댔다.

"오시리스의 비밀 주문을 네게 주노라. 오시리스가 이집트를 통치할 때 외었던 주문들이다. 이 말들의 힘으로 오시리스는 황금시대를 창조하고 생명을 세상에 전했노라. 이제 어둠을 뚫고 들어가라."

파라오가 항아리 하나를 들어 이시스의 머리 위로 부었다. 그러자 항아리에서 빛나는 생기가 흘러나와 여사제의 몸을 감쌌다. 제실 안쪽 신상 봉안소의 덮개 위에는 파라오의 코브라가 금방이라도 달려들 것 같은 자세로 고개를 쳐들고 있었다.

세소스트리스가 지시했다.

"코브라의 가슴을 눌러 제압해라."

여사제는 두려움을 이겨내고 앞으로 발을 내딛었다.

코브라는 사나운 기세로 당장 공격할 태세였다.

이시스는 머릿속에서 자신을 지웠다. 그리고 생명의 나무를 구하기 위해 벌이는 투쟁에 모든 생각을 집중했다. 지하세계의 정령인 이 무섭고도 아름다운 뱀이 파괴자들의 편에 설 리 없지 않은가? 이 뱀이 없다면 땅은 황폐해지고 말리라.

그녀는 천천히 오른손을 내밀었다. 코브라는 움직이지 않았다. 그녀가 뱀의 가슴을 잡자 환한 빛 무리가 뱀의 머리를 감싸 흰색 왕관 형상을 이루었다.

왕이 말했다.

"위대한 마법의 여신*의 창조력이 네 혈관 속에서 순환하고 있다.

---

* 이시스 여신.(옮긴이)

그 힘을 일깨워 이 시스트럼을 연주해라."

파라오는 여사제에게 금으로 만들어진 시스트럼 두 개를 내밀었다. 하나는 나선형 덩굴줄기 장식이 양옆에 붙은 신상 봉안소 형상의 시스트럼이었다. 다른 하나는 구멍 뚫린 기둥들이 모인 형상으로, 기둥 구멍 각각에는 금속으로 된 덩굴줄기 장식이 박혀 있었다.

"이 시스트럼들을 연주하면 4원소*에 생기를 불어넣는 세트의 목소리가 들릴 것이다. 너는 이 연주를 통해 죽음을 물리칠 수 있다. 이 악기가 울리면 생명의 힘들이 눈을 뜨게 된다. 이 악기를 연주할 수 있는 사람은 입문의식을 치른 여사제뿐이다. 이 악기에는 끊임없는 창조의 약동이 담겨 있다. 따라서 함부로 연주하려 들다가는 눈이 멀고 말 것이다."

이시스는 시스트럼의 원통형 손잡이를 잡았다.

시스트럼이 너무 무겁게 느껴지는 바람에 하마터면 손에서 놓칠 뻔했다. 악기를 잡은 손목을 움직이자 기묘한 멜로디가 흘러나왔다. 기둥들이 모인 형상의 시스트럼은 가늘고 날카로운 소리를 냈고, 신상 봉안소 형상의 시스트럼은 부드럽고 깊이 울리는 소리를 냈다. 이시스는 곧 리듬을 맞추었다. 악기 소리가 서로 어울려 조화롭게 울려 퍼졌다.

처음 얼마간 이시스는 시력이 희미해지는 걸 느꼈다. 하지만 그녀의 연주가 점차 무르익어 신전의 석재들마저 감응할 정도로 아름다운 소리를 빚어내자 그녀 자신도 더할 수 없이 편안함을 맛보았다.

연주를 마친 이시스가 시스트럼들을 파라오에게 내밀었다. 파라오

---

* 고대인들은 물, 불, 흙, 공기를 세상을 구성하는 기본 물질로 보았다.(옮긴이)

는 악기를 받아 왕관을 쓴 코브라 조각상 앞에 내려놓았다.

두 사람은 신전에서 나왔다. 이어서 세소스트리스는 이시스를 신성한 호수로 데려갔다.

"음악을 연주하여 위대한 마법의 여신을 위안하면서 네 눈은 속인의 눈이 보지 못하는 것을 보게 되었다. 이 호수 한가운데를 응시하여라."

호수 물이 점차 열리더니 마치 하늘과 같은 형상이 되었다. 만물이 태어난 생기의 대양 눈(Noun)이 이시스 앞에 모습을 드러낸 것이다. 물속에 불꽃 하나가 타오르고 있었다. 그 불꽃의 섬에서 처음 이 세상이 창조되던 순간처럼 청금석 잎이 달린 황금 연꽃이 피어났다.

왕이 기원을 올렸다.

"매일 아침 저 연꽃이 빛의 계곡에서 피어날 수 있기를. 불꽃의 섬에서 온 저 위대한 신*, 연꽃에서 나온 황금 아기가 다시 부활하기를. 이시스, 연꽃의 향기를 맡아라. 창조의 신들이 그 향기를 맡듯이."

달콤하고 매혹적인 향기가 아비도스 전체로 퍼져나갔다.

이윽고 연꽃은 자취를 감추고 신성한 호수도 원래의 모습을 되찾았다. 호수 표면에 얼굴 하나가 떠올랐다가 바람이 일으킨 물결에 곧 지워졌다.

그러나 이시스는 그 얼굴을 놓치지 않고 보았다. 이케르의 얼굴이었다.

"그는 살아 있습니다."

이시스가 나지막이 말했다.

---

* 오시리스.(옮긴이)

"납작 엎드려."

아무가 지시했다.

이케르는 시리아인 전사들을 따라 황금빛으로 뜨겁게 달아오른 모래 위에 엎드렸다.

"어이, 놈들이 보이지?"

이케르가 있는 언덕 꼭대기에서는 베두인족의 야영지가 한눈에 들어왔다. 적이 살피고 있다는 걸 까맣게 모르는 베두인족은 평화롭기 그지없는 오후를 보내고 있었다. 여인들은 음식을 만들고, 아이들은 뛰어놀고, 남자들은 경계 임무를 맡은 몇몇을 제외하고 다들 낮잠을 즐기고 있었다.

아무가 중얼거렸다.

"나는 저 부족을 증오한다. 저들의 우두머리가 내가 아끼는 여자 하나를 훔쳐갔거든. 내게 튼튼한 사내아이를 낳아준 여자였는데 말이야. 게다가 이 지역에서 물이 가장 풍부한 우물까지 차지해버렸지! 나는 어떻게 해서든 그 우물을 빼앗을 생각이야. 그래서 내 땅을 넓혀야겠다 이 말이지."

'이런 야심은 어느 정도 예고자답군.'

이케르는 생각했다. 사실 그는 아무가 진짜 예고자인지 의심하던 터였다. 여태껏 아무의 입에서 이집트를 정복하겠다는 포부나 파라오를 몰아내겠다는 다짐이 흘러나온 적은 한 번도 없었다. 여인들과 부하들한테 둘러싸여 약탈자로서의 기름지고 평화로운 삶이나 누리고 있었던 것이다. 그랬던 그가 마침내 베두인족을 쳐서 영토를 늘릴 결심을 한 것이다.

이케르가 제안했다.

"우선 보초를 선 자들부터 처치해야 합니다."

아무가 빈정거렸다.

"이집트인다운 전술이군! 하지만 그런 전술 같은 건 필요 없어. 이 언덕 아래로 번개처럼 내달려서 저 버러지 같은 놈들을 모조리 죽여버리면 돼!"

그는 말을 마치자마자 바로 기습 명령을 내렸다.

투석기로 날린 무수한 규석 조각이 베두인족을 덮쳤다. 베두인족은 변변한 저항도 못하고 굴복했다. 아무의 무리는 어린애들까지 닥치는 대로 죽였다. 고통스러운 비명이 끝없이 울려퍼졌다. 아무는 하렘이 여자들로 넘쳐나는 터라 베두인 여인들한테는 관심을 보이지 않았다.

"배짱을 두둑이 길러야 해!"

아무가 이케르에게 말했다. 이케르는 참혹함에 질려 거의 실신하기 직전이었다.

"산다는 건 험한 싸움이거든. 저 베두인 놈들이 불쌍해서 그래? 저들은 도둑에 불한당이야! 만약 네스몬투가 나보다 먼저 저들을 찾아냈다면 궁수들을 시켜 모조리 쏘아 죽이게 했을 거다. 나는 내 방식대로 이 지역을 청소하고 있는 거고."

"부족 연합은 언제 성사되는 겁니까? 이집트군을 몰아내야 하지 않습니까?"

"넌 자나깨나 그 생각만 붙잡고 있구나!"

"제일 중요한 건 그 일이지 않습니까?"

"제일 중요한 일이라…… 우리 툭 터놓고 이야기해보자! 중요한 건 내 땅을 내가 통째로 다스리는 거야. 누구하고도 나누지 않고 말이야. 그런데 어떤 쥐새끼 같은 자들은 아직도 내 지배권을 인정하려 들지 않거든. 그런 자들은 손을 봐줘야 한다."

아무는 이케르에게 또다른 투창기를 건네주었다.

"죽은 자들의 영혼이 이 투창기에 깃들어 있어. 이건 적을 죽이기 위해 숱한 호수와 들판을 가로지른 다음 이걸 던진 사람 손으로 되돌아오지. 이 창을 잘 간직해라. 그리고 꼭 필요할 때만 사용하라고."

이케르는 문득 '우리는 보이지 않는 것에서 무기를 구해야 한다'고 말한 세소스트리스의 충고가 떠올랐다. 그렇다면 죽은 자들의 영혼이 환생했다는 이 투창기가 바로 그런 무기였다. 이케르는 보이지 않는 세상으로부터 첫번째 무기를, 그것도 적으로부터 선물받게 된 것이다.

아무가 기분 전환을 하려는 듯 목청을 높였다.

"배불리 먹어보자. 그런 다음 계속해서 청소를 하는 거야!"

아무는 자기에게 대항하는 가나안인이나 베두인족 무리들을 하나하나 끈질기고도 잔인하게 몰살시켜나갔다. 이케르는 새로운 동지들의 의심을 살 만한 일은 삼가면서 이들 무리와 자연스레 어울렸고, 그런 만큼 주의를 끄는 일도 없어졌다.

하지만 이케르는 너무나 혼란스러웠다.

강력하고 난폭하며 무자비하고 폭군처럼 군림하려 드는 아무의 성격은 예고자다운 모습이었다. 하지만 어째서 그는 이집트 공격에 관한 이야기만 나오면 얼굴을 찌푸리는 걸까? 아직도 이케르를 못 미더워하는 것일까? 그래서 자신을 몰래 눈여겨보다가 무슨 실수든 저지르면 그걸 빌미로 없애버리려는 걸까? 그렇다면 이케르는 아무에게 이용당할 가능성이 높았다. 아무가 일부러 흘린 거짓 정보를 네스몬투 장군에게 전했다가 이집트군의 패배를 초래할 수도 있을 테니 말이다. 이케르는 네스몬투에게 어떻게든 연락을 취하려던 생각을 단념했다. 우선 필요한 건 확실한 증거를 손에 넣는 일이었다.

부족의 상급 전사들이 모닥불을 둘러싸고 앉아 꼬챙이에 꿰어 구운 양고기를 먹는 동안 이케르는 아무에게 다가갔다. 아무는 이미 술에 취한 상태였다.

"아무래도 어떤 마법이 족장님을 보호해주는 것 같아요."

"어떤 마법?"

"여왕 터키석의 마법이요."

"여왕 터키석이라, 그게 뭐냐?"

"예전에 파라오가 저를 시나이에 있는 한 광산의 노예로 부려먹은 적이 있었어요. 그때 거기서 그 유명한 돌을 캤었지요. 그래서 제가 그 돌을 갖고 있었는데, 어떤 무리가 급습해서 감찰관들과 광부들을 죽이고 그 보물을 빼앗아갔거든요."

"그걸 되찾고 싶다는 거군. 분명 사막 비적대 짓이겠지!"

"이집트 고관인 세피 장군이 사막 한가운데서 피살되었다고 들었는데, 혹시 족장님이 그자를 해치우신 겁니까?"

이케르의 말에 아무는 정말로 깜짝 놀라는 것 같았다.

"장군이나 되는 사람을 내가 해치워? 그랬다면 온 사방에 떠들썩하게 자랑을 했겠지! 이 지역에선 입을 모아 나를 칭송했을 거고, 십여 개 부족이 내 앞에 와서 무릎을 꿇었을 거다."

"하지만 세피 장군을 죽인 사람이 예고자라는 건 아무도 의심하지 않습니다."

110

아무가 벌컥 화를 내며 일어나더니 이케르의 어깨를 움켜잡았다. 그러자 상겡이 바로 이빨을 드러내며 으르렁거렸다.

"저 개 좀 어떻게 해봐!"

이케르가 눈짓으로 상겡을 진정시켰다.

"따라 들어와!"

개도 두 사람을 따라 천막으로 들어갔다.

아무는 천막 안에서 잠들어 있던 가나안 여인의 옆구리를 발로 차서 깨웠다. 여인은 황급히 옷을 걸치고 사라졌다.

아무는 대추야자술을 큰 잔에 따라 벌컥벌컥 들이켰다.

"어이, 네가 무슨 생각을 하고 있는지 알아야겠다."

"저는 족장님이 정말로 예고자인지, 아니면 연극을 하는 건지 궁금합니다."

이렇게 단도직입적으로 묻는 건 이케르에게는 큰 모험이었다.

"감히 그런 질문을 하다니!"

"저는 단지 진실을 알고 싶은 겁니다."

아무는 우리에 갇힌 곰처럼 천막 안을 이리저리 돌아다니면서 이케르의 눈길을 애써 피하려 했다.

"내가 그 예고자라는 인물이 아니라 한들 대체 뭐가 문제라는 거야?"

"저는 그를 섬기기 위해 목숨을 걸고 이곳에 왔으니까요."

"대신 나를 섬기면 될 거 아냐?"

"예고자는 이집트를 멸망시키고 권력을 잡으려 합니다. 그러나 족장님은 자신이 소유한 땅을 지배하는 것에 만족하지요."

아무는 방석 위에 털썩 주저앉았다.

"솔직하게 말하지. 네가 의심하는 건 당연하다. 나는 예고자가 아니니까."

"그런데 왜 예고자라고 거짓말을 한 겁니까?"

"넌 아주 뛰어난 전사이니까. 네가 나를 그 예고자라고 생각하고 싶어하는데, 내가 무엇 때문에 멍청하게 사실을 털어놓겠어? 따지고 보면 넌 완전히 속은 것도 아냐."

"무슨 뜻이죠?"

"나는 예고자는 아니지만, 그가 어디 있는지는 알거든."

13

세난크흐는 자신의 부하들 가운데 배신자가 숨어 있는 게 아닐까 하는 의혹을 떨쳐버릴 수 없었다. 재무부에서 일하는 서기관들은 세난크흐가 직접 임명한 자들이었고, 사소한 실수를 제외하면 전혀 흠잡을 데가 없었다.

의혹을 그냥 덮어두는 성격이 아닌 세난크흐는 이들 각각을 잠재적 용의자로 생각하고 치밀하게 뒷조사를 해보았지만 아무 소득이 없었다. 그는 수호자 소벡과 상의해보기로 결심했다.

소벡은 늘 현장을 발로 뛰어다니느라 집무실에 들어앉아 있는 법이 없었다. 얼마 전 그는 나일 강 운항 법규가 지나치게 느슨하다고 판단하여 개정한 터였다. 또한 비상한 집중력을 발휘하여 파라오를 호위했고, 인력과 물자가 자유롭게 오가도록 했으며, 사회 안전을 해치는 온갖 범죄자들을 단속하는 데에도 힘을 쏟았다. 모든 수사 기록을 직접 검토했고, 수사를 펼 때도 그 진행 상황을 직접 챙겼다. 일에 성과가 없는 경우 부하들은 소벡의 무서운 질타를 감수해야 했다. 소벡 역시 자신을 혹독하게 채찍질했다. 멤피스에 스며든 반란자 조직을 여전히 뿌리 뽑지 못했기 때문이다. 사소한 실마리 하나, 용의자 한 명 찾아낼 수 없었다. 혹시 적은 실제로 존재하지 않는 악몽에 불과한 게 아닐까 하는 생각마저 들었다.

그러나 적은 엄연한 현실이었다. 그 사악한 세력은 조만간 또다시 공격해올 것이다.

세난크흐가 들어와 말했다.

"완전히 실패하고 말았소. 어찌 보면 다행이기도 하지. 내 밑에서 일하는 관리 가운데는 말썽꾼이 없다는 말이니까. 하지만 있는데 못 찾아낸 건지도 모르지요. 내게는 감찰관 같은 수사 능력이 없으니까. 소백, 당신도 분명 재무부 관리들 뒤를 캐보았을 거요."

"물론 그랬지요."

"어떤 결과가 나왔소?"

"세난크흐님이 얻은 결론과 같습니다."

세난크흐가 섭섭하다는 듯 말했다.

"그렇다면 나한테 미리 알려주지 그랬소?"

"난 파라오께만 보고합니다. 내가 얻은 정보들은 오직 파라오만이 아셔야 한단 말입니다."

"그럼 나에 대해서도 수사해보았소?"

"물론입니다."

"어떻게 국정원 위원을 의심할 수 있단 말이오?"

"그건 내 의무입니다."

"세호테프와 크눔호테프 총리의 뒷조사도 할 생각이오?"

"내가 할 일을 하는 겁니다."

아비도스 황금원에 입문한 사람들은 의심할 필요가 없다는 사실을 소벡에게 설명해줄 수는 없었다. 소벡은 황금원 회원이 아니었기 때문이다.

소벡이 말을 이었다.

"이 궁정에 배신자가 하나 이상 있을 겁니다. 할 줄 아는 거라곤 시샘하고 뽐내는 것밖에 없는 저 닳고닳은 지식인 무리 가운데 숨어 있단 말입니다. 폐하께서 최소한의 수만 남기고 그들을 궁정 밖으로 쫓아내셨으면 하는 게 내 바람입니다."

"메데스와 그 부서의 관리들도 조사해보았소?"

"조사 중입니다. 다른 부서들도 그렇고요."

소벡은 감찰관 한 명을 메데스의 부하로 들여보내서 그의 일거수일투족을 감시하도록 조처해둔 터였다.

세호테프는 매일 저녁 호사스러운 만찬을 열었다. 궁정 사람 모두가 이 영향력 있는 인물에게 초대받고 싶어서 조바심을 냈다.

이런 사교 활동이 몇몇 사람들 눈에 쓸데없는 낭비로 비춰지는 건 당연했다. 하지만 이 일이 궁정 고관들의 동태를 파악하고 여러 정보들을 수집하는 데는 큰 도움이 되었다.

그날 저녁 세호테프는 문서 보관소 소장과 그의 아내, 딸 등을 만찬에 초대했다. 소장의 직속 부하 세 명도 부부 동반으로 함께 초대되었다. 늘 그렇듯이 다양한 주제에 대하여 유쾌하고 재치 있는 대화가 이어졌다. 이집트에 닥친 위기도 잠시 잊혀진 듯 보였다. 국왕 인장 책임자는 떠들썩한 잔치 분위기를 만들어, 저마다 속에 담아둔 이야기를 털어놓도록 유도했다.

만찬이 끝날 무렵 문서 보관소 소장의 딸이 세호테프에게로 다가

왔다. 다소 멍청하고 수다스러웠지만, 얼굴은 반반하게 생긴 아가씨였다.

"나리 저택의 테라스가 멤피스에서 가장 아름다운 것 같아요. 테라스 구경 좀 시켜주시겠어요?"

"소장께서도 함께 나가보시겠습니까?"

문서 보관소 소장이 대답했다.

"저는 좀 피곤하군요. 아내와 저는 집으로 돌아가고 싶습니다. 제 딸에게 그런 호의를 베풀어주신다면 정말 영광이지요."

세호테프는 이들이 술수를 부리고 있음을 알아차렸지만 내색하지 않았다. 고관들 가운데는 자신의 딸을 그의 품에 떠안긴 사람이 이미 여럿이었다. 딸을 그와 결혼시키려는 속셈이었다.

소장의 딸은 테라스에서 멤피스의 야경을 내려다보며 탄성을 질렀다.

"정말 아름다운 도시예요! 나리도 정말 멋진 분이시고요!"

그녀는 교태를 부리며 세호테프의 어깨에 머리를 살짝 기댔다. 교양 있는 남자라면 이런 상황에서 여인의 행동을 함부로 제지해서는 안 되는 법이다. 세호테프는 여인의 머리에서 부피가 가벼운 가발을 벗기고 머리카락을 쓰다듬어주었다.

"그러지 마세요, 부끄러워요."

"계속 야경만 보고 있을 생각인가요?"

"아, 아뇨…… 나리의 방을 구경하고 싶은데, 괜찮으세요?"

그는 여인의 옷을 천천히 벗겼다. 이 우스꽝스러운 아가씨가 나름대로 색정적인 매력이 있으며, 또 이런 일에 경험이 없지 않다는 사실을 금방 눈치 챌 수 있었다. 두 사람은 즐거운 육체의 유희를 나누

116

었다. 엎치락뒤치락 열기가 한차례 물러간 다음 그녀가 물었다.

"앞날이 어떻게 될지 걱정스럽지 않으세요?"

"위대한 파라오가 이집트를 다스리고 있으니 걱정할 것 없습니다."

"사람들은 대부분 그렇게 생각하지 않는 걸요."

"부친께선 세소스트리스를 좋아하지 않나보죠?"

"아버지는 누가 이집트를 다스리건 상관없는 분이에요. 급료를 두둑하게 주고, 또 일을 너무 많이 시키지만 않는다면 말예요! 하지만 얼마 전까지 저를 쫓아다니던 남자는 나리와는 생각이 달랐어요."

"어떤 남자였는데?"

"에릴이라는 외국인이었는데, 문서를 대필해주는 서생들의 우두머리 노릇을 했죠. 얼마나 야심이 큰 사람인지 온몸의 땀구멍에서 그 야심 냄새가 풍겨나왔다니까요. 짤막하게 다듬은 콧수염에 은근하게 들러붙는 목소리, 정중하게 행동하면서 세상에서 제일 멋진 남자인 척하려 들었지만, 사실 그는 뿔뱀처럼 끔찍한 남자였어요! 에릴은 밤낮 계략을 꾸미는 일로 머리가 꽉 차 있었거든요. 중상모략으로 자신의 경쟁자들을 처치해버리거나 부정한 뇌물을 주고받는 게 그의 특기였어요. 돈만 많이 주면 뭐든 할 사람이었죠."

"그가 당신에게 잘못을 저질렀나보군요?"

"그 들쥐 같은 자가 저한테 청혼을 한 거예요, 글쎄! 제가 싫다고 했더니 그 남자가 저를 강제로 껴안지 뭐예요. 얼마나 소름이 끼치던지! 그래서 그의 뺨을 한 대 올려붙였죠. 그랬더니 온갖 욕을 해대며 날뛰다가 파라오에 대한 욕설까지 입에 담지 뭐예요."

세호테프는 호기심이 생겼다.

"파라오에 대해 욕을 했다고요?"

"전 없는 말을 꾸며내는 사람이 아니에요!"

"그가 어떤 말을 했는데요?"

"정확하게는 기억이 안 나는데…… 그런데 혹시 파라오를 욕하는 일이 범죄에 해당되는 건가요?"

"에릴이 당신한테 자신을 도와달라고 하던가요? 아니면 어떤 일을 제안하던가요?"

소장의 딸은 깜짝 놀라며 대답했다.

"아뇨, 그런 일은 절대 없었는데요."

세호테프가 여인을 부드럽게 달랬다.

"그 불쾌한 일은 잊어버려요. 그리고 이 순간을 즐깁시다. 당신이 그만 잠을 청하고 싶은 게 아니라면……"

"어머, 아뇨!"

여인이 마치 세호테프가 그 말을 하길 기다렸다는 듯 교태 어린 몸짓으로 안겨왔다.

아침마다 세카리는 이케르가 두고 간 필기도구를 바라보았다. 친구가 무사히 돌아와 이 물건을 도로 가져갈 수 있기를 얼마나 간절히 바랐던가! 그는 시리아 팔레스타인 지방으로 가서 친구의 흔적을 찾아보려 했지만, 파라오는 허락하지 않았다.

세카리는 이케르의 죽음을 한시도 인정하지 않았다. 만약 그랬다가는 정말로 이케르가 죽을지도 모른다는 생각이 들었다. 포로가 되었든 부상을 당했든, 어쨌든 이케르는 살아 있을 것이다.

소벡은 파라오의 안전을 위해 물샐틈없는 경호체제를 구축했다. 그 조치는 세카리가 보기에도 흠잡을 데 없었다. 그렇지만 세카리는 이 감찰대 총수가 왕세자의 죽음에 그토록 만족스러운 표정을 짓는 게 뭔가 석연치 않았다.

궁정에 숨어든 배신자가 만약 소백이라면? 소백이 이케르를 그토록 미워한 이유가 혹시 이케르가 그의 정체를 알아차릴지도 몰라서는 아니었을까? 소백이야말로 감찰관 누구라도 시켜 이케르를 제거해버릴 수 있는 가장 유력한 사람이 아닌가?

만약 수호자 소백이 이케르를 죽게 한 거라면 반드시 친구의 복수를 하리라! 세카리는 마음속으로 굳게 다짐했다.

메데스는 가장 먼저 집무실에 출근해 가장 나중에 퇴근하곤 했다. 그는 국정원 비서로서 자신의 일을 훌륭히 수행했으며, 힘든 일도 마다하지 않았다. 오히려 그런 고된 일을 즐겼다. 체계적인 사고에 능한 그는 복잡한 문서를 빠른 시간 안에 처리했고, 또한 그 문서의 중요 사항을 자신의 뛰어난 머리에 담아두곤 했다. 그는 끊임없이 사람을 만나고 업무를 처리하면서도 피곤이라는 걸 몰랐다. 자신의 부하들에게도 쉴 새 없이 일할 것을 요구했고, 이런 요구에 따르지 못한 몇몇 부하들은 쫓겨나야만 했다. 그래서 그는 매달 네다섯 명의 새로운 서기관을 채용해야 했다. 뿐만 아니라 파라오의 칙령을 아무리 먼 거리라도 신속하게 전달할 수 있는 체계를 마련했다. 그의 우편선은 빨랐고 전령들은 유능했다.

왕도 총리도 메데스의 업무 수행에 대해 만족했다.

메데스는 이렇게 헌신적으로 업무를 수행하면서 한편으론 비밀리에 또하나의 조직을 만들었다. 서기관과 전령, 선원 들로 구성된 이 조직은 각 지역에서 캐낸 정보를 메데스에게 전달하고, 또 그의 지령을 각 지역에 전하곤 했다. 예고자가 현재 준비하는 거사를 일으키게 되면, 자신의 이 조직이 결정적인 무기가 될 거라는 게 메데스의 계산이었다.

이들은 지시받은 일을 하면서도 서로 철저히 분리되어 있었고, 그 결과 메데스가 꾀하는 진짜 목표가 무엇인지 아무도 알지 못했다.

메데스는 몇 달 전에 채용한 한 성실한 서기관을 자신의 조직에 끌어들일 계획을 세우고 있었다. 제르구가 찾아온 건 그때였다.

"무슨 문제라도 있느냐?"

"레바논 상인이 즉시 나리를 뵙자고 하는데요."

"이 대낮에? 말도 안 되는 소리!"

"그는 지금 시장에서 어슬렁거리고 있습니다. 중요한 일이랍니다."

지금까지 이런 경우가 없었던 만큼 메데스는 불안을 감출 수 없었다. 메데스는 날카로워진 신경을 애써 누른 채 레바논 상인을 만났다. 두 사람은 시장 인파에 묻혀 행인들의 시선을 피했다. 한 야채 장수가 파를 늘어놓고 팔고 있는 좌판 옆에 나란히 선 두 사람은 서로 모르는 사이인 척 눈길을 딴 데로 돌리고 낮은 목소리로 이야기를 나누었다.

"이마우 출신의 서기관 하나를 채용했다면서요? 서른 살가량에 독신이고, 키는 큰 편에 수염을 기르지 않았다던데. 또 왼쪽 팔뚝에 흉터가 있다고 하더군요."

"맞소. 그런데 왜……"

레바논 상인이 말했다.

"그자는 감찰관입니다. 제 밀정이 그자가 소벡의 집에서 나오는 걸 봤답니다. 소벡은 분명 그자에게 나리를 염탐하라고 시켰을 겁니다."

메데스는 등골이 서늘해졌다. 레바논 상인이 귀띔해주지 않았더라면, 돌이킬 수 없는 실수를 저지를 뻔했던 것이다.

"제르구를 시켜 그를 처치하겠소."

"그건 안 됩니다. 첩자인 걸 알아냈으니 그자를 역이용해서 수호자 소백이 나리를 철석같이 믿도록 만드세요. 그리고 이번 일을 거울 삼아 한층 더 조심해야 합니다."

14

아무는 가장 뛰어난 전사 십여 명을 데리고 나섰다. 전사들은 사자 굴 속에라도 들어가는 것처럼 모두 잔뜩 긴장했다.

이케르가 물었다.

"어디로 가는 겁니까?"

"예고자한테 간다."

"족장님의 부하들은 별로 달가워하지 않는 표정인데요."

"그는 가장 무서운 적이다. 우리를 전부 죽이겠다고 벼르고 있지."

"그렇다면 그 괴물의 입에 스스로 머리를 들이미는 이유가 뭡니까?"

"나는 그에게 결투를 청해야 해. 이긴 사람이 진 사람의 부족을 차지할 거야. 그렇게 하면 많은 사람들이 죽지 않아도 되잖아."

"이길 수 있다고 생각합니까?"

"그건 어렵지."

아무가 털어놓았다.

"어렵고말고! 예고자는 이제껏 진 적이 없어. 속임수 외에는 그 어떤 무기로도 당해낼 수 없는 자야. 그것마저도 속임수 쓸 시간을 줄

때나 가능한 얘기지."

"예고자가 체격이 큰가요?"

"이제 곧 그를 보게 될 거야."

평소와 달리 아무는 눈에 잘 띄는 길을 택해 걸었고, 누구라도 볼 수 있게 드러내놓고 불을 피웠다. 자신이 공격을 하려는 게 아니라 협상을 하려는 것임을 적에게 알리려는 의도였다.

나흘째 되는 날 동틀 무렵, 상겡이 으르렁거리기 시작했다. 잠시 후 활과 창으로 무장한 가나안인들이 아무의 일행을 에워쌌다. 상겡이 이케르의 앞을 막아섰다.

키가 작고 어깨가 떡 벌어진 사내가 앞으로 나섰다.

"넌 우리한테 붙잡혔어, 아무."

"아직은 아니지."

"이 겁쟁이들로 우리한테 맞설 수 있다고 생각하나?"

"네 두목은 우리를 두려워해. 그렇지 않다면 어째서 아직까지 우리를 죽이지 못했겠어? 네 두목은 어린애에 불과해. 계집아이처럼 징징 울어대고 머리는 텅 빈 데다가 두 팔은 꺾으면 툭 부러질 것처럼 약해빠졌지. 네 두목한테 이리로 와서 내 앞에 무릎을 꿇으라고 해. 내일, 바로 이 자리에서 말이야. 네 두목이 나한테 살려달라고 매달리면 침을 뱉어줄 테다."

맞은편 사내는 화가 나서 펄펄 뛰었다. 예고자의 부관인 그는 당장이라도 아무의 혀를 뽑아놓고 싶었지만, 아무가 결투 신청을 해온 이상 규칙을 어길 수는 없었다. 하지만 이제 곧 그의 두목이 이 발칙한 자를 산산조각 내놓을 것이다. 키 작은 사내는 분노로 부들부들 떨며 예고자에게 달려갔다.

아무가 말했다.

"이제 우리도 준비를 하자고."

한밤중에 아무는 극심한 복통을 느꼈다. 그는 몸을 모로 세워 다리를 웅크린 채 전신을 부들부들 떨었다. 전사 한 명이 냄새가 몹시 고약한 물약을 족장에게 먹였지만 효과가 없었다. 아무가 결투에 나설 수 없을 거라는 건 분명해 보였다.

물약을 가져온 전사가 말했다.

"이젠 다 틀렸습니다. 결투를 포기하는 건 어떤 구실로도 용납되지 않으니 지금 즉시 도망쳐야 합니다."

아무가 말을 막았다.

"도망쳐봤자 저 야수 같은 자들에게 붙잡힐 거다. 저들은 우리 부족을 남김없이 죽이고 말걸. 되든 안 되든 한번 운을 걸어봐야지. 성공할 가능성이 전혀 없다 해도 말야."

"지금 상태로는 무립니다."

"걱정 마라. 난 대리인을 내보낼 권리가 있어. 너희들 가운데 하나가 나 대신 싸워라."

"누굴 내보내실 생각입니까?"

"이케르."

시리아 전사들이 웅성거렸다.

"그는 십 초도 못 버틸 겁니다!"

"그래도 그가 우리들 가운데 몸놀림이 가장 빠르다."

"이건 잽싸기만 해서 되는 일이 아닙니다. 거인 같은 덩치를 쓰러뜨려야 하는 일이라고요!"

이케르는 잠자코 있었다. 두려운 마음은 없었다.

이제 곧 그는 예고자와 맞닥뜨리게 될 것이고, 예고자를 이기든지 자신이 죽든지 해야 할 것이다.

전사들 가운데 하나가 이케르에게 말했다.

"못 하겠다고 해. 우리 가운데 아무 대신 싸울 수 있는 사람은 없어. 유일한 방법은 도망치는 거야!"

"하겠어요."

"정신 나갔군!"

"힘든 하루가 되겠군요. 결투를 위해 잠을 좀 자두어야겠어요."

손이 묶인 것도 아니었지만 이케르는 또다시 라피드 호 돛대에 묶여 있는 듯한 느낌이 들었다. 이번엔 그를 구해줄 거대한 파도도 없을 것이다. 그래도 그는 싸울 것이다!

자신이 이길 가능성이 거의 없다는 걸 알고 있었으므로 이케르는 죽기 전에 네스몬투 장군에게 연락을 취해야겠다고 생각했다. 그는 코르크나무 껍질 안쪽에 네스몬투 장군만 풀 수 있는 암호로 다음과 같이 적어 내려갔다.

아무는 예고자가 아닙니다. 예고자는 이 지역에서 북쪽으로 걸어 하루 안에 닿을 수 있는 거리에 숨어 있습니다. 나는 그와 결투를 벌이려 합니다. 파라오 만세.

이케르는 땅을 파서 이 코르크나무 껍질을 묻은 다음 돌조각을 쌓아올렸다. 그리고 규석 조각으로 올빼미 한 마리를 그린 후, 그 자리에 돌 하나를 수직으로 세워놓았다. 이 상형문자는 '속에' '내부에'

라는 의미였다. 이집트 순찰대가 이 자리를 지나간다면 틀림없이 이 표시를 알아볼 것이다.

이케르는 나무둥치에 등을 기댔다. 상갱이 다가와서 그의 발치에 엎드렸다. 위험이 다가오면 이 몰로스 개가 즉시 알려주리라.

하지만 그는 잠을 이룰 수 없었다. 손에 잡을 수 없는 행복이 그의 머릿속을 스쳐갔다. 이시스에게 다시 한번 사랑을 고백할 수 있다면, 그녀의 사랑을 얻을 수 있다면, 그래서 삶을 함께하며 파라오를 받들고 아비도스의 신비를 깨우치고 글로써 마아트를 전수하며 신성한 문자들의 빛나는 힘을 더 많이 깨달을 수 있다면…… 그러나 그가 꿈꿔왔던 이 소망들은 예고자라는 무자비한 현실에 눌려 산산조각 났다.

아침이 밝아왔다. 사방에 자욱한 안개가 끼어 있었다.

아무는 밤새 토하다가 겨우 잠이 든 상태였다.

시리아인 전사 하나가 이케르를 말렸다.

"아직 늦지 않았어. 지금이라도 포기해."

다른 하나가 말을 막으며 나섰다.

"이젠 그럴 수도 없어. 그 괴물이 이제 곧 나타날 거야. 우리가 결투 상대를 내세우지 않으면 우리 머리가 날아갈 거라고!"

이케르가 물었다.

"내가 그자의 손에 죽으면 어떻게 되는 거죠?"

"우린 노예가 되겠지. 여기 네 활과 화살통, 검이 있어."

"투창기는 어디 있습니까?"

"그것으로는 적에게 생채기밖에 못 내."

"저기 온다!"

보초를 선 전사가 외쳤다.

예고자가 자신의 무리를 이끌고 걸어오고 있었다. 여자와 아이들까지 보였다.

이케르는 너무 놀라서 잠시 멍해질 정도였다. 지금까지 그처럼 큰 덩치를 본 적이 없었다. 세소스트리스조차 그와 비교하면 왜소해 보일 정도로 엄청난 거인이었다.

예고자의 좁은 이마와 헝클어진 머리, 앞으로 삐죽 나온 턱이 눈에 들어왔다. 눈이 하나밖에 없는 사내였다. 보이지 않는 한쪽 눈에는 회색 붕대가 감겨 있었다.

한 손에는 도끼, 다른 손에는 커다란 방패를 든 예고자는 멀찍이 떨어진 자리에 멈춰 서더니 소리를 질렀다. 그의 목소리는 큰 덩치에 어울리지 않게 아주 가늘고 앵앵거렸지만, 그렇다고 웃음을 터뜨리는 사람은 아무도 없었다.

"어서 나와라, 이 계집애 같은 놈아! 나와서 덤벼라! 비겁자 아무, 어서 나와 내 도끼 맛을 보란 말이다."

이케르가 앞으로 나섰다.

"아무 족장은 지금 몸이 아프오."

예고자가 코웃음을 쳤다.

"겁이 나서 창자가 뒤틀린 것이겠지! 그래도 난 그자를 산산조각 내야겠어."

"그러기 전에 당신은 싸움에서 이겨야 하오."

"아무가 자기 대신 싸울 놈을 데려왔나보군! 잘됐어, 재미있겠군. 누구냐? 어서 나서봐!"

"나요."

거한은 믿을 수 없다는 듯 상대방 진영을 한번 쭉 훑어보더니 웃음을 터뜨렸다. 뒤에 둘러선 그의 부족민들도 따라 웃기 시작했다.

"농담은 그만둬라, 꼬마야!"

"이 결투의 규칙은 무엇이오?"

"규칙은 단 하나야. 죽임을 당하기 전에 죽이는 거지."

이케르는 지켜보는 사람들이 입을 딱 벌릴 만큼 빠른 동작으로 화살 세 발을 연달아 쏘았다. 하지만 화살들은 거한이 재빨리 들어 올린 큰 방패에 막혀 튕겨나왔다. 반사 신경이 꽤 뛰어난 자였다.

"제법이구나, 꼬마야! 이제 내가 맛을 보여줄 차례다."

거한이 도끼를 휘둘렀다. 예상외로 재빠른 솜씨에 이케르는 가까스로 몸을 굴려 목숨을 건질 수 있었다. 다시 몸을 일으킨 이케르는 요리조리 움직이며 도끼날을 피했다.

거한이 발을 내디딜 때마다 땅이 쿵쿵 울렸다. 엄청난 덩치와는 달리 거한의 움직임은 민첩했고 도끼 다루는 솜씨도 빈틈 없었다. 그가 휘두르는 도끼날에 몇 번이나 이케르의 머리가 날아가버릴 뻔했다.

하지만 그는 이케르를 쫓아다니다 마침내 지치고 말았다. 반면 이케르는 장거리달리기에 단련된 몸이었다.

거친 숨을 내쉬던 거한이 방패를 멀리 내던졌다.

"이 난쟁이 놈, 납작하게 눌러버릴 테다!"

이케르는 시리아 전사들이 둘러선 쪽으로 내달리며 외쳤다.

"내 투창기를 줘요, 어서!"

전사들은 모두 그가 이렇게 오래 버티는 데 놀라 입을 다물지 못했다. 흐릿한 정신을 추스르며 간신히 버티고 서 있던 아무가 이케르에게 투창기를 던져주었다.

예고자가 이케르를 덮치려고 몸을 날리는 순간 상겡이 뛰어올라 그의 오른쪽 장딴지에 송곳니를 박아 넣었다.

거한은 거친 신음 소리를 내며 개의 몸뚱이를 향해 도끼를 치켜들었다. 도끼가 허공을 가르는 순간 이케르가 던진 투창기의 뾰족한 끝이 거한의 외눈에 날아가 박혔다.

예고자는 도끼를 내던지고 두 손으로 눈을 감싸 쥐었다. 그러고는 고통을 이기지 못하고 무너지듯 땅바닥에 무릎을 꿇었다.

비틀거리는 걸음으로 나타난 아무가 거한이 내던진 도끼를 집어 들고는 남아 있는 온 힘을 쥐어짜서 거한의 목을 내리쳤다.

그제야 상겡은 물고 있던 거한의 장딴지를 놓았다. 땀에 흠뻑 젖은 이케르가 상겡의 머리를 쓰다듬어주었다.

시리아 전사들이 내지른 기쁨의 환호성이 하늘을 찔렀고, 가나안인 무리는 뜻하지 않은 두목의 죽음 앞에 울음을 터뜨렸다.

아무는 노인들과 병약한 아이들, 몸집이 마른 여자들과 생김새가 마음에 들지 않은 남자 두 명을 죽이라고 지시했다. 예고자를 따라온 무리 가운데 살아남은 자들은 이제부터 아무에게 복종을 맹세해야 했다.

아무가 이케르에게 말했다.

"내 창자한테 엎드려 절을 해야겠어! 아프지 않았다면 지금쯤 내가 저놈처럼 됐을 테니까. 이 공은 모두 너의 것이다."

"상겡이 도와줘서 그자를 해치울 수 있었던 거예요."

개가 꼬리를 치며 이케르를 올려다보았다.

"솔직히 말해 네가 이길 거라고는 눈곱만큼도 기대하지 않았어. 몸집도 작은 네가 저런 거인을 무너뜨리다니, 정말 기적 같은 일이지! 사람들은 두고두고 네 이야기를 할 거다. 이제부터 모든 사람이 널 영웅으로 생각할 거야. 게다가 네가 공을 쌓을 기회는 아직 더 남았어. 그 괴물 같은 자의 영토를 빼앗으러 가자고!"

이케르는 전혀 기쁘지 않았다. 기쁘기보단 뭔가 미진하다는 느낌이었다. 그는 결투에서 살아남았고 예고자도 없앴다. 하지만 그의 임무는 예고자가 어떻게 생명의 나무에 사악한 마법을 걸었는지 밝혀내는 것이었다. 이 중요한 질문에 대해 아무 해답도 얻지 못한 것이다.

예고자를 제거했다고 해서 오시리스의 아카시아나무가 살아날 수 있을까?

예고자의 은신처에 마지막 희망을 걸어볼 수밖에 없었다. 어쩌면 마법을 풀 결정적 단서를 찾아내게 될지도 모르는 것이다. 이런 생각으로 이케르는 또다시 아무를 따라나섰다.

하지만 그건 이케르의 헛된 기대였다.

예고자의 땅은 포도나무와 무화과나무, 올리브나무가 자라는 곳이었다. 소와 양들을 넉넉히 키우고 있는 풍경도 이곳이 풍요한 지역임을 알게 해주었다. 부족민들이 사는 마을은 말끔했다.

새로 뽑힌 족장이 아무 일행에게 포도주와 소고기, 꼬챙이에 꿰어 구운 거위 고기와 우유를 넣어 반죽한 과자들을 대접했다.

아무가 뿌듯한 표정으로 이케르에게 말했다.

"여긴 작은 천국이야. 그런데 이 천국이 우리 거라고! 다 네 덕분이다. 너한테 상을 줘야겠어. 난 여기저기에서 낳은 자식들이 많아. 하지만 하나같이 게으르고 무능하지. 그런데 넌 달라. 너야말로 내 뒤

130

를 이을 영웅이야. 여자 하나를 골라잡아봐. 밭과 노예들도 주겠어.
너도 아들을 많이 낳도록 해. 그래서 우리 둘이 이 넓은 땅을 같이 다
스려보자고. 이 땅에선 얻을 게 많아. 모두들 네 명성을 듣게 될 테니
아무도 우릴 넘보지 못할 거야. 그러다 가끔씩 심심풀이 삼아 여기저
기 노략질이나 다니고 말이야. 넌 이제 앞길이 훤히 열린 거야!"

아무는 뭔가 말하기 겸연쩍은 듯 머리를 긁적였다.

"네가 이렇게 큰 공을 세웠으니 사실대로 말하마. 그 짐승 같은 녀
석을 없애는 게 내 오랜 소망이었어. 그 녀석을 그냥 두면 우리 부족
이 무사하지 못할 것 같아서 힘이 달리는 줄 알면서도 한번 붙어보
려고 결심했던 거지. 그런데 마침 네가 나에게 행운을 가져왔단 말
이야."

"지금 그 말은 그 거한이 예고자가 아니라는 건가요?"

"솔직히 그 유령 같은 자가 정말 있기나 한지 모르겠다. 그런 자가
있든 없든 내 땅에서 어슬렁거리는 건 아니니까 상관없는 일이지. 예
고자는 잊어버려. 그리고 이제 네 손에 들어온 걸 즐기라고. 이곳은
사는 맛을 제대로 느끼게 해줄 거야."

이케르는 온몸에서 힘이 쭉 빠져나가는 것 같았다. 그렇다면 자신
은 허깨비 때문에 목숨을 걸고 싸웠던 게 아닌가. 게다가 네스몬투
장군에게는 잘못된 정보를 전하고 만 것이다.

15

　소규모 사막 감찰대가 가나안의 변방 지대까지 나가는 경우는 흔치 않았다. 그렇지만 사냥광인 이 감찰대의 소대장이 멧돼지 한 마리를 끈질기게 추격하는 바람에 이들은 평소보다 멀리까지 오고 말았다. 멧돼지는 타마리스나무 숲을 가로지르더니 와디 하나를 건너뛰어 방금 어디론가 모습을 감춘 뒤였다.

　감찰관 하나가 소대장에게 말했다.

　"이만 돌아가는 게 좋겠습니다. 이 지역은 안전하지 않아요."

　소대장도 부하의 말이 옳다는 건 알았다. 혹시라도 사막 비적대와 마주친다면 머릿수에서부터 질 게 뻔했다.

　소대장이 대답했다.

　"이 골짜기 끝까지만 가보고 돌아가자. 놈이 어디로 숨었는지 눈을 크게 뜨고 살펴봐."

　그러나 멧돼지의 흔적은 어디에도 없었다.

　"저기 좀 보세요, 소대장님. 이상한 게 보이는데요."

　감찰관이 심상찮은 돌무더기 하나를 가리키며 소리쳤다.

"돌이 수직으로 세워져 있고, 또 올빼미 한 마리가 그려져 있습니다."

"저 안에 뭔가 들어 있다는 뜻이지."

호기심이 생긴 소대장은 직접 돌무더기를 파헤쳤다. 안에서 코르크 나무 껍질 조각이 나왔다. 나무껍질에는 상형문자가 새겨져 있었다.

소대장이 말했다.

"이상하군. 이 글자들은 아주 능숙한 필체로 쓰인 거야. 그런데 글 전체는 아무 의미도 없거든."

"암호문을 발견하는 즉시 가져오라는 명령이 있었습니다. 이게 그 암호문 중 하나가 아닐까요?"

다슈르의 대기는 북풍 한 점 없이 따뜻한데도 제후티는 몸에 한기를 느꼈다. 긴 망토 자락을 여며보았지만 그의 몸을 데워주기에는 역부족이었다. 관절염의 통증은 많이 가라앉았지만, 투병하는 동안에 그는 기력을 많이 소진한 터였다.

몸에서 생명력이 빠져나가는 거야 아무렴 어떤가, 왕의 피라미드가 완성되었는데 말이다!

제후티는 피라미드를 에워싼 성벽을 가마를 타고 한 바퀴 돌아보았다. 군데군데 보루가 설치된 이 성벽은 사카라에 있는 제세르 왕의 피라미드를 본떠 세운 것이었다. 피라미드와 신전이 세워진 이곳의 이름은 '천상의 청량한 물'이라는 뜻의 케베후트였다. 이 물에서 호테프, 즉 '충만함'을 지닌 피라미드가 솟아오른 것이다. 이러한 건축 구상은 생명이 태초의 대양에서 탄생하여 섬의 형상으로 모습을 드러냈으며, 그 섬 위에 태초의 돌에서 나온 최초의 신전이 지어졌다는 신화를 구현한 것이었다.

불현듯 어디선가 위엄 있는 목소리가 들려왔다.

"그대는 맡은 일을 훌륭히 해냈다."

"폐하! 이렇게 일찍 오실 줄은 몰랐습니다. 아직 영접할 준비가 되지 않았는데……"

"그런 건 신경 쓸 필요 없다, 제후티. 그대는 설계도면을 충실히 따름으로써 이 피라미드가 카를 발산할 수 있도록 했다. 덕분에 이제 마아트가 이제페트를 누르고 승리하게 될 것이다."

피라미드의 외벽이 저무는 해를 반사하여 흰색으로 눈부시게 빛났다. 이 삼각형 면들이 뿜어내는 빛으로 온 하늘과 대지가 환했다.

파라오는 제후티의 수행을 받아 신전의 입과 눈, 귀를 여는 의식을 거행했다. 이제 이 신전은 파라오 영혼의 소생을 영원히 경축하게 되었다. 신성한 생명을 이어받아 그것을 다음으로 전할 오시리스가 된 파라오의 모습이 거대한 석상들로 표현되어 있었다.

이 신전에서 사제들이 파라오를 대신하여 매일 제의를 올리게 될 것이다. 제물 봉헌 행렬이 이어질 것이고, 파라오와 신들 사이에 이루어지는 대화가 사제들을 통해 구현될 것이다.

신전에서 의식을 올린 세소스트리스는 지하로 내려가 석관이 놓인 현실까지 갔다. 붉은 화강암으로 만든 이 석관은 세소스트리스의 빛의 육신이 올라타고 여행할 나룻배였다. 지상의 것이 아닌 평화가 이곳에 감돌고 있었다. 이 평화로움이 세소스트리스로 하여금 새삼 굳은 의지를 다지게 했다.

이 영원한 건축물을 응시하는 세소스트리스의 가슴속에서 이케르가 살아 있다는 믿음은 한층 또렷해졌다.

십 년 전 멤피스에 들어와 자리를 잡은 에릴은 그동안 자신이 이룬 일들에 자부심을 느꼈다. 레바논인과 시리아인을 양친으로 둔 그는 문서 대필 서생 조직의 우두머리 노릇을 하고 있었다.

　에릴이 탐내던 이 자리를 차지한 건 비겁한 수법으로 경쟁자들의 발을 걸어 넘어뜨리고, 아낌없이 뇌물을 쓰는 등 수완을 발휘한 덕분이었다. 허영심 많고 독선적인 선임자와 죽이 잘 맞은 에릴은 그의 비호를 받으며 성공 가도를 달렸다. 경쟁자를 제거해나가면서도 사람들로부터 정직하다는 평판을 얻을 수 있었던 것은 이 선임자에게 배운 수완 덕분이었다.

　그날 밤 에릴은 또 한번의 성공을 눈앞에 두고 있었다. 벼락출세한 음모꾼에 불과한 그가 세호테프의 만찬에 초대된 것이다! 이건 그가 주요 인사로 인정받았다는 의미였다.

　만찬에 가기 전까지 에릴은 온종일 몸단장으로 시간을 보냈다. 각 분야 전문 미용사들이 그의 머리와 손톱, 발톱을 치장했고, 향수 제조인과 재단사가 달라붙어 그를 우아한 신사로 바꾸어놓았다. 파라오의 수석 비서관이 조악한 취미를 싫어한다는 건 꽤 알려져 있었으므로 에릴은 몸치장에 각별한 신경을 썼던 것이다. 그처럼 대단한 고관을 만나게 되었으니 조금이라도 허술한 구석을 보일 수는 없었다.

　하지만 한 가지 걱정거리가 있었다. 어떤 사람들이 그 만찬에 초대되었는가 하는 문제였다. 세호테프와는 달리 에릴은 여자들과 자리를 함께하는 게 달갑지 않았다. 그 자리에 여러 명의 여자가 참석할 건 분명했다. 그러니 그 여자들의 교태와 수다스러움을 고스란히 참아내야 할 것이다. 오늘 밤 초대는 곧 있을 어떤 출세의 서곡이었다.

그동안 갈고 닦은 술수를 발휘해 자신의 야망을 실현시킬 기회가 온 것이다.

세호테프의 저택은 과연 소문대로 집 안의 아주 사소한 것들까지도 세련되고 우아한 매력으로 눈길을 사로잡았고, 정원은 숨이 멎을 만큼 아름다웠다.

에릴은 질투가 치밀어 뱃속이 불편할 지경이었다. 자신이라고 해서 이런 사치를 손에 넣지 못할 이유가 뭐냐는 생각이 들었다.

한 하인이 에릴을 공손히 맞아들여 넓은 거실로 안내했다. 실내에는 은은한 백합 향기가 떠돌았다. 낮은 탁자 위에는 식욕을 돋우는 몇 가지 음식과 과일주스, 맥주, 포도주가 놓여 있었다.

집사가 다가와 자리를 권했다.

"이리로 앉으십시오."

에릴은 잔뜩 긴장했다. 주인이 나타나기를 기다리는 동안 혼자 멀거니 앉아 있느니 집 안 구경이라도 하고 싶었다. 그는 잠두콩 소스를 바른 생양파를 아작아작 씹으면서 벽에 걸린 그림들을 구경했다. 수레국화, 개양귀비, 국화꽃 들을 그린 그림들이었다.

세호테프가 들어서며 사과했다.

"늦어서 죄송합니다. 궁정에서 나오기가 어려웠거든요. 언제든 국사가 최우선이니까요. 포도주 좀 드시겠습니까?"

"좋지요. 제가 좀 일찍 온 듯합니다. 다른 손님들이 아직 도착하지 않은 걸 보면요. 그리고……"

"오늘 저녁 손님은 당신뿐입니다."

에릴은 놀라움을 숨기지 않았다.

"이거 정말 큰 영광이군요!"

"나 역시 그렇습니다. 그럼 식사를 시작할까요?"

빼어난 요리와 포도주, 또 집주인의 친절한 태도에도 불구하고 에릴은 세호테프와 단둘이 마주앉아 있다는 사실이 몹시 불편했다.

세호테프가 말했다.

"하는 일이 쉽지 않을 텐데, 아주 잘해내고 계시더군요."

"그저 최선을 다할 뿐입니다."

"성과에 만족하십니까?"

당황한 에릴은 목구멍으로 넘긴 음식이 도로 넘어오는 것 같았다. 이럴 때일수록 서두르지 말고 능란하게 대처할 필요가 있었다.

"총리 각하 덕분에 멤피스의 행정은 점점 개선되고 있습니다. 아직 문제가 좀 있긴 하지만, 저와 제가 이끄는 서기들이 의뢰인의 권익을 지켜주려 애쓰고 있습니다."

"지금 하시는 일보다 더 가치 있는 일을 해볼 생각은 없습니까?"

에릴은 바싹 세우고 있던 신경을 조금 느슨하게 풀었다. 지금까지 자신이 발휘해온 유능함에 당국이 주목한 것이다! 그래서 이 수석 비서관 나리가 자기 부서로 들어와 일해보지 않겠냐고 자리 하나를 제안하는 것이다. 또한 그건 아주 중요한 자리일 것이다.

세호테프는 이마우 적포도주를 채운 자신의 잔을 들여다보며 말을 이어갔다.

"나와 절친한 사이인 수석 재정 관리관 세난크호가 당신의 재산 내역을 조사했답니다. 물론 숨겨놓은 재산까지 다 포함해서 말이오."

에릴의 얼굴이 하얗게 질렸다.

"그, 그게 무슨 말씀이십니까?"

"당신이 뇌물을 주고받았다는 말이지요."

에릴은 흥분해서 자리를 박차고 일어났다.

"그건 오해입니다. 저는 절대……"

"세난크흐가 증거를 확보해놓았어. 부인할 수 없는 증거들이지. 당신은 파렴치한 속임수로 의뢰인의 등을 치고, 온갖 의심스러운 사업에 개입하고 있더군. 하지만 그런 것보다 훨씬 심각한 죄가 있지."

에릴은 사색이 되어 다시 자리에 주저앉았다.

"무슨 말씀인지 모르겠군요."

"다 알면서 왜 그러시나? 의뢰인을 등친 일은 감옥에 가면 될 테지만, 국왕 암살 음모에 개입한 건 사형감이야."

"제가 파라오를 암살하려 했다는 말씀입니까? 어떻게 그런 말도 안 되는 생각을……"

"거짓말은 집어치워. 증인도 있어. 목이 잘리고 싶지 않으면 같이 일을 꾸몄던 자들의 이름이나 당장 털어봐."

이 짤막한 콧수염 사내는 체면이고 뭐고 없이 세호테프의 발아래 몸을 던지고 매달렸다.

"그건 저를 곡해한 겁니다! 저는 파라오의 충성스런 백성이라고요."

"변명은 그만둬, 소용없는 일이니까. 네가 멤피스에 잠입한 반란 조직에 소속되어 있다는 걸 알아. 네가 접촉하는 자들이 누구냐?"

에릴의 눈이 겁을 먹고 흔들렸다.

"반란 조직이라니요, 아닙니다. 절대 아니에요! 고위 관리를 한 열 명가량 알긴 합니다. 그러니까 저와 내왕하던 관리들 말입니다."

에릴은 관리들의 이름을 대고 그들과 꾸몄던 일들을 세세히 털어놓았다. 그러고는 눈물을 흘리며 참회의 말을 늘어놓았다.

세호테프는 에릴의 말을 귀담아들으면서도 실망감을 누를 수 없었다. 숨어 있는 자를 덤불 밖으로 끌어내고 보니, 하잘것없는 사기꾼일 뿐 예고자 일당이 아닌 건 분명했다.

네스몬투 장군이 말했다.

"이 암호문을 해독하자마자 폐하께 알려야겠다는 생각이 들어 시켐에서 달려왔습니다. 이 암호문을 쓴 사람이 누군지는 분명합니다, 폐하. 이케르 왕세자는 살아 있습니다. 적은 다른 자의 시신을 이케르로 위장해서 우리를 속이려 했던 겁니다."

세소스트리스가 물었다.

"그렇게 확신하는 근거는 무엇인가?"

파라오 옆에 있던 수호자 소벡의 얼굴에는 못마땅한 표정이 역력했다.

"이케르 왕세자와 미리 약속해둔 암호가 있었습니다. 그 암호는 저만 풀 수 있는 것이었습니다."

"그 암호문의 내용은 뭔가요?"

"왕세자가 예고자의 소굴을 찾아냈다고 합니다. 그리고 그와 결투를 벌일 예정이라고 했습니다."

소벡이 대꾸했다.

"터무니없군요! 분명 강요에 못 이겨 적이 불러주는 대로 받아썼을 겁니다. 우리 병사들을 함정에 끌어들이려는 수작입니다."

파라오가 말을 막았다.

"그대의 말이 맞다 하더라도 이케르가 살아 있다는 건 사실이다."

"그럴 리 없습니다, 폐하! 이 암호문을 작성하게 한 다음 왕세자를 살해했을 겁니다."

네스몬투가 반문했다.

"예고자 입장에서야 왕세자를 인질로 잡아두는 게 더 나을 텐데 왜 처형을 했겠나?"

"이용 가치가 없어졌으니까요!"

"꼭 그렇다고 할 수는 없지. 왕세자를 이용해 계속해서 우리한테 유인 정보를 흘릴 수 있을 테니까. 진실은 아주 단순해. 전하가 임무에 성공했다는 거지. 지금쯤 전하는 멤피스로 돌아오려 하고 있을 거요."

소백이 대꾸했다.

"그렇다면 기쁘겠지만, 결코 있을 수 없는 일입니다!"

세소스트리스가 물었다.

"예고자가 어디 숨어 있을 것 같은가?"

네스몬투가 난감한 표정을 지었다.

"팔레스타인이나 시리아 변방 지역 어딘가에 숨어 있을 겁니다. 거기까지는 우리 군이 통제하지 못하고 있지요. 숲과 늪지대, 깊은 골짜기가 이어지는 지형에 길도 없는 데다 사나운 들짐승이 우글대는 곳입니다. 반란자들이 은신하기에 그보다 더 좋은 덴 없을 겁니다. 그곳에서 어떤 군사작전을 편다는 건 불가능합니다. 우리 지도로 보면 아무 표지 없이 비어 있는 부분이 그런 지역이지요."

소백이 의기양양하게 말했다.

"그런 곳이야말로 완벽한 함정이지요!"

"탐색대를 구성해 파견하는 게 좋겠습니다. 시리아의 지형에 익숙한 병사들로 말입니다."

소백이 반박했다.

"노련한 병사들을 그런 방식으로 소모하실 생각입니까? 사실을 분명히 짚고 넘어갑시다. 이케르 왕세자가 살아 있다면, 그건 그가 폭력 분자들과 한패이기 때문입니다."

파라오가 네스몬투 장군에게 명했다.

"탐색대를 조직하라. 그리고 이 암호문에 이어서 두번째 암호문을 손에 넣게 되면 탐색대를 출발시키도록 하라."

16

입비뚤이는 자신의 도적 무리를 이끌고 외딴 농가로 다가갔다. 보호해준다는 핑계로 또다시 농부 가족을 협박해서 재물을 빼앗을 생각이었다.

파라오 세소스트리스의 암살 기도에 실패한 후 입비뚤이는 숨어지내고 있었다. 부하들은 예고자를 찾아가 합류하자고 졸랐지만, 그는 자기 혼자 잘해나갈 수 있다고 생각했다. 그러나 '주인님'과의 관계를 끊은 탓인지 운이 예전만큼 따라주지 않았다.

입비뚤이는 신도 악마도 무서워하지 않는 사내였지만, 예고자만큼은 두려워했다. 그래서 자신이 맡은 거사에 실패하자 그 죄를 추궁당할까봐 예고자 앞에 감히 나설 수가 없었다.

우선 먹고살아가는 일이 문제였다. 농가를 약탈하면 늘 진수성찬을 맛볼 수 있을 것이다. 농가의 아낙을 범하는 즐거움도 있었다. 입비뚤이는 자신의 손아귀에 들어온 희생자를 잔인하게 짓밟아 저항의지를 꺾은 뒤 모욕을 주며 즐기곤 했다.

입비뚤이는 위험을 미리 감지하는 사냥꾼의 본능을 가진 사내였다. 농가에 어느 정도 접근했을 때 그는 별안간 걸음을 멈췄다. 부하들도 따라서 멈춰 섰다.

"무슨 일이오, 두목?"

"조용히 해, 이 멍청아!"

"아무 소리도 안 들리는구면."

"바로 그거야! 아무 소리도 안 들린다는 게 이상하지 않아? 닭장까지도 조용하다고!"

"그렇다면……"

"저기서 우릴 기다리고 있는 자들은 농부가 아니라는 얘기지. 어서 달아나자."

입비뚤이 무리가 몸을 돌려 달아나는 걸 발견한 감찰대원이 신호를 보냈다. 공격 명령이 떨어졌다.

하지만 너무 늦었다.

입비뚤이와 그 부하들은 이미 화살이 미치는 거리를 벗어나 있었다.

신발 장수는 정직하고 친절해서 사람들의 인심을 샀고, 덕분에 외국 출신 이방인임에도 멤피스의 일반 시민들 속에 융화될 수 있었다. 그가 예고자의 비밀 조직원이라는 사실을 눈치 챈 사람은 아무도 없었다.

해질 무렵, 신발 장수는 집으로 돌아가는 중이었다. 엄청나게 굵은 팔 하나가 그의 목을 감아 줬다.

"입비뚤이 아냐?"

신발 장수가 소리쳤다.

"여기서 뭘 하는 거야? 모두들 네가 죽은 줄 알았어."

"주인님은 어디 계시냐?"

"나도 몰라, 난……"

"넌 모를지 몰라도 네 조직의 왕초는 알고 있을 거야! 나와 내 부하들은 예고자님을 찾아뵈어야 해. 네가 날 도와줘. 안 그러면 이곳에 있는 조직원들을 다 죽일 거야. 우선 너부터 말이야."

신발 장수는 입비뚤이의 협박이 그냥 해보는 소리가 아니라는 걸 알아차렸다.

"도와줄게."

시켐 남쪽 지역은 황량한 곳이었다. 앙상한 나무들, 붉은빛이 도는 척박한 토양, 자갈이 울퉁불퉁 깔린 와디. 이런 땅 위를 뱀들이 사방으로 기어 다녔다.

"이런 곳에 계실 리 없소, 두목!"

입비뚤이가 대답했다.

"천만에, 그는 이런 데를 좋아해. 아주 별난 인물이거든. 여기서 자리 잡고 기다려보자."

"또 함정에 걸려든 거라면 어쩔 거요?"

"보초를 사방에 세워놔."

"저기 누군가 있소!"

어디서 나타났는지 머리에 터번을 두르고 긴 모직 튜닉을 걸친 키 큰 사내가 입비뚤이 무리를 지켜보고 있었다.

"다시 만나 기쁘군, 입비뚤이."

예고자가 부드러운 목소리로 말했다. 그 목소리를 들은 입비뚤이는 몸에 소름이 돋는 것 같았다.

144

"저도 기쁩니다, 주인님!"

입비뚤이는 예고자 앞에 납작 엎드렸다.

"전 아무 잘못도 없습니다요. 혼자서 어떻게든 잘해보려고 했는데 감찰대가 바짝 쫓아오지 뭡니까. 농부 놈들이 절 고발했나봅니다요, 글쎄! 사실 그동안 몸이 근질근질했습니다요. 제 부하 놈들도 그렇고 저도 그렇고 일을 맡고 싶습니다요. 그래서 찾아온 겁니다."

"그래서 날 따를 결심이 섰다는 거냐?"

"그럼요, 그렇고 말구요!"

예고자가 본거지로 삼은 장소는 어느 외진 곳의 한 동굴이었다. 그 동굴은 통로를 따라 여러 군데의 동굴로 이어져 있어서 만약 공격을 받을 경우 재빨리 몸을 피할 수 있었다.

예고자는 이 은신처를 몇 개의 방으로 나누어 사용했다. 가장 넓은 방은 설교 장소로 사용되었다. 추종자들은 매일 이 방에 모여 예고자의 말에 귀를 기울였다.

예고자의 첫 신도라고 할 수 있는 얼간이 스합은 신도들 가운데 열성이 부족한 자가 있는지 감시했다. 설교 도중 시들한 태도를 보인 자들을 골라낸 스합은 그들의 목을 돌칼로 찔러 죽여 시신을 본보기로 내걸어놓기도 했다. 승리를 향해 가는 길에 조금이라도 인정사정을 봐주면 안 된다는 게 그의 생각이었다.

비나는 실내에 칩거한 채 바깥으로는 거의 나오지 않았다. 그러나 주인님을 옆에서 섬긴다는 사실로 인해 그녀의 영향력은 점점 커지고 있었다.

아시아 출신 전사들을 이끄는 입샤로서는 이러한 상황이 내심 못

마땅했다. 비나를 향한 숨은 연정 때문이었다. 그는 비나가 잠시라도 모습을 보이지 않을까 애타게 기다리곤 했다. 사실 그는 카훈에 이어 다슈르에서도 거사에 실패한 책임이 있었지만, 그럼에도 여전히 동향 출신 전사들로부터 신임을 얻고 있었다. 모두의 예상과는 달리 예고자는 입샤를 조금도 문책하지 않았다. 덕분에 제련공이었던 이 털보는 여전히 예고자의 측근으로 머물 수 있었다.

"왜 그리 흥분하고 있는 거야, 트레장?"

"지금 흥분 안 하게 생겼어? 주인님이 혼자 떠나시게 해서는 안 되는 거였다고!"

"걱정 마. 예고자는 사막 괴수들까지 맘대로 조종하는 사람이잖아?"

"주인님 안전이야 걱정 없지. 그게 아니라 주인님이 없으면 우리가 죽도 밥도 안 되니까 하는 소리야."

트레장은 한 사막 비적대로부터 이케르가 죽었다는 소식을 전해 듣고 화가 나서 펄펄 뛰었다. 이야기를 전해준 비적대 사내의 말로는 시리아인 아무같이 잔인한 사람이 이케르를 살려두었을 리 없다는 것이었다. 트레장이 화를 낸 건 이케르에게 조금이나마 정을 느껴서가 아니었다. 이 서기관의 신념을 무너뜨리고 복수의 화신으로 만들어서 파라오와 맞서 싸우게 할 기회를 잃었기 때문이었다. 파라오는 이케르를 살아 돌아올 수 없는 곳에 내다 버린 원수가 아닌가? 그래서 가나안 부족에게 이케르의 복수심을 키우도록 맡겨놓았더니, 아무라는 자가 그 가나안 부족을 싹쓸이한 것으로도 모자라 멋진 계획까지 망쳐놓은 것이다. 아무가 이집트인을 죽도록 증오한다는 건 잘 알려진 일이었다. 그러니 그에게 붙잡힌 이케르의 운명이 어떻게 되었을지는 불 보듯 뻔했다.

트레장이 시근거리며 말했다.

"다음번엔 나도 예고자님을 따라나서야겠어. 누구든 주인님 앞에 얼쩡대면 내가 해치워버릴 테야."

"주인님 명을 어겨도 된다는 거야?"

"때로는."

"그러다가 큰일 나지, 꼬마야."

"주인님은 나를 이해하실 거야. 언제나 날 이해해준다구."

이 소년의 이런 맹목적인 추종에 입샤는 슬며시 불안해지기 시작했다. 예고자 측근의 광신적인 태도도 걱정스럽기는 마찬가지였다.

트레장이 소리쳤다.

"저기 좀 봐! 주인님이 돌아오셨어!"

예고자가 느긋한 걸음으로 작은 무리를 이끌고 오고 있었다.

예고자가 말했다.

"참된 믿음을 위해 싸울 전사들이 왔다. 이들에게 마실 물과 음식을 갖다주어라."

얼간이 스합이 입비뚤이의 어깨를 두드렸다.

"결국 회개했군! 네가 있을 자리는 여기야. 넌 주인님을 떠나선 아무것도 할 수 없어. 주인님 지시대로 움직일 때만 승리할 수 있단 말이다."

"아무리 그래도 네 설교를 듣고 싶지는 않은데."

"너도 언젠가는 예고자님의 가르침에 눈을 뜨게 될 거야."

스합의 눈먼 믿음이 입비뚤이의 속을 긁어놓았다. 하지만 지금은 맞대들어 티격태격 싸울 때가 아니었다. 이렇게 모양새 좋게 주인님의 군대 지휘관으로 복귀한 것만도 입비뚤이로선 다행한 일이었다.

예쁜 갈색 머리 여자가 안채로 쓰이는 동굴에서 나와 예고자 앞에 무릎을 꿇고는 소금이 가득 담긴 잔을 바쳤다.

"정말 탐나는 계집이군."

입비뚤이가 들뜬 목소리로 중얼거렸다.

"비나 곁에는 얼씬도 하지 마. 주인님 시중을 드는 여자니까."

"재미 좋겠구나, 주인님은!"

얼간이 스합의 얼굴이 굳어졌다.

"주인님에 대해 함부로 말하지 마."

"알았어, 흥분하기는. 계집은 계집일 뿐인데 뭘."

"비나는 다른 여자들하고 달라. 주인님은 대업을 완성하기 위해 그녀를 새사람으로 만들었단 말이야."

'듣고 있자니 정말 가관이군' 하고 입비뚤이는 속으로 중얼거리며 전병을 한입에 삼켰다. 따뜻한 잠두콩으로 속을 채운 전병이었다. 그가 동굴로 다시 들어가려는 비나에게로 시선을 돌리는 순간, 짙은 수염을 기른 한 사내가 그녀를 붙잡고 말을 거는 모습이 눈에 잡혔다.

입샤가 목소리를 낮춰 말했다.

"할 이야기가 있어."

"쓸데없이 이러지 마."

"난 네 지시에 따라 싸워왔어. 난……"

"우리를 이끄는 사람은 예고자님뿐이야."

"비나, 넌 그를……"

"난 그분만을 믿어."

그녀는 안으로 들어가버렸다.

스합 역시 그 장면을 지켜보았다. 그는 주인에게 쪼르르 달려가 자기가 본 것을 일러바쳤다.

"주인님, 그 입샤라는 녀석이 비나에게 찝적거리고 있습니다."

"신경 쓰지 마라. 이미 두 번이나 실패한 자이니 이번엔 그 정도 능력에 어울리는 역할이나 맡겨볼 생각이다."

예고자의 부름에 응답한 가나안의 크고 작은 부족장들의 수는 서른 명 정도였다. 이들 가운데는 궁금함 때문에 온 사람도 있었고, 자기 부족의 자치권을 재확인시키려고 온 사람도 있었다. 어쨌든 모두들 예고자라는 인물을 만난다는 데 호기심을 품은 건 사실이었다. 대부분의 사람들은 예고자가 가공의 인물이라고 믿고 있었던 것이다.

작은 키에 피둥피둥한 몸집을 한 붉은 수염의 사내가 제일 먼저 말을 꺼냈다.

"난 데와라고 하오. 가나안의 가장 유서 깊은 부족을 대표해서 말하겠소! 우리는 지금까지 누구한테도 지지 않았고, 누구의 지시도 받은 적이 없소. 우린 우리가 원할 때 우리가 원하는 사람을 따를 것이오. 이렇게 모이라고 한 이유가 무엇이오?"

예고자가 조용한 어조로 말했다.

"가나안인의 분열이 힘을 약화시켰소. 적의 군대는 막강하오. 적을 이기려면 여러분이 단결해야 하오. 그러니 서로간의 분쟁은 덮고, 모두를 이끌 지도자를 하나 세우시오. 그리고 그의 지휘 아래 시켐을 해방시키시오. 기습 공격을 가하면 이집트군은 궤멸할 거요. 그런 무력시위 앞에선 파라오도 얼이 빠질 게 분명하오."

데와가 반박했다.

"그러다 우리가 당할 수도 있단 걸 모르시오? 파라오가 우리를 치려고 병력을 총동원할 수도 있단 말이오."

"절대 그럴 수 없소."

"어떻게 그걸 장담하시오?"

"이집트는 심각한 내환을 겪게 될 테니까. 왕은 나라 안의 일을 해결하느라 손이 묶일 거요."

부족장들이 한순간 술렁거렸다. 그러나 데와는 곧 침착하게 반격했다.

"네스몬투 장군이 있다는 걸 모르는군!"

예고자가 대꾸했다.

"이젠 다 늙어빠진 노인이지. 그자는 가나안 땅 정복을 이미 단념했소. 당신네들을 두려워하니까. 그는 당신네들을 복종하게 만들 능력이 자기에게 없다는 걸 알고 있소. 그래서 시켐을 강압적으로 통제하고 있소. 당신들은 그걸 방치함으로써 세소스트리스로 하여금 이집트가 가나안을 지배하고 있다고 믿게 한 거요!"

많은 부족장들이 과오를 시인한다는 듯 고개를 끄덕였다.

"모두 힘을 합하면 여러분은 네스몬투의 지쳐빠진 군대보다 세 배는 더 많은 병력을 보유할 수 있소. 가나안 해방군을 조직해서 침입자를 쓸어내고 강력한 독립 정부를 세우시오."

데와는 예고자의 계획에 반대하는 입장이긴 했지만, 그렇다고 그의 말을 단번에 물리칠 배포는 없었다.

"우선 우리끼리 의논을 해봐야겠소."

17

스합이 넌지시 물었다.

"주인님, 저렇게 모여 떠들어대기만 하는 자들이 쓸 만한 군대를 꾸릴 수 있을까요?"

"어림없다."

"그런데 어째서……"

"그렇다고 파라오가 저들을 무시할 수 있는 건 아니다. 저들이 이 땅에서 싸움을 일으키는 동안 우리는 진짜 공격을 개시할 것이다. 가나안은 지금도 그렇듯이 앞으로도 유격전과 고만고만한 충돌이 벌어지고 분쟁이 끊임없이 이어지는 곳이어야 한다. 간간이 폭동이 일어나 이집트군의 기운을 빼놓으면서. 나는 우선 이집트를 정복한 다음 이곳에도 참된 믿음을 퍼뜨릴 생각이다. 그때가 되면 모두가 내 앞에 엎드려 복종하게 될 것이다."

"만약 저 부족들이 연합을 거부하면 어떻게 하실 생각입니까?"

"이번에는 그렇게 나오지 못할 거다, 스합. 그러기엔 시켐이 너무 탐나는 도시 아니냐."

고성이 오가는 격론이 밤새 계속되었다.

새벽 무렵 데와가 예고자를 찾았다.

"당신 몫의 전리품은 어느 정도면 되겠소?"

"난 아무것도 필요 없소."

"일이 쉬워지는군. 그렇다면 당신이 우리 군대를 지휘하시오."

"그럴 생각은 없소."

땅딸막한 이 붉은 수염 사내는 놀라서 눈을 둥그렇게 떴다.

"그럼, 대체 원하는 게 뭐요?"

"내가 원하는 건 여러분이 승리하는 거요."

"그렇다면 내가 가나안 군대를 지휘하겠소!"

"아니오, 데와."

"아니라니! 내게 그럴 능력이 없다는 거요?"

"어느 부족이든 우선권을 가져서는 안 되오. 뛰어난 전술가인 입샤를 지휘관으로 앉히는 게 좋을 거요. 그는 이곳 아시아 출신이고 이런 유의 전투 경험이 아주 많소. 승리를 얻은 후 여러분은 그의 공로에 대한 보상을 해주고, 가나안의 새로운 왕을 선출하면 될 것이오."

부족장들은 아주 만족해했다. 곧이어 대추야자술이 잔마다 부어지고, 연합이 선언되었다.

입샤가 예고자에게 말했다.

"두 번이나 거사를 망쳤는데도 저에게 이런 영광을 주시다니, 생각도 못했습니다."

"그때는 상황이 불리했다. 하지만 이번엔 다를 거다. 용감한 전사들로 이루어진 대군을 거느리게 되었으니까."

"반드시 성공하겠습니다, 주인님!"

"나도 그럴 거라 믿는다, 충실한 신도여."

입샤는 비나에게 이 근사한 승진을 알리고 싶은 마음이 굴뚝같았지만, 가나안 부족장들과 머리를 맞대고 전략을 짜느라 잠시 그 마음을 접어두었다.

예고자가 트레장을 불렀다.

"가까이 오너라."

소년은 강렬한 눈빛으로 자신의 주인을 바라보았다.

"저 자신한테 화가 납니다, 주인님. 그 이케르라는 녀석을 용맹한 전사로 바꾸어 우리 대의에 몸 바치게 하려 했는데, 그 시리아인 아무의 손에 허망하게 죽게 하고 말았습니다."

"아쉬워할 것 없다, 어린 용사여! 어쨌든 그 녀석을 없앴으니 넌 임무를 완수한 것이다."

"그럼 저를 나무라지 않으시는 겁니까?"

"물론이다. 이제 나는 네게 중요한 임무를 또하나 맡기려 한다. 네스몬투 장군을 알고 있겠지?"

"그 버러지 같은 자가 저를 심문하고 모욕한 걸 어찌 잊겠습니까? 그때 저는 반드시 복수하겠다고 맹세했습니다."

"그 복수의 기회가 왔다, 트레장. 적의 목을 치는 순간이 바로 승리의 순간이 될 것이다. 네 새 임무는 네스몬투를 죽이는 것이다. 그의 머리를 잘라 가나안인들 앞에 흔들어 보여라."

평소 같으면 끝없이 계속되었을 부족장들의 토론이 일사천리로 끝나자 입샤는 입을 다물지 못했다. 입샤의 결단력과 진지함에 호감을 느낀 부족장들은 갖가지 요구를 늘어놓던 예전 버릇을 잠시 접고, 예정된 장소에 각 부족 병력을 집결시키는 데 동의했다. 집결 장소는 시켐까지 행군하는 데 이틀 정도 걸리는 곳으로, 네스몬투 장군의 군대가 발을 들여놓기 힘든 험한 지형이었다.

정찰병들이 적군의 정황을 탐색하기 위해 출발했다. 시켐으로 쳐들어가기 전에 먼저 이집트군 진지 몇 군데를 무너뜨릴 필요가 있었다. 그러고는 그 틈을 타 총공격을 퍼부을 계획이었다.

예고자 덕분에 진짜 군대를 이끌고 자신의 능력을 증명할 기회를 얻은 입샤는 어떤 어려움이 닥쳐도 코웃음 칠 만큼 자신감이 넘쳤다.

또 한 가지 놀라운 건 부족장 가운데 이번 연합작전을 포기한 사람이 한 명도 없다는 사실이었다. 약속된 날 그들은 빠짐없이 병사들을 이끌고 전의에 불타는 모습으로 모여들었다.

입샤가 물었다.

"정찰병으로부터 소식이 왔습니까?"

데와가 대답했다.

"반가운 소식이오. 예고자의 짐작대로 이집트 병사들은 다른 지역에서 철수해 모두 시켐에 주둔하고 있소. 그 겁쟁이들이 우리에게 겁을 먹은 것이지! 그리고 그들이 장치해둔 보호 마법을 찾아내 이렇게 결단을 내놓았거든."

데와가 입샤의 발아래 광주리 하나를 쏟아 부었다. 부서진 부적 조각들과 스카라베, 찢어진 파피루스 문서, 저주의 주문이 새겨진 점토 서판 조각들이 바닥에 떨어졌다.

"이런 하찮은 잡동사니들 좀 보라고! 이집트인들은 어린애야. 자신들의 마법으로 우리를 통제할 수 있다고 생각하다니. 하지만 우리의 마법은 그들의 것을 능가해. 그러니까 이런 부적 나부랭이를 땅에

154

서 파내 부숴버렸잖아."

"우리 해방군이 시켐으로 가는 동안 네스몬투의 군사와 맞닥뜨릴 일은 분명 없겠지요?"

"절대 그럴 리 없다니까."

"시켐 시 요새들의 방어체제는 어떻습니까?"

데와가 대답했다.

"거기도 마찬가지로 허술하오. 그 늙다리 장군이 북쪽 요새만 보강해놓았기 때문에 그쪽만 피해 가면 될 거요. 빠르고 강력하게 치고 들어갑시다. 네스몬투는 가나안인이 연합군을 꾸렸을 거라고는 꿈에도 생각 못 할 테니 이번 기습 공격의 성공은 따놓은 당상이오."

"준비는 다 되었는가?"

네스몬투 장군이 부관에게 물었다.

"네, 장군."

"적의 정찰병들이 미끼로 묻어놓은 것들을 파내어 갔다고?"

"그들의 주술사들이 그걸 찾아냈습니다. 그들이 기뻐하며 떠들어 댔던 걸로 볼 때, 시켐으로 들어오는 길이 활짝 열렸다고 믿는 게 틀림없습니다."

"그들이 곧 공격해올 것이다. 우리의 병력이 자신들보다 열세이고 요새가 허술하다고 믿게 해놓았으니, 이 전투에 전 병력을 투입할 테지. 이 순간을 얼마나 기다려왔던가! 이제 그들이 바깥으로 얼굴을 내밀었으니 적들에게 우리의 유서 깊은 전투 솜씨를 보여줄 차례다. 전군에 비상령을 내려라!"

네스몬투는 데와라는 이름의 부족장이 재물에 욕심이 아주 많다는 사실을 알고 몰래 손을 썼었다. 그의 예상은 맞아떨어졌다. 이 땅딸막한 붉은 수염 사내는 가나안인의 단결 따위야 어떻게 되든 오직 자신의 배를 불리는 일에만 관심이 있었다. 그래서 자신에게는 죄를 묻지 않겠다는 약속과 함께 엄청난 땅을 받기로 하고 귀중한 정보를 장군에게 팔아넘겼던 것이다.

이제 이 비열한 인물이 말짱 거짓 정보를 넘겨준 게 아니기만 빌면 됐다.

아무가 이케르에게 물었다.

"이 여자 마음에 안 들어?"

아담하면서도 날씬한 몸매에 땋은 머리를 늘어뜨린 시리아 아가씨였다. 향유를 바르고 화장을 한 그녀의 모습은 매혹적이었다. 그녀는 눈길을 내려뜨린 채 장차 남편이 될 사람의 얼굴을 쳐다보지도 못했다.

아무가 호언장담했다.

"이 근방에서 가장 예쁜 처녀야! 양친이 염소 떼를 기르고 있지. 그들이 네게 집과 밭을 떼어줄 거야. 넌 이곳 유지가 되는 거라고, 이케르! 나도 네게 한 약속을 지키겠어. 네가 내 재산을 맡아서 관리해. 그리고 내 후계자가 되는 거야."

이케르는 겨우 웃는 시늉을 하며 감사를 표했다.

아무가 그의 어깨를 두드렸다.

"넌 사내 중의 사내야. 걱정하지 마. 이 아가씨가 널 기쁘게 해줄 거야. 그리고 내일 두 사람의 혼인식 때는 잊지 못할 만큼 진탕 마셔보자. 축하연이 끝나기 전에 잊지 말고 네 각시를 잘 챙기도록 해. 부

하 녀석들의 흑심까지 내가 책임질 수는 없으니까. 또 내 흑심에 대
해선 더더욱, 하하!"

아무는 거칠게 웃어젖히며 아가씨를 부모의 집으로 도로 데려갔
다. 신부는 혼약의 밤을 보내고 난 다음 날 아침 처녀성을 지켜왔다
는 증거를 부족 앞에 내보여야 했다.

이케르는 난감하고 당황해서 이리저리 거닐었다. 상겡이 뒤를 따
라왔다. 이런 식의 억지 결혼은 혐오스럽기만 했다. 그가 사랑하는
여인은 단 한 사람뿐이었다. 그녀 외의 다른 여인은 결코 생각할 수
도 없었다.

해결책은 하나였다. 오늘 밤 당장 도망쳐서 이집트로 돌아가는 것.
그러자면 먼저 자신의 동지이자 감시꾼을 설득해야 했다.

"내 말 잘 들어, 상겡."

몰로스 개는 다리를 쭉 펴서 기지개를 켜듯 몸을 일으키더니 다시
앞다리를 세우고 앉았다. 개의 깊숙한 눈이 이케르의 눈을 뚫어질 듯
바라보았다.

"나는 여길 떠나서 먼 곳으로, 아주 먼 곳으로 가야 해. 넌 나를 못
가게 막아설 수 있고 크게 짖어 대서 내가 도망치는 걸 사람들에게
알릴 수도 있어. 혹시 네가 나를 도와줄 생각이 있다면 내 천막 앞에
서 지키고 있어주겠니? 그럼 사람들은 내가 잠들어 있는 줄 알 거야.
내가 없어진 걸 아무가 알아차릴 즈음이면 난 추격하는 사람들을 걱
정하지 않아도 될 거리에 가 있을 거야. 너를 데려갈 수는 없어, 상
겡. 하지만 너를 잊지는 않으마. 결정은 너한테 달렸어. 나를 도와주
든 나를 일러바치든 하나를 택하렴."

마침내 들뜬 분위기가 조금 가라앉았다.

다음 날 치를 혼례 준비를 끝낸 사람들은 각자 서둘러 잠자리에 들었다. 하루 종일 잔치 음식을 배터지게 먹고 이어서 뜨거운 밤을 보내려면 아침에 기운차게 일어나야 하는 것이다. 사실 혼례날 밤은 신랑 신부만 즐겁게 지새우는 게 아니었다.

아무와 함께 저녁식사를 한 뒤 이케르는 자신의 천막으로 돌아왔다. 식사를 하는 동안 아무는 계속해서 이케르에게 푸짐한 보상을 약속하며 쉼 없이 떠들어댔다.

한밤중이 되자 이케르는 천막을 빠져나왔다.

눈앞에 상겡이 버티고 있었다.

"난 떠나겠어, 상겡."

이케르는 개의 이마에 입을 맞추고 한참 동안 쓰다듬어주었다.

"네가 하고 싶은 대로 하렴. 네가 나를 막는다 해도 난 너를 원망하지 않을 거야."

이케르는 조심스레 몸을 숙여 캠프 남쪽 방향으로 접근해갔다. 그곳에는 보초가 한 명밖에 없었다. 엎드려 기어간다면 보초에게 들키지 않고 빠져나갈 수 있을 것이다.

그렇게 빠져나가면 그다음엔 무엇이 있을지 이케르도 몰랐다. 아마도 알 수 없는 심연으로 통하는 길고 긴 길이 뻗어 있을 것이다.

상겡은 느릿느릿 움직여 이케르의 천막 앞으로 가서 앉았다. 슬픈 듯 몇 번 끙끙거린 것이 이 몰로스 개가 입 밖으로 낸 소리의 전부였다.

"좋은 날이군!"

부족의 막사 사이를 거닐며 아무가 외쳤다.

"신부 몸단장은 다 끝났겠지?"

"그럼요, 족장님!"

신부의 집을 지키고 있던 사내가 대답했다.

"지금 화장을 하고 있습니다."

"신랑이 각시 옆에 와서 귀찮게 군 건 아니겠지?"

"들어오려고 했어도 제가 가로막고 들여보내지 않았을 겁니다요."

사내가 짓궂은 눈짓을 하며 대답했다. 그의 역할은 혼인날까지 신부를 지키는 것이었다.

상겡이 이케르의 천막을 지키고 있었다.

아무가 궁금한 듯 말했다.

"모두들 한참 전에 일어났는데, 신랑은 어째서 이렇게 오래 자고 있는 거야?"

아무가 천막으로 다가가 기웃거리자 상겡이 송곳니를 드러내며 으르렁거렸다.

"일어나, 이케르!"

아무가 큰 소리로 불렀다. 웬일인가 싶어서 사람들이 하나 둘 모여들었다.

천막 안에서는 아무 대답도 없었다.

아무가 부하들에게 말했다.

"이 개를 좀 쫓아봐."

개를 천막 앞에서 쫓아내기는 쉽지 않았다. 그러나 몰로스 개는 결국 성가시게 들이미는 창날에 밀려 어슬렁거리며 비켜섰다.

아무가 천막 안으로 들어가더니 곧장 밖으로 뛰어나왔다.

그러고는 둘러선 사람들에게 말했다.

"이케르가 떠났다."

사내 하나가 흥분해서 외쳤다.

"뒤쫓아가서 데려옵시다!"

"소용없는 일, 언젠가는 떠날 사람이었다. 이집트인은 자기 나라에서 멀리 떨어져서는 살지 못한다는 걸 내가 깜박 잊고 있었군. 그렇다 하더라도 이집트로 다시 돌아가지는 못할 거야. 그러기엔 너무 멀고 또 너무 많은 위험이 도사리고 있으니까."

18

아비도스 생명의 집 도서관에서 나오는 이시스에게 한 임시 사제가 서신 하나를 전해주었다. 파라오의 봉인이 붙은 서신이었다.

그 속에 무서운 소식이 들어 있을까봐 두려워진 이시스는 마음을 진정시키기 위해 세소스트리스 신전으로 갔다. 벽에 그려진 신들의 모습과 영원히 지속될 제례를 찬양하는 내용의 상형문자 글귀에 둘러싸여 그녀는 자신이 거쳐온 깨달음의 단계를 되새겨보았다. 그러나 머릿속엔 자꾸만 이케르의 모습이 떠올랐다.

혹시 그의 죽음을 알리는 서신이 아닐까? 만약 그렇다면 나는 계속해서 적과 맞서 싸울 용기를 낼 수 있을까?

지성소에서 나오는 그녀의 얼굴은 평소와 달리 굳어 있었다. 임시 사제들이 스쳐가며 인사를 건넸지만 그녀는 답례를 하는 둥 마는 둥 했다.

이시스는 어느 작은 무덤 앞에 꾸며놓은 정원으로 들어가 몸을 감추었다. 정원 안에는 석비들이 늘어서 있었다. 그녀는 떨리는 손으로 봉인을 뜯고 파피루스 두루마리를 펼쳐들었다.

세소스트리스가 전해준 내용은 이케르가 쓴 암호문을 발견했다는 것이었다.

'이케르가 살아 있구나.'

이시스는 두루마리를 가슴에 꼭 끌어안았다.

허리옷을 두르고 검은색 샌들을 신고 손에는 검을 든 입샤 장군의 거동에서는 자부심이 풍겨나왔다. 그의 양편에서 부족장들은 장차 자신들 차지가 될 시켐 시를 탐욕스러운 눈빛으로 바라보았다. 이 도시는 곧 해방될 가나안의 수도가 될 것이다!

입샤가 자신감에 찬 목소리로 외쳤다.

"무슨 일이 벌어질지도 모르고 저 도시에 웅크리고 들어앉아 있다니 정말 어리석은 자들이군! 네스몬투는 군대를 지휘하기에는 너무 늙었어. 요새가 없는 남쪽으로 총공격해 들어가자. 사로잡을 바에야 죽여버려라. 포로는 필요 없다."

가나안 병사들이 고함을 지르며 물밀 듯 달려 나갔다.

부관이 알렸다.

"그들이 모습을 드러냈습니다."

장군이 물었다.

"남쪽으로만 밀고 들어오는가?"

"그렇습니다."

"그들이 첫번째 실수를 저지르는군. 그들의 예비 병력은 어느 정도 남아 있는가?"

"후방에 남겨둔 군사 없이 총공세를 펴고 있습니다."

162

"그게 그들의 두번째 실수지. 부족장들은 어떻게 하고 있는가?"

"모두 함께 대열의 선두에 자리 잡고 있습니다."

"세번째 실수야. 우리 병사들은 준비되었는가?"

"네."

"멋진 하루가 될 거다."

네스몬투 장군이 말했다.

입샤는 이집트군의 저항이 완강할 거라고 예상했다. 그러나 앞을 가로막는 건 아무것도 없었다.

가나안 군사들은 도로와 골목길로 몰려 들어가 적들을 찾아 헤맸지만 허사였다. 맥이 빠진 그들이 여기저기 모여 잠시 쉬고 있을 때 수백 명의 이집트군 궁수들이 어디선가 모습을 드러냈다. 테라스와 지붕 위에도 이집트군 궁수들이 포진해 있었다.

이집트군 궁수들은 순식간에 가나안 반군의 절반가량을 쏘아 쓰러뜨렸다. 살아남은 가나안 병사들은 두려움에 사로잡혀 이 함정에서 빠져나가려고 우왕좌왕했다.

창으로 무장한 두 개 연대가 그들의 퇴각로를 가로막고 섰다.

"공격해!"

입샤가 울부짖듯 외쳤다. 어느새 입샤의 장딴지에 창 하나가 날아와 박혔다.

전투는 짧았지만 격렬했다. 궁수들이 계속 활을 쏘아댔고, 창을 들고 막아선 이집트 보병들은 단 한 사람도 빠져나가도록 내버려두지 않았다.

"날 죽이지 마, 난 너희 편이야!"

데와가 겁에 질려 소리 질렀다.

"너희는 내 덕분에 이긴 거란 말이다!"

네스몬투 장군은 돈에 팔린 이 배반자에게 자신의 전략을 미리 알려줄 생각이 없었다. 이 땅딸막한 붉은 수염 사내는 전투 중에 슬그머니 도망쳐 푸짐한 보상이 기다리는 이집트군 진영으로 내뺄 계산이지만, 전투의 아비규환 속에서 심판을 받게 되었다.

무수한 화살이 꽂힌 채 죽어가던 하루살이 장군 입샤가 최후의 힘을 모아 배반자 데와의 등에 칼날을 찔러넣었던 것이다.

마지막 남은 가나안 병사가 달아나다가 한 궁수가 쏜 화살을 맞고 쓰러지자 싸움터에는 정적이 찾아왔다.

이집트 병사들조차도 이렇게 쉽고 빠르게 승리를 거둔 것에 놀라고 있었다.

"네스몬투 장군 만세!"

한 병사가 외친 소리는 곧 전체로 퍼져나가 우렁찬 합창이 되었다. 장군 역시 용맹하고 침착하게 싸워 승리한 병사들을 치하했다.

부관이 물었다.

"부상당한 적들을 어떻게 할까요?"

"치료해줘라. 그런 다음 심문하겠다."

한 부족장이 쓰러지면서 몸을 덮치는 바람에 트레장은 목숨을 구했다. 싸움에서 졌다는 사실을 깨달은 소년은 부족장의 몸에 깔린 채 누워 있었다. 몸을 일으켜봤자 곧장 적의 손에 끝장날 게 뻔했다.

몰래 정황을 살피는 트레장의 눈에 사방에 흩어진 가나안 병사들의 시신이 들어왔다.

소년이 가장 두려워하는 건 자신에게 주어진 임무를 완수하지 못해 예고자를 실망시키는 일이었다.

하지만 운명이 그를 도왔다!

누워 있는 트레장 쪽으로 이집트군 장교들이 다가오는 게 보였다. 일행의 선두에 네스몬투가 있었다. 장군은 시신들을 모아 불태우고 도시 전체를 연기로 소독하라고 지시하고 있었다.

몇 걸음만 더 가까이 오면 적군의 사령관은 자신의 제물이 되는 것이다. 그러면 적이 거둔 이 승리는 재앙으로 바뀔 것이고, 가나안인의 무수한 희생도 의미를 얻게 될 것이다.

트레장은 이런 생각을 하며 단도를 움켜쥐었다. 이제 온 힘을 다해 장군의 가슴으로 달려들어 찌르면 되는 것이다.

한 병사가 소년의 몸 위에 엎어져 있던 부족장의 시신을 들어올린 순간, 소년은 뱀처럼 몸을 세워 달려들었다.

그 순간, 소년은 등에 끔찍한 통증을 느꼈다.

시야가 뿌옇게 흐려졌다. 하지만 앞에 있는 네스몬투의 모습은 어렴풋이 알아볼 수 있었다.

"내가…… 내가 널 죽였다!"

장군이 대답했다.

"아니, 죽어가는 건 너야."

트레장은 입으로 피를 뿜어 올리더니 금세 눈동자가 하얗게 뒤집혔다.

네스몬투의 목숨을 구한 사람은 장군의 부관이었다. 트레장이 달려드는 것을 본 부관은 재빨리 몸을 날려 가로막았고, 소년의 단도가 부관의 팔뚝에 박히는 것과 동시에 가까이 서 있던 병사의 창이 소년의 몸을 꿰뚫었던 것이다.

부관이 말했다.

"밑에 깔린 시체가 몸을 부들거리는 걸 눈치 챘으니 망정이지, 하마터면 큰일 날 뻔했습니다."

장군이 말했다.

"자네에게 훈장을 수여하고 계급을 올려주겠다. 이 가엾은 꼬마는 결국 이렇게 되고 말았군."

"가엾은 꼬마라니요? 이런 광신도를요!"

부관이 고개를 설레설레 저었다. 이미 군의관이 달려와 그의 상처를 동여매고 있었다.

"우린 어둠의 군대와 싸운 겁니다. 그들은 어린아이들까지 끌어들여 오직 죽이는 일만이 지상 목표인 양 주입하고 있어요."

비나와 얼간이 스합을 데리고 멤피스로 들어오던 예고자가 갑자기 발걸음을 멈췄다.

그의 눈이 붉게 타올랐다.

"가나안 군대가 패했다. 가혹한 탄압이 시작될 것이다. 세소스트리스는 이제 적들이 서로 뭉칠 수도 있다는 사실을 알았겠지. 다음번 반란은 그 규모가 한층 커지리라는 것도 짐작할 거야. 그러니 그는 시리아 팔레스타인에 병력을 최대한 투입할 것이다. 그러는 동안 우리는 자유롭게 움직일 수 있어. 이 틈을 타 이집트의 심장부를 치는 거다."

비나가 긴장한 목소리로 물었다.

"트레장은 임무를 완수했을까요?"

"그 아이는 내 명령에 충실했다. 하지만 그 결과가 어떤지는 나도 모르겠다. 만약 네스몬투가 암살당했다면 이집트군의 사기는 땅에 떨어질 테지. 입샤는 죽은 게 분명해. 이제 그자가 너를 성가시게 할 일은 없을 것이다."

입비뚤이와 그의 부하들은 상인들 사이에 섞여 다른 길로 들어왔다. 감찰대가 통행인 가운데 무기를 숨긴 자가 있는지 일일이 수색하고 있었다.

문제는 이 감찰관들이 예고자가 택한 무기를 가려낼 능력이 없다는 사실이었다. 입비뚤이와 그의 부하들 모두 감찰대의 검문을 무사히 통과했다.

들고양이가 위협하듯 울어댔다.

숲과 늪, 초원 지대를 가로질러 며칠을 꼬박 걸은 이케르는 더이상 발을 옮겨놓을 수 없을 만큼 지쳐버렸다. 이럴 때 앙상한 나무 위에 올라앉은 들짐승이 이케르를 향해 몸을 날린다면, 기운 한번 써보지 못하고 당할 것이다.

그는 손에 든 투창기를 쳐들어 위협하듯 휘둘렀다. 들고양이가 놀랐는지 쏜살같이 내뺐다.

'계속 가야 해, 계속 가야 해.'

이케르는 다시 몸을 일으켰다. 꼼짝도 할 수 없을 것 같았지만, 그럼에도 그의 두 다리는 마치 어떤 다른 존재의 조종을 받는 것처럼 앞으로 나아갔다.

그러나 결국 그 두 다리마저 더이상 버텨내지 못했다. 이케르는 그대로 쓰러져 깊은 잠 속으로 빠져들었다.

지저귀는 새 소리에 이케르는 잠에서 깨어났다.

그는 자신이 살아 있다는 사실이 놀라웠다. 몇 걸음 떨어진 곳에 연꽃이 가득 핀 넓은 연못이 있었다. 이케르는 어린아이처럼 연못에 뛰어들어 첨벙거렸다. 단맛이 나는 파피루스 줄기를 입에 넣고 씹자 다시금 희망이 생기는 것 같았다. 그때 검은 구름이 몰려와 해를 가렸다.

자세히 보자 구름은 뾰족한 부리를 가진 수백 마리의 까마귀 떼였다. 그중 한 마리가 무리에서 벗어나 날카로운 부리를 세우고 쏜살같이 이케르를 향해 날아왔다. 이케르는 가까스로 몸을 비켜 까마귀의 공격을 피했다. 앞선 까마귀를 따라 열 마리가량이 더 달려들었다. 이케르는 할 수 없이 갈대밭 속으로 들어가 납작 엎드렸다.

새들이 귀를 찢을 듯이 울어대며 이케르의 머리 위에서 사납게 맴돌았다.

마법이 깃든 이 무기가 까마귀들의 영혼을 사로잡은 저주를 물리쳐줄 수 있지 않을까?

이케르는 다시 몸을 일으켜 하늘을 향해 힘껏 투창기를 던졌다.

까마귀 한 마리가 그의 왼쪽 어깨를 부리로 쪼았다. 곧 피가 배어나왔다. 또 한 마리가 그의 머리카락을 스치고 날아올랐다. 그런 다음 다른 까마귀들과 합세해서 큰 원을 그리며 돌더니 멀리 날아가버렸다.

머리 위로 던졌던 투창기가 이케르 옆에 떨어졌다.

새들의 또다른 공격을 염려한 이케르는 이 위험한 장소를 서둘러 떠났다.

사막은 끝없이 이어졌다.

쩍쩍 갈라진 붉은색 땅이었다. 풀들이 바싹 말라 죽어 있었다. 사방 어디에도 물은 보이지 않았다.

이집트로 향하는 길은 멀기만 했다.

어디가 북쪽이고 어디가 남쪽인지도 분간할 수 없었다. 하늘과 땅이 붙어버렸는지 지평선조차 보이지 않았다. 희망은 진즉에 사라져버렸고, 있는 거라곤 뜨거운 열기와 갈증뿐이었다. 이케르는 자신이 이곳에서 홀로, 장례의식도 무덤도 없이 죽을 거라는 생각이 들었다. 라피드 호에서 맞닥뜨렸던 운명을 또다시 맞이한 것이다. 이번엔 자신을 카의 섬으로 데려다줄 파도도 없었고, 그를 구하러 와줄 사람도 없었다.

모든 것을 삼킬 듯 이글거리는 태양에도 아랑곳없이 이케르는 서기관 자세로 앉았다.

죽음이 그의 앞에 다가와 있었다. 그 죽음은 질병에서 빠져나와 맞는 회복, 은은한 향기, 긴 유배 끝에 다시 돌아온 고향, 더위에 지친 하루를 보낸 뒤 차양 아래서 맞는 감미로운 저녁 같은 것이었다.

이케르는 삶의 끈을 놓아버리려 했다.

그때였다. 환한 빛줄기를 뚫고 사람의 얼굴을 한 새가 모습을 드러냈다. 자신의 얼굴을 한 새였다.

새가 말했다.

"탄식은 그만둬. 이렇게 스스로 삶을 끝내는 건 비겁한 짓이야. 넌 이집트를 구하기 위해 적의 비밀을 알아내서 파라오에게 전해야 해. 자신을 쓸모없이 내버려서는 안 돼."

새는 날개를 힘차게 펄럭이며 하늘로 날아올랐다.

"어느 방향으로 가야 하지? 아무리 헤매고 다녀도 방향을 찾을 수 없어."

그러자 눈앞에 형상 하나가 떠올랐다. 네 개의 면을 지닌 기둥이었다. 각각의 면은 평온하게 미소 짓는 이시스의 모습을 담고 있었다.

남쪽을 향한 얼굴이 다른 얼굴들보다 더 밝게 빛났다.

"사랑해요, 이시스. 나를 이끌어줘요, 부디!"

이케르는 어금니를 악물고 남쪽을 향해 천천히 걸음을 옮겼다.

19

네스몬투 장군이 큰 승리를 거두었다는 소식이 멤피스 구석구석까지 전해졌다. 국정원은 메데스에게 포고문을 작성해서 각 지방에 알리도록 했다. 포고문에는 가나안인의 반란이 종식되었다는 선언과 함께 이 탁월한 장군의 공적을 찬양하는 내용이 담겼다.

그러나 파라오 앞에 나타난 개선장군의 표정은 어두웠다.

"시켐은 평온을 되찾았습니다, 폐하. 반란을 일으킨 부족들은 철저히 응징되었지요. 그렇지만 마음이 개운치 않습니다."

"왜 그런 회의적인 말을 하는가?"

"공격해온 자들은 훈련받은 정예군이 아니라 임시로 끌어 모은 오합지졸이었습니다. 그들은 자신들이 뭘 하는지도 모르면서 불구덩이로 뛰어든 것이었습니다."

"그들을 지휘한 자는 누구였는가?"

"지휘관은 없었습니다. 공격 전술을 펼칠 능력도 없고 퇴각 방법조차도 모르는 소란스러운 무리에 불과했습니다."

"그대가 예상했던 바가 아닌가, 네스몬투 장군?"

"그러나 이처럼 손쉽게 승리를 거두리라고는 생각도 못했습니다."

"장군의 생각은 무엇인가?"

"그들은 잘 짜인 각본처럼 너무도 자연스레 우리의 작전에 말려들었습니다. 가나안인들이 연합하여 해방군을 결성했다는 걸 우리로 하여금 믿게 하려는 술수이지요. 그러면 우리가 위기를 실감하게 될 테니까요."

"장군은 가나안 반란자들을 은거지로부터 끌어내어 시켐으로 유인하는 데 전력해오지 않았는가?"

"그렇습니다, 폐하. 그러므로 그 계획이 성공했다는 걸 기뻐해야 마땅하지요. 하지만 저는 제가 속아 넘어갔다는 느낌이 듭니다."

"이번 반란이 완전히 진압된 게 아니란 말인가?"

"겉으로 보면 그건 틀림없는 사실이지만, 실제로는 우리에게 미끼를 던진 것입니다."

"가나안인들이 또다른 군대를 일으킬 거라는 말인가?"

"만약 그들이 시리아인과 동맹을 맺는다면 그럴 수도 있겠습니다만, 그건 어려울 것입니다."

"그렇다면 우리가 가나안에 최대 병력을 유지해야 하는 이유는 무엇인가?"

"그들이 이번 공격을 감행한 것이 우리로 하여금 반란자들을 얕잡아보게 하기 위한 것이었다면, 그 전략에 넘어간 우리는 경계를 늦출 것이고, 그럼으로써 우리의 토대를 위협하는 진짜 공격에 노출되고 말 것입니다. 아니면 우리가 가나안의 상황에 위기를 느끼고 그 지역 경계를 강화할 수도 있습니다. 이럴 경우 적은 다른 지역을 노려 우리에게 치명적인 공격을 해올 수 있지 않겠습니까?"

"이케르로부터는 다른 소식이 있는가?"

"없습니다, 폐하. 소백의 생각과는 반대로 저는 이케르 왕세자가 전해온 내용에 믿음이 갑니다만, 안타깝게도 정확한 장소를 밝히지 않아서 군대를 출동시킬 수 없습니다. 그처럼 위험한 지역에서는 노련한 병사라 할지라도 속수무책인데, 병사들의 생명을 함부로 할 수는 없지요. 이케르 왕세자가 예고자의 은신처에 대한 정보를 좀더 자세히 보내올 때까지는 군대를 움직이지 않을 생각입니다."

수호자 소백이 의기양양하게 말했다.

"제가 짐작한 대로 이케르 왕세자가 보낸 암호문의 목적은 단 하나였습니다, 폐하. 바로 우리를 혼란에 빠뜨리려는 것이지요! 이케르 왕세자는 가나안 부족들이 시켐을 공격하는 동안 우리의 병력을 분산시켜 시켐의 방어력을 약화시킬 심산이었습니다. 네스몬투 장군이 미끼를 덥석 물지 않아서 천만다행이었지요."

세카리가 반박하고 나섰다.

"제 생각은 다릅니다. 적들이 왕세자를 이용해서 우리에게 거짓 정보를 흘리려고 한 것입니다. 그는 자신이 속은 걸 알자마자 우리에게 진실을 알리려고 도망쳤을 것입니다."

소백이 단호하게 말을 잘랐다.

"이케르 왕세자는 죽었든가 아니면 우리를 배신했든가, 둘 중 하나입니다. 세카리는 우정 때문에 잠시 판단이 흐려진 듯합니다."

"저는 위험한 상황을 수없이 겪어왔습니다. 하지만 어떤 감정에 사로잡혀 일을 그르친 적은 없었습니다. 저는 이케르 왕세자를 잘 압니다. 제가 한 가지 확신하는 점은 멤피스 궁정에 숨어 있는 배반자들이 이케르 왕세자를 적에게 팔아넘겼다는 사실입니다. 그렇지만 그는 살아 돌아올 겁니다."

소벡이 세카리의 말을 잘랐다.

"그가 살아 돌아온다면 내가 직접 나서서 그를 감옥에 집어넣겠어."

세카리가 물었다.

"그를 그렇게 미워하는 이유가 뭡니까?"

"이건 그가 미워서가 아니라 그의 정체를 알기 때문이야. 배반자는 바로 이케르 왕세자, 그 자신이란 말이지. 난 대부분의 궁정 고관들을 싫어하지만, 그들에 대한 수사에서는 어떤 혐의점도 찾지 못했네. 그들은 그저 아첨꾼에 비겁자들일 뿐이야! 위험을 무릅써야 할 일은 엄두도 못 내는 자들이지. 하지만 이케르 왕세자는 폐하를 암살하려 했던 자야."

"그가 이번 임무를 떠맡은 게 그가 결백하다는 증거 아닙니까?"

"천만에. 그는 자신의 패거리를 찾아간 거야. 그래서 그들과 힘을 합해 우리와 맞서고 있는 거라고! 그가 멤피스로 돌아온다는 건 또다시 폐하를 해치려는 꿍꿍이속이 있다는 거겠지. 내가 그 파렴치한 놈을 그냥 둘 것 같나? 머리통을 부숴버리고 말겠어."

"당신이 틀렸다는 것을 알게 될 겁니다, 소벡."

"자네야말로 착각하고 있어, 세카리."

파라오는 아무 말 없이 두 사람의 언쟁을 듣고만 있었다.

파라오의 이런 침묵을 두고 둘은 각자 왕이 자신의 편을 들어주는 것으로 해석했다.

사실 세카리는 낙담해 있었다. 소벡의 측근 감찰관들을 회유해보

려 했지만 쉽지가 않았다. 굳건한 연대감으로 뭉친 그들은 전혀 틈을
보이지 않았다.

하지만 그들 가운데 하나가 마침내 비밀리에 연락을 해왔다. 머리
가 희끗희끗한 오십대 남자였다.

"소백 대장의 뒤를 캐고 다닌다고요?"

세카리가 상대의 말을 고쳐주려 했다.

"그건 말이 좀 심한걸요. 캐내려는 게 아니라 확인하려는 겁니다.
그의 정직성을 의심하는 사람은 아무도 없어요."

"그렇다면 뭐가 못 미더운 겁니까?"

"몇몇 유력 인사들에 대해 너무 지나친 적대감을 품고 있어요. 성
격이 지나치게 대쪽 같아서 때때로 진실을 보지 못할 때가 있어요."

감찰관이 맞장구쳤다.

"그건 맞는 말입니다! 소백 대장은 좋고 싫은 사람을 너무 분명하
게 가르죠. 그리고 고집불통이고요. 그렇다고 그의 생각이 항상 옳은
건 아니거든요."

"예를 들면 이케르 왕세자에 대한 태도 말인가요?"

"예를 들면 그렇죠."

"소백 대장이 드러내놓고 왕세자를 해치려 든 건 아니겠죠?"

"글쎄요. 해치려 했을 수도 있고."

"좀더 자세히 말해보시죠."

감찰관이 망설였다.

"그건 어렵습니다. 소백 대장은 내 상관이고, 나는……"

"이건 국가의 안전이 달린 문제예요. 상인들 간의 흥정이 아니란
말입니다! 당신이 말해준다면 파라오에게 큰 충성을 하는 겁니다."

"그렇다면 날 승진시켜주겠다고 약속하시오. 소백 대장은 나를 승진시키지 않으려 하오."

"그건 몰랐는데. 그가 당신을 승진자 명단에서 배제한 이유가 뭔가요?"

감찰관이 눈을 내리깔며 중얼거렸다.

"하찮은 거요."

"말하자면?"

"난 현장을 발로 뛰어다니는 일이 성미에 맞지 않는 사람이오. 완력으로 치고받고, 사람을 잡아들이고, 또 언제 다칠지도 모르고……"

"형편없군. 그만 가보시오."

"내가 가져온 이야기를 들을 생각이 없다는 거요?"

"당신은 자신의 상관을 헐뜯을 생각밖에는 없는 사람이오. 그러니 내게 알려줄 만한 중요한 이야기가 있을 턱이 없지. 지금의 지위를 유지하는 것만도 다행으로 생각하고, 억울하다는 생각은 버리시오. 그건 정당하지 못한 억울함이니까."

머리가 희끗희끗한 감찰관은 수치스러운지 아무런 반박도 하지 않고 돌아가버렸다.

세카리는 탐문을 그만두었다.

닥터 구아는 약품이 가득 담긴 무거운 가방을 내려놓으며 화를 삭이려는 듯 큰 숨을 내쉬었다. 그가 진료를 맡은 유력 인사 가운데 까다롭지 않은 환자는 없었지만, 이 국정원 비서의 아내는 특히 의사의 진을 빼놓는 사람이었다.

피둥피둥 살찐 몸으로 흥분해서 떠들어대는 이 여자 앞에 선 작고

비쩍 마른 체구의 닥터 구아는 곧 부러질 듯 허약해 보였다. 여자는 자기가 알고 있는 온갖 병을 끌어다 대며 통증을 호소했다.

"이제야 왔군요, 닥터 구아! 나는 몸 전체가 통증이고, 사는 것 자체가 고문이랍니다! 약을 처방해주세요, 아주 듬뿍!"

"알았으니 그만 앉아보세요. 계속 그렇게 떠드신다면 그냥 갈 겁니다."

메데스의 아내는 말 잘 듣는 계집아이처럼 의사가 시키는 대로 앉았다.

"이제 묻는 말에 솔직히 대답해보세요. 하루에 몇 끼나 드십니까?"

"네 끼……"

"내가 그랬죠, 솔직하게 대답해달라고!"

"다섯 끼요."

"식사 때마다 과자를 드십니까?"

"거의 그렇죠, 끼니마다."

"기름이 들어간 것들인가요?"

"기름이 들어가지 않으면 맛이 없다고요."

환자가 털어놓았다.

"식사 습관이 그렇다면 어떤 약을 써도 소용이 없습니다. 식사 습관을 바꾸든가 아니면 다른 의사를 소개해드리죠."

"사는 게 너무 힘들다고요. 먹는 재미라도 없으면 난 오래 살지 못할 거예요. 먹어야 마음이 안정되고 잠이 온단 말예요."

구아는 눈살을 찌푸렸다.

"좋은 남편이 있고, 근사한 집이 있고, 부자인데…… 무슨 고민이 그리 많다는 겁니까?"

"글쎄요, 나도 모르겠어요."

"모르는 겁니까, 아니면 말씀을 안 하시려는 겁니까?"

메데스의 아내가 울음을 터뜨렸다.

"진정제를 처방해드리죠. 양귀비로 제조한 겁니다. 그렇지만 식사를 좀더 가려서, 적은 양을 먹도록 하세요. 그런 다음 고민의 이유를 찾아내시고."

"덕분에 내가 살아요, 내가 산다고요!"

또다시 진절머리 나는 하소연이 쏟아져 나올까봐 구아는 얼른 가방을 열고 작은 봉지를 꺼냈다.

"아침에 한 알, 잠자리에 들기 전에 두 알을 드세요."

"또 언제 오실 건가요, 의사 선생님?"

"치료하려면 몇 주가 필요합니다. 처방해드린 대로 꼭 지키세요."

구아는 편치 않은 심정으로 메데스의 저택을 나섰다. 이 환자가 미친 게 아니라면, 마음에 너무 무거운 짐을 지고 있어 고통스러워서 그러는 거라는 생각이 들었다. 그 마음의 짐을 덜어주면 아마도 그녀의 병을 고칠 수 있을 것이다.

메데스는 자기 아내를 바라보며 적잖이 놀랐다.

"기분이 좋아 보이는군, 오늘은 말이야!"

"닥터 구아에게 고마워해야 해. 그 의사 양반은 정말 솜씨가 있다니까!"

메데스의 눈초리가 날카로워졌다.

"아무 말이나 떠들어댄 건 아니겠지?"

"무슨 소릴, 안심해! 닥터 구아는 진료에만 관심이 있지, 나머지

이야긴 전부 귓등으로 흘려들어."

"그거 좋은 일이군, 좋은 일이야. 그에게 절대 이야기하면 안 돼, 나에 대해서도, 또 당신한테 남의 필체를 흉내 내는 솜씨가 있다는 것도 말이야. 내 말 알겠지?"

그녀가 남편에게 매달리며 말했다.

"날 믿지 않으면 누구를 믿겠어, 자기?"

메데스는 마음을 놓기 시작했다. 소백도 세난크흐도 그를 의심하는 눈치는 없었다. 또 설령 그들이 그를 의심한다 해도 별로 대수로울 게 없었다. 수만 가지 소문이 떠도는 궁정에서 누가 누구를 의심한다는 건 지극히 정상적인 일이었다. 예고자가 주입한 불신이라는 독이 서서히 퍼져나가고 있었다. 그 독은 믿음을 부식시킴으로써 이 나라의 토대를 침식하고 있었지만, 이 나라는 그에 대한 대응책을 마련할 능력이 없었다.

메데스는 예고자와 힘을 합하길 정말 잘했다는 생각을 했다. 무력 공격은 시작일 뿐이었다. 그는 지금 우회로를 통해서이긴 하지만 자신의 목표를 향해 한 걸음씩 다가가고 있었다.

메데스는 암호로 작성된 전갈을 받고 레바논 상인의 집으로 갔다.

레바논 상인은 평소의 쾌활한 모습과는 달리 표정이 심각했다.

"날 보자고 한 이유가 뭐요?"

"물건이 며칠 내로 도착할 겁니다. 이제 행동할 준비가 되었다는 말이지요."

메데스는 목이 조여 오는 것 같아서 마른기침을 했다.

"예고자가 정말로 그러라고 지시했소?"

"결과가 두려우십니까?"

"아무렇지 않다면 거짓말일 거요."

"두려움…… 그게 이 작전의 목표지요, 메데스 나리. 겁이 나신다면 여기서 그만두십시오."

"예고자가 날 용서하지 않을 텐데."

"그걸 아시니 다행입니다. 하지만 그걸 아는 것만으로는 충분치 않습니다. 이 사상 최대의 작전을 개시하기 위해 나리께서는 관청들에 미리 손을 써서 걸림돌을 없애놓아야 합니다."

20

멤피스 하토르 신전에서 등잔불을 켜고 끄는 일을 맡은 사제는 매일 밤 하던 대로 신전 바깥에 있는 창고로 기름을 가지러 갔다. 창고에는 새로 보급받은 상당한 양의 기름이 들어와 있었다.

까다롭고 강박적인 성격을 지닌 이 사제는 늘 똑같은 행동, 똑같은 순서로 임무를 수행했다. 그러고는 자신이 밝힌 부드러운 불빛들이 신전을 가득 채우는 것을 뿌듯한 심정으로 바라보곤 했다.

그가 가장 먼저 불을 밝히는 곳은 오시리스 나룻배가 놓여 있는 지성소였다. 횃불을 든 그는 느리고 엄숙한 걸음으로 지성소로 갔다.

자신이 하는 일이 얼마나 중요한지 아는 사람의 당당한 거동으로 그는 등잔 심지에 불을 붙였다.

등잔 기름에서 순식간에 불길이 확 번졌다. 거대한 불꽃이 사제의 손과 가슴, 얼굴을 뒤덮었다. 그는 고통스러운 비명을 내지르며 뒷걸음쳤다. 그 사이 불길이 신성한 나룻배를 집어 삼키고 사방으로 번져 나갔다.

멤피스에 과일과 채소를 공급하는 업무를 담당한 선임 서기관은 평소처럼 뭔가 못마땅한 표정을 짓고 있었다.

"이 아주까리기름은 품질이 확실한 거요? 집무실에 밝힐 등잔불이 침침하면 안 되거든."

"정식 인가를 받은 사람이 생산한 겁니다."

"항아리 개수를 다시 세어봐야겠어."

"제가 벌써 세 번이나 확인했습니다요!"

"자넨 그랬을지 몰라도 난 확인 못 했어."

항아리 개수를 꼼꼼히 확인한 후 선임 서기관은 마침내 검사를 통과했다는 도장을 찍어주었다. 이 검사 필증이 있어야 물품 공급자는 총리 관저에 가서 대금을 받을 수 있었다.

선임 서기관은 당분간 근무시간을 넘겨서라도 밀린 행정 업무를 다 처리해야만 했다. 크눔호테프 총리의 엄격한 성미를 알고 있었으므로 쌓인 일을 그냥 놓아둘 수 없었던 것이다. 상황이 이랬으므로 그는 부하 서기관들에게 각자 휴일을 반납하고 최대한 일에 매달리라고 통고했다.

부하 서기관들은 우거지상을 하면서도 명령에 따랐다. 불평을 했다간 진급에 영향이 있을까봐 말도 못하고 밀린 업무 처리에 매달렸다.

날이 저물었다.

선임 서기관이 지시했다.

"등잔불을 밝혀라."

십여 개의 등잔불이 한꺼번에 폭발하듯 불꽃을 피워 올렸다.

공포의 비명 소리와 함께 집무실이 순식간에 아수라장이 됐다. 사방으로 번져나간 불꽃이 파피루스 문서와 필기도구, 나무 의자를 삼키고 벽에까지 옮겨 붙었다.

이 불구덩이에서 몸을 피한 사람은 젊은 서기관 하나뿐이었다. 가까스로 빠져나온 이 서기관은 또다른 불기둥이 치솟고 있는 멤피스 중심부를 얼이 빠진 채로 바라보았다. 많은 관청 건물들이 불꽃에 휩싸여 있었다.

주방장의 입에서는 계속해서 불평이 흘러나왔다. 서른 명이 참석할 연회를 준비해야 하는데 주문한 일등품 기름이 아직 도착하지 않았던 것이다.

드디어 짐을 잔뜩 실은 당나귀 행렬이 도착했다.

주방장이 당나귀들을 이끌고 온 사내에게 말했다. 수염을 기른 남자였다.

"자넨 처음 보는 사람인데."

"주인이 아파서 내가 대신 온 거요."

"이렇게 늦는다면 앞으로 자네 가게에 주문하지 않겠어!"

"미안하오. 하지만 댁도 너무 까다롭게 구는군. 품질이 제일 좋은 기름을 골라 오느라고 시간이 걸린 거란 말이오."

"어디 봅시다."

수염 난 사내는 기름 항아리를 하나하나 열어 보였다.

"이것들은 모링가 기름이고, 이것들은 올리브기름과 발라니트 기름이오. 특등품이란 말이오."

주방장은 미심쩍은지 손가락으로 찍어 직접 맛을 보았다.

"괜찮은 것 같군. 앞으론 늦는 일이 없도록 하시오!"

"앞으론 그럴 일 없을 겁니다."

급하게 요리해야 하는 게 내키지 않는 데다가 몸살이 나려는지 온몸에 맥이 풀리는 걸 느끼면서도 주방장은 꽤 먹음직한 전채와 고기, 생선 요리를 만들어냈다. 연회에 참석한 손님들은 음식을 맛있게 먹으며 칭찬을 쏟아냈다.

그런 다음엔 모든 일이 엉망이 되고 말았다.

한 여자 손님이 구토를 했다. 하인들이 그녀를 부축해서 다른 방으로 데려가자마자 다른 두 손님이 똑같은 증세를 일으켰다. 연회에 참석한 사람 모두가 고통을 호소하더니 그중 몇몇이 의식을 잃고 쓰러졌다.

닥터 구아가 급하게 불려왔지만 이미 많은 사람들이 숨을 거둔 후였다.

"음식에 독이 들었소."

아직 숨이 붙어 있는 사람들을 살펴본 다음 닥터 구아가 내린 이 진단에 주방장은 너무 놀란 나머지 덜덜 떨 뿐 아무 말도 하지 못했다.

멤피스 문서 보관소 소장의 조수는 자기 상관의 아내에게 그녀가 좋아하는 사치스러운 선물을 할 수 있어서 기뻤다. 작은 병에 담긴 라다눔*이었다. 그는 향기로운 이 갈색 나무진을 한 중간 상인에게서 구입했는데, 이 상인은 멤피스에서 이름이 별로 알려져 있지 않아 그도 자기 사촌 형제에 물어 물어 찾아갈 수 있었다.

문서 보관소 소장의 아내는 선물을 받고 몹시 기뻐했다. 그녀는 가까운 친구들이 얼마나 부러워할까 생각하며 이 향료를 자랑해야겠다

---

* 수지 향료의 일종.(옮긴이)

고 마음먹었다. 친구들 역시 같은 사람의 소개로 같은 상인에게서 이 값비싼 향료를 구입했다는 사실을 몰랐던 것이다.

소장의 아내는 라다눔 몇 방울을 목 언저리에 발랐다. 순간 그녀의 몸이 휘청거렸다. 쓰러지지 않으려고 가구를 붙잡으며 잠시 안간힘을 써보던 그녀는 결국 앞으로 푹 꼬꾸라지고 말았다.

문서 보관소 소장은 아내가 점심식사에 나타나지 않자 걱정이 되어 그녀의 침실로 가보았다.

이 불행한 여인의 목 언저리는 산(酸)에 온통 녹아 있었다.

"몸이 불편해 보이십니다."

큰 화물선의 키를 느슨하게 붙잡고 있는 선장에게 항해사가 말했다. 밀을 실은 이 화물선은 파이윰을 향해 가고 있었다.

"괜찮아, 별거 아냐. 그저 조금 피곤해서 그래."

"오늘 아침에 뭘 드셨는데요?"

"빵하고 대추야자열매."

"신경통약 드시는 건 잊어버렸죠?"

"천만에! 의사가 새로운 물약을 처방해주었어. 아시아산 라다눔이 든 약이지. 등이 아프던 게 싹 나았어."

선장은 갑자기 나일 강이 눈앞에서 흔들리는 걸 느꼈다. 별안간 십여 척의 전투선이 자기 앞으로 몰려드는 환영이 보였다.

"도망치자. 우릴 공격하고 있어!"

선장은 간신히 잡고 있던 키를 놓아버리고 물속으로 뛰어들려 했다. 항해사가 그의 허리를 붙들었다.

"우린 끝장이야, 다 죽을 거라고!"

선장의 머리가 뒤로 젖혀지더니 힘없이 바닥에 털썩 쓰러졌다.

"선장님, 정신 차리세요! 뭐가 공격해 온다는 거예요?"

한 선원이 달려와 선장을 들여다보더니 말했다.

"죽었어요."

아름다운 여인 네누파르*는 더할 수 없이 행복했다. 잘생기고 부유한 남자와 결혼한 그녀는 첫아이를 임신했는데, 뱃속의 아이 역시 건강하게 자라고 있었다. 네누파르는 멤피스 남쪽에 있는 아름다운 저택에 살았다. 하녀 두 명이 그녀의 잔시중을 들었고, 그녀도 하녀들에게 너그럽게 대해주었다.

최근 남편이 그녀에게 준 선물은 키프로스에서 수입한 임부용 마사지 기름이었다. 그녀는 그걸 몹시 탐내왔지만, 너무 귀한 물건이라서 정말로 가질 수 있으리라고는 생각도 못했다. 아기에게 젖을 먹이는 임부 형상의 도기 안에 모링가 기름이 담겨 있었다. 하녀가 마사지를 해주기 위해 그녀의 몸에 이 기름을 발랐다. 하녀가 능숙한 손놀림으로 그녀의 피부를 문지르기 시작하자 그녀는 곧 편안하고 쾌적한 기분을 느꼈다. 이렇게 온몸의 긴장을 풀고 있을 때 별안간 참을 수 없는 고통이 닥쳐왔다. 그녀는 비명을 질렀다.

하녀가 놀라서 얼른 손을 뗐다.

"몸에 불이 붙은 것 같아! 물을 가져와, 어서!"

온갖 방법을 써보았지만 고통은 가라앉지 않았다.

한 시간도 채 지나지 않아 그녀는 끔찍한 고통에 몸부림치며 숨을

---

* 수련.(옮긴이)

거두었다. 당연히 뱃속의 아이도 세상의 빛을 보지 못하게 되었다.

닥터 구아가 확인한 이 같은 증상의 사망자만 해도 백여 명이 넘었다. 피해자는 점점 늘어나고 있었지만 닥터 구아는 마사지 기름에 희생당한 사람 가운데 단 한 명도 구해내지 못했다.

화물선이 아비도스 부두에 닿았다.

배다리 아래 열 명가량의 병사들이 와서 정렬했다. 수호자 소벡이 임명한 부두 경비대 대장이 직접 데려온 병사들이었다.

경비대장이 배로 올라가 선장에게 물었다.

"운반해온 물품이 뭔가?"

"멤피스에서 실어온 특별 화물이오. 여기 운송 허가증이 있소."

"어디 내놔봐."

증서는 정식으로 발행된 것이었다.

선장이 운송 물품의 세목을 밝혔다.

"조리용 모링가 기름, 등잔 기름, 그리고 라다눔이오."

"누가 보낸 건가?"

"잘 모르겠소, 또 누가 보낸 것이든 내 알 바 없고 말이오! 하역할까요?"

"좋아."

하지만 뭔가 미심쩍은 생각이 든 경비대장은 그 달의 선박 운항 기록을 전부 살펴보았다. 문제의 화물선에 대한 기록은 없었다. 그렇다고 의심해야 하는 건 아니었다. 특별 화물 운송이 드문 일도 아니었기 때문이다. 게다가 운송 허가증에 총리 인장까지 찍혀 있으니 의심을 거두는 게 마땅했다.

하지만 경비대장은 수상쩍은 것을 본능적으로 간파해내는 사람이었다. 그는 병사 스무 명을 더 불러 단 한 명의 선원도 배에서 내리지 못하도록 지키게 했다.

하역 인부들이 운송품을 배에서 내리는 동안 또다시 갑판으로 올라간 경비대장이 선장에게 물었다.

"멤피스 출신인가?"

"아니오. 나일 삼각주가 고향이오."

"당신을 고용한 사람이 누군가?"

"멤피스의 어떤 부자 나리요."

"아비도스에 온 건 처음인가?"

"그렇소."

"이렇게 짐을 싣고 오면서 걱정스러운 마음이 들지 않았는가?"

"왜 그래야 하오?"

"아비도스는 여느 곳하고는 다르니까."

"직업이 직업인 만큼 그런 건 상관하지 않소이다."

"이 배에 승선한 선원 모두의 신원을 보증할 수 있는가?"

"그거야 그들 각자의 문제지요, 대장님! 난 운송만 하면 되는 거요. 다른 문제는 내 상관할 바 아니란 말이오."

경비대장은 선장이 이런 기습적인 심문을 받으면 침착성을 잃고 꼬리를 드러낼 거라고 기대했다. 그러나 상대는 전혀 흔들리는 기색이 없었다.

"우리 배는 언제 떠날 수 있소?"

"출항 수속이 끝나면 가도 좋아."

"시간이 걸리는 일이오?"

"이 배를 수색해봐야겠어."

"그게 공식 절차요?"

"아비도스의 안전을 위한 특별 조치일세. 파라오의 명이지."

"좋소. 수색하시오."

경비대장은 선장이 자신의 요구를 순순히 받아들이자 당황하면서도 배 안을 샅샅이 수색했다. 하지만 아무 소득도 없었다.

내가 잘못 짚은 걸까? 아니면 본능을 믿어야 하는 걸까?

"좀더 기다려봐. 아직 마지막 절차가 남았으니까."

배와 선원들을 엄중히 감시하라고 지시해둔 만큼 염려할 건 없었다. 그러나 뭔가가 불안했던 경비대장은 임시 사제 한 사람에게 요청했다.

"그 배에 실린 물품을 배급하기 전에 전문가의 검사를 거치고 싶소. 내게 그 분야의 전문 지식을 지닌 사람을 소개해주시오."

임시 사제가 데려온 사람은 이시스였다. 경비대장은 탐탁지 않다는 표정을 지었다. 이 젊은 여인에게 물품을 제대로 감정할 능력이 있을까 싶었다.

"무엇이 의심스러우십니까, 대장님?"

"이 보급품들이 아무래도 마음에 걸립니다."

"그럴 만한 이유라도 있습니까?"

"단지 직감이 그렇습니다."

이시스는 모링가 기름을 천 조각에, 이어서 전병 위에 조금 부어보더니, 어부가 방금 낚시로 잡은 작은 물고기 위에 한 방울 떨어뜨렸다.

몇 분 후 기름을 떨어뜨린 자리에 수상한 얼룩이 생겼다.

"이 기름엔 뭔가 섞여 있습니다. 아마도 독이 들어 있는 듯합니다."

"등잔 기름을 검사해봅시다."

이시스가 청했다.

"등잔에 그 기름을 채워주세요."

등잔에 기름을 부운 경비대장이 손수 심지에 불을 붙이려 했다.

"잠깐."

이시스가 경비대장을 말렸다.

"긴 막대기로 불을 붙이세요 등잔과 거리를 두어야 합니다."

그가 시키는 대로 했다.

이시스의 말을 듣길 천만다행이었다. 기름은 폭발하듯 불꽃을 피워 올렸다. 가까이 있었다면 심한 화상을 입었을 것이다.

경비대장이 안색이 변해서 말했다.

"여사제께서 나를 구해주셨습니다."

"검사해야 할 수상한 물품이 또 있습니까?"

"한 가지 더 있습니다."

앞선 실험 결과로 더욱 신중해진 경비대장은 라다눔이 든 병을 조심스럽게 들어올려 이시스에게 건네주었다.

이시스가 말했다.

"이건 신전 조제실로 가져가서 분석해봐야겠습니다."

이시스가 라다눔 병을 들고 가는 걸 본 화물선 선장이 강물로 뛰어들었다. 라다눔의 분석 결과야 뻔했으므로 도망치는 수밖에 달리 길이 없었던 것이다.

선장은 수영 실력이 형편없었다. 궁수들이 첫번째 화살을 날리려는 찰나 선장은 소용돌이에 휘말려 안간힘을 쓰며 허우적거렸다. 얼

마간 그렇게 물살과 싸우던 선장은 아래로 가라앉았다가 다시 솟구
쳐서는 살려달라고 두 손을 뻗친 후 또다시 물살에 잠겨 영영 떠오르
지 않았다.

21

이케르는 달리고 또 달렸다.

군사훈련 시절에 배운 대로 보폭은 짧게, 그러나 쉼 없이 발을 옮겨놓았다.

눈앞에 나타난 이시스의 모습이 착각이 아니었다는 확신을 갖고 이케르는 달려갔다. 간혹 샘을 만나 목을 축일 수 있었다. 나무 열매를 따먹으며 배를 채웠고, 때때로 몇 시간 잠들었다가 다시 일어나 길을 갔다.

이제 좌절이나 절망은 하지 않으리라! 한 걸음 한 걸음 달려 나갈 때마다 이집트에 가까워지고 있지 않은가?

저 멀리 왕의 성벽의 첫번째 보루가 보였다. 이케르는 발을 재촉했다. 보루까지는 한 시간도 채 안 걸릴 거리였다. 그곳에 당도하면 병사들이 그를 맞아줄 것이고, 그러면 멤피스로 돌아가 세소스트리스에게 임무 수행 결과를 보고할 수 있을 것이다. 자신이 갖고 온 가나안에 대한 정보는 이집트가 이 지역을 파악하는 데 도움이 될 것이다.

달리면서 이런 생각에 빠져 있던 이케르는 별안간 정신이 번뜩 들었다. 발아래 화살 하나가 날아와 꽂힌 것이다.

이케르는 제자리에 멈춰 서서 두 팔을 허공에 치켜들었다.

창을 든 병사 다섯 명이 보루에서 나와 의심쩍은 눈빛으로 그를 훑어보며 다가왔다.

"넌 누구냐?"

"왕세자 이케르요."

병사들이 웅성거렸다. 하사관이 곧 침착하게 물어왔다.

"신분을 입증할 왕세자 인장을 갖고 있습니까?"

"난 가나안에서 오는 길이오. 폐하의 명에 따라 적진에 잠입했던 터라 신분을 입증할 만한 물건은 아무것도 지니고 있지 않소. 나를 멤피스로 데려다주시오."

"우선 보루 사령관에게 데려다드리지요."

사령관은 퉁명스럽고 거만했다.

"헛소리는 그만 하고, 네가 누군지 사실대로 말해봐."

"왕세자 이케르요."

"소문엔 왕세자가 죽었다고 하던데."

"나는 살아 있고, 또한 하루 빨리 파라오를 뵈어야 하오."

"배짱은 있군! 가나안 놈들은 대개 그럴 만한 배포가 없는데."

"내게 필기도구를 주시겠소?"

사령관은 궁금한 마음에 이케르의 요구를 들어주었다.

이케르는 프타호테프의 잠언 첫 대목을 아름다운 상형문자로 써보였다.

"이러면 내가 이집트의 서기관이라는 사실이 증명되겠소?"

사령관은 당황한 듯 어쩔 줄 몰랐다.

"가나안인의 필체는 아니군요. 어디 사정을 좀더 들어봅시다."

레바논 상인이 기뻐해도 좋을 만한 결과였다.

작전은 대성공이었다. 멤피스에는 공포의 그림자가 가득 드리워져 터무니없는 소문마저 떠돌았다. 세소스트리스의 권위도 흔들렸다. 세크메트 여신의 불길한 심부름꾼이 눈에 보이게 또는 보이지 않게 죽음의 화살들을 날려 독과 유해한 기운, 질병을 퍼뜨리고 있었다.

그들은 불심검문에 걸린 적도 없었고, 감찰대가 추적할 수 있는 꼬투리도 전혀 남기지 않았다. 그러나 작전을 수행하기가 조심스럽고 어려운 장소가 한 곳 있었다. 바로 아비도스였다.

멤피스에서 큰 성공을 거둘 수 있었던 것은 이 도시에 공들여 심어놓은 비밀 조직 덕분이었다. 당국이 미처 손을 쓰기 전에 조직망을 이용해서 신속하게 움직일 수 있었던 것이다. 그러나 오시리스의 신성한 영지는 상황이 전혀 달랐다. 레바논 상인은 아비도스에 독을 넣은 라다눔과 기름을 반입시키기 위해 극도로 신중하게 일을 진행했다. 화물선에 실은 물품에 대해 모르는 사람들을 선원으로 고용했고, 가장 믿음직한 조직원 한 명을 선장으로 삼아 선원들을 통솔하게 했다. 유능한 뱃사람이기도 한 그 조직원은 이 어려운 임무를 맡는 대신 엄청난 상을 요구했다.

물장수가 레바논 상인을 찾아왔다. 방으로 들어온 물장수가 말했다.

"좋은 소식입니다, 나리. 멤피스는 사방이 불과 피로 아비규환이 따로 없습니다. 몇 군데 화재는 손을 쓰기 어려워 계속 번지고 있고,

신전과 관청 들이 불에 타버렸습니다. 많은 사람들이 죽었지요. 꽤 많은 상류층 임부들이 목숨을 잃었다는 건 말할 필요도 없구요!"

"아비도스로부터는 소식이 있느냐?"

"그곳 경비대가 화물을 의심하는 바람에 실패했답니다. 성분 조사를 벌여 아무것도 통관시키지 않았답니다."

"선장은?"

"도망치려다가 익사했습니다."

"그렇다면 불지는 않았단 말이군. 우리 조직원들은 무사히 피신했느냐?"

"이 일을 위해 새로 이곳에 합류했던 자들은 이미 멤피스를 떠나 예고자님에게 갔습니다. 나머지는 평소 일하던 자리로 돌아가서 주민들 사이에 섞여 이번 재앙을 요란하게 한탄하고 있지요."

세소스트리스의 표정은 평소보다 한층 굳어 있었다.

크눔호테프 총리가 말했다.

"이번 일은 사고가 아닙니다, 폐하. 잘 조직된 불순분자들의 정식 도발입니다."

수호자 소벡이 울분을 억누르며 탄식했다.

"제가 가장 염려했던 일이 일어난 겁니다. 멤피스에 숨어 있는 그들의 조직망이 움직인 것이지요. 그들은 가짜 등잔 기름과 식용 기름으로 수많은 사람을 죽이고 사방에 화재를 일으켰습니다. 우리가 입은 손실은 엄청납니다."

총리가 비통한 어조로 말을 받았다.

"문제는 그뿐만이 아닙니다. 많은 임부들이 임부 모양 도기에 담긴 마사지 기름에 중독되었습니다. 구아를 비롯한 의사들이 손을 써보았지만 한 사람도 구해내지 못했습니다."

소벡이 말했다.

"이건 이집트를 무너뜨리려는 음모입니다. 이 나라의 서기관들과 사제들, 뛰어난 인재들, 그리고 장차 태어날 아이들까지 희생되었습니다."

파라오가 대답했다.

"마음을 진정시키고 병자와 부상자들을 보살펴라. 메데스는 최대한 빨리 아비도스의 정황을 알아내서 보고하도록 하라."

국정원 비서는 모든 일손을 동원하여 이집트 각 주로 보낼 전문을 작성한 뒤 급히 전령들을 파견했다. 최근 사태에 동요하지 말 것을 당부하는 전문이었다. 그는 예고자의 작전이 성공한 것에 내심 통쾌해하면서도 파라오가 지시한 업무 역시 빈틈없이 수행했다.

메데스가 아비도스의 소식을 알아오라는 명에 따라 전령선을 파견하려는 순간 아비도스에서 한 여사제가 당도했다는 전갈이 왔다.

메데스는 부두로 달려갔다.

이시스가 북풍을 데리고 와 있었다.

"공식적인 일 때문입니까, 아니면……"

"저를 궁정으로 안내해주십시오."

"아비도스에 무슨 일이 일어난 것입니까?"

"즉시 폐하를 뵈어야 합니다."

메데스는 신중을 기하느라 이번 작전이 시작된 뒤로 한 번도 레바논 상인을 만나지 않았다. 때문에 아비도스에서 무슨 일이 일어나고 있는지 그 역시 알 길이 없었다.

이시스의 심각한 얼굴로 보아 아비도스도 무사하지 않은 게 분명했다.

"아비도스는 재앙에서 빗겨났습니다, 폐하. 소백 대장이 임명한 부두 경비대 대장이 검문을 철저히 펼친 덕분에 독이 든 물품들이 아비도스로 퍼져나가는 것을 막을 수 있었지요. 하마터면 큰 희생을 치를 뻔했습니다."

"약물에 대한 네 식견도 큰 도움이 되었다."

"운이 좋았습니다. 멤피스의 피해는 어떻습니까?"

왕의 목소리와 눈빛은 조금도 흔들림이 없었다. 그러나 여사제는 그가 깊은 고뇌에 빠져 있음을 알아차렸다. 이번 일은 통치자로서도 큰 타격이었다. 하지만 그 어떤 시련도 적과 맞서려는 그의 의지를 꺾지 못할 것이다.

"멤피스는 그 흉악한 공격을 피하지 못했다. 많은 수의 멤피스 시민이 희생당했지."

이시스가 말했다.

"이런 끔찍한 짓을 저지를 자는 오시리스의 아카시아나무를 고사시키려 하는 그 어둠의 악마뿐입니다."

"예고자, 분명 그자의 짓일 것이다. 그는 우리에게 자신의 힘을 과시해 보인 거야. 이게 끝이 아닐 것이다."

"그의 정체와 은거지를 알아내는 일이 정말 불가능한 겁니까?"

"우리도 찾고 있지만 별 소득이 없다. 이케르가 그의 종적을 찾아낼 거라 기대했는데."

"그로부터 또다른 전언이 있었습니까?"

"없었다, 이시스."

"그렇지만 폐하, 이케르는 살아 있습니다!"

"당분간 멤피스에 머물도록 하라. 하토르 신전 여사제들이 화상을 입은 자들을 보살피고 있다. 네 의학 지식이 그들에게 도움이 될 것이다."

세난크호와 세호테프는 피해자들을 돕고 불타버린 신전을 복구하고 관청 건물들을 신속히 재건하기 위해 모든 물자와 방법을 동원했다.

소벡은 그 죽음의 물품을 판매한 자들을 아는 사람이 혹시 있는지 탐문하고 있었다. 탐문 결과가 말해주는 건 한 가지였다. 그걸 판매한 자들은 모두 신원 미상의 인물이라는 것. 그들은 멤피스에 거주하는 자들일 수도, 외부에서 들어온 자들일 수도 있었다. 외부에서 들어온 자들이라면 멤피스를 잘 아는 공모자들의 도움을 받은 게 확실했다.

이 공모자들 역시 주범들만큼이나 정체불명이긴 마찬가지였다.

수집한 정보들은 안타깝게도 불명확하고 서로 상충되었다. 증언자들의 말도 제각각이어서, 그에 따르면 범인은 상냥하기도 하고 신중하기도 하며 서두르는 기색도 보였다는 것이다. 그러니 무엇을 근거로 범인들을 추적할 수 있겠는가?

문제를 풀 실마리는 보이지 않았다.

소벡은 이 무력한 상황에 절망했다. 속에서 끓어오르는 대로 고래고래 소리를 지르고 싶었다. 그는 멤피스의 불량배들을 모조리 잡아

다가 감옥에 가두고 뭔가 단서를 잡아낼 때까지 곤봉 세례를 퍼부을 생각도 해보았다. 하지만 마아트의 법은 고문을 금했고, 파라오도 그런 무리한 방법을 용서할 리 없었다.

소벡은 자신의 실패에 큰 상처를 받았지만 인내심을 잃지는 않았다. 적도 언젠가는 실수를 저지를 것이다. 그 실수가 아무리 사소할지라도 그 순간을 놓치지 않고 적들을 뿌리 뽑고야 말 것이다.

그때를 기다리면서 소벡은 멤피스로 들어오는 유지류와 의약품들에 대한 감시를 강화했다.

부관 하나가 와서 보고했다.

"대장님, 파라오께서 독살되었다는 소문이 돌고 있습니다. 사람들이 여기저기 무리 지어 모여들고 있고, 자칫 폭동이 일어날지도 모릅니다."

소벡은 이런 상황을 파라오에게 알리기 위해 궁정으로 달려갔다.

세소스트리스는 즉시 국정원을 소집했다.

놀란 행인들이 눈을 둥그렇게 뜨고 지켜보는 가운데 파라오가 올라앉은 가마가 멤피스 거리를 가로질렀다. 세소스트리스는 머리에 두 겹 왕관을 쓰고, 적들을 무찌르는 형상의 흰깃독수리 모습이 그려진 긴 허리옷을 두르고 있었다. 왕의 가슴에서는 창조의 아홉 신을 상징하는, 폭이 넓은 황금 목걸이가 빛났다. 왕은 양손에 각각 지배력을 상징하는 홀과 흩어진 많은 것을 하나로 모아주는 마법 홀을 들고 있었다. 조각상처럼 미동도 없이 앉아 있는 그의 얼굴은 당당하면서도 자신감이 넘쳐흘렀다.

파라오는 죽지 않은 것이다. 또 이렇게 모습을 드러냄으로써 나라의 안정을 되찾으려는 굳은 의지를 증명해 보인 것이다.

군중들이 환호성을 질렀다. 그 소리를 들으며 소벡 자신도 여유를 되찾았다. 예고자가 지금 당장은 기세를 올린다 해도 오래가지 못할 거라는 자신감도 솟구쳤다.

세소스트리스는 위험을 무릅쓰고 자신의 모습을 내보임으로써 백성들에게 다시 희망을 심어주었다. 파라오가 무사히 궁정으로 돌아오자 소벡은 그가 백성들 앞에 나서기로 한 결정이 옳았음을 알았다.

부관 하나가 달려와 낮은 목소리로 보고했다.

"대장님, 기쁜 일이 있습니다."

"어떤 단서를 찾아냈는가?"

"그 이상입니다!"

"용의자를 체포한 건가?"

"곧 아시게 될 겁니다."

22

이케르는 형색을 알아볼 수 없을 지경이었다. 수염은 제멋대로 자라 얼굴을 덮었고 온몸이 먼지투성이인 데다 때가 찌든 누더기를 걸치고 있었다. 이케르를 아는 궁정 고관들조차 그 모습을 보면 분명 기겁할 것이다.

왕의 성벽에서 이집트로 귀환하는 절차는 이케르의 예상과 달리 쉽게 풀리지 않았다. 한 병사가 성벽 제1보루에서 멤피스까지 그를 호송해 왔다. 그러고는 심문이고 뭐고 없이 다짜고짜 그를 멤피스 북쪽 감옥에 넣어버렸다.

누가 나를 이곳에 가두라고 지시한 걸까?

이케르는 도망칠 궁리를 하기 시작했다. 그러던 어느 날, 감옥 문이 벌컥 열리면서 한 남자가 들어왔다.

수호자 소벡이었다.

"네가 왕세자라고 주장하는 녀석이냐?"

이케르가 몸을 일으켰다.

"비록 지금 내 몰골이 말이 아니더라도 소벡 대장은 나를 알아보리라 생각합니다."

감찰대 총수는 죄수 둘레를 한 바퀴 돌았다.

"아니, 누군지 모르겠어. 이 감옥은 탈주범을 붙잡아 가둬두는 곳이지. 부역을 피해 도망친 자들이나 불법체류 외국인도 있고. 넌 무슨 짓을 저질러서 여기 들어온 것이냐?"

"내가 왕세자 이케르라는 걸 대장은 알고 있습니다."

"왕세자를 궁정에서 만난 적이 있는데, 넌 그와 닮지 않았는걸. 불행히도 왕세자는 죽었지. 시리아 팔레스타인 땅 어느 곳에선가 말이야."

"내가 남긴 암호문을 전달받은 사람이 아무도 없단 말인가요?"

"그건 가짜가 명백해. 아니면 우리 군대를 함정에 끌어들이려는 미끼이거나."

"연극은 그만두세요, 소벡. 그리고 어서 나를 폐하에게로 데려다줘요. 시급히 폐하께 알려야 할 중요한 정보가 있단 말입니다."

"폐하는 반역자의 헛소리에는 관심이 없으시다. 거짓말은 그만 늘어놓고 내게 털어놔봐. 왕의 성벽을 공격한 이유가 뭐야?"

"어리석은 말은 마세요! 나는 가나안인과 시리아인으로부터 도망쳐 온 겁니다. 그리고 임무 수행 결과를 파라오께 보고하려는 것입니다."

소벡은 조롱하듯 입가에 미소를 흘리며 팔짱을 꼈다.

"대단히 뛰어난 능력을 갖춘 용사라 해도 그 지옥에서 살아 돌아올 순 없어. 네 정체가 무엇일지 가능성은 두 가지뿐이야. 왕세자 이케르 행세를 하며 파라오를 암살하려는 반란자이거나 아니면 정말로 이케르, 다시 말해 파라오를 암살하려는 그 배반자이거나 말이야. 둘

중 어느 쪽이 맞는지는 네가 선택해라. 어느 경우든 종신 강제 노역형을 선고받게 되겠지만."

소백은 감옥 문을 세차게 닫고 나갔다.

이시스는 헌신적인 치료로 수많은 화상 환자들의 생명을 구한 후 아비도스로 향하는 배에 오르려는 중이었다. 별안간 북풍이 길고 구슬픈 울음소리를 내더니 배다리에 오르기를 거부하며 제자리에 버티고 섰다.

이시스가 당나귀를 쓰다듬으며 달랬다.

"어디 아픈 거니?"

북풍은 왼쪽 귀를 치켜세워 아니라고 대답했다.

"우리는 떠나야 해, 북풍아."

당나귀는 또다시 아니라고 고집을 부렸다.

"그럼 어떻게 하자는 거니?"

북풍은 뒤로 돌아 궁정을 향해 가기 시작했다. 이시스도 북풍을 잃어버릴까 걱정스러워서 빠른 걸음으로 쫓아갔다. 관청 건물들 근처까지 온 당나귀는 오랫동안 바람의 냄새를 맡는가 싶더니 급하게 어디론가 내달렸다. 당나귀의 서슬에 길 가던 행인들이 화들짝 놀라 몸을 피할 정도였다.

뒤쫓아가던 이시스는 그만 북풍을 놓치고 말았다.

"무슨 일 있어요?"

뒤에서 누군가 물었다. 세카리였다. 그는 보이지 않게 이시스를 경호하던 중이었다.

"북풍이 아비도스로 돌아가지 않으려 해요. 이처럼 엉뚱한 행동을 보인 건 이번이 처음이에요."

"이유를 물어봤어요?"

"그럴 시간이 없었어요."

"내가 찾아볼게요."

세카리는 행인들에게 물어서 당나귀가 갔다는 방향으로 따라갔다.

"범인들의 단서는 여전히 찾지 못했나요, 소백 대장?"

"그런 게 나왔다면 폐하께 먼저 말씀드렸을 거야, 세카리. 자넨 뭔가 찾아냈는가?"

"북쪽 감옥에 가나안인 망나니 하나가 붙잡혀 들어온 것 같더군요. 그를 심문하고 싶은데요."

"무슨 이유로?"

"내가 좀 알아볼 게 있어서 그래요."

"그건 곤란해. 그 녀석은 독방에 수감되어 있어. 자네가 그를 면회하려면 총리의 허가가 있어야 해. 그런데 총리께서 이 일에 관심을 쏟을 여유가 있을지 모르겠군."

"크눔호테프 총리께 무슨 일이 있는 겁니까?"

"자네 일이나 신경 써."

세카리는 곧장 궁정으로 가서 세호테프를 만났다. 세호테프는 신경이 날카로워진 듯이 보였다. 그가 말했다.

"폐하께서 총리를 호출했어."

"이유가 뭔지 알아요?"

"총리의 안색이 좋지 않은 걸로 봐서 심각한 문제가 있는 것 같아."

세소스트리스는 총리를 불러다놓고 아비도스 부두 경비대 대장의 보고서를 큰 목소리로 읽었다. 이 보고서는 수호자 소벡이 가져온 것이었다.

"총리 인장이 살인자들에게 도용되다니! 이보다 더 비열한 방식으로 당할 수는 없을 겁니다, 폐하. 즉시 사직서를 내고 제 고향으로 돌아가겠습니다. 하지만 그 전에 한 가지 여쭤보는 걸 허락해주십시오. 폐하께서는 비록 잠시라도 저의 죄를 의심하신 적이 있습니까?"

"그런 적 없다, 크눔호테프 총리. 그러니 사직하겠다는 말은 하지 말라. 지금처럼 어려운 시기에 마아트를 섬기는 관리가 생각해야 할 것은 나라의 안위뿐이다."

총리는 심적인 충격으로 인해 처음으로 나이가 들어 보였다. 하지만 파라오의 변함없는 신뢰에 감동한 총리는 다시금 나라를 위해 온 힘을 바쳐 자신의 직무를 수행하리라는 결심을 다졌다.

총리가 말했다.

"총리 인장을 쉽게 위조할 수 있다는 사실을 간과했습니다. 이제부터는 제가 직접 인장을 소지하겠습니다. 측근들조차도 그것에 절대 손대지 못하게 하겠습니다."

"인장을 몰래 사용한 자를 찾아내기는 어려울까? 전혀 가능성 없는 일인가 말이다."

"안타깝지만 그렇습니다, 폐하. 이번의 불행한 사태가 있고 나서야 제가 그동안 방심하고 있었다는 사실을 깨달았습니다. 이건 전적으로 제가 책임져야 할 일입니다."

"지나간 과오에 계속 사로잡혀 있는 것은 무의미하다. 적이 또다시 그대의 방심을 이용하지 못하게 하라. 총리로서의 직무에 전념하는 것이 그대가 할 일이다."

"저를 믿어주십시오, 폐하."

세카리는 크눔호테프를 찾아갔다. 별안간 나이 들어 보이는 총리의 모습에서 뭔가 근심이 생겼다는 걸 짐작하면서도 세카리는 망설임 없이 말을 꺼냈다.

"한 가지 허락을 받고 싶습니다."

"어떤 허락 말인가?"

"죄수 한 사람과 면담하고 싶습니다."

"그런 거라면 소벡을 찾아가게."

"소벡 대장은 제 요청을 거절했습니다."

"무슨 이유로?"

"그 죄수의 신원을 드러내선 안 되기 때문이지요."

"자세히 설명해보게, 세카리."

"죄수를 심문한 후에 말씀드리겠습니다."

"자네 같은 고집불통이 허가를 받기 전에 단념할 리 없겠지."

"그렇습니다."

세카리는 총리의 허가장을 받아들고 감옥으로 달려갔다. 감옥 앞에 북풍이 누워 있었다. 그 자리에서 꿈쩍도 안 할 태세였다. 북풍의 행동으로 봐서 이케르가 멀리 있지 않다는 건 분명했다.

수호자 소벡은 이번 참화에 대한 수사 결과를 상세히 보고했다. 국정원 위원들이 그의 보고를 주의 깊게 듣고 있었다. 신전과 관청이 입은 피해는 얼마 안 가 복구될 거라고 했다. 세호테프의 관리하에 필요한 재원과 물자가 지원되고 있었다. 인명 손실은 복구할 도리가 없었지만, 도시 전역에 감찰관과 병사의 수를 증원하여 치안을 강화한 결과 시민들은 두려움을 떨어내고 마음의 안정을 되찾는 중이었다.

소백이 설명을 계속했다.

"반란 조직이 어떤 방식으로 움직였는지 알아냈습니다. 그들은 문제의 물품들을 이 도시에 납품하는 상인들을 살해하고, 자신들이 그 상인 행세를 했습니다. 그러니 고객들은 아무 의심 없이 물품을 구입한 것이지요."

세난크흐가 끼어들었다.

"라다눔은 흔히 구할 수 있는 품목이 아닙니다."

"그렇습니다. 그래서 보급 경로를 추적해서 배후를 알아보려 했지요. 하지만 통관 서류들이 위조되어 버젓이 정식 수입품으로 둔갑한 물건이었습니다. 통상적인 경로를 통해 들어온 것이니 의사들이 의심을 품지 않은 거지요."

총리가 물었다.

"그렇다면 임부용 마사지 기름은 어떻게 된 건가?"

"그건 밀수품입니다. 이 값비싼 기름을 쓸 수 있는 것은 부유층뿐이지요. 증언을 토대로 그 기름 판매상을 찾아냈습니다. 하지만 아쉽게도 상점 주인은 이미 자취를 감춘 뒤더군요. 아시아에서 왔다는 사실 외엔 그 상인에 대해 뭔가 더 아는 사람은 없었습니다."

네스몬투 장군이 말했다.

"더이상 말할 필요도 없습니다. 이 끔찍한 범죄의 진짜 범인은 예고자입니다. 어려운 일이긴 하지만 그자를 은신처에서 끌어내야 합니다. 소백은 감찰대를 이끌고 멤피스를 방어하고, 그사이 제가 군대를 데리고 가서 그 악마를 쳐부수겠습니다."

세난크흐가 걱정스러운 듯 물었다.

"그런 전술로 과연 성공할 수 있을까요?"

"강하게 속전속결로 밀어붙여야 합니다. 그곳의 지형이 우리에게 불리한 만큼 군대를 총동원할 필요가 있습니다."

파라오가 명했다.

"네스몬투 장군은 시리아 팔레스타인 지역을 공격할 전술을 수립하라."

세카리가 나타나자 북풍이 몸을 일으켰다. 세카리는 다가가 북풍을 쓰다듬었다.

"아주 튼튼해 보이는구나! 아비도스에서 지내기가 좋지? 이시스가 널 잘 돌보아주는가보다."

북풍은 감옥을 뚫어져라 바라보고 있었다.

"이케르가 저기 갇혀 있단 말이지?"

당나귀의 오른쪽 귀가 번쩍 쳐들렸다.

"우리 이케르를 찾으러 갈까?"

당나귀의 커다란 밤색 눈이 희망으로 빛났다.

보초를 서던 감찰관이 세카리에게 다가왔다.

"넌 못 보던 얼굴인데. 뭘 하려고 그래?"

"그 가나안 녀석을 심문하려고."

"무슨 권한으로?"

"크눔호테프 총리의 허가장이 있어."

감옥지기는 쓸데없이 곤란한 일을 만들고 싶지 않았다. 물론 감찰대 총수 소벡의 엄격한 지시가 있었지만 총리의 명을 거스를 수는 없는 노릇이었다.

"오래 걸리지는 않겠지?"

"물론."

"그럼 빨리 해."

감옥문이 열렸다.

이케르는 문지방으로 들어서는 세카리에게 달려들었다. 도망치려면 감옥지기를 때려눕히는 수밖에 없었던 것이다.

파라오 특별 요원인 세카리는 이런 종류의 공격을 막아내는 데 이골이 난 터라, 자신의 목을 감아 죄는 죄수의 팔을 재빨리 붙잡았다. 그러나 죄수는 한층 세차게 팔을 죄어왔고, 그 바람에 두 사람은 엎치락뒤치락하다가 함께 바닥에 굴렀다.

이케르가 갑자기 몸을 떼더니 세카리의 얼굴을 빤히 들여다보았다.

"세카리? 너, 정말로 너 맞아?"

세카리가 몸을 일으켰다.

"나야 그리 변한 게 없지. 하지만 넌 눈뜨고 봐줄 만한 꼴이 되려면 꽤 힘들겠는걸!"

귀가 떨어질 듯이 울어대는 당나귀 소리에 두 사람은 깜짝 놀랐다.

"북풍이구나!"

"북풍이 나를 이곳까지 데려왔어. 지금 너를 보고 싶어 안달이 나 있다고."

"소벡은 내가 배신했다고 생각해. 그래서 나를 없애려고 해."

"그 문제는 나중에 해결하자."

두 사람이 감옥에서 나오자 감찰관 셋이 길을 가로막고 섰다.

"총리 허가장은 심문을 허락한 거지, 죄수를 석방하란 건 아냐."

세카리가 대답했다.

"이분은 왕세자 이케르시다."

"그 타령은 하도 들어서 귀에 못이 박혔다. 감옥으로 다시 얌전히 들어가는 게 좋을 거야."

"왕세자를 궁정으로 모시고 가야 해."

"이봐 친구, 머리를 써봐야 소용없어. 말을 듣든지 이 몽둥이맛을 보든지 하라고."

세카리가 다시 만난 친구를 감옥에 다시 들어가게 할 리 없었다.

둘이서 셋을 상대하는 건 해볼 만한 일이었다. 공무를 집행하는 감찰관을 때려눕혀야 한다는 게 마음에 걸리기는 했지만 말이다.

다섯 사람이 서로 뒤엉키려는 찰나였다. 위협하듯 으르렁거리는 소리가 들려왔다.

감찰관 하나가 슬쩍 뒤돌아보자 사납게 송곳니를 드러낸 커다란 몰로스 개가 눈에 들어왔다.

이케르가 외쳤다.

"상겟! 네가 나를 찾아오다니!"

세카리가 물었다.

"아는 개야?"

"그럼! 상대가 떼를 지어 덮친다 해도 이 녀석을 당해내진 못해. 내가 신호만 하면 무엇에든 달려드는 녀석이야."

감찰관들은 자신들이 앞뒤로 포위당한 걸 보고는 승산 없는 싸움이란 걸 깨달았다.

"너희 둘과 저 괴물 같은 개 말이야. 달아나봤자 곧 붙잡힐걸!"

이케르가 말했다.

"공연히 쓸데없는 곳으로 수색대를 파견할 필요는 없어요. 우린 궁정에 있을 테니까."

23

경비병들이 궁정 부출입문 몇 걸음 앞까지 온 기묘한 일행을 불러 세웠다. 한 사람은 세카리였고, 그 옆의 남자는 지독히도 더럽고 남루한 차림새였다. 아주 억세 보이는 당나귀와 험상궂은 몰로스 개까지 있었다.

세카리가 경비병들에게 말했다.

"파라오의 수석 비서관을 불러주세요."

세호테프는 궁정 문 앞에 와 있다는 이상한 일행에 궁금증이 생겼다.

수석 비서관이 나오자 세카리가 말했다.

"소문에 나리 전속 이발사의 솜씨가 멤피스 최고라던데. 제 친구는 아무래도 그 이발사의 솜씨를 빌려야만 할 것 같아요."

"자네 친구가 누군데?"

"못 알아보겠어요?"

"좀 가까이 가서 봐야겠군."

"조심해요. 냄새가 그리 좋지 않으니까."

세호테프는 잠시 망설이더니 더러운 남자에게로 다가가 얼굴을 빤히 들여다보았다.

"이럴 수가! 설마?"

"설마가 아니에요. 그렇지만 우선 사람 꼴로 만들어야죠."

"모두 우리 집으로 가지."

북풍과 상겡 사이에는 동지로서의 어떤 순수한 우정이 생겨났다. 북풍은 이케르를 감옥에서 데리고 나올 때 상겡이 힘을 보탠 이후, 기꺼이 친구가 되기로 했다. 한편 상겡은 이 당나귀가 생각도 깊은 데다가, 이케르의 오랜 친구라서 뭔가 일을 의논할 때 상당한 발언권을 가진다는 사실을 알아차렸다. 이렇게 서로의 위치를 인정한 둘은 이케르를 지키는 일에 힘을 합하게 되었다.

북풍과 상겡이 나란히 세호테프의 하인들이 내온 푸짐한 식사를 먹어치우는 동안, 이발사는 앞에 앉은 고객을 신중하게 살펴보았다. 이렇게 난감한 상태의 고객은 정말이지 처음이었다.

이발사는 날이 제일 잘 드는 청동 면도칼을 골라 들었다. 그러고는 몇 개의 구리못을 박아 칼날에 고정시킨 나무 손잡이를 잡고 마치 덤불을 치듯 머리카락을 잘라내기 시작했다.

이발사는 이케르의 머리를 따뜻한 물과 비누거품으로 감긴 다음 면도칼로 자극받은 피부에 진정 화장수를 바르고, 얼굴형에 맞게 우아한 모습으로 다듬었다. 그는 대가가 자신의 걸작을 완성하기 위해 열성을 쏟아 붓듯 이케르의 머리 손질에 정성을 기울였다.

세카리의 입에서 탄성이 흘러나왔다.

"근사한걸. 가나안으로 떠나기 전보다 인물이 더 훤해졌어. 이발사 양반, 솜씨가 대단하시오!"

이발사도 만족스러운 듯 얼굴을 붉혔다.

세호테프가 말했다.

"모양내는 걸로 다 끝난 게 아냐. 건강이 문제지. 긴 여행을 한 후인만큼 내 개인 안마사한테 자넬 부탁해야겠군."

안마사는 이케르의 등과 엉덩이, 다리에 고수와 누에콩 분말, 밀가루, 고운 바닷소금, 황토, 테레빈수지로 만든 보호 연고를 발랐다. 이어서 온몸의 근육을 어루만져 유연하게 한 다음 이 지친 육체에 생기를 불어넣었다.

안마사의 능란한 손길에 한 시간가량 몸을 내맡긴 끝에 이케르는 다시 활력이 솟는 것을 느꼈다. 몸 여기저기 아프고 위축되었던 근육이 풀리고 생명의 기가 다시 순환하기 시작했다.

"이제 신분에 맞는 옷만 걸치면 되겠군."

세호테프가 말했다. 그의 손에는 허리옷과 튜닉, 샌들이 들려 있었다.

궁정 위병들은 소벡이 선발한 정예병이었다. 이들은 왕세자 이케르라는 사람이 나타났는데도 난감한 표정을 지으며 길을 열어주지 않았다. 물론 동행한 세호테프의 궁정 출입을 막는 건 큰 실수였다. 그러나 앞에 나타난 사람이 정말 왕세자라 해도 이들은 명령에 따라 그를 통과시킬 수 없는 입장이었다.

세호테프가 위병들에게 명했다.

"자네들 대장을 불러와."

수호자 소벡이 즉시 달려왔다.

세호테프가 빈정거리는 어조로 물었다.

"이케르를 알아보겠죠? 당신이 감옥에 집어넣었던 그 더러운 가나 안인과 닮지 않았나요?"

"이 죄인의 머릿속에는 파라오 세소스트리스를 암살하려는 생각밖에 없소. 이자의 거짓말을 믿다가는 폐하의 생명이 위태로워질 거요."

이케르가 나서서 항변했다.

"파라오의 이름을 걸고 분명히 말씀드리지요. 당신이 오해하고 있는 거예요. 나는 파라오께 내 임무 수행 결과를 보고해야 합니다. 정 믿지 못하겠다면 나를 포박하세요. 하지만 그전에 이집트의 안전을 생각하시기 바랍니다."

이케르의 단호한 어조에 소백이 한 걸음 물러섰다.

세호테프가 때를 놓치지 않고 말했다.

"우리도 왕세자와 함께 가겠소. 당신이 왕세자를 또다시 어느 구석방에 가둘지도 모르니까 말이오."

소백이 어깨를 으쓱해 보였다.

세카리가 끼어들었다.

"수석 비서관 말씀이 맞아요. 자기 멋대로 법을 집행하는 사람 앞에서는 언제나 몸조심하는 수밖에 없죠."

네스몬투 장군이 파라오 처소 앞에서 기다리고 있었다.

"폐하께서는 이케르가 정화의식을 거친 다음 만나실 것이네."

왕세자는 프타 신전으로 안내되었다. 사제 하나가 그의 옷을 벗기고 손과 발을 씻긴 다음 한 제실로 데리고 갔다. 제실 안에는 등잔불 하나가 타고 있었다.

세난크흐와 세호테프가 각각 이케르의 양편에 자리 잡았다.

크눔호테프 총리가 이케르 맞은편으로 와서 섰다. 총리가 기원했다.

"생명의 물이 마아트를 지키는 자를 정화하고 그의 생기를 다시 모으고 그의 심장에 새 힘을 불어넣기를."

두 명의 사제가 이케르의 머리 위로 항아리 하나를 들어올렸다. 단지에서 빛줄기가 흘러나와 이케르의 몸을 휘감았다.

이케르는 언젠가 제후티의 무덤에서 거행되었던 의식을 기억해냈다. 그때 세피 장군이 '아비도스의 황금원을 알고 싶다고 그랬지? 그렇다면 저 빛줄기가 무슨 일을 행하는지 지켜보아라'라고 했던 말도 생각났다.

오늘 이케르는 엄청난 특권을 부여받아 그때 제후티가 있었던 자리에 있게 된 것이다!

황금원 회원들은 이케르에게도 문을 열어줄 것인가? 이케르는 이 물음을 떨쳐버리려고 애쓰면서 부드럽고도 힘이 충만한 빛의 물결에 몸을 내맡겼다.

네스몬투 장군이 왕세자에게 저세상 호위 정령의 칼을 돌려주었다.

"나는 자네가 돌아올 거라고 믿었어. 이제부터는 이 칼을 늘 몸에 지니도록 하게."

크눔호테프 총리가 이케르의 목에 황금 목걸이를 걸어주었다. 그 목걸이에는 '지배력'을 의미하는 왕홀 모양의 부적이 달려 있었다.

"이 왕홀의 마법이 너를 보호하고 네게 의인의 용기를 줄 것이다."

자기 차례가 된 세카리가 웃으며 앞으로 나섰다.

"여기 네 필기도구가 있어. 붓 한 자루 빠짐없이 그대로야."

이케르는 이런 따뜻한 환대, 그리고 자신에게 보내주는 신뢰에 감사했다. 하지만 세카리로부터 멤피스에서 벌어진 참극에 대해 듣고

216

난 뒤라 한편으로는 마음이 무거웠다.

총리가 재촉했다.

"폐하께서 기다리신다."

파라오를 다시 만난 이케르의 가슴엔 감동이 북받쳤다. 그는 이런 심정을 털어놓고 싶었지만, 분위기가 너무나 엄숙해 그럴 수가 없었다. 멀찍이 떨어진 왕좌에 엄격한 표정으로 앉아 있는 왕은 몇 년은 더 나이 들어 보였다. 하지만 왕의 태도엔 여전히 흔들림이 없었고, 그의 눈빛에는 한 점의 불안감도 들어 있지 않았다.

이케르는 그동안 겪은 일을 소상히 보고했다. 수호자 소벡이 예상대로 수많은 질문을 던져댔다. 이케르가 혹시라도 빈틈을 보일지 모른다는 기대에서였다. 그러나 이케르는 조금도 당황하지 않고 질문 하나하나에 대답했다. 네스몬투 장군이 이케르의 대답 대부분을 확인해주었다.

파라오가 이케르에게 물었다.

"그래서 네가 얻은 결론은 무엇이냐?"

"시리아 팔레스타인 지역은 일종의 미끼입니다. 폐하. 예고자는 이제 그곳을 떠나고 없습니다. 그의 계획은 이집트에서 멀리 떨어진 그 지역으로 우리 군대를 끌어들여 발을 묶어놓고, 이집트에 계속해서 불행을 퍼뜨리는 것입니다. 그는 가나안인이 이집트를 상대로 실제 전쟁을 벌일 능력이 없다는 사실을, 그 전쟁을 이길 능력은 더더구나 없다는 사실을 알고 있습니다. 가나안인은 국지 도발을 감행함으로써 우리 병사들의 힘을 빼놓으려 할 겁니다. 대규모 병력이 주둔해봤자 별 소용없는 일이 되지요."

네스몬투 장군이 이케르에게 상황을 말해주었다.

"우린 대규모 공격을 감행하려던 참이었네."

이케르가 대답했다.

"그 지역을 안정시키고 마아트의 법을 퍼뜨리기는 어려울 것입니다. 가나안 부족들은 계속해서 서로 싸우고 분열할 테니까요. 동맹을 맺는다 한들 와해될 것이고, 도둑과 거짓말쟁이들이 권력을 놓고 다투겠지요. 아무리 너그러운 정책을 펴서 그들의 심성을 개조해보려 해도 실패할 겁니다. 우리는 시켐 같은 주요 도시에 피상적이나마 평화를 유지하는 것으로 만족하고, 왕의 성벽을 강화하여 혹시라도 있을지 모를 침략에 대비하는 수밖에 없습니다."

소백이 못마땅한 어조로 말을 가로막았다.

"우리의 통치권을 포기하자는 말이군."

"통치권은 지금도 없고, 앞으로도 결코 얻을 수 없을 겁니다. 예고자는 이 사실을 알기 때문에 우리를 그 함정으로 몰아넣으려는 거지요."

"그 말이야말로 가나안인과 한통속인 왕세자에게 어울리는데!"

소백이 다른 사람들을 둘러보며 외쳤다.

"지금 왕세자가 한 말이 그의 이중성을 보여주지 않습니까?"

세호테프가 소백의 말을 가로막았다.

"그렇지 않소. 나도 오래전부터 같은 생각을 해왔으니까. 하지만 그걸 입증할 근거를 찾지 못했지요. 방금 왕세자의 보고 내용을 들으니 이제야 확신이 서는군요."

"네스몬투 장군께서는 얼마 전까지만 해도 시리아 팔레스타인으로 진격하여 전면전을 벌이자고 주장하지 않으셨습니까?"

네스몬투가 한 걸음 물러서듯 말했다.

"그건 최후에 택할 방법이었소. 그리고 그건 무엇보다 예고자를 붙잡으려는 목적으로 계획했던 일이오. 만약 그자가 시리아 팔레스타인 지역을 떠났다면, 그곳에서 무력을 전개해봤자 무슨 소용이겠소? 그곳 부족들이 서로 싸워 멸망을 자초한다면 그야 좋은 일이지! 혹시라도 가나안의 부족들이 힘을 합해 연합군을 결성할 가능성을 잘라버릴 수 있으니 말이오. 우리가 그곳의 몇몇 세력을 매수해서 국지분쟁을 일으키게 한 다음, 그 상황을 유리하게 이용하는 것도 한 방법일 것이오. 내가 보기에 지금은 이 새로운 전략이 더 적절할 것 같소. 시간은 좀 걸리겠지만 그 효과는 클 것이오."

세난크흐가 한숨을 내쉬었다.

"가장 중요한 질문에는 여전히 해답을 얻지 못한 상황이군요. 예고자가 어디에 숨어 있는가 하는 것 말입니다. 그자가 이번의 가증스러운 범죄를 저지른 게 확실할까요? 만약 그렇다면 자신이 한 일이라고 어떤 방식으로든 주장하고 나서지 않겠습니까?"

총리가 생각을 말했다.

"그자의 짓이라는 건 재앙의 규모가 엄청나다는 사실로 알 수 있네. 오시리스의 아카시아나무를 공격한 자가 아니라면 어느 누가 이런 계획을 생각해내고 행동에 옮길 수 있겠는가?"

세호테프가 이케르를 보며 물었다.

"예고자의 은신처에 관해서는 정말 아무런 단서도 찾지 못한 건가요?"

"아쉽게도 그렇습니다. 가나안인과 시리아인 대부분이 예고자를 어떤 무서운 유령처럼 생각하고 있습니다. 복종하지 않으면 끔찍한 보복을 당할 거라고 말입니다. 예고자가 의도했던 게 바로 이겁니다. 마아트와 이집트를 적대시하는 자들의 정신 속으로 파고들어 그들의 절대적인 지배자가 되려고 한 것이죠. 그러면 그들 앞에 나서서 설득하려 애쓸 필요도 없거든요. 다시 말씀드리지만 시리아 팔레스타인 지역은 미끼일 뿐입니다. 예고자는 그 지역 사람들을 희생물로 던져놓고, 다른 곳에서 효과적인 도발을 감행하려는 겁니다. 그리고 그 다른 곳 가운데 가장 유력한 곳이 바로 멤피스입니다."

소벡이 말을 받았다.

"멤피스는 우리가 빈틈없이 지키고 있소."

세호테프가 소벡에게 물었다.

"멤피스는 그렇다 쳐도 다른 도시들은 어떻게 할 생각이오?"

총리가 대신 대답했다.

"각 도시에 비상경계령을 선포하는 전문을 보내겠네. 각 주가 보유한 병력으로는 불충분하니, 안전을 도모하려면 우리 군대를 주둔시켜야 해. 우린 둘 중에서 선택하지 않을 수 없네. 네스몬투 장군에게 군대를 맡겨 시리아 팔레스타인을 치든가, 아니면 이집트 전역에 분산 주둔시켜 방어력을 높이든가 말일세."

신하들의 토론을 듣고 있던 파라오가 말을 잘랐다.

"왕세자의 보고를 들어본 결과 우리는 해답을 얻게 되었다. 하지만 밝혀야 할 문제가 한 가지 남아 있다. 소벡은 자신의 행동을 설명해보라."

"수상한 자를 투옥한 건 당연한 일이었습니다, 폐하."

왕이 이케르에게 물었다.

"너는 감금된 것이 부당하다고 생각하느냐?"

"아닙니다, 폐하. 저는 소벡 대장의 결정을 인정합니다. 하지만 이제 그가 실상을 이해하고 선입견을 버렸으면 합니다. 최근 우리가 예고자의 기도 하나를 와해시켰다고는 해도, 승리를 우리의 것으로 만들려면 아직 멀었습니다. 승리에 다가가려면 우리는 단결해야만 합니다."

세소스트리스가 명했다.

"모두 각자의 자리로 돌아가라. 그리고 내일까지 상하 이집트 방위 계획을 수립하여 내게 제출하라."

메데스는 놀라서 얼이 빠질 지경이었다.

이케르가 살아오다니! 어떻게 혼자 힘으로 가나안인과 시리아인에게서 도망칠 수 있었을까? 국정원 회의가 이케르를 소환한 걸로 볼 때 어떤 중대한 혐의가 걸려 있는 것 같았다.

국정원 회의가 길어지자 메데스는 이런 짐작이 맞을 거라는 자신이 생겼다. 수호자 소벡은 이케르를 좋아하지 않았다. 소벡의 발언도 국정원에서 상당한 무게를 가진 만큼 이케르는 중형을 받을 수도 있는 것이다.

마침내 회의실에서 세난크흐가 나왔다.

"이제 자네의 업무 수행 능력을 입증할 기회가 왔네, 메데스. 지금부터 국왕 칙령 하나와 몇 통의 공문, 각 주 행정 책임자에게 보내는 비밀 서신, 군 지휘관들에게 보내는 명령서 등을 작성해야 하네. 최대한 신속하게 해내야 해!"

"염려 마십시오, 수석 재정 관리관님. 내용은 무엇입니까?"

"이집트를 반란자들의 폭력 도발로부터 방어하는 일이지."

24

    궁정 정원에서 세소스트리스와 조찬을 함께한다는 건 큰 특권이었다. 이케르 역시 자신에게 주어진 이 귀한 시간을 소중하게 여겼다. 사실 궁정 고관이라면 누구나 그런 날이 오기를 꿈꾸었다. 그런 만큼 그들은 이케르에게 주어진 이 특권을 시샘하느라 속이 편치 않을 게 뻔했다. 그렇지 않아도 왕세자의 예기치 않은 귀환에 충격을 받은 상태였으니 말이다.

    파라오는 나무꼭대기에 살포시 내려앉은 아침 햇살을 바라보고 있었다.

    이케르는 파라오 앞에 오면 늘 존경심 섞인 두려움을 느끼곤 했다. 그럼에도 불구하고 먼저 침묵을 깨뜨린 건 이케르였다.

    "폐하, 아비도스 황금원이 저를 정화하고 새로운 힘을 준 것입니까?"

    "이집트는 눈에 보이는 이 세상으로부터 생겨난 나라가 아니다. 이집트는 마아트에 의해 인도되는 나라로, 태초에 수립된 구상에 따라 만들어졌다. 우리의 나라가 그 구상을 현세에 구현하고 있는 것이다.

보이지 않는 존재는 자신의 왕국으로 이집트를 선택했고, 우리는 그 보이지 않는 존재를 우리의 가장 진귀한 보석으로 받들고 있다. 오시리스가 부활할 때 눈은 완전해진다.* 결함 없는 완전한 눈이 되는 것이지. 그러면 이집트는 볼 수 있고 창조할 수 있다. 빛과 생명을 얻고 만물의 소생이 가능해지는 것이다. 만약 오시리스가 부활하지 못한다면 이집트는 완전한 눈이 없어 볼 수 없고, 당연히 생명력은 고갈되어 창조는 불가능해지며 만물은 황폐해진다. 오시리스의 부활이 위협받고 있다는 것, 이것이 바로 지금 우리가 당면한 위기이다."

"우리가 그 재앙을 막을 수 있을까요?"

"얼마만큼 지혜롭게, 또 굳은 의지로 대처하느냐에 달렸지. 우리가 시간의 흐름에 얽매이고 역사에 종속된다면 오시리스의 부활과 창조 작업은 불가능해질 것이다. 그러나 우리가 시간의 기원, 즉 하늘과 땅이 창조되기 이전 시간에 자리 잡는다면, 우리는 또다시 모순되는 것을 양립시키고 붉은 왕관과 흰 왕관을 하나로 통합하고 호루스와 세트를 화해시킬 수 있을 것이다. 신들, 의인들, 파라오, 인간들은 어떤 전체를 이룬다. 그리고 오직 오시리스만이 마아트의 법을 통해 이 전체를 조화롭게 융화시킬 수 있다. 전체를 구성하는 네 요소 가운데 만약 하나라도 빠지거나 배제된다면 전체가 무너져 내리고 만다."

"그 구성 요소들을 하나로 이어주는 신성(神聖)의 영역이 있지 않습니까?"

"신성은 본질에서 쓸데없는 곁가지를 떼어내고, 가야 할 길을 밝혀주고, 헛된 환영과 안개를 흩뜨려버린다. 우리는 신에게 제물을

---

* 이집트어로 오시리스는 '눈(目)의 장소'이다.(옮긴이)

봉헌함으로써 인간 사회에 천상의 조화를 불러들일 수 있어. 봉헌은 물질로부터 필수 요소들을 추출하여 오시리스의 영혼을 부양하는 일이다."

"폐하, 언젠가는 저도 오시리스의 신비를 깨달을 수 있을까요?"

"그 질문에 대답할 수 있는 사람은 오직 너뿐이다. 너는 스스로 그럴 능력이 있음을 보여주어야 한다. 그날이 오면 오시리스가 너를 부를 것이다. 여기 너의 새 관용 인장이 있다. 이 인장은 너에게 힘인 동시에 위험이 될 것이다. 이것을 분별 있게 사용하도록 하라."

세소스트리스가 이케르에게 이름과 지위가 새겨진 인장 반지를 주었다.

이케르는 처음으로 자신에게 주어진 책무를 실감했다.

"폐하, 과연 제가……?"

"이처럼 막중한 책무를 맡을 자격이 있는 사람은 아무도 없다. 그렇지만 너는 이 책무를 짊어져야 한다. 네가 카의 섬에서 만난 큰 뱀은 자신의 세상을 구하지 못하고 불길 속으로 스러졌다. 멤피스도 그 뱀의 운명을 따를 뻔했지만 겨우 살아남았지. 우리는 이집트를 절대 예고자의 손에 넘겨주어서는 안 된다."

이케르는 새 인장을 들여다보았다. 그것은 예전에 받았던 왕세자 인장과는 또 달랐다. 그는 먼저 받았던 인장을 사용할 생각조차 해본 적이 없었다. 그랬던 그가 오늘, 마침내 오늘에 이르러서야 자신의 책임을 의식하기 시작한 것이다.

왕이 명했다.

"네스몬투 장군이 주재하는 국정원 전략회의에 참석하도록 하라. 그리고 네 의견을 당당하게 이야기하거라. 하지만 그전에 먼저 부두로 나가보아라. 너를 기다리는 이가 있다."

아비도스로 가는 배는 닻을 올릴 채비를 하는 중이었다.

붉은색 긴 옷을 입은 이시스가 부두에 서서 강물을 바라보고 있었다. 앞장 선 북풍과 상겡 때문에 그녀는 이케르를 금방 알아보았다. 이시스가 손을 내밀어 북풍을 쓰다듬었다. 옆에 있던 상겡이 시샘하듯 끙끙거렸다. 개의 엄청난 몸집과 무시무시한 이빨을 보고서도 이시스는 조금도 두려워하는 기색이 없었다.

이케르가 말했다.

"상겡이 당신을 좋아하나봐요. 시리아 팔레스타인에서 지낼 때 상겡은 나를 지켜주었지요. 난 이 녀석을 두고 도망칠 수밖에 없었는데, 이 녀석이 결국 나를 찾아왔어요."

"북풍은 친구가 생겨 기쁜 모양이에요."

"둘은 금세 친해진걸요! 당신은 멤피스를 떠나는 건가요?"

"아비도스로 돌아가는 거예요. 난 당신이 이 시련을 이기고 살아 돌아올 줄 알고 있었어요."

"모든 게 당신 덕분이에요, 이시스. 내가 절망에 빠질 때마다 당신이 내 앞에 나타나주었어요. 당신이 나로 하여금 절망과 싸워 이기고 이집트로 돌아올 수 있게 해주었어요."

"나를 너무 과장해서 생각하는군요."

"당신은 아비도스의 마법을 지닌 사람이잖아요? 당신이 도와주지 않았다면, 당신의 생각이 내 곁에 머물며 나를 지켜주지 않았다면 나는 쓰러지고 말았을 겁니다. 어떻게 해야 당신에게 내 진심을 보여드릴 수 있을까요? 어떻게 해야 내가 당신에게 인정받을 수 있을까요?

파라오께서 내게 가르침을 주셨고, 그 가르침을 통해 나는 왕세자로 서의 의무를 깨우쳤어요. 의로운 생각으로 정신을 채우고, 신중하게 행동하고, 말(言)의 위엄을 지키고, 두려움을 이겨내고, 생명을 걸고 라도 진실을 좇고, 곧고 확고한 의지를 단련하고, 탐욕에 굴하지 않 고, 보이지 않는 것을 보는 능력을 키우고…… 아직은 왕세자가 갖 추어야 할 이런 자질들을 갖추지 못했지만, 그래도 난 당신을 사랑합 니다."

"이번에 세운 공적으로 당신 앞에는 탄탄대로가 열린걸요. 나는 아 비도스를 떠나야 하는 일이 없기만을 바라는 일개 여사제일 뿐이죠."

"나의 유일한 소망은 당신 곁에서 살아가는 것입니다."

"장차 이집트문명이 어떻게 될지 모를 이 상황에서 사랑이 여전히 의미 있는 것일까요?"

"내 사랑을 당신에게 드리겠어요, 이시스. 이 사랑을 함께 나눈다 면 당신과 나는 적과 맞서서 더 강해질 수 있지 않겠습니까?"

"당신에게 새로 맡겨진 소임은 무엇인가요?"

"국정원 위원들과 함께 일하게 되었습니다. 그래서 이집트의 안전 을 지켜내야 하지요. 예고자가 우리에게 쳐놓았던 시리아 팔레스타 인이라는 함정이 무위로 돌아갔으니, 그자는 다른 방식으로 또다시 공격해 올 겁니다. 아마도 이번엔 이집트 본토를 노리겠지요."

이시스가 대답했다.

"아비도스도 위협받고 있답니다. 그곳도 멤피스와 똑같은 재앙을 겪을 뻔했어요. 그 악마는 사제들을 몰살하여 신성한 오시리스의 영 지를 약화시키려 했습니다."

"하마터면 당신도 큰일을 당할 뻔했군요!"

"나보다는 생명의 나무가 위험에 처한 것이 문제이지요. 내 목숨을 바쳐 나무를 살릴 수만 있다면 난 기꺼이 그렇게 할 겁니다."

북풍과 상겡이 귀를 쫑긋 세우고 바라보는 가운데 이케르가 이시스 가까이로 다가갔다.

"이시스, 나를 사랑하지 않는다고 자신 있게 말할 수 있나요?"

이시스는 금방 대답을 못하고 망설였다.

"그렇게 믿고 싶어요. 하지만 거짓말은 하지 않으렵니다. 예전에 어떤 의식을 치를 때, 나는 마아트 여신을 상징하는 반석 위에 앉게 되었지요. 그때 나는 결코 진실을 외면하지 않겠노라, 그 진실이 어떤 것이라 할지라도 직시하겠노라 맹세했지요."

"나 역시 그 의식을 치렀고 같은 맹세를 했습니다. 이시스, 당신의 마음이 어떻든 간에 당신은 내 생에 단 한 사람의 여인입니다."

배 위에서 선장이 조바심을 냈다. 나일 강을 운항할 수 있는 시간이 제한되어 있는 까닭에 때를 놓치지 않고 닻을 올려 출발해야 했던 것이다.

"언제 다시 만날 수 있을까요?"

"나도 모르겠어요, 이케르."

그녀는 배다리를 천천히 올라갔다. 그녀의 걸음에는 아쉬움이 담겨 있었다.

네스몬투 장군이 수립한 전술은 나무랄 데 없었다. 전술 적용 능력이 탁월한 이 노장군은 적의 덜미를 잡을 새로운 군사 배치 전략을 단시간에 구상해냈다. 시리아 팔레스타인 지역 주둔군을 최소한으로 축소하고 이 지역 통치의 현상 유지와 불순분자 체포, 부족과 파벌들 사이에 불화를 불러올 가짜 정보의 유포에 전력한다는 계획이었다.

이집트 본토의 정규군은 신속한 이동을 위해 궁수 사십 명과 창병 사십 명으로 구성된 연대 단위로 편성될 예정이었다. 연대장 휘하에는 기수, 선박 항해사, 행정 담당 서기, 경리, 지도 담당 서기가 배속되었다.

네스몬투 장군은 각 연대장들을 직접 지휘하기로 했다. 그는 이집트 전역의 군사 배치와 작전 수행 상황을 통괄했는데, 그 전술의 주안점은 각 전략 요점과 부두의 방어였다. 각 지방 감찰대에는 도시와 마을 주민의 안전을 지키는 임무가 맡겨졌다. 그리고 서기관들로 편성된 보급 부대는 군수품의 분배를 담당할 예정이었다.

총리가 질문했다.

"필요한 비용을 국고가 감당할 수 있겠는가?"

세난크흐가 대답했다.

"염려 마십시오. 군수물자는 충분히 보급될 것입니다."

세호테프가 말했다.

"저는 각 부두의 설비를 보강해서 상륙작전이 용이하도록 하겠습니다."

소벡이 다소 빈정거리는 투로 물었다.

"왕세자께서는 이런 조치들을 어떻게 생각하시오?"

"군대와 감찰대가 열린 마음으로 연합작전을 수행한다면 큰 효과를 볼 수 있을 겁니다."

"그렇다면 왕세자께선 내가 뭔가 꿍꿍이속이 있어 따로 행동하고 있다는 말이오?"

"그런 뜻이 아닙니다. 연합작전이 완벽하게 이루어지려면 많은 노력이 필요하다는 말입니다."

네스몬투가 말을 자르듯이 결론을 내렸다.

"맞는 말이오. 그리고 우린 뜻을 합쳐 최선의 노력을 다해야 할 것이오."

이케르는 총리의 업무를 도우면서 국무를 익혔다. 잠재적 위기 상황임을 인식한 관리들은 각자의 업무에 충실했고, 덕분에 어떤 심각한 공격이 가해지더라도 총리 휘하 관리들은 마아트를 흔들림 없이 적용하고 지켜나갈 거라 장담할 수 있었다.

이케르는 네스몬투 장군이 가져다준 자료들을 살펴보고 있었다. 그날 저녁 왕에게 제안할 내용이었다. 그때 소벡이 들어와서 말했다.

"폐하께서 즉시 보자고 하시오."

세소스트리스는 멤피스를 떠났다. 소벡이 직접 양성한 정예병들이 왕을 호위했다. 이케르도 왕을 수행했다. 일행은 한 운하까지 가서 남쪽으로 가는 배에 올랐다.

왕은 명상에 잠겨 있었다. 이번에는 이케르도 왕의 명상을 방해하지 않으려고 질문을 삼갔다.

대기가 무겁게 느껴졌다. 하지만 다슈르의 피라미드들이 눈앞에 펼쳐지자 이케르는 마음 깊이 평온함을 느꼈다. 사막 한가운데 스네프루 왕의 거대한 피라미드 두 기가 당당하게 서 있었다. 세소스트리스의 피라미드 역시, 비록 규모는 더 작았지만, 위엄을 보여주고 있었다.

사제들과 경비병들이 파라오를 맞이하기 위해 달려왔다. 이케르는 파라오 뒤로 몇 걸음 떨어져서 섰다.

한 사제가 머리를 숙이고 파라오 앞으로 다가왔다.

"제후티 시장이 세상을 뜬 건 어제 동틀 무렵이었습니다. 그는 어제를 이 건설 과업이 완성된 뜻 깊은 날이라고 생각했습니다, 폐하. 조각공들이 창조자 아툼 신의 모습을 담은 부조를 마지막으로 완성했기 때문입니다. 그래서 제후티 시장은 폐하께서 그 부조에 생명을 불어넣어 이 폐하의 건축물 전체가 온전한 힘을 발산하도록 해주시기를 청할 계획이었습니다."

파라오와 이케르는 다슈르 시장의 관저로 갔다. 제후티의 시신은 큰 망토에 감싸인 채, 네 개의 다리가 황소 다리 형상으로 조각된 평상 위에 눕혀져 있었다. 고인의 얼굴은 편안했다.

사제가 말했다.

"제가 시장의 임종을 지켰습니다. 그는 자신의 마지막 생각을 폐하께 남겼습니다. 건축 과업의 수행이 자신의 노년을 의미 있게 해주었다면서 폐하께 감사드린다고 했습니다. 제후티는 다슈르의 건축물이 오시리스를 영광스럽게 하리라는 것을 알았습니다. '이제 나는 더이상 추위를 느끼지 않을 것이다', 이것이 그의 유언입니다."

사제가 물러갔다. 파라오와 이케르만이 고인의 시신 곁에 남았다.

파라오가 말했다.

"심판의 시간이 왔다. 말해보라. 너는 다른 세상으로 떠날 이 여행자의 앞길이 어떻기를 원하느냐, 이케르?"

"그가 죽음의 암흑을 가로질러 오시리스의 빛 속에서 부활하기를 바랍니다. 제후티 시장은 의롭고 바른 사람이었습니다. 저는 그의 도움에 감사할 뿐, 그에게 돌릴 그 어떤 비난거리도 떠오르지 않습니다."

파라오는 잠시 침묵을 지키다가 입을 열었다.

"토트 신의 사제이자 마아트의 종복이며 황금원 입문자인 제후티는 이제 새로 부활하였노라. 그가 평화롭게 여행하기를."

세소스트리스는 자신의 정신적 형제인 제후티의 시신을 장례사들에게 맡겨 미라로 만들게 하고, 신하들에게 그를 위한 영원의 집을 마련하게 했다.

이케르는 깊은 슬픔을 느꼈다. 제후티는 그를 리에브르 주에 받아들여주었고, 서기관 수업을 받도록 허락했고, 세피 장군의 가르침을 통해 신성한 말의 비밀을 풀 수 있게 해주었다. 지금은 세피 장군도 세상을 떠나고 없었다. 어디로 가야 할지 몰라 길을 더듬고 있던 이케르에게 나아갈 길을 확실히 알려준 두 현자가 이제는 이 세상에 없는 것이다.

세소스트리스의 피라미드 외벽이 햇빛을 받아 눈부시게 반짝이고 있었다. 그 빛은 오시리스의 아카시아나무를 보호하는 생명의 힘이었다. 이 피라미드를 바라보며 세소스트리스와 이케르는 각자 근심스럽게 자문해보았다. 예고자가 또다시 어디에서, 언제, 어떻게 공격해올지를.

25

나일 강의 이 바위 계곡 지대는 신들로부터 잊혀진 곳이었다. 거무스름한 큰 바위들과 작은 섬들이 강물의 흐름을 가로막아 섰고, 나일 강 제2폭포는 이곳으로의 접근을 쉽게 허락하지 않았다. 화강암과 현무암으로 이루어진 이곳 지반엔 그 어떤 생명체도 발붙이기 힘들었다. 사방에서 빠른 물줄기들이 바위에 부딪치고 소용돌이치며 사나운 속도로 흘러내렸다. 이 천연의 보루에서는 물과 돌이 끊임없는 격전을 벌였다.

무시무시한 힘들이 날뛰는 이 풍경 위로 큰 바위 하나가 솟아 있었다.

바위 위에서 예고자와 비나, 얼간이 스합, 입비뚤이의 모습이 보였다.

사막을 가로지르는 긴 여정 끝에 이들은 누비아에서 가장 멋지고 위험한 장소에 도착했던 것이다. 일행은 이 새로운 은신처가 썩 마음에 들었다.

"이 폭포를 건너온다는 건 불가능할걸요."

험준한 풍광에 홀딱 반한 스합이 장담했다.

"거인이 팔로 내리쳐서 절벽들을 만들고 재미 삼아 바위들을 쪼개 놓은 것 같군."

입비뚤이가 말을 받았다.

이백 킬로미터에 걸쳐 펼쳐진 나일 강 제2폭포가 쏟아내는 푸른 물줄기들이 멀리 황토색 모래사막, 초록색 종려나무들과 선명한 대조를 이루었다.

예언자가 앞날을 예고하듯 말했다.

"이곳에서 죽음이 몸을 일으켜 이집트를 치리라."

지형을 살펴본 뒤 예고자는 설교를 시작했다.

"멤피스는 큰 타격을 입었다. 또한 파라오는 여전히 생명의 나무를 살릴 방법을 찾지 못했다. 이집트인은 장차 있을 우리의 공격이 두려워 떨고 있다. 적의 군대는 시리아 팔레스타인에서 우리를 찾아 내려 하겠지만 그곳 유격작전에 말려들어가 나날이 힘이 약화될 것이다. 그곳 부족과 파벌들은 여전히 우리 편이다. 하늘과 땅의 불들이 배반자들을 삼키리라. 멤피스의 우리 조직은 무사히 유지되고 있다. 수호자 소벡이 이끄는 감찰관들은 우리 신도들을 단 한 명도 체포하지 못할 것이다. 그러나 우리가 지금까지 거둔 성공은 하찮은 것이다. 우리는 이곳의 기운을 흡수하여 엄청난 힘을 키우게 될 테니 말이다. 이제 이집트를 공략할 군대는 인간의 군대가 아니다."

입비뚤이가 주위를 둘러보며 말했다.

"우리 전사들은 다 합해봤자 백 명가량밖에 안 되는 걸요."

"주위를 잘 살펴보아라."

"사방에 물 소용돌이밖에 안 보이는데요."

"바로 그게 우리의 무적 부대이다."

얼간이 스합이 눈을 둥그렇게 떴다.

"소용돌이가 어떻게 병사가 됩니까요, 주인님?"

"우리는 통제할 수 없다고 생각되는 힘들을 마음대로 조종할 수 있다."

"그러니까 주인님은 저 거무스름한 돌덩이들을 움직일 수 있단 말씀입니까?"

예고자가 스합의 어깨에 손을 얹었다.

"눈에 보이는 것 너머를 보아야지. 불가능에 대한 믿음은 물질의 한계를 뛰어넘을 수 있게 하고, 바위 속에 숨겨진 샘을 솟아오르게 하고, 성난 물을 일으킬 수 있게 한다."

예고자가 바위 계곡 쪽으로 몸을 돌렸다. 별안간 그의 몸이 커진 듯이 보였다. 일행은 자신도 모르게 그의 뒤에 꿇어 엎드렸다.

"이집트는 오시리스 신비제의 덕에 존속하고 있다. 제의가 수행되는 한 이집트는 멸망하지 않을 것이다. 그러므로 우리는 초자연적인 전략을 써야 한다. 바로 오시리스를 이용하는 것이다. 오시리스는 이집트인에게 번영과 풍요한 양식을 주는 창조의 물결이자 천상에서 기원한 범람이다. 매년 이집트인은 이번 범람의 수위는 어느 정도일까 걱정하며 불안에 사로잡히곤 한다. 물의 양이 너무 적으면 기근을 걱정해야 하고 너무 많으면 홍수를 걱정해야 한다. 우리의 무기는 바로 홍수이다. 이제껏 한 번도 경험해보지 못한 홍수를 일으켜 모든 걸 쓸어버리는 것이지."

입비뚤이가 두 눈이 휘둥그레져 벌떡 일어서며 물었다.

"강물을 조종한다는 말입니까?"

"이 바위 계곡이 대재앙을 빚어내게 될 것이다. 우리가 할 일은 이 바위 계곡을 잠에서 깨워 분노하게 만드는 것이다. 파괴를 불러올 분노 말이다."

예고자와 그 추종자들은 나일 강 제2폭포의 세찬 물줄기 위로 솟은 큰 바위 가까이에 숙영지를 마련했다. 전사들이 충분한 식량을 운반해 온 덕분에 배고플 염려는 없었다. 예고자는 약간의 소금만을 우물거릴 뿐 아래 내려다보이는 전경에서 한시도 눈을 떼지 않았다. 다음번 승리의 열쇠가 그 바위 계곡에 있었다.

비나는 잠을 자지 않았다. 예고자의 피가 그녀의 혈관 속을 돌기 시작한 이후로 별로 잠이 필요치 않게 되었다. 그녀 역시 한순간도 휴식이 없는 이 소란스러운 장소가 마음에 들었다.

예고자는 아카시아나무 궤짝을 열어 고양이 발톱으로 장식된 발찌 두 개를 꺼냈다.

예고자가 지시했다.

"이것을 네 발목에 차라."

비나는 천천히 발찌를 받아들고 시키는 대로 했다.

"네가 행동할 때가 왔다."

예고자가 말했다.

비나가 복종의 표시로 몸을 굽혔다.

해가 떴다. 한 시간도 채 지나지 않아 숨 막히는 열기가 사방을 짓눌렀다.

얼간이 스합이 별안간 예고자에게로 달려왔다.

"주인님, 누비아인이 나타났습니다! 수십 명은 되어 보입니다!"

"그들이 오기를 기다리고 있었다."

"단단히 벼르고 있는 것 같은데요!"

"내가 그들과 이야기할 것이다."

전투 준비에 부산한 입비뚤이와 그의 전사들을 놓아둔 채 예고자
는 누비아 부족 앞으로 나아갔다. 허리에 표범 가죽으로 만든 짧은
옷을 두른 검은 피부의 전사들이 백여 명 정도 모여 있었다. 오색 구
슬 목걸이를 걸고, 귀에는 무거운 상아 고리를 늘어뜨리고, 양 볼에
상처 자국으로 문신을 한 모습이었다. 누비아 전사들이 투창기를 흔
들어댔다.

예고자가 외쳤다.

"누가 우두머리냐?

키가 크고 마른 전사 하나가 앞으로 나섰다. 머리에 깃털 두 개를
꽂고 있었다.

이 부족장은 놀란 듯했다.

"우리말을 할 줄 아느냐?"

"난 세상의 모든 말을 할 줄 안다."

"넌 누구냐?"

"예고자이다."

"무엇을 예고하는데?"

"나는 너희를 이집트인으로부터 해방시키러 왔다. 오래전부터 너
희는 파라오의 억압을 받아왔다. 파라오는 너희 전사들을 죽이고 금
은보화를 약탈해서 너희를 빈털털이로 만들었다. 나는 파라오를 쳐
부술 비결을 갖고 있다."

부족장은 전사들에게 위로 치켜든 창을 내리도록 명령했다. 입비

뚤이도 뒤에 늘어선 자기 부하들에게 같은 신호를 보냈다.

"누비아에서 산 적이 있느냐?"

"나는 이 땅의 불과 동맹을 맺었지."

"그렇다면 넌 마법사냐?"

"사막의 괴수들도 내게 복종한다."

"아무리 그래도 누비아의 마법사를 능가하지는 못해!"

"그들은 서로 뭉치지 못해서 별 힘을 쓸 수가 없지. 쓸데없는 일로 겨루느니 서로 연합해서 세소스트리스를 쳐부술 궁리를 하는 게 낫지 않겠나?"

"저 폭포를 지키는 부헨 요새를 자세히 살펴본 적이 있느냐? 그 요새는 이 땅을 통치하는 이집트군의 최전방이나 다름없다. 그 요새를 공격했다간 엄청난 탄압을 받게 될 거다!"

"누비아인이 겁쟁이인 줄은 몰랐는걸."

부족장이 입술을 부르르 떨며 소리쳤다.

"내 앞에 무릎을 꿇고 용서를 구해라. 안 그럼 대갈통을 부숴놓겠다!"

"네가 무릎을 꿇고 나에게 복종하라."

누비아 부족장이 곤봉을 높이 치켜들었다.

하지만 곤봉이 예고자의 머리를 내리칠 틈도 없이 매의 발톱이 부족장의 팔에 깊숙이 박혔다. 부족장의 손에서 곤봉이 굴러 떨어졌다. 이어서 매부리가 정확하게 부족장의 두 눈을 파냈다.

검은 피부의 전사들은 눈앞에 보이는 장면을 믿을 수 없었다.

두 눈을 잃고 바닥에 쓰러진 부족장은 단말마적인 고통으로 몸을 뒤틀었다.

"내게 복종하라."

예고자가 조용한 목소리로 누비아 전사들에게 말했다.

"그렇지 않으면 이자와 같은 최후를 맞게 될 것이다."

망설이는 전사들도 몇몇 있었고, 맞서 싸우려는 전사들도 있었다.

"우리 족장을 죽였어. 저자를 죽이자!"

누비아 전사 하나가 울부짖었다.

"사막의 암사자여, 저 불신자들을 처단하라."

예고자가 외쳤다.

이제껏 들어본 적이 없을 만큼 무시무시한 포효 소리에 누비아인
들은 몸이 얼어붙었다. 그들이 움찔하는 사이 엄청난 크기의 맹수 한
마리가 그들을 향해 달려들었다. 맹수는 누비아인들을 물어뜯고 찢
고 짓밟으며, 사방에서 흘러내리는 핏줄기로 목을 축였다. 살아남은
누비아 전사는 하나도 없었다.

예고자가 아카시아나무 궤짝에서 여왕 터키석을 꺼내 암사자에게
내밀었다. 그러자 암사자는 곧 얌전해졌다.

살육 현장에 무거운 침묵이 내려 앉았다. 예고자 왼편에 비나가 아
름답고 도도한 모습으로 서 있었다. 그녀의 이마에 붉은 얼룩이 묻어
있었다. 예고자가 자신의 모직 튜닉 자락으로 그 얼룩을 닦아주었다.

입비뚤이가 말했다.

"머잖아 다른 부족들이 쳐들어올 겁니다."

"반가운 일이지."

"그들을 다 물리칠 수 있을까요?"

"물론이다, 입비뚤이."

예고자의 숙영지로 몰려온 것은 창과 곤봉으로 무장한 전사들이 아니라 몸에 부적을 주렁주렁 매단 스무 명가량의 누비아족 원로들이었다. 피부색이 칠흑처럼 검고 머리카락이 하얀 노인이 일행의 선두에 서 있었다. 노인은 지팡이에 몸을 의지한 채 힘겹게 발걸음을 떼어놓았다.

입비뚤이가 재미있다는 듯 중얼거렸다.

"고작 저런 자들을 보내다니!"

예고자가 대답했다.

"방심하지 마라. 저들보다 더 위험한 전사들은 없다."

"저 쪼그라든 늙다리들이 뭐가 무섭다는 겁니까?"

"저들은 누비아 마법사 중에서도 가장 뛰어난 자들이다. 가장 사악한 저주를 씌울 줄 아는 자들이지."

선두의 노인이 예고자에게로 다가왔다.

"하이에나 아들의 부족을 몰살시킨 사람이 당신이오?"

"그들이 무례해서 벌을 주지 않을 수 없었소."

"혹시 어둠의 힘을 움직였소?"

"나 예고자는 파라오 세소스트리스를 타도하기 위해 그 어떤 힘이라도 사용할 거요."

노인이 고개를 끄덕였다.

"여기에 온 우리 모두 상당한 힘을 보유하고 있소. 하지만 우리는 그 점령자를 없애는 데 성공하지 못했소."

예고자가 거만하게 미소 지었다.

"당신들은 잃어버린 나라를 되찾으려 하고 있소. 나는 새로운 믿음을 온 세계에 퍼뜨리려 하오. 그러니 나를 도우시오. 그래야 이 나라에 덧씌워진 억압을 끊을 수 있소. 바위 계곡의 불꽃이 이집트를 삼킬 것이오."

"우리 가운데 누구도 바위 계곡의 분노를 사려 할 사람은 없소!"

"당신들은 파라오가 두려워서 웅크려 눈을 감고 있는 거요. 나는 당신들을 깨우러 왔소."

노인은 분개한 듯 지팡이로 땅을 두드렸다.

"혹시 당신이 그 흉포한 암사자 정령을 다시 살려낸 것이오?"

"그렇소. 그 암사자는 오직 내 말에만 복종하지."

"허풍이 심하군! 그 사나운 암사자를 다스릴 수 있는 사람은 아무도 없소."

"여왕 터키석을 갖고 있다면 이야기가 다르지."

"그건 한갓 전설일 뿐이오!"

"여왕 터키석을 직접 보고 싶소?"

"날 놀리려 드는군!"

예고자는 노인에게 자신의 보물을 내보였다.

누비아 마법사 최고 원로인 노인은 청록색 광채를 내뿜는 이 커다란 터키석을 오랫동안 들여다보았다.

"사실이었군."

"유일신의 가르침에 복종하시오. 저항하면 흉포한 암사자 정령을 시켜 당신들 모두를 죽일 것이오."

"이곳에 온 진짜 목적이 무엇이오?"

"거듭 말하건대, 당신들을 폭군에게서 해방시켜주려는 거요. 하지만 그보다 먼저 당신들은 유일신의 가르침을 받아들이고 나를 따라야 하오. 그런 다음 당신들과 내가 가진 마법의 힘을 합쳐 이집트가 다시는 일어서지 못할 대재앙을 일으키는 거요."

"그건 불가능하오!"

"시리아 팔레스타인에서, 그리고 멤피스에서 나는 이미 이집트에 깊은 상처를 내놓았소."

노인이 놀라움을 내보였다.

"멤피스에서라니…… 정말 그랬단 말이오?"

"세소스트리스가 당신들을 무기력하게 만들어놓은 거요. 하지만 이제 그와 그의 백성들은 두려움이라는 것을 아오. 또한 그들의 고통도 더욱 커져갈 것이오."

"그 왕은 엄청난 힘을 지닌 거인이 아니오?"

"그렇소."

예고자가 인정했다.

"그러므로 그를 정면으로 공격하는 건 헛되고 어리석은 일이오. 내가 구축해놓은 조직망이 세소스트리스의 감찰대와 군대가 손을 쓸 수 없는 음지에서 움직이며 그들에게 불시에 타격을 입히고 있소. 누비아인의 도움과 바위 계곡의 힘이 있다면 나는 세소스트리스에게 도저히 회복할 수 없는 일격을 가할 수 있을 것이오."

예고자를 바라보는 노인의 눈빛이 달라졌다. 예고자는 나직하지만 두려움을 자아내는 어조로 말도 안 되는 계획을 무슨 일이 있더라도 성공시키겠노라 장담한 것이다.

노인이 말했다.

"세소스트리스 1세가 부헨 요새를 구축한 이래 이집트는 우리의 평화를 방해하지 않았소. 그들의 군대는 그 경계선을 넘어온 적이 없고, 이곳의 통치권은 우리 누비아 부족들이 나눠 가지고 있소."

"이제 곧 세소스트리스가 그 경계선을 넘어와 당신네 나라를 짓밟을 것이오. 가나안을 공포로 몰아넣은 뒤 다음 차례로 누비아를 유린할 거란 말이오. 당신네들에겐 하나의 선택밖에 없소. 나를 도와 홍수를 일으키는 것. 그가 손쓸 수 없는 대홍수를 말이오."

노인은 혼란스러운지 지팡이에 몸을 기댔다.

"마법사 전체 회의를 열어 의견을 물어보아야 하오. 그런 다음 당신에게 우리의 결정을 알려주겠소."

"그릇된 판단은 마시오."

26

동쪽 탁자에는 파라오와 왕비가 자리 잡고 앉았다. 남쪽에는 세난크흐와 세카리, 북쪽에는 세호테프와 네스몬투 장군, 서쪽에는 총리 크눔호테프와 탁발 사제가 앉았다.

제후티의 장례식을 치른 후, 앞으로의 일을 의논하기 위해 황금원 회원들이 모인 것이었다.

세소스트리스가 소리 높여 말했다.

"서쪽세상의 아름다운 여신께서 우리의 형제를 맞아주셨다. 그는 동쪽세상에서 영원히 부활할 것이다. 세피가 그러한 것처럼 제후티 역시 영원히 우리와 함께 있을 것이다."

파라오는 회합의 의식을 좀더 연장하여 황금원과 보이지 않는 존재와의 관계를 굳건히 하고 싶었지만, 중요한 문제가 회원들의 토의를 기다리고 있었다.

"멤피스에 재앙을 일으킨 이후로 예고자는 침묵을 지키고 있다. 이 고요는 분명 또다른 폭풍의 전조일 것이다. 소백과 네스몬투 장군이 이집트 전역의 안전을 위한 방어 조치를 취해놓았다. 물론 적은 이러한 우리의 대응을 예견하고 있을 것이다."

총리가 대답했다.

"적이 움직이지 않고 있다는 건 우리를 공격할 능력이 없다는 의미일 겁니다."

세카리가 나섰다.

"적은 우리로 하여금 그렇게 믿게 하려는 겁니다! 이번처럼 사악한 범죄를 저지른 자가 쉽게 포기할 리 없습니다."

네스몬투 장군이 말했다.

"이케르 왕세자 덕분에 알게 되었듯이 다음번 싸움터는 시리아 팔레스타인 지역이 아닙니다. 멤피스 역시 경계를 강화한 덕분에 예고자의 조직이 움직이기 어렵게 되었습니다. 따라서 적은 어딘가 다른 곳에서 도발해올 겁니다."

세난크흐가 생각을 보탰다.

"올 여름은 아주 덥습니다. 그래서 나일 강의 범람을 앞두고 가뭄이 최고조에 달해 있지요. 적이 군대를 움직여 대규모 공격을 감행해오기엔 시기가 좋지 않습니다. 이런 기후 조건 덕분에 우리는 약간의 휴식을 얻은 셈이지요."

왕비가 아비도스 여사제들의 수행 업무를 보고하고 그녀들이 생명의 나무에 기울이는 정성에 대해 이야기했다. 이어서 탁발 사제가 사제들 역시 각자가 맡은 과제를 성실하게 수행해나가고 있음을 보고했다. 평소와 다른 징후는 없었다. 비록 불안감을 떨치지는 못했어도 아비도스는 적과 맞서 굳건히 버티고 있었다.

총리가 물었다.

"이시스 여사제는 위대한 신비를 향해 여전히 정진하고 있겠지요?"

왕비가 대답했다.

"이시스는 자신에게 맞는 속도로 한 걸음씩 앞으로 나아가고 있습니다. 한시바삐 그녀를 성장시키고 싶은 마음은 크지만, 그렇다고 서둘지는 맙시다. 재촉하는 건 그녀에게 좋지 않은 영향을 줄 것입니다."

파라오가 말을 받았다.

"이시스의 역할은 이미 정해져 있다. 그러므로 그녀의 정진과 도야에 특별한 공을 들여야 할 것이다."

세호테프가 물었다.

"이케르 왕세자를 공들여 가르쳐야 하는 것처럼 말씀입니까?"

"내 정신적 아버지가 나를 가르쳤듯이 나도 이케르를 가르칠 것이다."

파라오와 왕비가 오시리스의 아카시아나무 밑동에 물과 우유를 붓자, 이어서 탁발 사제가 향을 피웠다. 의식이 진행되는 동안 이시스는 시스트럼을 연주했다. 그녀의 솜씨는 날로 발전하여 이제는 아주 훌륭한 음색을 빚어내고 있었다.

제의가 끝날 무렵 이시스가 말했다.

"생명의 집에서 옛 문헌들을 연구하다 중요한 사실 하나를 알았습니다. 오시리스 연금술에는 금이 반드시 필요하다는 사실 말입니다. 부활한 오시리스의 육신은 다른 원소들의 총체인 금으로 이루어지니까요. 이 순수한 금속 안에 빛이 응결되어 신성한 힘들의 비물질적인 측면을 그 반짝임으로 보여줍니다. 금에서 뻗어나오는 빛은 마아트의 빛입니다."

이건 파라오와 왕비, 탁발 사제가 오래전부터 알고 있는 사실이었다. 그러나 이들은 이시스가 자신의 힘으로 그것을 깨우치기를 기다려왔다. 이시스는 지금 길을 제대로 나아가고 있었다. 그리고 이 길은 조만간 그녀를 어떤 중요한 발견으로 인도해줄 터였다.

이시스가 말을 이었다.

"옛 문헌들에 따르면 파라오는 금을 탐사하는 사람이자 세공하는 사람입니다. 금의 반짝임이 신들과 인간들을 비추고 하늘과 땅의 조화를 유지하도록 세공하는 것이지요. 대피라미드 시대에 금을 탐사하러 다녔던 어떤 사람은 이런 말을 남겼습니다. '신들은 손수 자신들의 가장 귀한 보물을 머나먼 남쪽 땅 누비아에 파묻었다'라고 말입니다. 힘을 머금고 있는 그 보물이 오시리스에게 바쳐져야 할 금이 아니고 무엇이겠습니까?"

탁발 사제가 말했다.

"그 금이 없으면 신비제의에 사용되는 물건들의 힘을 회복시킬 수 없습니다. 제의 도구와 용품들은 그 효능을 잃고 생명 없는 상태가 될 것입니다. 위대한 비밀* 역시 마찬가지입니다만, 그건 제가 언급해선 안 될 일이므로 말하지 않겠습니다."

'누비아! 미개하고, 다스리기 어렵고, 눈에 보이는 또는 보이지 않는 위험으로 가득한 곳!'

세소스트리스는 생각했다. 누비아는 세피 장군이 살해당한 곳이었고, 그 범인은 여전히 붙잡히지 않았다. 그렇다. 이시스의 판단은 옳았다. 신들의 금이 숨겨진 곳은 누비아였다. 그러나 지금처럼 어려운

---

* 소생의식.(옮긴이)

246

시기에 그곳으로 대규모 탐사대를 파견한다는 건 쉽지 않았다.

왕은 이시스에게 물었다.

"좀더 상세히 설명할 수 있겠느냐?"

"죄송합니다, 폐하. 옛 문헌을 좀더 찾아보겠습니다."

파라오가 아비도스에서 출발하려 할 때 수호자 소벡이 엘레판티네에서 온 긴급 서신을 들고 왔다. 과거 주 총독이었던 사렌푸트가 보낸 것이었다. 그는 이제 이집트와 누비아 사이 국경선에 위치한 큰 상업 도시를 관할하고 있었다.

급하게 서신을 읽어 내려간 왕이 선언했다.

"멤피스로 돌아갈 때가 아니다. 지금 즉시 국정원을 소집하라."

회의는 사람들의 이목을 피해 세소스트리스 신전의 중정에서 열렸다.

파라오가 물었다.

"사렌푸트의 충성을 믿어도 될까?"

세난크흐가 대답했다.

"그는 시장의 직위를 맡아 나무랄 데 없는 행정을 보여주고 있습니다. 폐하의 칙령도 엄격히 시행하고 있지요."

세호테프도 같은 생각이었다.

"저도 그를 의심하지 않습니다. 솔직하고 투박한 성품인 사렌푸트는 일신의 쾌락을 쫓는 면이 있긴 하지만, 지금은 자신의 지위에 만족하고 있습니다."

"저도 그를 믿습니다."

총리도 말을 보탰다.

소백이 끼어들었다.

"저는 좀더 신중하자는 입장입니다. 그의 과거를 잊지 않았기 때문이지요. 만약 긴급하게 엘레판티네로 가서 그에게 협조를 요청해야 할 일이 생긴다면, 그는 몸을 사릴지도 모릅니다."

네스몬투 장군도 같은 생각이었다.

파라오가 다시 말을 꺼냈다.

"만약 사렌푸트의 서신에 담긴 내용이 사실이라면, 이건 예고자가 새로운 전선을 구축하고 있다는 의미다."

노장군이 은근히 반색하며 중얼거렸다.

"우리 군은 신속히 작전에 나설 수 있습니다, 폐하."

"부헨 요새 사령관의 보고에 따르면 누비아 부족 가운데 하나가 얼마 전 바위 계곡에서 몰살당했다고 한다."

소백이 한숨을 쉬듯 말했다.

"바위 계곡이라면 그야말로 지옥이죠!"

"우리 병사들이 공포에 떨고 있다고 한다. 산 것은 모두 죽여버린다는 괴수의 짓이 아니냐는 것이다. 사냥꾼 일개 부대가 달려들어도 쓰러뜨리지 못할 만큼 엄청나게 크고 사나운 암사자를 보았다는 사람도 몇몇 있다고 한다."

세호테프가 말했다.

"예고자의 소행일 겁니다. 만약 다른 때였다면 단지 그 지역에 한정된 일로 치부해도 되겠지만, 지금 그렇게 믿는다면 몹시 순진한 거지요."

세난크흐가 말을 거들었다.

"누비아는 특별한 곳입니다, 폐하. 선왕들은 이미 그곳에서 큰 어려움을 겪은 적이 있습니다. 그러고도 얻은 건 실질적 우호와는 거리가 먼 껍데기 평화뿐이었지요."

네스몬투가 말했다.

"우리 병사들 가운데도 누비아 출신 궁수가 꽤 있습니다. 그들은 민첩하고 용맹하며 규율이 잘 서 있지요. 그들에게 자신의 종족과 맞서 싸우라는 명령을 내린다면 그 명령대로 실천할 겁니다. 그들은 누비아가 아닌 이집트에서 살기로 결심한 자들이거든요."

세호테프의 생각은 달랐다.

"그들이 전사로서 탁월한 자질을 지녔기 때문에 저는 불안합니다. 가나안인이나 시리아인은 적과 부딪치면 도망치지만 누비아인은 목숨을 걸고 맞서 싸웁니다. 또한 누비아의 마법사들 역시 두려운 상대입니다. 이 마법사들의 명성에 우리 병사들 상당수가 겁을 먹고 있습니다."

세소스트리스가 선언했다.

"내가 원정군을 직접 지휘할 것이다."

왕의 말에 크눔호테프가 소스라쳤다.

"폐하, 예고자가 의도하는 것이 폐하를 함정에 끌어들이는 것 아니겠습니까?"

"정면 대결은 피할 수 없다. 또한 우리는 신들의 금을 찾아내야 한다. 그 금은 누비아에 있을 것이다. 세피 장군은 그 금을 위해 생명을 바쳤다. 그의 희생을 헛되게 해서는 안 된다."

파라오가 결단을 내린 이상 더이상의 토론은 불필요했다.

"크눔호테프 총리, 내가 없는 동안 국무를 그대에게 맡긴다. 총리는 매일 아침 세난크흐와 함께 왕비에게 자문을 구하라. 왕비가 나를 대신하여 이 나라를 통치할 것이다. 만약 내가 누비아에서 돌아오지 못한다면 왕비가 살아 있는 자들의 왕이 될 것이다. 세호테프, 그대는 나를 수행하라. 네스몬투 장군, 그대는 엘레판티네에 군대를 집결시키도록 하라."

장군이 밝혔다.

"그렇다면 각 주에 주둔시킨 군사들을 다시 모아들여야 합니다."

"그 정도의 위험은 감수해야지. 소벡, 그대는 멤피스로 돌아가라."

감찰대 총수는 못마땅한 듯 볼멘소리를 했다.

"폐하를 호위하는 일은……"

"그건 친위병들이 맡을 것이다. 최악의 사태를 예상해보라. 누비아는 우리를 끌어들이려는 미끼이고, 적의 주된 공격 목표는 멤피스일 경우를 말이다. 이에 대비해서 그대는 멤피스 방어에 전력해야 한다. 만약 누비아에서 대전투가 벌어진다면, 멤피스에 숨어 있는 예고자 일당은 잠시 경계심을 늦출 게 분명하다. 조금이라도 꼬리를 내미는 즉시 그들의 조직망을 추적하라."

파라오의 말은 전적으로 옳았다. 그렇지만 파라오와 멀리 떨어져 있게 된다는 생각에 수호자 소벡은 서운함과 불안을 느꼈다.

파라오가 말을 덧붙였다.

"이케르 왕세자에게 에드푸*로 와서 나와 합류하라고 전하라."

"이케르 왕세자를 폐하 곁에 두신단 말입니까? 폐하, 제 생각에는……"

"나도 그대가 무슨 생각을 하는지 알고 있다. 하지만 이번 누비아

---

* 아비도스에서 남쪽으로 이백사십오 킬로미터 떨어진 곳에 위치해 있다.

250

원정에서 이케르는 그대에게 증명해 보일 것이다. 나에게 흔들림 없이 충성하고 있다는 사실을 말이다."

이집트문명이 태동한 이래로 에드푸 신전에는 파라오의 수호자 호루스의 현신인 신성한 매가 군림하고 있었다. 두 날개는 우주의 양 끝에 미치고 그 눈초리는 태양의 비밀을 꿰뚫어 보는 매였다. 호루스 매는 왕의 목덜미에 내려앉을 때마다 저 너머 세상의 풍요한 모습을 왕에게 펼쳐 보여주곤 했다.

한 사제가 배에서 내리는 이시스를 영접하여 지성소에서 멀지 않은 한 대장간으로 안내했다. 파라오가 지켜보는 앞에서 두 명의 장인이 프타 신상을 제작하고 있었다. 머리에 딱 맞는 푸른 모자를 쓰고 미라처럼 몸에 흰 염포를 감은 프타 신은 여러 개의 홀을 든 모습이었다. 그 홀들은 각각 생명과 힘, 안정을 상징했다.

세소스트리스가 말했다.

"앞에 있는 프타 신상을 잘 보아라. 장인들의 신 프타는 지하 묘지의 군주 소카르와 이어져 있다. 프타는 생각과 말로써 창조를 행한다. 신과 인간, 동물 들에게 이름을 주는 것이다. 프타의 치아와 입술이 그가 마음에 품은 것을 현실이 되게 한다. 그의 치아와 입술에서 에네아드가 구현되며, 토트는 프타의 혀를 빌려 말을 한다. 프타의 발은 대지를 딛고 있고 머리는 먼 하늘을 받치고 있다. 프타는 완성된 자신의 신상을 그 자신의 힘으로 키워나간다. 소카르(Sokar)라는 이름은 세케르(Seker)라는 어원에서 유래한 것이다. 이것은 '금속을 두드리다'라는 뜻이지만, 부활한 육신을 지하세계로 운반하는 것을 의미하기도 한다. 제의에서 입씻이, 즉 세크르(sek-r)를 행하는 것은 소카르 신을 자신의 의식 속에 맞아들이기 위해서이다. 세크르는 또한 오시리스가 앎에 입문한 사람을 어둠 속에서 불러낼 때 쓰는 말이기도 한데, 그때 이 말의 의미는 '내게로 오라'이다. 오시리스에게 이끄는 것은 믿음과 경건함이 아니다. 우리를 오시리스에게 인도하는 건 앎과 연금술이다. 나는 누비아 마법사들과의 싸움을 앞두고 프타 신에게 창을, 소카르 신에게 검을 만들어달라고 했다. 저기 창과 검이 불에서 나오는 걸 보라."

첫번째 대장장이가 창을 하나 벼려냈다. 그 창은 아주 길고 무거워서 세소스트리스만이 휘두를 수 있을 것 같았다. 두번째 대장장이가 검을 만들었다. 검에서 불꽃같은 광채가 뿜어져 나오자 이시스는 손을 들어 눈을 가렸다.

파라오는 아직 열기가 가시지 않은 창과 검을 손에 들었다.

"이것은 악과 맞서 싸우는 전쟁이다. 따라서 비겁함이나 회피는 결코 있을 수 없다. 엘레판티네로 진군하자."

27

예고자는 바위 계곡의 엄청난 힘을 온몸으로 빨아들였다. 기를 들이마실 때마다 그는 회오리바람이 되었다가 바위를 때리는 사나운 급류가 되었다. 비나는 이러한 예고자의 발아래 말없이 앉아 멍한 눈으로 이 색다른 풍경을 바라보고 있었다.

간혹 누비아 마법사들이 논쟁을 벌이는 소리가 바람에 실려 띄엄띄엄 들려왔다.

장시간의 격렬한 토론을 벌인 끝에 누비아 마법사 최고 원로가 다시 예고자를 찾아왔다.

노인이 예고자에게 말했다.

"우리는 당신을 돕지 않기로 했소. 그리고 당신을 우리 땅에서 몰아내기로 결정했소."

예고자는 놀라지도 않았고 분개하는 기색도 없었다.

"당신네들 전부가 같은 의견은 아닌 것 같은데."

"가장 뛰어난 마법사 테차이는 당신을 돕겠다는 편에 섰소. 하지만 다수의 결정에 따라 그도 양보하고 말았소."

"당신의 발언은 아무 힘도 없었군?"

노인은 발끈했다.

"난 최고 원로로서의 권한을 행사했고, 결과에 대해선 아무 유감도 없소."

"당신은 큰 실수를 하는 거야. 이 사실을 명심하고 다른 마법사들이 생각을 바꾸도록 설득하시오. 그러면 용서해주지."

"고집을 부려도 소용없소. 즉시 누비아 땅을 떠나시오."

예고자는 노인에게서 등을 돌렸다.

"바위 계곡이 나를 돕고 있소."

"계속 고집을 부리다간 죽게 될 것이오."

"나와 내 부하들을 공격하면 당신들은 죽음을 면할 수 없을 거요."

"우리의 마법은 당신을 능가하오. 당신이 정 그렇게 나오면 우리도 오늘 밤 당장 행동을 개시할 수밖에."

노인은 지팡이로 땅을 두드리며 돌아갔다.

입비뚤이가 물었다.

"저놈들을 다 없애버릴까요?"

"일부는 우리에게 필요하다."

얼간이 스합이 물었다.

"그들의 마법이 정말로 무시무시한가요?"

"내 지시에만 따른다면 그들의 마법에 당할 염려는 없다. 이제 그들은 사흘 낮 사흘 밤 동안 우주의 두 눈인 해와 달을 가릴 것이다. 해와 달은 평소의 빛과는 다른 살기를 띤 빛의 물결을 우리에게 쏘아 보낼 것이다. 모직물로 된 튜닉을 겹겹이 뒤집어써라. 살갗이 조금이라도 노출되면 불꽃이 덮쳐올 것이다. 사방에서 무서운 불길이 일어

마치 활활 타는 화덕 안에 들어온 것 같을 것이다. 바라보려고도 도
망치려고도 하지 말라. 꼼짝하지 말고 불이 진정될 때까지 기다려라."

스합이 불안한 듯 물었다.

"그럼 주인님은 뭘 하시려고요?"

"나는 바위 계곡을 계속 살펴볼 것이다."

"저 누비아인의 마법에 대해 걱정할 게 없다는 말씀이 정말입니까?"

예고자의 눈초리가 매서워졌다.

"그들에게 모든 걸 가르쳐준 사람이 바로 나다. 그들은 기백이 사
라져 겁쟁이처럼 행동하고 있지만, 그전에는 내가 그들과 함께 있었
다. 앞으로 내 군대가 온 세상에 깃발을 휘날리게 되면, 그 영원한 시
간 동안 나는 늘 그들과 함께 있을 것이다."

해가 지자 누비아인의 공격이 시작되었다.

예고자가 자리 잡은 지점에서 불꽃이 솟아올라 그를 휘감아 타오
르더니 맹렬한 속도로 번져나갔다. 타오르는 불꽃이 세차게 쏟아져
내리는 폭포까지 삼켜버렸다. 추종자들의 몸이 화염 속으로 사라졌
고 바위들은 붉게 달아올랐다. 검은 구름이 떠오르는 달을 가렸다.

이 불의 마법은 사흘 낮 사흘 밤 동안 계속되었다.

예고자의 수하 중 한 명이 더 버티지 못하고 옷을 모두 훌훌 벗더니
불을 피해 뛰기 시작했다. 하지만 불꽃이 긴 혀처럼 뻗쳐와 그의 두
다리를 감았고 순식간에 그의 가슴과 얼굴까지 재로 만들어놓았다.

마침내 새로운 해가 떴다. 그가 선언했다.

"우리가 이겼다. 모두 일어나라."

추종자들은 지치고 얼이 빠져서 자신들의 우두머리만 바라볼 뿐이
었다.

예고자의 얼굴은 한숨 잘 자고 일어난 사람처럼 조용하고 평온했다. 그가 말했다.

"이제 그 무모한 자들을 벌할 차례다. 너희는 여기서 움직이지 말아라."

누비아인들과 어서 맞붙어보고 싶어 안달이 난 입비뚤이가 물었다.

"그 시꺼먼 놈들이 몰려오는데도 꼼짝 말라고요?"

"내가 그들을 찾아갈 것이다."

예고자는 다른 추종자들의 눈을 피해 비나를 폭포에 가려진 커다란 바위 뒤로 데리고 갔다.

"옷을 벗어라."

비나가 맨몸이 되자 예고자는 그녀의 등을 쓰다듬었다. 그녀의 등이 붉은 색을 띠더니, 순식간에 이글거리는 두 눈을 가진 암사자의 모습으로 바뀌었다.

"사나운 암사자여, 저 불경한 자들을 처단하라."

암사자가 포효했다. 소리를 들은 사람들은 놀란 나머지 몸이 얼어붙을 정도였다. 사자 울음소리는 부헨 요새에서도 들을 수 있었다. 암사자가 뛰어나갔다.

가장 먼저 죽임을 당한 사람은 최고 원로였다. 누비아 최고 마법사들의 마법이 실패했다는 사실을 믿을 수 없었던 그는 해와 달을 가리는 이 마법을 한 번 더 해보자고 촉구하던 중이었다. 그때 암사자가 달려들어 그의 머리통을 한입에 무는 바람에 그는 말을 더 잇지 못했다. 배포가 큰 몇 명이 노인과 같은 주장을 하려 했지만 미처 입을 열 사이도 없이 암사자에게 당하고 말았다. 암사자는 사람들을 갈기갈기 찢고 조각내고 짓밟았다.

암사자의 갈고리 같은 발톱과 송곳니를 모면한 누비아 마법사는 다섯뿐이었다.

예고자가 여왕 터키석을 내밀자 암사자는 얌전해졌다. 아름다운 갈색 머리 여인의 모습이 조금씩 되살아나자 예고자는 여인의 몸에 튜닉을 입혔다.

"내 앞으로 나와 무릎을 꿇어라, 테차이."

이름이 불린 마법사가 명을 따랐다. 키가 크고 호리호리한 체구에 온몸이 문신으로 뒤덮인 사내였다.

"테차이…… 네 이름의 의미가 '훔치는 자'이지?"

마법사가 떨리는 목소리로 대답했다.

"그렇습니다, 주인님. 저는 어둠의 힘을 훔치는 재주가 있습니다. 그래서 그 힘을 이용해 적들을 이기지요. 저는 주인님을 돕자고 주장했지만 대다수가 제 말을 듣지 않았습니다."

"너와 네 말에 동조한 자들은 용서해주겠다."

포로들이 예고자 앞에 무릎을 꿇고 엎드렸다.

예고자의 눈이 붉게 물들더니 갑자기 꿇어앉은 자들 가운데 한 사람의 머리카락을 움켜잡고, 입고 있는 허리옷을 잡아챘다

허리옷이 벗겨져 나가자 아랫도리가 훤히 드러났다.

"가슴은 밋밋해도 여자인 게 분명하군!"

"제 몸을 바치겠습니다, 주인님!"

"여자들은 열등한 피조물이다. 평생 어린아이 상태에 머물러 있으며, 머릿속에 든 거라고는 거짓말뿐이다. 그러니 여자들은 자신의 남편에게 복종해야 한다. 나를 섬길 자격이 있는 여인은 밤의 여왕인 비나뿐이다. 넌 정숙치 못하게 남자를 유혹하려 했어."

여자 마법사가 다급하게 예고자의 발을 부여잡고 입을 갖다 댔다.

예고자가 명했다.

"테차이, 이 여자를 돌로 쳐 죽여 불태워버려라."

"주인님……"

예고자의 이글거리는 눈빛을 본 테차이는 그대로 따르는 수밖에 없음을 알아차렸다.

테차이와 다른 세 명의 누비아인이 돌을 주워 모았다.

사형을 언도받은 여인이 도망치려 했다. 사내 하나가 먼저 돌을 던졌다. 돌이 여인의 목덜미를 맞췄다. 두번째 돌은 여인의 허리를 때렸다.

여인은 얼굴을 가리려고 부질없이 팔을 들어올렸다. 그러고는 몸을 일으키려는 듯 단 한 번 움찔하더니 그대로 꼬꾸라졌다.

아직 숨이 완전히 끊어지지 않았는지 경련을 일으키는 여인의 피투성이 몸 위로 남은 네 명의 누비아인이 바싹 마른 종려나무 줄기를 던졌다.

테차이가 직접 종려나무 줄기에 불을 붙였다.

마법사들은 여전히 벌벌 떨고 있었다. 그들은 어떻게든 살아남아야겠다는 생각뿐이었다. 테차이는 두세 가지 주문을 기억해내려 해보았다. 하지만 예고자가 붉은 눈으로 자신을 쏘아보며 소금으로 갈증을 푸는 모습을 본 순간 자신이 이 인물에게 지고 말았다는 것을, 그리고 조금이라도 거역하면 당장에 목숨을 빼앗길 거라는 사실을 깨달았다.

"뭐든 분부만 하십시오, 주인님."

"나의 승리를 너희 각 부족에게 알려라. 그리고 이집트 정찰병이 접근할 수 없는 장소를 택해 모든 부족장들을 모이게 하라."

"그들은 우리를 거역하지 못할 겁니다. 누비아의 부족장들은 마법을 두려워하니까요. 쿠시*의 가장 강력한 왕 트리아조차도 주인님에게 허리를 숙일 수밖에 없을 겁니다."

"그걸로는 충분치 않아. 난 절대복종을 원한다."

"트리아는 자부심이 대단하고 성미가 까다로운 사람이라서……"

예고자가 부드러운 목소리로 대답했다.

"그 문제는 나중에 다시 이야기하도록 하지. 가서 먹을 것을 가져와라. 여자들도 함께 데려와야 한다. 여자들은 내 부하들을 즐겁게 해주거나 음식을 만들 때를 제외하곤 절대 밖으로 나다녀선 안 된다. 네가 돌아오면 내 전략을 알려주겠다."

누비아 마법사들이 멀어져 가는 모습을 지켜보던 입비뚤이가 뭔가 못 미덥다는 듯 말했다.

"주인님은 너무 너그럽습니다요. 저놈들은 절대 돌아오지 않을 겁니다."

"천만에. 저들이 서둘러 돌아오는 걸 보면 아마 놀랄 거다."

예고자의 말대로 이틀 후 테차이는 검은 피부의 전사 한 무리를 이끌고 다시 나타났다.

테차이가 말했다.

"여기 온 네 개 부족 전사들은 최고 마법사를 따르기로 결정한 자들입니다. 트리아 왕에게도 주인님의 말씀을 전했습니다. 그가 틀림

---

* 고대 이집트인이 누비아 나일 강 제2폭포 남단까지의 남부 지방을 부르던 이름.(옮긴이)

없이 특사를 보내올 겁니다."

입비뚤이가 말했다.

"나쁘진 않군. 이 친구들은 썩 괜찮은 물건이 되겠는걸. 내 훈련 방법을 잘 따르기만 한다면 말이지."

"먹을 것은?"

얼간이 스합이 물었다.

테차이가 짐꾼들에게 앞으로 나오라는 신호를 했다.

"곡물과 채소, 과일, 말린 물고기 같은 것들입니다. 이 지방은 풍족한 곳이 아닙니다. 이건 우리가 마련할 수 있는 제일 좋은 음식들입니다."

"먹어봐라."

스합이 한 짐꾼에게 지시했다.

짐꾼이 음식물을 종류별로 먹어보았다.

독이 든 음식물은 없었다.

"여자들은?"

입비뚤이가 입맛을 다시며 물었다.

여자들은 스무 명이었다.

아주 젊고 아름다운 누비아 여인들이 젖가슴을 드러낸 채 나뭇잎처럼 작은 옷만을 허리에 두르고 있었다.

"어서 와라, 귀여운 것들. 너희들에게 아주 넓은 집을 지어주마! 내가 제일 먼저 너희를 예뻐해주지."

스합이 부헨 요새에서 멀찌감치 떨어진 장소에 숙영지를 마련하는 동안 예고자는 마법사들을 이끌고 폭포 중심부로 갔다.

더위는 이들도 견디기 힘들 만큼 맹렬했다.

"현재 강 수위와 날씨의 징후로 볼 때 이번 범람의 규모는 어느 정도일 것 같으냐?"

"큰, 아주 큰 범람이 될 겁니다."

테차이가 대답했다.

"그렇다면 우리 일이 쉬워지겠군. 바위 계곡에 우리의 마법을 쏟아부으면 모든 걸 쓸어버릴 만큼 엄청난 양의 물을 흘려보낼 수 있을 것이다."

"이집트를 물에 잠기게 하잔 말입니까?"

"목마른 강기슭을 흠뻑 적셔주는 풍요로운 나일 강 대신에, 성난 급류가 그 저주받은 나라를 폐허로 만들어놓을 것이다."

"그건 아주 어려운 일입니다, 왜냐하면……"

"하지 못하겠다는 말이냐?"

"아닙니다, 주인님, 하지만 그 반동으로 생길 일이 걱정입니다."

"너희는 정예 마법사들이 아니냐? 너희가 점령자를 몰아내고 이 땅을 해방시키고자 하는 이상, 나일 강이 너희에게 보복할 리는 없다. 게다가 우리의 무기는 이것만 있는 게 아니다."

테차이가 궁금한 듯 물었다.

"뭔가 대비책이 있군요?"

예고자의 어조가 은근해졌다.

"이집트군에서 궁수로 복무하는 누비아인의 수가 꽤 되지 않느냐?"

"배신자들, 돈에 팔린 자들이죠! 그들은 고향을 지키며 자신의 부족을 위해 싸우는 대신 호의호식하기 위해 적의 편에 붙었으니까요!"

예고자가 대답했다.

"이집트에 붙어 푼돈을 얻어내봤자 부질없는 일이지. 그들은 대가를 치르게 될 거다. 우리가 이집트 군대를 쳐부술 테니까."

"부헨 요새를 점령할 방도가 있으십니까?"

"그까짓 담벼락으로 나를 막을 수 있다고 생각하느냐?"

테차이는 자신의 질문이 모욕이 될 수 있다는 걸 알아차리고 고개를 숙였다.

"너무 오랫동안 우리는 굴종하며 지내왔지요. 주인님 덕분에 다시 자신감을 얻었습니다!"

예고자가 미소를 지었다.

"바위 계곡을 깨울 준비를 하라."

28

메데스의 아내가 또다시 히스테리 발작을 일으켰다. 머리 손질을 맡은 미용사와 얼굴 화장을 담당한 미용사, 발 화장을 담당한 미용사에게 차례로 욕설을 퍼부은 뒤에도 그녀는 자기 성질을 못 이겨 방바닥을 데굴데굴 굴렀다. 결국 메데스가 달려와서 그녀의 뺨을 서너 번 때린 뒤에야 겨우 진정이 되었다.

가까스로 흑단 의자에 앉혀놓긴 했지만 그녀는 계속해서 발을 동동 굴렀다.

"체면이고 뭐고 다 잊은 거야? 체통을 지키라고!"

"자기는 이해 못 해, 난 버림받았다구⋯⋯ 닥터 구아가 멤피스를 떠났단 말이야!"

"알고 있어."

"그가 어디 있는지도 알아?"

"왕과 함께 남부로 갔어."

"언제 돌아오는데?"

"나도 몰라."

그녀는 남편의 목에 뛰어들어 매달렸다. 목이 졸릴까봐 겁이 난 메데스는 아내의 뺨을 또 한번 철썩 때려 다시 의자에 주저앉혔다.

"난 끝장이야, 닥터 구아가 아니면 날 치료할 수 없어!"

"어처구니없는 소리는 그만둬! 구아가 제자들을 잘 가르쳐놨어. 의사 한 명한테 진료를 받는 것보다는 세 명한테 받는 게 낫잖아."

메데스의 아내가 줄줄 흘리던 눈물을 뚝 그쳤다.

"세 명이라고? 농담하는 거야?"

"한 명한테 아침에 진찰받고, 다른 한 명한테 낮에, 나머지 한 명한테는 저녁에 진찰받아."

"정말이야, 자기?"

"정말이고말고."

그녀는 남편을 얼싸안고 몸을 부비며 입맞춤을 퍼부었다.

"자기는 정말 최고의 남편이야!"

"이제 가서 몸단장 좀 해."

메데스는 아내를 화장 담당 미용사에게 떠넘기고 궁정으로 갔다. 총리의 지시를 받기 위해서였다. 가장 먼저 마주친 사람은 감찰대 총수 소백이었다.

"마침 만나려던 참이었소."

메데스는 내심 움칠했지만 겉으로는 평온을 가장하고 예의 바르게 대답했다.

"무엇이든 말씀만 하시지요."

"당신이 타고 갈 배가 준비되었소."

"타고 갈 배라니요?"

"엘레판티네로 가시오. 폐하의 명이오. 지금 원정대가 출발 준비를

264

하고 있소. 제르구가 그 원정대를 위한 곡물 수송선의 관리를 책임지게 될 거요."

"제가 멤피스에서는 더이상 쓸모없다는 말씀입니까?"

"폐하께서 당신에게 서기관들의 업무를 총괄하는 책임을 맡기셨소. 당신은 선상 일지와 일과 보고문, 칙령들을 작성하게 될 거요. 일이 겁나는 건 아니겠지요?"

"그럴 리가 있나요!"

메데스가 부인했다.

"하지만 저는 여행이 별로 달갑지 않습니다. 배를 타면 멀미가 나거든요."

"닥터 구아가 약을 처방해줄 거요. 출발은 내일 아침이오."

레바논 상인의 지하조직망은 잠시 활동을 멈추고 있었다. 상점 주인들과 떠돌이 장사꾼들, 거리 이발사들은 각자의 직업에 열중하면서 손님들과 잡담을 나누곤 했다. 이들이 늘어놓는 이야기는 주로 앞날에 대한 걱정이거나 파라오에 대한 칭송이었다. 감찰관들과 소벡이 풀어놓은 정보원들은 탐문 수사를 계속했지만 아무런 단서도 손에 넣지 못하고 있었다.

예고자로부터 새로운 지령이 내려올 때까지 레바논 상인은 장사에 몰두하면서 이미 상당한 규모에 달한 재산이나 더 불려볼 작정이었다.

상인이 가장 신임하는 정보원인 물장수가 찾아왔다.

"무슨 문제라도 있는 거야?"

"메데스가 남쪽으로 가는 배를 타고 떠났습니다."

"오늘 밤에 만나기로 약속되어 있는데!"

"제르구 역시 떠났습니다. 화물선들에 밀을 가득 싣고 갔어요. 그가 군용 식량의 운송 책임자라고 하더군요."

이 정보가 의미하는 건 분명했다. 세소스트리스가 이집트를 떠나 식량 보급이 어려운 누비아로 간 것이다!

예고자가 세운 전략이 빈틈없이 맞아떨어지고 있었다. 한 가지 걱정스러운 건 메데스가 원정대에 포함되었다는 사실이었다.

"궁정 상황은 어때?"

"왕비가 왕의 자리를 대신하고, 총리와 세난크흐가 국무를 처리하고 있습죠. 소벡은 상품에 대한 감시를 확대하고 멤피스 각 구역의 경계를 강화했습니다. 주요 인사의 신변 보호도 포함해서요. 왕이 소벡에게 평상시보다 더 철저한 경계를 지시한 게 분명합니다."

"그 감찰대 총수는 정말로 진드기 같군!"

물장수가 안심시키듯 말했다.

"우린 조직원들끼리도 누가 누군지 모르는 철저한 점조직입지요. 한 사람이 체포되더라도 그걸로 끝일 뿐, 다른 사람까지 추적당할 염려는 없습니다."

"그 말을 들으니 묘안이 하나 떠오르는군. 먹이를 찾아 나선 맹수를 달래는 제일 좋은 방법은 사냥감을 하나 던져주는 게 아니겠어?"

"그건 너무 위험합니다!"

"조직원들이 서로의 신원을 전혀 모른다고 하지 않았나?"

"물론 그렇죠, 하지만……"

"조직을 지휘하는 사람은 나야. 이 사실을 잊지 마!"

기분이 상한 레바논 상인은 크림이 듬뿍 든 과자를 입속에 한가득

우겨 넣었다.

"메데스가 없으니 누가 부두 세관원을 맡아서 해결해주지? 보름달이 뜰 무렵이면 다음번 고급 목재가 도착할 텐데."

물장수가 말을 받았다.

"소벡이 부두 전역에 안전조치를 강화하고 있습니다."

"그 작자가 슬슬 성가시게 굴기 시작하는군! 아무래도 우리 배는 목재를 실은 채 비블로스에 머물러 있어야 할 것 같아. 그 손실이 어느 정도인 줄 알아? 게다가 메데스는 누비아에서 언제 돌아오게 될지, 과연 돌아올 수나 있을지 확신할 수 없으니 말이야!"

레바논 상인은 예고자가 퍼뜨리려 하는 종교적 신념에는 별 관심이 없었다. 그에게 중요한 건 자신의 사업을 번창시키는 일뿐이었다.

아무래도 감찰대가 거치적거렸다. 하지만 레바논 상인 또한 앉아서 호락호락 당할 위인은 아니었다.

상황이 더 나빠진다면 제르구는 물속으로 뛰어들지도 몰랐다. 얼굴이 벌겋게 달아오른 채 땀을 뻘뻘 흘리며 고래고래 소리를 질러봐도 뭘 어떻게 해야 좋을지 대책이 서지 않았다. 누비아를 향해 운항하는 일은 그런대로 구미가 당겼지만, 곡물 운송선을 관리한다는 건 악몽이었다.

선적한 화물의 양이 목록에 비해 부족했고, 게다가 정체를 알 수 없는 이름의 화물선 한 척은 어디로 갔는지 아무리 부두를 찾아봐도 보이지 않았다. 이 문제가 해결되지 않는 한, 닻을 올려 출항하기는 불가능했다.

북풍과 함께 부두로 나와 있던 이케르가 물었다.

"문제가 생긴 건가요?"

"도무지 해결책이 안 보여. 확인해보고 또 확인해보고 몇 번이나 맞춰보았는데도 말이지."

제르구가 울상을 지으며 털어놓았다. 이 곡식 저장소 책임 감독관 나리는 기가 푹 죽어 곧장 눈물이라도 쏟을 것 같았다.

"제가 도와드릴까요?"

"방법이 없어."

"그렇더라도 무슨 일인지 설명해봐요."

제르구가 수없이 펼쳤다 말았다 하는 바람에 구겨진 두루마리 문서를 이케르에게 내밀었다.

"우선 문제는 곡식 저장소 하나 분량의 곡물이 증발해버렸다는 거야."

이케르는 한 서기관이 글씨를 대충 흘려 써서 작성한 화물대장을 검토했다. 이 서기관의 필체는 알아보기가 몹시 힘들었다.

이케르는 목록을 세 번이나 읽고 나서야 문제를 풀 실마리를 발견했다.

"서기관이 이 화물대장을 작성하면서 같은 양을 두 번 계산했어요."

구겨져 있던 제르구의 얼굴이 슬그머니 펴졌다.

"그렇다면…… 곡물이 폐하께서 지시한 양에서 빠진 게 없다는 말이지?"

"틀림없어요. 다른 문제는 뭐죠?"

제르구가 다시 얼굴을 우그러뜨렸다.

"화물선이 사라져버렸어. 이 사실이 알려지면 죄를 면하지 못할 거야!"

이케르가 대답했다.

"운송용 선박 같은 것이 봄날의 구름처럼 사라질 수는 없죠. 내가 항무관 사무소에 가서 어떻게 된 일인지 알아볼게요."

곡물 운송선 명부는 아무 이상도 없어 보였다.

한 서기관이 부주의했거나 너무 서두른 탓에 두 개의 선박 명부를 뒤섞어놓은 게 분명했다. 이런 실수로 인해 가짜 이름으로 등재된 화물선 한 척이 생겨났고, 이 유령선박이 행정상의 확인 과정에서 사라진 것처럼 보였던 것이다.

제르구는 감사의 말을 늘어놓았다.

"댁은 재주가 대단하네!"

"서기관 공부를 한 덕분에 이런 서류상의 착오를 많이 접해봤을 뿐입니다."

제르구는 비로소 정신을 좀 차렸다.

"혹시 댁이 왕세자 이케르요?"

"파라오께서 내게 그 직함을 내려주셨지요."

"이거 죄송합니다. 궁정에서 뵙긴 했어도 먼 거리에서 뵌 적밖에 없어서 말입니다. 누군지 진작 알았더라면 댁을…… 아니, 왕세자님을 이런 성가신 일로 귀찮게 하는 일은 없었을 텐데."

"그런 격식은 따지지 말기로 합시다, 제르구! 난 당신이 하는 일을 잘 알고 있어요. 카훈에 있을 때 곡식 저장소를 맡아 관리한 적이 있거든요. 어렵고도 중요한 일이죠! 전쟁이 있거나 나일 강이 제대로 범람하지 못했을 경우 백성들은 비축된 곡식에 의지해 살아야 하니까요."

제르구는 입술에 침을 발랐다.

"저도 자나 깨나 그 생각만 하고 있습죠. 사실 좀더 벌이가 좋은 직업을 가질 수 있었지만, 공공의 이익을 위해 일한다는 건 아무나 할 수 있는 일이 아니지 않습니까?"

"나도 그렇게 생각해요."

"전하가 시리아 팔레스타인 지방에서 세운 놀라운 무공에 대한 이야기로 궁정이 시끌벅적하던데, 또 그 놀라운 재능을 지금 이 자리에서 제게 베풀어주시다니! 문제도 해결되었고 하니 맛 좋은 포도주라도 한잔 하시겠습니까?"

제르구는 이케르의 대답을 기다리지도 않고 포도주 단지의 마개를 열었다. 그러고는 튜닉의 주머니에서 흰 대리석 잔을 꺼내 향기로운 적포도주를 따랐다.

제르구가 포도주 잔을 들어올리며 중얼거렸다.

"이게 있으니 살맛이 나죠. 파라오 만세!"

고급 포도주가 입 안에 착 감겨왔다.

"전하가 어떤 거인을 때려 눕혔다면서요?"

"그의 옆에 서니까 내가 마치 난쟁이처럼 보이더군요."

"그 거인이 모두들 두려워하는 그 예고자였습니까?"

"아쉽게도 아니었어요."

"그 괴물이 정말로 있기만 하다면, 꼭 붙잡히고야 말 겁니다! 어떤 폭력 분자도 이집트를 위험에 빠뜨릴 수는 없지요."

"너무 낙관적으로 생각하는군요."

제르구는 놀란 듯했다.

"그럼 전하는 무엇이 걱정스럽습니까?"

"광신자들은 어떤 말로 설득해도, 또 아무리 강력한 군대를 동원한다 해도 자신들의 계획을 단념하지 않을 겁니다."

북풍이 슬며시 눈치를 보며 다가와서는 이케르의 포도주 잔에 혀를 담갔다.

제르구가 흥이 나서 말했다.

"포도주를 좋아하는 당나귀로세! 길동무 삼기에 좋겠군!"

이케르가 나무라는 눈빛으로 북풍을 말렸다.

"다른 문제는 없나요, 제르구?"

"지금으로선 만사형통이죠! 다시 한번 감사드립니다요. 시샘 많은 궁정인들은 계속해서 전하를 비방할 겁니다. 그들은 전하를 모르니까요. 허나 저는 전하를 만나 뵙는 엄청난 행운을 얻었습죠. 전하에 대한 저의 존경과 우정은 변함없을 겁니다요."

선장이 출항 신호를 보냈다.

마지막 순간에 세카리가 선단의 선두에 있는 배로 기어 올라왔다. 고관들이 탄 배였다. 이케르는 북풍에게 술이 몸에 좋지 않다고 누누이 일러주던 중이었다.

"뭔가 수상해서 그런 건 아냐, 이케르. 배에 의심스러운 사람이 탄 것도 아니고. 하지만 아무래도 이 배를 조사해봐야겠어."

"구체적으로 걱정되는 문제가 있는 거니?"

"이 배는 눈에 쉽게 띄어. 멤피스 내 적의 조직원이 이 배에 무슨 짓을 꾸몄을지도 모르잖아."

"감찰대가 그처럼 꼼꼼히 검문했는데 그럴 리가!"

"우린 이미 뒤통수를 얻어맞은 경험이 있잖아."

세카리가 배를 다시 수색하려고 할 때 메데스가 안색이 파랗게 질려서 달려오더니 이케르에게 허리를 굽혔다.

"황공하게도 이제야 축하 인사를 드립니다."

"임무를 수행했을 뿐입니다."

"목숨을 걸고 하신 일이지요! 시리아 팔레스타인 지방은 결코 안전한 곳이 못 됩니다."

"안타깝게도 우린 여전히 큰 위협에 직면해 있어요."

메데스가 둘러댔다.

"그래도 칼자루는 우리가 쥐고 있지요. 위대한 파라오가 계시고, 든든한 정예군이 있고, 물 샐 틈없이 움직이는 감찰대가 있으니까요."

"하지만 멤피스가 입은 타격이 너무 큰 데다가, 예고자는 여전히 종적이 묘연합니다."

"예고자라는 인물이 정말로 있다고 생각하십니까?"

"나도 종종 그런 의심을 해요. 때로는 유령처럼 실체 없는 존재가 공포를 퍼뜨리기도 하니까요."

"그럼요. 하지만 폐하께서는 그 유령이 실재한다고 여기시는 것 같더군요. 뭐 폐하의 눈은 보통 사람들이 생각하는 것 너머를 보시니까요. 폐하가 안 계시면 우리는 앞 못 보는 장님일 겁니다. 폐하께서는 이집트를 통일함으로써 이 나라를 예전처럼 강하게 만드셨습니다. 신들이 이번 원정을 승리로 이끌어주시고 우리 백성에게 평화를 주시기를."

"당신은 누비아에 대해 잘 아나요?"

"아뇨, 그래서 그곳이 겁이 납니다."

메데스가 대답했다.

272

29

엘레판티네 제1부두에는 많은 병사들이 도열해 있었다. 배다리 아래 네스몬투 장군이 서 있었다.

장군이 이케르를 맞으며 물었다.

"오는 중에 사고는 없었겠지?"

"없었습니다."

"폐하께서 중대한 결단을 내리셨네. 예고자가 누비아에 숨어 있다고 믿으시거든."

"누비아는 접근하기 힘든 곳 아닙니까?"

"군데군데 아주 험한 지역이 있지. 하지만 신들의 금은 분명 누비아에 있어. 이제 자네가 폐하를 가장 가까운 자리에서 보필해야 할 거야. 시리아 팔레스타인이라는 함정에서 벗어나자마자 누비아라는 뜨거운 냄비 속에 빠지게 되었군. 자넨 정말로 신들의 축복을 받은 사람일세, 이케르!"

"저는 이번 원정을 통해 소벡의 믿음을 얻었으면 좋겠습니다."

"승리를 거둔다면 그도 자네를 믿지 않을 수 없겠지! 하지만 누비아 마법사들과 전사들은 결코 만만한 상대가 아니야. 내 나이에 이런 예기치 않은 기회를 얻다니! 난 벌써부터 젊어진 기분이 드네. 이건 시작일 뿐이지만 말이야."

엘레판티네는 분주하게 돌아가고 있었다. 날씨는 타는 듯이 더웠지만 원정 준비는 차질 없이 진행됐다. 전투선들을 정비하고 병사들의 장비를 점검하고 병원선이나 군수물자 조달 체계를 갖추는 등 모든 상황을 확인해야 했다.

네스몬투가 말했다.

"예고자가 안전을 자신하고 있다면, 곧 그 환상을 버리게 될걸."

두 사람은 북풍을 앞세우고 사렌푸트의 궁정으로 갔다. 상겡이 일행의 뒤를 따랐다.

납작한 이마, 고집스러워 보이는 입, 툭 튀어나온 광대뼈, 각진 턱을 한 사렌푸트의 얼굴에서 상냥한 구석이라고는 도무지 찾아볼 수 없었다. 정력적이며 거친 성격의 이 전임 총독은 겉치레 없는 간소한 궁정에 거처하고 있었다.

세소스트리스가 주재하는 회의에는 엘레판티네 시의 시장이 된 사렌푸트와 네스몬투 장군, 세호테프, 이케르가 참석했다. 이케르가 왕세자의 신분으로 사렌푸트에게 소개되는 순간, 이케르는 그가 자신을 향해 거의 멸시에 가까운 냉랭한 시선을 던지는 걸 느꼈다.

먼저 세소스트리스가 상황을 밝혔다.

"생명의 나무를 공격한 원흉이 누비아에 숨어 있다. 예고자라고 불리는 그자는 얼마 전 멤피스에 심각한 타격을 입혔다. 그자는 시리아 팔레스타인으로 우리를 유인해 묶어두려 했지만, 이케르 왕세자가 가져온 정보 덕분에 그 함정을 피할 수 있었다. 나는 그자와 정면 대결하기로 결단을 내렸다."

사렌푸트가 생각을 말했다.

"누비아인에게는 따끔한 맛을 보여줄 필요가 있습니다. 부헨 요새로부터 걱정스러운 소식 하나가 도착해 있는데, 그곳에서 소요 사태가 일어나고 부족들의 반발이 점점 거세지고 있다고 합니다. 부헨 요새의 주둔군은 그러다가 공격받지나 않을까 염려하고 있지요."

네스몬투가 나섰다.

"예고자가 반란을 꾸미고 있는 겁니다. 서둘러 그를 저지해야 합니다."

왕이 대답했다.

"이집트와 누비아는 지리적 여건으로 인해 오가기가 몹시 어렵다. 그래서 계절과 상관없이 배를 띄울 수 있는 운하를 건설할 생각이다. 그렇게 되면 홍수나 폭포의 바위들에 구애받지 않고 누비아로 들어갈 수 있을 것이다. 또한 전투선이나 상선도 안전하게 운항할 수 있게 되지."

회의 참석자들은 누비아를 가장 잘 아는 사렌푸트가 왕의 이 과감한 구상을 어떻게 생각할지 궁금했다. 그의 눈에 이 계획이 비현실적으로 비친다면 그가 협조적으로 나올 리 없었다. 그가 반대하고 나선다는 건 이 계획이 무모하다는 의미였다. 그 자신이 직접 이런 생각을 해내지 못한 것에 기분이 상한 경우가 아니라면 말이다.

"저는 폐하의 결정에 대찬성입니다. 이집트가 통일되기 전이라면 운하 건설이 이 지방을 위태롭게 할 수도 있었겠지만, 이제 운하는 꼭 필요한 것이 되었습니다. 엘레판티네의 석공들 또한 그 일을 도울 것입니다."

세호테프가 나섰다.

"제가 계산해본 결과 운하의 총 길이는 백오십 쿠데, 폭은 오십 쿠데, 수심은 십오 쿠데가 될 겁니다.*"

세소스트리스가 말했다.

"이 운하를 무사히 완공하려면 폭포의 신들의 동의를 얻어야 한다. 당장 신들에게 허락을 구하러 가야겠다."

신성한 섬 비게흐에는 누군가 이곳에 침입한 적이 있다는 사실이 밝혀진 이후로 삼엄한 경계가 펼쳐지고 있었다. 이 섬에는 파라오와 그의 대리 임무를 맡은 사람이 아니면 누구도 들어갈 수 없었다. 이 시스 여신이 오시리스를 범람의 형태로 되살려내는 신비가 해마다 무사히 이루어지도록 하기 위해서였다.

물은 맑고 투명했고, 하늘은 고요히 가라앉아 빛났다. 세속의 잡다함으로부터 멀리 떨어진 이 섬은 다른 세상에 속해 있었다.

왕은 말없이 능숙하게 노를 저어갔다. 나룻배 뱃머리에 앉은 이시스는 아름다운 풍경을 바라보며 생각에 잠겨 있었다. 부활한 오시리스의 한 면모를 드러내 보여주는 풍경이었다.

나룻배는 소리 없이 섬에 가 닿았다.

비게흐의 제탁 삼백육십오 개가 한 해의 날들을 축성하고 있었다. 별에서 나온 유액이 이시스 여신에 의해 매일 봉헌되는 제탁이었다.

여사제는 파라오를 따라 동굴까지 갔다. 이 동굴에는 오시리스의

---

* 각각 대략 칠십팔 미터, 이십육 미터, 팔 미터.

다리와 나일 강 범람을 주재하는 하피 신의 항아리가 보관되어 있었다. 바위 꼭대기에 아카시아나무 한 그루와 대추나무 한 그루가 보였다.

이시스가 물병에 담긴 물을 왕의 손에 부으며 기원했다. 지난번 범람 때 길어둔 물이었다.

"폭포의 여신들이여, 저희를 굽어 살피소서. 왕은 오시리스의 종복이며, 그의 아들 호루스의 현신입니다. 아누키스 여신과 사티스 여신이여, 왕에게 생명과 힘 그리고 의지를 주소서. 그가 마아트에 따라 통치하고 어둠의 세력을 몰아내게 하소서. 그리하여 왕의 용기가 승리를 거두게 하소서."

동굴 입구에 아름다운 두 여신이 모습을 드러냈다. 오색찬란한 깃털로 만든 가발을 쓴 아누키스 여신과 가젤의 뿔로 만든 흰 왕관을 쓴 사티스 여신이었다. 아누키스 여신이 파라오에게 힘을 내려주었다. 사티스 여신은 파라오에게 활과 네 개의 화살을 건넸다.

세소스트리스가 첫번째 화살을 동쪽을 향해 쏘아 올렸다. 그리고 두번째 화살은 서쪽, 세번째 화살은 북쪽, 마지막 화살은 남쪽으로 쏘았다. 화살들은 하늘 높이 올라가서 빛줄기로 변했다.

두 여신이 모습을 감췄다.

세소스트리스가 이시스에게 말했다.

"우리도 이 피안을 떠나 현실 세계로 돌아가자. 신들의 허락을 얻었으니 운하 공사를 시작할 수 있다."

세호테프는 이케르가 옆에 있는 것을 몹시 다행스러워했다. 이 젊은 서기관은 지치지도 않고 엄청난 양의 일을 도맡아 해치웠다. 그는 계산을 검토하고 건축 공사 현장을 감독하며 수많은 기술상의 문제를 해결했다. 또한 장인들의 고충에 귀 기울이고 그들을 격려하는 일도 소홀히 하지 않았다.

메데스 역시 한시도 쉬지 않았다.

세소스트리스 3세 재위 팔 년을 맞아 상이집트 첫째 주인 엘레판티네와 누비아를 연결하는 운하를 건설한다는 포고문을 작성하여 전국에 공포하는 게 그의 일이었다. 그러나 일에 몰두하면서도 앞일에 대한 우려를 잊지는 않았다. 분명 범람이 시작되기 전에 누비아로 출발하게 될 터인데 아직까지 예고자에게서 아무 연락도 받지 못한 것이다. 험난한 지형에 위험한 부족들이 득실거리는 그곳으로 세소스트리스를 유인한다는 건 좋은 생각이었다. 하지만 이럴 경우 싸움이 장기화될 우려가 있었다. 메데스는 여행하는 일도, 자연을 즐기는 일도, 더위와 싸우는 것도 좋아하지 않았다. 게다가 어디선가 날아온 화살에 맞을지도 모르고 누비아 전사의 몽둥이에 당할 수도 있지 않은가? 그는 전쟁터에 합류하느니 멤피스에 남아 있고 싶었다. 하지만 그렇게 되면 해임 통고가 날아들 것이고, 지금까지 쌓아올린 경력이 끝장날 게 뻔했다. 그건 곧 예고자의 분노를 사게 된다는 의미였다. 그러므로 메데스로서는 아무리 내키지 않는 상황이라 해도 누비아로 쫓아가는 수밖에 없었다.

제르구 역시 의기소침해 있었다. 맡은 일을 어쩔 수 없이 하면서도 틈만 나면 죽도록 술을 퍼마셨다. 메데스는 제르구가 곤드레만드레 취해 자기 앞에 나타나자 따끔하게 야단쳐야겠다고 생각했다.

"언제까지 그렇게 허랑방탕하게 행동할 거야? 이번 원정 길에 넌 중요한 책임을 맡게 될 거란 말이다."

"우리가 어디로 갈 건지 알고 계시는 겁니까요? 죽이고 고문하는 일을 즐기는 야만인이 사는 나라란 말입니다! 저는 겁이 납니다. 술을 마시지 않으면 못 견디겠다고요."

"네가 술에 절어 산다는 사실을 네 부하 중에 누군가가 고발이라도 하는 날에는 당장 쫓겨나고 말 거다. 그렇게 되면 예고자가 너를 그냥 놔두지 않을 거야. 그가 이 전쟁을 도발한 데에는 우리가 세소스트리스의 군대에 합류할 거라는 계산도 들어 있었어."

제르구는 누비아인보다도 예고자가 더 무서웠다. 예고자를 떠올리자 술이 번쩍 깨는 것 같았다.

"그러면 예고자가 우리한테 바라는 건 뭡니까?"

"때가 되면 뭔가 지시를 내리겠지. 혹시라도 그를 배반한다면 큰화를 당하게 될 것이다."

제르구는 짚을 채운 의자에 털썩 주저앉았다.

"이제부터는 가벼운 맥주나 홀짝이고 지내야겠군요."

"이케르하고는 좀 사귀어놓았느냐?"

"단단히 낚아놓았죠! 인정 많고 친절한 데다 무엇이든 쉽게 믿는 청년이더군요. 또 무엇보다 능력이 있고 말이죠! 몇 가지 곤란한 일을 당했었는데 그가 해결해주었죠."

"조만간 없애버려야 할 녀석이야. 아직까지는 우리 정체를 눈치 채지 못했지만 그가 찾고 있는 게 바로 우리들이니까. 너하고 내가 진짜로 하는 일이 뭔지 알아낸다면 우린 끝장이란 말이다."

"그럴 염려는 없습니다. 그렇게 예민한 친구는 아니거든요. 그는 절대 우리를 의심하지 못할 거예요."

"그에게서 되도록 많은 이야기를 끌어내도록 해. 왕의 최측근에 있는 녀석인 만큼 우리한테 유용한 정보들을 갖고 있을 거야."

"말이 별로 많지 않은 친구예요. 무엇보다도 일에 매달려 사는 걸요."

"그가 널 믿고 이야기를 털어놓을 수 있게 해봐."

고된 하루 일과를 마친 이케르는 나룻배를 타고 나일 강을 가로질러 사렌푸트가 일러준 강 서쪽 기슭으로 갔다. 거의 완성되어가는 사렌푸트의 무덤을 찾아가 그곳에서 내려다보이는 풍경을 감상하기 위해서였다. 늦은 저녁이었다. 장인들은 공사 중인 무덤의 문을 닫고 각자의 집으로 돌아갔을 터이므로 이케르는 아무 방해도 받지 않고 평화로운 일몰과 아름다운 경치를 바라볼 수 있을 거라 기대했다.

원정대는 출발을 앞두고 있었다. 누구나 더위와 맞서 싸우며 쉴 새 없이 원정 준비에 매달려왔다. 이케르가 잠시 쉬어야겠다는 생각을 한 것도 그 때문이었다. 북풍과 상겡도 피곤한지 나란히 누워 잠을 자느라 이케르를 따라나서지 않았고, 덕분에 이케르는 이런 호젓함을 맛볼 수 있었다.

주어진 과제와 일상에서 잠시 멀어지면서 이케르는 글쓰기에 대한 욕구를 다시 느꼈다. 황금빛 햇살로 물든 장엄한 풍경을 마주 대하자 이케르의 손은 어느덧 서판 위를 달리고 있었다. 그가 써나가는 신성한 문자들은 저녁노을을 찬양하는 내용이었다.

행복은 여전히 손에 잡히지 않는 거리에 있었다.

보통의 궁정인이라면 왕세자라는 탐나는 지위를 얻은 것만으로도 더 바라지 않았을 것이다. 그러나 이케르는 이시스를 결코 잊을 수 없었다.

그녀는 사랑이었다.

그녀가 없다면 제아무리 빛나는 미래도 이케르에겐 참을 수 없이 공허할 뿐이었다.

그는 사렌푸트의 무덤을 향해 무거운 발걸음을 옮겼다. 무덤 가까이 왔을 때였다. 무엇인가가 그의 시선을 붙들었다. 그는 자리에 멈춰 섰다.

무덤의 문이 열려 있었고, 그 안에서 빛줄기 하나가 새어나오고 있었다.

이케르는 무덤 안으로 들어갔다.

여섯 개의 사암 기둥이 늘어선 첫번째 방이 나왔다. 거기서부터 계단을 거쳐 긴 복도가 이어졌다. 양쪽 벽이 아름답게 장식된 그 복도를 따라가자 사렌푸트의 카를 모시는 제실이 나왔다. 그의 카는 여섯 개의 오시리스 상으로 구현되어 있었다.

그을음이 나지 않는 심지를 사용한 등잔불 아래에서 이시스의 모습이 보였다. 그녀는 상형문자를 그리고 있었다.

이케르는 그녀를 부를 엄두도 내지 못한 채 홀린 듯 그녀를 보고만 있었다. 할 수만 있다면 평생 동안 그 자리에서 그녀를 바라보고 싶었다.

생각에 잠긴 이시스의 모습은 너무나 아름다웠다. 하나씩 그려나가는 상형문자를 통해 신들과 교류하고 있는 그녀의 몸동작에서 우아함이 배어 나왔다.

이케르는 숨조차 제대로 쉴 수 없었다. 다만 이 기적 같은 순간을 가슴 깊숙이 새겨놓으려고 뚫어지게 바라보고만 있을 뿐이었다.

그녀가 뒤돌아보았다.

"이케르! 언제 왔어요? 한참 동안 지켜보고 있었던 거예요?"

"조금 전에…… 아니, 글쎄요. 한참 전인 것 같기도 하고. 당신을 방해하고 싶지 않아서……"

"사렌푸트가 이 제실에 새겨진 글들을 살펴봐달라고 부탁했어요. 그리고 오시리스의 정신성을 잘 표현한 글들을 더 써 넣어달라고 했지요. 그는 자신의 무덤에 새긴 글들에 틀린 부분이 있을까봐 걱정하고 있거든요."

"사렌푸트도 오시리스가 될까요?"

"그가 오시리스의 재판정에서 의인으로 인정받는다면, 이 무덤은 생명의 기운을 부여받아 그가 빛의 육신으로 부활하도록 해줄 거예요."

이시스는 등잔불을 하나씩 껐다.

"내가 등잔들을 들고 갈게요."

이케르가 청했다.

차례로 등잔을 꺼나가던 그녀의 손이 잠시 멈칫했다.

"이 글귀가 흥미롭지 않아요?"

이케르는 그녀가 끄려다가 만 등잔 불빛 아래 드러난 글귀를 읽어보았다.

'하늘에 이르러 머리를 창공에 맞대자 기쁨이 충만했으니, 나 자신 별이 되어 별들의 배를 문질렀고, 그리하여 나는 유성처럼 춤을 추었네.'

잠시 생각에 잠겼던 이케르가 입을 열었다.

"이 글귀는 단순히 시적인 표현일까요? 아니면 이런 경험을 정말로 해본 사람의 이야기일까요?"

"오시리스의 신비에 입문한 사람만이 그 질문에 대답할 수 있겠지요."

"이시스, 당신은 아비도스에 사는 사람이니 진실을 알고 있지 않나요?"

"나는 여전히 길을 찾아가는 중이랍니다. 아직 넘어야 할 관문이 많이 남아 있어요. 사실 앎을 얻고 신성한 창조의 힘들을 발견하고자 하지 않는다면 우리의 삶이 무슨 의미가 있겠어요? 아무리 가혹한 시련을 겪더라도 나는 그 길을 단념하지 않을 거예요."

"내가 당신의 길을 가로막는 장애물이라고 생각하나요?"

"아닙니다, 이케르, 아니에요…… 하지만 당신이 내 마음을 혼란스럽게 만드는 건 사실이에요. 당신을 만나기 전까지 내 정신은 온통 오시리스의 신비를 깨우치는 일에 사로잡혀 있었거든요. 지금 내 생각 가운데 어떤 부분은 여전히 당신 곁에 머물러 있답니다."

"나는 파라오의 명에 복종해야 해요. 그분의 허락이 있어야 나는 아비도스에 갈 수 있지요. 그렇지만 내 목표 역시 오시리스의 신비를 깨우치는 겁니다. 이 목표 때문에 당신에 대한 내 사랑이 달라지지는 않아요. 이시스, 이 사랑이 오시리스의 신비를 향한 우리의 정진에 방해가 될 이유가 있나요?"

"나도 그걸 내 자신에게 매일 묻고 있답니다."

이렇게 털어놓는 그녀의 목소리가 떨렸다.

"나는 이전보다 더욱더 당신을 사랑하고 있어요. 앞으로 내게 다른 여인은 없을 겁니다. 내 사랑은 그 누구도 아닌 오직 당신뿐입니다."

"당신은 나를 상상으로 미화하고 있는 게 아닐까요?"

"아니에요, 이시스. 당신이 없다면 내 인생은 아무런 의미도 없어요."

"우리 이제 그만 엘레판티네로 돌아갈까요?"

이케르는 아주 느리게 노를 저었다.

그녀가 바로 앞, 그토록 가까운 곳에 있건만, 그녀에게 다가갈 수 없다니! 그러나 그녀가 거기 있다는 사실만으로도 밤하늘은 빛으로 가득 찼다.

강기슭에 세카리가 나와 있었다.

"지금 바로 궁정으로 가자. 방금 파라오께 아주 걱정스러운 보고가 올라왔어."

30

나일 강의 수위를 감시하는 엘레판티네의 측량관들은 몹시 당황한 모습이었다.

그들은 다가올 범람이 엄청난 규모가 될 거라고 보고했다. 막대한 피해가 예상되는 위험한 홍수였다. 사실 나일 강의 수위는 범람의 결과를 예견할 수 있는 지표였다. 수위가 십이 쿠데라면 기근이 올 징조였다. 십삼 쿠데라면 흉작, 십사 쿠데는 그럭저럭 만족, 십오 쿠데라면 썩 괜찮은 수확을 올릴 수 있었고, 십육 쿠데가 되면 더할 수 없이 풍요로울 거라는 의미였다. 그러나 수위가 그 이상으로 높아지면 범람의 폐해가 나타나기 시작하는 것이다.

왕이 수석 측량관에게 물었다.

"어느 정도로 위험한 건가?"

"말씀드릴 엄두가 나지 않습니다, 폐하."

"사실을 숨긴다면 그 죄를 엄하게 물을 것이다."

"저와 제 동료 서기관들이 틀린 것일 수도 있습니다만, 저희는 대홍수가 덮쳐오지 않을까 두렵습니다. 이집트의 역사가 시작된 이래로 한 번도 본 적이 없을 만큼 크고 강력한 홍수 말입니다."

"이 나라 대부분이 파괴될지도 모른다는 말이로군."

수석 측량관은 입술을 부들부들 떨며 들릴락말락한 목소리로 '예'
하고 대답했다.

파라오는 즉시 임시 국정원을 소집했다. 세호테프, 네스몬투, 이케
르, 사렌푸트가 모였다.

"사렌푸트, 그대는 백성들에게 필요한 식량을 구비하도록 하여 구
릉지와 사막으로 피신시켜라. 범람이 시작되는 틈을 타서 적이 공격
해올지 모르니 세호테프는 요새를 강화하고 운하 공사 또한 서둘러
라. 네스몬투 장군, 그대는 우리 군의 방위체제를 강화하라. 이케르
는 서기관들과 장인들을 지휘하여 범람에 대비하라. 그리고 메데스
를 시켜 이집트 각 도시에 비상경계령을 선포하게 하고 총리에게 전
령을 보내 지금 즉시 홍수에 대비한 조치를 취하게 하라."

메데스는 도무지 믿어지지 않는다는 시늉을 했다.

"정말로 위험한 상황이란 말씀입니까?"

이케르가 대답했다.

"측량관들이 확인한 일입니다."

"여태까지 수많은 홍수를 겪어왔지만, 이렇게 위급한 적은 없었습
니다."

"이번 범람은 예사롭지 않을 겁니다."

"내일 아침에 전령들을 출발시키겠습니다. 역참 조직을 새로 정비
하고 쾌속선을 마련했으니 이번 비상경계령은 신속하게 전달할 수
있을 겁니다."

"전령들을 구석진 마을에까지 보내 각 촌장들로 하여금 지체 없이 주민들을 대피시키게 하세요. 폐하께서는 인명 피해가 되도록 없기를 바라십니다."

메데스는 곧장 일에 착수했다. 그는 지금 이 상황이 바로 예고자가 보내온 신호라는 걸 알아차렸다.

예고자의 공격이 막 시작된 것이다!

메데스는 쾌재를 불렀다. 그러면서도 어떻게 하면 이 혼란한 상황에서 애꿎은 해를 입지 않고 몸을 보전할 수 있을까 고민했다.

입비뚤이조차 겁이 나서 벌벌 떨 정도의 광경이 펼쳐지고 있었다.

바위 계곡은 들끓어 오르는 물로 귀가 멍멍할 만큼 요동쳤다. 성난 물은 한층 세차게 바위에 부딪치면서 넘칠 듯 계속해서 불어나고 있었다.

누비아 마법사들이 알아들을 수 없는 주문을 쉼 없이 읊조리는 동안 예고자는 사납게 번득이는 붉은 눈으로 북쪽을 바라보았다. 비나는 예고자의 발치에 자리 잡고 앉아 세트 신의 분노로 인해 혼란스럽게 흔들리는 하늘을 응시했다. 예고자는 폭포가 지닌 어두운 힘을 빌려서 임박한 범람의 규모를 엄청나게 키우는 중이었다.

얼간이 스합이 입비뚤이를 뒤로 끌어당겼다.

"그렇게 바짝 다가가지 마. 물기둥이 널 덮쳐서 쓸어갈지도 몰라."

"주인님은 정말 대단한 사람이야!"

"너도 마침내 깨닫기 시작한 거냐?"

"이 정도면 주인님이 파라오를 이기겠지?"

"세소스트리스는 여전히 만만찮은 적수야. 하지만 우리 주인님을 이길 순 없어."

"강물을 날뛰게 만들다니…… 대단해!"

바위 계곡에서는 엄청난 물이 솟아올라 거대한 물줄기를 이루며 흘러내렸다.

그 물줄기를 바라보며 예고자는 생각했다.

'이제 며칠 후면 오시리스는 침묵에서 벗어나 범람의 형태로 자신의 모습을 드러낼 테지. 하지만 이번에 그가 이집트에 가져다줄 것은 생명이 아니라 죽음이다.'

나일 강 서쪽 기슭의 높은 절벽에서 바라본 엘레판티네는 내리쬐는 여름 햇살 아래서 졸고 있는 듯 고요했다. 대기는 뜨거웠다. 초록색 종려나무 잎사귀들과 나일 강의 푸른 물결이 빛을 받아 반짝였다.

이 아름다운 풍경은 곧 닥쳐올 범람과 더불어 사라질 운명이었다. 오리온 성좌도 파라오를 미라로 만드는 데 소요되는 시간인 칠십 일 동안 모습을 감추고 있었지만, 이제 다시 밤하늘에 모습을 드러냄으로써 오시리스의 부활을 알려줄 참이었다. 범람은 늘 이 오리온 성좌의 출현과 함께 시작되곤 했다. 하지만 이번 범람은 이집트에 행복과 번영을 가져다주는 대신 이 나라를 위협하는 무서운 적이 되어 있었다.

이시스가 파라오에게 알렸다.

"이슬의 빛깔과 형태가 달라졌습니다. 내일부터 범람이 시작될 것입니다."

"오시리스라면 이런 방식으로 자신의 백성들을 위협할 리 없다. 이번 일은 자연이 홀로 광포해져서 생긴 게 아니라 누군가의 흉계 때문에 벌어진 일이다."

"예고자를 염두에 두신 말씀입니까, 폐하?"

"생명의 나무가 끈질기게 버티는 것에 조바심이 난 그자가 또다른 방식으로 공격해오고 있다."

"과연 한 사람이 이런 상황을 빚어낼 수 있을까요?"

"누비아 마법사들을 장악해서 그들의 마법을 이용했을 테지. 이번 공격을 이겨낸다면 이후 시급한 일은 누비아의 위협을 제거하는 일이다."

"맞서 싸울 방법은 무엇입니까?"

"지상의 나일 강은 태초의 대양 눈에서 발원한 천상의 나일 강에서 태어난 것이다. 예고자는 나일의 물을 교란시켰지만 이 강의 진정한 수원에는 손을 대지 못했다. 그 수원은 나일의 풍요한 물 한가운데 숨어 있는 에네아드이다. 아버지이자 어머니인 에네아드만이 범람을 잠재우고 우리를 구할 수 있다. 그러므로 지금 내가 해야 할 일은 비게흐의 동굴로 가서 에네아드에게 기원을 올리는 것이다."

"이집트와 그 백성 곁에는 폐하가 계셔야 합니다. 폐하께서 매 순간 이집트를 이끌어주셔야 하니까요. 폐하의 모습이 보이지 않으면 백성들은 폐하가 세상에 없다고 생각할 것이고, 그렇게 되면 모두들 무기력하게 무너지고 말 것입니다. 결국 예고자에게 승리를 바치게 되겠지요."

"나일 강의 분노를 가라앉히려면 내가 말한 그 방법밖에는 없다."

"저를 믿고 맡겨주신다면 제가 폐하 대신 그 일을 해보겠습니다."

"홍수가 시작되면 샘이 있는 동굴은 곧장 물에 잠길 것이다. 나는 너를 위험에 빠뜨릴 수 없다."

"우리의 삶은 원래 위험한 것입니다, 폐하. 제가 이 재앙을 맞아 몸을 사린다면 여사제로서의 의무를 다했다고 어떻게 말할 수 있겠습니까? 폐하께서 허락하신 덕분에 제가 오시리스의 위대한 신비를 향해 첫걸음을 떼어놓을 수 있었으니, 저로서도 그에 합당한 자격이 있음을 보여드리고 싶습니다. 아비도스의 대사제와 종신 사제들에게 이 일을 알리기엔 시간이 너무 촉박하고, 폐하께서는 다른 일을 보살피셔야 합니다. 그러므로 이 일을 맡을 사람은 저밖에 없습니다."

이케르는 하나 남은 파피루스 문헌을 마지막 나무상자에 넣고 뚜껑을 닫았다. 서기관 조수 하나가 즉시 상자를 운반해갔다. 이것으로 엘레판티네의 행정 문서들은 홍수를 피해 안전한 곳에 보관되었다. 왕세자는 단 하나라도 빠뜨린 문서는 없는지 세심히 살폈다.

사렌푸트의 강력한 통제력 덕분에 주민들은 질서정연하게 안전한 곳으로 대피했다. 가재도구와 귀중품을 챙겨 등에 짊어진 주민들은 동요하지 않으려 서로를 격려하면서도 불안감을 떨치지 못했다. 하지만 그들은 파라오를 보며 기운을 냈다. 파라오는 엘레판티네를 지킨 채 다가올 위험에 직접 맞서고 있었던 것이다.

세호테프가 이케르에게 와서 알렸다.

"운하가 준공되었어요. 거센 홍수에도 끄떡없을 만큼 튼튼한 운하죠."

함께 있던 세카리가 말했다.

"폐하를 뵈러 가시죠."

세호테프가 설계한 튼튼한 성채도 막 완공된 참이었다. 오래전에 쌓아서 허물어져가던 기존 성벽을 공병대를 동원하여 하단부터 단단한 화강암을 쌓아올려 새로운 요새로 축조했던 것이다. 파라오는 가장 높은 망루에 올라가 나일 강 제1폭포를 바라보았다.

불어 오른 강물이 소용돌이치면서 폭포 주변 바위들 위로 넘실거렸다. 당장이라도 그 바위들을 집어삼킬 태세였다.

세호테프가 말했다.

"이 요새를 홍수에도 버틸 수 있게 설계했다고는 하나 장담하지는 못하겠습니다. 폐하께서는 안전한 곳으로 자리를 옮기시는 게 좋겠습니다."

"아니다. 내가 있어야 할 자리는 싸움터의 최선봉이다. 그렇지만 그대들까지 남을 필요는 없다."

네스몬투가 펄쩍 뛰며 대답했다.

"아닙니다. 이 성채에는 제 병사들이 있고, 저는 그들의 지휘관입니다. 제가 앞장서서 싸우지 않는다는 건 탈영이나 마찬가지입니다. 제가 어떻게 그런 비겁한 짓을 할 수 있겠습니까?"

세카리가 말했다.

"장군의 말씀에 동의합니다. 저 역시 그런 비겁한 행동을 하지는 않을 것입니다, 폐하. 부디 제게 임무를 맡겨주십시오."

세호테프도 한마디 거들었다.

"성채와 운하의 건설 책임자로서 제게 주어진 소임이 완수되었다면 저는 더이상 두려울 게 없습니다. 만약 저의 능력이 미치지 못했다면 나일 강이 저를 벌할 것입니다."

이번엔 이케르의 차례였다.

"아들이라면 당연히 아버지의 곁을 지켜야 하는 게 아니겠습니까?"

네스몬투가 말했다.

"우리가 죽는다 해도 왕비마마와 총리께서 포기하지 않고 계속 투쟁할 것입니다. 우리가 하나로 뭉치고, 또 폐하께서 옆에 계신다면 아무것도 두려울 게 없습니다. 파라오는 불멸의 존재니까요."

마침내 세소스트리스는 신하들의 결정을 받아들였다. 신하들의 진심에 깊은 감동을 받았음에도 이를 얼굴에 드러내지 않았다.

강물은 더욱더 거칠게 포효했다. 물이 빠르게 불어나고 있었다.

이케르가 물었다.

"폐하, 이시스가 어디에 피신해 있는지 아십니까?"

"이시스는 강물을 진정시키기 위해 나일 강 홍수의 신인 하피의 동굴로 제의를 올리러 갔다."

"동굴은 물에 잠기게 될 텐데요?"

"이시스는 우리를 지켜줄 마지막 보루를 쌓으러 간 것이다. 만약 그녀가 강물 속에 숨어 있는 에네아드를 깨우는 데 실패하면 우리는 모두 죽음을 맞게 될 것이다."

무거운 침묵이 흘렀다. 별안간 상겡이 목을 길게 빼며 구슬프게 짖어댔다. 북풍도 높은 울음소리를 냈다.

핏빛을 띤 엄청난 양의 강물이 성난 기세로 몰려오고 있었다.

이시스는 창조의 원리인 아툼 신에게 기원을 올렸다. 아툼이라는 이름은 '존재하는 자'와 '아직은 존재하지 않는 자'를 동시에 의미했다. 아툼은 에네아드의 창조자였다. 그는 우선 빛나는 대기인 슈와 불꽃인 테프누트를 빚어냈다. 최초의 쌍을 이룬 슈와 테프누트로부터 하늘의 여신 누트와 대지의 신 게브가 탄생했고, 이어서 누트와 게브가 부부가 되어 낳은 신들이 집의 여주인 네프티스, 우주의 위험한 힘 세트, 그리고 이시스와 오시리스였다. 이들이 합해져서 아홉 신의 집합체 에네아드가 완성된 것이다. 이시스가 아툼 신의 이름을 소리 내어 불렀다. 그 순간 엄청난 굉음이 들려와 그녀의 목소리가 묻혀버렸다.

세찬 강물이 동굴까지 밀려와 모든 것을 삼키려 하고 있었다.

그러나 여사제는 파라오가 가르쳐준 찬양의 주문을 계속해서 에네아드를 향해 외었다.

하피의 동굴 깊숙이 숨어 있던 거대한 뱀이 똬리를 풀고 모습을 드러냈다. 뱀은 몸통으로 동굴 입구를 둥글게 감싼 후 꼬리를 입에 물어 원을 만들었다. 이 원은 순환하면서 그 자체로부터 끊임없이 새로워지는 시간을 상징했다.

성난 물살이 뱀의 몸통을 때렸지만 뱀은 꿈쩍도 하지 않았다.

넘쳐난 물이 비게흐 섬을 삼켰다. 삼백육십오 개의 제탁 역시 물살에 잠겨 사라졌다. 하지만 이시스는 여전히 에네아드를 향해 빌고 있었다. 모든 것을 파괴하려는 이 분노를 멈추어달라고.

세카리가 머뭇거리며 말했다.

"망루가 흔들리는 것 같습니다."

네스몬투가 장담했다.

"이 망루는 절대 무너지지 않아."

눈앞에 보이는 이 광경을 도저히 믿을 수가 없었다. 강물이라기보다는 차라리 산더미에 가까운 거대한 파도가 연달아 밀려와 길이며 집들을 집어삼켰다. 흙벽돌로 지어진 집들은 물살에 여지없이 무너져내렸고 석조 신전들은 높이 차오른 물에 잠겼다.

세호테프가 불안감을 못 이겨 중얼거렸다.

"대피한 주민들은 과연 안전할까요? 지금처럼 수위가 계속 높아진다면 언덕까지 물에 잠기게 될 겁니다!"

파라오는 조금도 흔들림이 없었다. 그는 이시스가 맡은 임무를 완수하기를 기다리면서 자신 역시 주문을 외우고 있었다. 이시스와 오시리스의 어김없는 만남과 그로부터 시작되는 범람, 그리고 이 범람을 은혜로운 힘으로 바꾸어주는 에네아드를 찬양하는 주문이었다.

이케르의 머릿속은 온통 이시스 생각뿐이었다. 그녀가 용기와 희생 정신으로 자신의 목숨을 내던지고 마는 건 아닐까 싶었다.

성채의 망루가 또 한번 흔들렸다.

31

술에 엉망으로 취한 제르구는 얼굴에 두건을 푹 뒤집어쓴 채 계속
해서 훌쩍거리며 울어댔다. 언덕 꼭대기로 피신해 올 때만해도 아무
리 홍수가 난들 안전할 것만 같았다. 그러나 모두들 그랬듯 제르구도
밀려들어오는 물의 기세를 보고는 당황했다. 이제 곧 물속에 잠길 거
라는 생각을 하자 코앞에 다가온 죽음을 차마 눈 뜨고 뻔히 대면할
수가 없었다.

누군가 그의 어깨를 쳤다.

"나는 죄가 없어요!"

제르구는 저승사자가 자신을 데리러 왔다고 생각하고 서럽게 울부
짖었다.

"나는 그저 시키는 대로 했을 뿐이라구요……"

메데스의 목소리가 들렸다.

"진정해. 이제 됐으니까."

"누구세요?"

"정신 좀 차려봐!"

제르구는 두건을 벗었다. 눈앞에 메데스가 서 있었다.

"우리가 살아남은 겁니까요?"

"거의 그런 셈이지."

그들의 발밑까지 차올라온 물이 더이상 불어나지 않는 것 같았다.

엘레판티네는 수많은 새떼가 날아오르는 거대한 호수가 되어 있었다. 물 위로 보이는 것이라고는 성채의 가장 높은 망루뿐이었다.

이케르와 세카리는 비게호 섬을 향해 숨이 차도록 노를 저어갔다. 나일 강은 잠잠해져 있었다. 일렁이던 물살이 점차 잦아들어 급류를 이루었다. 강물이 군데군데 소용돌이를 만들고 있어서 나룻배로 강을 건너기는 아직 위험했다. 하지만 이케르는 나일 강이 잔잔해질 때까지 기다릴 수 없었다.

세카리가 어두운 표정으로 말했다.

"비게호 섬이 분명 이 근처에 있었는데."

섬은 불어난 물에 완전히 잠겨버린 것 같았다.

이케르가 몸을 일으켰다.

"내가 물속으로 들어가보겠어."

뿌연 흙탕물 깊숙한 곳에서 어렴풋이 빛이 비쳤다. 이케르는 빛을 향해 물속으로 첨벙 뛰어들었다. 빛은 동굴 속에서 새어나오고 있었다. 거대한 뱀 한 마리가 동굴 입구를 몸통으로 받치고 있는 모습이 눈에 들어왔다.

동굴을 향해 다가가자 이시스가 보였다. 이시스는 깊은 명상에 잠긴 채 계속해서 진정의 주문을 외고 있었다.

이케르가 그녀의 이름을 부르기 위해 입을 여는 순간 물이 입과 코로 밀려들어왔다. 숨을 쉬기 위해 그는 어쩔 수 없이 다시 물 밖으로 나와야 했다.

"그녀가 살아 있어!"

이케르가 세카리를 향해 소리쳤다.

"다시 들어가서 그녀를 데리고 올게."

세카리가 측은한 표정으로 고개를 저었다. 연인을 잃은 이케르가 헛것을 본 것이다.

다시 물속으로 내려간 이케르는 금방 동굴 입구를 찾아냈다. 이번에는 이시스가 그를 알아보았다.

그녀는 동굴에서 나와 자신을 향해 내민 이케르의 손을 잡았다. 그러자 동굴 입구를 받치고 있던 뱀의 몸통이 스르르 풀리더니 강물이 하피의 동굴을 삼켰다.

두 사람이 나란히 나룻배를 향해 헤엄쳐 오는 걸 본 세카리는 자신이 물난리 때문에 충격을 받아 머리가 돌아버린 게 아닌가 싶었다.

"정말로 살아 있었네?"

"내가 말했잖아, 이시스는 살아 있다고!"

물에 젖은 아마천 옷 밖으로 여인의 아름다운 윤곽이 그대로 내비쳤다. 세카리는 차마 눈길을 주지 못하고 고개를 돌려 손에 잡은 노만 뚫어지게 바라보았다.

세카리가 말했다.

"돌아가자. 혼자 노를 젓게 되는 건 아닌가 걱정했는데……"

이케르는 힘차게 노를 저었다. 그 역시도 이시스의 모습을 차마 바로 쳐다보지 못했다.

홍수로 인한 물질적 피해는 엄청났다. 하지만 인명 손실은 모두 합해 열 명가량에 불과했다. 대부분 겁에 질린 나머지 피신해 있던 장소에서 다른 곳으로 가려다가 밀려오는 물에 휩쓸려 일어난 사고였다.

홍수를 뒤로하고 얼마간의 시간이 흘러 페르세아 열매가 무르익는 계절이 되었다. 이시스와 오시리스의 재회를 축하하는 계절이 오자 백성들은 다시 일을 시작했다. 처음에는 재앙이었던 그 엄청난 규모의 범람이 서서히 풍요한 혜택을 드러냈다. 이케르와 세호테프는 인부들을 감독해서 새로운 농경지를 조성했다. 물이 그득히 담긴 저수지들은 다음번 범람 때까지 소중한 물을 밭에 공급해줄 것이다. 나일 강물이 엄청난 양의 기름진 흙을 실어 온 덕분에 사람들은 전에 없이 풍요한 수확을 기다릴 수 있었다. 남은 작업은 제방을 따라 조성된 운하를 보수하고 늪지대를 재정비하는 일이었다.

"이 도시의 재건에 힘쓰도록 하라."

왕의 지시를 받은 사렌푸트가 자신 있게 대답했다.

"전보다 더욱 아름다운 도시로 건설해놓겠습니다!"

"비게흐 섬부터 복구해야 한다. 제탁을 새로 놓아야 할 것이다."

세소스트리스의 권위는 최고조에 달했다. 그를 황금시대의 파라오들과 비교하는 사람도 있었다. 그가 온갖 재앙으로부터 이집트를 보호할 능력을 가지고 있다는 걸 의심하는 사람은 없었다. 하지만 파라오는 자신에게 바쳐지는 찬사에 무관심했고 아첨을 경멸했다. 생각해보면 파라오가 이런 성공을 거두게 된 건 예고자가 오시리스를 사악한 마법으로 공격했기 때문이었다. 또한 자신의 생명을 걸고 임무를 수행한 이시스의 공도 컸다.

레바논 상인은 가만히 있지 못하고 방 안을 빙빙 돌았다.

평소 침착하던 그였지만 지금은 불안감을 감추지 못했다. 고급 목재 밀수가 좋은 돈벌이이긴 해도, 메데스가 없는 이상 그 일을 계속하기란 불가능했다. 부두 세관원에게 미리 손을 써둘 수 있는 사람은 그 국정원 비서 나리뿐인 것이다.

상인은 초조함을 달래느라 과자 서너 개를 입 안에 우겨 넣었다. 그때 물장수가 찾아와 상인에게 보고했다.

"궁정이 술렁이고 있습니다. 엄청난 홍수가 덮쳐서 엘레판티네를 폐허로 만들었다는데요. 이제 곧 강물이 이집트 전역을 뒤덮을 겁니다. 늦어도 보름이면 멤피스에도 물이 들어찰 거라는 말이지요."

"파라오도 죽었느냐?"

"그건 잘 모르겠지만 어쨌든 헤아릴 수 없이 많은 사람이 죽은 건 틀림없습니다. 여기 메데스의 서신을 가져왔습니다. 보낸 지가 벌써 한참 전인 걸요."

암호로 쓰인 글이었다.

메데스는 서신에서 이케르가 살아 돌아왔다는 믿을 수 없는 사실을 상세히 전하면서 아울러 곧 홍수가 닥쳐 대재앙이 올 거라고 말하고 있었다.

예고자가 누비아에서 대재앙을 일으켰으며, 그 때문에 적은 미처 공세를 갖추기도 전에 치명적 타격을 입을 것이고, 이제 곧 멤피스도 이 재앙에 휩쓸리게 될 것이라는 내용이었다.

조직원들을 다시 움직여 멤피스에 혼란과 공포를 부추기며 예고자가 이 수도를 공략해올 때를 대비하라는 말도 있었다.

이집트 궁정이 심상찮은 소문으로 술렁거리자 여왕이 직접 나서서 궁정인들의 동요를 진정시켰다.

왕비가 고관들을 궁정으로 불러 당부했다.

"소문에 우왕좌왕하는 일이 없도록 하시오. 이집트의 통치 상황은 아무 이상이 없소. 총리가 책무를 수행하고 있고, 나 역시 소임을 다 하고 있지 않습니까?"

문서 보관소 소장이 불안한 듯 되물었다.

"전하, 파라오께서 돌아가셨다는 게 사실입니까?"

"그렇지 않소."

"하지만 이 재앙을 견디고 살아 계시다는 증거가 없지 않습니까!"

"당분간은 나일 강에 배를 띄우기 어렵소. 하지만 강의 상황이 나아지면 정확한 소식을 알 수 있을 것이오."

"엘레판티네의 주민들은 이번 홍수로 몰살당했다고 합니다! 얼마 후면 우리 멤피스인도 같은 운명이 될 겁니다."

"불어난 물이 아직 테베까지는 도달하지 못했소. 총리가 대비책을 세우고 있소. 제방과 둑을 더 튼튼하고 높게 쌓을 것이오."

"엄청난 물이 밀어닥친다는데 그런 조치가 무슨 소용이겠습니까?"

크눔호테프가 나섰다.

"왜 그렇게 믿지 못하는 건가? 살아 있는 자들의 왕은 흔들림이 없고 마아트의 법은 확고하다."

왕비가 명했다.

"모두 자신의 자리로 돌아가 맡은 일에 충실하시오. 새로운 소식을 알게 되면 여러분을 다시 부르겠소."

고관들이 돌아가자 궁정에 남아 있던 국정원 위원들은 즉시 회의를 열었다.

왕비가 세난크흐에게 물었다.

"아비도스에서는 아무 소식도 없소?"

"특별한 소식은 없습니다. 생명의 나무 또한 그 상태를 유지하고 있다고 합니다."

"소벡, 멤피스는 안정을 유지하고 있겠지요?"

"겉보기로만 그럴 뿐입니다, 전하. 대재앙이 닥치면 지하로 숨어들었던 적의 조직이 다시 활동을 시작할 것입니다. 부하들을 비상 대기 시켜두었습니다."

"세난크흐, 우리가 비축해둔 식량은 어느 정도인가요?"

"연거푸 두 해 기근이 들어도 견딜 만큼은 됩니다."

크눔호테프가 말했다.

"이번 범람은 결코 자연스러운 현상이 아닙니다. 생명의 나무를 고사시키려 하는 자가 이런 홍수를 일으킨 게 분명합니다. 그자는 이 나라를 초토화시킬 속셈입니다. 우리 군대의 거의 모든 병력이 엘레판티네에 집결되어 있습니다. 그들이 무너졌다면 안전한 곳은 아비도스뿐입니다."

세난크흐가 대답했다.

"멤피스가 손쉬운 먹이가 될 거라는 말이군요."

소벡이 항의했다.

"내가 지휘하는 감찰관들이 있다는 걸 잊고 있군요!"

총리가 걱정스러운 듯 대답했다.

"감찰관들이 용감하다고는 해도 잡아먹을 듯 몰려오는 누비아 전사들을 막아내기엔 역부족일 거요. 그들의 침입은 오래전부터 예견

됐던 일이지. 제1폭포와 제2폭포 사이에 요새를 쌓아 그들의 침입을 막을 수 있을 거라고 생각했지만, 그러기엔 요새의 수가 부족해. 적도 그 사실을 간파했을 거야."

왕비가 확고한 어조로 말했다.

"파라오는 죽지 않았소. 나는 그가 살아 있음을 느낄 수 있소."

거리 이발사가 물었다.

"다음 손님은 누구요?"

기다리는 사람들 줄에서 육중한 몸집의 한 사내가 앞으로 나와 세발 의자에 걸터앉았다.

"옆머리는 귀가 드러나게 쳐올리고, 뒷머리는 아주 짧게 잘라주시오."

"콧수염은?"

"어슷하게 층을 내서 다듬어주시오."

"멤피스의 여름이 마음에 드시오?"

"부바스티스의 봄이 더 낫소."

이들이 나눈 말은 미리 약속된 암호였다. 리비아인인 둘은 이렇게 자신들만 아는 말을 주고받아 서로를 확인했다. 이들은 레바논 상인의 비밀 조직원이었던 것이다. 차례를 기다리는 다른 손님들은 멀찍이 떨어져서 잡담을 하거나 놀이판을 벌이고 있었다.

거리 이발사가 의자에 앉은 사내에게 나직이 말했다.

"이제 슬슬 움직일 때가 됐어."

"이번에도 물품을 운반하는 일인가?"

"아니, 직접 행동에 나서게 될 거야."

"궁정에 또다시 쳐들어가려는 거야?"

"그건 힘들지. 소벡이 두 번씩이나 당할 위인은 아니거든. 몇 주 동안 그가 세워놓은 치안 조치를 둘러보았는데 도무지 빈틈이 없어."

"그럼 우리가 해야 할 일이 뭔데?"

"이제 홍수가 닥치면 멤피스는 엄청난 피해를 입게 될 거야. 시민들은 너나없이 제방을 튼튼히 쌓는 작업에 동원되겠지. 감찰관들도 예외가 아닐걸. 만약 상황이 예상대로 돌아간다면 예고자는 누비아 군대를 몰고 이곳으로 진격해 올 거야. 그때를 대비해 이 도시의 방어체제를 무너뜨리는 게 바로 우리 임무야."

"어떻게?"

"멤피스 시민들이 치안 당국을 불신하고 불안에 떨게 만들면 돼." 육중한 사내가 대답했다.

"좋은 생각이군. 어디 구체적인 계획을 말해봐."

"감찰대 초소 한 곳을 습격할 거야."

"정신 나갔군!"

"상인 나리의 지시야."

"그렇다면 그가 정신이 나간 거지!"

"그렇지 않아. 소벡은 우리가 그런 공격을 할 거라곤 예상도 못할 테니까. 그는 웃음거리가 될 거고 아마 감찰대 총수 자리에서 쫓겨나겠지. 그렇게 되면 시민들은 자신들을 지켜줄 게 아무것도 없다고 느낄 거고."

"감찰대가 순순히 당하고 있지는 않을 텐데!"

"감찰관들에게 방어할 시간을 주지 않고 일을 끝내면 돼. 지시 사항이 한 가지 더 있어. 한 사람도 살려두지 말라는 거야."

"너무 위험한 일인데."

"내가 벌써 시 북쪽 구역에 있는 감찰대 초소 한 곳을 봐두었어. 경비가 제일 허술한 곳이야. 감찰관이 열 명인데 그중 둘은 책상머리나 지키는 서기병이고 넷은 늙은이야. 이른 새벽 근무 교대를 하기 직전을 노려야지. 다들 지쳐빠져서는 아침에 무엇으로 배를 채울지나 궁리하고 있을 테니까."

"그렇다면야……"

"이번 작전이 성공하면 감찰관들도 겁이 나서 움츠러들게 될 거야."

32

이케르는 누비아를 향해 전투선을 이끌고 갈 지휘선에 파라오의 침대를 설치하는 작업을 감독했다. 흑단으로 만든 이 침대는 아무런 장식 없이 간결한 모습이었지만 그 어떤 충격에도 견딜 만큼 튼튼했다. 거인인 파라오가 편안하게 휴식할 수 있는 훌륭한 침대였다.

이케르는 부왕의 의복들을 무화과나무 함에 개어 넣으면서 뭔가 수상한 물건이 함 속에 섞여 들어가지 않았는지 검사했다. 이어서 부왕이 신을 여러 켤레의 샌들에 이상은 없는지 확인했다. 이 샌들은 가죽 밑창을 세 겹으로 대어 튼튼하게 박음질한 것들이었다.

네스몬투 휘하의 병사들이 부대별로 전투선에 올랐다. 병사들은 노장군이 날카로운 눈으로 지켜보는 가운데 기수의 지시에 따라 질서정연하게 움직였다. 보급 부대 소속 서기관들은 제르구와 협력하여 원정대의 식량과 물자들이 빠짐없이 배에 실렸는지 점검했다. 또한 활과 화살, 방패, 투창기, 도끼, 단검 등의 무기도 배에 실었다.

네스몬투가 이케르에게 말했다.

"우리 군대가 표방하는 건 단지 힘만이 아닐세. 우리 군은 파라오가 만들어낸 세계 질서를 구현하는 방법 가운데 하나이지. 말로만 아무리 사랑, 평화, 우애라고 떠들어봐야 그걸 존중하게 만들 수는 없거든. 세상에 태어난 인간이 처음부터 선량하지는 않아. 인간의 자연적 성향은 질시와 폭력, 지배 욕망으로 얼룩져 있어. 창조주 신은 이런 암흑 상태를 물리치고자 하셨어. 창조주 신의 그러한 의지를 파라오가 물려받은 것이네."

무거운 가죽 가방을 들고 나타난 닥터 구아가 이케르에게 말을 걸었다.

"병원선은 어디에 있습니까?"

"뒤편에 정박해 있습니다."

"의약품과 붕대, 수술용 비품들은 충분히 확보되었습니까?"

"직접 가서 확인하시는 게 어떨까요?"

이케르가 권했다.

보통 체구의 은발 머리 사내가 진지한 얼굴로 약초 주머니를 분류하고 있다가 두 사람을 맞았다.

"난 수석 의사 구아라고 하오. 댁은 누구요?"

"약제사 렌세넵이라고 합니다."

"약학 공부는 어디서 하셨소?"

"엘레판티네 크눔 신전의 생명의 집에서 공부했습니다. 물약과 약용 차, 환약, 정제, 연고, 좌약을 조제할 줄 알지요."

"약품은 충분하게 준비되었소?"

"이번 원정 길이 오래 걸릴 거라고 예상했고, 또 여러 종류의 질병에도 대비했습니다."

"함께 점검해봅시다."

이케르는 두 사람을 놓아두고 부두로 돌아왔다. 이시스가 사티스 여신과 아누키스 여신을 모시는 여사제들과 함께 단지마다 새해의 물을 채우고 있었다.

단지 각각에는 순서대로 번호가 붙어 있었고 물을 채운 날짜가 쓰여 있었다. 이제 뜨거운 누비아 오지로 들어가더라도 병사들이 마실 물이 떨어지는 일은 없을 것이다.

"이시스, 우린 또다시 헤어져야 하는군요."

"마음은 슬프지만 우리에게 주어진 의무가 더 중요하지요."

그녀는 먼 곳으로 시선을 던졌다.

"당신이 전쟁터에서 목숨을 걸고 싸우는 동안 나는 아비도스에서 생명의 나무를 지키며 여사제로서의 직무를 충실히 수행하겠어요. 지금의 상황은 우리에게 꿈꿀 여유를 허용하지 않으니까요. 그리고 당신에게 말씀드리고 싶은 중요한 이야기가 있어요."

이케르의 가슴이 세차게 뛰기 시작했다.

"이번 전쟁은 아주 특별해요. 이건 단지 침략자를 몰아내고 영토를 정복하기 위한 전쟁이 아니에요. 오시리스의 신비를 지키고 보존하기 위한 전쟁이지요. 적은 어둠의 힘을 자양분으로 삼아 수없이 모습을 바꾸며 이제페트의 지배를 확산시키고 있어요. 누비아인은 적이 조종하는 대로 움직이는 꼭두각시일 뿐입니다. 당신은 나와 멀리 떨어져 있다고 생각하시겠지만 사실은 아비도스 가까이 있는 겁니다. 지리상의 거리가 무슨 의미가 있겠어요? 중요한 건 우리가 함께 전투를 치르며 나누는 교감이에요."

불현듯 이시스가 조금 더 가까이 느껴졌다.

"…… 당신의 볼에 입을 맞추어도 될까요?"

그녀는 아무 대답도 하지 않았다. 이케르는 용기를 내어 살며시 입술을 그녀의 뺨에 갖다 댔다.

이시스의 향기가 코끝에 전해졌다. 부드러운 살결의 감촉에 이케르는 정신이 아득해지는 것 같았다. 짧은 순간이었지만 그 느낌은 너무나 강렬했다.

네스몬투 장군의 우렁찬 목소리가 울려퍼졌다.

"곧 출발한다! 모두 자기 자리로 돌아가라!"

부두는 즉시 흥분으로 달아올랐다.

"부디 몸조심해요."

이시스가 이케르에게 당부했다.

"내가 만약 살아서 돌아온다면, 이시스, 그때는 내 사랑을 받아주시겠습니까?"

"살아서 돌아와요. 그리고 매 순간 잊지 말아요, 이번 전쟁은 오시리스를 구하기 위한 일이라는 걸."

그녀의 시선은 부드러우면서도 진지했다. 이케르는 그 시선에 그녀가 아직은 털어놓지 못하는 어떤 감정이 들어 있을지 모른다는 기대로 그녀의 눈 속을 들여다보았다.

파라오가 탄 지휘선은 이미 닻을 올리고 있었다. 왕세자만 배에 오르면 당장 배다리를 올리고 출발할 참이었다. 이케르는 깜짝 놀라 배 위로 뛰어올라갔다. 그 순간 세소스트리스가 뱃머리에 모습을 드러냈다.

파라오의 이마는 청금석을 박아 넣은 황금 코브라로 장식되어 있었다. 코브라의 눈은 검붉은 석류석이었다. 이제 이 무시무시한 뱀이 앞장서서 강물을 헤치고 나아가며 길을 가로막는 적들을 물리쳐줄 것이다.

파라오는 그가 아니면 아무도 다룰 수 없을 만큼 길고 무거운 창을 들어올려 휘둘렀다.

"나는 올해로 재위 팔 년째를 맞이했다. 이를 기념하여 우리는 새로 건설한 운하를 통해 진군할 것이다."

그가 선언했다.

"이 운하의 이름은 '영광 속에 떠오르는 태양*의 길은 아름답다'이다. 이 운하 덕분에 이집트와 누비아는 이제부터 영원히 하나가 될 것이며, 따라서 물자 보급도 쉬워질 것이다. 하지만 우리는 어려운 과제를 앞에 놓고 있다. 반란의 온상인 이곳을 확실하게 평정해야 하는 것이다."

배가 심하게 흔들렸다. 북풍은 구역질을 하는 메데스를 무심한 눈으로 바라보았다.

닥터 구아가 측은하다는 듯 말했다.

"나와 함께 갑시다."

메데스는 얼굴이 새파랗게 질린 채 휘청거리는 다리로 닥터 구아를 따라갔다. 사람들이 그를 힐끔거리며 안됐다는 듯이 킥킥댔다. 흔들리는 배 위에서 씩씩한 걸음으로 걸을 수만 있다면 메데스는 그 어떤 약이라도 삼키고 싶은 심정이었다.

이케르는 처음 와보는 누비아 땅의 풍경을 바라보고 있었다. 북쪽에서 불어오는 바람 덕분에 하늘에서 쏟아 붓는 열기도 어느 정도 견

---

* 크하카오우라(Khâkaou-Râ). 세소스트리스의 이름 가운데 하나.

딜 만했다. 돛들이 바람을 머금고 한껏 부풀어서 뱃길을 가기도 수월했다. 운하 옆으로 드문드문 보이는 경작물이 한여름 뜨거운 태양을 이기지 못하고 축축 늘어져 있었다. 하지만 대추야자열매는 알맞게 무르익었고, 병사들은 배가 잠시 쉴 때마다 그 열매를 한 아름씩 따오곤 했다. 이 계절이 되면 사람들은 자양분이 풍부하고 소화도 잘되는 먹을거리를 쉽게 구할 수 있었다.

이케르는 왠지 모를 불편함을 느꼈다. 누비아의 적막한 땅 위로 감도는 어떤 기이하고도 숨 막히는 분위기를 감지했던 것이다.

세호테프가 이케르에게 말을 건넸다.

"마음이 놓이지 않는가보군요."

"뭔가 사악한 기운이 느껴지지 않으세요?"

"아, 저도 뭔가 꺼림칙한 느낌이 들었는데……"

"제 생각에 이건 누군가가 부린 술수예요. 음험한 힘들이 사방에 떠돌고 있어요."

"그렇다면 예고자일 텐데, 그의 힘이 여기까지 미쳤단 말일까요?"

"확실하진 않지만 그래도 최악의 상황에 대비하는 게 낫겠어요."

"파라오께서도 역시 신중을 기하고 계십니다. 세피 장군이 살해당한 곳이 바로 이 지역이니까요. 우린 지금 이쿠르와 쿠반에 구축해둔 요새로 가고 있습니다. 그곳 주둔부대의 주임무는 여러 교역로의 치안을 유지하는 일인데, 그 교역로들 중에서 와디 알라키를 따라 난 길이 한 폐금광으로 통해요. 그곳 주둔 부대가 엘레판티네로 보내오던 보고가 끊긴 지 이미 두 달도 넘었어요. 전령들이 오는 도중에 목숨 잃었을 수도 있고, 어쩌면 그곳 병사들이 몰살당했을지도 모르지요. 그렇지만 그 너머에 있는 부헨 요새는 무사한 게 분명합니다.

310

그보다 가까운 이쿠르와 쿠반에서 왜 소식이 없는지는 이제 곧 알게 되겠지요."

상겡이 별안간 사납게 짖어 위험을 알렸다.

"하마 떼가 보입니다!"

망을 보던 병사가 소리쳤다.

하마들은 긴 낮잠을 방해받은 것에 화가 났는지 주저 없이 배들을 들이받기 시작했다. 하마 떼의 공격을 받은 몇 척의 배가 뒤집어지기도 했다. 하마의 긴 송곳니는 두꺼운 나무판자를 꿰뚫을 정도로 억셌다.

궁수들이 뱃전에 도열해서 막 활을 당기려는 순간 느리고도 감미로운 피리 소리가 들려왔다.

세카리가 뱃머리에 걸터앉아 길이가 이 쿠데 정도 되는 피리를 멋들어지게 불고 있었다.

상겡이 조용해졌다.

하마 떼도 한 곳으로 모였다. 무게가 삼 톤은 되어 보이는 하마 한 마리가 화가 난 듯 아가리를 쩍 벌렸다. 하마 떼의 우두머리인 것 같았다.

한 병사가 말했다.

"작살을 쏘아 잡자고요!"

세카리는 계속해서 피리를 불었다.

우두머리 하마가 움직임을 멈추자 다른 하마들도 눈과 코, 귀만 물밖으로 내놓고 꼼짝도 하지 않았다. 하마들은 살가죽이 아주 예민해서 뜨거운 햇살을 오래 견디지 못했다.

그때 제방 위에 뜻밖의 동물이 모습을 드러냈다.

배 위에서 누군가가 소리쳤다.

"흰 하마다! 암컷이 나타났다! 우린 살았어!"

물속에 버티고 있던 우두머리 하마가 먼저 강물 밖으로 나가자 이어서 다른 하마들도 같이 움직였다. 하마 무리는 갈대숲으로 들어가는 흰 하마의 뒤를 얌전하게 쫓아갔다.

뱃길이 열리자 선단은 다시 출발했다.

병사들의 사기가 하늘을 찌를 듯 높아졌다. 모두의 머릿속에 세소스트리스가 거두었던 승리의 기억이 되살아났다.

세카리의 청명하고 즐거운 피리 소리는 세소스트리스에 대한 찬양으로 곡조를 끝맺었다.

이케르가 말했다.

"너의 감춰진 재주를 또하나 알게 되었구나. 하마들을 얌전하게 하는 소리니?"

"사실은 암컷 하마를 유인하는 소리야. 수컷 하마들은 암컷을 보면 십중팔구 얌전해지지."

"그런 기술은 어디서 배운 거야?"

"나 같은 일을 하다보면 위험한 상황을 수없이 맞닥뜨리게 되는데, 그때마다 완력으로 해결할 수는 없잖아. 아쉽게도 이 피리는 하마처럼 예민한 녀석들한테나 효과가 있을까, 그보다 고분고분하지 않은 적들에게는 별 위력이 없어."

"그런 신비한 음악의 비밀도 아비도스 황금원에서 깨우친 거니?"

"오시리스는 이 지상을 다스리던 시절에 인간에게 야만 상태에서 벗어나는 방법을 가르쳐주었어. 그 방법이란 바로 건축물을 세우고 조각상을 만들고 그림을 그리고 음악을 연주하는 것이지. 우리는 지

312

금 위험한 길을 통해서이긴 해도 아비도스로 다가가고 있는 거야. 그러니 우리가 치르게 될 전쟁은 평범한 게 아니지. 이건 오시리스의 부활을 위해 우리가 치러야 할 대가거든."

세카리가 털어놓았다.

"나는 누비아 용병들의 움직임이 불안해."

"그들이 배반할까봐?"

"아니, 그들은 많은 급료를 받고 있어. 그래서 자신들의 부족에게로 돌아갈 생각은 조금도 없지. 그곳에서 그들은 배반자 취급을 당하고 있거든. 문제는 최근에 누비아 용병들이 예민하고 거칠어졌다는 거야. 평소 그들은 유쾌하고 원만한 자들이었는데."

"어쩌면 적의 조직원이 누비아 용병들 사이에 잠입해서 그들을 교란하고 있을지도 모른다는 거구나?"

"그럴지도 모르지."

"누비아 용병들이 심상치 않다는 사실을 네스몬투 장군에게 알렸니?"

"물론 장군도 나만큼이나 걱정하고 있어. 장군은 누비아 용병들을 오래전부터 겪어왔고, 그들을 신뢰하고 있거든."

"그렇다면 전통적인 전술은 쓸모없게 되겠구나. 만약 용병들이 반란을 일으킨다면 유례없는 사태에 맞닥뜨리게 될 테니까."

"그렇겠지."

"폐하께 가서 특별 조치를 취하시라고 말씀드려야겠어."

이케르가 세소스트리스에게 자신의 생각을 설명하는 동안 원정대는 이쿠르와 쿠반에 도착했다.

요새들은 멀쩡해 보였다. 하지만 망루의 감시구마다 지키고 있어야 할 병사들이 하나도 보이지 않았다.

세카리가 중얼거렸다.

"이거 함정의 냄새가 진하게 나는걸."

33

독수리와 까마귀 떼가 요새 위를 빙빙 돌고 있었다.

네스몬투 장군이 결단을 내렸다.

"정찰병을 먼저 보내봐야겠다."

열 명가량의 병사가 나일 강 서쪽 기슭으로, 스무 명가량은 동쪽 기슭으로 올라간 뒤 흩어져서 각자 자신의 정찰 목적지를 향해 뛰어갔다.

세카리는 누비아 용병 궁수들과 같은 배에 타고 있었다. 이들을 한시도 놓치지 않고 감시하기 위해서였다.

별안간 용병 몇 명이 고함을 지르더니, 그게 신호라도 되듯 서너 명이 돛대로 달려들어 돛을 찢었다. 또 많은 수가 자신의 활을 부러뜨리며 사납게 날뛰기 시작했다.

장교가 용병들을 말리려고 애썼다.

"진정해! 멈추라고!"

장교는 난동을 부추기는 자들을 잡아내려고 용병들 사이로 들어갔다. 그때 몸집이 큰 한 용병이 단도를 치켜들어 장교의 목 아래를 찔렀다.

용병들은 더욱 흥분해서 짐승처럼 포효했다. 혼자 힘으로는 이 반란을 진압할 수 없다고 판단한 세카리는 강물로 뛰어들어 지휘선으로 헤엄쳐 갔다. 던져준 밧줄을 붙잡고 갑판 위로 올라온 세카리가 달려 나온 이케르에게 외쳤다.

"누비아 용병들이 미쳐버렸어. 즉시 조치를 취해야 해."

네스몬투 장군이 걱정스러운 듯 말했다.

"저들은 우리의 정예 병력인데…… 이거 큰일이군!"

"서둘러 대처하지 않으면 우리 군은 저들로 인해 심각한 피해를 입게 될 겁니다."

용병들이 탄 배가 지휘선을 향해 돌진해왔다.

장교를 죽인 용병이 앞으로 나와 고함을 질렀다.

"파라오를 무찌르자! 사나운 정령이 우리를 도우신다. 승리가 팔 벌려 우리를 기다리고 있다."

세소스트리스가 임시로 마련한 제단에 작은 점토상들을 바쳤다. 이 점토상들은 발이 묶이거나 손이 등 뒤로 결박된 포로의 형상이었다. 파라오가 점토상의 가슴에 새겨진 저주의 주문들을 읽어 내려갔다. 왕의 목소리는 더할 수 없이 엄숙하고 우렁차서 기세등등하던 용병들조차 몸을 떨 정도였다.

"너희는 신의 눈에서 나온 눈물이니, 너희가 해를 끼치지 못하도록 신의 눈은 이제 너희를 다시 모아 담아야 한다. 적은 산산이 부서져 무로 돌아가리라."

파라오는 흰 곤봉을 들어 점토상을 하나하나 내려친 다음 그 파편들을 활활 타는 화로에 던져 넣었다.

반란자들의 배는 여전히 멈추지 않고 지휘선과의 거리를 점점 좁혀왔다.

배 위의 누비아 용병들이 춤을 추며 고함을 질러댔다.

지휘선의 궁수들이 대열을 갖춰 화살을 겨냥했다.

네스몬투가 말했다.

"내가 발사 명령을 내리면 정확히 명중시켜라. 저들은 일대일로 맞붙을 경우 누구에게도 지지 않을 뛰어난 병사들이다. 지금처럼 흥분해 있을 때는 더구나 대적하기 어려운 자들이다!"

장교를 죽인 용병이 뱃머리에서 고함을 지르며 욕설을 퍼부어 댔다. 그러나 한순간 모두가 질겁할 일이 벌어졌다. 흑인 용병의 머리통이 마치 과일처럼 터져버렸던 것이다.

춤을 추던 누비아 용병들이 얼어붙은 듯 동작을 멈췄다. 대다수가 제자리에 힘없이 풀썩 주저앉았고 몇몇은 끈이 끊어진 꼭두각시처럼 비틀거리는 걸음으로 우왕좌왕하더니 강물 속으로 텀벙 떨어졌다.

네스몬투가 지시했다.

"건너가서 저 배의 키를 잡아라."

몇 명의 병사가 불안한 마음을 억누르며 명에 따랐다. 하지만 누비아 용병들은 아무 저항도 하지 않았다. 그들은 모두 숨이 끊어졌던 것이다.

"이들은 집단으로 마법에 걸렸던 겁니다."

세호테프가 말했다.

"다른 부대들도 같은 증상을 보이게 되지 않을까요?"

이케르가 걱정스럽게 물었다.

"그런 일은 없을 것이다."

파라오가 대답했다.

"이것은 누비아 마법사들의 짓이다. 그들이 동족인 누비아 용병들의 영혼에 강력한 힘을 미친 것이다."

정찰병들이 돌아왔다.

한 장교가 보고했다.

"이쿠르와 쿠반의 요새들은 비어 있습니다. 사방에 마른 핏자국이 남아 있는 걸로 봐서 주둔부대가 분명 몰살당한 것 같은데, 단 한 구의 시신도 보이지 않습니다."

"공격자들이 누구인지 밝힐 만한 단서는 없었느냐?"

"이 모직물 조각뿐이었습니다, 폐하. 아주 두꺼운 직물로 지은 튜닉에서 떨어져 나온 게 틀림없습니다. 누비아인은 이런 종류의 옷을 입지 않습니다."

세소스트리스는 모직물 조각을 손가락으로 문질러보았다. 그것은 비게호 섬이 어떤 사악한 존재에 의해 더럽혀졌을 때 그 섬에서 발견되었던 것과 같은 직물이었다. 그 사악한 존재는 그때도 신성한 제단을 조롱하고 범람의 질서를 교란시키려 했었다.

"예고자의 짓이다. 그자는 또다시 이 흉악한 짓을 저질러놓고 누비아 땅 깊숙이 들어앉아 우리를 기다리고 있다."

보초병 하나가 소리쳤다.

"저기 누가 달아나고 있습니다!"

궁수의 활은 이미 팽팽하게 당겨져 있었다.

네스몬투 장군이 궁수를 저지했다.

"저자를 사로잡아야 한다."

보병들이 달아난 자를 쫓아 달려 나갔다. 이케르도 함께 추적에 나섰다.

병사들은 처음부터 너무 빠르게 달린 탓에 곧 헐떡거리기 시작했다. 하지만 이케르는 달리는 속도를 일정하게 유지했다. 장거리달리기의 명수답게 보폭을 조절하며 힘을 아꼈다.

도망자와의 거리가 점차 줄어들었다.

달아나던 자가 별안간 쓰러지더니 다시 일어나지 못했다. 이케르가 다가갔을 때 뿔뱀 한 마리가 멀어지는 것이 보였다. 넓적한 머리통에 목이 좁다랗고 꼬리가 굵은 놈이었다.

뿔뱀에게 발을 물린 도망자는 숨이 끊어져가는 참이었다. 눈이 이미 흐릿해진 그 젊은 누비아인이 중얼거렸다.

"신들이 나를 벌하신 거야! 시체들한테서 물건을 훔치는 게 아니었는데. 그놈이 시체들을 먹어치우러 다시 올 줄은 몰랐어."

"그놈이라니?"

"암사자, 엄청나게 큰 암사자가 2개 대대 병사들을 다 죽였어. 화살을 쏘아도 튕겨나오고, 칼로 찔러도 거죽이 말짱한 놈……"

누비아인은 그 괴수 이야기를 더 하려는 듯했지만, 입을 다시 여는 순간 마지막 호흡이 터져 나오더니 심장이 멎어버리고 말았다.

도망자를 추격한 결과를 보고한 이케르가 확신하듯 덧붙였다.

"그 누비아인의 말은 사실일 겁니다."

세소스트리스가 말했다.

"상황은 생각보다 훨씬 심각하다. 누비아 부족들이 예고자의 사주를 받아 반란을 일으켰고, 예고자는 우리를 전멸시킬 일련의 함정을 쳐놓고 있다. 그런 다음에 이집트 본토로 쳐들어갈 속셈이겠지. 군대

의 힘으로도 제압하기 어려운 잔인한 암사자의 잠을 깨운 것도 예고
자일 것이다. 그 암사자가 이곳 누비아에서 날뛰고 있다."

세호테프가 물었다.

"그 암사자를 제압할 방법이 전혀 없는 것입니까?"

"여왕 터키석만이 그 사나운 암사자를 온순하게 만들 수 있다."

이케르가 대답했다.

"그 돌은 분명 어디엔가 있을 겁니다. 제가 그것을 캐냈으니까요."

파라오가 말했다.

"불행히도 그건 지금 예고자의 수중에 있다."

네스몬투 장군이 한숨을 내쉬었다.

"그렇다면 우린 막다른 골목에 들어선 셈이군요! 예고자는 우리를
부헨까지 끌어들인 뒤, 거기서 한걸음 더 깊숙이 누비아 부족이 집결
한 지점으로 유인해 들일 생각입니다. 그러고는 그 무시무시한 암사
자를 풀어 우리를 몰살시키려는 것이지요. 그러고 나면 그 사악한 자
의 앞길을 가로막을 건 아무것도 없을 겁니다!"

세카리가 말을 꺼냈다.

"그렇다면 되돌아가서 엘레판티네의 방어를 강화하는 편이 낫지
않겠습니까?"

"이런 상황에 부딪친 게 처음은 아니다. 적의 힘이 우월해서 포기
할 수밖에 없을 것 같은 상황이 있었지. 하지만 그때 만약 두려움과
절망에 굴복했다면 이집트의 운명은 어떻게 되었겠는가? 그대들 모
두 알고 있듯이 우리의 적수는 영토를 탐내는 인간들만 있는 것이 아
니다. 누군가가 신비제의의 수행을 가로막아 오시리스를 죽이려 하
고 있다. 우리로 하여금 올곧게 행동하도록 해주는 건 오직 오시리스

320

의 가르침뿐인데 말이다."

노장군이 생각을 말했다.

"그 맹수는 벽옥 속에 응결된 호루스 눈의 피와 홍옥수 가운데 숨겨진 불꽃을 두려워합니다. 지금 즉시 탐광대를 파견해서 붉은 벽옥과 홍옥수를 최대한 많이 캐오게 하겠습니다. 병사들 각각이 그 돌조각을 지니면 암사자가 다가오지 못할 겁니다. 물론 이 방법만으로는 그 암사자를 쓰러뜨릴 수 없고, 그 돌들을 미처 분배받지 못한 병사들은 희생당할 수밖에 없지요. 하지만 어쨌든 우리 군대는 진군할 수 있을 겁니다."

"장군께서는 그 맹수에 대해 잘 아시는군요!"

"내 나이가 되면 많은 걸 알게 되는 법이지, 이케르. 난 그 암사자와 대적하게 된 게 내심 반갑기도 해. 그놈을 물리칠 희망도 있으니까."

세카리가 끼어들었다.

"궁금한 점이 있습니다. 이쿠르와 쿠반 요새들을 공격해서 위험이 기다리고 있다는 걸 미리 알아차리게 한 이유가 무엇일까요? 계속 진군하게 한 뒤 급습하는 더 교활한 방법도 있는데 말입니다."

이케르가 대답했다.

"예고자는 우리가 어떤 대응을 할지 예상한 거야. 우리가 계속 진군할 거라는 사실을 이미 아는 거지. 그런 관점에서 본다면 그가 정말 바라는 건 우리가 이 요새에서 되도록 빨리 떠나는 걸지도 몰라."

"이곳에 중요한 의미가 숨겨져 있나보구나."

파라오가 대신 대답했다.

"와디 알라키를 따라가면 금광이 나온다. 그 금광으로 가는 도중에 세피 장군이 예고자에게 살해되었다."

네스몬투 장군이 말했다.

"탐광 전문가들의 보고에 의하면 그곳은 폐광인 데다 가는 길 역시 도저히 버텨낼 수 없을 만큼 험하다고 합니다."

세카리가 미심쩍다는 어조로 반문했다.

"그 탐광 전문가라는 자들은 심심찮게 착각을 저지르는 자들이 아닌가요?"

이케르가 나섰다.

"제가 그곳을 탐사해보겠습니다. 제 스승이신 세피 장군께서는 분명 뭔가 중요한 걸 발견하셨을 겁니다."

파라오가 모두에게 확인하듯 말했다.

"이번 우리 원정의 궁극적 목적은 신들의 금을 찾는 것이다. 그 금은 부활의 불꽃이 물질로 구현된 것이다. 생명 구성 요소들의 총화이자 매개체인 그 금은 내부에 오시리스의 신비를 전수하는 빛을 품고 있다. 그 금을 찾아 떠나라, 내 아들아. 그 험하다는 길 끝까지 가보아라."

세카리가 나섰다.

"저도 이케르와 함께 가겠습니다."

두 사람이 지휘선에서 내리자 왕이 네스몬투에게 말했다.

"장군은 뭔가 부족하다 싶은 것 같군."

"이케르는 아비도스 황금원 회원은 아니지만 이제 이 결사의 몇 가지 비밀을 알고 있습니다. 그러니 그를 황금원에 입문시켜야 하지 않을까요?"

"그는 아직도 먼 길을 거쳐야만 한다. 그가 끝까지 갈 수 있을지는 두고 봐야겠지."

메데스를 만난 제르구가 물었다.

"몸은 좀 회복되셨어요?"

얼굴빛이 시퍼렇게 되어 거의 죽는시늉을 하던 메데스는 다시 음식물을 입에 대기 시작한 참이었다.

"이 빌어먹을 배가 잠시 멈추니까 살 것 같아!"

제르구가 목소리를 낮춰 말했다.

"예고자가 이쿠르와 쿠반의 주둔부대를 몰살시켰답니다. 누비아 용병들이 반란을 일으켰다가 전부 죽임을 당했다는 소문도 있고요. 파라오가 측근들을 소집해 대책을 궁리하고 있답니다. 제가 보기엔 파라오가 후퇴할 생각인 것 같아요. 창피한 일이죠! 병사들은 사기가 땅에 떨어지고 이집트는 금 간 항아리 꼴이 될 겁니다."

"사정을 좀더 알아봐."

제르구는 여기저기 살피고 다니다가 이케르가 닥터 구아와 이야기를 나누는 모습을 발견했다. 제르구가 다가가서 참견했다.

"어디 몸이 불편하신가요?"

"사막을 좀 걸어 다녀야 해서, 그 전에 진료를 받고 싶어서요."

"좀 걸어 다니다니요? 그게 그런 장소에 쓸 수 있는 말입니까? 전 그런 외딴 곳은 질색입니다. 거기엔 무서운 독충들이 득실댄다던데요?"

닥터 구아가 말했다.

"그러니 내가 왕세자께 약을 처방해드려야지. 찔리거나 물리는 걸 예방하는 데 아주 효과가 좋은 약이 있거든."

제르구가 다시 물었다.

"어디로 가시는 겁니까?"

"미안하지만 밝힐 수 없습니다."

"위험한 일인가보군요?"

"지금은 전쟁 중이 아닌가요?"

"조심하세요, 이케르 왕세자님. 몸조심해야 합니다. 어디든 안전한데는 없어요!"

"난 더 험한 곳에도 갔다 왔는걸요."

제르구는 열 명가량의 인원이 연장을 챙기고 물과 식량을 준비하는 걸 눈여겨보았다. 어디론가 탐사를 떠나려는 게 분명했다. 하지만 그들에게 꼬치꼬치 캐묻다가는 의심을 살지도 몰랐다.

그는 다시 메데스에게로 달려갔다. 메데스는 선상 일지를 작성하고 있었다.

"연락을 맡은 서기관 하나가 지시 사항들을 어수선하게 쏟아놓고 가서 그걸 정리해야 해. 왕이 이쿠르와 쿠반의 요새들을 증축하고 주둔군을 두 배로 늘리라는 명을 내렸어. 이건 이집트로 철수하겠다는 의미인 게 분명해."

제르구가 조금 전의 일을 알렸다.

"이케르가 비밀 임무를 마치고 돌아올 때까지 이집트 선단은 이곳에 정박해 있을 겁니다. 그 임무가 뭔지는 모르겠지만 중요한 일인 것 같았어요."

34

세카리가 잘라 말했다.

"이 지도는 믿을 수가 없군. 이 지도를 따라가다가는 폐금광에서 더 멀어질 거야. 좀더 동쪽으로 방향을 틀어보자."

일행은 자주 걸음을 멈춰서 휴식을 취했다. 하늘에서 내리퍼붓는 열기 때문에 사람도 당나귀도 수시로 목을 축여야 했다. 다행히 모래바람은 없어서 길을 가기가 수월했다.

이케르가 세카리에게 털어놓았다.

"출발하기 전에 폐하께서 이시스가 고문헌에서 황금의 도시에 관한 언급을 찾아냈다고 알려주셨어. 아쉽게도 그곳의 정확한 위치에 대한 기록은 찾을 수 없었대."

"내가 알아본 바로는 이 지역에 광산은 하나뿐이야. 채굴이 꾸준히 이루어지다가 금맥이 고갈되었다고 하더군."

"금맥이 고갈되었다는 건 예고자가 퍼뜨린 거짓 정보일 수도 있지 않을까?"

세카리가 고개를 끄덕였다.

"네 추측이 맞다면, 그자는 우리를 이 지역에서 떼어놓고 싶은 거겠지. 그래서 엉뚱한 정보를 흘려 우리를 다른 곳으로 유인하려는 거고."

"세피 장군이 살해된 장소가 바로 이곳이야. 세피 장군이 뭔가에 다가가고 있었던 게 아니라면 왜 그분을 죽였겠어?"

눈앞의 길이 검은 돌덩이들로 가로막혀 있었다.

그 검은 돌덩이들에 조악한 솜씨로 사막 괴수들의 형상이 그려져 있었다. 날개 달린 괴수, 뿔이 솟은 괴수, 날카로운 발톱을 세운 괴수의 형상이었다.

탐사대원들을 통솔하고 있는 장교가 되돌아가기를 권했다.

이케르가 장교의 말을 잘랐다.

"우리는 목적지에 가까이 온 겁니다. 이 지도가 정확하지 않다는 걸 감안하더라도, 그 금광은 분명 걸어서 한나절이면 도착할 수 있는 거리에 있어요."

"최근 삼 년간 저 경계를 넘어가본 광부는 한 사람도 없었어요. 넘어가기만 하면 돌아오지 않았단 말입니다."

"나는 완수해야 할 임무가 있어요."

"그 무리한 임무를 우리까지 떠맡을 수야 없잖습니까?"

세카리가 나섰다.

"명백한 항명이군. 지금 같은 전시에 명령 불복종에 대한 벌이 뭔지는 당신도 알 텐데."

"두 분이 우리 여섯을 상대해야 하는 일입니다. 냉정하게 생각하십시오."

"이젠 협박까지!"

"죽을 게 뻔한 짓은 하지 맙시다. 쿠반으로 돌아가자구요."

"당신들은 돌아가시오. 직무유기죄와 탈영죄로 처형대에 서게 되면 내가 기꺼이 궁수들한테 발사 명령을 내릴 테니까."

"사막 괴수들에 대한 이야기는 농담이 아닙니다. 당신과 왕세자께서는 신중치 못하게도 돌이킬 수 없는 일을 저지르려 하고 있단 말입니다."

북풍을 따르던 당나귀들은 탐사대원들이 고삐를 잡아끌자 돌아가지 않으려고 버텼다. 상갱이 무섭게 으르렁거리는 바람에 대원들은 당나귀를 데리고 가는 걸 포기했다. 그들은 뒤도 돌아보지 않고 오던 길로 돌아갔다.

"시원하게 잘 치워버렸군! 아무리 탐사 준비를 잘했어도 겁쟁이와 멍청이들을 데리고는 성공 못 하는 법이지."

"우리가 준비를 철저히 한 걸까?"

"준비를 갖추라는 충고는 수없이 들어왔고 또 잘 따라왔잖아."

이케르는 언젠가 카훈 시장이 했던 말을 떠올렸다. 자신이 갖춰야 할 것을 갖추라는 충고였다. 이런 충고는 예전 아누비스 신전 대사제였고 예고자의 밀정에 의해 살해당한 헤렘사프에게서도 들은 적이 있었다.

세카리가 주위를 살피더니 말했다.

"저 불길한 돌덩이들에 그려진 괴물들이 지금 돌덩이 너머에서 우리를 엿보고 있을 거야. 예고자가 이 지역에 마법을 걸어놓았을 테지. 아마 우리가 달아나려고 등을 보이기만 하면 저 괴수들의 발톱과 부리가 우리를 찢어놓을걸. 세피 장군은 물러서지 않았을 거야. 그분은 저 괴수들을 꼼짝 못하게 만드는 주문을 알았으니까."

"그런데도 장군은 살해당했어."

"예고자도 그 주문을 알고 있었을 거야. 그래서 세피 장군의 주문을 무력하게 만들 수 있었겠지."

"그렇다면 우리는 싸워보지도 못한 채 이대로 지고 마는 건가?"

"내게 아주 좋은 낚시 그물이 있어!"

세카리가 북풍 등에 실린 가죽 부대 하나를 열어 튼튼하고 올이 촘촘한 낚시 그물 두 개를 꺼냈다.

이케르가 물었다.

"이건 떠돌아다니는 영혼을 잡기 위해 하늘과 땅 사이에 드리워놓는다는 그 낚시 그물이지? 의롭지 못하게 죽은 사람들의 영혼은 떠돌이 신세가 되니까 말이야."

"이걸 어떻게 쓰는지 가르쳐줄게."

"이 그물은 아비도스의 것이잖아, 그렇지?"

"말은 그만 하고 어서 연습을 하라니까!"

이케르는 낚시 그물이 손에 익지 않아 다루는 솜씨가 서툴렀지만 곧 능숙하게 던질 수 있게 되었다. 몸에 지니고 온 저세상 호위 정령의 칼과 투창기 외에 이 낚시 그물도 이제 그의 무기가 된 것이다.

세카리가 내기를 걸 듯 말했다.

"적은 아마도 세 놈일 거야. 둘은 정면으로 달려들 거고, 나머지는 뒤를 공격해오겠지."

"뒤에서 달려드는 놈은 누가 맡지?"

"상겡이 있잖아. 상겡은 겁이 없으니까."

"만약 괴수의 수가 셋보다 많으면 어떡하지?"

"그땐…… 우리가 당하게 되겠지."

그들은 돌무더기를 한 바퀴 둘러보았다. 상겡은 이케르가 한 번도 본 적이 없을 만큼 신경을 잔뜩 곤두세우고 날카롭게 으르렁거렸다. 북풍만 빼고 나머지 당나귀들은 모두 겁을 먹고 부들부들 떨었다.

별안간 괴수 다섯 마리가 공격해왔다.

머리는 사자이고 몸통에는 날개가 달린 놈들이었다. 이케르와 세카리는 마치 한 몸처럼 뛰어오르며 날렵하게 낚시 그물을 던졌다. 그물에 잡힌 괴수 두 마리가 자기들끼리 서로 물어뜯으며 싸웠다. 상겡도 날카로운 어금니로 세번째 괴수의 목을 물었다.

괴수 한 마리가 날카로운 발톱으로 세카리의 얼굴을 내리치려는 순간 세카리가 펄쩍 몸을 날려 피했다. 이케르는 바닥으로 엎어지며 손에 든 칼을 괴수의 배에 박아넣은 뒤, 다섯번째 괴수가 아가리를 벌리며 사납게 달려들자 몸을 굴려 재빨리 옆으로 피했다. 이케르는 다시 몸을 일으켜 투창기를 던졌다.

투창기가 해를 향해 높이 솟구쳤다. 이케르는 표적을 놓쳤다고 생각했다. 괴수가 이케르의 코앞까지 다가와 막 달려들 태세였다. 그때 하늘로 올라갔던 투창기가 다시 아래로 내리꽂히며 괴수의 머리통을 부숴버렸다.

어디선가 가벼운 바람이 일어 시야가 뿌연 모래 먼지로 가려졌다. 이윽고 모래 먼지가 가라앉았고, 괴수의 흔적은 어디에도 없었다. 낚시 그물, 저세상 호위 정령의 칼, 투창기조차 사라지고 없었다.

이케르가 혼잣말처럼 물었다.

"그 괴수들이 정말 있기나 했던 걸까?"

세카리가 대답했다.

"상겡의 입을 봐. 온통 피투성이잖아."

상겡이 신이 난 듯 힘차게 꼬리를 흔들었다.

"내 무기들은?"

"그것들은 다른 세상에서 온 것들이야. 그리로 다시 돌아간 거지. 그 무기들은 이 싸움을 위해 너의 손에 들어왔던 거야. 네가 저 문을 넘어서게 하기 위해서 말이야. 어쨌든 네 용기와 민첩한 몸놀림 덕분에 우린 괴수들을 이겼어. 이제 세피 장군이 앞서 갔던 길을 따라가자. 장군은 분명 우리를 지켜보며 기뻐할 거야."

폐금광은 아주 가까운 거리에 있었고 그다지 훼손된 모습도 아니었다. 한 갱도를 따라 내려간 세카리는 이 금광에 여전히 풍부한 금맥이 있다는 사실을 알아냈다. 이케르는 작은 신전을 발견했다. 신전 제단 위에 타조 알 하나가 놓여 있었다. 그는 타조 알을 들어올리려 했지만 얼마나 무거운지 꿈쩍도 하지 않았다. 세카리까지 합세해 애를 쓴 끝에 두 사람은 타조 알을 신전 바깥으로 가지고 나올 수 있었다.

세카리가 결단을 내렸다.

"이걸 깨보자. 옛날부터 전해오는 말이 맞다면, 이 타조 알 속에는 진귀한 것이 들어 있을 거야."

이케르는 모래 속에 반쯤 묻힌 돌을 집어들려고 했다. 그 순간 전갈 한 마리가 이케르의 손을 물고 달아났다.

세카리는 전갈의 독침에 쏘이면 어떤 증상을 겪게 되는지 잘 알았다. 구역질과 구토, 식은땀과 고열, 호흡곤란을 겪다가 이윽고 심장이 멈추게 되는 것이다. 달아난 전갈의 크기로 봐서 하루도 버티기 힘들 것이었다.

세카리는 전갈에 쏘인 친구의 손에 닥터 구아가 처방해준 연고를 바르고 액막이 주문을 외었다.

"독을 뱉어라, 신들이 그 독을 물리쳐주리라. 그 독이 불타올라 세트의 눈이 멀게 될 것이다. 기어가라, 눈앞에서 모습을 감춰라, 그래서 영원히 사라져버려라."

"내가 살아날 수 있을까?"

"호흡이 힘들면 네 목을 절개해서 좀더 쉽게 숨 쉬도록 해줄게."

북풍과 상겡이 이케르 곁으로 다가와서 온통 식은땀으로 덮인 그의 얼굴을 다정히 핥아주었다.

세카리가 말했다.

"그건 보통 전갈이 아냐. 조금 전 괴수들에 이어서 나타난 여섯번째 괴수야. 이 보물을 지키려고 말이야."

이케르는 벌써부터 호흡 곤란을 느끼는지 가쁜 숨을 토해냈다.

"이시스한테 가봐야 하는데……"

하늘 까마득한 곳에서 독수리 한 마리가 날아와 이케르 곁에 내려앉았다. 흰 깃털과 끝이 검은 주홍색 부리를 가진 독수리였다. 독수리는 규석 조각을 부리에 물고 타조 알 꼭대기를 쳤다. 타조 알이 산산이 부서지더니 알 속에 있던 금덩이들이 모습을 드러냈다. 그런 다음 독수리는 날개를 펼쳐 다시 하늘로 날아올라갔다.

"저 독수리는 무트 여신의 현신이야. 여신의 이름은 '죽음'을 의미하기도 하고 동시에 '어머니'를 의미하기도 하지. 넌 이제 살았어, 이케르!"

세카리가 금덩이 하나를 전갈에 쏘인 자리에 댔다.

잠시 후 이케르의 호흡이 다시 편안해졌고 식은땀도 잦아들었다.

"이게 바로 치유력을 지닌 금이야."

백여 명의 병사들이 호위하는 가운데 한 무리의 광부들이 다시 금을 캐기 시작했다. 채굴과 세척, 중량 측정을 거쳐 금괴가 만들어지면 엄중한 경비하에 아비도스로 수송될 예정이었다.

이케르와 세카리는 영웅 대접을 받았다. 두 사람도 자신들이 찾아온 금으로 모든 문제를 해결할 수 있을 거라고 생각했다. 그러나 파라오의 말은 두 사람에게 다급한 현실을 일깨워주었다.

"너희들은 큰 공을 세웠다. 하지만 전쟁은 여전히 계속되고 있다. 이 금은 우리에게 없어선 안 될 것이지만, 이것만으로는 완전하지 않다. 이것의 부족함을 메워줄 짝이 황금의 도시에 숨겨져 있다고 한다. 이시스가 고문헌에서 누비아 어딘가에 있다는 그 사라진 도시에 대한 기록을 찾아냈다. 예고자는 누비아 부족들을 규합해서 우리를 공격해올 것이다. 그러니 그자를 이대로 놓아둬서는 안 된다. 또한 그 잔인한 암사자를 잠재우지 못한다면 나일 강의 범람은 매년 엄청난 재앙이 될 것이다. 물이 풍요하게 넘쳐흘러 땅의 원기를 회복시켜주는 대신 피가 넘쳐흐르게 될 테니 말이다."

이집트 선단은 남쪽을 향해 또다시 나아갔다.

미암* 요새에 가까워지자 병사들은 그곳 주둔부대로부터 푸짐한 환대를 받을 거라는 기대감에 부풀어 올랐다.

하지만 사방에는 무거운 침묵만 드리워져 있었다. 성벽 보루에도 감시병 하나 보이지 않았다.

세카리가 나섰다.

"제가 궁수 몇 명을 데리고 가서 살펴보고 오겠습니다."

---

* 아스완에서 남쪽으로 이백오십 킬로미터 떨어진 곳에 위치한 아니바를 가리킨다.

세카리가 정탐을 끝내고 돌아오는 데는 그리 오랜 시간이 걸리지 않았다.

"생존자는 없습니다. 사방에 혈흔과 뼛조각이 흩어져 있어요. 이곳 역시 그 암사자에게 당한 것 같습니다."

세호테프가 말했다.

"그 암사자는 우리를 곧장 공격하는 대신 남쪽으로 유인하고 있어요! 그놈이 계속해서 장난을 하도록 내버려두다간 우리가 너무 위험해지지 않겠습니까?"

왕이 대답했다.

"우리는 계속 전진할 것이다. 어떤 전략을 쓸지는 부헨 요새에 가서 결정하겠다."

이집트 선단 사령부는 걱정스러운 심정으로 요새에 접근했다. 사방에 공격당한 흔적이 뚜렷했지만 성벽 높은 곳은 아직까지 무사한 것 같았다.

가운데 망루 꼭대기에서 한 병사가 손을 흔들고 있었다.

세카리가 경계심을 보였다.

"함정일지도 모릅니다."

네스몬투 장군이 말했다.

"대규모 병력을 상륙시켜야겠습니다. 성문이 열리지 않으면 부수고 들어가야지요."

이집트군이 다가가자 성문이 열렸다.

진이 빠진 서른 명가량의 병사가 요새 안으로 들어오는 이집트병사들의 팔에 안겼다. 살아남은 병사들의 이야기를 통해 누비아인과 암사자가 요새를 공격해 동료들을 살육했다는 사실을 알게 되었다.

장군이 지시했다.

"이 용감한 자들을 닥터 구아에게 데려다주고, 요새 방어체제를 정비하라."

병사들이 민첩하고 신속하게 움직였다.

세소스트리스는 나일 강 제2폭포의 바위 계곡을 응시했다.

파라오의 머릿속에는 놀라운 계획이 자리 잡고 있었다. 그 계획은 너무 엄청나서 실현 불가능해 보였지만, 반드시 성공시켜야만 하는 것이었다.

35

　부헨 요새에 집결한 이집트 병사들은 모두 파라오의 연설에 귀를 기울였다. 왕은 우렁찬 목소리로 깜짝 놀랄 만한 결단을 선포했다.

　"지금 이집트를 공격해온 적은 평범한 상대가 아니다. 그러므로 우리도 일반적 방법으로 그 적과 싸워서는 안 될 것이다. 한 악마가 반란자들의 선봉에 서서 파괴의 정령들을 일깨우고, 폭력과 불의, 광신을 퍼뜨려 세상을 이제페트의 지배 아래 두려 하고 있다. 이에 맞서기 위해 우리는 적이 넘을 수 없는 마법의 장벽을 쌓고자 한다. 엘레판티네에서 제2폭포 남단에 이르기까지 수많은 요새를 구축하는 것이 그 방법이다. 기존의 요새들은 더 높이 더 튼튼하게 쌓아올릴 것이며, 그에 더해 새로운 많은 요새들을 건설할 것이다. 이 요새들은 서로 이어져 사실상 하나의 큰 성벽 역할을 할 것이다. 그 방어벽은 너무나 막강하여 그걸 바라보기만 해도 침략자들은 기가 죽을 것이다. 오늘부터 당장 이 대역사를 시작하자. 이제 곧 수백 명의 장인들이 이집트에서 올 것이다. 나는 건설 현장을 지키고 적의 공격을 물리치기 위해 군대와 함께 누비아에 남아 있을 것이다. 각자 부적을 몸에 지녀라. 그리고 한시도 몸에서 떼어놓지 말라. 그랬다가는 암사자에게 희생될지도 모른다. 자, 우리 모두 요새를 쌓자.”

파라오의 구상에 병사들은 열광했다. 파라오는 공병대를 동원하여 적이 뛰어넘을 수 없는 깊은 도랑을 파고, 수많은 벽돌을 구워 높고 두터운 성벽을 쌓아올리고, 그 성벽 상단에 궁수들이 몸을 숨기고 화살을 발사할 구멍을 낼 예정이었다. 성벽 위로 적에게 노출되지 않고 안전하게 오갈 수 있는 통행로를 만들고, 비상시를 대비해 요새 출입구도 하나 더 내겠다는 계획도 있었다.

요새 사이의 거리는 봉화나 비둘기 등의 방법을 통해 교신이 가능하도록 칠십 킬로미터 미만으로 정해졌다. 적이 배를 동원하여 감시 초소를 습격해오거나 여타 다른 방식으로 공격해올 경우에도, 사수들은 보호벽을 쌓은 순찰로에 안전하게 몸을 숨긴 채 적을 겨냥할 수 있을 것이다.

새로 증축한 부헨 요새는 세호테프가 이케르의 조력을 받아 뛰어난 건축가의 솜씨를 발휘한 첫 결실이었다. 군데군데 암벽을 끼고 이만 칠천 평방미터에 이르는 면적을 차지하고 있는 이 요새는 직선으로 뻗은 도로들을 사이에 두고 여섯 개의 구역으로 나뉜 작은 마을처럼 보였다.

매일 아침 왕은 자신의 숙소에서 가까운 호루스 신전에서 제의를 올렸다. 높이가 십일 미터, 폭이 팔 미터인 성벽이 이 신전을 보호했다. 성벽에는 오 미터 간격으로 사각 망루나 원형 보루가 세워져 있었다. 요새 출입구 두 곳은 부두로 통했고, 부두에는 전투용 선박이나 식량과 물자를 실은 보급선들이 정박해 있었다. 부두에서는 인부들이 쉼 없이 일을 했고 나일 강에는 배들이 끊임없이 오갔다.

메데스는 꽤 쾌적한 집무실을 차지하게 되어 만족했다. 그는 다른 요새들이나 멤피스와 주고받는 연락을 담당했다. 각지로 보내는 전문을 정확히 작성하는 것이 그의 임무였다. 제르구 역시 일에 치여 지냈다. 그는 곡물 수송선의 운항을 지휘하여 요새의 곡물 저장소를 늘 가득히 채워야 했고, 물자가 원활하게 보급되는지를 감시해야 했다.

제르구가 아무리 눈치 보는 데 일가견이 있다 해도 지금처럼 모든 게 빈틈없이 돌아가는 상황에서 뒤로 뭔가를 꾸민다는 건 불가능했다. 메데스가 그런 것처럼 제르구 역시 파라오에게 충성하는 척하는 수밖에 없었다.

입비뚤이가 조바심을 냈다.

"대체 그들이 무슨 꿍꿍이속인지 모르겠네. 이집트군이 부헨에 눌러앉아서는 안 되는 것 아닙니까? 이 바위 계곡까지 들어와야 하는 게 아니냐고요!"

예고자가 걱정할 것 없다는 듯 말했다.

"그들은 올 것이다."

얼간이 스합이 울상을 지으며 웅얼거렸다.

"그들은 요새를 더 튼튼하게 증축한 걸요. 나일 강 쪽에서 그곳을 공략하기는 어렵습니다. 성벽까지 가 닿기도 전에 다 죽을 겁니다."

입비뚤이가 거들었다.

"사막 쪽에서 쳐들어가는 것도 더 나을 게 없지요. 요새로 들어가는 성문 앞에 깊은 도랑을 파놓았는데, 거기 놓인 다리를 걷어버리면 건너갈 방법이 없습니다."

"그들이 겁을 집어먹고 방어책을 마련하는 데 급급하다는 걸 모르겠는가? 아무리 그래봤자 쓸모없는 일이지만 말이다."

별안간 누비아인의 숙영지에서 환호성이 터져나왔다.

"기다리던 자가 왔구나."

얼굴이 상처 자국 투성이인 덩치 큰 흑인 하나가 땅을 쿵쿵 울리며 성큼성큼 예고자를 향해 오고 있었다. 붉은색 가발을 쓰고 양쪽 귀에 묵직한 금귀걸이를 축 늘어뜨린 흑인은 짤막한 허리옷을 굵은 허리띠로 동여매어 입고 있었다.

눈빛이 몹시 사나운 자였다. 십여 명의 건장한 전사들을 거느리고 다가온 흑인이 입을 열었다.

"나는 쿠시의 왕 트리아다. 제3폭포 북쪽의 땅을 다스리지. 네가 예고자냐?"

"그래, 내가 예고자다."

"듣기로 네가 누비아를 해방하고 이집트를 정복하려 한다면서?"

"그렇다."

"내 도움 없이는 아무 일도 못 할 텐데?"

"나도 알고 있다."

"네가 정말로 바위 계곡의 정령들과 그 무서운 암사자의 잠을 깨웠느냐?"

"그들은 이미 이집트군을 쑥대밭으로 만들어놓았다. 또한 앞으로도 계속해서 활약해줄 것이다."

"네가 마법을 안다면 나는 전쟁이라는 걸 안다고 할 수 있지. 내가 내 부족을 이끌고 싸우겠다. 그래서 승리를 거두면 내가 누비아 땅 전체를 다스리겠다."

"그건 네가 당연히 차지할 권리이지."

트리아는 예고자의 약속이 썩 믿기지 않는 눈치였다.

"내게는 나의 명령이라면 뭐든지 하는 수백 명의 전사가 있다. 나한테 얕은 술수를 부릴 생각은 하지 않는 게 좋아."

예고자가 대답했다.

"언제 공격할지를 정하는 일이 가장 중요하다. 유일신이 내게 그 시기를 가르쳐줄 것이고, 너는 그대로 따르면 된다. 네가 멋대로 움직인다면 공격은 실패로 돌아갈 것이다. 내가 가진 무력만으로도 부헨 요새 성벽을 무너뜨리고 성문을 부술 수 있다. 네가 만약 내 지시를 거역한다면 네 나라는 파라오의 손에 떨어지게 될 것이다."

예고자가 명령조로 나가자 쿠시의 왕은 기분이 상했다.

"내게 이래라저래라 하다니, 감히 나한테!"

트리아는 성질이 불같았지만 위험이 코앞에 있다는 걸 모를 만큼 둔하지는 않았다. 예고자의 눈이 붉게 변하는 걸 본 그는 자기 앞에 있는 인물이 무시무시한 파괴력을 지닌 마법사로 절대 얕잡아 봐서는 안 된다는 사실을 알아차렸다.

"한 번 더 말하겠다, 트리아. 이건 신이 나의 입을 빌려 말씀하시는 것이다. 너는 내 말에 복종해야 한다. 신이 우리에게 승리를 주실 것이다."

트리아의 눈길이 아름답고 요염한 비나에게 가서 멈췄다. 비나는 예고자 뒤편에서 다소곳이 눈을 내리깔고 있었다.

"저 여자를 내게 달라."

"안 돼."

"족장으로서 동맹을 맺었으면 서로 오가는 선물이 있어야지! 저 여자를 받는 대신 내 여자 여러 명과 힘센 당나귀들을 주겠다."

"비나는 평범한 여자가 아니야."

"무슨 뜻이냐? 여자는 그냥 여자다!"

"네 말이 맞아. 이 여자만 빼고 말이야. 이 여잔 밤의 여왕이거든. 그녀는 나만 섬기지."

트리아는 또 한번 모욕을 당하고 말았다. 잠시 입을 다물고 있던 그가 마침내 마음을 정한 듯 말했다.

"가서 우리가 지낼 막사를 세우겠다. 전투 계획을 상의하고 싶으면 연락하라."

병사들과 부역으로 동원된 민간인들이 손발을 척척 맞춰 힘을 합한 결과 요새 건설 작업은 여러 지역에서 동시에 눈부신 진척을 보였다. 메데스는 쌓여만 가는 업무로 정신없는 와중에도 각 요새들 간의 원활한 연락망을 구축해서 행정 업무가 순조롭게 처리되도록 했다. 그는 경비가 철통같은 이 요새에서 모범적인 관리 행세를 하고 있었고, 그런 만큼 이곳을 빠져나가 예고자에게 파라오의 진짜 의도를 알릴 방법은 막막하기만 했다.

제르구가 그를 찾아와 털썩 주저앉으며 말했다.

"이젠 완전히 기진맥진입니다. 범람 때 길어두었던 물이 아직 남아 있는 게 다행이죠. 그 물이 원기를 돋우는 데는 그만이거든요."

"네가 물을 마신다고?"

"아침마다 맥주를 마시기 전에 그 물을 마시면 버틸 힘이 생깁니다. 요즘처럼 일 때문에 쉴 새 없이 몸을 놀린 적도 없거니와, 이 폭염 때문에 지쳐 죽을 지경이라고요. 그래도 운은 괜찮은지 최근에 썩 짭짤한 건수를 올리긴 했지요."

"경솔한 짓을 저지른 건 아니겠지?"

메데스가 걱정스럽게 물었다.

"그럴 리가 있나요! 부헨의 민간인 마을에는 온순한 토착민이 살고 있거든요. 제가 그들의 당나귀들을 징발했습니다. 말하자면 전리품인 셈이죠. 그리고 그 당나귀들을 내다 팔 길을 뚫어놓았습니다. 이건 위법도 아니고 또 상당히 남는 장사예요. 예고자로부터는 기별이 있습니까?"

"없어."

"그렇게 잠잠한 게 영 불안한걸요."

"아무 계획도 없이 두 손 놓고 있을 인물은 아냐. 그건 확실하다."

두 사람은 벌떡 몸을 일으켰다. 이케르가 들어왔던 것이다.

"어려운 문제가 있어요. 배 여러 척을 수리해야 해요. 부헨 부두의 혼잡을 피하기 위해 인근 작은 섬에 조선소를 세울 생각이에요. 기술자와 병사 들로 작업조를 짜서 그곳에 데려갈 겁니다. 여기 그 명단이 있어요. 이 명단에 따라 명령서를 작성해주세요."

메데스가 미처 대답도 하기 전에 이케르는 이미 문 쪽으로 가고 있었다.

"하루라도 편하게 내버려두는 날이 없구먼!"

제르구가 투덜거렸다.

부헨 인근에 있는 작은 섬에 사는 몸집 작은 초록색 원숭이는 당나귀와 몰로스 개가 섬으로 올라오는 모습을 눈을 둥그렇게 뜨고 바라보았다. 당나귀와 몰로스 개도 마찬가지로 긴장한 눈치였지만 공격할 뜻은 없어 보였다. 원숭이는 경계심을 늦추지 않은 채 바위를 타고 내려왔다. 이케르가 원숭이에게 다가갔다. 원숭이는 달아나지 않고 그를 빤히 바라보았다.

"무서워할 것 없어."

이케르가 원숭이에게 바나나를 내밀며 부드럽게 말했다.

원숭이는 바나나 껍질을 차근차근 벗기고 맛나게 먹어치우더니 이케르의 어깨 위로 냉큼 올라앉았다.

이케르가 당나귀와 몰로스 개에게 말했다.

"샘을 내서는 안 돼. 이 섬의 주인인 원숭이에게 예의 바르게 대해야 해. 그러면 너희에게도 바나나를 줄게."

선박 기술자들은 이 섬에 작업장을 만든 이케르의 결정을 환영했다. 사실 많은 수의 배를 수리해야 했던 것이다. 몸체의 틈을 메워야 하는 것도 있었고 키를 새로 제작해 달아야 하는 것도 있었다. 각자가 자신의 역할을 충실히 수행했다. 세소스트리스의 원대한 구상은 막힘없이 진행되고 있었다.

그러나 세카리는 여전히 마음을 놓지 못했다.

"제2폭포 너머로는 아직 발도 들여놓지 못했어! 폭포를 넘어가면 적과 아주 격렬한 전투를 치러야 할 거야. 예고자가 거기서 우리를 기다리고 있을 테니까."

"우리가 이렇게 후방을 강화하도록 내버려두는 건 무슨 이유일까? 혹시 예고자가 착각하고 있는 건 아닐까?"

"그래봤자 소용없다는 거겠지. 자기가 이집트군의 주력부대를 쳐부순다면 후방이 아무리 튼튼해봤자 헛일이라고 말이야."

"파라오가 우리 군대를 이끄는 한 패배는 없어."

"조만간 바위 계곡을 건너야 해."

"파라오가 분명 어떤 대책을 세우고 계실 거야."

"우리가 싸워야 할 적이 누비아 부족장 정도라면 나도 걱정하지 않겠어. 하지만 우리를 노리는 자는 오시리스의 적이라고."

부헨 요새로부터 그리 멀지 않은 작은 촌락에서 회의가 벌어졌다. 쿠시의 왕 트리아를 피해 모여든 많은 누비아 가족들이 머리를 맞대고 대책을 궁리하고 있었다. 이들은 트리아의 잔인함에 겁을 먹고 있었다. 그는 제의 때마다 사람을 희생 제물로 바치기를 즐겼고 그럴 때는 아이들까지 제물이 되곤 했던 것이다. 그 무서운 전사가 제2폭포 남쪽에 진을 치고 있다는 사실은 누구나 알고 있었다. 그가 인근 주민들을 살육하는 걸 막을 수 있는 것은 이집트군뿐이었다.

이집트군에 대한 불만도 상당했지만 차라리 덜 난폭한 이집트군의 지배를 받는 게 나았고, 또 그렇게 하는 편이 훨씬 벌이도 좋았다. 이집트군과의 물물교환 거래가 이제 막 자리를 잡아가고 있었던 것이다. 게다가 파라오가 약속하지 않았던가? 여러 부족이 연합한 자치 정부를 세워 부족 간의 전쟁을 피하게 해주겠다고 말이다.

이런 희망을 지닌 부모에게 반감을 품은 한 소년이 있었다. 이집트군에게 굽실거리는 부모의 비겁함을 증오하며 집을 나간 그는 초원 지대를 가로질러 자신의 우상인 트리아의 부대를 찾아갔다.

소년이 자기들 쪽으로 달려오는 것을 본 궁수 두 명이 지체 없이 화살을 쏘았다.

첫번째 화살이 소년의 왼쪽 어깨에 박혔고, 두번째 화살이 오른쪽 넓적다리를 맞혔다.

"난 당신들 편이에요!"

소년은 이렇게 소리치면서 몸을 땅바닥에 질질 끌다시피 해서 계속 다가갔다.

궁수들은 화살을 한 발 더 쏘아 소년을 죽여야 할지 주저했다.

"난 부헨에서 오는 길이에요. 트리아 왕을 뵙고 싶어요! 왕에게 큰 도움이 될 정보를 갖고 왔다고요."

만약 이 소년의 말이 사실이라면 두 궁수로서는 상을 받을 수 있는 기회였다. 두 사람은 부상당한 소년을 부축해 트리아의 천막으로 데려갔다.

"왕이시여, 이 포로가 드릴 말씀이 있답니다."

"무릎을 꿇고 머리를 숙여라."

궁수 둘이 소년을 거칠게 땅바닥에 꿇어앉혔다.

"어디 말해봐, 꾸물거리지 말고!"

"제 가족은 부헨 요새에 새로 생긴 마을로 피난을 갔습니다. 그런데 이집트군이 우리 당나귀들을 훔쳐갔어요. 우릴 도와주십시오, 왕이시여!"

트리아는 불같이 화를 내며 소년의 뺨을 때렸다.

"감히 이집트군에 붙어먹다니. 도저히 참을 수 없군! 파라오를 그냥 두지 않겠어."

궁수들이 물었다.

"이 아이한테 자리를 만들어줄까요?"

"부상자는 전투에 방해나 될 뿐이야. 없애버려."

트리아는 부관들을 불러 열변을 토했다. 누비아인은 용맹하고 이집트군은 겁쟁이이며, 누비아의 검은 전사들이 공격을 개시하면 부헨은 오래 견디지 못할 거라는 내용이었다.

예고자의 공격 지시를 기다릴 필요가 없다는 게 트리아의 생각이었다. 일단 승리를 거둔 다음 예고자를 말뚝에 박아버리겠다고 이 쿠시의 왕은 벼르고 있었다.

36

멤피스 시민들이 아직 잠들어 있는 새벽, 시 북쪽 구역의 감찰관 열 명은 전병을 가지고 올 배달부를 기다리고 있었다. 근무 교대는 아침식사가 끝난 다음이었다.

감찰관들은 석회를 바른 벽돌집 초소 앞에 쪼그리고 앉아 막 떠오르는 새벽 햇살을 바라보던 참이었다. 그들은 아직 잠이 덜 깬 데다 배도 고팠다.

반란자들이 이때를 틈타 습격해왔다.

감찰관들이 당했다는 소식이 이 도시에 퍼져나가면 시민들은 두려움과 불안에 떨게 될 것이다. 하지만 습격자들이 가장 먼저 맞닥뜨린 사람은 공교롭게도 수호자 소백이었다. 맨 앞에 나섰던 자는 공격 한 번 제대로 해보지도 못한 채 소백의 무시무시한 박치기 한 방에 나가떨어졌다.

다른 습격자들은 어떻게든 맞서보려고 버티다가 비상 출동한 정예 감찰관들에게 순식간에 제압당했다.

"저기 한 놈이 달아납니다!"

소벅이 한달음에 쫓아가 도망치던 자의 머리카락을 움켜잡았다. 습격자들을 지휘하던 자였다.

"이게 누구야, 이발사 양반이로군! 감찰관들을 살해할 계획이었던 거야?"

"아뇨, 아닙니다!"

"네 조직의 우두머리 이름이 뭐야?"

"조직이라니요, 저는 아무 잘못 없습니다. 싸움판에 말려드는 게 싫어서 달아난 것뿐입니다."

"잘 들어, 벌써 몇 주 전부터 널 감시하고 있었어. 불한당 놈들을 끌어모아 이번 습격을 차근차근 준비하고 있더군. 목숨이라도 건지고 싶거든 어서 다 털어놔."

"죄 없는 사람한테 이러실 권리는 없습니다."

"그래, 맞는 말을 했군. 널 괴롭힐 생각은 없어."

"그럼 놓아주시는 거죠?"

"저기 사막 지대로 나가서 잠깐 산책을 하고 오는 건 어때? 나야 물이 있지만 넌 없지. 네가 앞장서서 걷는 거야. 그러면 요즘 같은 때 독이 바짝 오른 전갈이며 뱀들이 너를 꽤 반길 텐데."

이발사는 멤피스 바깥으로 한 발자국도 나가본 적이 없었다. 시민들 대부분이 그렇듯 그도 인적 없고 위험한 사막을 몹시 두려워했다.

"그런 잔인한 짓을 설마……"

"앞장서!"

"안 됩니다. 안 돼요. 다 말씀드리겠습니다."

"어디 얘기해봐."

"제가 아는 건 거의 없습니다. 저는 그저 이번 작전을 조직하라는 지시만 받았다고요. 감찰관들의 수도 얼마 안 되고 또 물러터진 자들이니 쉽게 해치울 수 있을 거라고 그러더군요."

소벡은 속이 끓어올랐다. 이런 겁쟁이 놈들이 감히 감찰관 열 명을 해치울 계획을 세웠다니!

"누가 네게 그 지시를 내렸느냐?"

"다른 이발사한테 전달받았습니다요."

"그자의 이름은 뭐냐?"

"모릅니다."

"어디 사는 놈이냐?"

"이 동네 저 동네 다니면서 일을 하기 때문에 정해진 거처가 없고, 필요할 때마다 지령만 전달해주고 가는 자입죠. 저는 그저 지령대로 움직였을 뿐입니다."

"그런 뜨내기 같은 놈이 하라는 대로 한 이유가 뭐야?"

붙잡힌 이발사의 눈에 순간 증오심이 타올랐다. 그가 별안간 겁 없이 소벡에게 달려들었다.

"이제 곧 예고자의 신이 이집트를 지배하실 것이기 때문이지! 너희 불경한 무리들, 눈이 멀어 파라오를 섬기는 자들은 끝장이 날 거다. 참된 믿음의 신도인 우리는 재물과 복을 얻게 될 거고 말이다. 그리고 내 고향 리비아도 너희에게 당한 만큼 되돌려줄 거고."

"그건 그렇다 치고, 그 전에 네 우두머리가 어디 숨어 있는지나 불어."

소란스러운 기척에 몸집이 육중한 털보 사내는 잠을 깼다. 사내는 감찰관들을 살해하라는 지시를 전달했던 그 이발사였다. 그는 은신

348

생활에 익숙한 덕분에 위험이 닥쳤다는 걸 곧장 알아차렸다.

창문 너머로 훔쳐보자 예상한 대로였다. 소백이 자신을 찾아 수색을 벌이고 있었던 것이다. 이번 습격 작전을 맡았던 이발사와 그의 행동대원들이 붙잡혀 모든 걸 실토한 게 분명했다.

도망칠 데라고는 테라스밖에 없었다. 하지만 거긴 이미 감찰관들이 진을 친 상태였고, 밖에서 밀어대는 힘에 방문은 부서지기 직전이었다.

리비아인 이발사는 소백의 심문을 버텨낼 자신이 없었다. 그는 말 없이 자신이 가장 아끼는 면도칼을 꺼내들었다. 새로 갈아둔 면도칼은 아주 예리했다.

이 참된 믿음의 신도는 능숙한 손놀림으로 자신의 목을 베었다.

멤피스 시민들은 기쁨으로 왁자지껄하게 들떠 있었다. 올해 범람은 엄청난 규모라지만 이 도시만큼은 아무런 피해가 없었다. 세소스트리스의 마법이 다시 한번 이집트를 불행에서 구해낸 것이다.

왕비와 총리, 수석 재정 관리관도 누비아에서 전해온 이 소식에 마음을 놓았다. 소백은 조금 전 있었던 일을 보고했다.

소백의 보고를 들은 크눔호테프가 놀랍다는 듯이 되물었다.

"거리 이발사들이라…… 그러니까 그들이 반란 조직의 핵심 요원이란 말이지?"

"꼭 그런 것은 아닙니다. 거리 이발사들을 전부 잡아들여 심문해보았는데, 그중 셋이 실토했어요. 셋 다 리비아인으로 그 조직의 연락책 역할을 해왔다고 합니다. 이들이 접촉하던 상부 조직원은 단 한 명이었는데, 그자 역시 리비아 출신으로 정체가 발각되자 자살했습니다. 현재로서는 추적을 계속해나갈 줄이 끊어졌습니다. 조직의 핵심 요원들을 밝혀내기가 힘들어진 거죠."

왕비가 말했다.

"하지만 처음으로 비밀 조직원을 적발해내는 데 성공하지 않았소? 파라오께서도 이번 홍수를 이겨냈고, 적들 역시 자신이 언제까지나 안전할 거라고 자신할 수는 없을 거요. 비밀 조직 일부가 노출됐으니 적어도 당분간은 적의 연락망이 제구실을 못할 겁니다."

총리가 장담했다.

"이젠 형세가 바뀌었습니다. 파라오의 계획대로 요새들이 완성되면, 그 마법의 방벽이 누비아로부터 오는 사악한 영향을 막아줄 겁니다. 전세는 점차 우리 쪽으로 기울고 있어요."

레바논 상인은 크림이 듬뿍 든 과자 열 개를 차례로 집어삼켰다. 감찰대 초소를 습격한 일이 어찌 되었는지 물장수로부터는 아무 기별이 없었다. 결과를 알기 전에는 그의 병적인 허기가 가시지 않을 것 같았다. 마침내 물장수가 나타났다.

"완전히 망쳤습니다. 소백이 그 자리에 있었거든요."

이렇게 보고하는 물장수도 얼이 빠져 있었다.

레바논 상인의 얼굴이 하얗게 질렸다.

"이발사는 무사히 빠져나갔겠지?"

"아뇨, 붙잡혔어요."

상인의 몸이 휘청했다. 다리가 후들거려 서 있을 수가 없었다. 간신히 자리에 앉은 상인은 향내 나는 수건으로 이마의 식은땀을 닦았다.

물장수가 말을 이어갔다.

"그게 다가 아닙니다. 소백이 대규모 검거 작전을 펴서 거리 이발사들을 전부 잡아다가 심문했어요."

"조직 연락책인 그 이발사도 잡혀갔느냐?"

"붙잡히기 직전에 자기 목을 베서 자살했습니다."

"용감한 자로군! 그렇다면 나를 찾아내진 못할 거야."

레바논 상인은 안도의 한숨을 내쉬며 백포도주를 한 잔 들이켰다.

물장수가 말했다.

"현재로는 우리 조직원들이 서로 연락할 방법이 없어요. 감찰대가 사방에 깔려 눈에 불을 켜고 있어서 연락망을 다시 구축하려면 시간이 걸릴 겁니다."

"떠돌이 장사꾼들은 어떻게 하고 있어?"

"그들에게 당분간 움직이지 말라고 하는 게 좋겠어요. 소백이 분명 냄새를 맡고 달려들 겁니다."

"그 미친개를 없애버려야 하는데!"

"도무지 빈틈을 보이지 않는 자입니다. 감찰관들은 그를 숭배하고 있어요. 이번에 올린 성과로 그의 인기는 한층 높아질 겁니다."

"빈틈을 보이지 않을 수는 있지. 그렇다고 속까지 꽉 차 있는 건 아냐. 이번에 한 건 해낸 걸로 머릿속에 바람이 들면, 그자도 허점이 생기게 될 거다."

부헨 요새 인근 마을로 피난 온 주민들은 오두막과 곳간, 축사, 울타리를 세우고, 이 새로운 거처에 적응하며 점차 안정을 되찾고 있었다. 하지만 쿠시의 전사들이 물밀 듯 쳐들어오자 이들은 속수무책으로 당할 수밖에 없었다.

한 이집트군 장교가 이 마을에 물과 곡식을 보급하러 왔다가 가장 먼저 희생당했다. 트리아는 장교의 머리를 잘라 말뚝에 꽂아 세워놓았다. 트리아의 병사들은 자기네 동족인 마을 주민들을 한 명도 남김없이 학살했다.

눈 깜짝할 사이에 작은 마을은 폐허가 되었다.

"부헨을 점령하자!"

쿠시의 왕이 요새를 향해 달려나가며 외쳤다.

이집트군이 미처 도개교를 올리고 성문을 잠글 겨를도 없이 쿠시족이 요새 안으로 괴성을 지르며 뛰어 들어왔다. 트리아는 벌써 세소스트리스의 목을 잘라 그 시신을 자신의 궁정 문 앞에 내걸어놓은 것처럼 한껏 들떠 있었다.

쿠시의 전사들이 넓은 마당을 찾아 요새 안을 두리번거렸다. 그런 탁 트인 장소에서의 백병전이라면 누비아 전사들이 십중팔구 우세했다. 하지만 그들이 빼곡하게 몰려 들어간 장소는 좁고 구불구불한 통로였다.

성벽 위에 몸을 숨기고 있던 이집트군 궁수들이 네스몬투 장군의 명령이 떨어지자마자 일제히 활을 당겼다.

쿠시의 전사들은 낙엽 지듯 우수수 쓰러졌다. 몇 명 살아남은 전사가 반격하기 위해 돌진했지만 이집트군이 있는 곳까진 미치지도 못했다.

"전진하라, 전진!"

쿠시의 왕이 울부짖듯 호령했다. 그는 이 함정만 빠져나가면 적과 육탄전을 벌일 수 있을 거라고 믿었다.

352

하지만 좁고 구불구불한 통로를 겨우 빠져나온 누비아군을 기다린 건 또다른 좁은 통로였고, 이 통로의 끝은 육중한 문으로 가로막혀 있었다.

꼼짝없이 함정에 빠진 누비아군 머리 위로 화살이 빗발처럼 쏟아졌다. 살아서 도망친 사람은 아무도 없었다. 이집트군이 도개교를 올려버렸던 것이다. 트리아는 끝까지 버티다가 가장 마지막으로 죽음을 맞았다. 그의 몸에는 십여 발의 화살이 박혀 있었다.

얼간이 스합이 대담하게도 예고자를 흔들어 깨웠다.

"용서하십쇼, 주인님. 쿠시의 왕이 조금 전에 부헨 요새로 쳐들어 갔답니다."

"그 망나니가 엄청난 실수를 저질렀군."

"그래도 일단 쳐들어갔으니 적에게 상당한 타격을 입혔을 겁니다."

예고자는 비나를 데리고 부헨 가까이 있는 사막 지대로 갔다.

요새의 성채는 아무 해도 입지 않은 것처럼 보였다. 이집트 병사들이 쿠시족의 시신들을 요새 바깥으로 운반해서 차곡차곡 쌓은 뒤 불을 붙였다. 그 시신 가운데는 쿠시 왕의 것도 있었다.

"제대로 망했군요."

함께 따라온 스합이 이젠 다 틀렸다는 듯 풀이 죽어 중얼거렸다.

세소스트리스의 군대와 맞설 수 있을 걸로 예고자가 기대해온 누비아군이 전멸해버린 것이다.

"여기 계속 있어선 안 됩니다, 주인님. 멤피스로 돌아가야 합니다. 거기는 안전할 겁니다."

"바위 계곡이 있다는 걸 잊었구나. 세소스트리스는 자신이 거둔 승리에 취해 바위 계곡을 건너 폭포 남쪽 땅을 정복하려 들 것이다."

"암사자가 나선다 한들 우리가 세소스트리스의 군대를 물리칠 수 있을까요?"

"불안해할 것 없다. 내가 예고자란 걸 잊었느냐? 이제 그의 지배가 끝나고 나의 지배가 시작될 것이다. 이런 사소한 일로 믿음이 흔들리는 게냐?"

얼간이 스합이 부끄러운 듯 고개를 숙였다.

"저는 아직 멀었습니다요, 주인님. 너무 탓하지 마십쇼."

숙영지로 돌아온 예고자는 입비뚤이를 불러 이집트군 배치 상황을 물었다. 주력부대는 부헨에 집결해 있고, 부대 하나는 선박을 수리하기 위해 인근의 한 작은 섬에 주둔해 있다고 했다.

예고자가 지시했다.

"그 섬에 있는 병사들을 전부 죽이고 배들을 불태워라. 세소스트리스에게 우리가 아직 살아 있다는 사실을 깨닫게 해줘야 한다. 배가 부족하면 군수물자 조달이 어려워질 테고, 예기치 않은 기습에 호된 꼴을 당한 이집트군의 사기도 떨어질 것이다."

드디어 행동을 개시한다는 말에 입이 쩍 벌어진 입비뚤이가 가슴을 치며 장담했다.

"그거 신나는 일이겠는데요. 아주 싹 쓸어버리겠습니다!"

37

세카리가 소스라치며 퍼뜩 잠에서 깨어났다.

"지독한 악몽을 꾸었어. 꿈에서 내가 오이를 씹어 먹고 있었다고! 불길한 징조야. 아주 나쁜 일이 닥칠지 몰라."

"잊어버리고 좀더 자두자."

잠에 취한 이케르가 눈꺼풀을 겨우 들어올리고 말했다.

"꿈을 얕잡아 봐선 안 돼! 게다가 저기 좀 봐. 상겡과 북풍도 몸을 벌떡 일으켰잖아."

이케르가 시큰둥하게 눈을 돌렸다.

상겡과 북풍이 시선을 나일 강에 고정시킨 채 불안한 듯 몸을 들썩이고 있었다.

"뭔가 이상한데. 보초병들은 제자리를 지키고 있겠지?"

"넌 여기 있어. 내가 확인해보고 올게."

세카리가 목공 작업장으로 조심스럽게 다가갔다.

보초병이 보이지 않았다.

세카리는 병사들이 잠들어 있는 막사로 뛰어가서 외쳤다.

"기상, 모두 원 위치! 적이 침입했다."

이집트 병사들이 막사 밖으로 뛰어나오자마자 막사에서 불길이 치솟았다. 기습자들이 막사에 횃불을 던졌던 것이다.

육탄전이 벌어졌다. 결과를 가늠할 수 없는 치열한 싸움이었다.

친구가 걱정된 세카리가 이케르에게 달려갔다. 이케르는 자신을 덮친 시리아인 두 명을 상대로 싸우는 중이었다. 그는 유연하고 민첩한 동작으로 적들이 휘두르는 칼날을 피했다. 이케르의 일격에 적 하나가 쓰러지자 옆에서 기회를 엿보던 상겡이 나머지 한 명에게 달려들어 목을 물었다.

이미 세 척의 배가 불타고 있었다.

기습자들은 이집트군을 이길 만큼 수가 많지는 않았다. 이집트군은 상당한 손실을 입긴 했지만 곧 전열을 가다듬고 반격에 나섰다.

치솟는 불길로 사방이 훤한 속에서 이케르는 털북숭이 사내의 얼굴을 알아보았다. 그자는 네번째 배에 불을 붙이고 있었다.

"입비뚤이!"

사내가 고개를 돌리며 이를 갈았다.

"널 끝장냈어야 했는데, 빌어먹을 첩자놈!"

입비뚤이가 사납게 던진 단도가 빗나가며 이케르의 뺨을 스쳤다.

강물로 뛰어든 입비뚤이는 곧 어둠 속으로 모습을 감췄다.

부헨 인근 마을에서 희생된 장교의 장례식이 열렸다. 의식은 파라오가 직접 주관했다. 미라 제작을 맡은 사제가 시신을 확인한 후 머리를 몸통에 다시 붙였다. 살해당한 주민들을 위해서도 엄숙한 장례식이 거행되었다.

파라오가 선언했다.

"휴식은 없을 것이다. 바위 계곡을 넘어야 할 시간이 왔다."

도열한 병사들이 불안한 듯 웅성거렸다.

"내가 이케르와 함께 선두에 서겠다. 반드시 호신 부적을 몸에 지니고, 네스몬투 장군의 명을 철저히 따르라."

홀로 세소스트리스 곁을 지키던 이케르는 파라오가 아비도스 신전 대사제의 표상인 황금 팔레트에 몇 개의 문자를 써넣는 걸 보았다.

왕이 써넣은 문자가 살아 있는 듯 형체가 변하더니 그 자리에 다른 글자들이 나타났다. 그러고는 아무 일도 없었다는 듯 글자들은 사라지고 팔레트는 원래 모습으로 되돌아왔다.

파라오가 말했다.

"우리의 사활이 걸린 질문들에 대해 보이지 않는 존재가 답을 주었다. 내일 동트기 직전에 우리는 바위 계곡으로 배를 몰아갈 것이다."

"하지만 폐하, 바위 계곡은 배를 타고 넘어갈 수 있는 곳이 아닙니다."

"그때라면 가능하다. 빛의 역량, 관대함, 지배력을 표현하는 능력, 원소들에 대한 통제력, 이 네 가지 힘*은 올바른 행동을 돕는다. 생명은 우주가 지닌 창조적 힘의 정수로서, 가장 오묘하고 강렬한 힘이다. 생명은 매 순간 우리를 가로질러 가지만, 그것을 실제 알아차리는 사람은 없다. 신성한 빛인 라는 우리의 정신을 열어 깨달음이 이어지도록 한다. 네 영혼의 새가 눈을 뜰 때 너는 하늘에 닿을 수 있고, 보이는 세계에서 보이지 않는 세계로 갔다가 다시 보이는 세계로

---

* 아크흐(akh), 우세르(ouser), 바(ba), 세켐(sekhem).

돌아올 수 있다. 한 세계에서 다른 세계로 옮겨 다님으로써 너는 인간의 보잘것없음에서 벗어날 수 있고, 시간의 흐름에서 해방될 수 있다. 현상 너머에 눈을 두고 하늘의 선물을 가려낼 수 있는 능력을 키워라, 이케르."

"암사자가 나타난다면 수천의 병사로도 대적할 수 없지 않습니까?"

"암사자는 강력한 여군주 세크메트의 현신이다. 왕홀의 모습을 본뜬 이 부적을 목에 걸어라. 이 왕홀은 힘의 통제를 상징하는 세켐으로, 나는 이 왕홀의 힘을 빌려 제물을 신성하게 만들어왔다. 세크메트 여신의 암사자를 이기기란 불가능하다. 그러나 그 암사자의 힘이 예고자에 의해 사악하게 이용되고 있으므로, 나는 그 암사자를 자신의 올바른 자리로 되돌아가게 해야 한다."

세카리는 이를 마주치며 덜덜 떨었다.

한여름인데도 나일 강 제2폭포의 새벽은 꽁꽁 얼어붙을 만큼 추웠다. 포근한 이집트와는 너무나 달랐다. 예고자가 또다른 사악한 마법을 부린 게 틀림없었다.

파라오와 이케르, 세카리는 눈앞에 펼쳐진 바위 계곡을 응시했다. 북풍과 상겡이 이들의 곁을 지켰다. 이집트 병사들은 따로 사막으로 우회해서 진군하고 있었다.

세카리는 아비도스 황금원 회원이 지닌 예지력을 통해 파라오의 힘이 미칠 수 있는 범위를 가늠할 수 있었다. 장벽처럼 가로막고 선 바위들과 거칠게 솟구치는 물을 보자 이번만큼은 파라오도 성공할 수 없을 거라는 생각이 세카리의 머릿속을 스쳐갔다. 하지만 그는 왕의 비밀 요원으로 첫걸음을 내디디면서 왕이 어디를 가든 따르겠다고 맹세한 터였다. 지금 눈앞에 펼쳐진 광경이 아무리 무시무시해도 뒷걸음칠 수는 없었다.

세소스트리스가 이케르에게 말했다.

"저기 폭포를 굽어보고 있는 바위를 봐라. 어떤 형상을 닮은 것 같으냐?"

"우라에우스의 형상입니다. 폐하의 이마에서 머리를 곧추세우고 있는 코브라 말입니다."

"저것이 우리를 보호해줄 것이다. 빠른 물살과 요란한 소리는 잊어라."

파라오는 배의 키를 잡고 바위 사이로 난 좁다란 물길로 접어들었다. 물살이 미친 듯이 요동쳤다. 배 앞에는 험악한 바위들이 끝없이 펼쳐져 있었다.

세카리는 뼛속까지 젖은 채 갑판 난간을 부둥켜안고 버텼다. 바위 계곡의 물살은 한층 더 거칠어졌다. 선체가 곧 부서질 듯 사방에서 삐걱거렸다.

세소스트리스가 자신의 아들에게 명했다.

"키를 잡아라."

키를 이케르에게 넘겨준 왕은 엄청나게 큰 활을 당겼다. 화살촉은 홍옥수와 반짝이는 붉은 벽옥이었다.

화살이 짙게 드리운 안개를 뚫고 날아갔다.

"한바탕 난장을 벌이고 왔지요."

입비뚤이의 의기양양한 보고를 들은 예고자가 물었다.

"불태운 배는 몇 척인가?"

"세 척입니다. 네번째 것은 불이 붙다 말았지요."

"소득이 시원치 않군."

"그래도 화물선으로만 세 척입니다. 군수물자를 조달하기가 꽤나 어려워질 거란 말입니다! 게다가 이집트 놈들은 우리가 언제 덮칠지 몰라 겁이 나서 벌벌 떨 겁니다."

얼간이 스합이 걱정스런 얼굴로 말했다.

"누비아 마법사들은 줄행랑을 쳐버렸어."

"그런 시꺼먼 놈들은 원래 겁이 났다 하면 꽁무니를 뺀다고! 내가 키운 리비아 전사들은 그 어떤 적도 무서워하지 않아. 또 우리한테는 암사자가 있잖아. 암사자 혼자서도 이집트 군대를 단번에 풍비박산 낼 수 있단 말이야."

입비뚤이는 이케르를 봤다는 이야기는 슬쩍 건너뛰었다.

예고자가 말했다.

"가서 쉬도록 하라. 내일이면 우리가 주도권을 다시 쥐게 될 것이다."

동트기 얼마 전 예고자는 비나를 데리고 막사를 나섰다. 대기는 얼음장처럼 차가웠고 캄캄한 어둠은 사방을 짓누르고 있었다.

비나가 몸을 떨었다.

"숨이 막힐 것 같습니다, 주인님."

별안간 불화살 하나가 밤하늘을 가르며 나타났다. 그것은 저 멀리로 사라지는 듯싶더니 믿을 수 없을 만큼 빠른 속도로 날아와 비나의 오른쪽 허벅지를 꿰뚫었다. 비나가 고통스러운 신음을 내질렀다.

예고자가 비나를 치료할 겨를도 없이 먼동이 희끄무레 밝아오기 시작했다. 곧이어 환한 첫 햇살과 더불어 황금의 눈을 가진 엄청난 크기의 매 한 마리가 솟구쳐 날아올라 예고자의 머리 위를 빙빙 돌았다.

예고자의 손도 즉시 날카로운 발톱으로 변했고, 코도 어느새 맹금의 부리가 되었다. 머리 위의 매가 귀청을 찢을 듯이 울었다. 예고자는 그것을 공격 신호로 받아들였다. 원래 파라오의 화신인 매는 보이지 않는 것을 볼 수 있었고, 노리는 대상을 결코 놓치는 법이 없었다. 그러나 이번만큼은 저 매를 이기리라, 예고자는 자신했다.

예고자는 새그물을 펼치고 매를 기다렸다. 이제 곧 저 호루스 세소스트리스의 머리를 잘라 승리를 구가하리라.

그러나 예고자의 예상과는 달리 매는 까마득하게 높은 곳으로 다시 솟구쳐 올라갔다. 떠오른 햇살이 하늘 가득히 눈부시게 퍼져나가고 있었다.

스합이 소리 질렀다.

"주인님, 폭포가 잠잠해졌습니다!"

보초를 서던 부하 하나가 어디론가 내달리며 소리쳤다.

"도망쳐라. 이집트군이 왔다!"

배는 평온하게 물살을 헤쳐 나갔다. 요동치던 바위 계곡은 잠잠해져 있었다. 첩첩이, 그러나 그저 얌전하게 쌓여 있을 뿐인 그 바위들 사이로 나일 강이 파라오의 배를 위한 물길을 열어놓고 있었다.

세카리가 놀랐다는 듯 중얼거렸다.

"정말 상상도 못 했던 일이야!"

이케르가 말했다.

"이렇게 되리라는 걸 북풍과 상겡은 벌써 알고 있었어."

"너도?"

"난 키를 잡고 있었지. 그리고 왕께서 쏘신 화살이 어둠을 뚫고 날아가는 걸 보았어. 쓸데없는 의문을 품을 이유가 없잖아?"

세카리는 겸연쩍은지 입속말을 웅얼거렸다.

긴장이 풀린 북풍과 상겡은 갑판 위에 잠들어 있었다. 파라오가 다시 키를 잡았다.

이케르가 궁금한 듯 물었다.

"호루스 매가 예고자를 무찔렀을까요?"

"호루스 매가 노린 건 그자가 아니었다. 암사자가 부상으로 움직일 수 없게 된 틈을 타, 나일 강의 분노를 진정시킨 것이다. 운하를 건설하도록 하자. 일 년 내내 언제라도 배를 운항할 수 있는 운하를 말이다. 폭포 너머에 견고한 요새들을 구축하고, 그곳까지 운하를 연결하도록 하자. 그 요새들은 우리가 방벽을 쌓아 구축할 보호 마법의 최전방이 될 것이니, 누비아의 사악한 정령들은 그 마법의 방벽을 결코 넘어오지 못할 것이다."

"예고자는 이제 무력해진 건가요? 암사자도 더이상 날뛰지 않게 되었고요?"

"불행히도 그렇지는 않다. 우리가 그들에게 큰 타격을 입힌 건 사실이지. 회복하려면 시간이 좀 걸릴 것이다. 하지만 악과 폭력은 언제 어디서든 필요한 자양분을 빨아들여 다시 고개를 드는 법. 바로 그 때문에 우리는 서둘러 요새를 쌓아야 하는 것이다."

"황금의 도시가 여기서 멀지 않은 곳에 있을까요?"

"이제 곧 길을 떠나 그 도시를 찾아보아라."

노래를 부르며 사막을 가로질러 행군해온 이집트 병사들이 파라오

362

일행과 합류했다. 네스몬투는 병사들의 노래를 막지 않았다. 노래가 행군의 어려움을 달래고 병사들 간의 결속력을 키워준다는 걸 누구보다 잘 알았기 때문이다. 평온함과 장대함이 서린 바위 계곡이 나타나자 병사들은 좀처럼 입을 다물 줄 몰랐다.

왕이 장군에게 물었다.

"길을 막는 무리가 있었는가?"

"산발적인 공격을 받긴 했습니다. 대개 오합지졸이었지만 때로 위협적인 경우도 있었지요. 몇몇 누비아 부족 지파들과 시리아, 리비아인 용병들은 제법 규율을 갖춘 병사들이었습니다."

"우리가 입은 손실은 어느 정도인가?"

"사상자는 한 명이고 부상을 당한 병사들은 여럿 됩니다. 대개가 경미한 부상이지만 두 명은 중상입니다. 닥터 구아가 그들을 치료하고 있으니 곧 회복될 겁니다. 적들은 소부대로 싸우다가 부상을 당했는데, 끝까지 항복을 거부했습니다. 제가 보기에 예고자의 전술은 뻔합니다. 훈련된 전사들의 기동력을 이용하거나 목숨을 바칠 각오가 된 광신도들을 전투에 몰아넣는 것이지요. 절대 경계를 늦추지 말고 그들의 기습에 철저히 대비해야 합니다."

향연이 열려 모두가 승리를 축하했다. 네스몬투는 가슴이 뿌듯했다. 파라오를 섬기는 사람은 부족함 없이 안녕을 누리고, 파라오에게 등 돌린 자는 지상의 행복도 천상의 지복도 얻을 수 없는 것이다.

감격에 찬 눈길들이 일제히 주시하는 가운데 두 겹 왕관을 쓴 파라오가 이집트 영토의 새 경계선을 표시하는 붉은 화강암 석비를 세웠다. 석비에는 다음과 같이 새겨져 있었다.

'세소스트리스 재위 팔 년 남쪽 국경선을 세우다. 누비아인은 물을 통해서든 뭍을 통해서든, 배를 이용하든 무리를 지어서든 이 경계선을 넘어와서는 안 된다. 이 국경선을 넘는 건 누비아 상인과 신분증을 소지한 전령, 선량한 여행객에게만 허용될 것이다.'*

승리의 축제가 끝나기도 전에 또다시 요새 축성 작업이 시작되었다. 새로 쌓는 요새들은 이집트에서 가장 멀리 떨어진, 그리고 누비아에 세워진 요새 가운데 규모가 가장 큰 것들이었다.

---

* 셈나웨스트 석비.

38

종신 사제 베가는 속이 타들어갔다.

자신과 손을 잡은 자들이 죽었는지 살았는지 도무지 알 수 없었던 것이다. 제르구는 떠난 뒤로 감감무소식이었고 메데스로부터는 아무 기별도 없었다. 석비 밀매는 중단된 상태였고 신성한 도시 아비도스는 출입이 봉쇄된 채 군대와 감찰대의 엄중한 보호를 받고 있었다. 임시 사제들이 드문드문 전해 오는 소식에 따르면 세소스트리스는 누비아에서 격렬한 전투를 치르고 있었다. 예고자가 쳐놓은 함정이 과연 세소스트리스에게 치명적 타격을 입힐 수 있을까?

예고자는 가공할 만한 능력을 지닌 인물인 만큼, 지금처럼 답답한 상황은 곧 결판이 날 것이다. 세소스트리스는 누비아를 굴복시켰다는 착각으로 자만할 테지만, 바로 그 누비아 땅에서 어떤 알 수 없는 힘에 부딪히게 될 것이다. 그 자신이 지닌 힘보다 더 우월한 힘에 말이다.

베가는 자신의 동맹자들이 세소스트리스를 물리치고 아비도스에 입성하게 되면, 자신이 아비도스의 새 대사제가 될 거라는 희망에 부풀어 있었다.

지금 상황만 놓고 봐도 최소한 한 가지 일은 흐뭇하기 짝이 없었다. 이시스의 처지가 형편없이 추락한 것이다. 베가는 오래전부터 이 아름다운 여사제를 경계해왔다. 그녀가 너무 빠른 속도로 고위직에 올라섰기 때문이다. 그런 막중한 지위는 베가가 생각하기에 남자들한테만 돌아가야 할 자리였다. 베가는 여자들, 특히 신성한 업무를 맡고 있는 여자들을 증오했다.

그런데 그런 그녀가 운하로 가서 빨래를 해야 하다니! 오늘 그녀는 천한 일을 해야 하는 신세가 된 것이다. 그건 평소 세탁부들이 맡아 하면서 힘들다고 징징거리는 일이 아니던가? 그녀는 파라오의 눈 밖에 난 게 분명했다.

예전에 베가는 이시스가 세소스트리스의 첩자일 거라고 의심한 적이 있었다. 종신 사제들의 동정을 낱낱이 염탐해서 조금이라도 의심스러운 점이 있으면 파라오에게 알리고 있을 거라고 말이다. 하지만 그녀는 모사꾼이 되기엔 너무나 순수했다. 그러니 결국엔 그처럼 천한 일이나 하게 된 것이다. 베가는 이시스가 이처럼 수모를 당하게 된 게 흐뭇하기 짝이 없었다. 그러고는 이제 이런 천한 여자와 말을 나누는 것도 삼가야겠다고 생각하며 자신에게 주어진 제의 업무로 신경을 돌렸다.

이시스는 흰 아마로 지은 오시리스의 튜닉을 조심스럽게 빨고 있었다. 신비제의를 수행할 때 오시리스의 육신을 덮었던 이 신성한 의복을 세탁하게 되다니, 탁발 사제가 자신에게 이처럼 막중한 임무를 맡기리라고 짐작이나 할 수 있었겠는가?

그녀는 주위에서 보내오는 조롱과 경멸 섞인 눈길에는 아랑곳없이 맡은 일에만 정신을 집중했다. 여신들의 손으로 비밀리에 지어진 이 옷을 만진다는 것은 그녀가 또다시 한 단계를 뛰어넘었다는 것을 의미했다. 파라오 문명이 탄생한 이래로 이처럼 신성한 대상을 눈으로 볼 수 있는 기회를 얻은 사람은 극소수였다.

"일을 다 끝냈소?"

탁발 사제가 늘 그렇듯 무뚝뚝한 표정으로 물었다.

"흡족하실 만큼 잘했는지 모르겠습니다."

이시스가 빨아서 널어놓은 오시리스의 튜닉이 햇빛 아래 눈부시게 빛났다.

"잘 접어서 이 함에 보관해두시오."

상아와 푸른색 자기로 상감세공된 작은 함에는 활짝 핀 파피루스 꽃 문양이 그려져 있었다.

탁발 사제가 다시 물었다.

"우리가 발 딛고 있는 이곳에 눈으로 볼 수 없는 경계선이 있다는 사실을 아시오?"

"아비도스는 하늘의 문이니까요."

"그 문을 넘어가기를 원하오?"

"그렇습니다."

"그럼 나를 따라오시오."

탁발 사제는 아비도스 황금원의 수장인 파라오의 지시대로 이시스를 오시리스 신전의 한 제실로 데려갔다.

낮은 탁자 위에 '통과'라는 의미의 세네트(senet) 놀이 도구가 놓여 있었다.

"여기 앉아 겨루어보시오."

"제가 겨룰 상대는 누구입니까?"

"눈에 보이지 않는 존재와 겨루어야 하오. 그대의 손이 오시리스의 튜닉에 닿은 이상 이 시험을 치르지 않을 수 없소. 여기서 이긴다면 그대는 정화되고 그대의 정신은 새로운 현실에 눈뜨게 될 거요. 그러나 진다면…… 목숨을 잃게 될 것이오."

제실의 문이 다시 닫혔다.

장방형 놀이 도구 표면에는 서른 개의 칸이 세 줄로 나란히 그려져 있었다. 놀이에 참여한 한쪽 편은 열두 개의 방추형 말을 갖고, 상대편은 같은 수의 꼭지가 둥근 원추형 말을 가졌다. 놀이 방법은 숫자가 적힌 작은 패들을 던져서 나온 숫자만큼 말을 움직여 칸을 전진하는 것이었다. 어떤 칸에는 좋은 일이 기다리고 있었고, 또 어떤 칸에는 힘든 일이 기다리고 있었다. 놀이하는 사람은 말을 앞으로 전진시키는 과정에서 많은 함정과 마주치게 되고, 그 함정들을 다 건너면 태초의 대양인 눈에 도달해서 다시 태어나게 되는 것이었다.

이시스는 열다섯번째 칸에 도달했다. 그 칸은 '새로운 탄생의 집'이었다. 거기엔 생명이라는 상형문자가 그려져 있었고 상형문자 양편으로 '왕성한 힘'을 의미하는 왕홀 우아스 두 개가 생명을 보호하고 있었다.

앞에 놓인 작은 패들이 별안간 저절로 뒤집히더니, 나온 숫자만큼 상대방 말 다섯 개가 한꺼번에 전진해서 이시스의 말을 막아섰다.

이시스가 두번째로 얻은 숫자는 불운했다. 그녀가 걸린 스물일곱번째 칸은 빠지면 죽을 수밖에 없는 물웅덩이였다. 결국 이시스는 말을 잃고 물러서야 했다. 이시스가 수세에 몰린 것이다. 이시스는 자신이 질 거라는 생각이 들었다.

이시스는 자신에게 말했다. 내가 겁낼 게 무엇인가? 나는 올바른 삶을 살기 위해 애쓰며 오시리스를 섬겨오지 않았는가? 저세상 재판정에 서야 할 시간이 되면 내 마음이 나를 변호해줄 것이다.

이시스가 또 한번 패를 던졌다.

이십육이라는 숫자가 나왔다. 그 칸은 '완벽한 집'으로, 눈앞의 놀이판을 넘어 하늘의 문으로 들어갈 수 있는 가장 좋은 숫자였다.

순간, 놀이판의 칸들이 모두 사라졌다. 그녀는 마침내 시험을 통과한 것이다.

탁발 사제가 다시 문을 열고 들어오더니 이시스에게 금덩어리 하나를 내밀었다.

"나를 따라 생명의 나무가 있는 곳으로 갑시다."

탁발 사제가 나무 주위를 한 바퀴 돌았다.

"이시스, 그 금을 들어 나뭇가지 위에 올려놓으시오."

금덩어리에서 은은한 열기가 퍼져나왔다.

나뭇가지에 새로운 수액이 차오르며 푸른 생기를 되찾았다.

이시스가 감탄해서 소리쳤다.

"치유력을 가진 금이군요! 이 금이 어디에서 온 건가요?"

"이케르 왕세자가 누비아에서 찾아냈다고 하오. 하지만 이건 우리에게 필요한 금의 일부일 뿐이오. 이 나무를 완전히 회복시키려면 다른 많은 금들이, 이보다 효력이 한층 더 강한 금들이 있어야 합니다. 그렇지만 이것만으로도 우린 큰 수확을 얻었다고 할 수 있지요."

이케르가 찾아낸 금이라니…… 이케르도 생명의 나무를 살리는 일에 힘을 보태고 있었다니!

이시스는 이케르가 범상한 사람이 아니라는 생각을 했다. 그리고

369

이런 생각 한 귀퉁이에는 그가 그렇게 특별한 사람인 만큼 어쩌면 그의 운명이 아비도스의 한 여사제의 운명과 이어져 있을지 모른다는 기대감이 숨어 있었다.

북쪽에서 남쪽에 걸쳐 미르기사, 다베르나티, 샬파크, 우로나르티, 셈나, 쿰마, 최소한 이 여섯 곳에 새로운 요새가 건설되어 바위 계곡을 지키는 튼튼한 관문 역할을 하게 될 예정이었다. 세소스트리스는 매일 요새 건설 현장을 찾아 둘러보았다. 공사는 세호테프가 맡아서 감독했고, 이케르와 네스몬투 장군도 힘을 보탰다. 일꾼들은 점점 높이 올라가는 성벽들을 바라보며 힘든 노동의 피로를 잊곤 했다. 그들에게는 충분한 식량과 필요한 만큼의 물과 맥주가 보급되었다. 이 물자를 조달하는 일은 메데스와 제르구의 책임이었는데, 이 두 사람은 울며 겨자 먹기로 이 일을 수행할 수밖에 없었다. 인부들은 모두 자신이 누비아를 지키는 중요한 작업에 참여하고 있다는 사실을 의식하고 있었다.

미르기사 요새는 아무리 목석같은 사람이라도 눈이 휘둥그레질 만큼 위풍당당했다. 나일 강 제2폭포 최남단 바로 서쪽, 나일 강을 이십여 미터 아래로 내려다보는 절벽에 세워진 이 '오아시스인을 물리치는 요새'는 직사각 형태로, 면적은 8.5헥타르에 달했다. 요새 둘레에는 도랑을 팠고, 두 겹으로 쌓은 성벽에는 철각 보루들이 설치되었다. 보루에 배치된 병사들이 요새의 각 출입구를 엄중히 지켰다. 폭이 팔 미터, 높이가 십 미터에 달하는 튼튼한 성벽 덕분에 미르기사는 적은 수의 병사만으로도 충분히 지켜낼 수 있었다. 이 요새에 주둔하는 병사는 서른다섯 명의 사수와 또 그만큼의 보병이 전부였다.

성벽 안에는 거주지와 집무실, 화물 창고, 곡물 저장소, 무기고, 대장간, 신전이 있었다. 원주로 둘러싸인 안뜰도 있었는데, 안뜰 바닥에는 포석이 깔려 있었다. 요새 안에는 기술자들이 상주하면서 창과 검, 단도, 투창, 활과 화살, 방패를 수선하고 제작했다.

이 요새 도시 바로 근처에 비슷한 규모의 마을이 만들어져 요새에 부족한 것들을 조달할 수 있었다. 출입이 자유로운 이 마을에는 벽돌 가옥들과 빵 굽는 가마, 여러 공방들이 세워졌다. 요새를 건설한 이집트인들은 사막에 관개시설을 해서 나무를 키우고 작은 정원을 꾸몄다. 사막에 물을 끌어들인 것을 보고 인근 부족들은 감탄으로 입을 떡 벌렸다. 이제 남은 일은 이 부족들이 차례로 파라오에게 복속해오는 것뿐이었다.

닥터 구아와 약제사 렌세넵은 솜씨를 발휘하여 환자들을 치료하면서 서로에 대한 신뢰를 쌓았다. 미르기사는 교역 지구로서 경제적 중심지가 되었고 덕분에 이 척박한 지역은 빈곤에서 벗어날 수 있었다. 누구든 배불리 먹게 되자 반란이라든가 전투 같은 이야기는 사람들의 관심에서 멀어져갔다. 누비아인은 부족 지파들끼리 서로 죽고 죽이는 일에만 골몰하고 있는 암울한 나라 쿠시에 등을 돌리고 이집트 점령군을 지지했다. 세소스트리스는 폭군이라는 반발을 사기는커녕 오히려 해방자이자 살아 있는 신으로 추앙받았다.

이집트군은 여러 가지 기술적 혁신도 이루었는데, 그중 진흙을 입힌 널판들을 최대 십 도 경사로 깔아놓은 운반대는 작업 감독이 가장 자랑스러워한 장치였다. 배를 강물에서 끌어낸 뒤 이 운반대에 올리고 널판 위로 계속 물을 뿌려주면서 당기면 다른 곳으로 쉽게 운반할 수 있었다. 폭이 이 미터인 이 운반대는 갈수기 동안 배를 몰기 위험해진 운하 대신 요긴하게 이용되었다. 또한 이 장치 덕분에 수레에 실은 식량이나 다른 물자들도 쉽게 끌어 운반할 수 있었다.

미르기사의 망루들 위에는 늘 보초가 배치되어 누비아인의 왕래를 살폈다. 보초들은 누비아 각 부족을 식별하는 방법과 그들의 습성을 익힌 뒤 조금이라도 심상치 않은 동향이 탐지되면 요새 사령관에게 보고했고, 사령관은 그 즉시 정탐대를 보내곤 했다.

유목 생활을 하는 부족들도 이집트군의 통제를 받았고, 적절한 허가 없이는 이집트군 관할 구역에 들어오지 못했다.

메데스는 서기관들을 지휘하여 누비아 부족들에 대한 세세한 자료를 문서로 작성한 뒤, 이 문서의 사본들을 다른 요새들과 엘레판티네로 보냈다. 덕분에 허가받지 않은 인구 이동은 최소한으로 억제되었다.

어느 날 메데스는 격심한 두통 때문에 닥터 구아를 찾아갔다.

"도무지 일을 할 수가 없을 지경이오. 마치 머릿속에 불이 난 것 같소."

증상을 들은 닥터 구아가 말했다.

"두 가지 약을 처방해드리죠. 하나는 약제사 렌세넵이 조제한 알약인데, 간의 막힌 혈관들을 뚫고 통증을 덜어줄 겁니다. 또다른 처방으로 오늘 아침에 낚은 메기의 머리를 나리의 머리 위에 올려놓아드리지요. 이렇게 하면 두통이 물고기의 뼛속으로 옮겨가고 나리의 통증은 싹 사라질 겁니다."

메데스는 그런 처방이 과연 효과가 있을지 고개를 갸웃했지만, 얼마 지나지 않아 두통이 가라앉는 걸 확인했다.

"혹시 마법을 쓰는 것 아니오, 의사양반?"

"마법이 들어 있지 않은 의술로 병을 치료하기란 거의 불가능하지요. 저는 해야 할 일이 많아서 이만 가봐야겠습니다. 필요하면 다시 부르십시오."

이 작고 바싹 마른 체구의 의사는 어디서 그런 힘을 길어내는 것일까? 그 무거운 가죽 가방을 메고 다니는 일조차 힘겨워 보이는 몸인데 말이다. 누비아의 정세가 안정되는 데는 닥터 구아와 약제사가 결정적 역할을 했다. 두 사람은 누비아 토착민들도 진료했을 뿐 아니라 자신들이 이집트로 떠난 뒤에 대신 병을 치료할 의사들도 양성해놓았다. 한 광대한 지역이 세소스트리스의 지휘하에 마침내 혼란과 빈곤에서 벗어난 것이다.

서기관 한 명이 와서 메데스에게 보고했다.

"보고서 하나가 없습니다."

"행정 문서냐, 군사 문서냐?"

"군사 문서입니다. 다섯 개 정찰대 가운데 한 곳에서 보고서를 제출하지 않았습니다."

메데스는 네스몬투 장군의 사령부로 갔다.

"장군님, 사고가 생겼습니다. 뭐 대단한 건 아닐 테지만 보고드려야 할 것 같아서요. 정찰대장 하나가 보고서를 제출하지 않았습니다."

네스몬투는 즉시 부관을 보내 문제의 장교를 불러오게 했다.

부관은 화가 나서 씩씩거리며 혼자 돌아왔다.

"찾을 수 없었습니다, 장군."

"병사들도 없단 말인가?"

"병영 어디에도 보이지 않습니다."

정황은 걱정스럽게도 분명했다. 그 정찰대는 돌아오지 않았던 것

373

이다.

파라오가 참모 회의를 소집했다.

세소스트리스가 물었다.

"그 부대는 어느 방향으로 갔는가?"

네스몬투 장군이 대답했다.

"서쪽으로 갔습니다. 평소 임무대로 한 유목민 카라반을 감시하기 위해서였습니다. 이 카라반도 미르기사로 들어오지 않았습니다. 아무래도 우리 정찰 부대가 함정에 걸린 것 같습니다. 이 일이 일회성 도발인지 아니면 대규모 공격의 전초인지 확인해봐야 합니다."

이케르가 나섰다.

"제가 알아보고 오겠습니다."

네스몬투 장군이 말렸다.

"우리 군대에는 뛰어난 정찰병들이 많아!"

"분명히 짚고 넘어가야 할 점은 이번 일이 예고자가 보인 첫번째 반응이라는 겁니다. 최대한 신중하게 움직이면서 상황을 파악해오겠습니다. 유능한 병사 몇 명만 데려가면 충분합니다."

세소스트리스는 왕세자를 막지 않았다. 예고자와 또다시 맞서는 일이 비록 위험하긴 해도 이케르를 한층 성장시킬 기회가 될 거라 생각한 것이다.

세카리는 자신의 편안한 침실을 떠나야 한다는 게 서운했다. 장교 식당에서 나오는 맛있는 음식을 맛볼 수 없게 된 것도 아쉬웠다. 한 자리에 진득하게 붙어 지내는 친구를 사귀었으면 좋았을걸! 하지만 어쩌겠는가, 그의 임무가 이렇게 열심히 돌아다니는 친구를 보호하는 일인 것을.

39

　네스몬투 장군의 주장은 강경했다. 이케르와 함께 떠날 정찰대원
모두에게 화살막이 보호대를 걸치도록 한 것이다. 그 보호대란 마법
의 글자를 쓴 파피루스로, 그것을 끈으로 가슴에 단단히 묶어 매야
했다. 파피루스의 두께보다는 거기에 상형문자로 쓰인 글귀들이 화
살을 막아줄 터였다.

　발라니트나무 그늘 아래 카라반 일행이 쉬고 있었다. 당나귀들과
누비아인들의 모습이 보였다. 이집트 정찰대가 다가가자 상인들이
우호의 표시로 손을 흔들어보였다.

　상겡이 별안간 험상궂게 으르렁거렸다. 북풍은 발걸음을 딱 멈추
더니 더이상 나아가지 않으려 했다.

　카라반 일행은 변장한 쿠시 병사들이었다. 상대편이 의심을 품었
다는 걸 알아차린 쿠시 궁수들의 태도가 돌변하는가 싶더니 화살이
빗발치듯 쏟아졌다.

　이케르는 네스몬투 장군에게 감사한 마음이 들었다. 날아온 화살
들이 도로 튕겨나갔던 것이다.

세카리가 사방을 둘러보며 말했다.

"우리 뒤편에서 한 무리가 오고 있어. 양쪽 옆에서도 마찬가지고. 우린 포위당했어."

이케르가 지시했다.

"일단 피해야겠다. 땅을 파자."

임시로 판 참호에 몸을 숨기긴 했지만 오래 버티지는 못할 게 분명했다. 왕이 죽었다고 해서 쿠시족이 완전히 몰락한 건 아니었다. 이런 함정을 꾸밀 만한 능력은 여전히 지니고 있었던 것이다.

세카리가 중얼거렸다.

"암담한 생각은 하고 싶지 않지만 말이야, 우린 아무래도 틀린 것 같아! 적어도 저들이 어떻게 우리 정찰대를 몰살시켰는지는 알아냈지만, 그걸 보고하기 전에 우리도 죽고 말겠지. 저들을 먼저 공격한다는 건 어림도 없는 일이야. 저들의 수는 우리보다 스무 배는 더 많다고."

이케르도 희망을 찾을 수 없기는 마찬가지였다. 그래서 그는 온 정신을 모아 자신의 마지막 생각을 이시스에게 전했다. 예전에도 이시스가 그의 생각을 전해 받고 그의 생명을 구해준 적이 있지 않았는가? 그녀의 마음속에 조금이라도 그에 대한 사랑이 있다면, 그가 이렇게 야만인들의 손에 죽도록 내버려두지는 않으리라.

세카리가 귀를 기울이며 물었다.

"이 소리 들리니? 꼭 벌 떼가 윙윙거리는 것 같아!"

정말로 꿀벌 떼가 그들을 향해 다가오고 있었다.

지금까지 한 번도 본 적이 없는 엄청난 벌 떼였다. 벌 떼가 해를 가려 하늘이 어두컴컴해질 정도였다.

그 꿀벌 떼가 쿠시족을 덮쳤다.

이케르가 소리쳤다.

"우리도 꿀벌들을 따라 돌격하자. 아무것도 겁낼 필요 없어!"

세카리가 자신의 앞을 막아서는 덩치 큰 흑인 전사를 쓰러뜨렸다. 쿠시 전사들은 저마다 십여 군데 이상 벌에 쏘여 퉁퉁 부어오른 채 쓰러졌다.

벌 떼 소리에 귀가 멍멍한 것도 잊은 채 이집트 정찰대는 이 지원군의 뒤를 쫓아 함정을 탈출했다.

이케르는 앞서 가는 벌 떼를 따라 오랫동안 달렸다. 수시로 뒤를 돌아보며 병사들 가운데 뒤처지는 사람이 없도록 독려하는 일도 잊지 않았다.

어느 순간 벌 떼는 하늘로 올라간 듯 자취를 감추었다.

세카리가 말했다.

"목숨은 구했는데 길을 잃어버렸구나."

"밤이 되면 별들이 나타날 거야. 별자리를 보고 방향을 잡으면 돼."

사막은 끝없이 펼쳐져 있었다. 사방에 풀 한 포기 보이지 않았다.

"이 모래언덕 뒤에서 좀 쉬자."

이케르가 언덕 뒤로 돌아가자 돌을 깎아 만든 물체가 모래 속에 반쯤 파묻혀 있는 게 눈에 띄었다. 세카리가 관심 깊게 지켜보는 가운데 이케르가 땅속의 물체를 파냈다.

"이건 틀림없이 금괴를 만드는 거푸집이야. 근방에 금광이 있었던 거야."

모래언덕 발치에 또다른 물체들이 보였다. 역시 금광의 흔적들이었다.

병사들이 갱도 한 곳의 입구를 찾아냈다. 갱목을 튼튼하게 받쳐 만든 갱도였다.

이케르와 세카리가 갱도를 따라 들어가보았다. 위험이 닥칠 경우 알리기 위해 상겡과 북풍은 밖에 남았다.

갱도 끝까지 들어가자 평평하고 넓은 공간이 나왔다. 일종의 광장 같은 그 공간 주위로 돌오두막들이 둘러서 있었고, 오두막마다 저울이라든가 화강암으로 만든 저울추, 다양한 크기의 거푸집이 흩어져 있었다.

작은 신전 문 양편에 기둥 두 개가 서 있었다. 기둥에 하토르 여신의 얼굴이 보였다. 그건 이시스의 얼굴이었다.

"그녀가 우리를 이 황금의 도시로 인도해주었구나."

이케르가 중얼거렸다.

신전 안으로 들어가자 작은 금괴들이 가지런히 놓여 있었다.

비나는 예고자에게 차라리 자신을 죽여달라고 간청할 만큼 극심한 고통에 시달렸다. 다리를 잘라내야 하는 게 아닌가 싶을 정도로 깊은 상처였지만, 예고자는 마침내 상처 부위를 진정시킬 수 있었다. 그는 누비아 마법사들이 가져온 약초를 써서 그녀를 회복시키는 데 전력을 다했다.

예고자는 내심 회심의 미소를 지었다. 만약 파라오가 이 무서운 암사자를 무력화시켰다고 믿는다면 큰 착각을 하는 것이니 말이다.

비나가 자신의 목소리와 암사자의 포효를 섞어 내지르던 고통스러운 신음은 이미 잦아들었다. 수면제를 먹은 그녀는 오랜 시간 잠을 잤다. 상처 부위에 놓인 여왕 터키석이 치유 속도를 더 빠르게 해주었다.

트리아의 군대가 궤멸당하긴 했지만 살아남은 쿠시족과 여러 누비아 부족들은 여전히 예고자에게 복종했다. 많은 전사들이 감미롭고 매혹적인 목소리로 반복되는 그의 설교에 귀를 기울였다.

입비뚤이가 한마디 꺼냈다.

"이집트인이 믿을 수 없을 만큼 빠른 속도로 요새를 쌓아올리고 있습니다. 지금 그들은 샬파크에 주둔하고 있어요! 사방을 굽어보는 그 바위 언덕에 요새를 쌓고 들어앉으면 나일 강과 사막을 더 확실하게 감시할 수 있다고요."

"요새를 계속 쌓도록 내버려둬선 안 된다."

이 말에 입비뚤이는 힘이 불끈 솟았다.

"저흰 준비되어 있습니다. 샬파크를 빼앗고 다 죽여버리겠습니다."

"카라반으로 위장해서 이집트 정찰대를 전멸시켰던 그 부대는 어떻게 되었느냐?"

"사막에서 종적을 감춰버렸습니다. 분명 세소스트리스의 역공에 당했을 테지요. 이제 복수의 시간이 왔습니다!"

입비뚤이의 자신감은 그가 훈련시킨 전사들을 자극하고 부추겼다. 하지만 예고자는 신중한 태도를 보였다. 예고자가 누비아에서 세력을 키워갈수록 세소스트리스 역시 마법으로 대응해 오는 데다 새로 쌓은 요새의 성벽처럼 난공불락이 되어 있었던 것이다. 다행히 파라오에겐 아직 공략해볼 만한 몇 가지 약점이 남아 있었다.

세카리는 의자에 앉아 독한 포도주를 홀짝거리고 있었다.

"한 잔 더 할래, 이케르?"

"난 그만 마실래."

"꿈을 푸는 열쇠에 대해 공부해봐! 포도주 마시는 꿈을 꾼다면 그건 네가 마아트로 자신을 살찌운다는 의미거든! 난 그런 꿈을 자주 꿔. 게다가 이런 황량한 장소에서 버티려면 그런 꿈보다 더 좋은 약이 없지."

'이방인의 나라들을 굴복시키는 요새*'라는 의미의 샬파크 요새는 도무지 정을 붙일 만한 게 없는 곳이었지만, 요새 아래로 나일 강이 좁은 협곡을 이루고 있어서 강을 감시하기에 유리했다. 요새 규모는 그리 크지 않았지만** 성벽은 두께가 오 미터에 달할 만큼 튼튼했다. 공사가 마무리되면 소규모 주둔군만으로도 충분히 방어할 수 있는 요새였다. 이곳에는 몇 개의 곡식 저장소도 지어질 예정이었다. 계단 하나가 절벽을 타고 나일 강까지 이어져 있었다. 완공 후에도 샬파크 요새 안으로 들어오려면 경비가 삼엄한 작은 문을 통하는 수밖에 없을 것이다. 건축 장인들의 뛰어난 기술 덕분에 성벽 공사는 빠른 속도로 진척되었다. 성벽이 완공되기까지 유일한 위험은 사막 쪽에서 적이 공격해오는 것이었다. 이런 우려 때문에 이케르는 일개 부대 스무 명의 궁수를 지휘하여 건축 현장을 지키고 있었다.

세카리가 말을 이어갔다.

"매일 밤과 낮에 각각 술을 마셔봐. 반드시 품질이 제일 좋은 포도주로! 그렇게 하면 마음이 즐거워지고 맑아진다고. 그야말로 신이 빚어낸 금이 따로 없다니까. 이건 어느 시인이 한 말인데, 근사하지 않니?"

---

* 우아프카수트(Ouaf-khasout).

** 80m×49m.

이케르가 진지한 표정을 지었다.

"그 말 속에 담긴 어떤 상징적 의미를 읽어야 하지 않을까? 보이지 않는 존재와 소통하는 순간에 느끼는 신성한 도취를 표현하는 구절이 아니냐는 거야."

"물질로 모습을 드러내지 않은 상징은 아무 쓸모가 없어! 그나저나 아비도스로 보낸 그 금은 효과가 있었을까?"

세카리가 류트를 탔다. 거북 등껍질에 영양의 가죽을 팽팽하게 늘려 씌워 울림통을 만들고 붉은색을 칠한 뒤 구멍을 여섯 개 뚫은 악기였다. 악기에 맨 세 개의 현으로 세카리는 애조 띤 가락을 연주하며 나지막하고 느린 노래를 불렀다.

나는 현자들의 노래를 들었네.
영원이란 대체 어떤 곳일까?
거기는 정의가 지배하는 곳이라네.
두려움도 없고, 싸움도 없고,
누구도 서로를 공격하지 않는다네.
영원한 세상에 가면 적이란 없지.
조상님들은 그곳에서 평화롭게 살고 있다네.

상겡과 북풍이 바닥에 길게 드러누워 세카리의 노래를 들었다. 그런데 별안간 어디선가 화살 하나가 날아왔다. 류트에 맞고 튕겼기에 망정이지, 안 그랬으면 세카리가 크게 다칠 뻔한 순간이었다.

상겡이 사납게 짖어대기 시작했고, 북풍도 높은 소리로 울었다. 졸고 있던 병사들이 이들의 소리에 깜짝 놀라 정신을 차렸다.

병사들은 평소 이런 공격에 대비해온 터라 민첩하게 움직여 검은 화강암 덩어리들 뒤로 몸을 숨겼다. 이 화강암들은 요새의 초석으로 쓰일 석재들이었다.

세카리와 이케르는 위험을 무릅쓰고 화살이 날아오는 방향을 우회하여 공격자들의 배후를 덮쳤다.

샬파크에서 멀지 않은 곳에 따로 주둔해 있던 부대가 두 사람을 돕기 위해 즉시 달려왔다. 북풍과 상겡의 소리를 듣고 비상사태임을 알아차렸던 것이다.

공격해왔던 누비아 부족 가운데 붙잡히지 않은 사람은 족장뿐이었다. 족장은 가파른 경사면을 거의 구르다시피 해서 강물 속으로 뛰어든 다음 바위 사이로 몸을 숨겼다.

웅크리고 있는 족장 가까이로 발소리들이 다가왔다. 족장은 이제 들켰다고 생각했다.

하지만 가까이 온 이집트 청년 둘은 도망자를 찾을 생각이 없는지 나일 강만 바라보고 있었다.

족장의 귀에 두 사람의 말소리가 들려왔다.

"배가 보이지 않는걸. 그 정신 나간 자들은 몇 명 안 되는 인원으로 사막 쪽에서 공격해온 거였어. 우리 방어체제에 대해선 깜깜한 채 말이야."

이렇게 말한 사람은 세카리였다. 이케르가 대답했다.

"처음부터 죽을 작정을 하고 공격해온 자들이지. 예고자는 우리가 잃어버린 도시에서 가져온 금덩어리들을 샬파크에 숨겨놓았을 거라고 짐작한 거야. 파라오께서 그 금들을 아스쿠트 요새에 보관해놓으신 건 정말 현명하신 일이야."

이야기를 나누던 두 이집트인이 자리를 떠났다.

족장은 자신의 전사들이 전부 죽었다는 사실도 잊어버렸다. 예고자가 알면 몹시 좋아할 귀중한 정보를 엿들었던 것이다.

40

예고자가 고개를 끄덕였다.

"그렇다면 이집트인이 황금을 발견했다는 말이로군."

"그걸 아스쿠트에 숨겨놓았답니다요!"

혼자 살아 돌아온 족장이 자랑스러운 듯 고해바쳤다.

"샬파크 요새를 부수지 않고 왜 멀쩡하게 놓아두었느냐?"

"그게…… 우리 쪽 병사 수가 턱없이 부족했던 탓이죠."

"네가 입비뚤이의 지시를 받기도 전에 무턱대고 공격해 들어가서 그런 게 아니고?"

"중요한 건 그들이 보물을 숨겨놓았단 사실을 알아냈다는 거죠."

"더 중요한 건 내게 복종하는 일이야."

입비뚤이가 곤봉을 내리쳐 누비아인 족장의 머리를 부숴버렸다.

"이런 한심한 놈이 병사들을 이끌다니! 누비아 족속들은 전부 이 모양이라니까! 이놈들을 제대로 가르치려면 세월깨나 들 겁니다. 또 가르친다고 해서 쓸 만해진다는 보장도 없고."

얼간이 스합이 한숨을 내쉬며 말했다.

"아스쿠트로 가는 건 불가능합니다요. 셈나와 쿰마에 요새가 들어선 다음부터는 나일 강을 지나는 배란 배는 모조리 검문당하고 있다고요."

예고자가 대답했다.

"이집트인이 찾아냈다는 그 금이 정말로 효험이 있는지 알아봐야겠다. 만약 그렇다면 그 금을 없애버려야 해. 비나는 거의 완쾌되었지만 전투에 동원하기는 아직 이르다. 다른 방법을 써야겠다."

뜨거운 열기에 숨은 턱턱 막히고, 쉴 새 없이 몰려드는 일 때문에 메데스는 거의 탈진할 지경이었다. 그가 지금 머물고 있는 셈나 요새는 아직도 공사 중이었으며 바쁜 일들이 넘쳐났다. 이집트군 주둔지 최남단인 이곳에는 누비아를 철저히 봉쇄할 목적으로 세 채의 요새가 건설되었다. 크고 작은 망루가 번갈아 솟아 있는 '세소스트리스가 통치력을 행사하다'라는 이름의 서 셈나 요새와 '누비아인을 물리치는 요새'라 불리는 남 셈나 요새, 그리고 나일 강 동쪽 기슭에 세워진 쿰마 요새였다. 쿰마에는 작은 신전이 있었다.

이집트의 국경선이 이렇게 먼 남쪽 지역까지 깊숙이 내려왔던 적은 없었다. 나일 강은 이곳에 이르러 바위투성이 협곡을 이루었고, 그 덕분에 이곳의 요새들이 완공될 경우 적의 공격을 쉽사리 차단할 수 있었다. 이집트 공병대는 세호테프의 감독하에 의미심장한 작업에 착수했다. 셈나 협곡에 바위를 쌓아 교역 선박들이 안전하게 운항할 수 있는 운하를 만드는 것이다.

뿐만 아니라 셈나 북쪽에는 길이가 오 킬로미터에 달하는 장벽이 건설되고 있었다. 이 장벽은 사막 교역로를 보호하기 위한 것이었다.

메데스는 셈나 주둔 병사 백오십 명, 쿰마 주둔 병사 오십 명을 임명하는 명령서를 작성했다. 주둔군으로 선발된 이 정예병들에게는 안락한 집, 포석이 깔린 거리, 공방들, 곡물 저장소, 배수 시설, 저수조, 규칙적인 생필품 보급 등 풍족한 생활이 보장되었다.

닥터 구아가 무거운 가죽 가방을 메고 메데스의 집무실로 들어섰다. 하인 하나가 쉴 새 없이 메데스에게 부채 바람을 부쳐주고 있었다.

"오늘은 어디가 불편하십니까?"

"장에 탈이 났는지 가만히 있어도 힘이 없고 살이 쭉쭉 빠지는 것 같구려."

"이상하군요. 이런 기후는 건강에 아주 좋고, 무엇보다 나리는 몸에 충분한 지방이 저장되어 있어 장에 탈이 날 것 같지는 않은데요."

닥터 구아는 메데스의 배를 두드려보고 귀를 대보더니 가방에서 단지처럼 생긴 도구를 꺼냈다. 호루스가 자신의 눈을 치료할 때 사용했던 것과 같은 도구였다. 회복된 호루스의 눈은 인간에게 생명과 건강, 행복을 주었다.* 이 단지를 사용하여 약의 분량을 정확히 재서 체방하면 효력을 한층 높일 수 있었다. 구아는 단지에 신선한 대추야자 즙과 아주까리잎, 무화과나무수액으로 만든 물약을 부었다.

"나리의 엉덩이 혈관들은 기력을 잃었고 항문은 예민해져 있어요. 이 요법을 쓰면 엉덩이 혈관과 항문이 균형을 되찾아 뱃속의 장이 정상적으로 움직일 겁니다."

"난 너무 지쳐 쓰러지고 말 거요!"

---

* 호루스는 아버지 오시리스의 원수를 갚기 위해 세트와 싸우다가 왼쪽 눈에 상처를 입었는데 토트에게 치료받고 회복되었다. 고대 이집트인에게 호루스의 눈은 강력한 부적이었다.(옮긴이)

"이 물약을 식사 시간을 피해 하루 세 번 드세요. 식사량은 줄이고, 물을 평소보다 많이 마시도록 하십시오. 처방대로만 하면 건강하게 멤피스로 돌아갈 수 있을 겁니다."

"우리 군의 위생 상태에 문제가 있다고 생각하지는 않소?"

"렌세넵과 내가 하는 일 없이 빈둥거리고 있겠습니까?"

"그런 의미로 한 말은 아니오. 다만 날이 너무 덥다보니……"

"병사들은 적절한 진료를 받고 있습니다. 적들이야 그럴 형편이 못 되겠지요. 그런 사정도 우리가 승리하는 데 일조할 겁니다."

닥터 구아는 서둘러 메데스의 집무실을 나섰다. 셈나에 설치된 의무실에 중한 환자들이 기다리고 있었던 것이다.

한 장교가 걱정스러운 얼굴로 메데스를 찾아왔다.

"조금 전 수상한 자를 체포했습니다. 그를 심문해보시겠습니까?"

이 요새에서는 메데스의 지위가 가장 높은 터라 그런 성가신 일을 모면할 방법은 없었다. 붙잡힌 자가 얼간이 스합인 걸 알았을 때 메데스는 놀랄 수밖에 없었다.

"저자가 검문에 걸린 이유는 뭔가?"

"통행증을 갖고 있지 않았습니다."

메데스가 스합에게 말했다.

"무슨 사연인지 말해봐라."

스합이 허리를 숙이고 고분고분하게 대답했다.

"소인은 부헨의 역참에 소속된 전령인데 그런 증서를 가지고 다녀야 한다는 걸 몰랐습니다요. 저는 사령부에서 나리께 보내는 문서를 가지고 왔습니다요."

메데스가 장교에게 지시했다.

"저자와 단둘이 해야 할 이야기인 것 같으니 나가봐라."

장교가 문을 닫고 나갔다.

메데스가 스합에게 불평했다.

"그동안 왜 그리 소식이 감감했던 거야!"

"안심하세요. 모든 일이 잘되고 있으니까. 누비아 녀석들은 무슨 일을 같이 하기에는 영 형편없는 자들이지만, 예고자께서 그들을 적절히 써먹고 계시다구요."

"세소스트리스가 얼마나 많은 요새를 지어대는지, 이거야 원 난공불락이라고. 이러다간 우리가 지고 말 거야. 그리고 이케르 말이야, 그 녀석이 살아 있어!"

"불안해하실 것 없다니까요. 나한테 통행증이나 만들어주세요. 어디든 돌아다닐 수 있는 걸로."

"예고자가 셈나를 치기로 마음을 먹은 거야?"

"그렇더라도 나리는 이 집무실에 단단히 틀어박혀 있기만 하세요. 그러면 안전할 테니까."

셈나의 장터는 시끌벅적 흥겨웠다. 과일과 채소, 물고기, 이 지방 가내수공업으로 만든 갖가지 물건들이 좌판에 널려 있고, 그 양편에서 파는 사람과 살 사람이 열띤 흥정을 벌였다. 이곳에 주둔하는 이집트 병사들 상당수는 이 물물교환의 현장을 즐겁게 어슬렁거리곤 했고, 덕분에 이곳 토착민들은 살림이 넉넉해지고 있었다.

모든 사람들의 시선이 한 아름다운 여인에게 쏠렸다. 반짝이는 조개껍질과 진주를 엮어 만든 허리띠를 매고 발목에 맹금 발톱 모양의 기묘한 발찌를 찬 이 여인은 비나였다. 이제 기력을 회복한 그녀는 예고자의 계획을 위해 첫 단계 행동에 나선 참이었다.

한 병사가 그녀에게 말을 걸었다.

"어이, 아가씬 여기 사람이 아니구먼."

"병사님은 어디서 오셨어요?"

"엘레판티네에서 왔지. 팔고 있는 게 뭐야, 예쁜이?"

"조개껍질이에요."

비나는 병사에게 영롱한 빛의 고둥을 보여주었다. 여자 성기를 연상하게 만드는 모양이었다.

병사는 제풀에 실없는 웃음을 흘렸다.

"예쁘군, 아주 예뻐! 나는 눈치가 빠른 사람이거든. 대가로 뭘 줄까?"

"네놈의 목숨."

병사가 놀랄 겨를도 없이 비나의 발목 장신구에 달린 예리한 발톱이 그의 아랫배를 꿰뚫고 들어가 박혔다.

그와 동시에 장터에 미리 들어와 있던 쿠시 전사들이 바구니에 숨겨놓았던 무기를 꺼내 들고는 상인들과 손님들을 향해 마구 휘둘러댔다.

망루에 있던 보초 하나가 이 광경을 발견하고 고함을 쳐서 알렸다. 지체 없이 서 셈나 요새의 문 두 개가 닫혔고 궁수들이 각자 자신의 위치를 찾아 화살을 쏠 준비를 갖추었다.

메데스가 집무실에서 나와 요새 사령관에게로 달려갔다.

"이게 웬 비명 소리요?"

"습격입니다. 쿠시 놈들 한 떼가 쳐들어와 날뛰고 있어요."

"미르기사와 부헨에 알리시오."

"그 일이 낭패입니다. 적이 나일 강 길목을 막아버렸거든요. 전령을 보내도 놈들에게 당하고 말 겁니다."

"봉화를 올리는 건 어떻소?"

"우리가 해를 등지고 있어서 어렵습니다. 게다가 바람이 봉홧불을 흩어버릴 겁니다."

"그렇다면 우린 적한테 둘러싸여 고립되었다는 말이잖아!"

"당장은 그런 셈이지만 걱정 마십시오. 쿠시 놈들이 우리 요새를 그리 쉽게 손에 넣을 수는 없을 테니까요."

메데스는 성벽에 몸을 숨긴 채 화살 구멍으로 바깥 동정을 살폈다. 검은 피부의 전사들이 장터거리에서 길길이 날뛰는 모습을 보자 불안해서 견딜 수 없었다. 예고자가 보낸 저 야만인들 손에 속절없이 죽게 될지도 모른다 싶었던 것이다.

나일 강 제2폭포 남쪽 작은 섬에 세워진 아스쿠트 요새의 규모가 그리 크지 않다는 걸 안 입비뚤이는 잘 훈련된 전사 서른 명을 그곳으로 이끌고 갔다. 번개 같은 공격으로 요새를 칠 계산이었다.

입비뚤이의 전사들은 날렵한 배 세 척에 나누어 탔다. 셈나 주둔부대가 습격을 당해 꼼짝 못하고 있는 덕분에 이들의 배는 아무런 방해도 받지 않고 거침없이 내달렸다. 요새의 경비체제만으로도 나일 강 협곡을 충분히 지킬 수 있다고 자신한 이집트군은 셈나와 아스쿠트 사이에 경비선을 배치해두지 않았던 것이다.

아스쿠트 섬 기슭에 배를 대는 일도 일사천리였다. 사방에 경비병 하나 보이지 않았다.

이런 작전에 이골이 난 전사들은 민첩하게 몸을 움직였다. 입비뚤이가 바위 위로 기어 올라가 요새를 정탐했다. 요새의 성벽은 아직 완공되지 않은 상태였고 성문이 달릴 자리 역시 목재만 끌어다놓았을 뿐 휑하니 뚫려 있었다.

의심 많은 입비뚤이는 안으로 들어가기 전에 먼저 정탐꾼을 보내 살펴보게 했다.

정탐을 나선 리비아 사내가 요새 안으로 들어가 기웃거리더니 몇 분도 안 돼 도로 달려 나왔다.

"텅 비어 있는 걸요."

입비뚤이는 정탐병의 말에 마음을 놓았다.

요새 안으로 들어가자 금 세척 장치들, 많은 수의 밀 저장소가 눈에 띄었고, 악어신 소벡을 위한 작은 신전도 보였다. 아스쿠트는 중요한 식량 비축 기지이자 금 채굴 지원 기지였던 것이다.

이 중요한 곳을 이처럼 소홀하게 내버려둔 이유는 무엇일까?

입비뚤이를 따라나섰던 누비아인 전사가 아는 체를 했다.

"여기 이집트 병사들은 셈나가 우리한테 당했다는 소식을 전해 듣고 미르기사로 내뺀 겁니다요."

"사방을 뒤져봐. 금덩어리들을 찾아내야 해. 여기 감춰져 있다고 그러잖아."

"저기 웬 녀석이 나오는뎁쇼?"

한 청년이 신전 밖으로 나오고 있었다. 입비뚤이는 그가 누군지 금방 알아보았다.

"화살을 쏘지 마라. 저놈은 산 채로 붙잡아야 해."

이케르는 입비뚤이로부터 불과 열 발자국도 안 되는 거리에 버티고 서서는 꼼짝도 하지 않았다.

"또 만났구나, 이 빌어먹을 놈아! 딴 놈들과 함께 도망가지 않은 이유가 뭐냐?"

"세소스트리스의 병사들이 겁쟁이인 줄 아느냐?"

"겁쟁이가 아니라면 어째서 한 놈도 안 보이는 거냐? 금이나 내놔. 그럼 목숨만은 살려줄게."

"넌 정말 거짓말이 입에 붙은 자로구나. 이제 네 구차한 전력도 이 자리에서 끝장날 거야."

"혼자서 서른 명을 상대로 싸워 이기겠다고?"

"내 눈엔 너와 저 리비아인, 그리고 이 누비아인밖에 안 보이는걸. 네 부하들은 우리한테 제압당했어. 예고자와 한패가 되어 그의 말이라면 무조건 따르다보니 네 본능도 무뎌지고 말았구나. 넌 그물에 걸려든 거야. 일부러 이곳에 금이 있다는 정보를 흘린 거지. 좀더 큰 물고기가 잡혀들기를 기대했는데. 하지만 너와 네 정예 전사들을 붙잡은 것만으로도 예고자에게는 상당한 타격이 될 거야."

사방에 매복해 있던 이집트 병사들이 모습을 드러냈다. 입비뚤이가 칼집에서 칼을 뽑으려는 순간 세카리가 날린 화살이 그의 손목에 꽂혔다. 같은 패거리 두 명이 달려들어 입비뚤이를 엄호하려다가 이집트 병사들의 손에 쓰러졌다.

혼란한 틈을 이용해 입비뚤이는 강둑 쪽으로 내달아 나일 강에 뛰어들었다.

"또 놓쳤어!"

세카리가 분해서 소리쳤다. 이케르가 고개를 저었다.

"이번엔 도망가지 못할걸. 소벡 신이 이 섬을 지켜주고 있거든. 악어신은 우리 편이야."

과연 이케르의 말대로 물속에서 나타난 거대한 악어가 입을 쩍 벌리더니 날카로운 이빨로 입비뚤이의 허리를 덥석 물었다. 악어의 꼬리가 물을 마구 퉁겨냈다. 주변이 피로 붉게 물들었다. 그러더니 수면은 금세 잠잠해졌고, 조금 전의 붉은 흔적도 흐르는 물살에 실려 사라지고 말았다.

이케르와 세카리는 즉시 미르기사로 돌아왔다. 세소스트리스와 네스몬투 장군을 비롯한 이집트군 수뇌부가 그들을 기다리고 있었다.

세소스트리스가 선언했다.

"이제 우리는 누비아에서 마지막 전투를 벌일 것이다. 부디 저 무서운 암사자를 진정시킬 수 있기를."

41

카를 섬기는 일을 맡은 사제가 이시스의 거처로 찾아와 그녀를 세소스트리스 신전으로 데려갔다. 카의 종복 사제는 입을 꾹 다물고 있었고, 그녀 역시 단 한마디도 묻지 않았다.

오시리스의 신비를 깨우치는 각 단계는 매번 이처럼 침묵과 명상으로 시작되곤 했다.

신전 입구에 탁발 사제가 서 있었다.

"이제 시간이 되었소. 그대가 의로운 사람인지, 빛과 더불어 사는 사람들 속에 들어갈 자격이 있는지 확인해볼 시간입니다. 이제 그대는 두 마아트의 재판정에 서야 합니다. 그렇게 하겠소?"

이시스는 자신을 기다리는 게 무엇인지 잘 알고 있었다. 새로운 탄생을 얻거나, 그렇지 못하면 죽게 될 것이다. 앞서 거쳐온 단계들은 지금의 이 무서운 시험을 치르기 위한 준비에 불과했다.

그녀는 이케르를, 그의 용기를, 그가 끊임없이 맞서고 있는 위험을 떠올렸다. 그러자 비로소 깨달을 수 있었다. 자신이 그에게 느끼는 감정이 단순한 우정 이상의 것이라는 사실을. 이케르가 그러했듯이 그녀 역시 두려움을 이겨내야 했다.

"하겠습니다."

이시스는 몸에 유향을 바르고 올 고운 아마로 지은 긴 옷을 입고 흰 샌들을 신은 뒤, 탁발 사제를 따라 넓은 방으로 들어갔다. 그 방에는 마흔 두 명의 판관이 자리 잡고 있었다. 이 판관들의 얼굴은 저마다 어느 신의 형상을 하고 있었다.

마아트의 현신인 두 판관이 이 재판을 주재했다. 한 판관은 여성으로, 또다른 판관은 남성으로 현신한 모습이었다.

한 판관이 그녀를 향해 물었다.

"이 방의 문의 이름을 알고 있는가?"

"올바름의 저울입니다."

"네가 저지른 과오와 부정을 모두 벗어놓을 수 있겠는가?"

이시스가 자신 있는 어조로 대답했다.

"저는 불의를 저지른 적이 없습니다. 저는 이제페트에 맞서 싸우고 악을 그냥 보아 넘기지 않습니다. 또한 전례를 존중하며, 신성한 것을 더럽히지도, 신비를 누설하지도, 누군가를 죽인 적도, 죽이도록 교사한 적도 없습니다. 그 누구에게도 고통을 주지 않았고 어떤 동물도 학대한 적이 없으며, 재물이나 신들에게 바친 재물을 훔치거나 분량을 속인 적도 저울 눈금을 속인 적도 없습니다."

"그 말이 진실인지 네 심장을 저울에 달아 증명해 보여라."

"저는 마아트를 자양분으로 삼아 살아가기를 소망합니다. 하늘에 계신 어머니의 심장이여, 저의 진심을 부인하지 마시고 저를 불리하게 몰지 마소서!"

자칼의 머리를 한 아누비스가 이시스의 손을 잡아 금으로 만든 저울이 놓인 곳으로 이끌고 갔다. 입은 악어이고 가슴은 사자, 하체는 하마인 괴수가 저울을 지키고 있었다.

"네 심장이 마아트의 깃털보다 무겁다면 괴수가 너를 삼킬 것이고, 살아생전 너를 이루고 있던 모든 것은 흩어져 자연으로 되돌아갈 것이다."

아누비스가 이시스의 복부를 손으로 문지르더니 거기서 작은 단지를 꺼냈다. 그러고는 그 단지를 저울의 한쪽 접시 위에 올려놓고 다른 쪽 접시 위에는 여신의 깃털을 올려놓았다.

이시스는 눈을 크게 뜨고 이 심판의 결과를 응시했다.

내려진 판결이 어떠하든 그녀는 자신의 운명을 지켜보고 싶었던 것이다.

저울이 양편으로 몇 번 흔들리더니 두 개의 접시가 완벽한 균형을 이루었다.

판관 한 사람이 선언했다.

"오시리스 이시스*는 올바른 사람이니, 괴수는 이 올바른 이를 무사히 놓아주라."

이시스의 가슴속에서는 새로운 심장이 뛰고 있었다. 그것은 영원히 죽지 않는 심장으로 이 두 마아트의 방에 자리 잡은 마흔 두 판관의 선물이었다.

탁발 사제가 말했다.

"이제 그대는 또하나의 문을 넘어설 수 있소."

이시스는 탁발 사제가 이끄는 대로 따라갔다.

---

* 마아트를 지키며 살아온 의로운 사람이라면, 남자는 남성 오시리스가 되고 여자는 여성 오시리스가 된다.

어두컴컴한 한 제실 입구에 발을 멈춘 탁발 사제가 어떤 물체를 덮고 있는 붉은 아마천 보자기를 벗겼다. 도기로 빚은 사자가 모습을 드러냈다.

"나는 입에서 불길을 뿜어 스스로를 보호하노니, 나의 적은 살아남지 못하리라. 나는 비굴한 인간들을, 여자든 남자든 가리지 않고 벌할 것이다. 앞으로 나아가시오, 그대는 의로운 사람이므로."

거대한 뱀 한 마리가 모습을 드러냈다. 뱀의 몸통은 둥근 원 아홉 개가 고리를 이룬 모습이었고, 그중 네 개의 원은 불로 이루어져 있었다.

"이 고리를 통과하겠소?"

이시스가 둥근 원들 안쪽을 통과해 나왔다.

둥근 원들이 하나로 합해져 라의 나룻배를 매어두는 밧줄로 변했다. 밧줄은 하늘을 향해 솟구쳐 황금의 불꽃 형상을 이루더니 터키석, 공작석, 에메랄드를 사방에 흩뿌렸고, 이렇게 흩어진 보석들은 이어서 별이 되었다.

이시스는 우주의 탄생에 참여하여 세상의 창조를 경험한 것이다.

눈부신 섬광이 잦아들자 제실 내벽이 눈에 들어왔다. 벽면에는 파라오가 신들에게 제물을 바치는 장면이 그려져 있었다.

탁발 사제가 붉은 허리띠를 엮어 매듭을 만들었다.

"여기, 여신들의 생명과 남신들의 영속성이 있소. 이 생명과 영속성으로 오시리스가 부활하는 것이오. 이 상징물이 사악한 존재들의 공격으로부터 지켜주고 앞을 가로막는 장애물을 치워줄 것이오. 또한 언젠가는 그대로 하여금 불의 길로 갈 수 있게 해줄 것이오."

탁발 사제가 마법의 매듭을 이시스의 배꼽에 갖다 댔다.

여사제의 눈에 환한 빛이 넘치는 어떤 풍요한 지방이 보였다.

"푼트의 금을 자세히 봐두시오. 그 금이 있어야 우리는 생명의 나무를 완전히 치유할 수 있소."

메데스는 집무실 깊숙이 틀어박혀 식은땀을 흘리고 있었다.

셈나 요새의 이집트군이 열 배나 많은 쿠시 전사들의 공격을 조금 전 세번째로 막아낸 참이었다. 성을 둘러싼 적들 이외에도 나일 강에는 두 척의 배에 가득 탄 쿠시 전사들이 다음 공격을 준비하고 있었다. 메데스는 이제 자기편의 손에 죽게 되었다는 생각에 안절부절못했다. 요새가 쿠시의 공격을 막아내고 있긴 해도 결국엔 함락될 게 뻔해 보였던 것이다. 예고자가 마음만 먹으면 성벽은 순식간에 무너져 내릴 텐데, 저 야만인들은 메데스가 자신들과 한편인지도 모르지 않는가?

요새 사령관이 이마에 부상을 당한 채 메데스를 찾았다.

"파라오께서 도착하셨소."

"저…… 정말이오?"

"나가서 직접 눈으로 확인하시오."

"난 여기 남아서 문서들을 지켜야 하오."

사령관은 전투가 벌어지고 있는 성벽으로 다시 돌아갔다.

파라오의 배 뱃머리에 서 있는 거인 세소스트리스의 모습을 본 쿠시 전사들은 놀라서 얼어붙었다. 전사들을 이끄는 쿠시족장 하나가 계속 싸우라고 고함을 질러댔다.

파라오가 창을 들어 던졌다. 창은 웬만한 사람은 들 엄두도 내지 못할 만큼 무거웠지만, 파라오의 손을 떠난 창은 빠른 속도로 허공을 가르며 족장의 가슴팍에 명중했다.

네스몬투 장군이 청년처럼 민첩하게 가장 먼저 적의 배위로 뛰어 내렸다. 그사이 잘 훈련된 정예 보병과 사수들이 요새를 에워싸고 있던 적들을 도리어 포위하고 차례차례 무찔러나갔다.

이집트군의 힘은 월등했다. 쿠시 전사들은 남김없이 섬멸되었고 셈나는 다시 평온을 되찾았다.

그렇지만 파라오의 얼굴은 승리의 기쁨을 드러내기는커녕 무겁게 굳어 있었다.

메데스도 숨어 있던 구석에서 마침내 얼굴을 내밀었다. 병사들이 불안한 눈으로 수런거리는 모습이 눈에 들어왔다. 그 이유는 곧 알 수 있었다. 병사 가운데 하나가 그를 보고 소리를 질렀던 것이다.

"나리도 그림자가 없군요. 저희도 역시 그림자가 없습니다!"

이집트인들은 누구나 그림자가 사라지고 없었다.

눈부신 승리를 거두었음에도 네스몬투 역시 불길한 예감을 떨쳐버리지 못했다. 그림자가 없으면 인간은 그 자신의 카와 합체할 수 없었다. 육신에서 생기가 빠져나가고 영혼은 어둠 속에 갇히게 되는 것이다.

세소스트리스가 자신의 예리한 검을 하늘을 향해 치켜들었다. 세 카리가 새들의 울음소리를 흉내 냈다.

어디선가 제비 떼가 날아와 창공을 뒤덮었다. 나일 강둑 위로 백여 마리나 되는 타조 떼가 남쪽을 향해 빠르게 몰려가고 있었다.

왕이 명했다.

"타조들을 따라가자. 저 새들의 깃털은 마아트의 상징이다. 타조들이 예고자의 사악한 주술을 물리쳐줄 것이다."

나일 강의 좁디좁은 협곡, 위험하게 도사리고 있는 바위들, 해를 가린 검은 구름. 만약 파라오가 직접 이 원정대의 선봉에 서지 않았다면 아무리 용맹한 병사라도 이 위험한 누비아 땅 깊숙이 발을 들여놓으려 하지 않았을 것이다.

파라오 일행이 탄 배는 세찬 바람의 도움을 얻어 빠른 속도로 강을 헤치고 나아갔다. 두텁게 끼어 있던 구름이 점차 옅어졌다. 강폭도 점점 넓어졌다.

타조들이 다시 나타난 햇살에 잠겨 원무를 추었다.

세카리가 소리쳤다.

"그림자가 다시 돌아왔습니다!"

왕이 대답했다.

"전투가 눈앞에 다가왔다. 이제 예고자는 암사자를 깨워 난폭하게 날뛰게 할 것이다. 닥터 구아와 약제사 렌세넵은 필요한 것을 가져오라."

두 사람이 미리 준비해두었던 단지들을 가져왔다. 단지 안에는 독보리를 섞어 빚은 붉은색 맥주가 담겨 있었다.

파라오가 설명했다.

"암사자는 인간의 피를 즐긴다. 그래서 우리는 암사자를 속여 취하게 만들 것이다. 하지만 암사자를 진정시킬 수 있는 건 여왕 터키석밖에 없다."

사이 섬은 길이가 십이 킬로미터 정도로 제2폭포와 제3폭포 중간에 위치하고 있었다. 섬 북단에는 예고자를 추종하는 누비아 부족들이 집결해 이집트군과 일전을 벌일 준비를 하고 있었다.

파라오의 배가 다가오는 것을 본 비나가 무시무시한 소리로 포효했다.

누비아 전사들이 뒤로 물러나 이 거대한 암사자가 마음대로 날뛸 충분한 공간을 만들었다. 암사자가 광포하게 날뛰기 시작하면 화살로도 창으로도 막을 수 없을 터였다.

이집트군의 뱃머리에 병사 몇 명이 도열하더니 단지 여남은 개를 던졌다. 단지들이 바위에 부딪쳐 깨졌다. 단지에서 쏟아져 나온 맥주 냄새가 암사자의 구미를 끌었다. 암사자는 어슬렁거리며 다가와 단지 속의 맥주를 게걸스레 핥았다.

맥주를 잔뜩 마신 암사자가 기분 좋은 듯 그르렁거리더니 몸을 길게 뻗고 잠이 들었다.

세소스트리스가 섬에 배를 댔다.

뭍으로 올라오는 파라오를 향해 건장한 쿠시 전사 하나가 투창기를 흔들며 돌진했다. 파라오는 이 공격자를 향해 그저 팔을 쭉 뻗기만 했다. 그러자 쿠시 전사는 어떤 알 수 없는 힘에 세차게 얻어맞은 듯 몸이 휙 돌아가더니 그 자리에 쓰러졌다.

족장 하나가 외쳤다.

"마법사야! 저 왕은 마법사라구!"

누비아 부족들의 전열이 순식간에 무너지더니 각자 살길을 찾아 달아나기 바빴다. 격렬한 육탄전을 각오했던 네스몬투의 병사들은 뒤도 안 돌아보고 내빼는 적들의 꽁무니를 쫓는 수밖에 없었다.

거대한 매 한 마리가 날아올라 예고자가 있는 섬 남단에서 맴을 돌았다. 멀찍이 떨어져 전투의 추세를 살피던 예고자는 후퇴를 결심하고 일행과 함께 배를 막 출발시키려던 참이었다.

날개를 활짝 피고 창공을 선회하던 매가 갑자기 전속력으로 예고자를 향해 달려들더니, 그가 미처 대처할 겨를도 없이 여왕 터키석을 빼앗아 움켜쥐고 해를 향해 다시 솟구쳐 올라갔다.

얼간이 스합이 얼이 빠진 얼굴로 물었다.

"어떻게 할까요, 주인님?"

"우선 몸을 피하자. 저 누비아인들한테는 아무것도 기대할 게 없다."

"그럼 비나는?"

"물론 데려가야지."

잠에서 막 깨어난 암사자는 세소스트리스가 다가오자 송곳니를 드러내 보이며 위협했다.

"진정해라, 인간을 살육할 힘을 지닌 자여. 네 난폭함이 유순해지기를."

암사자는 금방이라도 아가리를 벌려 세소스트리스를 삼켜버릴 태세였지만, 왕은 그런 위험에 아랑곳없이 손을 뻗었다. 그 손에는 조금 전 매가 와서 건네준 여왕 터키석이 들려 있었다. 왕은 이 귀한 돌을 암사자의 이마에 갖다 댔다.

"네 힘을 빛의 자손들에게 넘겨주어라. 빛의 자손들이 불행과 퇴락을 이겨내고 승리할 수 있도록."

이 청록색 돌에서 눈부신 빛이 퍼져나왔다. 그 빛에 휘감긴 암사자가 검고 윤기 나는 털과 황금색 눈동자를 가진 날씬한 암고양이로 변했다.

몇 걸음 떨어진 곳에 비나의 육신이 피 웅덩이 한가운데 잠겨 있었다.

이집트 병사들은 기쁨에 취한 나머지 얼간이 스합의 모습을 발견하지 못했다. 스합은 바위 뒤에 숨어 활시위를 막 당기려는 참이었다.

긴장을 풀지 않았던 세카리는 스합의 화살이 허공을 가르려는 순간 본능적으로 화살이 날아갈 방향을 알아차렸다. 그가 가젤처럼 날쌔게 몸을 날려 이케르의 허리를 붙잡아 넘어뜨렸다.

하지만 너무 늦었다.

화살이 이케르의 왼쪽 어깨에 박히고 만 것이다.

닥터 구아가 말했다.

"반 뼘만 빗겨 맞았더라면 큰일 날 뻔했습니다. 작은 흉터나 남기고 말 자리에 맞았으니 다행이지."

구아는 이케르에게 아편 성분의 마취약을 마시게 한 후, 날이 둥근 칼을 이용해 살 속에 박힌 화살촉을 조심스럽게 빼냈다. 그런 다음 상처 부위에 벌꿀과 잇꽃 기름에 적신 베 조각을 덮고 붕대로 동여맸다.

"또 한번 내 목숨을 구해주었구나."

이케르가 세카리에게 말했다.

"몇 번쨌지 세어보는 일은 취미 없다고! 너한테 화살을 쏜 녀석은 분하게도 배를 타고 도망쳤어. 네스몬투 장군이 섬 전체를 수색했는데 반란자라곤 한 명도 보이지 않았대. 안전지대가 된 셈이지. 오늘부터 이 섬에 요새를 쌓기 시작했어."

"암사자 옆에 여자의 시체가 있었던 것 같아. 잘못 본 게 아니라면 그 여자는 비나였어."

"그 여자도 사라졌어."

"예고자는?"

세카리가 대답했다.

"종적을 찾을 수 없어. 그 여자와 네게 화살을 쏜 녀석을 빼면 이번 전투에는 누비아인만 동원된 것 같아. 그 악마도 앞날이 힘들게 되었지. 쿠시족은 자신들을 이런 재앙으로 끌고 들어간 그자를 절대 용서하지 않을 테니까."

42

나일 강 제3폭포 위로 이글거리는 태양이 솟아올라 맨 흙을 드러낸 황량한 언덕들을 뜨겁게 달구었다. 각다귀 떼가 코와 귀에 달라붙었다. 물살 빠른 개울들조차 청량함은커녕 더위를 부채질했다. 그러나 예고자는 긴 모직 튜닉을 벗지 않았다. 최측근 추종자들만 데리고 어느 작은 섬으로 도망쳐온 그는 비나를 포기하지 않고 보살폈다. 그녀의 호흡은 거의 알아차릴 수 없을 만큼 미미했지만, 그래도 아직 숨이 붙어 있었던 것이다.

탈진한 듯 축 늘어져 있던 스합이 물었다.

"그녀를 살려보시게요?"

"살아서 적을 죽이는 게 비나의 일이다. 이 여자는 죽이기 위해 태어났지. 이제 암사자로 변신할 수는 없게 되었지만 비나는 여전히 어둠의 여왕이다."

"이 몸은 주인님을 믿습니다요. 하지만 우리는 쫄딱 지고 만 게 아닙니까?"

"난 누비아에 새로운 믿음의 싹을 심어놓았다. 늦든 빠르든 언젠가는 이 믿음이 온 세상에 퍼져나갈 것이다. 백 년이 걸리든, 천 년 혹은 이천 년이 걸리든 상관없다. 이 믿음은 세상을 지배할 것이고 그 어떤 정신도 이에 저항하지 못할 것이다. 그때를 위해 나는 믿음을 계속 퍼뜨릴 것이다."

쿠시 전사들을 태운 몇 척의 나룻배가 섬 쪽으로 다가왔다. 쿠시족은 성난 고함을 지르며 투창기를 흔들어댔다.

"놈들의 수가 너무 많습니다, 주인님! 저들을 물리친다는 건 가망 없는 일인 듯합니다."

"걱정 마라, 마침 배가 필요하던 차인데 저 야만인들이 배를 가져오지 않았느냐?"

예고자는 일어나 강을 마주보고 섰다. 그의 눈이 타오르듯 붉게 변했다. 그러자 강물이 소용돌이치더니 노 젓는 일에 능숙한 이 토착민들조차 손써볼 여지도 없이 나룻배들이 뒤집혔다. 강물에 빠진 쿠시족들은 성난 물살에 휩쓸려 곧 자취를 감추었다.

소용돌이치는 물살 밖으로 나룻배들만 멀쩡하게 밀려나왔다. 예고자의 추종자들이 자기네 우두머리의 힘이 조금도 약해지지 않았다는 걸 두 눈으로 확인하는 순간이었다.

스합이 물었다.

"이제 어디로 가실 생각입니까?"

"이집트로 갈 것이다. 거기서는 아무도 우리가 올 것을 예상치 못할 것이다. 파라오는 내가 이 궁핍한 지방을 떠돌아다니다가 어느 쿠시 부족에게 붙잡혀 머리가 잘렸을 거라고 생각하겠지. 그는 암사자를 굴복시킨 일로 승리감에 취하고 치유의 금을 찾아낸 일로 다시 자신만만해졌을 것이다. 하지만 그는 여전히 치유의 금 일부를 손에 넣지 못했다. 그것이 있어야 완전한 힘을 발휘할 수 있는데 말이야. 생명의 나무가 소생할 가망이 없으니 우리가 걸음을 멈춰야 할 이유도 없지. 멤피스에 구축한 우리 비밀 조직은 건재하다. 그걸 이용해서 이집트를 지탱하는 정신성의 심장부를 치도록 하자."

"그렇다면 주인님 말씀은……?"

"그렇다, 스합. 우린 이제 먼 길을 떠나 진짜 목적지에 가려고 한다. 바로 아비도스 말이다. 아비도스를 멸망시키고 오시리스의 부활을 막는 게 우리가 할 일이다."

얼간이 스합은 예고자의 원대한 포부에 감격해서 피곤도 잊어버렸다. 예고자는 이 과업을 반드시 이루어낼 것이다. 예고자의 소중한 협력자인 종신 사제 베가가 바로 그 오시리스의 영지에 있지 않은가?

파라오가 점토로 빚은 누비아인 인형들을 큰 가마솥에 던져 넣었다. 양손을 등 뒤로 묶인 채 무릎을 꿇고 고개를 깊숙이 조아린 인형들이었다. 왕이 검을 빼어 솥 안의 인형들을 내리치자 불꽃이 솟아올랐다. 도열해 있던 이집트 병사들의 귀에는 솥에서 타들어가는 누비아인들의 신음 소리가 들리는 것 같았다.

메데스는 누비아 평정을 알리는 공식 포고문을 작성하면서 활을 든 검은 피부의 전사를 표현하는 상형문자 대신, 앉아 있는 여인 형상의 상형문자를 그려 넣었다. 이렇게 하면 문자가 마법의 힘을 발휘하여 혹시라도 있을지 모를 반란자들의 힘을 빼앗을 것이다.

누비아의 부족장들과 각 지파 수장들이 무기를 헌납하고 충성을 맹세하기 위해 와 있었다. 세소스트리스가 이들을 향해 입을 열었다. 엄숙하고 힘찬 목소리였다. 메데스는 파라오의 말을 하나도 놓치지 않고 기록했다.

"나는 내가 한 말을 반드시 실행하는 사람이니, 나의 팔은 나의 마음이 원하는 것을 완수하리라. 내가 너희를 제압하고자 결심한 이상, 그런 내 생각들이 심장 속에 무력하게 담겨 있지는 않으리라. 누구든 나를 공격한다면 나는 그를 응징할 것이다. 하지만 만약 평화롭게 지내고자 한다면 나는 평화를 이룩하겠노라. 공격을 받았는데도 반격하지 않는 것은 상대로 하여금 계속 공격하도록 부추기는 일이다. 맞서 싸우는 데는 용기가 필요한 법, 비겁한 자는 이럴 경우 뒷걸음친다. 또한 자신의 영토를 방어하지 않는 자는 한층 더 비겁하다. 너희는 패배한 뒤 등을 보이고 달아났다. 양심도 용맹성도 없는 비적대처럼 행동한 것이다. 계속 이런 식으로 행동한다면 너희 부족의 여인들은 붙잡혀 노예가 될 것이고, 너희 가축과 수확물은 모두 빼앗길 것이고, 너희 우물들은 돌로 메워질 것이다. 그리고 우라에우스의 불이 누비아 땅을 남김없이 불태울 것이다. 나는 내 조상에게서 물려받은 땅을 확장하여 이 자리에 새로 국경선을 세우겠다. 내 아들이 이 국경선을 지켜낼 것이며, 누구든 이 국경선을 범하는 자는 중벌을 받게 될 것이다."

누비아족장들은 패배의 대가를 이처럼 수월하게 치르게 된 것에 가슴을 쓸어내리며 세소스트리스에게 복종을 맹세했다. 세소스트리스의 조각상이 국경선에 세워졌다. 파라오가 누비아족을 향해 선언했던 내용 역시 석비에 새겨져 각 요새 성벽 안팎에 세워질 예정이었다. 이제 그 석비들은 이 지방에 우호와 평화를 정착시킬 법의 상징이 될 터였다.

세카리가 이케르의 귀에 대고 소곤거렸다.

"우리의 파라오는 활을 당기지 않고도 화살을 쏘아 보낼 수 있는 분이지. 말만으로도 적을 겁먹게 하시잖아? 그러니 곤봉 한 번 휘두르지 않고도 안정과 평화를 이룩하실 거야. 왕이 올곧으면 모든 게 올곧은 법이거든."

이집트 원정대는 승리의 기쁨에 취해 있을 여유가 없었다. 누비아의 번영을 가능케 할 행정체제를 즉시 갖추라는 파라오의 지시가 있었던 것이다. 세호테프는 국경선까지 나일 강의 길이를 측량한 뒤 저수지와 관개시설을 만들었다. 덕분에 물이 없어 버려졌던 땅들이 경작지로 바뀌어 누비아인은 굶주림을 잊고 살 수 있게 되었다.

세소스트리스가 누비아에 가져온 건 파괴가 아니었다. 새로 쌓은 요새들이 이 땅을 안전하게 지켜주는 가운데 생산과 교역이 늘어나 각자가 풍족한 삶을 누릴 기회를 얻게 되었다. 모두의 눈에 파라오는 정복자가 아닌 보호자로 비쳐졌다. 부헨과 셈나를 비롯한 각 지역에서 파라오의 공로를 기리고 그의 카를 숭배하는 의식이 벌어졌다.*
세소스트리스가 누비아를 정복하기 이전까지 이곳 토착민들은 혼란과 폭력, 폭군들의 전횡으로 고통을 겪었다. 이러한 곳이 세소스트리스의 보호를 받으며 평화와 안정을 이룩하게 된 것이다. 많은 이집트 병사들과 관리들이 오랫동안 이곳에 남아 이 지방을 재건설할 것이다.

왕이 이케르에게 물었다.

"예고자에 대한 정보가 있느냐?"

"떠도는 소문들뿐입니다. 여러 부족들이 저마다 나서서 자신들이

---

* 누비아에서 세소스트리스 3세에 대한 숭배는 그가 죽은 뒤로도 천 년 이상 계속되었다.

그를 죽였다고 주장하지만 그의 시신을 내보인 경우는 없습니다."

"그는 아직 살아 있다. 이번에 실패를 겪긴 했지만 그는 단념하지 않을 것이다."

"누비아는 이제 그를 적대시하지 않습니까?"

"물론 요새들로 마법의 방어벽을 구축해놓았으니 그가 주장하는 교리들이 한동안은 힘을 쓸 수 없을 테지. 하지만 그가 이미 퍼뜨려 놓은 독소는 아주 오랫동안 남아 있을 것이다."

"그가 누비아에서 도망쳤다고 가정하면, 앞으로 계획하고 있는 일은 무엇일까요?

"이집트 내에 남아 있는 그의 비밀 조직은 여전히 위험하다. 또한 생명의 나무도 회복되지 않고 있지. 이 전쟁이 끝나려면 아직 멀었다, 이케르. 경계를 게을리 하지 말고 인내심 있게 적과 맞서야 한다."

"멤피스로 돌아가실 생각입니까?"

"우리는 아비도스로 갈 것이다."

아비도스, 이시스가 있는 곳!

"네 상처가 거의 회복된 것 같구나."

"닥터 구아의 훌륭한 솜씨 덕분입니다."

"이제 출발 준비를 해라."

이집트의 보호하에 누비아는 평화의 땅이 되었다. 이집트군과 누비아인 사이에 더이상 긴장감은 찾아볼 수 없었다. 이집트 병사들은 누비아 아가씨들과 혼인을 맺기도 했다. 세호테프도 날씬한 몸매에 화려한 머리 장식을 단 어느 마을 처녀의 매력에 기꺼이 넘어갔다. 세카리는 이 처녀의 여동생을 한번 보고 홀딱 반한 다음부터는 그 여동생 곁에 아예 붙어 지냈다.

"떠난다고, 벌써? 난 여기서 지내는 것도 좋은데!"

"배들을 꼼꼼히 점검해봐. 예고자가 분명 공격을 시도할 거야. 거기에 대비하려면 네 직감을 발휘하는 수밖에 없어."

세카리가 감탄을 섞어 투덜거렸다.

"이곳의 아름다운 여인네들한테 눈길 한번 주지 않다니! 네 속은 혹시 돌이나 나무 같은 걸로 만들어졌니?"

"나에게 여자는 세상에 단 한 사람밖에 없어."

"만약 그 여자가 널 사랑하지 않는다면?"

"그래도 그 여자뿐, 다른 누가 대신할 수는 없어. 나는 그걸 그녀에게 이야기하면서 남은 삶을 보낼 거야."

"만약 그녀가 다른 남자와 결혼해버리면?"

"그녀가 내게 불러일으킨 생각들을 음미하며 보낼 수 있다면 그걸로 족해."

"왕세자는 독신으로 지내선 안 돼! 얼마나 많은 부잣집 아가씨들이 목을 길게 빼고 널 바라보고 있는 줄 아니?"

"그건 그 여자들 사정이지."

"난 몇 번이나 널 위험에서 구해주었는데, 이 경우는 속수무책이구나!"

"가서 배를 점검해, 세카리. 폐하께서 기다리시게 하지 말자."

대규모 군사 이동 계획에 들떠 한결 젊어진 네스몬투 장군은 직접 나서서 출발 준비를 했다. 메데스는 또다시 배를 타야 한다는 사실에 얼굴이 새파랗게 질렸다. 하지만 닥터 구아가 처방해준 물약을 들이키는 것밖에 다른 수가 있겠는가? 물약을 마시면 몇 시간 동안은 뱃멀미를 진정시킬 수 있었다. 제르구는 살아서 돌아간다는 생각에 기분이 좋아져 독한 맥주를 마셔댔다.

이케르와 마주쳤을 때 마침 제르구는 요새 곡물 저장소의 식량들을 곡물 운송선에 옮겨 실은 뒤 술 단지를 끌어안고 느긋한 시간을 보내던 중이었다. 이케르가 물었다.

"배를 타는 게 좋으세요?"

"제 취미가 배를 몰고 다니는 것이죠! 이제 그 여행의 기쁨을 맛볼 수 있게 됐군요."

"아비도스에 가본 적이 있습니까?"

제르구는 긴장해서 얼굴이 굳었다. 가본 적 없다고 대답했다가 만약 거짓말인 게 들통 나면 이케르가 자신을 경계하게 될 게 뻔했다. 그러니 전부는 아니더라도 어느 정도는 사실대로 말해야 했다.

"여러 번 가봤지요."

"무슨 일로?"

"종신 사제들에게 식료품을 보급하는 일을 맡았거든요. 저는 임시 사제 신분으로 그곳에 출입했었죠. 그래야 검문을 통과하기 쉽거든요."

"그렇다면 아비도스의 신전들을 보았겠군요!"

"아뇨, 저는 그곳 신전 출입 권한이 없습니다. 제 일은 순전히 물품 보급만 하는 것이었죠. 사실 신전 구경처럼 지루한 일엔 별로 흥미도 없고요."

"이시스라는 이름의 여사제를 만난 적이 있으세요?"

제르구가 기억을 더듬었다.

"아뇨…… 그 여사제가 어떤 사람인데요?"

이케르가 미소를 지었다.

"그녀를 만난 적이 없는 게 분명하군요!"

이케르가 자리를 떠나자마자 제르구는 메데스에게로 달려갔다. 그러고는 기술적인 조언을 구하러 온 척 한 손에 서판을 들고 받아쓰는 시늉을 하며 말했다.

"왕세자가 캐묻는 바람에 아비도스에 들락거렸던 걸 이야기할 수밖에 없었습니다."

"공연히 세세한 일까지 털어놓은 건 아니겠지?"

"그럴 리가 있나요, 그저 무슨 업무로 갔었다는 정도지요."

"앞으로 그런 이야기는 피하도록 해."

"이케르는 이시스라는 여사제한테 관심이 아주 많은 것 같던데요."

메데스는 이시스가 아비도스의 전령 자격으로 파라오를 알현하기 위해 멤피스에 왔을 때 그녀와 마주쳤던 일을 기억해냈다.

제르구가 메데스에게 슬며시 권했다.

"우리가 원래 있던 자리로 돌아갑시다. 예고자도 죽었는데 위험을 무릅써야 할 이유가 없잖아요."

"그가 죽었다는 증거는 없어."

"그를 따르던 자들은 다 끝장이 났다고요!"

"확실한 건 쿠시족이 패했고 누비아가 이집트 식민지가 되었다는 사실뿐이야. 예고자는 또다른 동맹자들을 찾아낼 거다."

"입비뚤이처럼 악어한테 먹히는 신세는 되지 말자고요!"

"그 굼뜬 놈은 어리석은 실수를 저질렀어."

"암사자마저 굴복당하고 말았는데요? 세소스트리스는 당할 자가 없어요, 메데스 나리. 그와 맞서 싸운다는 건 미친 짓입니다."

메데스는 분해서 속이 울렁거렸다.

"네 말이 틀린 건 아냐. 그리고 이번 승리로 그의 힘이 더 강해지겠지. 하지만 만약 예고자가 살아남았다면 그 역시 포기하지 않고 계속 싸울 거다."

"신들이 은혜를 베풀어 그가 이미 죽었기를……"

제르구는 오른손 오목한 곳에 격렬한 통증을 느끼는 바람에 말을 채 끝맺지 못했다. 손바닥에 새겨진 세트의 머리 형상이 선명한 붉은색으로 달아오르면서 마치 불이 붙은 것 같은 고통을 안겨주었던 것이다.

메데스가 타이르듯 말했다.

"앞으론 불손하게 굴지 마라."

측량사가 장대로 나일의 수심을 측정한 후 걱정스러운 보고를 해왔다. 네스몬투 장군이 직접 나서서 나일 강의 수심을 재보았다.

"사 쿠데로군."

장군이 눈금을 확인하며 말했다.

"수위가 조금만 더 내려가면 배 바닥이 산산조각 날 거야."

파손될 우려 때문에 배들의 운항을 당장 멈춰야 했다. 파라오 선단의 모든 배가 나일 제2폭포와 제1폭포 사이에 오도 가도 못하고 멈춰섰다. 머리 위에서는 타오르는 해가 사정없이 열기를 내리퍼부었다.

노장군이 노여운 듯 중얼거렸다.

"예고자가 또다시 사악한 술수를 쓴 거야. 일전엔 강물이 넘치게 해서 우리를 빠뜨려 죽이려 들더니 이제는 말려 죽이려 하는군! 이곳에 붙잡혀 있다간 꼼짝없이 타죽겠어. 게다가 먹을 물도 부족해."

한 병사가 물었다.

"나일 강물이 있는데 먹을 물 걱정을 할 필요는 없지 않습니까?"

"강물 색이 심상치 않아."

파라오에게서는 불안한 기색을 조금도 찾아볼 수 없었다. 그렇지만 이 나쁜 소식은 배에서 배로 퍼져나갔다. 메데스는 겁에 질려 자신의 가죽 부대 개수를 확인했다. 물이 가득 담긴 가죽 부대들이 아직 여러 개 남아 있었다. 하지만 배가 움직이지 못하는 상황이 길어지고 근처에서 물을 얻을 수 없을 경우엔 무슨 수로 살아남는단 말인가?

모두들 불안감에 휩싸였다. 위풍당당하게 출발한 이 원정이 비참하게 끝날지도 모른다 싶었던 것이다.

세소스트리스가 강둑으로 눈을 돌려 거대한 회색 바위 하나를 뚫어지게 바라보았다.

이케르는 그 바위가 아주 느리게 강을 향해 다가오고 있다는 걸 알아차렸다.

세카리가 말했다.

"저건 바위가 아니라 거북이야, 엄청나게 큰 거북이! 우린 살았어."

"무슨 근거로 그렇게 마음을 놓는 거야?"

"파라오께서 무질서를 평정하고 질서를 세우셨음을 인정받았거든. 거북이는 하늘의 상징이면서 땅의 상징이기도 해. 땅에서 거북이는 물이 가득 담긴 항아리이지. 그 항아리가 하늘로 올라가 나일 강의 수원이 된 거야. 하늘과 땅이 파라오가 누비아를 평정한 일을 올바르다고 보신 거야. 그래서 저 거북이가 움직이는 거지. 이제 저 거북이는 자신이 삼켰던 물을 강물에 도로 토해서 땅을 비옥하게 만들거라고."

거북이는 서두르는 기색 없이 유유자적하며 자신의 임무를 수행했다. 이케르는 지휘선 뱃머리에 서서 이 위엄 있는 동물의 움직임을 지켜보았다.

나일 강의 수위가 점차 올라갔다. 강물도 제 빛깔을 되찾았다. 차오르는 강물을 지켜보면서 배들은 다시 전진할 준비를 갖추었다.

43

멤피스 부두 세관의 부감독은 몸집이 큰 사내였다. 인정이 많은 대신 야무진 데가 없는 그는 보수가 두둑한 일을 하나 해보지 않겠느냐는 제안을 받자 뿌리치지 못했다. 제안을 해온 자는 레바논 상인의 밀정으로, 세관 부감독에게 소백에게 접근해서 그와 친해지라는 임무를 맡겼던 것이다. 엄격하고 고집불통인 이 감찰대 총수의 약점을 잡기 위한 계획이었다.

"감찰대 총수님과 점심식사를 하게 되어 영광입니다! 이 도시가 집집마다 곡소리가 울릴 정도로 큰 참극을 겪었지만, 총수님 덕분에 안정을 되찾았습니다."

"안정은 겉모습일 뿐이야."

"불순한 폭력 분자들은 다 붙잡히게 될 겁니다, 틀림없이요!"

세관 부감독은 커민 소스를 뿌린 파 요리를 입 안에 넣고 우물거리다가 말했다.

"일 하나를 마치면 또 일이 생기고, 일이란 게 아무리 해도 끝이 없지요. 그러니 사는 재미도 찾아야 하지 않겠습니까? 좋은 집을 마련하고 싶은 마음은 없으세요?"

"난 이 관사로 충분해."

"지금이야 그렇겠지만 앞날을 생각해보세요. 총수님께서 받으시는 급료만으로는 필요한 걸 다 갖출 수 없다고요. 그래서 높은 양반들이 너나 할 것 없이 다들 다른 돈벌이를 찾고 계신 거구요. 총수님지위 정도 되면 그런 일도 한번 생각해보셔야 하지 않을까요?"

소벡은 이 말에 흥미가 끌린 듯 보였다.

"그런 일이라니, 어떤 게 있는데?"

세관 부감독은 소벡이 드디어 미끼를 덥석 물었구나 싶었다.

"총수님은 잘 모르시지만 총수님 손엔 이미 꽤 짭짤한 몫이 쥐어져 있거든요."

"무슨 말이야?"

"공문서를 내주는 권한을 갖고 계시잖아요. 허가증이나 증명서에 도장을 찍어주는 일이 기막힌 돈벌이가 된단 말이죠. 그러니까 그걸로 한번 장사를 해보세요. 이런저런 허가증에 도장 한 번 찍어주거나 때때로 한 번씩 슬쩍 눈을 감아주기만 하면 됩니다. 생기는 것 없는 일반 서류 나부랭이보다 그런 게 훨씬 수입이 좋죠. 그다지 위험할 것도 없고, 주머니를 채우는 데는 그만인 일이에요. 무슨 말인지 아시죠?"

"그거 썩 괜찮은데."

"역시 총수님은 이해가 빠르시네요. 빛나는 미래를 위해 건배하십시다!"

하지만 술을 들이켠 사람은 세관 부감독 혼자였다.

소벡이 나직한 소리로 물었다.

"그런 방식을 써서 자네가 멋진 집을 살 수 있었던 건가? 자네 봉급으로는 어림도 없는 집을 말이야."

"바로 그렇습죠! 제가 총수님을 좋아하기 때문에 이런 방법을 이용해보시라고 귀띔해드리는 겁니다."

"자넬 식사에 초대한 건 이 문제를 은밀히 심문해보기 위해서였어. 순순히 자백을 받아내려는 거였지. 요즘 같은 상황에선 부패한 세관원 하나 체포하는 일도 조용히 처리하는 게 좋거든. 자넨 기특하게도 내가 묻기도 전에 술술 부는군. 그렇지만 그 정도로는 부족하지. 자네한테 좀더 소상하게 알고 싶은 게 있거든."

세관 부감독은 얼굴이 새하얘져서 손에 든 술잔을 놓쳤다. 쏟아진 술이 그의 옷을 적셨다.

"아! 총수님, 오해하신 겁니다! 제가 말씀드린 건 그냥 그런 방법이 있다는 겁니다."

"그런 방법이 있을 뿐 아니라 자네가 직접 써먹기도 했지. 나는 이 도시 치안 책임자들에 대해서는 그 지위가 높든 낮든 상관없이 감찰 보고서를 꼬박꼬박 검토하고 있어. 그리고 좀 이상하다 싶은 내용이 있으면 일단 의심을 하지. 자넨 벼락부자 행세를 해서 내 눈에 띈 거야."

세관 부감독은 겁에 질려서 문 쪽으로 달아났다.

네 명의 감찰관이 그를 막아서서는 즉시 새 숙소로 안내해주었다. 불편하기 짝이 없는 감옥이었다.

소백이 그를 심문했지만 결과는 만족스럽지 못했다. 이 변변치 못한 세관원은 말단 허수아비일 뿐이라서 주모자들의 이름은 모르고 있었다. 그가 유일하게 접촉하는 사람은, 거짓으로 털어놓은 게 아니라면, 어떤 물장수인 것 같았다. 세관 부감독에게 그 물장수의 인상

착의를 캐물었지만 그야말로 어중이떠중이의 생김새를 웅얼거리는 바람에 아무 소용이 없었다. 멤피스에만 해도 수백 명의 물장수가 있는데 그를 찾기란 불가능해 보였다.

하지만 소벡은 이 사건을 깊이 캐보기로 하고 멤피스 세관에 대한 감시를 강화했다. 세관 부감독이 저지른 부정이 혹시 지하 반란 조직과 연관되어 있지 않을까? 반란 조직이 관리들을 매수하고 있는 거라면 이번 사건이 소벡에게는 어쩌면 그 조직의 자금줄을 찾아내서 그 원천을 끊어버릴 기회가 될지도 몰랐다.

"세관 부감독이 붙잡혔어요. 그자가 멍청하게도 소벡의 미끼를 덥석 물었지 뭡니까."

물장수가 레바논 상인에게 보고했다.

"수호자 소벡! 아무리 수를 써도 넘어오지 않는군. 그 감찰관한테 인간적인 약점이란 게 있기나 한 걸까? 지금은 자네가 위험해. 자넨 그 허풍 든 세관원 놈과 접촉한 유일한 사람이잖아!"

"위험할 것까지는 없습니다. 그 세관원은 소인에 대해 아는 게 별로 없으니까요. 그자는 우리가 시킨 일이나 열심히 해서 돈주머니를 채운 걸로 만족해하는 위인입니다."

"그렇더라도 조심해야 해!"

"사방 곳곳에 깔린 게 물장수들이라고요! 조금이라도 위험한 기미가 있으면 손 놓고 있진 않을 테니까 염려 마십쇼. 그런데 다른 소식이 있습니다. 별로 유쾌하지 않은 소식이에요."

레바논 상인은 눈을 지그시 감고 머리를 뒤로 기댔다.

"뭔데? 말해봐."

"파라오 선단이 얼마 전에 엘레판티네로 돌아갔다고 합니다. 세소스트리스가 누비아를 정복하고 평화를 정착시켰다더군요. 제2폭포를 넘어 사이 섬에 이르기까지 요새들을 줄줄이 쌓은 덕분에 이제 누비아에서 반란을 일으킨다는 건 꿈도 꾸지 못할 일이 되었답니다. 왕의 인기가 또다시 하늘을 찌르고 있어요. 이제는 누비아인들까지 왕을 칭송하고 있다니까요."

"예고자는 어떻게 되었다던가?"

"어디론가 종적을 감춘 것 같아요."

"그 대단한 인물이 그런 식으로 사라질 리 없어! 만약 파라오에게 붙잡힌 거라면 파라오는 그의 머리를 자기 뱃머리에 매달아놓았을 거야. 예고자는 파라오의 손아귀에서 벗어났어. 그러니 조만간 다시 모습을 드러내겠지."

"소벡 문제는 어떻게 할까요?"

"아무리 단단한 벽이라도 빈틈은 있어. 결국엔 소벡의 약점을 찾아낼 수 있을 거야. 예고자가 돌아오면 그를 어떻게 해치울지 방법을 일러줄 거다."

오시리스의 신성한 영지는 막 떠오른 햇살에 잠겨 있었다. 이 오시리스의 왕국은 죽음이 아닌 또다른 삶의 장소였다. 이른 시간이라 아직은 부드러운 햇살이 이시스의 진주빛 살갗 위에서 춤을 추었다. 이시스는 그 햇살을 음미하며 이케르를 떠올렸다.

여사제의 결혼을 금하는 계율은 없었다. 다만 아무리 멋진 남자라해도 오시리스의 신비에 헌신한 이 여사제의 마음을 붙잡을 수 없었을 뿐이었다. 그런데 이케르만큼은 그녀의 머릿속을 떠나지 않았다.

그녀의 뇌리를 맴도는 그의 존재는 끈질기고 지긋지긋한 강박이 아니라 그녀가 시련을 겪을 때마다 든든하게 의지할 수 있는 버팀대 같은 것이었다. 그는 늘 그녀의 곁을 지키는 세심하고 성실하며 다정한 동반자가 되어 있었다.

지성소에서 신의 계시를 읽는 임무를 맡은 종신 사제와 하토르 여사제 한 명이 이시스를 신성한 호수로 데려갔다. 앞선 시험에서 심장의 무게를 달아 심판을 통과한 후 이제 세번째 탄생을 위한 시험이 그녀를 기다리고 있었다.

종신 사제가 이시스에게 말했다.

"정신을 모아 태초의 대양 눈을 바라보시오. 이 물 한가운데서 모든 변화가 일어나고 있습니다."

이시스가 오래된 주문을 빌려 대답했다.

"나는 정결함을 원하노라. 나는 옷을 벗고 호루스와 세트가 그랬듯이 몸을 깨끗이 씻겠노라. 그리하여 눈에서 나올 때는 나를 얽어매는 것으로부터 풀려나 있으리라."

이시스는 상상 속에서나마 이 청량한 물속에 오랫동안 머물고 싶었다. 그녀가 신비에 입문하기 위해 지금까지 거쳐왔던 단계들이 머릿속에 주마등처럼 스쳐갔다. 함께 온 여사제가 이시스의 손을 잡아끌어 한 반석 위에 앉혔다.

사제가 말했다.

"지하세계 매의 신이며 부활의 길을 인도해주는 소카르 신의 대장장이가 은으로 빚은 반석이 여기 있소. 여기서 그대의 발을 정결히 하시오."

여사제가 이시스에게 긴 흰옷을 입힌 다음 허리에 붉은색 허리띠를 둘러 마법의 매듭으로 묶어주었다. 이어서 흰색 샌들을 신겼다.

"이제 그대의 두 발은 굳건히 걸음을 내디딜 수 있소. 호루스의 눈인 이 샌들이 그대가 가야 할 길을 밝혀줄 것이고, 그대가 길을 헤매지 않도록 이끌어줄 것이오. 길을 가는 동안 그대는 오시리스이자 동시에 하토르가 될 것이며, 이는 남자의 길과 여자의 길이 그대 안에서 하나가 됨을 의미하오. 창조의 원소 모두가 그대를 도울 것이니, 죽음의 문턱을 넘어 미지의 집으로 들어가시오. 그대는 밤의 가장 깊은 어둠 속에서 해가 빛나는 것을 보게 될 것이오. 신들 곁으로 다가가서 신들과 직접 대면하게 될 것이오."

여사제가 이시스에게 화관 하나를 내밀었다.

"이 화관은 서쪽세상의 군주*가 그대에게 주는 선물이오. 의로운 자들이 쓰는 이 관이 그대의 마음의 눈을 환히 비추어주기를. 그대 앞에 커다란 문이 열릴 것이오."

이번엔 자칼의 얼굴을 가진 아누비스가 모습을 드러냈다. 아누비스가 이시스의 손을 잡아 이끌었다. 둘은 초기 파라오들이 쉬고 있는 옛 묘지 구역을 가로질러갔다. 눈앞에 호위 정령들이 나타나 길을 가로막았다. 정령들은 칼, 곡식 이삭, 종려나무 잎사귀, 나뭇잎을 묶어 만든 빗자루를 들고 있었다.

이시스가 정령들을 향해 말했다.

"나는 당신들의 이름을 압니다. 당신들은 칼을 휘둘러 악한 기운들을 베고, 빗자루로 그것들을 쓸어 담아 꼼짝도 못 하게 치워버리지요. 당신들이 들고 있는 종려나무 잎사귀들은 빛이 솟아올라 어둠이

---

* 죽은 사람들의 세계를 관장하는 하토르 여신.(옮긴이)

423

침범할 수 없게 됨을 나타냅니다. 당신들의 그 이삭은 오시리스가 무(無)와 겨루어 승리하고 생명을 창조하였음을 보여줍니다."

호위 정령들이 모습을 감추었다.

아누비스는 이시스를 안내하여 지하로 들어갔다. 눈앞에 희미한 빛이 비쳐드는 긴 복도가 나타났다. 아누비스는 육중한 화강암 기둥들이 둘러싸고 있는 넓은 방으로 이시스를 데리고 갔다.

방 한가운데 섬이 있었다. 그 섬에 놓여 있는 거대한 관(棺)이 보였다.

아누비스가 명했다.

"낡은 네 존재를 버려라. 그리고 이 새로운 탄생의 가죽을 걸쳐라. 이것은 악한 목동에 의해 살해당해 목이 잘린 하토르 여신의 살갗이다. 나 아누비스가 여신을 우유로 적셔 다시 생명을 불어넣었고, 내 어머니에게로 데려가 오시리스처럼 다시 살아나도록 하였다."

이시스가 가죽을 몸에 걸쳤다.

두 명의 여사제가 나타나 이시스의 팔꿈치를 잡고 나무 수레에 눕게 했다. 이 나무 수레는 '존재하는 자'이자 '존재하지 않는 자', 창조주 아툼의 상징이었다. 사제 세 명이 미끄럼판을 이용하여 천천히 수레를 끌어 섬 쪽으로 나아갔다. 탁발 사제가 섬 위에서 일행을 기다리고 있었다.

탁발 사제가 첫번째 사제에게 물었다.

"그대는 누구인가?"

"저는 시신에 향유와 연고를 발라 썩지 않고 보존되도록 하는 사람입니다."

"그대는?"

"시신 곁에서 밤을 새는 사람입니다."

"그대는?"

"생명의 숨결을 지키는 사람입니다."

"신성한 산의 꼭대기로 가라."

일행은 행렬을 지어 관 주위를 돌았다.

탁발 사제가 물었다.

"아누비스 신이여, 낡은 심장이 사라졌습니까?"

"낡은 심장은 불타버렸고, 그와 함께 낡은 가죽과 낡은 머리카락도 불살라졌다."

탁발 사제가 말했다.

"이시스를 새로운 생명의 자리로 옮겨라."

사제들이 이시스를 들어 올려 관 안에 눕혔다.

"그대는 빛이니 이제 밤을 가로지르게 될 것이다. 바라건대 신들이 팔을 벌려 그대를 반겨주기를. 오시리스가 탄생의 집에서 그대를 맞이하시리라."

이시스는 겉으로 드러난 세상을 넘어 어떤 공간과 어떤 시간 속으로 들어갔다.

탁발 사제의 목소리가 들려왔다.

"그대는 잠들어 있다가 잠에서 깨어났다. 그대는 누워 있다가 몸을 일으켰다."

사제들이 손을 뻗어 그녀가 관 밖으로 나오는 걸 도왔다. 조금 전과는 달리 횃불들이 넓은 방 안을 환히 밝혀주고 있었다.

"유일한 별이 빛을 발하니, 빛의 존재는 빛의 존재들과 함께 있으리라. 그대는 마아트의 섬에서 돌아왔으니 이제 세 겹의 생명을 얻으리라."

사제들이 이시스가 두르고 있던 가죽을 벗기는 것과 동시에 탁발 사제가 같은 가죽을 끈처럼 세 겹으로 엮어 만든 곤봉의 끝을 그녀의 입과 눈, 귀에 갖다 댔다.

"하늘과 땅, 그리고 별의 딸이여, 이제 그대는 오시리스의 누이로서 제의를 올릴 때마다 오시리스를 대신하여 그의 역할을 하게 될 것이오. 여사제여, 그대가 할 일은 상징들에 생명을 불어넣고 부활시켜서 아비도스의 전통을 지켜나가는 것이오. 그대가 통과해야 할 문이 아직 하나가 남아 있소. 바로 황금원의 문이오. 이 문을 넘어서기를 원하오?"

"원합니다."

"미리 말해두겠소, 이시스. 그대는 용기와 굳은 의지력을 발휘하여 이 자리까지 왔소. 하지만 용기와 의지력이 아무리 뛰어나다 해도 앞으로 겪을 무서운 시험을 이겨내리라는 보장은 없소. 실패한 경우는 수없이 많고, 시험을 이겨낸 경우는 드물다오. 그대의 젊음이 그대에게 불리한 장애가 되지 않겠소?"

"그건 사제께서 판단하실 일입니다."

"어떤 위험이 기다리고 있을지 정말로 생각해보았소?"

여사제의 눈앞에 이케르의 얼굴이 떠올랐다. 그가 이렇게 자신과 함께 있지 않았다면 이시스는 아마 시험을 포기했을 것이다. 그녀는 이미 그로부터 큰 보물을 받은 것이다! 막 시작된 이 사랑 덕분에 그녀는 이 여정의 끝까지 가야 한다는 걸 알게 되었다.

"제 결심은 이미 정해졌습니다."

"그렇다면 이시스, 그대는 불의 길을 가게 될 것이오."

44

엘레판티네에 도착한 메데스는 마침내 두 발을 든든한 땅에 내려놓을 수 있었다. 뱃멀미도 겨우 가라앉기 시작했다. 배를 타고 오는 내내 어지럼증 때문에 제대로 먹지도 못했다. 그런데 별안간 파라오의 명이 떨어졌다. 즉시 아비도스로 출발한다는 것이었다.

배다리 위를 걸어 갑판에 오르자 또다시 그 지옥 같은 울렁거림이 시작되었다. 메데스는 배가 흔들릴 때마다 거의 죽을 지경이었다. 하지만 이런 수난을 겪는 중에도 메데스는 자신의 업무를 빈틈없이 수행했다. 포고문을 든 전령들이 쉼 없이 이집트 각지로 파견되었고, 덕분에 파라오가 누비아를 평정했다는 소식이 작은 촌락에까지 전해졌다. 백성들은 이제 세소스트리스를 살아 있는 신처럼 우러러보게 되었다.

메데스는 틈만 나면 닥터 구아를 불러댔다. 의사는 메데스의 상태를 한참 동안 살핀 다음 말했다.

"내 생각이 맞습니다. 나리의 간은 도저히 봐줄 수 없는 상태예요! 나흘 동안 이 물약을 복용하십시오. 연잎에서 짜낸 즙과 대추나무 분말, 무화과, 우유, 노간주나무 열매와 순한 맥주를 섞은 겁니다. 이건 기적의 약이 아닙니다. 그저 증상을 가라앉혀줄 뿐이죠. 그런 다음 식사량을 줄이세요. 증상이 재발하면 또 이 물약을 드십시오."

"멤피스에 도착하기만 하면 난 씻을 듯이 나을 거요. 배를 타고 다니느라 이 꼴이 된 거란 말이요."

"기름진 고기나 버터가 든 음식, 독한 포도주는 절대 드시면 안 됩니다."

열병에 걸린 선원 하나를 돌보러 급히 달려가면서도 닥터 구아는 의문점이 풀리지 않아 고개를 갸웃했다. 간의 상태가 그 사람의 기질을 결정한다는 건 솜씨 있는 의사라면 누구나 아는 사실이었다.

그런데 메데스의 간은 이 인물이 겉으로 보여주려고 하는 솔직하고 유쾌한 모습과는 달리, 기이하게 병들어 있었다. 그와 같은 간의 상태로는 마아트가 결코 맥을 출 수가 없다! 닥터 구아는 의아해하면서도 진단 결과를 너무 확대하지 않는 게 좋겠다고 마음을 돌렸다.

급히 가던 구아는 왕세자와 마주쳤다.

"상처는 좀 어떻습니까?"

"덕분에 말끔하게 나았습니다."

"빨리 회복된 건 왕세자님의 훌륭한 성품 덕분이기도 하지요. 잊지 말고 신선한 야채를 되도록 많이 들도록 하세요."

이케르는 지휘선 뱃머리에 나와 있는 파라오에게로 다가갔다. 파라오는 나일 강을 바라보고 있었다.

파라오가 말했다.

"창조주 신은 이제페트를 물리치고 빛이 세상을 지배하도록 하기 위해 네 가지 일을 수행하셨다. 첫번째는 네 가지 바람을 만들어 세상 만물이 숨을 쉴 수 있게 한 것이다. 두번째는 이 큰 강을 만들어 앎을 얻은 사람이면 누구나 이 강을 다스릴 수 있게 한 것이다. 세번째는 자신을 닮은 모습으로 인간을 빚어낸 것이다. 그러므로 사람이 악인 줄 알면서도 악행을 저지르면 그건 하늘의 뜻을 위반하는 것이 된다. 네번째는 앎에 입문한 사람들이 마음 깊이 서쪽세상을 기억하고 신들에게 봉헌물을 바치도록 한 것이다. 창조주의 이러한 업적을 어떻게 하면 이어갈 수 있겠느냐, 이케르?"

"제의를 올림으로써 가능합니다, 폐하. 제의는 우리 인간으로 하여금 빛의 세계에 눈뜨도록 해주니까요."

"신성한 빛을 가리키는 '라'라는 단어는 태초의 말씀을 상징하는 입 모양 문자와 행위를 의미하는 팔 모양 문자, 이 두 개의 문자로 이루어져 있다. 빛이란 행위로 표현된 말씀이다. 빛이 생기를 불어넣어준 제의는 큰 효력을 발휘한다. 그러므로 파라오는 빛의 행위인 제의로 신전을 채워야 한다. 제의를 매일 행하면 빛의 행위들이 많아져서 우주의 창조자가 자신의 집인 신전에 평화롭게 거할 수 있다. 무지한 자들은 생각에 실제적인 힘이 없는 줄 안다. 하지만 생각이란 시간과 공간을 마음대로 넘나드는 것이다. 오시리스는 생각, 즉 어떤 사상을 표현한다. 이 사상은 더없이 강력하여 하나의 문명, 단지 이 세상의 것만이 아닌 어떤 문명이 그로부터 탄생한 것이다. 아비도스가 영속해야 하는 이유는 바로 여기에 있다."

생명의 나무 발치에는 누비아에서 가져온 금이 놓여 있었다. 이 아카시아나무를 괴롭히던 병의 기세는 수그러든 상태였지만, 나무가 완전히 회복되기에는 아직 멀어 보였다.

세소스트리스는 탁발 사제와 함께 이시스가 올리는 시스트럼 제의에 참석했다. 생명의 나무를 위해 악기를 연주한 후 이시스는 왕을 따라 오시리스 언덕으로 갔다. 이곳은 오시리스를 섬기는 사람들의 카가 그와 더불어 영원한 생명을 누리는 장소였다.

"너는 지금 불의 길 입구에 와 있다, 이시스. 많은 사람들이 이 길을 갔다가 돌아오지 못했다. 이 길이 얼마나 위험할지 생각해보았느냐?"

"폐하, 제가 이 길을 감으로써 생명의 나무를 살릴 수도 있지 않습니까?"

"언제 그걸 깨달은 것이냐?"

"서서히, 어렴풋이 알게 되었지만, 그 사실을 차마 드러내진 못했습니다. 제 착각이나 허영심이 아닐까 두려웠기 때문입니다. 만약 제 힘으로 아비도스를 구할 수 있다면 저는 가장 행복한 삶을 사는 것이 아니겠습니까?"

"예지가 너의 발걸음을 이끌어주기를."

"아직 푼트의 금을 찾아야 할 일이 남았습니다. 일전에 제가 고문헌에서 한 가지 사실을 알아냈는데, 그 신성한 땅의 정확한 위치는 모르더라도 그곳이 어디 있는지 알아낼 방법은 있다는 내용이었습니다. 문헌에는 민 신의 축제를 올릴 때 그 열쇠를 쥔 사람이 축제 참석자들 가운데서 모습을 드러낼 테니, 그 사람에게서 이야기를 들으라고 적혀 있었습니다."

"네가 그 일을 맡겠느냐?"

"최선을 다하겠습니다, 폐하."

제실 문턱에 걸터앉은 종신 사제 베가는 신경이 아주 날카로운 상태였다. 그곳에서 만나기로 한 제르구가 과연 올지, 위병들의 눈을 무사히 따돌릴 수 있을지 걱정스러웠던 것이다.

발소리가 들렸다. 누군가 봉헌용 빵을 들고 다가오고 있었다. 밀매 동업자 제르구였다. 제르구가 오시리스의 신비에 입문한 어느 부부의 모습이 조각된 석비 앞에 봉헌물을 놓았다.

베가가 말했다.

"날 쳐다보려고 하지 말고 묻는 말에 대답이나 하시오. 누비아에서 무슨 일이 있었던 거요?"

"누비아인이 무참히 패배했고, 예고자는 종적을 감췄지요."

"우린 망했군!"

"하지만 메데스 나리도 나도 의심을 사지 않았고, 또 파라오가 흡족해할 만큼 직무를 잘 수행하고 있어요. 게다가 예고자가 죽었다는 증거는 어디에도 없습니다. 메데스 나리는 그가 다시 나타날 거라 믿고 있죠. 새로운 지시가 내려질 때까지 철저히 몸조심해야 합니다. 이곳엔 뭔가 흥미로운 일이 없었나요?"

"파라오와 이시스 여사제가 둘이서 오랫동안 숙덕거리더군. 그 여사제가 민 신 축제를 위해 사제단을 이끌고 갈 모양이오."

"그게 뭐 별건가요?"

"모르는 소리! 이시스는 고문헌들을 오랫동안 꼼꼼히 조사해왔소. 내 짐작에는 그녀가 어떤 실마리를 찾아낸 것 같단 말이오. 누비아에서 가져온 금 덕분에 아카시아나무의 상태가 한결 좋아졌거든. 그러니 그 여사제가 콥토스에 가서 제의를 올리려는 목적이 그 제의 도중에 또다른 금을 찾아내려는 게 아닐까 싶다고."

콥토스는 사막에서 생산되는 온갖 종류의 광물이 매매되는 광산도시였다. 거기서 열리는 민 신 축제에서 이시스가 또다른 금을 찾아내게 될지도 모른다니…… 제르구는 이 정보를 알리기 위해 지체 없이 메데스에게로 달려갔다.

아비도스의 종신 사제와 임시 사제들을 모두 한자리에 모아놓고 왕은 누비아가 이집트의 보호령이 되어 이제 평화를 회복했음을 알렸다. 그렇지만 반란 분자들의 위협이 여전히 남아 있는 이상 오시리스의 이 신성한 영지를 안전하게 지키기 위한 조치들은 그대로 유지될 거라는 사실도 못 박았다.

지휘선에 남아 있으라는 파라오의 명에 따라 이케르는 배 위에서 아비도스를 바라보고 있었다. 그는 처음 와보는 이 도시에서 눈을 뗄 수 없었다. 그처럼 가깝게 느껴지면서도 결코 다가갈 수 없었던 도시였다. 그는 부활의 군주가 다스리는 이곳을 이시스와 함께 돌아볼 수 있다면 얼마나 좋을까 생각했다. 하지만 파라오의 명을 어길 수는 없었다.

부둣가에 이시스가 서 있었다. 그녀는 금방이라도 하늘로 날아오를 듯 가볍고도 아름다운 모습으로 미소 짓고 있었다.

이케르는 배다리를 구르듯이 달려 내려갔다.

"배 안을 둘러보시겠어요?

"네, 보고 싶어요."

그는 앞장서 가면서도 계속 뒤를 돌아보았다. 이시스가 정말로 자기를 따라오고 있다는 게 믿어지지 않았던 것이다.

두 사람은 뱃머리 차양 그늘 아래 나란히 섰다.

"의자를 드릴까요? 마실 걸 좀 드릴까요? 또……"

"아닙니다, 이케르. 이렇게 강을 바라보는 걸로 족해요. 이 강은 우리에게 번영을 가져다주죠. 그리고 당신을 살아 돌아오게 해줬어요."

"당신은 나를 걱정했군요?"

"당신이 적과 싸우는 동안 나 역시 힘겨운 시험을 치렀어요. 당신이 있다는 사실이 내게 그 시험을 이겨낼 힘을 주었고, 당신이 위험에 맞서 보여주었던 용기는 내게 본보기가 되어주었지요."

이케르는 그녀를 안고 싶었지만 마음만 간절할 뿐이었다. 둘은 사방이 트여 사람들이 훤히 볼 수 있는 장소에 서 있었던 것이다.

이케르는 마음을 억누르며 차분히 대답했다.

"파라오께서 매 순간 우리를 이끌어주셨어요. 파라오의 지휘가 없었다면 네스몬투 장군을 비롯하여 우리 가운데 누구도 결코 승리를 얻지 못했을 겁니다. 아비도스로 오기 전에 파라오께서는 내게 창조주 신이 행하신 네 가지 일을 말씀해주셨지요. 나는 파라오께서 행하신 일도 다르지 않음을 깨달았습니다. 단지 무력만이 아닌 정신을 통해 그분은 누비아의 혼돈과 반란을 종식시켜 그 척박한 땅을 풍요한 곳으로 바꿔놓았습니다. 그곳에 건설한 요새들은 단순한 건축물이 아니라 남쪽에서 올라오는 사악한 기운을 차단할 수 있는 마법의 울타리입니다. 하지만 아쉽게도 예고자는 놓치고 말았습니다. 이시스, 당신도 아실 겁니다. 우리가 만난 이후로 당신이 나를 보호해주고 있었다는 사실을. 죽음이 빈번히 나를 낚아채려 했지만 당신이 그것을 멀리 쫓아주었어요."

"나는 그렇게 대단한 사람이 못 됩니다."

"아뇨, 당신은 큰 힘을 지녔어요! 내가 누비아에서 어떻게든 살아 돌아오려 했던 건 당신에게 내 사랑을 전하기 위해서였습니다."

"내가 아니더라도 여인들은 많습니다, 이케르."

"내게는 오로지 당신뿐인걸요. 오늘도, 내일도, 영원히."

이시스는 흔들리는 마음을 감추려고 몸을 돌렸다.

그녀가 말했다.

"생명의 나무가 한결 생기를 보이고 있어요. 하지만 아직 세번째 치유의 금을 찾지 못했습니다."

"그 금을 찾기 위해 누비아로 다시 돌아가는 게 좋을까요?"

"아닙니다, 그건 푼트의 금이거든요."

"그곳이 시인들이 상상해낸 땅은 아니라는 말이군요!"

"고문헌들을 뒤져봐도 그곳의 위치에 대한 언급은 없었어요. 다만 민 신 축제 도중에 푼트를 아는 어떤 사람이 나타나 우리에게 귀한 정보를 줄 거라고 쓰여 있더군요."

"'우리'…… 지금 '우리'라고 말한 겁니까?"

그녀가 금방 대답하지 못하고 머뭇거릴수록 이케르의 기대감은 커져갔다. 그녀의 태도가 예전과는 달라지지 않았는가? 그녀도 새로운 감정을 느끼고 있기 때문이리라.

이시스가 고백했다.

"당신을 다시 만나서 기뻐요. 당신이 오래 떠나 있는 동안 당신이 그리웠습니다."

이케르는 자신이 잘못 들은 게 아닌가 싶었다. 그녀의 예기치 않은 고백에 놀라 정신이 멍할 정도였다. 그토록 바라던 꿈이 이루어진 것이다.

"좀더 함께 있을 수 있을까요? 저녁을 같이 들면서 계속 이야기를 나누면 좋을 텐데."

"아뇨, 이케르. 지금은 해야 할 일이 아주 많아요. 사실을 말씀드리면, 민 신 축제가 아마도 우리가 서로를 볼 수 있는 마지막 자리가 될 거예요."

이케르는 가슴이 조여드는 것 같았다.

"어째서죠, 이시스?"

"오시리스의 신비에 입문하는 일은 위험한 모험과도 같답니다. 나는 신전에 몸담은 사람이므로, 그것에 대해 당신에게 말씀드릴 수는 없어요. 하지만 이 점만은 밝힐 수 있습니다. 내가 이 모험의 끝까지 가보기로 결심했다는 것 말이에요. 지금 내가 가려는 길을 나보다 먼저 갔던 많은 사람들이 끝내 다시 돌아오지 못했지요."

"그처럼 큰 위험을 감수할 필요가 있는 건가요?"

그녀가 이케르를 바라보며 부드러운 미소를 지었다.

"그것 말고 다른 길이 있나요? 당신과 나는 마아트를 지키고 생명의 나무를 살리기 위해 몸 바친 사람들이에요. 이 운명을 피하려 드는 건 비겁할 뿐 아니라 헛된 시도일 겁니다."

"내가 당신을 도울 수 있는 방법이 있을까요?"

"우리는 각자의 길을 가면서 그 길에서 기다리는 시련들과 홀로 맞서야 해요. 그런 후에 아마도 우린 다시 만나게 되겠지요."

"나는 지금 여기서 당신을 사랑하렵니다. 이시스!"

"지금 우리가 있는 이 세상은 보이지 않는 세상의 그림자가 아닌가요? 이 세상과 보이지 않는 세상 사이를 가로막은 경계를 지우고 그곳으로 통하는 문을 열어줄 기호와 징조들을 해독하는 것이 우리의 일입니다. 당신이 나를 진정으로 사랑한다면, 나를 잊어주세요."

"그럴 수는 없습니다! 제발 그 길을 단념해요, 나는……"

"그렇게 하면 돌이킬 수 없는 잘못을 저지르는 게 될 겁니다."

이케르는 아비도스도, 오시리스도, 신비제의도 원망스러웠다. 하지만 곧 이런 어린애 같은 모습을 보인 것이 부끄러웠다. 이시스의 말이 옳았다. 두 사람에게 주어진 운명은 여느 사람들처럼 평범한 삶이 아니었다. 그들은 역경에서 빗겨나 삶의 사소한 행복들을 누리며 살 수 없는 것이다. 두 사람이 다시 만난다면, 그때는 각자가 그 미지의 시련과 맞서서 이겨낸 다음이 될 것이다.

두 사람은 서로의 손을 다정하게 감싸 잡았다.

45

마침내 멤피스에 다시 발을 딛은 메데스는 거의 감격할 지경이었다. 그는 레바논 상인을 찾아가봐야겠다고 마음먹었다. 상인을 만나면 예고자의 소식을 들을 수 있을 거라 생각했다. 무슨 이유로 파라오는 수도로 돌아오는 대신 콥토스에서 열릴 민 신 축제에 간 것일까? 그의 승전을 환영하기 위해 열렬한 환호를 준비해놓고 기다리는 이곳을 놓아두고 말이다. 왕의 이런 행보는 분명 생명의 나무와 관계가 있을 거라고 메데스는 추측했다.

메데스의 손에는 제르구라는 아주 유용한 패가 쥐여져 있었다. 제르구는 이케르와 친근한 이야기를 나누는 사이가 된 걸 이용해서 콥토스 행 선박의 물자 조달 임무를 맡겨달라는 청을 했다. 제르구가 누비아에서 임무를 훌륭히 수행했던 터라 그의 청은 즉시 받아들여졌고, 덕분에 그는 이번 축제에 참석하는 주요 인물을 염탐해서 그들이 이곳에 온 이유를 알아낼 수 있게 된 것이다.

닥터 구아의 효과적인 처방 덕분에 메데스는 건강과 활기를 되찾았다. 누구나 인정하듯이, 누비아에 평화가 정착된 건 곧 예고자의 쓰라린 패배를 의미했다. 그렇다고 좌절감만 짓씹고 있을 것인가? 세소스트리스가 요란하게 개선하기를 마다한 건 무슨 이유일까? 또 이 파라오가 말을 최대한 아끼며 신중하게 움직이는 이유는 무엇일까? 이집트 내에 있는 적을 두려워하기 때문은 아닐까?

예고자는 능란한 전략가답게 지금까지 여러 가지 전술을 구사해왔다. 그 가운데 꽤 성과를 올린 것도 있지만 대개는 그 결과가 변변찮았다. 하지만 파라오 체제를 무너뜨리고 새로운 믿음을 세상에 퍼뜨리려는 그의 의지는 변함없을 게 분명했다.

콥토스는 축제로 흥겨운 분위기였다. 선술집마다 독한 맥주가 흥건히 넘쳐흘렀다. 부적 장수, 샌들 장수, 옷 장수, 향유 장수 들은 저마다 거나하게 취해 흥청거렸다. 가장 물질적인 것부터 가장 관념적인 것에 이르기까지 풍요함을 상징하는 민 신은 거침없는 환희의 분위기를 가져다주었다. 평소에는 조신하던 여인네들도 남정네들을 향해 거리낌 없는 눈짓을 보내곤 했다. 염치 좋은 어느 여인네와 벌써부터 터놓고 지내는 사이가 된 세카리는 이런 분위기를 보며 생각했다.

'이집트인은 역시 슬픔이나 수줍음과는 거리가 멀어.'

세소스트리스가 축제의식을 집전했다. 아주 유서 깊은 의식이었다. 황금으로 장식된 호화로운 의상을 차려입은 왕이 시내 거리를 가로질러 신전을 향해 갔다. 왕의 행차 앞에는 사제들의 행렬이 있었다. 사제들은 영원한 삶으로 건너간 파라오들의 작은 조각상들을 방패 위에 담아 운반해 갔다. 왕 옆에는 우뚝 선 생식기를 가진 민 신의 조각상이 세워져 있었다. 민 신의 이 발기한 생식기는 신성한 힘의 특징인 창조의 욕망이 결코 소진되지 않음을 상징하는 것이었다. 또한 흰 황소의 모습도 보였는데, 흰 황소는 파라오 통치의 상징이자 민 신의 화신이기도 했다. 흰 황소는 눈부신 빛을 발하며 이 빛의 힘을 사방에 퍼뜨렸다.

이케르는 아름다운 이시스에게서 눈을 떼지 못했다. 그녀는 왕의 왼편에 자리 잡고 있었다. 축제가 벌어지는 자리에서 이시스는 이렇게 왕비의 역할을 대신하곤 했던 것이다.

민 신의 조각상을 받침대 위에 안치하자 사제들이 새들을 날려 보냈다. 새들은 동서남북 네 방향으로 날아가면서 파라오가 이번 원정에서 승리를 거둔 덕분에 하늘과 땅의 조화로움이 여전히 지속되고 있음을 알렸다.

세소스트리스가 황금 낫으로 밀 이삭을 자른 후 그 이삭을 흰 황소, 아버지인 민 신, 그리고 조상들의 카에 바쳤다.

이시스가 소생의 주문을 외우면서 파라오의 주변을 일곱 번 맴돌았다. 그러자 체구가 작은 흑인 한 명이 앞으로 나와 엄숙하고 열정적인 목소리로 민 신에게 바치는 찬가를 불렀다. 이 악사의 노랫소리는 듣는 사람들을 큰 감동에 젖게 했다.

주요 의식이 끝나고 군중들이 가장 기다리던 행사가 시작되었다. 민 신의 깃대가 세워졌다. 이제 곡예사들이 그 깃대를 타고 올라가 깃대 끝에 매달린 붉은 단지들을 벗겨올 차례였다. 그 단지들은 민 신전의 재건축의식 때 사용되었던 것이었다.

아슬아슬하게 깃대를 타고 올라가는 곡예사들을 어린 소녀들이 입을 다물지 못하고 올려다보았다.

이시스가 이케르를 한쪽 구석으로 데리고 가 말했다.

"내가 찾아내고자 했던 사람이 이 자리에 와 있어요."

"그 사람이 누구입니까?"

"조금 전 감동적인 목소리로 노래를 불렀던 악사예요. 고문헌에 따르면 그 악사는 '푼트의 흑인'이라고 불린다고 해요. 그는 오랜 세월 동안 행방을 감추고 있었지요. 우리에게 푼트의 위치를 가르쳐줄 수 있는 사람은 그 악사뿐이에요."

두 사람의 움직임을 눈으로 쫓고 있던 제르구는 맥주 마실 생각을 단념하고 이들을 따라갔다.

흑인 악사는 종려나무 그늘 아래 앉아 쉬고 있었다.

이시스가 인사를 했다.

"나는 아비도스에서 온 여사제입니다. 그리고 이분은 왕세자이시지요. 악사님의 도움을 청하러 왔습니다."

"내게서 뭘 알고 싶은 건가요?"

이케르가 대답했다.

"푼트의 위치를 알고 싶습니다."

악사는 터무니없다는 듯 입을 실룩거렸다.

"그리로 가는 길은 이미 오래전에 끊겼소! 그 길을 다시 찾아내려면 항해 중에 카의 섬을 본 적이 있는 뱃사람이 필요하오."

이케르가 말했다.

"내가 그 섬에 가본 적이 있습니다."

악사가 펄쩍 뛰며 고개를 저었다.

"거짓말 마시오!"

"거짓말이 아닙니다."

"그 섬에서 누구를 만났소?"

"거대한 뱀이 있었어요. 그 뱀은 자신의 세상을 구할 수 없었다면 서 내게는 나의 세상을 구원하라고 말했습니다."

"그 섬에 가봤다는 말이 사실이군!"

"우리를 푼트까지 안내해주시겠습니까?"

"신성한 돌이 있어야 하오. 그게 없으면 가다가 풍랑을 만나 배가 가라앉고 말지."

"그 돌은 어디 있습니까?"

"와디 함마마트의 채석장에 있을 거요. 하지만 그걸 찾으러 간 사 람들은 모두 실패했소."

"내가 그 돌을 찾아오겠습니다."

세소스트리스를 맞이하는 멤피스인들의 환호는 메데스의 예상을 뛰어넘었다. 상하 이집트를 통일하고 시리아 팔레스타인 지역과 누 비아를 평정한 세소스트리스는 이제 전설 속의 영웅이 되었다. 그의 명성은 피라미드 시대의 위대한 파라오들에게 견줄 만 한 것이었다. 그의 영광을 찬양하는 시들이 지어졌고, 이야기꾼들은 그의 무훈을 쉼 없이 부풀려 퍼뜨렸다.

파라오는 자신이 거둔 눈부신 승리가 별것 아니라는 듯 이번에도 역시 표정과 행동을 조금도 흐트러지 않았다.

메데스는 아내가 닥터 구아의 처방대로 진정제를 먹고 잠이 든 걸 확인한 다음 곧장 레바논 상인의 집으로 갔다.

상인은 몸집이 더 불어나 있었다.

메데스가 걱정스럽게 말했다.

"우리가 들킬 염려는 없을까?"

"소백이 우리 말단 조직원을 적발해내긴 했지만 그래봤자 별일 아닙니다. 우린 철저한 점조직을 이루고 있기 때문에 나리도 저도 노출될 염려는 없어요. 하지만 나리가 너무 오래 자리를 비운 탓에 우리 사업이 큰 타격을 입었습니다."

"파라오가 날 붙잡아두고 있었으니 별수 없잖소? 하지만 그동안 빈틈없이 처신한 덕에 누구도 대신 못할 중요한 자리를 확보해놨지."

"그거 잘된 일이군요! 그런데 누비아에서는 대체 무슨 일이 있었던 겁니까?"

"세소스트리스가 누비아 부족들을 평정하고 그곳에 요새들을 쌓아놓고 왔소. 요새들이 철벽같아서 누비아인은 이제 이집트로 쳐들어올 생각은 못할 거야."

"달갑지 않은 소식이군요. 그럼 예고자는 어떻게 되었습니까?"

"종적을 감췄소. 나는 그가 당신과는 연락하고 있을 거라 기대했는데."

"그가 죽었을 거라고 생각하십니까?"

"아니. 제르구의 손바닥에 새겨진 표지가 아직 살아 있거든. 제르구가 한번 의심을 품었다가 손바닥에 불이라도 붙은 것처럼 비명을 지르며 데굴데굴 구르더군. 머지않아 예고자가 우리한테 지령을 내려보낼 거요."

"정확히 보았군."

부드럽고 그윽한 음성이 말했다.

메데스가 펄쩍 뛸 듯이 놀라서 뒤돌아보았다. 예고자가 메데스 앞에 서 있었다. 여전히 터번을 두르고 긴 모직 튜닉을 입은 차림이었다.

"여전히 충성스럽군."

442

"그럼요, 주인님!"

"어떤 군대도 나를 막을 수 없고, 아무리 막강한 자도 나를 능가할 수 없지. 그걸 깨닫는 자는 복을 얻게 될 거야. 파라오가 무슨 꿍꿍이로 아비도스에 들른 건가? 또 콥토스에서 민 신 축제를 주재한 이유는 뭐지?"

메데스는 환한 표정을 지어 보였다.

"마침 제르구가 제 우편선을 통해 연락을 보내왔습니다, 주인님. 여사제 이시스가 아비도스의 문서고를 뒤져 중요한 자료들을 찾아냈다는 건 아실 겁니다. 그 여사제가 민 신 축제 때 왕비의 역할을 대신했다고 합니다. 그런데 그 여자가 왕세자 이케르와 함께 있는 모습이 자주 눈에 보이더랍니다. 이케르 녀석은 진작 죽었어야 했는데, 명도 질기지 뭡니까! 두 사람의 관계가 그저 아는 사이인지, 아니면 장래를 약속한 사이인지는 모르겠지만, 하여간 그건 중요한 게 아니죠. 이케르와 이시스는 어떤 약사를 붙잡고 이야기를 나누었는데, 그 약사의 별명이 의미심장합니다. 푼트의 흑인이라고 불리는 자거든요. 두 사람이 그 약사한테 치근거리는 이유가 푼트에 숨겨져 있다는 금을 찾으려는 게 아니면 뭐겠습니까? 다들 푼트라는 곳이 전설일 뿐이라고 하지만, 전 그곳이 실제로 있다고 믿거든요."

"네 말이 맞다, 메데스. 그래서 푼트로 떠날 원정대는 조직된 건가?"

"원정대가 조직된 건 맞는데, 그들이 가려는 데는 푼트가 아닙니다. 공식적으로 알려진 바에 따르면 이케르가 와디 함마마트의 채석장으로 가게 되었답니다. 거기 가서 석관과 조각상들을 만들어 운반해오는 게 그의 임무라고 하더군요."

예고자의 얼굴에 당혹스러운 표정이 스쳐갔다.

"그 흑인 악사가 이케르에게 신성한 돌을 찾아오라고 요구했나보군. 그 돌이 없으면 푼트로 가는 길이 열리지 않으니까."

메데스는 라피드 호가 바다의 신에게 이케르를 제물로 바치려고까지 했는데도 침몰하고 만 이유를 비로소 알게 되었다.

"그 빌어먹을 서기관 녀석이 그 일을 해낼까요?"

"쉬운 일은 아니지."

"감히 말씀드립니다만, 주인님, 그 말썽꾼은 이미 우리한테 숱한 피해를 입혔습니다!"

예고자가 빙그레 웃었다.

"이케르는 미약한 인간에 불과해. 그가 아무리 대담하게 굴어봤자 이번엔 역부족이다. 그렇지만 우리도 빈틈없이 대비해야 한다. 단 한 척의 이집트 배도 푼트에 닿게 해서는 안 되니까."

비나가 매혹적인 모습으로 들어섰다. 그녀는 상처를 동여맨 두꺼운 붕대를 튜닉으로 덮어 감추고 있었다.

"비나도 살아 있어. 이 여자의 원한이 자신에게 어떤 방식으로 되돌아올지 세소스트리스는 생각도 못 하고 있을 거다."

레바논 상인이 건포도 한 움큼을 꿀꺽 삼키고는 분한 듯이 말을 꺼냈다.

"소벡 때문에 뭐든 되는 일이 없습니다. 그자 때문에 우리 조직 일부를 갈아치우고, 조직원들한테는 꼼짝 말고 몸조심이나 하라고 일러야 했거든요. 그 망할 감찰대 총수를 손봐주려는 생각은 포기할 수밖에 없었지요. 정말이지 빈틈이라곤 전혀 없는 자예요! 그리고 그의 부하들도 자기 대장을 위해서라면 목숨을 내걸지요. 이런 상황이니 저희는 그저 주인님이 해결해주시기만을 바랄 수밖에요!"

"그래도 네 시도는 괜찮았다. 지금까지 쓴 방식이 먹히지 않았다면 이제 다른 방법을 시도해봐야지."

수호자 소벡은 시간을 조금도 허비하지 않았다. 궁정과 총리 집무실을 비롯한 주요 관청은 이미 물 샐 틈없는 경비가 이루어지고 있었다. 소벡은 이곳에 드나드는 고용인이나 잡부들을 일일이 심사해서 의심 가는 자는 다른 곳으로 쫓아냈다. 이 감찰대 총수와 오래전부터 안면을 쌓아온 경험 많은 고용인들만 자리에 남아 있을 수 있었다. 모든 출입자들은 몸수색을 받아야 했다.

이러한 소벡의 노고에 대해 세소스트리스가 짧은 칭찬의 말을 건넸다. 파라오가 칭찬하는 경우가 좀처럼 없었기 때문에 소벡은 몹시 감동했다.

"이케르 왕세자의 행동은 어떠했습니까, 폐하?"

"그는 더할 수 없이 모범적이었다."

"그렇다면 그를 의심했던 건 제 오해였군요."

"자신의 잘못을 인정하기란 누구에게나 힘든 일이지. 하지만 그보다 더 힘든 일은 올바른 길을 선택하고, 도중에 어떤 장애물이 나타나더라도 그 길을 흔들림 없이 가는 것이다. 이케르는 바로 그런 사람이다."

"저는 능숙하게 사과의 말을 건넬 주변은 없는 사람입니다."

"그대에게 사과를 요구하는 사람은 없다. 더욱이 이케르라면 결코 사과를 요구하지 않을 것이다."

"그는 누비아에 남아 있을 예정입니까?"

"아니다. 누비아 관리는 세호테프에게 맡겼다. 세호테프도 믿을 만

445

한 인물을 찾아 그곳의 행정을 맡긴 다음 멤피스로 돌아올 것이다. 이케르에게는 새로운 임무를 주었다. 아주 위험한 임무다."

"왕세자의 안위를 돌보셔야 합니다, 폐하!"

"그대가 그를 보호해주겠는가?"

"저는 그의 용기를 높이 사고 있습니다. 네스몬투 장군도 그런 엄청난 위험을 무릅써본 적은 없을 겁니다!"

"그게 바로 왕세자 이케르의 운명이다. 내가 그를 보호하고자 한들 그 누구도 그의 일을 대신할 수 없을 것이다. 궁정 고관들을 내사해본 결과는 어떠한가?"

"궁정은 모사꾼과 허풍쟁이, 야심가와 멍청이, 자만심에 찬 지식인들로 가득하고, 충성스러운 관리라고는 어쩌다 몇 명 찾을 수 있을 정도입니다. 그래도 궁정인들을 수사한 결과, 다행스럽게도 예고자와 내통 혐의가 있는 자는 발견하지 못했습니다. 이들은 폐하를 몹시 두려워하는 데다가 자신들의 특권과 안락한 생활에 만족하고 있거든요. 그래서 궁정이 아닌 다른 곳을 탐문해봐야 했는데, 덕분에 거리 이발사들이 반란 조직의 연락책 노릇을 하고 있다는 사실을 알아내게 되었습니다. 검문이 시작되자 많은 수의 거리 이발사들이 자취를 감추고 말았지만 남아 있는 자들에게는 용의주도하게 감시를 붙여놓았습니다. 이들을 수사하다가 새로운 단서를 찾아냈는데, 바로 물장수들이 반란 조직과 연결되어 있을지 모른다는 사실이었습니다. 하지만 이 도시의 물장수들이 한두 명이 아닌 만큼, 이들을 수사하기란 쉽지 않습니다. 또한 부정을 저지른 세관원 하나를 체포했는데, 기대했던 만큼의 성과는 얻지 못했습니다. 지금까지의 수사로 적어도 적을 초조하게는 만들었을 겁니다. 지금 시점에서 적들에 대한 경계를 늦춘다는 건 안 될 말입니다. 멤피스는 각 나라 사람들이 드나드는 개방된 도시인만큼 적들이 가장 먼저 노리는 곳일 테니까요."

세소스트리스는 크눔호테프 총리의 알현을 받고 오랜 시간 이야기를 나누었다. 파라오가 없는 동안 매일 왕비의 자문을 받아 훌륭히 국무를 수행해왔던 이 연로한 대신은 이제 지치고 병들었다는 이유를 들어 사직을 청할 심산이었다. 하지만 파라오와 대면하자 자신이 했던 서약이 떠올랐다. 결정은 파라오의 몫이지 자신의 것이 아니었다. 또한 안락의자에 몸을 파묻고 긴긴 하루를 하릴없이 보내는 것도 그의 성격상 견딜 수 없을 게 뻔했다. 그도 아비도스 황금원에 입문한 이상 자신의 나라, 자신이 섬기는 군주, 그리고 자신이 추구하는 이상에 몸을 바칠 의무가 있었다.

크눔호테프는 무거운 다리를 이끌고 집무실로 돌아왔다. 등에 뻐근한 통증이 느껴졌다. 하지만 그는 자신에게 주어진 직무를 계속 수행해나가리라는 굳은 결심을 했다.

46

사내의 이름은 카우이였다. 튼튼한 다리와 수다스러울 만큼 유창한 언변을 지닌 그는 스스로 상당한 능력을 지녔다고 자부했다. 그는 콥토스 출신 직업군인으로 이미 여러 번 원정대를 이끌고 사막을 가로질러 와디 함마마트까지 가본 적이 있었는데, 그때마다 자신의 대원들을 아무 사고 없이 무사히 귀환시켰다는 사실을 자랑스러워했다.

카우이를 가볍게 대하는 사람은 없었다. 이케르도 비록 왕세자 신분이긴 했지만 이 경험자의 말에 귀를 기울였다.

"그 채석장들은 그야말로 대단합니다! 와디 함마마트에 대해 말하자면 그곳도 장난이 아니죠. 나는 부하들한테 맥주와 신선한 식료품을 끊이지 않게 공급해주었어요. 그러기 위해 사막 한 귀퉁이를 일궈 비옥한 밭을 만들고 저수지를 파기까지 했다고요. 서투른 자들을 끌어 모아서 원정을 떠나봤자 나리가 바라는 걸 찾아오기는 쉽지 않을 겁니다. 서기관 십여 명, 돌을 잘라낼 채석공 여든 명, 돌을 다듬을 석공도 여든 명, 사냥꾼 스무 명, 샌들을 만들어 공급할 장인 열 명, 맥주 제조인 열 명, 빵을 구울 기술자 열 명, 그리고 인부 역할도 할 병사 천 명이 필요합니다. 가죽 부대, 광주리, 기름 단지, 그 어느 것 하나 모자라서도 안 돼요."

"그렇게 하죠!"

카우이는 내심 놀란 듯했다.

"그렇다면야 뭐…… 그런데 나리는 영향력이 대단한가봅니다!"

"나는 파라오의 명을 실행하는 겁니다."

"이렇게 규모가 큰 원정대를 이끌기엔 나리가 너무 젊어 보여서……"

"경험 많은 당신이 날 도와줄 텐데 무슨 걱정입니까? 게다가 곡식 저장소 책임 감독관인 제르구가 당신을 도와 필요한 물품들을 공급해줄 겁니다."

카우이는 만족한 듯 턱을 문질렀다.

"그렇다면 그럭저럭 해나갈 수 있겠구먼요. 어느 길로 갈 건지, 언제 일을 시작하고 쉴 건지 정하는 건 내 소관입니다."

"알겠습니다."

카우이가 내건 조건은 그게 전부였다. 이제 그는 두둑한 보수를 내걸어 유능한 인력을 끌어 모으기만 하면 됐다.

제벨* 함마마트는 높이 육백육십오 미터에 이르는 험준한 바위산이었다. 와디 함마마트는 마른 물길이 깎아지른 두 개의 절벽 사이를 통과한 다음부터는 비교적 완만한 계곡을 타고 구불구불 이어졌으므로, 이 물길을 따라 수월하게 오갈 수 있었다. 제1왕조 이래로 이집

---

* 북아프리카의 산.(옮긴이)

트인은 이 산악 지대에서 베켄 석재를 가져오곤 했다.

함마마트 산이 그 수려한 경관을 드러냈음에도 탐사대원들은 별로 눈길을 주지 않았다. 모두의 관심이 일행 가운데 있는 이시스에게 쏠렸던 것이다. 몇몇 사람들은 그녀가 파라오의 여인일 거라고 추측했다. 그녀한테는 초자연적 능력이 있어서, 그녀의 마법이 있어야 사막 괴수들의 공격을 막아낼 수 있을 거라고 숙덕거리기도 했다.

이케르는 감미로우면서도 들뜬 시간을 보내고 있었다. 이시스가 자신도 함께 갈 거라는 사실을 알려주었을 때부터 하늘은 더없이 눈부시게 빛났고, 불어오는 바람 속에는 향기가 가득했다. 황량한 사막과 뜨거운 열기조차 얼마나 친근하고 다정하게 느껴지는지! 대원들에게 물자를 배급하는 일은 카우이와 제르구에게 맡겨놓고 이케르는 이시스 곁에서 수많은 이야기를 나누었다. 이번 원정 길의 자잘한 일들부터 문학으로, 다시 일상의 온갖 일들로 옮겨 다니며 두 사람의 대화는 그칠 줄 몰랐다. 그러다가 두 사람은 좋아하는 것과 싫어하는 것이 서로 같다는 사실을 확인하기도 했다. 이케르는 쏜살같이 지나가는 시간을 아쉬워했다.

카우이가 원정대원들을 향해 말했다.

"드디어 도착했다. 이제 작업을 시작하자!"

세카리는 어쩐지 이 장소가 마음에 들지 않았다. 카우이가 일행을 데리고 온 광산은 그의 기억 속에 불길하게 남아 있는 어떤 광산과 비슷했던 것이다.

이케르가 세카리에게 다가가 물었다.

"뭔가 좀 꺼름칙하지 않아?"

"너도 뭔가 이상하다는 걸 눈치 챈 거야? 너처럼 사랑에 넋이 나간 사람은 뿔뱀이 다리 위를 기어가도 보지 못하는 법인데. 안심해. 모든 게 다 잘되고 있으니까. 저 카우이란 사람은 허풍이 세긴 하지만 건실하고 능력 있어 보여."

"세카리, 솔직히 대답해줘. 네가 생각하기에 이시스가……"

"너희 두 사람은 아주 잘 어울리는 한 쌍이야. 자, 이제 신성한 돌을 찾아보자."

두 사람은 한 암벽에 새겨진 '건축가 열전'부터 살펴보기 시작했다. 가장 먼저 언급된 이름은 '완성을 이룬 창조의 힘'인 카네페르였다. 그다음으로 등장한 인물이 최초의 석조 피라미드를 건축한 임호테프였다. 임호테프의 재능은 건축가 사이에서 대를 이어 칭송되어 왔고, 덕분에 그는 전설이 되어 세세만년 이집트의 모든 신전을 건축한 인물로 전해지고 있었다.

이시스가 민 신에게 물과 포도주, 빵, 꽃을 바치고 석공들이 순조롭게 작업할 수 있게 해달라고 빌었다.

채석 작업은 별다른 어려움 없이 진행되었다. 먹고 자는 일에 아무 불편함이 없는 석공들은 얼마 지나지 않아 훌륭한 석재들을 잘라냈다. 붉은빛이 도는 석재도 있었고 거의 검은색에 가까운 것들도 있었다.

카우이가 왕세자에게 물었다.

"이 정도의 석재들이면 되겠습니까?"

"아름다운 돌들이군요. 그런데 이중에 신성한 돌이 있을까요?"

"그건 전설일 뿐이에요! 오래전에 어느 채석공이 붉은 돌을 발견했는데 그 돌만 있으면 못 고치는 병이 없었다고 전해지고야 있죠. 하지만 그건 순전히 꾸며낸 얘기였을 겁니다. 설마 나리가 찾으러 온 것이 그 돌은 아니겠죠?"

"그래요."

"나는 조각상과 석관을 만들기 위해 돌을 잘라내는 거지, 아이들한테나 해줄 이야기에 장단 맞추려고 이 일을 하는 건 아니란 말입니다!"

"이 산을 탐색해봅시다."

"정 그러고 싶다면 갱도들을 하나씩 돌아보시구려."

이케르는 갱도마다 내려가봤지만 아무 소득도 얻지 못했다.

마침 이시스는 제의를 올리고 있었다. 그녀가 제물을 봉헌했을 때 가젤 암컷 한 마리가 나타났다. 새끼를 밴 이 가젤은 금방이라도 해산을 할 듯 몸이 아주 무거워서 사람들의 시선이 자신에게 쏟아지는데도 뛰어 달아나지 못했다.

사냥 일을 맡은 사내가 나섰다.

"내가 저놈을 화살 한 방에 잡겠소!"

여사제가 명했다.

"쏘지 마세요. 민 신께서 우리에게 기적을 보내신 겁니다."

가젤이 그 자리에서 몸을 풀기 시작했다. 어미 몸 밖으로 나온 어린 새끼가 두 다리로 간신히 버티고 설 수 있게 되자마자, 어미와 새끼는 함께 사막으로 다시 돌아갔다.

가젤이 몸을 푼 자리에 붉은 돌 하나가 황금빛을 발하고 있었다. 세카리가 망치와 끌을 써서 붉은 돌에 붙은 잡석을 떼어냈다.

한 석공이 투덜거렸다.

"내가 어제 돌 깨는 연장에 다리를 찧었소. 만약 저 돌이 신성한 돌이라면 내 상처를 감쪽같이 낫게 해줄 테지!"

이시스가 돌을 석공의 상처에 갖다 대고 한참을 기다렸다.

그녀가 돌을 떼자 상처는 다 아물고 흉터만 남아 있었다.

석공들이 놀란 눈으로 여사제를 바라보았다. 이 기적을 행한 힘이 그녀의 것일까, 아니면 돌에서 나온 것일까? 카우이조차 얼이 빠져 입을 헤벌리고 있었다.

이케르가 카우이에게 자신의 인장으로 봉인한 파피루스 두루마리를 건네며 말했다.

"대원들을 데리고 콥토스로 돌아가서 이 문서를 시장에게 보이세요. 시장이 당신에게 급료와 상을 내릴 겁니다. 나는 목수들과 몇 명의 병사를 데리고 좀더 멀리 가보겠습니다."

제르구는 이케르와 동행할 인원에 끼지 못했다. 무슨 구실로 남겠다고 고집할 수 있겠는가? 하는 수 없이 콥토스를 향해 발걸음을 떼어놓으면서도 제르구는 안달이 났다.

돌아오는 일행이 첫 휴식을 취할 때 제르구는 생리 문제를 해결하려고 멀찍이 떨어진 곳으로 갔다.

한 남자가 모래 위에 바짝 엎드려 그의 이름을 불렀다. 옷을 들춰 올리던 제르구는 깜짝 놀라 급한 볼일마저 잊어버렸다.

"이런, 용케 살아 있었네!"

눈이 휘둥그레진 제르구를 보며 스합이 대답했다.

"난 보다시피 멀쩡해. 예고자께서 참된 믿음을 지닌 자들을 보호해주시거든. 믿음을 지닌 자들은 죽음을 두려워하지 않아. 천국으로 갈 거니까."

"그렇긴 해도 누비아에서 겪은 일이 즐겁지는 않았잖아!"

"누비아 녀석들은 전사 흉내만 낼 줄 알았지, 다 오합지졸이었어.

453

조만간 예고자께서 그곳에 참된 믿음을 세우실 거야. 와디 함마마트 채석장에서는 무슨 일이 있었어?"

"여사제 이시스가 치유력이 있는 돌을 찾아냈어. 이케르는 탐사를 계속할 목수들과 병사들 몇 명만을 추려내고 나머지는 돌려보냈지. 나도 콥토스로 돌아가라는 지시를 받았어. 그런 다음 멤피스로 가서 원래의 직무를 수행하라는 거야."

"목수라…… 그 왕세자 녀석이 배를 건조할 생각인가?"

"글쎄, 그건 모르겠는걸."

"예고자께서 널 지켜보고 계셔, 제르구. 네가 얻어낸 정보를 메데스에게 보고하고, 메데스에게 레바논 상인과 접촉하라고 전해. 나는 이케르를 쫓아가서 그 녀석이 아무 일도 꾸미지 못하게 어깃장을 놓을 생각이야."

얼간이 스합은 이케르 일행을 충분히 방해할 수 있을 만큼 강하고 난폭한 사막 비적대를 이끌고 있었다. 하지만 그 전에 우선 왕세자 일행이 무엇을 하려는 건지 알아내야 했다.

"누굴 기다리는 거니?"

세카리가 물었다.

"푼트의 흑인이 오기로 했어."

평평한 현무암 위에 이시스와 나란히 걸터앉아 사막을 바라보고 있던 이케르가 대답했다.

"만약 그가 오지 않으면?"

"틀림없이 올 거야."

해질 무렵, 푼트의 흑인이 모습을 드러냈다.

그는 조용한 걸음걸이로 이케르를 향해 다가와 물었다.

"신성한 돌을 찾았소?"

이시스가 돌을 흑인에게 보여주었다.

순간 흑인 악사는 허리춤에서 칼을 빼들었다.

세카리가 즉시 흑인을 막아섰다.

"내가 확인해봐야겠소. 왕세자께서는 왼팔을 내밀어보시오."

"어림없는 짓 말아, 허튼짓했다가는……"

이케르가 세카리를 만류하고는 흑인이 하라는 대로 했다. 흑인 악사는 이케르의 팔뚝을 깊게 벤 다음 상처에 돌을 갖다 댔다.

돌을 다시 떼자 상처는 말끔하게 나아 있었다.

"더 살펴볼 것도 없군."

악사가 감탄했다.

"그런데 여기 함께 있는 사람들은 누구요?"

"목수와 병사 들입니다. 이 병사들은 사막 비적대와 맞서본 경험이 많은 사람들이죠. 크눔호테프 총리가 어떤 항구의 위치를 가르쳐주었어요. 사우우라는 항구인데 그곳에 가면 배를 만드는 데 필요한 목재를 구할 수 있을 겁니다."

"당신은 젊은 나이인데도 앞날을 보는 눈이 있군요. 사우우는 푼트로 출발하기에 제일 적합한 항구요."

와디 가수스가 파놓은 깊은 골짜기는 홍해의 어느 만(灣)으로 통했다. 그 만에 위치한 작은 항구에는 상당한 양의 목재가 비축되어 있었다. 목재를 살펴본 목수들이 품질에 만족해했다.

푼트의 흑인이 말했다.

"몸체가 길고 뒤쪽이 들려 올라간 선박이어야 하오. 망루는 두 개를 만드시오. 하나는 뱃머리에, 다른 하나는 고물에 말이오. 돛대는 하나면 족하오. 노는 튼튼하게 만들고 키도 중심이 잘 잡혀야 합니다. 돛은 길이보다 폭이 더 넓어야 해요."

세카리은 불안감을 숨길 수 없었다.

"여기는 위험한 곳이야."

이케르가 고개를 저었다.

"이곳에 비적대가 돌아다닌다면 이 목재들을 왜 약탈해가지 않았겠니?"

"사막 비적대는 좀스럽고 게으른 자들이야. 이 목재들은 너무 무거워서 운반하기 어렵고, 또 이걸 가져가서 쓸데도 없기 때문에 그냥 놓아둔 거지. 내 직감으론 우리를 미행하는 자들이 있어. 근처에 병사들을 배치해서 보초를 서게 해야겠어."

목재 하나에 이시스가 호루스의 눈을 그려 넣었다. 배가 완성되면 뱃머리가 될 부분이었다. 배가 항해에 나서면 이 눈이 뱃길을 안내해줄 터였다.

푼트의 흑인은 목수들의 작업을 지켜보고 있었다. 이케르가 흑인에게 다가가 물었다.

"푼트는 어디 있습니까? 우리는 어느 쪽으로 가야 하죠?"

"사람들은 그곳이 소말리아에 있다느니, 수단에 있다느니 말들이 많지요. 에티오피아에 있다는 사람도 있고, 지부티 그러니까 다흘락 케빈 섬에 있다는 사람도 있고 말이오. 그런 사람들은 떠들고 싶은 대로 떠들게 내버려둬요. 신성한 땅 푼트는 결코 지도 위에는 그려 넣을 수 없는 곳이니까."

"그렇다면 우리는 어떻게 그곳에 갈 수 있습니까?"

"그야 어떤 상황에 처하느냐에 따라 다르죠."

"당신은 닥쳐올 그 상황에 충분히 대비하고 있는 건가요?"

"글쎄요. 푼트에 가본 지가 너무 오래 되어놔서."

"나를 놀릴 작정인가요? 이집트의 미래를 함부로 생각해서는 안됩니다."

"어떤 문헌에도 그 축복받은 땅의 위치가 나오지 않는 이유가 뭐라고 보시오? 그건 그 땅이 인간들의 탐욕을 피하기 위해 끊임없이 옮겨 다니기 때문 아니겠소? 예전에 나는 그곳이 어디 있는지 알았지만 지금은 모릅니다. 당신은 카의 섬을 보았던 사람이오. 또한 저 젊은 여사제는 신성한 돌을 갖고 있소. 나는 내가 할 수 있는 데까지 당신을 돕겠소만 이번 원정이 성공하느냐 못 하느냐 하는 열쇠는 당신, 오직 당신만이 쥐고 있어요."

얼간이 스합은 너무 오래 기다리다 습격할 기회를 놓쳐버린 게 한편으로는 후회막심이었다. 세카리가 이미 항구 주변에 병사들을 배치해놓았던 것이다. 그렇지만 다른 한편으로는 성급히 움직이지 않아서 다행이다 싶기도 했다. 일이 어떻게 돌아가고 있는지 사정을 파악했기 때문이다. 이케르는 늙은 흑인 악사를 길잡이로 삼아 푼트로 갈 계획을 세우고 있었다.

목수들은 빠른 속도로 작업을 진척시켰다. 하루나 이틀 후면 배가 완성되어 항해에 나설 수 있을 것 같았다.

마침내 스합이 기다리던 소식이 도착했다.

"해적들이 동의했소. 전리품 절반을 가지겠다는 조건으로 말이오."

사막 비적대 두목이 달려와 알린 내용이었다.

"절반이야 넘겨줄 수 있지."

"나한테는 별도의 상을 줄 거지요?"

"예고자께서 넉넉히 쥐여주실 거다."

베두인 비적대 두목은 주먹을 불끈 쥐고 자신의 가슴을 두드렸다.

"한 놈도 살아남지 못할 거요, 날 믿으시오! 다만 그 젊은 여자는 살려서 우리가 데려갈 거요. 그 여자한테 진짜 남자 맛을 보여줘야지!"

스합으로서야 이시스가 어찌 되든 상관없는 일이었다.

47

사막 비적대가 구름처럼 일행을 덮치기 직전 상갱이 사납게 짖어
대기 시작했다. 깜짝 놀라 잠에서 깬 세카리가 병사들을 소집했다.

보초병 두 명이 습격자들이 던진 날카로운 규석 조각에 치명상을
입고 쓰러졌다. 스합은 자신이 늘 써먹는 방식대로 세번째 보초병의
목덜미에 단검을 꽂았다.

이집트 병사들은 오래 버티지 못할 게 분명했다. 세카리가 소리
쳤다.

"모두들 배에 올라가라. 닻을 올려."

목수들이 있는 천막에는 이미 한 무리의 베두인 비적대가 난입해
있었다.

이케르는 목수들 옆에서 함께 싸우고 싶었지만 먼저 이시스부터
구해야 했다. 그가 이시스를 데리고 간신히 배에 올라타자마자 세카
리가 배다리를 걷고 돛을 펼쳤다. 배에는 흑인 악사, 상갱과 북풍 외
에 십여 명이 올라와 있었다. 이케르가 세카리에게 외쳤다.

"나는 다시 내려가서 싸우겠어."

배에서 뛰어내리려는 이케르를 세카리가 붙들었다.

"미친 짓 하지 마. 우리 임무는 푼트로 가는 거야. 당장 출발하자. 안 그럼 모두가 죽어. 저기를 봐. 남은 사람들은 이미 적의 손에 죽었어."

배가 항구를 막 떠나려는 순간 큰 배 하나가 앞길을 막아섰다.

세카리는 사태를 금방 알아차렸다.

"해적이야. 꼼짝없이 당하게 생겼어."

이케르가 몸을 돌려 흑인 악사를 향해 물었다.

"빠져나갈 방법이 없을까요?"

"하늘의 길, 신들의 길로 가시오. 그 높은 곳에 하토르 여신이 낳은 황금의 아이*가 자신의 집을 지어놓았소. 탐욕스러운 바다가 원하는 제물을 삼키면 당신은 그 매의 날개를 타고 날아갈 것이오."

이케르는 라피드 호에서의 일을 떠올렸다. 이번에도 배와 선원들을 구하기 위해 자신이 바다에 뛰어들어 제물이 되어야 하는 걸까?

"이번에는 당신이 희생되지 않아도 되오."

이렇게 말한 흑인 악사가 별안간 물속으로 뛰어들었다. 그 순간 이케르는 흑인 악사의 얼굴에서 스승의 모습을 보았다. 그에게 신성한 문자와 마아트의 법을 가르쳐주었던 메다무드 노서기관의 모습을 말이다.

세찬 돌풍이 해적선 갑판 위를 휩쓸고 지나갔다. 바람에 밀려 쓰러진 해적들은 미처 몸을 일으킬 생각도 못 하고 엉금엉금 기어서 숨기 바빴다.

---

* 매의 형상으로 상징되는 호루스 신. (옮긴이)

세카리가 걱정스럽게 둘러보며 물었다.

"우리 편엔 다친 사람 없어?"

선원들은 몸에 몇 군데 멍이 들고 긁힌 정도였고, 게다가 신성한 돌이 있으니 아무 걱정 없었다.

해적선은 완전히 풍비박산 났다.

라의 눈이 있는 뱃머리에서 이시스가 시스트럼을 연주했다. 그녀가 연주하는 리듬이 바다의 목소리와 어울려 조화롭게 울렸다. 이케르가 배의 키를 잡고 세카리가 바람의 방향을 살펴 닻을 올렸다.

배는 신성한 땅을 향해 미끄러지듯 나아갔다.

얼간이 스합은 화가 나서 펄펄 뛰며 부상자들을 손수 처단했다. 사막 비적대가 미처 배로 달아나지 못한 이집트인들을 모두 쓰러뜨렸다고는 해도, 자신들이 입은 손실을 생각해볼 때 이건 쓰디쓴 승리였다. 게다가 해적선은 갑작스럽게 솟구친 엄청난 파도에 얻어맞아 폭삭 부서지고 말았다.

베두인 사람 하나가 예견하듯 말했다.

"이집트인들의 배도 멀리 가지는 못할 거요. 분명 어딘가가 부서졌을 테니 얼마 못 가 바다 속으로 가라앉고 말거라고요."

스합도 같은 생각이었지만 이케르가 얼마나 끈질긴지 아는 터라 마음이 놓이지 않았다. 이케르는 아무리 용의주도한 함정을 쳐놓아도 빠져나가고야 마는 인물이었다.

스합은 멤피스로 돌아가 예고자에게 보고를 해야 했다. 그는 자신이 거둔 신통치 않은 성과는 물론, 결국엔 실패했다는 사실까지 숨김없이 말해야 할 것이다.

세카리가 한숨을 내쉬며 말했다.

"난 항해에 대해서는 잘 몰라. 넌 배를 타고 바다로 나가본 적이 있으니 나보다 낫지 않겠니?"

이케르가 대답했다.

"나도 그저 키나 붙잡고 있을 뿐이야."

하지만 사실 배를 이끌고 있는 사람은 이케르였다. 이케르가 이시스와 함께 배의 방향을 잡아 나아가고 있었던 것이다.

"앞에도 바다, 뒤에도 바다, 오른쪽을 봐도 왼쪽을 봐도 전부 바다인걸. 푼트라는 곳은 나타나지도 않고 말이야. 바다를 보면 기운이 쭉 빠지는 것 같아. 게다가 이제 포도주마저 떨어졌다고."

"상겡과 북풍을 봐. 편안히 잠들어 있잖아. 그건 지금 우리가 안전하게 항해하고 있다는 의미야."

"목이 말라 죽게 될지도 모르고, 언제 폭풍이 불어 배가 가라앉을지도 모르는데…… 퍽 안전하기도 하겠구나."

이시스는 눈길을 수평선에 고정시킨 채 뱃머리를 떠나지 않았다. 그리고 예전에 파라오에게 받은 작은 상아홀을 들어올려 수시로 이케르에게 방향을 가리켜 보였다.

해가 떠올라 사방이 눈부시게 환해지자 북풍과 상겡이 몸을 일으키더니 이케르의 양옆을 에워쌌다.

이케르가 세카리를 흔들어 깨웠다.

"눈을 떠봐!"

"눈을 떠봤자 또다시 바다나 바라봐야 할 텐데 뭐…… 난 맛좋은 포도주가 잔뜩 쌓인 저장고 꿈이나 꿀 테야."

"종려나무가 울창한 섬이 나타났어. 저기 보이지 않니?"

"신기루일 거야!"

"그렇다고 보기엔 북풍과 상갱의 움직임이 심상치 않은걸."

이케르의 말에 세카리도 마침내 눈을 떴다.

분명 섬이었다. 긴 모래사장과 흰모래가 눈앞에 펼쳐졌다.

일행 가운데 하나가 멀찍이 닻을 던졌다. 이어서 병사 두 명이 물로 뛰어들어 섬을 향해 헤엄쳐 갔다. 섬에 도달한 두 사람은 팔을 흔들어 위험이 없다는 걸 알려왔다.

세카리가 말했다.

"내가 섬으로 가볼게. 너는 이시스와 함께 이 배에 남아 있어. 섬으로 가서 뗏목을 엮어올 테니."

북풍과 상갱도 세카리를 따라 물속에 첨벙 뛰어들었다. 둘은 미지근한 물이 마음에 들었는지 기분 좋게 헤엄쳐서 뭍으로 뛰어올라 갔다.

아름답고 평화로운 섬이었다. 청량한 바람이 불어와 햇살의 열기를 식혀주었다.

세카리가 이케르와 이시스를 데리러 왔다.

세카리가 제안했다.

"섬을 둘러보자."

이시스가 선두에 서서 일행을 이끌었다.

그녀가 한 스핑크스 석상 앞에서 걸음을 멈추었다. 이 스핑크스의 크기는 사자만 했다. 뛰어난 솜씨를 지닌 어느 이집트 조각공의 작품으로 보였다.

석상 받침돌에는 '나는 푼트의 주인이다'라는 글귀가 신성한 문자로 새겨져 있었다. 글자를 읽은 세카리가 외쳤다.

"우리가 드디어 해냈어. 여기가 바로 푼트야! 푼트의 백성들은 자신들의 땅을 지켜줄 수호자로 우리 이집트의 상징물을 선택했어."

머리는 사람이고 몸통은 사자인 스핑크스는 신성한 공간을 빈틈없이 지키는 파라오를 상징했다. 스핑크스가 여기 있다는 건 푼트의 주민들이 세소스트리스를 충실히 섬긴다는 의미가 아닐까?

모두 같은 생각을 하며 환호하려는 순간 이케르가 침착하게 말했다.

"이 스핑크스는 전리품일지 몰라."

"하지만 받침대에 새겨진 신성한 문자들의 아름다운 필체가 전혀 손상되지 않았고, 글의 의미도 명확해. 푼트의 흑인도 기꺼이 우리 편이 되어주었잖아?"

세카리의 주장에도 일리가 있었다. 그래도 일행은 긴장을 늦추지 않고 종려나무 숲으로 들어갔다. 이케르는 카의 섬을 떠올렸다. 어딘가 비슷하다는 느낌이었다. 하지만 지금 이 섬은 카의 섬보다 훨씬 컸다.

종려나무가 울창하게 우거진 삼림 지대 너머로 척박하고 험준한 지형이 이어졌다. 메마른 바위투성이의 가파른 경사면은 발걸음을 옮겨놓기 힘들 정도였다. 북풍이 앞장서서 일행에게 딛기 쉬운 길을 골라주었다. 향유의 원료가 되는 식물들이 여기저기 자라는 게 보였다.

일행은 언덕 꼭대기로 올라갔다. 세카리가 어떤 기묘한 마을 하나를 발견하고 손가락으로 가리켰다. 마을은 향나무와 흑단나무 숲으로 둘러싸인 호숫가에 자리 잡고 있었다. 기둥들 위에 지어진 오두막집들이 보였다. 주민들은 사다리를 이용해 오르내리는 것 같았다. 가축을 풀어서 기르는지 고양이와 개, 황소와 암소들이 마을을 자유롭게 돌아다녔고, 기린 한 마리도 눈에 띄었다.

"이상해, 사람은 한 명도 보이지 않아! 우리가 오는 줄 알고 도망쳐버린 걸까? 아니면 무슨 심상치 않은 화를 당한 걸까?"

이케르가 대답했다.

"혹시 예고자가 이곳까지 찾아왔던 건 아닐까?"

이시스가 결단을 내렸다.

"우선, 마을에 내려가보도록 해요. 내가 앞장서겠어요."

일행은 큰 종려나무 두 그루가 지키고 선 마을 입구를 거쳐 안으로 걸어 들어갔다. 남자, 여자, 아이들 할 것 없이 수십 명가량 되는 주민들이 오두막집에서 머리를 내밀더니, 집에 걸쳐놓은 사다리를 타고 우르르 내려와 방문자들을 에워쌌다. 푼트인들은 우아하고 맵시 있는 사람들이었다. 머리카락은 길게 늘어뜨리거나 짧게 다듬었고 줄무늬 혹은 얼룩무늬가 있는 짧은 허리옷을 입고 있었다. 한눈에 보기에도 풍족하고 건강해 보였다. 일행의 맨 앞에 나선 이시스는 한 가지 사실을 알아차리고 내심 놀랐다. 푼트인들이 기르고 있는 수염이 오시리스의 수염과 닮았던 것이다. 주민들 중에 무기를 가진 사람은 없었다.

족장으로 보이는 사십대 남자가 이시스를 향해 다가왔다.

"댁은 누구시오? 어디서 왔소?"

"저는 아비도스의 여사제입니다. 그리고 이 사람은 왕세자 이케르님이고, 옆에 있는 사람은 그 친구이신 세카리님이지요. 우리는 이집트에서 왔습니다."

"그곳은 여전히 파라오가 다스리고 있소?"

"우리는 파라오 세소스트리스가 보낸 사절들입니다."

족장은 이시스 둘레를 한 바퀴 돌며 감탄과 의심이 뒤섞인 시선으로 그녀를 훑어보았다. 이케르와 세카리는 사내가 조금이라도 허튼 짓을 하면 당장이라도 달려들 준비를 하고 있었다.

족장이 말했다.

"파라오가 모습을 나타낼 때 그의 코는 몰약으로 되어 있고, 그의 입술은 유향으로 되어 있으며, 그의 입에서는 값진 연고의 향이 퍼져 나오고, 그의 몸에서는 연꽃의 향기가 발산되리니, 그것은 이곳 신의 땅이 그에게 보물을 주기 때문이오. 그러나 질병이 우리를 침범하여 이 땅은 황폐해졌소. 만약 초목이 다시 푸르게 되살아나지 않는다면 푼트는 사라질 것이오. 피닉스*는 더이상 우리의 땅 위를 날지 않으리니. 신성한 돌을 갖고 있고 시스트럼을 연주하는 단 한 사람의 여인만이 우리를 구할 수 있다 하오."

"제가 그 돌을 지니고 있습니다. 저는 그 돌을 여러분께 드리고 시스트럼을 연주하여 그 사악한 저주를 풀기 위해 이곳에 온 것입니다."

이시스에게서 신성한 돌을 건네받은 족장은 자기네 부족원 한 사람 한 사람에게 그 구원의 돌을 갖다 댔다. 그러는 동안 이시스는 하토르 여신의 악기 시스트럼을 연주했다.

나무들이 눈에 띄게 생기를 되찾기 시작하면서 사방의 초목들이 금세 싱그러워졌다.

머리 위에서 나는 기척에 모두가 하늘을 올려다보았다. 빛나는 깃털을 가진 푸른 왜가리 한 마리가 마을 위를 빙빙 돌고 있었다.

족장이 웃음 띤 얼굴로 말했다.

---

* 신화 속의 불사조.(옮긴이)

"라의 영혼이 다시 나타나셨다. 향기가 새로 태어나고, 생명의 나무가 태초의 언덕 꼭대기에 다시 굳게 서리라. 오시리스가 세상 만물을 지배하리니, 낮이나 밤이나 그러하리라."

이케르가 깜짝 놀라 되물었다.

"지금 생명의 나무라고 말씀하셨습니까?"

"피닉스는 헬리오폴리스의 버드나무 가지 위에서 태어납니다. 이 새의 비의는 아비도스의 아카시아나무로 계시되지요."

이케르는 말문이 막혔다. 먼 섬 사람인 그가 어떻게 그런 걸 알고 있단 말인가?

족장이 이시스 앞에 꿇어 엎드렸다.

"푼트의 정묘한 향이 태양 여인의 힘으로 되살아났습니다. 태양 여인은 황금의 여신께서 노래와 춤으로 길러 보내주신 사절이지요. 신의 땅이 다시 생기를 되찾은 이 행복한 순간, 이 땅의 아름다운 향을 여사제님의 카에 바치겠습니다."

푼트인들은 가장 연로한 노인부터 가장 나이 어린 아이들까지 서로 흥겨움을 나누며 잔치 분위기를 유쾌하게 즐길 줄 알았다. 이집트에서 온 일행도 긴장을 풀고 이들의 흐드러진 환영의 원무에 끼어들어 함께 춤과 노래를 즐겼다.

은근한 몸짓으로 즐거운 시간을 기대하게 만드는 두 젊은 미녀에게 붙들려 있으면서도 세카리는 경계를 풀지 않고 곁눈질로 족장을 살펴보곤 했다. 하지만 족장은 이집트인들을 공격할 의사가 전혀 없는 듯 보였다.

이케르는 이시스에게서 눈길을 떼지 못했다. 그녀의 눈부신 아름다움에 온 마을 남정네들이 넋을 빼놓고 있었다.

족장의 아내가 자수정, 공작석, 홍옥수로 만든 목걸이와 정교하고 화려한 허리띠로 이시스를 장식해주었다. 허리띠는 금 조각을 이어 붙인 모양이었다.

허리띠에 새겨진 글자를 본 이케르는 어리둥절해지고 말았다. 그 글자는 바로 세소스트리스의 즉위명이었던 것이다.

이케르가 족장에게 물었다.

"파라오의 사신이 이곳에 온 적이 있었습니까?"

"당신이 처음이오."

"그런데 저 허리띠는……"

"저 허리띠는 우리의 보물로 만든 것이오. 푼트의 감춰진 이름이 무엇인지 아시오? 바로 카의 섬이오. 우주의 창조력은 인간이 쳐놓은 경계선에 구애받지 않지요. 이제 여러분께 푼트의 향을 선보여드리겠소."

푼트인들이 찬란한 색채를 띤 단지들을 들고 와서 뚜껑을 열었다. 그 많은 단지들에서 유향과 몰약, 그 밖의 여러 가지 향이 퍼져나왔다. 섬 전체가 향기로 가득 찼다.

족장이 소리 높여 말했다.

"이로써 대마법이 풀리고, 불의 뱀이 파라오의 이마에서 빛나리라. 이 향이 의인들을 보호하리니 그들은 저세상 군주 앞으로 나아갈 수 있으리라. 호루스의 눈이 창조한 이 아름다운 향기들은 오시리스의 체액이다. 푼트의 향으로 향유와 연고를 제조하는 일은 신의 물질을 제조하는 일이니, 이것은 황금의 집에서 부활하게 될 오시리스의 미라에 사용되리라."

이케르는 이 수수께끼 같은 말을 이해할 수 없었다. 그러나 이시스는 그 의미를 분명하게 깨달았다. 그녀는 이케르에게 이 계시를 들려주기 위해 이곳까지 그를 인도해왔던 것이다.

족장이 부족민들에게 명했다.

"마법이 풀린 건 이 방문객들 덕분이다. 이들을 위해 성대한 잔치를 벌이자. 석류술을 잔마다 가득 부어라."

탁 트인 마당에서 향연이 벌어졌다. 모두들 정신없이 먹고 마셨다. 이케르와 이시스는 그들 틈에 섞여 앉아서도 해야 할 일을 곰곰이 생각했다.

이케르가 족장에게 다가가 털어놓았다.

"이집트를 지키기 위해 푼트의 금이 꼭 필요합니다. 우리가 이곳에서 금 몇 덩어리를 가져가도록 허락해주시겠습니까?"

"물론이오. 그러나 나는 그 오래된 금광이 어디 있는지 모르오."

"누구 알 만한 사람이 없을까요?"

"나뭇진을 채취하는 사람이 알 것이오."

48

사내는 손도끼와 바구니를 들고 다니며 고무나무 껍질을 벗겨 수지를 모으고 있었다. 힘을 아끼려는 듯 그의 움직임에는 서두르는 기색이 없었다. 나무들과 이야기를 주고받으며 사는 데 익숙한 그는 사람들이 가까이 다가오는 걸 달가워하지 않았다. 세카리도 사내의 그런 경계심을 눈치 채고 일부러 몇 걸음 떨어진 곳에 자리를 잡았다. 그러고는 바닥에 갓 구운 빵과 포도주 단지, 말린 고기를 펼쳐놓고 마치 그곳에 자기밖에 없다는 듯이 음식을 먹기 시작했다.

나무껍질을 벗기던 사내가 일손을 멈추고 세카리 옆으로 다가왔다. 세카리가 그에게 빵 한 덩어리를 내밀었다. 한참 망설인 끝에 사내가 받아들었다. 사내는 세카리가 건네준 포도주 단지도 마다하지 않았다. 경계심이 한결 누그러진 태도였다.

세카리가 말을 걸었다.

"제일 좋은 포도주는 아니지만 이것도 마실 만하지. 수확은 어때?"

"신통치 않아."

"이곳 나뭇진의 품질이 좋으니 이집트에 팔 수만 있다면 좋은 값을 받을 수 있을걸. 이집트인은 연고를 애용하지. 여기서 제조된 연고라고 하면 다들 놀랄 거야. 그런데 안타깝게도 지금 이집트는 위기에 처해 있어."

사내는 말린 고기 조각을 입속에 넣고 우물거렸다.

"상황이 그렇게 심각하단 말이야?"

"생각하는 것보다 더 위험해."

"무슨 일이 있었는데?"

"사악한 마법에 걸렸어. 우리가 지금 믿을 건 너뿐이야."

화들짝 놀라는 바람에 삼키던 고기 조각이 목에 걸린 사내가 기침을 했다. 세카리가 사내의 등을 두드려주었다.

"그런 말로 날 놀리는 이유가 뭐야?"

"난 진심으로 말한 거야. 아비도스의 한 여사제가 알아낸 바로는 푼트의 금만이 우리 이집트를 구할 수 있대. 그 여사제도 지금 이곳에 와 있어. 우리가 그 금을 손에 넣을 수 있게 해줄 사람이 누구냐? 바로 너란 말이지."

세카리는 한참 동안 입을 다물고 사내에게 시간을 주었다.

사내는 세카리의 말을 부정하지 않았다. 생각에 골똘히 잠긴 채 남은 음식을 우적우적 먹어치울 뿐이었다.

마침내 사내가 대답했다.

"네가 찾는 사람은 내가 아닌 것 같군. 그리고 난 비밀을 지켜야 해."

"너더러 비밀을 털어놓으라고 요구하는 건 아냐. 네가 말한 그 친구한테 안내해줘. 그다음은 내가 알아서 할게."

"그는 절대 말해주지 않을걸."

"이집트가 어떻게 되든 그가 상관하지 않을 거란 말이야?"

"그야 모를 일이지."

"그 친구와 이야기해볼 기회를 줘. 설득은 해봐야지 않겠어?"

"소용없는 일이야. 아니라면 내 손에 장을 지지겠어. 네 말은 씨도 안 먹힐 친구라니까."

"그렇게 뻣뻣하게 구는 이유가 대체 뭔데?"

"이 숲에서 왕 노릇을 하는 건 성질 사나운 비비원숭이야. 아주 거칠고 잔인한 놈이지. 그놈의 심기를 거스르지 않고 이 숲에서 나뭇진을 모을 수 있는 사람은 나뿐이라고."

"그 원숭이가 금을 갖고 있는 거야?"

"전해지는 말로는 그 큰 원숭이가 황금의 도시를 옛적부터 지켜왔대."

"그 원숭이를 만날 수 있는 길목을 가르쳐줘."

"넌 살아서 돌아오지 못할 거야!"

"걱정 마. 난 명이 질긴 사람이야."

그 사납다는 원숭이의 은거지로 일행을 안내하던 사내는 목적지까지 아직 한참 더 가야 한다고 하면서도 기어이 발을 옮기려 하지 않았다. 이케르와 세카리, 이시스는 북풍과 상겡을 데리고 우거진 수풀을 헤치면서 나아갔다. 별안간 북풍이 몸을 낮춰 바닥에 주저앉았다. 상겡도 북풍을 따라했다. 혀를 쑥 내밀고 꼬리를 두 다리 사이에 말아 넣은 것이 영락없는 겁먹은 모습이었다.

사내가 말한 비비원숭이가 일행의 앞길을 가로막고 커다란 몽둥이를 흔들어대고 있었다. 한눈에 봐도 몽둥이를 많이 다루어본 솜씨였다. 원숭이의 몸을 뒤덮은 회녹색 털은 마치 망토를 두른 것처럼 보였고, 코언저리와 네 개의 발등은 붉은빛을 띠고 있었다.

비비원숭이는 눈을 똑바로 쏘아보는 행동을 위협으로 받아들인다는 사실을 알고 있던 이케르가 재빨리 시선을 낮추면서 말했다.

"네가 왕인 걸 알아. 난 파라오의 아들이야. 넌 서기관들의 수호신이자 토트의 화신이니 이집트를 저버리지는 않겠지! 우리는 재물이 탐나서 너의 것을 훔치러 온 게 아니야. 우리가 금을 원하는 건 생명의 나무를 살리기 위해서이지. 그 치유의 금이 있어야 생명의 나무는 병을 이기고 다시 푸르러질 수 있거든."

원숭이의 사나운 눈이 이 침입자들을 하나하나 훑어보았다. 세카리는 원숭이가 금방이라도 달려들 것 같아서 방어태세를 갖췄다. 원숭이의 송곳니는 맹수의 숨통이라도 끊어놓을 수 있을 만큼 억세고 날카로웠다.

비비원숭이가 나무 꼭대기로 기어 올라갔다.

잔뜩 긴장하고 있던 세카리가 한숨 돌리듯 이마의 땀을 닦았다. 북풍과 상겡도 바닥에 느슨하게 누웠다.

이시스가 말했다.

"저기 좀 봐요. 원숭이가 우리에게 길을 안내해주려고 해요."

비비원숭이는 늪과 우거진 덤불을 피해 가장 빠르고 안전한 길로 일행을 이끌고 갔다. 험한 숲을 벗어나 어느 정도 시야가 트인 곳으로 나오자 비비원숭이는 모습을 감췄다.

세카리가 깜짝 놀란 눈으로 포석이 깔린 길을 가리켰다. 그 길을 따라간 일행은 어느 제단에 이르렀다. 제단 위에는 봉헌물이 올려져 있었다.

세카리가 짐작이 간다는 듯 중얼거렸다.

"이곳에 사람이 사는 게 분명해."

분쇄기, 곡괭이, 부싯돌, 연마용 맷돌, 세척 대야가 있는 걸로 봐서 이곳에서 이런 연장이 사용되었던 건 틀림없었다. 주변을 둘러보던 세카리는 몇 군데 땅을 수직으로 파내려간 통로와 갱도를 발견했다. 갱도들은 그리 깊지 않아서 드나들기가 어렵지 않았다. 채광 도구들도 계속 사용하던 것처럼 길이 들어 있었다.

"원숭이들이 광부로 변신한다는 이야기는 들어본 적이 없는데."

이케르가 대답했다.

"토트 신의 역량은 우리가 헤아릴 수 있는 범위를 넘어서곤 해."

"그들이 금을 전부 차지한 게 아니기를 바라야지! 아직 금이라고는 한 조각도 못 봤잖아."

일행은 광산 곳곳을 꼼꼼히 탐색해보았지만 금의 흔적은 발견할 수 없었다.

이케르가 말했다.

"이상한 일이야. 기도실도 제실도 보이지 않아. 채광 작업을 하려면 매번 신의 보호를 청해야 했을 텐데."

세카리가 말을 보탰다.

"더 이상한 점이 있어. 이런 숲 한가운데 날벌레도 없고, 뱀도 없고, 새 한 마리조차 없다니!"

"그건 이곳이 마법에 걸려 있단 이야기이지."

"그렇다면 예고자가 여기까지 왔다는 말이잖아. 우리는 함정에 빠진 거고."

이시스가 나섰다.

"그건 아니에요. 비비원숭이의 왕은 우리를 배반하지 않았어요."

세카리가 물었다.

"그럼 이 이상한 일들은 대체 뭐란 거죠?"

"이 장소는 우리가 아는 세계 바깥에 자리 잡고 있어요. 그럼으로써 스스로를 방어하고 있는 거지요."

이시스의 설명에도 세카리는 고개를 갸웃했다.

"어쨌거나 금은 보이지도 않잖아요!"

"우리가 금을 식별해내지 못하는 거예요. 아마도 햇볕이 장막처럼 우리 눈을 가린 탓이겠지요."

"여기서 밤을 지내려면 불을 피워야 해요."

여사제가 말렸다.

"그럴 필요 없어요. 들짐승들은 우리를 공격해오지 않을 거예요. 상겡과 북풍이 망을 봐줄 테니 조금이라도 위험한 일이 있으면 바로 대처할 수 있어요."

이시스가 그 장소의 신비로운 비밀을 알아내기 위해 정신을 집중하는 동안 이케르와 세카리는 근처를 탐색했다.

헛수고였다.

해질 무렵 두 사람은 이시스가 있는 곳으로 돌아왔다.

세카리가 풀 죽은 목소리로 말했다.

"오두막 한 채도 안 보이네. 나뭇잎으로 잠자리나 만들어야겠어."

이시스가 나섰다.

"잠들어서는 안 돼요. 달이 뜨면 그 달빛이 감춰진 것을 비춰줄지도 몰라요. 달은 오시리스가 하늘에서 체현되는 모습이니까요. 오늘 밤에는 보름달이 뜰 거예요. 그 달이 눈이 되어 우리 앞을 밝혀줄 겁니다."

이케르가 이시스 곁으로 가서 앉았다. 그녀 가까이 있을 수 있는

475

이 뜻하지 않은 행복에 그는 매 순간 감사했다.

"우리가 이집트로 돌아갈 수 있을까요?"

이시스가 대답했다.

"금을 못 찾는다면 돌아갈 수 없겠지요. 푼트의 금을 찾는 일은 우리가 오시리스의 신비를 깨닫기 위해 넘어야 할 단계 가운데 하나예요. 그러니 결코 실패해서는 안 되는 일이죠."

이케르가 용기를 내어 그녀의 손을 잡았다.

그녀는 붙잡힌 손을 빼지 않았다.

이케르의 발이 이시스의 발에 살며시 스쳤을 때도 그녀는 발을 뒤로 물리지 않았다.

푼트는 두 사람에게 낙원이나 다름없었다. 이케르는 시간이 멈추게 해달라고, 그녀와 그가 이대로 조각상이 되어 더할 수 없이 행복한 이 순간을 그대로 붙잡아둘 수 있게 해달라고 기도했다.

은은하던 달빛이 별안간 달라졌다. 해처럼 강한 빛을 발하기 시작한 것이다. 달은 황금빛으로 빛났고 그 빛의 물결이 광산을 가득 채웠다.

이시스가 나지막이 말했다.

"하늘에서 해와 달이 자리를 바꾸었어요."

두 사람 앞 몇 걸음 떨어진 지점에서 환한 빛이 솟아났다. 저 아래 땅속 깊숙한 데서 불꽃이 올라오는 것 같았다.

상겡과 북풍도 움직임을 멈추고 빛이 올라오는 자리를 바라보았다. 세카리도 어느 사이에 이 놀라운 광경을 발견하고 뚫어져라 그곳을 쳐다보았다.

이시스가 이케르 곁으로 바싹 다가앉았다. 이 겁먹은 몸짓이 그녀의 숨겨둔 감정을 그에게 말없이 표현할 기회가 되어주었다.

이케르는 눈앞에 보이는 것이 무슨 의미인지 그녀에게 묻지 않았다. 이 순간이 너무 아름다운 꿈이어서 혹시라도 말소리를 내면 깨져버릴까 두려웠다.

환히 넘쳐흐르던 금빛이 점차 잦아들더니 이윽고 달은 다시금 은은한 빛을 퍼뜨렸다. 땅도 원래의 모습으로 돌아왔다.

세카리가 제안했다.

"저곳을 파보자."

곡괭이 두 자루를 찾아들고 온 세카리가 한 자루를 이케르에게 내밀었다.

"왜 가만히 있는 거야? 혼자서 진이 빠지게 땅을 파고 싶지는 않아!"

이케르는 하는 수 없이 이시스 곁에서 일어나야 했다.

두 친구가 땅을 파기 시작한 지 얼마 지나지 않아 무엇인가가 곡괭이 끝에 걸렸다.

가죽으로 공들여 지은 주머니였다. 흙 속에 묻힌 가죽주머니를 다 꺼내놓고 보니 모두 일곱 개였다.

세카리가 말했다.

"이건 금을 찾아다니는 사람들이 사용하는 주머니와 비슷한걸."

이시스가 주머니 하나를 열어보았다.

안에 푼트의 금이 들어 있었다. 나머지 여섯 개의 주머니에도 금이 있었다.

이케르 일행은 푼트들의 마을에서 편안한 휴식을 취했다. 이들은 동네 사람들의 융숭한 대접을 받으면서 온종일 먹고 마시거나 예쁜 마을 아가씨들을 쫓아다녔다. 마을 아가씨들은 이집트인들이 들려주는 터무니없는 모험담에 귀를 기울였는데, 그 내용은 누구도 가본 적 없는 먼 바다를 탐험한 이야기부터 어마어마하게 큰 물고기를 잡아 올린 이야기까지 다양했다. 아가씨들은 감탄으로 넋이 빠진 나머지, 이런 이야기들을 기꺼이 믿는 척해주었다.

"이만 잔치를 끝내자. 우리는 돌아가야 해."

세카리가 일행에게 알렸다.

모두들 아쉬워하는 눈치였지만 곧 두말없이 출발 준비를 했다.

족장이 이케르에게 물었다.

"찾으러 온 것을 발견했소?"

"환대해주신 덕분에 생명의 나무를 구할 수 있게 되었습니다. 숲 속에서 나뭇진을 채취하던 그 사람에게도 고맙다는 말을 전하고 싶은데 그 사람은 어디론가 사라져버렸더군요."

"나무 꼭대기에 버티고 앉은 큰 원숭이를 보지 못하셨소? 옛날부터 전해오는 말에 따르면 그 원숭이가 푼트의 금을 지킨다고 합니다. 당신이 그 원숭이로부터 금을 얻은 걸 축하하기 위해 마지막 향연을 벌입시다."

이시스가 향연의 여왕이 되었다. 아이들이 돌아가며 빠짐없이 그녀에게 입을 맞추었다. 그렇게 하면 불운이 아이 곁으로 다가오지 않는다고 믿는 듯했다.

족장에게 물어보아야 할 일이 한 가지 남아 있었다. 이케르가 입을 열었다.

"어떻게 하면 이집트로 안전하게 돌아갈 수 있을지 우리에게 길을 일러주실 수 있겠습니까?"

족장이 대답했다.

"푼트는 지도 위에 나타나지 않는 곳이오. 돌아갈 때도 하늘의 길을 따라가면 될 겁니다."

다정한 작별의 말들이 오갔다. 푼트의 초목은 다시 생기를 얻었고, 푼트인들이 이집트에 대해 품은 우정도 한층 깊어졌다.

배는 돛을 활짝 펼치고 바다로 나아갔다. 수면은 잔잔했다.

선원들은 마지막 향연에서 마신 술이 채 깨지 않은 상태였다. 이제 이들은 이케르를 완전히 신뢰하고 있었다.

세카리가 물었다.

"족장이 어느 길로 가라고 가르쳐주었니?"

"우린 뭔가 징조가 나타나기를 기다려야 해."

얼마 안 가서 섬의 모습이 시야에서 사라지고 사방에 끝없는 수평선이 펼쳐지고 있었다.

이시스가 하늘을 가리켰다.

"저기 길 안내자가 왔어요."

큰 매 한 마리가 돛대 꼭대기에 내려앉았다. 바람의 방향이 바뀌자 매가 날개를 펼치고 날아오르더니 배가 가야 할 방향으로 앞서 날아갔다.

세카리가 감격해서 소리쳤다.

"뭍이 보여! 드디어 도착했어!"

모두의 입에서 환호성이 터져나왔다. 산전수전 다 겪은 선원들에게조차 눈앞에 보이는 땅이 특별한 마법처럼 여겨졌다.

"저 매가 우리를 사우우 항구로 인도하고 있어."

그러나 이케르의 생각은 달랐다.

"아냐, 잘 봐. 매는 항구 위를 한 바퀴 돌아 나와서 우리를 뭍에서 다시 떼어놓으려 하고 있어."

세카리가 예리한 눈으로 육지 쪽을 살폈다. 한 무리의 사람들이 해안선을 향해 달려오고 있었다.

예고자의 사주를 받은 사막 비적대가 분명했다. 해안선으로 내려온 비적대는 먹잇감을 절대 놓치지 않겠다는 듯 단단히 벼르면서 일행이 뭍으로 올라오기를 기다렸다.

"물이 바닥났어, 이케르. 우린 바다에서 오래 버틸 수 없다고. 그렇다고 뭍에 배를 댈 수도 없고. 어쩌지?"

"호루스의 매를 따라가자."

매는 날개를 펄럭이며 해안선을 따라 날았다. 그러다가 적의 화살이 뱃전에 그려진 라의 눈에 미칠 정도로까지 뭍 가까이 배를 이끌어 갔다. 그 순간 베두인 비적대 한가운데서 어떤 다급한 동요가 일었다.

베두인 비적대를 이집트 군대가 포위했던 것이다. 활을 든 궁수들과 창으로 무장한 보병들이었다.

세카리가 외쳤다.

"우리 군대가 왔어! 우린 살았다!"

감격에 겨운 나머지 배를 뭍에 대는 절차가 거의 뒤죽박죽되고 말았다. 배다리를 미처 내리기도 전에 네스몬투 장군이 갑판으로 뛰어 올라왔다. 장군은 젊은 격투사처럼 원기 왕성했다.

"파라오의 판단은 정확했어! 이 자리에서 그대들을 기다리고 있으라고 하셨지. 저 비적대는 비록 오합지졸이긴 했지만, 만약 그대들이 사우우에 배를 댔더라면 저들 손에 살아남지 못했을걸. 신성한 매가 그대들을 인도해준 덕분에 마침내 푼트의 금을 가져왔군!"

49

　수호자 소벽은 욱하는 성격이긴 했지만 참을성 있고 세밀하게 일을 추진할 줄도 알았다. 지금까지 많은 실패도 겪어왔고 때로는 아주 쓰라린 맛도 보았지만, 그 어떤 경우도 그를 좌절시키지는 못했다. 더구나 멤피스에 잠입한 적의 비밀 조직을 적발해내려는 노력이 얼마 전 처음으로 성과를 거둔 터라 그는 한층 힘을 얻어 수사에 매달렸다. 그가 보기에 감찰대 초소를 습격한 사건이나 부두 세관원을 매수하려는 기도는 예고자의 소행이라고 하기에는 지나치게 좀스러운 데가 있었다. 예고자가 없는 동안 그의 부하 하나가 어떻게든 공을 세워보려고 나섰던 것 같았다. 비록 자기네 우두머리의 배포에는 미치지 못했지만 말이다.

　소벽은 물장수들을 캐보면 뭔가 단서가 나오리라 생각했다. 적이 가장 노리는 곳이 궁정이었으므로, 그는 우선 궁정에 드나드는 물장수들부터 은밀히 조사하기 시작했다. 부하 감찰관 하나가 물장수로 위장해서 그들 사이에 잠입했다.

　며칠 후 이 부하가 소벽에게 보고해왔다.

"탐문을 하다가 흥미로운 점을 찾아냈습니다. 궁정에 물을 대는 물장수는 서른 명 남짓인데, 그중 하나가 심상치 않아요. 궁정 곳곳을 검문도 받지 않고 자기 마음대로 드나들거든요! 생김새는 그저 그래서 특별히 말씀드릴 건 없습니다만."

"그런 시답잖은 정보를 어디에 써먹겠나?"

"저도 그자가 어떤 예쁘장한 여자와 만나는 걸 목격하지 못했더라면 관심을 갖지 않았을 겁니다. 둘이 팔짱을 끼고 가면서 서로 속닥거리고 은근한 몸짓을 주고받는 품이 분명 예사 사이가 아니었습니다."

"흔히 있는 그렇고 그런 관계일 테지."

"이번 경우는 좀 다릅니다, 대장님. 그 여자가 좀 걸리거든요. 제가 그 여자를 단번에 알아봤는데, 그게 그러니까…… 하여간 그 여자는……"

"자세히 말해봐. 그 여자가 누군데?"

"예전부터 궁정에서 세탁부로 일하는 여잡니다. 그 여자는 때때로 폐하 침전 시녀의 일을 도와주곤 하지요."

소백의 얼굴에 회심의 미소가 번졌다.

"수고했어. 아주 쓸 만한 정보야! 내가 그 여자를 심문해봐야겠다."

멤피스에는 예사롭지 않은 소문이 돌고 있었다. 왕세자가 푼트의 귀한 보물을 구해서 돌아왔다는 소문이었다.

이 이야기를 들은 물장수는 그럴 리 없다 싶으면서도 어쨌든 레바논 상인에게 보고했다. 그런 다음 이 소문이 사실인지 알아볼 생각으로 자신의 애인을 찾아갔다. 그녀라면 좀더 많은 걸 알고 있을 게 분명했으니 말이다.

세탁부는 번번이 약속 시간에 늦었다. 수다스러운 성격의 그녀는 일을 끝낸 다음에도 동료들과 잡담을 나누며 갖가지 뜬소문과 이야기들을 주워 모으곤 했던 것이다. 여자는 궁정 일을 한다는 데에 자부심이 컸고 궁정에서 귀동냥한 이야기를 옮기면서 자랑스러워했다. 사정이 그런 터라 그녀는 물장수에게나 비밀 조직에게나 매우 귀한 정보원 노릇을 톡톡히 하고 있었다.

마침내 그녀가 나타났다.

물장수는 그녀가 평소와는 다르다는 걸 눈치 채고 의심을 품었다. 여자는 뭔가 불안한지 잔뜩 긴장해서 천천히 걸어왔다. 주위 분위기가 갑자기 변했다. 오가던 사람들이 뜸해진다 싶더니 사방이 조용해졌다. 물장수는 근처에 어슬렁거리는 사내 몇이 자신을 주시하는 걸 알아채고는 자신이 실수했음을 깨달았다. 처음이자 유일한 실수였다. 소백이 이런 하찮은 세탁부에게 의심의 눈길을 돌릴 거라고 어떻게 예상할 수 있었겠는가?

물장수는 태연함을 가장하며 그녀에게 미소를 지어 보였다.

"저녁 먹을까?"

"그래, 그러자!"

그는 여자에게 사납게 달려들어 팔뚝으로 여자의 목을 졸랐다.

"다들 꺼져. 안 그럼 이 여자를 죽일 테다."

그가 감찰관들을 향해 소리쳤다.

몇몇 행인들은 놀라서 내빼고 그 자리에 남은 감찰관들이 두 사람을 반쯤 에워쌌다. 물장수는 여자의 목에 팔을 감은 채 뒷걸음쳤다. 가까운 동네의 좁은 골목길 사이로 달아날 생각이었다.

소백이 말했다.

"허튼짓 마라. 순순히 항복해. 심하게 다루지 않을 테니까."

물장수는 웃옷에서 칼을 꺼내 인질로 잡고 있던 여자의 허리춤을 찌르는 시늉을 했다. 여자가 겁에 질려 비명을 질렀다.

"물러서! 우릴 순순히 보내달란 말이야."

궁수들이 어느새 주위를 에워쌌다. 소백이 궁수들을 향해 소리쳤다.

"쏘지 마라. 놈을 생포해야 해."

물장수는 짓다 만 어느 집 안쪽으로 여자를 밀어넣었다.

"멍청한 계집, 내 이야기를 다 털어놓은 모양이군! 이렇게 된 이상 넌 거추장스러운 짐일 뿐이야."

살려달라는 애원에도 불구하고 물장수는 여자를 향해 거칠게 칼을 휘두르고는 옆에 걸쳐져 있던 사다리를 타고 올라갔다. 이 동네라면 손바닥 들여다보듯 훤했으므로, 잘하면 지붕에서 지붕으로 건너뛰어 도망칠 수 있겠다 싶었던 것이다.

지붕 위로 올라간 물장수가 몸을 날리는 순간, 혐의자를 놓치기 싫었던 궁수 한 명이 쏜 화살이 그의 관자놀이를 스쳤다. 몸의 균형을 잃은 물장수는 디딜 자리를 놓치고 발을 삐끗하면서 벽에 세게 부딪치더니 아래로 떨어졌다. 포석을 간 바닥에 처박힌 그는 목이 부러지고 말았다.

"숨이 끊어졌습니다, 대장님."

감찰관 하나가 달려와 물장수를 살펴본 다음 보고했다.

"지시를 어기고 화살을 쏜 자는 보름간 구류에 처한다. 죽은 자의 몸을 뒤져봐라."

단서가 될 만한 것은 아무것도 나오지 않았다. 추적의 실마리를 또

다시 놓치고 만 것이다.

"급히 궁정으로 들어오시라는 전갈입니다."

서기관 하나가 달려와서 알렸다. 궁정에서는 왕세자의 귀환을 알리는 공식 발표가 있었다.

궁정 고관들 앞에서 세소스트리스는 이케르에게 훈장을 수여하며 선언했다.

"그대는 마음의 기쁨을 얻을지니, 나는 그대를 궁정의 유일한 피후견인, 즉 왕위 계승자로 임명하는 바이다. 그대의 이 지위는 흔들림 없이 유지될 것이다."

궁정 고관들은 놀라서 벙어리가 된 채 입만 떡 벌리고 있었다. 왕의 선언으로 이 순간부터 이케르는 파라오의 최측근 자문회의인 국정원의 일원이 된 것이다.

공식 축하연이 열렸다. 연회에 참석한 궁정인들은 포도주 잔을 들어 올려 이 왕위 계승자를 축복하고 그의 수만 가지 자질을 칭송할 기회를 엿보았다. 그러나 이들의 기대는 허사가 되고 말았다. 파라오와 왕세자는 궁정인들을 내버려두고 단둘이서 정원으로 가버렸던 것이다. 두 사람은 정자 그늘에 앉았다. 정자 기둥은 연꽃 형상이었다. 기둥마다 사자의 여신 세크메트의 얼굴이 새겨져 있었고, 지붕 꼭대기에는 태양을 머리에 인 우라에우스가 달려 있었다.

왕이 이케르에게 당부했다.

"측근과 신하 들을 경계해라. 누구에게도 속을 털어놓지 말고, 어떤 친구도 믿지 마라. 위기에 처했을 때는 아무도 네 곁에 없을 것이다. 너에게서 많은 걸 받은 사람일수록 너를 미워하고 배신하려 드는 법이다. 잠시 쉬고 싶을 때라도 네 마음만은 잠들게 두지 말고 늘 눈을 크게 떠서 자신을 지키게 하라."

이케르는 파라오의 이 충고에 담긴 냉정함에 놀랐다.

"그렇더라도 이시스나 세카리를 경계할 수는 없습니다!"

"그들은 측근이나 신하가 아니다. 세카리는 네 형제이고, 이시스는 네 누이이다. 너희는 함께 힘겨운 시련을 이겨냈고 서로 특별한 끈으로 이어져 있다."

"이시스는 아비도스로 돌아간 겁니까?"

"푼트의 금이 지닌 효능을 시험해봐야 하니까."

"이제 곧 생명의 나무가 되살아나겠군요!"

"이시스가 불의 길을 통과하기 전까지는 아니다. 그리고 그녀가 불의 길에서 살아 돌아오리라고는 아무도 장담할 수 없다."

"어째서 그렇게 힘든 일을, 폐하, 어째서……"

"이건 우리 이집트문명의 운명이 달린 일이다, 내 아들아. 단지 한 사람의 운명이 아닌 것이다. 태어난 것은 죽지만, 태어난 적이 없는 것은 죽지 않는 법이다. 생명은 태어난 것이 아닌 원래부터 있는 것에서 솟아 나와 오시리스의 아카시아나무 속에서 성장한다. 질료와 영혼은 분리된 것이 아니며, 마찬가지로 존재와 이 우주를 빚어낸 시원적 본질도 별개의 것이 아니다. 정신 기능의 유무가 광물계와 식물계, 짐승과 인간을 구분하는 경계선이 된다. 세상 모든 것은 그 각각이 창조적 힘의 표현이다. 이시스는 생기의 대양으로부터 솟아오르는 어떤 불길을 진정시켜야 한다. 그녀는 그 불꽃, 즉 눈의 심장에서 시원적 본질을 찾아내야 한다. 그럼으로써 그녀는 죽음이 태어나지 않았던 그 순간에 대해 알게 될 것이다."

"그녀가 그 일을 감당할 수 있을까요?"

이케르가 걱정스럽게 물었다.

"이시스는 마법을 이용할 것이다. 그 마법은 빛의 힘으로, 운명의 횡포를 피해 이제페트와 능히 대적할 수 있다. 그녀가 해야 할 일은 직관을 발휘하여 사물의 표면적 형상 너머를 꿰뚫어 보는 것이다. 그리고 창조의 힘을 지닌 주문들을 외움으로써 생명의 고갈과 파괴를 이겨내야 하는 것이지. 지식은 개별적 대상을 분석하므로 늘 부분에 머문다. 반면에 깨달음이란 전체를 보는 것이고, 그러므로 빛처럼 사방으로 확산된다. 이시스가 마지막으로 해야 할 과제는 이렇게 자신이 깨달은 것을 글로 옮기는 일이다. 마치 장인이 나무와 돌을 조각하듯이 말을 빚어내야 하는 것이지. 적절하고 올바른 말은 진정한 힘을 지닐 수 있다. 네게 당부컨대 국정원 회의에 참석하게 되면 많은 말을 떠벌리지 마라. 침묵하며 말을 아끼다가 어떤 해결책을 제시할 수 있을 때에만 입을 열어라. 사실 말을 잘한다는 건 그 어떤 일보다 어려운 일이다. 좋은 말은 네 혀 위에 올려놓고, 나쁜 말은 뱃속 깊숙이 묻어버려라. 그리하여 마아트를 통해 네 자신을 성장시켜라."

"이시스가 이번 깨달음의 단계를 넘어서면 예고자와 정면으로 맞서야 하는 게 아닙니까?"

"그녀는 자신에게 맡겨진 임무가 얼마나 중요한지 잘 알고 있다. 예고자는 어떤 독단적인 믿음을 세상에 퍼뜨리려 하고 있어. 그러나 믿음이 그런 식으로 주어진다면 사람들은 감옥에 갇히는 꼴이 될 것이다. 그 감옥의 창살을 보지 못해 거기서 빠져나올 기회조차 얻지 못한 채 말이다. 그러나 창조란 매 순간 새롭게 이루어지는 것이다. 마찬가지로 해는 매일 아침 새롭게 떠오르며, 이 새로운 해는 우리가 수행하는 제의에 의해 마아트에 단단히 연결되어 있지. 신들의 존재를 믿는 건 우리 마음의 발로이다. 신성함을 깨닫고 신성함을 경험하고 신들에 대해 말하는 일, 하나의 문명을 통해, 예술과 사유를 통해 일상적으로 신성함을 재창조하는 일이 바로 이집트의 가르침이다. 이 이집트의 핵심적 토대가 바로 끊임없이 부활하는 존재 오시리스인 것이지."

"제가 이시스를 도울 수는 없을까요?"

"푼트에 함께 갔다 왔으니 이미 그녀를 도와준 게 아니냐?"

"이시스는 배를 인도해주었고 푼트의 금을 찾을 방법을 가르쳐주었습니다. 그녀 곁에 있으면 두려움은 사라지고 어느 길로 가야 할지 분명해지곤 했습니다."

"이시스가 네게 자신을 잊어달라고 했을 텐데?"

"네, 폐하. 그녀는 아비도스에서 힘겨운 시험을 치러야 하기 때문에 제 마음을 받아들일 수 없다고 말했습니다. 저는 그녀가 말한 그 시험이 불의 길을 통과하는 일이라는 걸 지금에야 알았습니다. 그 시험에서 그녀는 목숨을 잃을지도 모릅니다. 하지만 만약 성공한다면 아비도스 황금원에 들게 되는 게 아닙니까?"

"네 짐작이 맞다."

"둘 중 어느 경우든 저는 그녀를 잃게 됩니다."

"그녀를 잊지 못하는 이유는 무엇이냐?"

"그녀를 잊는 건 불가능합니다, 폐하! 제가 시련을 겪고 위험과 맞설 때마다 그녀는 매번 제 곁에 있었습니다. 그녀를 처음 만났을 때부터 저는 저의 모든 것을 걸고 그녀를 사랑했습니다. 그러므로 이 사랑은 한갓 단순한 열정이 아니라 한 사람의 생애 전체입니다. 아마도 폐하께서는 제가 젊음의 혈기로 이런 말을 한다고 생각하실 겁니다. 하지만……"

"그렇게 생각한다면 내가 너를 왕위 계승자로 임명했겠느냐?"

"그럼 어째서 저를 아비도스로부터 멀찍이 떼어놓으려 하시는 겁니까, 폐하?"

"너는 자신에게 주어진 길을 끝까지 가야 하기 때문이다."

"그 목적지가 아직도 먼가요?"

"네 생각에는 어떨 것 같으냐?"

"제가 아비도스에 이끌리는 것은 폐하의 가르침 덕분이지 호기심 때문이 아닙니다. 이집트의 본질이 아비도스에 있는데 제가 그곳을 외면한다면 전 폐하의 아들이라 할 수 없을 겁니다."

"아비도스는 여전히 큰 위험에 처해 있다. 예고자의 기도가 실패로 돌아갔다 해서 그가 사악한 힘을 완전히 상실한 건 아니기 때문이지. 그는 여전히 생명의 나무를 노리고 있어."

"치유의 금을 구했으니 그자의 마법을 물리칠 수 있을 겁니다!"

"그러기를 빈다, 이케르. 네가 이시스, 그리고 탁발 사제와 더불어 그 일을 맡을 사람이니까. 물론 이것은 이시스가 불의 길을 통과해서 무사히 돌아왔을 때의 일이다."

"그렇다면 폐하의 말씀은……"

"이제 곧 네게 공식 임무를 맡기겠다. 그 임무를 위해 너는 아비도스로 가게 될 것이다. 오시리스의 신성한 땅인 그곳에서 너는 왕위 계승자의 자격으로 파라오의 대리인 역할을 해야 한다."

이케르는 기쁜 나머지 정신을 차릴 수 없을 지경이었지만, 한편으로는 마음 한구석이 무거웠다.

"폐하께서 이시스에 대해 그런 결정을 내리신 깊은 뜻은 헤아리고 있습니다. 하지만 저는……"

"그 결정은 내가 내린 것이 아니라 이시스가 선택한 것이다. 탁발 사제 역시 그녀의 마음을 돌리려고 해보았지. 하지만 그녀는 포기하지 않았다. 어릴 적부터 이시스는 어중간한 타협을 받아들인 적이 없었다. 궁정 안에 머물며 자신의 신분에 어울리는 평온하고 안락한 삶을 사는 대신 아비도스의 길을 선택했지. 그 위험과 영적 수련의 고통을 감수하면서 말이다."

어떤 당황스러운 생각이 이케르의 머릿속을 스쳐갔다.

"폐하, 이시스를 어릴 적부터 지켜보셨다면, 그 말씀의 의미는?"

"나는 이시스의 아비이고, 그 아이는 나의 딸이다."

이케르는 땅속으로 꺼져버리고 싶은 심정이었다.

"저의 불손함을 용서하십시오, 폐하."

"너답지 않구나, 이케르. 진실을 찾기 위해 서슴없이 목숨을 걸던 그 모험가는 어디로 갔느냐? 내 딸을 사랑한다고 해서 죄가 되는 건 아니다. 네가 농부이든 서기관이든 궁정 고관이든, 그런 건 아무 상관없는 일이야. 중요한 건 이시스의 결정이다."

"제가 어떻게 또다시 그녀에게 말을 건넬 수 있겠습니까?"

"신들이 허락하여 이시스가 불의 길을 끝까지 갈 수 있기를 바라자. 네가 아비도스에 가서 살아 있는 그녀를 만날 수 있다면, 네가 그녀에게 말을 건네는 걸 막을 사람은 없다. 그때는 너도 그녀의 마음을 알 수 있겠지."

50

가장 유능한 밀정인 물장수가 자취를 감춘 이후로 레바논 상인은 아무것도 목구멍으로 넘어가지 않을 만큼 입맛을 잃고 말았다. 덕분에 식이요법을 엄격히 지킬 필요도 없어졌지만, 이런 이유로 체중이 줄어드는 게 조금도 달갑지 않았다.

"그를 아니까 말씀드리는 건데, 죽을 때까지 입을 열지는 않았을 겁니다."

그가 예고자에게 장담했다.

"다 불었다면 감찰대가 벌써 이곳에 들이닥쳤을 테지."

"제 오른팔은 잘려나간 데다가 우리 조직망은 와해되었고 조직원들은 뿔뿔이 흩어져 아무 힘도 쓸 수 없게 되었습니다. 주인님. 더군다나 자금줄이던 밀매 사업도 중단된 상태입니다."

"우리가 결국엔 승리할 거라는 사실을 믿지 못하겠다는 것이냐?"

"그건 절대 아닙니다!"

"너의 충성심을 믿겠다. 또한 네가 처한 난감한 상황도 이해한다. 하지만 모든 일이 내 계획대로 흘러가고 있어. 우리의 과녁은 단 하나, 아비도스의 오시리스 신비제의이다. 가나안인이나 누비아인을 신경 쓸 필요는 없지. 조만간 그들 무리도 우리의 믿음을 따르게 될 테니까. 세소스트리스가 그들을 굴복시키든 그렇지 못하든, 그건 중요하지 않아. 그는 그 지역의 소요를 억제하고 질서를 유지하느라 힘을 소진하게 될 것이고, 또 남북으로 공격을 당할까봐 늘 노심초사할 테지. 우리가 노리는 진짜 목표물이 뭔지를 감추었으니 교란작전은 성공한 것이다."

"파라오가 오시리스의 아카시아나무를 살릴 수 있다는 금을 손에 넣지 않았습니까?"

"이번엔 그가 성공했다는 걸 인정한다. 그렇지만 세소스트리스가 아카시아나무의 완전한 회복을 기대하고 있다면 그는 실망을 맛봐야 할 것이다."

문지기가 들어와서 알렸다.

"누군가가 찾아왔는데, 출입 증표를 지니고 있습니다."

"들어오게 해."

방문객이 머리에 덮어쓴 두건을 벗었다. 메데스였다. 뱃멀미 걱정 없는 물에 두 발을 딛고 있었음에도 그의 안색은 레바논 상인보다 더 나을 게 없었다. 예고자를 다시 보자 메데스는 죽다가 살아난 사람처럼 기운을 차렸다.

"전 변함없이 주인님을 믿고 있습니다."

"알고 있다, 나의 충실한 종이여. 그리고 그 믿음을 후회하지 않게 될 것이다."

"아주 나쁜 소식이 있습니다. 감찰관들이 멤피스에 짝 깔려서 검문을 하고 있어요. 레바논에서 밀매품을 들여오는 것도 불가능합니다.

소벡이 부두 세관을 재정비하고 있거든요. 더 심각한 문제는 이케르가 푼트의 금을 찾아왔다는 겁니다! 그 공로로 왕위 계승자의 자리를 얻었고요."

"대단한 모험을 해냈지."

예고자가 담담하게 말했다.

메데스가 말을 이었다.

"그 꼬마 녀석은 아주 위험합니다. 최근 파라오가 내린 칙령에 따라 그 녀석은 이제 곧 파라오의 대리인 자격으로 아비도스에 공식 파견될 겁니다. 그가 베가 사제의 비밀 사업을 눈치 채기라도 하면 어쩝니까? 그 사제는 배포가 없어서 다 불어버릴지도 몰라요. 제르구에 대해 털어놓을 거고, 또 제르구는 나를 끌고 들어갈 거고 말입니다."

예고자가 한마디 던졌다.

"넌 입을 다물 자신이 있다는 말이로군."

"그럼요, 그렇고말고요!"

"그렇게 자신하다가 큰코다치는 법이지. 소벡의 심문에 버틸 수 있는 자는 없다. 너와 제르구는 레바논 상인의 지시를 받아 우리 신도들의 조직을 재건하고 멤피스에 국지적인 폭동을 일으켜라. 우리가 이 수도 한복판에서 주로 활동하고 있다고 믿게 만들어야 한다."

"그건 너무 위험합니다, 주인님!"

"세트와 동맹을 맺은 자가 위험을 두려워한단 말인가? 네 손바닥에 세트의 표지가 새겨져 있다는 걸 명심해라."

메데스는 피할 곳을 찾듯 뒤로 몇 걸음 물러나 벽에 기댄 채 물었다.

"여기서 교란작전을 펴는 동안 주인님은 어디에 가 계실 생각이십니까?"

"최후의 전투가 벌어질 곳에 있을 것이다. 아비도스 말이다."

"그러면 왜 지금까지 그곳에 공격력을 집중하지 않았던 겁니까?"

레바논 상인은 이런 무례한 질문을 한 메데스에게 가차 없는 벌이 내려질 거라고 예상했다. 하지만 예고자는 메데스를 벌할 생각이 없는 것 같았다.

"내가 해야 할 일은 최후의 일격을 날리는 것인데, 지금까지는 그 대상이 내 일격을 받아들일 준비가 되어 있지 않았다."

"그게 누굽니까?"

"지금은 왕세자이자 왕위 계승자가 된 그 젊은 서기관, 바다의 신에게 제물로 바쳐질 운명에서 살아났고, 카의 섬에 발을 내디뎠으며, 수많은 위험을 겪고도 살아남은 그 녀석이지! 세소스트리스는 그를 아비도스로 파견하면서 분명 중요한 임무를 맡겼을 거다. 파라오의 힘이 제아무리 난공불락이라 해도 이제는 어찌할 도리가 없을 것이다. 난 세소스트리스의 정신적 후계자, 그가 자리를 물려주려고 참을성 있게 교육하고 준비시켜온 그 계승자를 통해서 파라오를 무너뜨릴 생각이니까. 파라오가 그 녀석을 대신할 또다른 계승자를 찾아내지는 못할 것이다. 이케르는 오시리스의 신성한 땅에서 행복이 기다리고 있을 거라고 들떠 있겠지. 그곳에 가면 오시리스 신비제의에 대한 깨달음을 얻게 되리라고 말이다. 하지만 거기서 그를 기다리는 건 죽음이다. 그리고 그 죽음과 더불어 이집트도 종말을 맞이하게 될 것이다."

소벡이 이케르에게 말했다.

"사람은 누구나 착각할 때가 있는 법이오. 왕세자가 최근에 왕위 계승자로 임명되었다고 해서 사과해야겠다는 마음을 먹은 건 아니오. 상대가 한갓 일꾼에 불과했어도 난 똑같은 방식으로 행동했을 거요. 내가 나의 실수를 인정하게 된 건 오로지 왕세자의 태도와 행동 때문이오."

이케르는 감찰대 총수의 목에 팔을 둘러 껴안았다.

"총수님의 빈틈없는 엄격함은 모두의 본보기가 될 거예요, 소벡. 당신의 철저한 경계 태세를 비난할 수 있는 사람은 아무도 없습니다. 내게 보여준 우정과 배려만으로도 이미 충분합니다."

이 투박한 군인은 감정을 감추는 재주가 없었다. 그렇지만 우정을 표현하는 일에는 도무지 익숙하지 않은 터라 쑥스러운 나머지 화제를 감찰대의 업무로 돌렸다.

"그 물장수가 죽긴 했지만 수사가 다 끝난 건 아니오. 그자도 물론 월척이긴 했지. 하지만 그보다 훨씬 굵직한 놈들이 여전히 활개를 치고 있어요."

"틀림없이 그 비밀 조직의 참모들을 체포하게 될 거예요."

소벡이 나가고 한 서기관이 처리하기 어려운 서류에 관해 자문을 구하려고 이케르를 찾아왔다. 그 서기관과 이야기를 나누는 중에 다른 서기관이 들어와 의견을 청했고, 이어서 또다른 서기관이 자신의 차례를 기다렸다. 이들에게서 겨우 벗어난 이케르는 총리 집무실로 갔다. 총리로부터 국정원 내에서 자신에게 주어진 새로운 역할에 대한 설명을 들어야 했던 것이다.

가는 도중에 이케르는 메데스와 마주쳤다. 메데스는 호들갑스러울 만큼 상냥하게 인사를 건넸다.

"진심으로 경하드립니다. 그런 큰 공을 세우셨으니 왕위 계승자 자리는 왕세자님께 마땅히 돌아가야 하고말고요. 물론 시샘 때문에 뒷공론을 벌이는 자들이야 늘 있는 법이지만, 무슨 상관이겠습니까? 왕세자님께 오시리스의 신성한 땅에 들어갈 권한을 부여하는 명령서를 전해드리러 왔습니다. 출발 날짜는 잡으셨습니까?"

"아직 정하지 못했습니다."

"이번 임무는 다행히 앞서 맡으신 임무들보다 덜 위험하더군요. 저는 누비아로 다시 가야 할 일이 없기를 소망하고 있습니다. 그 나라는 볼 것이라곤 전혀 없는 데다가, 멀쩡하던 제 뱃속도 배에 타기만 하면 뒤집어지니 말입니다. 하여간 언제든 제가 도와드릴 일이 있으면 말씀해주십시오."

저녁식사를 반기며 한입 가득 음식을 밀어 넣던 세카리가 장난기 어린 눈으로 이케르를 바라보았다.

"이상하네? 왕위 계승자가 보통 사람처럼 보이다니 이거 놀라운 걸! 소인이 말을 건네는 걸 허락해주시겠습니까?"

이케르는 일부러 거만한 표정을 지으며 으스대는 척해 보였다.

"아무래도 넌 내 앞에서 코를 땅에 처박아야 할 것 같은데. 어디 그 문제를 한번 생각해보자."

두 친구는 웃음을 터뜨렸다.

"내가 멤피스를 떠나 있는 동안 네가 북풍과 상갱을 돌봐줘."

세카리가 대답했다.

"두 녀석은 멋진 조수들이야. 녀석들은 누비아에서 공을 세운 덕에 계급도 얻고 훈장도 받았지. 그런데 왜 둘을 떼어놓고 가려는 거야?"

"아비도스에는 나 혼자 가야 해. 다행히 기회가 생기면 둘을 다시 만날 수 있을 거야."

"네가 마침내 아비도스를 보게 되겠구나."

"솔직히 말해줘. 넌 이시스가 누군지 처음부터 알고 있었지?"

"누구긴 누구야, 젊고 아름다운 여사제지."

"그것 말고 더 아는 건 없어?"

"이미 능력을 인정받았다는 사실도 알지."

"그녀가 파라오의 딸이라는 걸 정말 몰랐던 거야?"

"음…… 사실은 알고 있었어."

"그런데도 그렇게 입을 꾹 다물고 있었구나!"

"파라오께서 명하신 거야."

"다른 사람들도 이 사실을 알고 있니?"

"황금원 회원들은 알아. 비밀 엄수는 황금원의 중요한 규약이기 때문에 누구도 이 사실을 말하지 않은 거야."

이케르는 풀이 죽었다.

"내가 과연 이시스의 사랑을 얻을 수 있을까? 그녀가 불의 강을 무사히 통과했을까? 한시바삐 아비도스로 가봐야겠어! 혹시라도 그녀에게 무슨 일이 생겼다면 이 여행이 얼마나 끔찍해질지……"

세카리가 이케르의 등을 두드리며 격려했다.

"지금까지 이시스는 아무리 어려운 시험이라도 통과해오지 않았니? 그녀는 통찰력이 뛰어나고 총명하며 용기가 있는 사람이니 충분히 이겨낼 수 있을 거야."

"너도 불의 길을 거쳐온 사람이니?"

"우리가 통과해야 할 문들은 언제나 동일하지만, 그 문들이 각자에게 과제로 주어질 때는 다른 모습으로 나타나지."

"이시스가 없다면 내게 삶은 아무 의미도 없을 거야. 그런데 그녀가 내게 관심을 가져주는 이유가 뭘까?"

세카리가 곰곰이 생각하는 시늉을 해 보였다.

"넌 파라오의 계승자 노릇에도 왕세자 노릇에도 서툴러. 그 대신 서기관으로서는 비교적 능력이 있지. 넌 분명 이시스에게 도움이 될 거야. 그녀가 너의 그 요란한 지위에 과민 반응을 보이지 않는다면 말이야. 너한테 붙는 호칭은 그녀를 기겁하게 만들걸?"

세카리의 유쾌한 농담에 이케르는 힘을 얻었다. 향기롭고 신선한 포도주를 몇 잔 들이키자 무겁던 마음도 조금은 가벼워졌다.

"예고자와 그의 부하들은 이집트를 떠난 걸까?"

세카리가 대답했다.

"제정신인 자라면 자신의 패배를 인정하고 시리아 팔레스타인이나 아시아로 도망쳤겠지. 하지만 그자는 그냥 도둑도 아니고, 흔히 보는 정복자도 아냐. 그자가 원하는 건 우리 이집트를 무너뜨리고 어둠의 힘을 계속 조종하는 거라고."

"그렇다면 그자가 새로 도발해올 거란 말이구나."

"우리는 또다른 공격을 받게 될 거야. 비밀 조직을 동원해서 폭력을 자행할 테지. 파라오와 소벡의 예상도 같아. 그렇기 때문에 경계를 철저히 해야 해. 하지만 아비도스라면 안전할 거야. 거긴 군인들과 감찰대가 빈틈없이 지키고 있으니까 넌 아무 걱정 없어."

세카리는 이 마지막 말을 하면서 별안간 이상한 불안감을 느꼈다. 이케르의 이번 여행이 위험할지도 모른다는 예감이 들었던 것이다. 하지만 자신의 불안감이 무엇 때문인지 설명할 수 없었던 그는 공연히 친구를 걱정하게 만드느니 차라리 입을 다무는 게 낫겠다고 생각

498

했다.

예고자가 레바논 상인의 집에 머무는 동안 이 상인이 비나에게 말을 건네는 일은 단 한 번도 허용되지 않았다. 그녀는 임무를 수행하고 돌아오면 얼굴을 베일로 가린 채 곧장 방문을 닫고 들어가버리곤 했다. 때때로 예고자가 그녀의 방으로 들어가는 적도 있었다.

비밀 조직의 사기가 올라가고 있었다. 비나가 손님으로 가장해서 등짐 장수들에게 지령을 전달했고, 이 등짐 장수들이 멤피스 내의 각 세포들과 접촉하면서 조직을 재건했다. 조직원들 사이에서 예고자가 무사히 살아 돌아왔다는 소식이 속속들이 퍼져나갔다. 이들 가운데 누구도 예고자가 참된 믿음을 전파하면서 투쟁을 계속해나가리라는 걸 의심하지 않았다.

메데스와 제르구는 멤피스에 공포감을 조성하기 위해 이미 몇 가지 국지 도발 계획을 세워놓았다.

예고자가 레바논 상인에게 지시했다.

"가장 좋은 방법을 네가 골라라."

"주인님, 저는 한낱 장사꾼일 뿐인데……"

"네 야망은 더 크지 않느냐? 네가 내 오른팔이 되고자 한다면 능력을 키워야 한다. 이집트인을 잘 알고, 이들 가운데 누가 깊은 믿음을 지녔는지 누가 불신자인지 가려낼 줄 아는 사람이 필요하다. 우리가 승리하는 날, 너는 감찰대 총수가 되어 새로운 믿음을 위해 복무하게 될 것이다. 우리의 믿음에 조금이라도 어긋나는 자들을 붙잡아 들이는 게 네가 맡게 될 일이다."

일순간 레바논 상인의 머릿속에 자신이 감찰관들을 호령하는 장면

이 스쳐갔다. 그렇게 권력을 휘두르는 자신의 모습은 소벡조차 애송이로 보이게 할 만큼 멋졌다. 자신이 오래전부터 꿈꿔온 막강한 권력이 현실이 될 수도 있는 것이다.

"나는 비나를 데리고 아비도스로 떠나겠다."

"부하는 몇 명이 필요하십니까?"

"종신 사제 베가만으로도 충분해."

"제르구의 말을 들으니 거기는 경계가 아주 삼엄한 데다가 또……"

"제르구가 그곳의 상세한 정보를 알려왔다. 너는 멤피스의 일에만 전념해라. 나는 아비도스에서 이케르를 기다릴 생각이다. 이번만큼은 그 누구도 그 녀석을 구해줄 수 없다. 나는 아비도스의 심장을 찌름과 동시에 세소스트리스의 심장을 찌를 것이다. 생명의 나무는 영원히 죽음의 나무가 될 것이다."

51

자칼의 머리를 한 신 아누비스가 이시스를 인도하여 불꽃으로 이루어진 원 앞으로 데리고 갔다.

"불의 길을 가기를 여전히 원하느냐?"

"원합니다."

"네 손을 다오."

이시스는 자신을 이끄는 아누비스에게 모든 것을 맡기고 조금도 머뭇거림 없이 발을 앞으로 내디뎠다.

그 순간, 그녀의 옷에 불길이 옮겨 붙어 타오르기 시작하더니, 전혀 예기치 못했던 평화로움이 찾아왔다.

그녀는 자신이 어느샌가 오시리스 신전 안에 들어와 있다는 걸 알아차렸다.

아누비스가 말했다.

"세속의 너는 모두 불타버리고 아무것도 남지 않았다. 이 자리에 너는 모든 것을 벗어버리고 무방비로 서 있다. 지금 눈앞에 두 개의 길이 보일 것이다. 둘 중에 어느 길을 택하겠느냐?"

왼편 길은 물의 길이었는데, 길 양편으로 정령들이 지키는 제실들이 늘어서 있었다. 정령들의 머리는 활활 타는 불꽃이었다. 오른편에 난 길은 검은 흙의 길로서, 이 길은 물 한가운데로 구불구불 뻗은 제방처럼 보였다. 두 개의 길 사이는 건널 수 없는 용암 운하로 가로막혀 있었다.

　"이 두 길을 전부 가야 하지 않습니까?"

　"물의 길은 숨을 빼앗고 흙의 길은 생명을 삼킨다. 견뎌낼 수 있겠느냐?"

　"제가 마땅히 가야 할 길로 저를 인도하여주시는데 두려워할 이유가 무엇이겠습니까?"

　"오늘 밤에는 물의 길을 가도록 하자. 날이 밝으면 흙의 길을 갈 것이다."

　달이 떠오르자 아누비스가 토트 신의 짧은 칼을 이시스에게 건네주었다. 이시스는 길 양편 정령들 하나하나에게 칼날을 갖다 대며 정령들의 이름을 불렀다. 정령들의 이름을 부르는 일은 새벽까지 계속되었다. 이윽고 그녀는 하늘로 솟아오르기 위해서 노를 저어 오는 태양 나룻배의 여명에 의지하여 흙의 길로 들어섰다.

　두 개의 길은 간혹 교차되면서도 뚜렷이 구분되었다. 이윽고 두 개의 길 끝에 이르자 가운데를 가로막은 용암 운하가 사라지면서 길이 합쳐졌고, 합쳐진 그 지점 너머로 기둥 두 개가 받치고 있는 문 하나가 보였다.

　아누비스가 말했다.

　"이 문은 저 너머 세상으로 들어가는 입구다. 동쪽세상과 서쪽세상이 만나는 지점이지."

문을 지키고 있던 호위 정령들이 뱀들을 앞세워 둘을 위협하듯 을 러댔다.

"나는 피의 신이다. 길을 비켜라."

문이 열렸다.

아누비스와 이시스는 달의 신전으로 들어섰다. 희미한 푸른 달빛이 이시스의 몸을 감쌌다. 마아트의 나룻배가 모습을 드러냈다.

"나룻배가 나타난 건 너를 거부하지 않는다는 의미이다. 계속 나아가자."

이시스는 앞을 가로막고 있는 일곱 개의 문을 통과해야 했다. 이 가운데 처음 네 개의 문은 일렬로 늘어서 있었고 그다음 셋은 나란히 자리 잡고 있었다.

"이 네 개의 횃불은 동쪽세상의 문 네 개를 밝혀줄 것들이다. 각각의 문에 횃불을 걸어라."

이시스가 지시받은 제의를 수행했다.

"이로써 살아 있는 영혼이 이 길을 통과하리니 이제 생기의 대양에서 솟아오른 거대한 불꽃이 네 발걸음에 힘을 주리라."

문들이 차례로 열렸다. 어둠이 흩어지고 사방이 밝아왔다.

막 솟아오른 아침 햇살이 이시스를 비추었다. 빛을 바라보는 그녀의 두 눈은 해와 달이었다. 오시리스의 섬이 앞에 보였다. 둥글게 원을 만들어 섬을 감싸고 있는 불꽃이 접근을 막았다. 그녀가 두번째로 마주치는 불의 원이었다. 그 섬 모래언덕 위에 오시리스의 체액이 담긴 봉인 단지가 놓여 있었다.

"여기 네가 통과해야 할 마지막 길이 있다, 이시스. 지금부터는 내가 너를 도와줄 수 없다. 이 장애물은 너 혼자 힘으로 넘어야 한다."

이시스는 이글거리는 불꽃의 원을 향해 다가갔다.

긴 불꽃 하나가 나풀거리며 그녀의 입을 가볍게 스쳤다. 그녀의 가슴 위에 별 하나가, 배꼽 위에 환히 빛나는 해가 새겨졌다.

"이시스가 오시리스를 계승하게 되기를 기원하노라. 이시스의 심장이 그녀를 버리지 않고, 그녀의 걸음이 밤낮으로 자유로우며, 이 빛이 그녀의 눈 속에 자리 잡기를, 그리하여 그녀가 이 불을 통과하기를 기원하노라."

아누비스가 말을 이어갔다.

"이 길은 이시스를 위해 만들어졌으니, 빛이 그녀의 발걸음을 인도해주리라."

이시스가 걸음을 내딛자 불의 원이 그녀를 둘러쌌다. 한순간 그녀는 그 불꽃 한가운데 갇혀 꼼짝도 할 수 없음을 느꼈지만 고요히 명상에 잠긴 채 앞으로 나아갔다. 이윽고 그녀는 오시리스의 섬에 닿았다. 무사히 불의 원을 통과한 것이다.

이시스가 세상 모든 생기의 원천인 봉인 단지 앞에 무릎을 꿇었다. 단지 뚜껑을 여는 순간 그녀는 생명을 그 원천의 상태로 바라볼 수 있었다.

온 신전 안이 환하게 밝아왔다.

아누비스가 말했다.

"네 향기는 푼트의 향과 섞이고 네 육신은 금으로 덮일 것이니. 의인인 너는 별이 되어 신비제의가 수행될 황금의 집을 밝히리라."

아누비스가 노란색 긴 옷을 이시스에게 입히고 머리에는 황금 왕관을 씌워주었다. 머리띠 모양의 이 황금 왕관은 연꽃 문양의 홍옥수와 장미꽃 문양의 청금석으로 장식되어 있었다. 아누비스는 또한 그녀의 목에 황금과 터키석으로 된 폭넓은 목걸이를 두르고, 그녀의 팔목과 발목에 생명의 기를 자극하는 붉은 홍옥수 팔찌와 발찌를 채워주고, 그녀의 발에 흰색 샌들을 신겨주었다.

어느덧 물의 길도, 흙의 길도, 불의 길도 흔적 없이 사라졌다. 이시스가 있는 곳은 오시리스 신전의 지성소였다. 파라오와 왕비가 그곳에 모습을 나타냈다.

총리 크눔호테프, 세카리, 수석 재정 관리관 세난크흐, 탁발 사제, 네스몬투 장군, 국왕 인장 책임자인 세호테프가 차례로 들어와 이시스를 둥글게 에워쌌다.

세소스트리스가 자기 딸의 오른손 가운뎃손가락에 푸른색 도자기 반지를 끼워주었다. '생명', 즉 안크(ânkh)를 나타내는 표지가 음각으로 새겨진 타원형 테가 윗부분을 장식한 반지였다.

"이제부터 너는 아비도스 황금원의 회원이다. 우리의 모임은 오시리스와 더불어, 그리고 선조들과 더불어 엄중한 비밀에 부쳐지리라."

둥글게 원을 만들어 선 회원들이 서로 손을 내밀어 맞잡았다. 이렇게 모두를 하나로 묶는 강렬한 일치의 순간이 이 입문의식의 마지막 단계였다.

오시리스의 아카시아나무 발치에 탁발 사제가 일곱 개의 구멍을 팠다. 이어서 이시스가 푼트의 금이 담긴 일곱 개의 주머니를 그 구멍마다 내려놓았다.

파라오는 이 모든 의식을 지켜보고 있었다. 이시스는 동쪽을 향해 서서 해가 떠오르기를 기다렸다. 이날따라 해는 어둠을 뚫고 유난히 밝은 빛을 퍼뜨리며 솟아올랐다.

초기 파라오들의 무덤에서부터 부두에 이르기까지 아비도스 전역이 순식간에 강렬한 빛에 잠겼다.

파라오가 '평화롭게 눈을 떠라'라는 오래된 주문을 외자마자 황금색 빛줄기들이 일곱 개의 구멍에서 솟아올라 아카시아나무 둥치로 모였다.

나뭇가지와 줄기에 다시 생기가 돌기 시작했다.

태양이 하늘 한가운데 이를 무렵이 되자 생명의 나무는 초록의 싱그러움을 발산하며 그 당당한 위용을 되찾았다.

탁발 사제는 감격을 이기지 못하고 울음을 터뜨렸다.

이케르는 초조해서 어쩔 줄 모르고 있었다. 파라오와 왕비는 어디론가 외유 중이었다. 총리 역시 자리를 비웠고 세난크흐는 시찰을 떠났다. 세호테프는 관개 작업을 감독하러 현장에 나갔고 네스몬투 장군마저 작전 수행 중이라고 했다. 왕세자는 몸이 열 개라도 모자랄 지경이었다. 하지만 업무가 과중한 것은 그리 문제되지 않았다. 이케르가 조바심을 치는 이유는 아비도스로 떠나라는 지시가 언제 내려질지 알 수 없었기 때문이었다.

세카리도 어디로 갔는지 모습이 보이지 않았다. 뭔가 새로운 비밀 임무를 수행하고 있는 게 분명했다. 모든 게 평온했지만, 겉으로만 그럴 뿐이었다.

이제 이케르에게 마음을 터놓게 된 수호자 소벡은 매일 그를 찾아와 일을 의논하곤 했다. 부하들이 계속 비밀 조직을 탐문하고 있었지만 그들이 가져오는 정보 가운데 쓸모 있는 건 별로 없었다. 소벡은 이렇다 할 성과를 올리지 못해 계속 조바심을 냈다. 그의 생각에 비밀 조직의 잔당들은 어느 구석에선가 웅크린 채 대규모 반격을 준비하고 있는 게 분명했다.

마침내 세소스트리스가 돌아왔다.

파라오는 가장 먼저 이케르의 알현을 받았다. 이케르가 파라오 앞으로 나아가 엎드렸다.

파라오가 말했다.

"이시스가 불의 길을 통과했다. 그리고 생명의 나무도 소생했지."

이케르가 기쁨을 억누르며 물었다.

"그녀는 무사한가요, 폐하?"

"그렇다."

"행복이 다시금 아비도스에 가득하겠군요!"

"아니다. 오시리스의 아카시아나무가 되살아난 건 첫걸음에 불과하다. 아비도스는 그동안 생명의 나무가 질병에 시달리고 신성한 상징물들이 생기를 잃고 퇴락해 있었던 탓에 깊은 상흔을 입었다. 네 임무는 그 상처의 흔적들을 지우는 것이다."

이케르는 의외의 지시에 당황했다.

"폐하, 저는 아비도스를 잘 모릅니다."

"이시스가 너를 이끌어줄 것이다. 너는 아비도스를 바라보는 새로운 눈의 역할을 하면 된다."

"그녀가 저를 반갑게 맞아줄까요?"

"너희 두 사람의 감정이 어떤 것이든, 또 네 임무가 얼마나 어려운 것이든, 너는 주어진 일을 완수해야만 한다. 칙령을 내려 너를 왕위 계승자로 정식 임명하고, 네게 파라오 인장 수호자이자 국고 총책임자의 지위를 내리겠다. 이제부터 세호테프와 세난크흐는 네 지시를 받아 일하게 될 것이다. 너는 나의 대리인 자격으로 아비도스에 가는 것이다. 그곳에 새로운 오시리스의 거상을 세우고, 신성한 나룻배를 다시 만들어라. 이 일을 위해 필요한 장인들을 데려가도록 해라. 누비아에서 가져온 금은 치유의 힘도 있지만 오시리스의 거상과 나룻배를 만드는 데도 도움을 줄 것이다. 생명의 나무가 병을 앓으면서부터 사제들 간의 위계도 흔들리게 되었다. 겉으로 드러나지는 않지만 모든 것이 올바르고 완전하게 돌아가고 있는 건 아니다. 이런 부조화가 계속된다면 우리가 얻은 승리도 한갓 물거품이 되고 말 것이다. 너는 전권을 갖고 사제들의 동태를 탐문하여 그 자리에 적합하지 않는 자는 파면하고 적절한 자격을 갖춘 자들을 임명하라."

"제가 그 일을 해낼 수 있을까요?"

"이시스가 입문의 여러 단계를 넘어 불의 길에 이르는 동안 너 역시 네 자신의 길을 밟아왔다. 네가 통과해야 할 마지막 단계가 바로 이 나라의 정신적 중심지인 아비도스이다. 지금까지 네가 거쳐온 모든 길은 그곳으로 향하고 있었다. 그런 아비도스가 예고자에 의해 더럽혀졌을지 모른다. 오시리스의 충실한 종복이라는 자들조차 눈멀어 있을 수 있다. 그러므로 너는 그 어떤 타성이나 편견에도 사로잡혀서는 안 될 것이다."

"명심하겠습니다!"

"아비도스를 수사하여 아무 결실도 얻지 못한 채 지금 상황이 계속된다면 네 임무는 실패한 것이다. 오시리스의 영지에 투명하고 정연한 질서를 복구하라. 생명의 나무의 원기를 북돋우고, 허약과 쇠퇴가 근접치 못하게 하라."

이케르는 왕위 계승자라는 자신의 지위에 무거운 책임이 뒤따르리

508

라는 걸 예감했지만 이 정도로 큰 과제가 주어질 줄은 몰랐다.

"폐하, 제가 언젠가는 아비도스의 황금원에 들 수 있는 겁니까?"

"가서 네 임무를 완수해라, 내 아들아. 그래서 능력을 입증해 보여라."

52

메데스는 자신이 능란하게 처신하고 있다는 생각에 기분이 좋아졌다. 다시 활력을 되찾은 그는 적극적으로 업무에 매달렸고, 덕분에 그의 부하들은 일에 시달려 녹초가 되었다. 그의 부하 가운데 하나는 소벡이 심어놓은 밀정이었다. 메데스는 그 사실을 이미 알고 있었지만 손을 쓰지 않고 내버려두었다. 서기관으로 위장한 그 감찰관을 이용해 소벡을 계속해서 안심하게 만들 수 있을 테니 말이다.

그의 아내는 닥터 구아의 치료 덕분에 그를 귀찮게 하는 일이 한층 줄었다. 처방받은 강력한 수면제가 그녀의 히스테리를 잠재워주곤 했던 것이다.

메데스는 달 없는 한밤에 레바논 상인의 집으로 갔다. 상인이 그에게 알렸다.

"예고자님은 아비도스로 떠났습니다."

"이케르는 아직 멤피스에 머물고 있소. 그 녀석은 이제 곧 범의 아가리에 고개를 들이미는 꼴이 될 거야."

"예고자님은 늘 적을 한발 앞서는 사람이죠. 멤피스를 흔들어놓을

510

방안은 세우셨습니까?"

"곳곳에 방화를 한 다음 시민들을 공격하고 시장 상점과 개인 주택을 약탈하는 방법이 있지. 감찰대가 사태를 해결하느라 허겁지겁 달려들다보면 자연히 시내에 불안감이 퍼져나갈 거요. 감찰대 총수는 대규모 반격을 예상하곤 지레 긴장하겠지. 서기관 사무소 몇 곳을 쓸어버리는 것이 좋을 것 같소. 서기관들은 공격을 받으면 두 손 놓고 당할 수밖에 없는 자들이니까. 서기관 사무소들의 위치를 알아보시오."

레바논 상인은 필요한 정보를 당장 모아들였다.

현재는 상인의 문지기가 비밀 조직의 연락책 역할을 하고 있었다. 죽은 물장수와는 달리 이 문지기는 조직원 몇 명하고만 줄을 댔고, 이 조직원들이 그로부터 지시 사항을 받아 하부 조직원들에게 전달했다. 예고자가 아비도스의 거사를 성공시키고 이케르를 처치하기 전까지는 이런 방식이 다소 느리긴 해도 효과적일 거라는 게 상인의 생각이었다.

힘을 회복한 생명의 나무가 햇빛 아래 푸른 잎사귀를 빛내고 있었다. 덕분에 오시리스의 이 신성한 땅에서는 얼마 전까지만 해도 사람들의 영혼을 짓누르던 무거운 분위기를 찾아볼 수 없었다.

도시 경비는 여전히 삼엄했다. 하지만 종신 사제들의 업무를 돕기 위해 드나드는 임시 사제들의 수는 예전보다 더 늘어났다.

베가 사제는 분한 마음을 곱씹으면서도 동료들 앞에서는 여전히 그럴듯하게 처신했다. 사제들은 그를 고결하고 진지하며 고위 사제로서의 직분에 헌신하는 사람이라고 생각했다. 베가가 말로든 행동으로든 그 자신의 진짜 감정을 드러내는 적이 없었으니 그럴 수밖에 없었다.

집으로 들어서던 베가는 누군가가 집 안에 들어와 있다는 사실을 알아차렸다. 검소하게 꾸며놓은 이 집에 그의 허락 없이 출입할 수 있는 사람은 아무도 없는데 말이다.

"누구냐? 감히 이곳에 몰래 들어온 놈이."

"나다."

키가 크고 수염이 없는 한 사제가 모습을 드러내며 대답했다. 흰 아마 튜닉을 걸친 이 사제는 머리카락 하나 없는 민머리를 드러내고 있었다.

베가는 이 사제를 금방 알아보지는 못했지만, 그 음성은 왠지 낯설지 않았다. 사제의 두 눈이 붉게 달아올랐다. 그때서야 베가는 뒷걸음치며 더듬거렸다.

"당신은…… 설마……"

"스합이 임시 사제 하나를 처치했지. 그리고 내가 그 임시 사제로 변장했다."

예고자가 대답했다.

"주인님이 이 집으로 들어오는 걸 본 사람이 있습니까?"

"걱정할 것 없다. 이제 네가 활약해야 할 때가 되었다. 나한테 아비도스에 대해 낱낱이 풀어놓아라. 이케르가 도착하기 전에 이 도시를 파악해둬야 하니까."

"이케르가 이곳에 오다니요?"

"왕위 계승자, 세소스트리스의 특사 자격으로 오는 것인 만큼 엄청난 권한을 행사하게 될 테지. 녀석은 아마도 이곳 사제단을 개혁하려들 거다."

베가는 얼굴이 하얗게 질렸다.

"석비 밀매와 제르구와의 관계가 들통 날지도 모르겠군요!"

"녀석은 그걸 밝혀낼 시간이 없을 거야."

"그를 어떻게 막으시려고요?"

"없애버릴 것이다."

"이 오시리스의 영지 안에서 말입니까?"

"세소스트리스에게 치명타를 날리기에 가장 좋은 곳이 아니겠느냐! 파라오는 이케르를 자신의 후계자로 삼았다. 그 녀석은 자신도 모르는 사이에 이 나라의 장래를 짊어지게 된 거지. 녀석을 없애면 이집트의 근간이 흔들리게 될 것이다. 거상 같은 파라오도 무너질 수밖에 없을 것이다."

"하지만 이곳은 경비가 아주 삼엄합니다. 감찰대와 군대가 잔뜩 포진해 있고……"

"그들은 바깥을 열심히 감시할 것이고, 나는 그동안 안에서 움직일 것이다. 스합과 비나가 곧 이리로 올 것이다. 이곳의 정황을 샅샅이 파악하면 우리가 기선을 잡을 수 있다. 이번만큼은 그 어떤 기적도 이케르를 구할 수 없을 것이다."

이별은 슬펐다. 북풍도 상겡도 주인과 헤어지려 하지 않았다. 그럴 수밖에 없는 이유를 이케르가 아무리 설명해줘도 소용없는 일이었다. 세카리가 나서서 북풍과 상겡을 달래보았지만 둘은 전에 없이 흥분해서는 이케르 앞을 막아섰다.

이케르가 불안한 듯 중얼거렸다.

"난 이제 편히 잠자기는 다 틀렸어. 아비도스는 어쩌면 낙원이 아니라 지옥이 될지도 몰라! 이시스는 나를 외면할 거고, 난 맡은 임무를 제대로 해낼 수 없을 거야."

세카리가 친구의 등을 두드리며 격려해주려는 순간 소벡이 달려왔다.

"빈민 구역 두 곳이 습격당했다는 보고가 들어왔소. 또 세 곳에서 불이 번지고 있다는데, 아무래도 방화인 것 같네."

세카리가 말했다.

"예고자의 비밀 조직이 움직이기 시작했군요."

소벡이 다짐하듯 대꾸했다.

"내 부하들이 공개적으로 수사를 벌이는 동안 세카리, 자네가 비밀리에 주모자들이 누군지 탐문해볼 수 있을까?"

"그런 일이라면 제게 맡기세요."

소벡은 이케르를 배웅하기 위해 부두로 따라 나갔다.

전투선들이 이케르가 탄 배를 앞뒤로 호위할 예정이었다. 소벡은 넉넉한 수의 정예병이 이케르를 수행한다는 사실에 안심하며 이케르의 배가 출발하는 것을 지켜보았다.

이케르는 뱃머리에 서서도 주위 풍경을 감상할 여유가 없었다. 마치 전혀 모르는 다른 세상을 향해 가고 있는 듯한 느낌이었다. 방금 떠나온 살아 있는 사람들의 세상으로는 다시 돌아올 기약 없이 말이다. 라피드 호에 납치된 이후로 자신이 겪어온 수많은 일들이 주마등처럼 스쳐갔다. 그동안 몇 가지 수수께끼는 풀렸지만 가장 궁금한 문제는 여전히 풀리지 않았다. 바로 아비도스 황금원의 비밀이었다.

아비도스까지 얼마 남지 않은 지점에 이르렀을 때 별안간 궁수들이 배의 우현으로 달려갔다.

"무슨 일인가?"

선장이 대답했다.

"수상한 나룻배가 나타났습니다! 저 나룻배가 즉시 물러나지 않으면 활을 쏘겠습니다."

이케르의 눈에 한 어부가 겁이 나서 사색이 된 채 맞은편 나룻배에 웅크리고 있는 게 보였다.

이케르가 말했다.

"쏘지 마라. 저 가엾은 어부가 무슨 짓을 할 수 있겠는가?"

"저희는 지시에 따라야 합니다. 저자가 너무 가깝게 접근했기 때문에 그냥 둘 수 없습니다. 무엇보다 왕세자님의 안전이 최우선이니까요."

어쩔 줄 모르고 벌벌 떨던 그 어부는 얼간이 스합이었다. 덥수룩한 머리카락으로 얼굴을 가린 스합은 그물을 걷어 올리고 저 멀리로 내뺐다. 그가 이런 변장을 하고 나타난 이유는 이케르를 호위하는 병사들의 기동력을 시험해보기 위해서였다. 혹시라도 허술한 구석이 있다면 이케르를 처치할 수 있지 않을까 싶었던 것이다. 하지만 호위병들은 역시 조금도 빈틈이 없었다. 스합은 베가와 만나기로 한 장소로 되돌아갔다.

아비도스 부두에는 병사들과 감찰관들, 봉헌물을 나르는 남녀 임시 사제들, 그리고 행정관 전원이 도열해 있었다. 파라오의 특사를 맞이한다는 생각에 모두 잔뜩 긴장한 상태였다. 왕위 계승자로 임명된 인물이 배짱이 두둑하고 매우 강직하다는 소문이 돌긴 했지만 그가 정확히 어떤 임무를 띠고 이곳에 오는 건지 아는 사람은 없었다. 그가 아시아와 누비아에서 세웠다는 무훈으로 미루어 볼 때 대단한 결단력을 지닌 인물인 건 확실해 보였다. 만사를 낙관적으로 보려 하는 사람들은 이번 행차가 단순한 의전상의 방문일 거라고 생각하면서 탁발 사제가 이 자리에 나오지 않은 것을 의아하게 여겼다. 탁발 사제가 도무지 사교성이 없다는 사실을 감안하더라도, 파라오의 특사를 마중 나오지 않은 건 결례였던 것이다.

이케르가 배다리에 모습을 드러내자 사람들의 눈길이 일제히 그에게로 쏠렸다.

소박하고 단아해 보이는 인상이었다. 사람들이 예상했던 것만큼 두려운 인물 같지는 않았다. 하지만 그의 거동과 시선에는 사람들의 존경심을 불러일으키는 무언가가 있었다. 지극히 겸손한 태도 아래로 진정한 위엄이 배어나왔다.

비나는 얼굴을 내리덮는 풍성한 가발을 쓰고 짙은 화장을 해서 얼굴을 알아보기 힘들었다. 그녀는 이케르에게 줄 화사한 꽃다발을 손에 들고 있었다. 독을 묻힌 두 개의 바늘을 보이지 않게 꽂아놓은 꽃다발이었다. 이케르가 손을 뻗어 그 꽃다발을 받으면 독바늘에 찔리게 될 것이다. 그러면 격심한 고통에 몸부림치다가 숨을 거둘 수밖에 없을 것이다.

비나는 붙잡히는 건 두렵지 않았다. 그녀에겐 오직 한 가지, 자신을 배신하고 세소스트리스 편에 붙은 이케르, 진정한 신을 적으로 돌린 그 이케르에게 복수를 해야겠다는 일념뿐이었다. 그래서 이케르가 독바늘에 찔려 쓰러지는 순간 가발을 벗고 그의 얼굴에 침을 뱉어

516

줄 생각이었다. 그래야 이케르가 왜 이런 벌을 받는지 스스로 알 수 있을 테니 말이다.

아비도스 특별 주둔군의 지휘관이 예를 갖춰 파라오의 특사를 맞이했다.

"왕세자님을 맞이하게 되어 영광입니다. 제가 궁전으로 안내하겠습니다. 파라오께서 아비도스에 오실 때마다 머무시는 궁전이지요."

여러 명의 젊은 여인이 이케르에게 다투어 꽃다발을 내밀었다. 비나가 악착같이 제일 앞줄에 서서 내민 꽃다발이 단연 눈길을 끌었다.

이케르가 그 꽃다발을 받으려고 한 걸음 앞으로 내딛자 지휘관이 막아섰다.

"죄송합니다만 이건 안전 수칙에 어긋납니다."

"고작해야 꽃일 뿐인데 무슨 걱정인가요?"

"부디 제 말에 따라주십시오. 궁전으로 모시겠습니다."

공연한 일로 실랑이하고 싶지 않았던 이케르는 꽃을 흔드는 여인들에게 인사하는 걸로 만족하고 지휘관을 따라 발걸음을 떼어놓았다.

비나는 치미는 울화를 가까스로 억눌렀다. 저만큼 걸어가는 이케르를 따라잡아 그의 등에 바늘을 꽂고 싶은 마음이 굴뚝같았다. 하지만 이미 병사들이 이케르 주위를 에워싸고 방어선을 만든 뒤였다.

아비도스! 마침내 그에게 아비도스의 문이 열렸다. 하지만 이케르의 눈에는 아무것도 들어오지 않았다. 이시스에게 말을 건네지 못하는 한 그는 이곳에 있어도 있는 게 아닐 것이다.

궁전 문 앞에 이시스가 나와 그를 기다리고 있었다.

아무리 감성이 풍부하고 문장이 유려한 시인일지라도 그녀의 아름다움을 다 표현하지는 못할 것이다. 그 섬세한 얼굴 윤곽과 빛나는 눈길, 마음을 부드럽게 어루만져주는 표정과 기품 있는 거동을 어떻게 말로 형용할 수 있을까?

"어서 와요, 이케르."

"그동안의 결례를 용서하세요, 공주님. 당신이 누구인지 파라오께서 말씀해주셨습니다."

"속았다는 기분이 들던가요?"

"나는 뻔뻔하고도 무례하게……"

"무엇이 무례했다는 말인가요?"

"감히 공주님을 사랑했으니, 나는……"

"사랑했다? 지금은 아니라는 말이군요."

"아닙니다, 어떻게 그럴 수가요! 내 마음을 아신다면 그런 말씀은……"

"내가 알지 못할 이유가 무엇인가요?"

이시스가 이렇게 되묻자 이케르는 그만 말문이 막히고 말았다.

"이곳에서 머물게 될 처소를 보러 가지 않겠어요? 무엇이든 필요한 게 있으면 말해줘요."

이케르가 고개를 저었다.

"파라오의 따님이 내 시중을 들다니요!"

"이케르, 나는 당신의 아내가 되고 싶어요. 당신과 더불어 태초의 한 쌍보다 더 단단히 결합된 부부를 이루고 싶어요. 당신과 하나가 되어 아무리 긴 세월도, 그 어떤 시련도 갈라놓지 못할 삶을 꾸려가고 싶어요."

"이시스!"

518

이케르는 그녀를 가슴에 안았다.

두 사람의 입술이 처음으로 맞닿았다. 두 육체는 처음으로 서로를 느꼈고, 두 영혼은 처음으로 서로를 껴안으며 하나가 되었다.

이 순간은 또한 예고자가 처음으로 고통을 느낀 때이기도 했다. 그는 자신도 모르게 날카로운 매 발톱을 자신의 살 속에 박아 넣었다. 그는 두 사람이 하나가 되는 걸 도저히 두고 볼 수 없었다. 상처 난 부위에서 흘러내린 핏방울로 얼룩진 채, 예고자는 저 둘의 결합을 막고야 말리라 다짐했다. 저들이 하나가 된다면, 그의 것이 되어야 할 최후의 승리가 위태로워질 것이다. 이케르를 반드시 없애야겠다는 그의 결심은 더욱 굳어졌다.

(4권에 계속)

옮긴이 **임미경**

서울대 불문과를 졸업하고 동대학원에서 박사학위를 받았다. 현재 서울대와 아주대에 출강하고
있다. 옮긴 책으로『여성과 성스러움』『포르노그라피아』『뽀뽀상자』『영혼의 기억』『나무 인간』등
이 있다.

문학동네 세계문학
오시리스의 신비 3

1판 1쇄	2008년 2월 25일
1판 2쇄	2008년 3월 17일

지 은 이	크리스티앙 자크
옮 긴 이	임미경
펴 낸 이	강병선
책임편집	강건모 오영나 김승욱 류현영
펴 낸 곳	(주)문학동네
출판등록	1993년 10월 22일 제406-2003-000045호

주 소	413-756 경기도 파주시 교하읍 문발리 파주출판도시 513-8
전자우편	editor@munhak.com
전화번호	031) 955-8888
팩 스	031) 955-8855

ISBN 978-89-546-0459-8 04860
      978-89-546-0456-7 (세트)

www.munhak.com

문학동네 블랙펜 클럽 BLACK PEN CLUB

젊고 신선한 패기로 가득 찬 문학의 명가 문학동네가 야심차게 준비한 장르문학 시리즈. 추리, 스릴러, 호러, 판타지, SF 등 장르문학의 무궁무진한 매력을 담은 전 세계 고전과 최신작들을 엄선하여 선보인다.
http://cafe.naver.com/blackpen

도나 타트 Donna Tartt

스물아홉의 나이에 고전적 품격과 완벽에 가까운 문장으로 씌어진 『비밀의 계절』로 데뷔해 '천재 작가가 나타났다'는 열광적인 찬사를 받은 미국 문단의 기린아. 출간 전부터 세계 각국에 판권이 팔리는 등 화제를 불러일으킨 『비밀의 계절』은 영미권에서만 100만 부가 넘는 판매고와 '퍼블리셔스 위클리 베스트셀러 리스트'에 13주 동안 머무르는 기록을 남긴다. 2003년 십 년간의 침묵을 깨고 두번째 작품 『리틀 프렌드』를 발표했으며, 이 작품으로 WHSmith 상을 수상하고 오렌지 상 최종 후보에 올랐다. 2005년 영국 캐넌게이트 출판사가 전 세계 대표 작가들과 함께 참여한 프로젝트 '세계신화총서'에 참여, 이카로스와 다이달로스 신화를 모티프로 한 소설을 집필중이다.

비밀의 계절 (전2권) 도나 타트 장편소설 | 이윤기 옮김

천재 작가의 전설적인 데뷔작을 우리 시대 최고의 번역으로 만난다! 그리스 고전을 공부하며 절대 진리를 추구하는 폐쇄적인 고전학과의 여섯 학생과 학식 깊은 지도교수 사이에서 벌어진 살인과 숨 가쁜 서스펜스를 그린 작품. 장르문학과 순문학이 가장 이상적인 모습으로 만난 소설로, 가장 완성도 높고 화려한 데뷔작으로 남았다. 젊은 천재들이 펼치는 지적인 심리게임과 사랑, 그리고 가슴 아픈 회한의 이야기.

일곱 방울의 피 (가제) 엘리에트 아베카시스 장편소설 | 홍은주 옮김

『쿰란』으로 사해문서의 미스터리를 소설화한 천재 작가 아베카시스의 신작. 『쿰란』에서 사라진 사해문서를 찾아 모험에 뛰어든 주인공이 이번에는 사해문서에 얽힌 잔혹한 살인사건을 해결한다. 사해문서 중 최대 미스터리인 구리 두루마리에 숨겨진 사연을 둘러싸고, 중세 비밀결사와 현대까지 이어지는 비극을 파헤친 역사추리 소설.

검은 선(전2권) 장 크리스토프 그랑제 장편소설 | 이세욱 옮김

유럽 스릴러의 최강자 장 크리스토프 그랑제의 '악의 3부작' 중 제1부. 전 잠수 세계챔피언 르베르디가 여섯 명의 여자를 칼로 난도질한 뒤 체포된다. 악의 기원을 탐사하는 저널리스트 마르크 뒤페이는 가상의 여자를 창조해 감옥에 있는 르베르디에게 편지를 보내 또다른 살인 욕구를 충동하고, 둘의 심리게임을 시작되는데…… 악의 얼굴, 악의 본질과 정면으로 대면하는 담대하고 위험한 작품. 프랑스 아마존 1위를 기록한 본격 스펙터클 스릴러!

네크로폴리스 온다 리쿠 장편소설 | 권영주 옮김

죽은 이들이 찾아오는 성지 '어나더 힐'에서 일어나는 연쇄살인사건, 그리고 죽은 자와 산 자가 재회하는 '피안'이라는 불가사의한 축제 공간. 동양과 서양, 과거와 현재, 삶과 죽음의 경계선이 사라지는 그곳에서 거대한 수수께끼가 태어난다. 미스터리와 판타지의 절묘한 조합, 독보적인 스케일과 세계관으로 온다 리쿠의 최고 걸작이라 평가되는 장편소설!

피의 결사단(가제) 제롬 들라포스 장편소설 | 이승재 옮김

극지탐험가 나탕은 기억을 잃은 채, 노르웨이의 한 병원에서 깨어난다. 자신의 정체를 파헤쳐가던 그는 17세기의 수사본을 접하고, 그 문서에 얽힌 저주를 알게 된다. 그와 동시에 그는 자신의 경악스러운 과거를 발견하게 되는데…… 비교(秘敎)적 코드와 액션이 어우러진 본격 액션 스릴러. 세계 각국에 번역 출간된 유럽 스릴러의 차세대 주자 제롬 들라포스의 첫 작품!

포털 베르사유(가제) 에릭 메예르 외 장편소설 | 박명숙 옮김

'9·11'의 기억이 채 가시기도 전, 전 세계는 동시다발적인 테러와 컴퓨터 시스템 마비로 아비규환이 된다. 컴퓨터 프로그램 안에 숨겨진 '시크리트 포털'과 베르사유 정원에 숨겨진 비밀의 암호를 찾아라! 루이 14세 시대에 심취한 세계 제일의 부호이자 IT 천재가 불멸의 존재가 되고자 위험한 야심을 펼쳐나가는 위험천만한 역사 팩션!

* 출간 순서는 바뀔 수 있습니다.